The Sword of Shannara

传奇之剑

[美] 特里 · 布鲁克斯（Terry Brooks）| 作品
张蓓欣 | 译

天地出版社

图书在版编目（CIP）数据

沙娜拉之剑. I, 传奇之剑 /（美）布鲁克斯著；张蓓欣译. — 成都：天地出版社, 2016.11

ISBN 978-7-5455-2050-7

I. ①沙… II. ①布… ②张… Ⅲ. ①科学幻想小说—美国—现代 Ⅳ. ①I712.45

中国版本图书馆CIP数据核字（2016）第099566号

著作权登记号 图字：21–2016–151号

沙娜拉之剑 I：传奇之剑

著　　者　［美］特里·布鲁克斯
译　　者　张蓓欣
责任编辑　陈文龙
封面设计　思想工社
电脑制作　思想工社
责任印制　葛红梅

出版发行　天地出版社
　　　　　（成都市槐树街2号　邮政编码：610014）
网　　址　http://www.tiandiph.com
　　　　　http://www.天地出版社.com
电子邮箱　tiandicbs@vip.163.com
经　　销　新华文轩出版传媒股份有限公司

印　　刷　三河市华业印务有限公司
版　　次　2016年11月第1版
印　　次　2016年11月第1次印刷
成品尺寸　145mm×210mm　1/32
印　　张　15.5
字　　数　402千字
定　　价　39.00元
书　　号　ISBN 978-7-5455-2050-7

咨询电话：（028）87734639（总编室）
购书热线：（010）67692522（市场部）

献给我的父母

你们一直都相信我

北境
骷髅王国
查诺山脉
奇耶洛克
沙漠
骷髅山
麦格沼泽
刀锋山
忘川
史翠里汉平原
亚尼松隘口
瑞恩
谷地
帕瑞诺
德鲁伊要塞
瑞柏
西境
东境
瑞柏河
上阿
纳尔
龙牙山脉
王殿
平原
肯恩
肯能隘口
沃夫斯塔山脉
页岩谷
摩米顿河
史托拉克
朗恩山脉
伐夫利
翡翠隘口
泰尔西斯
卡拉洪
绞索隘口
阿纳尔森林
彩虹湖
银河
库海文
南境
迷雾森林
督恩森林
瑞潘霍拉郡河
利亚
克里特低地
巴托蒙低地
穴地谷
下阿纳尔

01

太阳已经没入山谷西侧墨绿色的山岭，红霞交杂着一抹粉灰，洒向大陆的各个角落，此时弗利克·欧姆斯福德准备要下山了。山路绵延起伏，沿着北坡而下，蜿蜒穿过嶙峋的巨石，消失在低地茂密的森林中，又隐约出现在狭小的树缝间。疲惫的弗利克沿着熟悉的山路前行，轻便的背包松垮垮地挂在一边的肩头上；轮廓分明、饱经风霜的脸上挂着坚定沉稳的表情，只有那双睁大的灰色眼眸，透露出平静外表下正燃烧着不安的能量。他是个年轻的小伙子，但是厚实的体格再加上灰棕色的头发和浓密杂乱的眉毛，让他看起来老气横秋。他穿着谷地人宽松的工作服，背包里的金属工具互相撞击，叮叮作响。

夜凉如水，弗利克把敞开的羊毛衬衫衣领拉紧。他需要经过森林和起伏的平原，现在才刚进入森林，昏暗高大的橡树和阴森的山核桃树交织重叠，遮盖了无云的夜空。夕阳完全落下，只余点缀着成千上万颗星星的深蓝夜幕。现在连这仅有的景色也被树木遮挡，弗利克独自一人陷入寂静的黑暗之中，缓缓沿着前人走过的路行进。这条路他已经走过上百次，因此他马上就察觉到今晚山谷中似乎弥漫着一股不寻常的平静。夜晚昆虫的鸣叫声，日落后鸟儿四处觅食的啼叫声，都消失了。弗利克聚精会神聆听生命的声音，但他敏锐的耳朵一无所获。他忧心地摇着头，这样的万籁俱静令人不安，特别是几天前才听说有人晚上在山谷北边上空目击一只可怕的黑翅怪物。

他强迫自己吹起口哨，把心思转向白天在山谷北方的工作。那些偏远地方的人家会农耕畜牧，他每个星期都会过去，向他们提供所需要的各种物品，也会带去一些谷里发生的新闻，偶尔还捎去来自遥远南境城市的消息。很少有像他这么熟悉周边村落的人，而愿意远离山谷游历的人就更少了。现在人们更喜欢待在一个地方，不与外界往来，不过问世事。但弗利克喜欢时不时出去走走，而且那些偏远家庭需要他的帮助，也乐意支付他报酬。况且弗利克的爸爸是不会放过任何一个赚钱机会的，现在这样皆大欢喜。

一根低垂的树枝扫过弗利克的头，他蓦地受惊跳到一边，一脸懊恼地挺直腰杆，怒目瞪视前方障碍，加快速度继续他的行程。他现在位于森林低地深处，只有银色月光穿过头顶大树，隐约照亮蜿蜒小径，但光线还是太暗，弗利克根本找不到路，在研究前方地形时，他再度注意起周遭沉重的寂静。仿佛所有生命突然消失一样，独留他一人在寻找逃出这阴森鬼林的方法；他又想到那个奇怪的谣言，紧张地环顾四周后发现还是什么都没有，附近的树也没有动静，他难为情地松了口气。

当走到一块光亮的空地时，他停了下来，在贸然进入前方树林前，他凝视着厚重的夜空。他慢慢地走着，小心翼翼沿着曲折的小路前进，那块空地之后的路又变窄了，就像隐没在前方一片树墙之中；他知道那只是幻觉，但还是不安地环顾四周。没多久，路又变宽了，还能从厚重的树荫中窥到一抹天空，现在差不多快到谷底了，距离他家只剩下两英里路，他露出微笑，一边加快脚步一边哼起饮酒歌来。因为太过专心于眼前小路以及远处的空地，完全没有注意到有个巨大黑影突然从他左手边的橡树蹿出，迅速拦下了他的去路；在弗利克还没意识到之前，黑影已经在他上方，像块随时可能会压过他身躯的黑色岩石。他惊叫着跳到一旁，后背包掉到路上，猛地发出金属碰撞的声音，他左手快速抽出腰间匕首，高举手臂直指前方来人，此时有个威严但让人安心的声音快速响起。

“慢着！朋友！我不是敌人，无意伤害你。我只是在找路，如果你能指引我正确的方向，我会非常感激。”

弗利克稍微放松警戒，并试着看清眼前这团黑影，以期能发现一些人类的形貌；但他什么也看不到，于是小心翼翼地向左边移动，希望能借着月光看清来人。

“我可以向你保证，我不会伤害你。”那个声音继续说着，仿佛看穿了谷地人的心思，“我不是故意要吓你，一直到你几乎在我面前时我才看到你，我担心你没注意到我就直接过去了。”

言毕，那巨大的黑影静静矗立着，尽管弗利克能感觉到，当他侧身移向路边站到背光处时，有双眼睛正跟着他移动；慢慢地，微弱的月光开始刻画出那陌生人大致的轮廓和蓝色的影子。两人对视许久，互相探询着对方，弗利克想知道对方究竟是何许人也，陌生人则以静制动。

突然间，庞大的身影飞扑过来，强而有力的手快速制住谷地人的手腕，弗利克整个人被高举至空中，他的匕首从指间掉落。陌生人发出低沉的嘲笑声。

“嘿，我的小朋友！你现在该怎么办啊？只要我想，立马就可以把你心脏挖出来，把你扔在这里喂狼。”

弗利克激烈挣扎，恐惧麻痹了他的脑子，心里只想着逃脱，他完全不知道抓住他的人到底是何方神圣，对方力量之大超乎常人，似乎打算快速了结他。说时迟那时快，俘虏者将他举到一个手臂的距离，讥笑嘲弄的声音变得冷酷无情：

“够了，男孩！我们的小游戏玩够了，你对我还是一无所知。

我又累又饿，不想在这寒夜的森林里耽搁，枯等你猜想我是人还是野兽；我会把你放下来，你给我指路。我警告你，不要试图从我身边逃走，这样对你没有好处。”

那股蛮横凶悍的声音慢慢变小，不悦的口气也消失了，带着一声轻笑又变回原来那个嘲弄的调调。

“更何况……”那东西一边嘟囔着一边松手，弗利克顺势滑到路上，“我可能是你出乎意料的好朋友。”

弗利克站直身体，小心抚着手腕，让发麻的手恢复知觉，那家伙往后退了一步。他想要逃跑，但也清楚那个陌生人会马上逮到他，而且这次对方肯定会毫不留情地解决掉他。他谨慎地屈身捡起掉在地上的匕首，把它放回腰带。

现在弗利克可以更清楚地看到对方，经过一番短暂的打量，他才确定对方是个人类，尽管此人比他见过的所有人都来得高大。他身高至少七尺，却异常清瘦，不过这一点有待商榷，因为他外头还罩着黑色斗篷，顶上风帽拉得老低，瘦长的脸庞布满皱纹，看起来历经风霜，纠结在长扁鼻梁上的浓眉几乎遮住了凹陷的双眼，抿成一线的阔嘴旁蓄满了短而黑的胡须。对方高大黑暗的样子看来十分骇人，弗利克努力压抑逃跑的冲动，虽然有点困难，他还是勉强挤出一丝笑容，直视陌生人深邃冷酷的眼睛。

“我猜你是个小偷。”他吞吞吐吐地说着。

“你猜错了……”陌生人轻声反驳，然后口风稍稍放软，“你得学会和敌人交朋友，这样没准能保住你的性命。现在，报上你的名来。”

“弗利克·欧姆斯福德。”

带着些许迟疑，弗利克用比较勇敢的语气继续说道。

“我的父亲是柯萨·欧姆斯福德，他在距离这里一到二英里远的穴地谷经营一家旅馆，你在那儿可以找到填饱肚子和落脚的地方。”

“啊，穴地谷……”陌生人突然惊叫，“对了，那就是我要去的地方。”对方停顿了一会儿，似乎在思考他说的话。弗利克留心观察，只见对方用弯曲变形的手指抚摸着满是皱纹的脸，视线越过森林边缘望向山谷摇曳起伏的草原；当他再次开口说话时，眼神还是停留在远方。

“你……有一个弟弟。”

这不是个问题，而是陈述事实，说得既悠长又平静，以致弗利克几乎听漏了他说的话，后来才蓦地理解了这句话的重要性。他惊讶地看着对方。

“你怎么……？”

“哦……嗯……”那男人说道，“每个像你这样的谷地人不是都有兄弟吗？”

弗利克呆若木鸡地点头，无法理解这个人到底要说些什么。陌生人充满疑问地望着他，显然是在等他带路前往提供吃住的地方；弗利克快速转过身去寻找仓促间弄丢了的背包，捡起来挂在肩上，回头仰视着那人。

“从这边走。”他指明，两人动身出发。

他们穿越森林，进入连绵平缓的山丘，接着就会到达位于山谷尽头的穴地谷。出了树林之后，夜空朗朗，圆月高悬，月光勾勒出村庄轮廓，照亮了前行的道路。前路回环曲折，循着青草丛生的山坡，只能通过车辙、低洼地来依稀辨别。疾风飕飕，抽打着两人的衣服，迫使他们必须低着头保护眼睛，两人一言不发，专心赶路，翻越过一道道山岭。除了狂风之外，夜晚依旧阒寂无声，弗利克仔细聆听，他一度以为他听到从遥远北方传来凄厉的叫声，但那声音随即又消失了，再也没有出现。陌生人看来不太在乎这股宁静，他的注意力似乎一直集中在前方大约六尺远的地上，没有抬头，也没有看着年轻的向导寻找方向；相反地，他似乎明确知道对方要去哪儿，跟在他身旁自信地走着。

没多久，弗利克开始跟不上高个儿的步伐了，他的大步流星衬得弗利克蜗行牛步；偶尔，谷地人要小跑才能跟得上，有一两次，那人往下瞄了眼他那矮小的伙伴，看出他没法跟上他的步伐，才放慢脚步。终于，快到山谷南坡了，眼前出现的灌木丛预示着森林已到尽头。地势以和缓的坡度向下倾斜，弗利克看到几个划定穴地谷郊区的地标，大大松了一口气，村子和他温暖的家就在前方。

在这短暂的路途中，那陌生人沉默不语，弗利克也不想跟他交谈；相反，他一直遮遮掩掩地打量那个巨人。他理所当然会感到畏惧，那张满是皱纹、被黑胡须遮去大半的长脸，让他联想到孩提时期村内长者在深夜篝火前所描述的那令人闻风丧胆的黑术师；而最恐怖的，是他那一双眼，或者说是浓眉底下原本眼睛所在位置那深邃凹陷的窟窿。弗利克无法透过笼罩在他脸上的层层阴影看清他的面容。那张似乎由石头雕刻而出的轮廓分明的脸，一直垂得低低的，看向前面的路。就在弗利克还在忖度那张神秘的脸时，他突然想到陌生人甚至还没提到他的名字。

两人已经来到穴地谷外缘，现在可以清楚看到茂密的灌木丛中，那让人难以通行的蜿蜒小径。高大的陌生人突然停下脚步，挺直身躯，低头凝听；弗利克静候在侧，也竖起耳朵来，但还是什么都没听到。时间仿佛定格了一般，他们就在那里一动不动，然后高个儿急切地跟他娇小的伙伴说：

“赶快！躲到前面树丛里！现在就去，用跑的！”

他拔腿狂奔，半推半拉把弗利克丢到跟前，弗利克惊慌地跑进灌木丛里找地方躲起来，他的背包激烈晃动，里面的金属工具铿锵作响；陌生人转向他，劈手夺去他的背包，塞到长袍底下。

“安静！”他低声轻嘘，“现在马上就跑，不要发出一点声音！”

他们飞快跑进前方大约五十尺树叶浓密到像墙一样的地方，高个儿急忙把弗利克往里面推，粗鲁地拖着他深入灌木丛中，两人都气喘吁吁。弗利克看了一眼他的伙伴，瞧见他并没有在看他们周遭的树，而是透过浓荫枝缝窥视着夜空，谷地人跟着屏息凝视，但见天空一片清朗，只有星星不断向他眨眼。数分钟过去，他想要开口说话，却马上因被陌生人强而有力且警告意味十足的双手抓住肩膀而噤声。弗利克保持站姿，仰望夜空，竖起耳朵聆听预示危险的声响，但是除了他们粗重的呼吸声和呼啸而过的风声之外，他还是什么都没有听到。

正当弗利克打算坐下来伸展疲惫的四肢时，某个又大又黑的东西突然遮蔽天空，从他们头顶飞过后消失不见了；没多久又再次经过，以慢到几乎不动的速度缓缓打转，不祥地在两人头上盘旋，仿佛准备俯冲到他们身上似的。弗利克心里突然窜出一种恐怖的感觉，某个东西似乎往下伸进他的胸口，慢慢把空气从肺里挤压出来，他发现自己喘不过气来。他眼前猛然出现一幅影像：黑红交织，还有爪子般的手和巨大的翅膀，这个邪恶的东西有着强烈的存在感，威胁他脆弱的生命。有那么一瞬间，这个年轻人以为他会尖叫，但是抓着他肩膀的陌生人，手又握得更紧了，让他不至于陷入灾难。就如同它溘然乍现，眼下又倏地无踪，那巨大的阴影已经消失不见，夜空平静如昔。

弗利克肩膀上的手慢慢松开，谷地人一屁股跌坐地上，冷汗直冒，全身瘫软，高大的陌生人也挨着他静静坐下来，嘴角扬起一抹微笑；他把手搭在弗利克手上，当他是孩子般轻轻拍着。

“来吧，我年少的朋友……”他低声说道，“你现在还活得好好的，而且谷地已经近在眼前。”

弗利克抬头看着那人冷静的脸，他缓慢地摇着头，眼里满是惊恐。

“那个东西！那恐怖的东西是什么？”

“只是个影子……”那人一派轻松地回答，“目前还不到操心的时候，我们晚点再谈。现在，在我失去耐心之前，我需要些食物和温暖的炉火。”

他帮助谷地人站起来，将背包物归原主，暗示对方如果已经准备好带路，随时可以出发。他们走出灌木丛的掩护，弗利克忧心忡忡地看着夜空，一切看起来似乎只不过是自己想象力过度罢了。弗利克严肃思考并快速作出决定，无论情况如何，今晚他已经受够了：首先是这个不知名的巨人，然后是那个可怕的阴影。他暗自发誓如果以后晚上还要出远门，必定三思。

不一会儿，林间灌木越来越稀疏，远处的灯光依稀可见，房屋隐约可辨。羊肠小道拓宽为平坦的泥路，一直通往村庄；弗利克对从安静小屋里透出的欢迎的灯光感激万分，会心微笑。前方的路没有人走动，如果不是那些灯光，可能会让人怀疑谷地里的人是否还活着。不过弗利克的心思完全不在此，他已经在想他要怎么跟父亲还有谢伊说，以免他们会担心那个奇怪的阴影，那很可能只是暗夜与他想象力的产物，也许晚点他身边的这位陌生人可以对此提供点线索，但到目前为止，他似乎不是个健谈的人。弗利克不由自主地瞄了一眼静静走在他身边的高个儿，再次因为这个男人的阴郁而打起冷战；从他斗篷下瘦长的双手和兜帽下低着的头，可以感受到这股气场。不管他是谁，弗利克深深觉得他将会是个危险的敌人。

他们徐徐通过村庄房舍，弗利克可以透过窗户看到薪火燃烧。只有一层高的房屋长而低矮，微斜的屋顶遮蔽着下方的门廊。房子本身是木造建筑，以石头作为地基，弗利克透过挂着帘子的窗户，看了看里面的住户，熟悉的面孔让身处暗夜的他倍感安慰。这是个令人恐惧的夜晚，回到家，回到他所认识的人之中，让他感到安心。

陌生人依然对所有事都不以为意，他连看也不看村庄一眼，进入谷地后就没开口说过一句话。弗利克对他跟着自己的方式觉得很可疑，他完全不是跟着弗利克走，似乎清楚知道谷地人要往哪里去；到了分岔路口，每一排房子都长得一模一样，高个子也毫不犹豫就选定了正确的路线，尽管他既没有看弗利克，也没有抬起头看路。弗利克倒感觉是自己在跟着他走。

两人很快就抵达旅馆。这是一栋由主厅和走廊，还有侧翼组成的建筑。房子由大型原木建造而成，立在高高的石头地基上，配以木屋顶，这个特殊的屋顶比一般家用住宅要来得高。中央建筑灯火通明，里头不时传出欢声笑语；而旅馆两翼则是一团漆黑，那是旅客休憩睡觉的地方。烤肉的香味弥漫在夜晚的空气中，弗利克快步走上门廊阶梯，迈向旅馆中央的对开大门，陌生人一语不发跟随在后。

弗利克滑开沉重的金属门闩，拉起门把，打开右侧大门进入大厅。里面摆满长凳、高背椅，左墙后边靠着几张长而厚实的木桌。桌上和墙上的烛台，还有左方墙壁中央的大型壁炉，把房间照得通亮。弗利克一下子无法适应，几乎睁不开眼来；他眯着眼睛扫视壁炉和家具，掠过屋后紧闭的对开大门，再到他右手边占据了整面墙的供餐吧台。当两人走进房间时，聚集在吧台的大伙儿都抬头望向他们，毫不遮掩地对那高大的陌生人投来惊讶的目光，但是弗利克那安静的伙伴对他们视若无睹，他们很快又自顾自地聊天喝酒，偶尔看看新来的人打算做些什么。两人站在门边好一会儿，弗利克再次搜寻人群中的面孔，看看他的父亲是否身在其中，陌生人指了指左边的椅子。

“你去找你父亲，我在这坐一会儿；也许等你回来时，我们可以一起用晚餐。”

没有多说一句废话，他静静地走向屋后一张小桌子，背对着吧台的人坐下，微微低头，不再看弗利克。谷地人看了他半晌，随后信步走向屋后的对开大门，推开门穿越前方廊道。他的父亲可能在厨房跟谢伊一起用餐。沿途房间全部都门房紧闭，弗利克一路跑到唯一敞开的那扇直通旅馆厨房的大门；他一进来，两名在后头工作的厨师马上愉快地跟他打招呼，而他的父亲，如弗利克所料，正坐在左边长桌的最末端吃晚餐，一边享用一边挥着结实的手招呼他过来。

“儿子啊，你比平常要晚了些，”他开心地吼道，“到这边来吃晚餐，还有东西可以吃。”

弗利克一身疲倦地走过去，把背包放到地上，坐上高脚椅；身材魁梧的父亲直起身子，推开面前的空盘子，一脸疑惑地看着他，宽大的前额眉头深锁。

“在回山谷的路上我遇到一个旅行者，”弗利克欲言又止地解释，“他想要一间房和晚餐，要我们跟他一起吃。”

“嗯，他要住宿就找对地方了！”老欧姆斯福德声称，“我看不出来我们为何不能跟他一起吃点东西，我可以轻轻松松再吃一顿。”

他示意厨师准备三份晚餐。弗利克环顾四周寻找谢伊，但是四处都看不到他。他父亲走向厨师，为小型宴会餐点的准备给予一些指示。弗利克转身来到水槽边，清洗旅途沾染的尘土。当他父亲朝他走来时，弗利克问起了他弟弟的去向。

“谢伊去帮我跑腿，应该马上就回来了。”他的父亲回答，“顺道一提，跟你一起回来的那个人叫什么名字？”

“我不知道，他没说。”弗利克耸耸肩。

他父亲皱着眉头，絮叨着那个寡言的陌生人，最后弗利克隐约听到他发誓，这种神秘客再也别来他的旅馆。他向他儿子打了个手势，带头走出厨房，他宽阔的肩膀掠过墙壁，大摇大摆地走向大厅；弗利克快速跟上，满腹疑惑一脸纠结。

陌生人还是安静地坐着，背对着聚在吧台的人群。当听到后方的门打开，他稍微动了一下，瞄了一眼进来的两人。他仔细审视父子俩的相似之处：同样的中等身材以及敦实的体格，灰棕色的头发下有着相同的阔圆脸。他们在门口迟疑了一下，弗利克指向那个黑个儿。他可以看见柯萨·欧姆斯福德眼中的惊讶，旅馆主人端详了他一会儿才走上前；陌生人礼貌性地站起身来，高大的气势压过了两人。

“欢迎来到我的旅馆，陌生人，”老欧姆斯福德招呼他，企图看清对方隐藏在斗篷风帽底下的脸，“我儿子可能已经告诉过你我的名字了吧，我叫柯萨·欧姆斯福德。”

陌生人紧紧握住伸过来的手，让这壮汉面容扭曲了一下，然后对着弗利克点点头。

“你儿子非常亲切，带我到这间舒适的旅馆，”他咧嘴一笑，但弗利克发誓那绝对是讥笑，“我希望你们能与我一起用餐，喝杯啤酒。”

“那当然！”旅馆主人响应，蹒跚地越过对方重重坐在空着的座椅上，弗利克也拉了一张椅子坐下，眼睛仍放在正恭维他父亲有这么一间好旅馆的陌生人身上；老欧姆斯福德高兴得眉开眼笑，向吧台示意拿三个杯子来时，满意地对弗利克点点头。高个儿还是没有摘下遮着脸的斗篷风帽，弗利克想要看清底下的阴影，但又担心陌生人会发现，上次他想这么做时，换来了酸疼的手腕，以及对这位巨人力气和脾气的“敬佩”。还是保持现状比较安全。

在他父亲和陌生人天南地北地聊天时，他安静地坐着。他发现父亲滔滔不绝地说着，偶尔被对方提出的问题打断；但是欧姆斯福德父子甚至连那人的名字都不知道，而那家伙却很狡黠地从毫无戒心的旅馆主人口中，探出了不少谷地的消息。这让弗利克感到十分苦恼，但是他也不确定该怎么办，他开始期望谢伊赶快出现，瞧瞧发生了什么事。但是他弟弟始终不见人影，直到晚餐都结束了，位于大厅前方的对开大门才被打开，谢伊从黑暗中现身。

这是第一次，弗利克看到陌生人对某个人多看一眼，黑汉孔武有力的手抓着桌子边缘，默默起身，似乎忘记了父子两人的存在，他双眉紧蹙，凹凸不平的脸庞显得格外专注。有那么一瞬间，弗利克认为这位陌生人打算以某种方式消灭谢伊，但很快这想法被推翻了，那人是在读取他弟弟的想法。

他专注地盯着谢伊，深沉幽暗的双眼快速扫过这名年轻人纤细的外貌和瘦长的体格，随即注意到那遮掩不了的精灵特征——藏在蓬乱金发下的尖耳朵，和铅笔一样笔直的眉毛，从鼻梁以锐角扬起而非水平横过额头，还有纤细的鼻子和下巴；他在那张脸上看到聪慧和正直，更在那双穿透力十足的蓝色眼眸中看到决心。有一会儿，谢伊对屋内这个高大黑暗的奇异人物，感到莫名的压迫感，因而心生畏惧踌躇不前，不过他很快就摆脱了这种想法，毅然走向那令人望而生畏的人物。

弗利克和他父亲看着谢伊走过来，他的眼睛依旧停留在高大的陌生人身上，然后，仿佛突然明白了他是谁一样，两人从桌边站起身来。在他们见到对方时出现了那么一瞬间尴尬的沉默，然后欧姆斯福德家马上用一连串随兴的家常话互打招呼，缓解了紧张气氛。谢伊对着弗利克微笑，但是却无法将目光从那个气势迫人的高个儿身上移开。谢伊比他的哥哥略矮一些，因此跟弗利克相比，被陌生人的影子所笼罩的面积更大，尽管如此，在面对那人时，他显得比较不紧张。柯萨·欧姆斯福德正在询问他差事的情况，因此他的注意力暂时转移到他父亲喋喋不休的提问中。略作交代后，谢伊又转向那初来谷地之人。

“我不认为我们曾经见过面，但你似乎从某个地方知道我，虽然不可思议，不过我觉得我应该认识你。”

他头上那张黑暗的脸点头表示同意，嘴角闪过那抹熟悉的嘲笑。

“你应该是认识我，你不记得也是意料中事。但我知道你是谁，事实上，我非常了解你。”

谢伊瞠目结舌，杵在那儿盯着陌生人；那人抚摸着下巴上的胡须，徐徐环顾这三个等着他继续说下去的人。正当弗利克张嘴想要提出欧姆斯福德家人共同的疑问时，那陌生人抬起手来拉开斗篷风帽，清楚地露出黑暗的脸，一头及肩黑发遮住深邃凹陷的双眼。

“我叫亚拉依。”他平静地宣布。

三名听众目瞪口呆，惊愕无语许久。亚拉依，四境的神秘旅人，也是种族历史学家、哲学家、导师，还有人说他是神秘学家；他四处游历，从最黑暗的阿纳尔异天堂，到禁忌的查诺山脉高地，显赫的名声连遁世的南境人民都知道。现在他竟然意外地出现在大半辈子都待在谷地的欧姆斯福德家族面前。

亚拉依第一次面露喜色，但内心却同情他们，这些年来他们平静的生活即将结束，从某方面来说，这是他的责任。

“何事大驾光临？”谢伊终于问道。

那高大的男人用锐利的眼光看着他，发出的低声轻笑让所有人大吃一惊。

“你，谢伊……”他喃喃说道，“我是来找你的。”

02

谢伊第二天一早醒来，空气潮湿寒冷，他从暖和的被窝里爬起来，匆匆穿好衣服。由于他起得太早了，旅馆里还空无一人。当他从自己房间走向大厅时，建筑内静悄悄的。他快速地在壁炉里生起火来，他的手指都快冻麻木了。山谷的清晨总是如此寒冷，即使是一年中最温暖的季节亦是如此。穴地谷是一个很好的庇护所，不仅隐蔽不易被人发现，还能躲避北境恶劣气候的侵袭。当冬春的暴风雪扫过山谷，寒气凝聚于高地，直到正午的阳光照进来，才能把它驱散。

柴火噼啪作响，谢伊抱住双臂，弓身靠坐在高背椅上，回想起昨晚发生的事。亚拉侬怎么会认识他？自己几乎没有离开过穴地谷，如果曾经遇到过，他一定会记得才是。昨晚一番声明之后，亚拉侬拒绝透露更多，他沉默地吃完晚饭，表示一切等到隔天早上再说，然后又变回谢伊那晚初踏入旅馆时所见的那副令人生畏的模样。餐毕，亚拉侬要求带他去房间就寝，然后便先行告退了。不管是谢伊还是弗利克，谁都没有办法从他嘴里再听到有关于穴地谷之行，以及他为何对谢伊感兴趣的片言只语。那天夜里，弗利克将他遇到亚拉侬以及恐怖黑影两这件事全都告诉了谢伊。

谢伊的思绪又回到最初的疑问上：亚拉侬怎么会认识他呢？他回想起自己的身世。但小时候的记忆已经很模糊，他不知道自己出生于何处，虽然后来被欧姆斯福德家收养，被告知他出生在西境的某个小村落。他的父亲在他有记忆前便过世了；他依稀还记得他与母亲共同度过的那些年，和精灵小孩玩耍，四周都是大树和荒野。在他五岁时，母亲突然病重，决定重回穴地谷老家。那时她一定已经知道自己命不久矣，在他们抵达山谷后不久，她便撒手人寰了。

他的亲戚只剩下远房表亲欧姆斯福德家。当时柯萨·欧姆斯福德才刚丧妻不到一年，经营旅馆养大他的儿子弗利克，谢伊成为他们家的一分子后，两个男孩亲如兄弟，同样都姓欧姆斯福德。谢伊从来不知道自己的真名实姓，他也从来不问；对他来说，欧姆斯福德家就是他唯一的家，他们也对他视如己出。有时候，他会为自己身为混血儿这件事感到烦恼，但弗利克坚决认为那是好事，因为这让他同时拥有两个种族的天赋和品格。

他依然想不起来自己曾经碰见过亚拉侬，也许他们根本就从来没遇见过。他心不在焉地看着火堆，关于那个阴森浪人的事让他感到害怕。也许这只是他的想象，但那人好像能够读出他的心思，随时都能看穿他，这种感觉一直挥之不去。虽然好像很荒谬，不过昨晚在旅馆大厅见面后，这个想法就一直萦绕在他心里；弗利克也有同感，但他表现得更为夸张，连在黑漆漆的卧房里说话都压着嗓子，生怕被偷听，他感觉亚拉侬是个危险人物。

谢伊伸展了一下身子，深深地叹了一口气。外面已经明亮起来了，他起身添了些柴火，从大厅传来他父亲响亮的抱怨声，他叹息一声，暂时抛开自己的思绪，匆忙赶到厨房帮忙。

一直到接近中午，谢伊才见到亚拉侬，他显然整个早上都待在房间里。正当谢伊在屋后树荫下休息，吃着自己准备的午餐时，亚拉侬突然从旅馆转角处现身。他父亲和弗利克都在忙别的事。前晚的黑暗陌生人在中午的大太阳下依然令人畏惧，依然是那副阴暗的高大身躯，尽管他已经将他的黑斗篷换成浅灰色的。他微微低头，走向谢伊，然后坐在谷地人身边的草地上，心不在焉地看着东边山头。两人沉默许久，直到谢伊忍不住开口。

“你为什么来谷地，亚拉侬？为什么要找我？”

那张黝黑的脸转向他，精瘦的脸上露出淡淡的微笑。

“年轻的朋友，这是个无法用三言两语道尽的问题，也许要回答你最好的方法，就是先问你。你曾经读过任何关于北境的历史吗？”

他愣住了。

“你知道骷髅王国吗？”

谢伊听到这个名字时全身僵硬，这个名字等同于所有恐怖的东西，不管是真实的还是虚构的，这是一个用来吓唬不听话的孩子，或是让在夜晚余烬旁听故事的大人冷到骨子里的名词。这是一个代表鬼怪和妖精，代表狡诈的东部森林地精和远北大陆巨石魔的名词。谢伊看着他面前那张阴森的脸，缓缓点头。亚拉侬停了会儿才继续往下说。

“我可能是现今还活着的历史学家当中游历最丰富的，除了我之外，过去五百年来鲜少有人踏进过北境。我很了解人族；过去的记忆日渐模糊，也可能是因为近两千年来，人族的历史不再辉煌。而今日的人族已经遗忘过去，对当下迷惘，对未来更是无知。人族几乎都居住在南境，他们完全不了解北境，对东西境也所知甚少。遗憾的是，人族曾经是最有远见的种族，如今已然变得短视，他们安于现状，置身世事之外。你要知道，因为那些问题还没有影响到他们，也因为对过去的恐惧让他们不敢细想未来。”

谢伊对这些彻底的指控有点恼火，他的回答也十分尖锐。

“你说得好像远离各族是一件多么糟糕的事情。我对历史知道得够多了，不，我太了解人生了，我明白人族求生的唯一希望就是继续跟其他种族保持距离，重建过去两千年来所失去的一切，也许这次他们能聪明点，不再重蹈覆辙。他们在超级大战期间因为过度干预其他种族之间的事，还贸然否决隔离政策，几乎让自己彻底毁灭。”

亚拉侬脸色一暗。“我很清楚那些战争所带来的灾难性后果，那是人族因为草率轻忽和短视近利，被权力和贪婪冲昏头的产物。虽然已经是很久以前的事，但又有什么不一样呢？你认为人族可以重新开始吗？谢伊？嗯，你会很惊讶地发现，权力使人腐化，即使是曾经几乎灭亡的种族，也同样是江山易改本性难移。过去的超级大战——种族之战，政策与民族主义之战，还有能源之战以及最终权力之战——或许已经结束了，但是今天我们面对新的危险，对所有种族所造成的威胁更胜以往。如果你认为人族可以独善其身，不管世界其他地方的死活，那么你对历史就是一无所知！”

他骤然停止，满脸怒容，尽管谢伊感觉自己很渺小，也很害怕，还是大胆地回瞪了他。

“先到这里好了。”亚拉侬再度开口，他脸上的表情软化下来，强壮的手臂握住谢伊的肩膀示好。“往事已矣，我们应该担心的是未来。现在暂时先让我唤起你对北境历史和骷髅王国传说的回忆。正如你所知，超级大战后，人族作为统治族群的岁月被终结，人族几乎被灭绝，他们所知道的地理情势已经彻底改变；人族最后的幸存者逃往南方，国家、民族、政府全都不复存在。大约一千年以前，人族再次崛起，认为自己比那些被猎食的动物高等，并发展出先进的文明；虽然还很原始，但却井然有序，也有了政府的雏形。然后人族开始发现，世界上除了他们还有其他从超级大战中存活下来的生物，这些生物各自发展出自己的种族。在山岳间，有高大的巨人族，力大无穷残暴凶猛，却很满足现状；而丘陵和森林里，有矮小却奸诈狡猾的生物，我们现在称之为地精。超级大战过后，人族和地精经常为了争夺土地开战，两族俱伤，但是他们是为了生存而战，这对为生活而战的生物来说，没有理由可言。”

“人族还发现另一个种族：有一群人在超级大战后为了求生逃到地底。由于长年居住在地壳底下的洞穴里不见天日，他们的外貌也因此变得矮小精悍，上身强健，下肢粗壮方便攀爬；他们在黑暗中的视力优于其他生物，但是在光亮的地方却几乎看不见。他们在地底下已经生活了好几百年，直到他们开始探出头来想要住到地表上；起初，他们的视力非常不好，因此他们把家安在东境最黑暗的森林里，他们发展出自己的语言，但后来还是改说人族的语言。当人族首次发现这个失落的种族时，他们以古时虚构的种族‘侏儒’来称呼他们。”

他的声音渐弱，沉默了几分钟，注视着远处在阳光照耀下泛着绿光的山顶。谢伊细细回想历史学家所说的话，他从未见过巨人族，也许看过一两个地精和侏儒，但都没有很深的印象。

“那精灵呢？”他最后开口问道。

亚拉依若有所思地回望他，头又更低了些。

“啊……是的，我并没有忘记，不凡的生物，精灵。可能是最伟大的种族，尽管没有人真正了解他们，但是精灵的故事必须要等下一次，只消说他们一直都在西境的森林里就够了，其他种族在历史的这个阶段很少遇见他们。”

“现在我们来看看你对北境的历史知道多少。今天，那块地除了巨人族外杳无人迹，是鲜有其他族人愿意前往旅游定居的不毛之地。如今，人族居住在温暖舒适的南境，那里气候和煦，绿意盎然，他们早已忘记北境曾经也是各族安居之地，除了山区的巨人族，在低地和森林还有人族、侏儒和地精；那些年间各族正在重建新文明，有新的想法、新的法律，还有许多新的文化，前途一片光明。如今，人族已经遗忘那段岁月，忘却了其实他们不一定非得远离那些曾经挫败他们的族群。那时候没有国家之分，世界重生，每个族群都再次拥有创建世界的机会。当然，他们没有意识到这个时机的重要性。各族只管紧紧抓住属于他们的东西，发展他们自己的小世界；每一族都确信自己命中注定将成为霸主，像一群愤怒的老鼠聚在一起捍卫一块腐坏的奶酪一样。而人族也是一副自得意满，跟其他族一样紧紧咬着机会。这些你知道吗，谢伊？”

谷地人缓缓摇头，无法相信他所听到的是事实。他一直被灌输的是，超级大战后，人族一直受到迫害，他们为了维护尊严与荣誉而战斗，为了守护小小的领土，对抗别的野蛮种族。在这些战役中，人族从来不是压迫者，而是受害者。看到他的话起了作用，亚拉侬嘴角扬起一抹嘲弄的冷笑。

“我明白你不了解事实真相，这在我预料之中。人族从来没有他们自以为的那样伟大。在那些日子里，人族就跟其他族一样努力奋斗，我承认他们也许比其他族有着更高的荣誉感和更清楚的目标，因此他们更开化一些。”他说这些话时刻意扭曲，毫不掩饰地挖苦嘲讽，“不过先声明一下，这些跟我们讨论的主题无关。”

“差不多同时间，当各族间发现对方的存在，彼此兵戎相见之时，德鲁伊议会首次在北境低地的帕瑞诺城召开。历史对于德鲁伊的起源和初衷并不明确，一般相信他们来自各种族，精通旧世界的失落文化；他们是哲学家、预言家，也是科学和艺术方面的学者；他们更是各种族的导师，给予他们生活上各种新知识的力量。他们以一位名叫格拉菲尔的人为首，他和我一样也是历史学家兼哲学家。他召集陆上最伟大的人们组成公议会，制定和平与秩序，并依靠他们的所学来统领各族并传授新知，赢得各族的信任。”

“在那些年间，德鲁伊是一股非常强大的力量，格拉菲尔的计划也看似可行。但是随着时间推移，公议会里某些成员的力量明显高过其他人，权力开始集中在少数智者手中。要跟你形容这些权力消长需要花点时间，但现在我们时间不够充裕，重要的是，要知道公议会中有人深信他们注定要决定各种族的未来。最后，他们从公议会中分裂出去，自成一派，一段时间过后便销声匿迹，逐渐被人淡忘。”

“大约在一百五十年后，人族发生了可怕的内战，最终演变为历史学家所称的第一次种族大战。战争的起因至今仍然不明，简单来说，有一部分人族反抗公议会，并成立了一支强大的军队；他们宣称起义的目的是为了要征服其他人族，全面统一以提高种族地位和民族自尊。最终，几乎所有人族都站上同一阵线，战事开始扩及其他种族，以达成这个新目标。这场战争背后的焦点人物是一个名叫布罗讷的人，在古代地精语中，这个名字代表大师的意思；据说，他是德鲁伊第一次公议会的领袖，分裂出去后消失在北境，从来没人见过他或是跟他说过话，到最后大家断定布罗讷只不过是个名字，一个杜撰的人物。而起义，最后因遭到德鲁伊和其他种族的联合镇压而溃败，这些你知道吗，谢伊？”

谷地人点头，淡淡一笑。

“我曾经听说过德鲁伊公议会，以及他们的目的和作为，但自从公议会在很久以前停止运转后，这些都成了尘封的历史；我也听说过第一次种族大战，虽然跟你所说的不一样。我相信你会说我有先入为主的偏见，那场战争对人族而言是一次惨痛的教训。”

亚拉侬耐心候着，在谢伊停下来思考时并未插话。

“我知道人族幸存者在战争结束后逃往南方，之后就一直定居在那儿，重建失去的家园和城市，试着要开创生活而非毁灭生活。你似乎认为这是出于恐惧的隔离，但我相信这在当时是——现在也依旧是——活下来最好的方法。对人类来说，中央政府一直是最大的危险，如今一切都已物换星移，只有小型社会才能存活下来。”

高个子一笑置之，让谢伊忽然觉得自己很蠢。

“你所知甚少，但你所言也不假。你这些所谓的显而易见的事实，不过是事后诸葛亮。我不是要跟你争论社会改革的细则，别管那些政治行动主义，那些留待日后再谈，告诉我你对布罗讷的认识有多少？也许……不！等一下，有人来了。”

话才出口，弗利克就从旅馆转角处出现，看到亚拉侬时顿了一下，直到谢伊向他招手，才慢慢走过来，站在一旁，眼睛看着朝他笑的高个儿，那人嘴角再次出现那抹神秘的微笑。

“我才在想你到哪儿去了，”弗利克开口跟他弟弟说话，“我并不是故意打断……”

“你没有打断任何事。”谢伊快速回答，但亚拉侬看来并不认同。

“这次对话只限我俩，”他断然表示，“如果你哥哥选择待在这里，他未来的命运将发生重大改变。我强烈建议离开对他比较好，并忘掉我们曾说过话；但尽管如此，选择权在他。”

兄弟俩对视，不敢相信高个儿是认真的，不过他严肃的脸暗示他不是在开玩笑。两人迟疑不决，支支吾吾吐不出半句话，最后弗利克开口说道：

“我不知道你在说些什么，但谢伊是我弟弟，我们两人是生命共同体；如果他遇到任何麻烦，我应该跟他一起分担，这就是我的选择！”

谢伊惊讶地盯着弗利克，因为他从未听过弗利克对任何事说过这么正面积极的话，他为哥哥感到骄傲，感激得笑逐颜开，弗利克马上对他眨了个眼并坐了下来，没有看亚拉侬。高大的旅行者用嶙峋的手抚摸自己的黑色短胡，出人意料地露出微笑。

“确实，这是你的抉择，你已经证明了兄弟情深，但这真的是正确的选择吗？未来你可能会对今天的决定感到后悔……”

他声音逐渐减弱，看着弗利克低下来的头陷入长久思考，然后转向谢伊。

“好吧，但我无法向你哥哥从头复述一次，他自己得想办法消化理解。现在告诉我，你对布罗纳知道些什么。”

谢伊沉思了一会儿，然后耸了耸肩。

“我知道的不多，就如同你所说的，他是一个神话，是带头掀起第一次种族大战的一个虚构人物；他原本应该是一名德鲁伊，后来离开了公议会，利用他邪恶的力量控制他的追随者。根据历史，既没人见过他，也没人抓到他，他在最后的战役中是生是死也不得而知，说不定根本就不曾存在过。”

“从历史角度来说完全正确。”亚拉依嘀咕着，“那你知道他跟第二次种族大战有什么关联吗？”

谢伊对这个问题一笑置之。

“传说他也是那次战争的幕后主使，但这又是另一个没有事实佐证的传言，他跟第一次战争中组织人族军队的应该是同一个家伙，但这一次他被称为黑魔君——德鲁伊布莱曼的邪恶对手；不过我相信布莱曼在第二次战争时已经将他杀死，但这只不过是幻想罢了。”

弗利克赶紧点头附和，亚拉依沉默不语，谢伊等着某种形式的肯定。

“不管怎样，我们说这么多有什么结论？”一会儿过后谢伊问道。

亚拉依眼神锐利地望着他，狐疑地挑起一边眉毛。

“你可真没有耐性，谢伊。毕竟我们只用了几分钟的对谈来涵盖一千年的历史，如果你可以再多点耐心，我保证你会听到这个问题的答案。”

谢伊点点头，对他的训斥感觉受到不小的屈辱。并非话语本身伤人，而是亚拉依说话的方式，那种嘲弄讽刺的笑容。尽管如此，谷地人很快就恢复镇静，耸耸肩让历史学家依他的步调继续说下去。

“很好！”另一人也认可，“我应该快点完成我们的讨论，到现在为止，我们所谈论的都只是历史背景，是为了告诉你我为何来找你的背景历史。我让你重新回想第二次种族大战的相关记忆，那是人族新史上最近发生在北境的一场战争，距今不到五百年。不过人族并未参与这场战争，他们在第一次种族大战中就遭到挫败，深居南境中心，努力求生以避免全面绝种的威胁。这第二次战争是一场大族之战，精灵和侏儒对抗残暴的巨人和奸狡的地精。”

“在第一次种族大战结束后，我们所熟知的世界划分为现行的四境，各族一直和睦共处了很长一段时间。在这段期间内，德鲁伊公议会的权力和影响力大幅降低，因为各族看似已经不再需要他们的协助，德鲁伊们对各族的关注也愈来愈弱。几年过后，新成员忘却公议会的宗旨，背离族人结党营私，朋比为奸。精灵是最强大的一族，但是他们将自己隔离在西方内陆，对保持相对隔离的状态也很满足，不过他们将为此深深懊悔；其他族人散居各地，发展成为小型、比较不统一的社会，主要集中在东境，还有一些族群定居在西境和北境边境。”

“当巨人大军从查诺山脉长驱直下控制整个北境时，引爆了第二次种族大战，包括位于帕瑞诺的德鲁伊要塞也宣告沦陷。部分德鲁伊拿了敌方首领的好处后倒戈相向，但这一次谁是主使者并不清楚，其他德鲁伊——除了逃走或是正好不在的——都被抓起来丢进地牢，再也没有人见过他们，躲过死劫的德鲁伊则四散于四境隐姓埋名。巨人族挥军直捣侏儒所处的东境，以迅雷不及掩耳之势意图歼灭所有顽抗势力，但是侏儒聚集在阿纳尔森林深处——一个他们花了相当长时间才适应生存下来的地方。虽然巨人族从少数加入侵略阵营的地精那里获得帮助，但在侏儒的坚守下，还是无法越雷池半步。根据侏儒自己的历史记载，侏儒王雷朋发现了真正的敌人，就是德鲁伊的叛徒布罗讷。”

“侏儒王怎么能证实就是他呢？”谢伊快速插嘴，“如果这是真的，黑魔君不就超过五百岁了！至少，我就会认为一定是某个居心叵测的神秘学家向国王提出这个建议，藉以复兴那些古老过时的神话，好更加巩固他的地位或是什么的。”

“是有这可能。”亚拉侬承认，“但让我继续说下去。烽烟连烧了好几个月，巨人显然误以为已经打败侏儒，因此调头西进，开始进攻强大的精灵王国。然而在巨人与侏儒交战期间，从帕瑞诺逃出的少数德鲁伊，在公议会中德高望重的长老布莱曼的号召下重聚一堂；他带领他们前往位于西境的精灵王国，警告他们即将来临的新威胁，并做好万全准备以对抗北方人的入侵。当时的精灵王是杰利·沙娜拉，他可能是除了伊凡丁外，历任最伟大的精灵王。布莱曼警告国王说他的国土可能遭到攻击，精灵在巨人进犯前快速组织军队。谢伊，我相信你很清楚自己的历史，记得战斗打响后发生了什么事，但是我要你听清楚接下来我要跟你说的内容。”

谢伊和兴奋的弗利克同时点头。

“德鲁伊布莱曼给了杰利·沙娜拉一把特别的剑来对抗巨人族，握着那把剑的人将所向披靡，即使是威力强大的黑魔君也无法与之抗衡。当巨人军团踏进位于精灵王国边境的瑞恩谷地时，在高处埋伏的精灵部队发动奇袭，巨人族溃不成军，激战两天后最终落败。精灵在德鲁伊们和获得宝剑的杰利·沙娜拉的领导下，共同抵御据说还有来自黑魔君统御的灵界生物护航的巨人大军，但是精灵王的勇气和神剑的威力重创灵界生物并将之摧毁。当巨人族的残兵败将打算穿越史翠里汉平原逃回北境时，遭到精灵追兵和一支来自东境的侏儒军队两面夹击。在那场惨烈的战役中，巨人几乎遭到灭族，而布莱曼也从并肩作战的精灵王身边消失，独自一人面对黑魔君。据记载，德鲁伊和黑魔君两人都消失在那场战斗之中，再也没有人见过他们，甚至连尸体都找不到。”

“杰利·沙娜拉一直带着那把剑，直到几年后过世，他的儿子将这件兵器交给位于帕瑞诺的德鲁伊公议会，剑刃被嵌进一块巨大的三方石上，放在德鲁伊要塞的地窖里。我相信你已经很熟悉那把剑的传说以及它象征着什么、对所有种族又有着什么样的意义，那把宝剑现在正一如过去五百年来那样，安置在帕瑞诺。我的故事说得明白易懂吗，谷地人？”

弗利克一脸惊讶地点点头，还在回味着刚刚的故事。但谢伊突然觉得他已经听够了，并非说他要相信自己从小从族人那里听来的故事，但亚拉侬告诉他们的种族历史都不是真实的。这个高大的男人只是跟他们讲述了一个以前父母流传给孩子们的童年幻想；他基于尊重耐着性子听完亚拉侬关于种族似是而非的谬论，但是关于剑的传说实在荒唐至极。谢伊感觉自己被当傻子玩弄了。

“这些跟你来穴地谷又有什么关系？”他坚持问道，但是脸上微弱的笑容泄露了他的不屑。“我们所听到的全是关于一场发生在五百年前的战役，一场跟人族毫无瓜葛，反而是巨人族、精灵、侏儒跟天晓得还有谁谁谁也卷入的战争，你不是说还有来自灵界的某某某吗？别说我听不进去，但整个故事让人有点难以置信。所有种族都知道杰利·沙娜拉之剑的故事，但那只是编出来的，而非事实，那是一个经过包装、充满英雄主义的故事，好让那些曾经也参与过那段历史的种族激起他们的忠诚度与责任感。但沙娜拉传奇只是说给小孩子听的故事，成年人不需要听这些，我只想你简单地回答一个简单的问题。你为什么要浪费时间说这个童话故事？你为什么来找……我？”

谢伊突然停了下来，他看见亚拉侬面容紧绷，脸色因愤怒而发黑，双眉紧蹙——高个男人试图压制住自己即将爆发的怒火。谢伊一度以为自己会被眼前这个目露凶光的男人给扼死。弗利克匆忙后退，差点被自己双脚绊倒，恐惧满溢。

“无知……愚昧之徒！”巨人强忍怒火厉声说道，“你们太孤陋寡闻了……孩子们！人族知道什么是事实吗？他们除了像吓坏了的兔子，躲在南境最深处，担惊受怕地过日子之外，人族又在哪里？你胆敢说我说的是童话故事！你，这个从未见识过战争的人，在你宝贵的谷地里安然度日！我来这里是为了寻找国王的血脉，但我却只找到一个将自己藏在谎言里的小男孩。你不过是个毛头小子！”

看到谢伊霍地跳到高个子面前，精瘦的脸庞因为怒气耳红面赤，攥紧拳头摆出架势时，弗利克完全被吓傻了，迫切希望他能够躲进地底或是干脆消失掉。谷地人气到一句话都说不出来，就这样站在对方面前，因为盛怒和羞耻全身发抖；但是亚拉侬不为所动，他浑厚低沉的声音再度响起。

“够了，谢伊，不要让自己变得更无知！留心听我说话，我所告诉你的故事被作为传说流传下来，但童话故事时间该结束了，它们并非传说，而是事实。那把剑是真的，现在就放置在帕瑞诺，而最重要的是，黑魔君也确有其人，他现在还活着，而骷髅王国就是他的地盘！”

谢伊大吃一惊，突然间明白这个人并不是在说瞎话，他放松心情并缓缓坐了下来，眼睛还是盯着那张阴沉的脸，猛然想起他刚说过的话。

“你说国王……你在找一个国王……？”

“沙娜拉之剑的传说是什么？刻在三方石上的碑文写了什么？”

谢伊哑然无言，完全想不起任何传说故事。

“我不知道……我记不得碑文说些什么，好像是什么有关于下一次的……”

“是子嗣！”弗利克突然在旁边大声说道，“当黑魔君重现北境时，沙娜拉家族之子将现身，拔剑相向。就是那个传说！”

谢伊审视他的哥哥，回想起碑文上写了些什么，回头望向亚拉侬，正好对上他专注的眼神。

“这怎么会跟我有关？”他脱口问道，“我不是沙娜拉家族的儿子，我甚至连精灵都不是，我只是个混血儿，不是精灵，更不是国王，伊凡丁才是沙娜拉家族的传人。你认为我是失踪的子嗣，下落不明的继承人吗？我不相信！”

他快速望向弗利克寻求支持，但是他哥哥看起来完全被搞懵了，困惑地盯着亚拉侬的脸。那男人轻声说道：

“你身上确实流着精灵的血液，谢伊，你并不是柯萨·欧姆斯福德的亲生儿子。还有，伊凡丁并非沙娜拉的直系血脉。”

“我一直都知道我是养子，”谷地人承认，“但是，我肯定不会是来自……弗利克，你快跟他说！”

他的哥哥也傻眼了，答不出来。谢伊突然住嘴，不敢置信地摇着头，而亚拉侬则点点头。

“你就是沙娜拉家族之子，不过，只继承了一半的血脉，跟溯及过去五百年的直系族谱隔了好几代。在你还是个孩子时，我就认识你了，之后你才被带到欧姆斯福德家当他们家的儿子，谢伊。你的父亲是精灵，他是一个好人，你的母亲则是人族，他们在你还很小的时候就双双过世，然后你就被当成柯萨·欧姆斯福德的儿子养大；虽然你跟杰利·沙娜拉血缘关系遥远，也不是纯种精灵，但你是他的子孙。”

谢伊心不在焉地点头，还是觉得很困惑而且很可疑；弗利克看着弟弟，仿佛从来没见过他一样。

“这意味着什么？”他急切地问亚拉侬。

“你的这些背景，黑暗之王也一清二楚，只是他现在还不知道你在哪里或你是谁，但是他的使者迟早会找到你，等到那一天，你将会遭到杀害。”

谢伊猛一抬头，害怕地看着亚拉侬，想到在谷地边缘看到巨大阴影的传言，他哥哥也突然打了个寒战，回忆起那股恐怖的感觉。

“但这是为什么？”谢伊问，“我做了什么而要遭此厄运？”

“谢伊，在你能够理解这个问题的答案前，你还有很多事需要知道，”亚拉侬应道，“我现在没有时间跟你全部一一说明。你必须要相信我，你是杰利·沙娜拉的后裔，你有着精灵血统，欧姆斯福德是你的收养家庭；你并非沙娜拉家族唯一子嗣，但却是现今唯一还活着的后代子孙，因为其他都是精灵，很容易就被找到而遭到杀害。这也是为什么这么久以来，黑暗之王不曾来找你的原因，他没有料到在南境还有个混血后裔活着。”

“你必须知道，沙娜拉之剑的力量是无可匹敌的，也是布罗讷最大的恐惧。这把剑的传奇是各族手中强大的护身符，而布罗讷打算终结这个神话，他将借着摧毁整个沙娜拉家族达到这个目的，这样就没有人可以拔剑对抗他了。”

“但是我根本不知道沙娜拉之剑，”谢伊抗议道，“我甚至不知道自己是谁，或是任何跟北境有关的事……”

“那些都不重要！”亚拉依突然打断，“如果你死了，一切也都不重要了。”他的声音在忧心忡忡的咕哝中消失。他再次望向远处榆木林边的遥远山峰。

谢伊慢慢躺到柔软的草地上，盯着晚冬淡蓝色的天空，几朵白云从远处山上飘来。有那么一会儿，亚拉依的出现和自己遭到死亡威胁的事，都淹没在懒洋洋的午后阳光以及他头顶树木的清新气息之中。他闭上眼，想起自己在山谷中的生活，他和弗利克对未来的计划。如果他被告知的事都是真的话，那这一切都将化为乌有。他静静地躺着，思考着这些事情，最后，他双手后撑，坐了起来。

“我脑中一片空白，”谢伊慢慢地开口，“我有好多问题想问。发现自己不属于欧姆斯福德家族的一分子，这让我很不知所措，而且是成为一个被……故事中的角色追杀的对象。你觉得我应该如何是好？”

第一次，亚拉依露出了温暖的笑容。

“现在，静观其变，眼下你还没有危险。先想想我跟你说的这些话，下次我们再慢慢聊，届时我会很乐意回答你所有的疑问；但不要告诉任何人，包括你的父亲，在我们找到解决问题的办法之前，就当作今天的对话没有发生过。”

两个年轻人对看一眼，虽然假装什么事都没发生过有点困难，但还是点头同意。亚拉依默默地起身，伸展他高大的身躯，舒缓一下紧绷的肌肉。兄弟俩也跟着站了起来。他俯视着他俩。

“不存在于昨日世界的传说和神话，将会存在于明日世界中；那些邪恶凶残又狡诈的东西，在沉睡了好几个世纪之后，即将苏醒。黑魔君的阴影开始笼罩四境。”

他突然打住。

“我不是故意要用这种严厉的态度对待你，”他出人意料和善地笑着，“但若是不久的将来即将面对最可怕的情况，你就会很感激我现在的态度了。你所面对的是真实的威胁，而非可以一笑置之的童话故事。这一切对你来说都不会是公平的，你会真正学到什么叫作人生，那绝对是你所不乐见的。”

语毕，一抹高大的灰影对应着远方青山，他的长袍严密罩着他枯槁的身躯，一只手伸过来紧紧抓住谢伊瘦削的肩膀，有这么一瞬间他们两人仿佛合而为一，然后他转过身，消失不见。

03

亚拉侬要在旅馆详谈的计划并未兑现。他留下兄弟俩在旅馆后面低声交谈，独自走回自己房间；谢伊和弗利克最后各自回去做事，没多久，就被他们的父亲叫去跑腿。回来时天色已晚，他们赶紧来到餐厅，希望能够进一步追问那个历史学家，但是他并未出现。兄弟两人匆忙地吃饭，由于父亲在场，两人都没有提及下午的事情。膳毕，他们等了将近一个小时，他还是没有现身；最后连他们父亲都离开去厨房了，他们决定到亚拉侬的房间。弗利克想起昨晚的经过后不太情愿去找那个阴沉的陌生人，但谢伊非常坚持，最后他哥哥同意一起去，希望多点人也多点安全。

当他们抵达亚拉侬的房间时，发现门没有上锁，那个高大的浪人不知去向，房间看起来就像从未有人住过一样；他们急忙在旅馆和附近四处寻找，还是不见亚拉侬的踪影，最后，他们不得不认为，他可能是因为某个原因必须离开穴地谷。谢伊对亚拉侬不告而别感到气愤，但同时也开始对自己已经不在亚拉侬的羽翼保护下感到害怕。不过弗利克倒是很开心，当他与谢伊一起坐在大厅壁炉前的高背椅时，他向他弟弟保证，一切都会迎刃而解。他说，他不完全相信历史学家提到的，关于北境之战和沙娜拉之剑的荒诞故事，即使有些是真的，但关于谢伊身世和布罗讷的威胁这部分，必定是夸大其词。

谢伊静静听着弗利克的胡乱猜测，偶尔点头表示赞同，脑子里却在想下一步该怎么走。他对亚拉侬说的故事十分怀疑，究竟这个历史学家来找他有何目的？他很凑巧地出现，告诉谢伊有关他的奇特身世，警告他现在有危险，然后一声不吭就挥挥衣袖走人，谢伊怎能确定亚拉侬没有私心，比如利用谷地人成为他的爪牙？实在有太多没有答案的问题了。

终于，滔滔不绝地提供建议的弗利克也累了，闭上嘴沉重地倒在椅子里，无奈地看着噼啪作响的柴火。谢伊继续推敲亚拉侬的故事，试着设想现在他能做些什么；但经过一个小时的思量，还是跟之前一样困惑，他只好昂首阔步离开休息室，忠诚的弗利克紧跟在后。两人都不想再作深究。一回到位于东翼的小房间，谢伊就闷闷不乐地跌坐在椅子里，弗利克则倒在床上兴味索然地看着天花板。

床头桌上烛光昏暗摇曳，弗利克发觉自己开始昏昏欲睡，于是马上打起精神来，将手高举过头，忽地碰到一张折起来的纸，其中一部分已经滑进床垫和床头板之间。他好奇地把它拿起来放到眼前，看到上面署名是要给谢伊。

“这是什么？”他嘟囔着，把它丢给他沮丧的弟弟。

谢伊撕开加封的纸，快速浏览，他低声吹哨并跳了起来，弗利克马上坐起，是谁留下这张纸条他已经心里有底了。

“是亚拉侬写的。”谢伊确认了他哥哥的猜想。“听着，弗利克：

“‘我已经没有多余时间详细说明，最重要的事情发生了，虽然有些为时已晚，但我还是必须立刻离开。尽管可能无法再回山谷，但是你必须相信我以及我所告诉你的事。

你在穴地谷已经不再安全，你一定要准备好快点撤离。如果你的安全受到威胁，你可以在阿纳尔森林的库海文找到庇护，我会派一个朋友来帮助你，他叫巴力诺，你可以相信他。

不要跟任何人提起我们曾见过面，你现在正面临着极大的危险。我在你栗色的旅行斗篷口袋中放了一个小袋子，里头有三颗精灵石，当你遇到危难无计可施时，它们可以指引你、保护你。要注意，只有谢伊能用，而且是所有人都无计可施时才能使用精灵石。

发现骷髅记号就是你撤逃的警告。希望幸运之神与你常在，我年轻的朋友，后会有期。’”

谢伊兴奋地看着哥哥，但是多疑的弗利克眉头深锁，难以置信地摇着头。

“我不信任他，不管他说了什么。骷髅跟精灵石？我从没听过库海文这个地方，而且阿纳尔森林距离这里好远，要走好几天，我才不要。”

“石头！”谢伊大叫，马上冲去拿挂在转角衣橱里的旅行斗篷，仔细翻找他的衣服，弗利克焦急地看着；他小心翼翼地退后，右手里平稳地放着一个皮囊。他用手掂了掂重量，展示给他哥哥看，然后迅速回到床边坐下，解开系绳，将里头的东西倒在手心。滚出来的是三颗深蓝色的石头，每一颗都跟鹅卵石差不多大小，切割精细，在微弱的烛光下依旧熠熠生辉。兄弟俩好奇地盯着石头，半期待着马上就会发生一些不可思议的事，但什么也没有发生。它们一动不动地躺在谢伊的手掌心，就像夜里的小蓝星一样闪闪发光，仿佛只是着了色的玻璃而已。最后，当弗利克鼓足勇气要去摸其中一颗时，谢伊把它们装回袋子里，塞进他的衬衫口袋。

“嗯，关于石头的事他说得没错。”谢伊不假思索地说。

“说不准，也许它们根本就不是精灵石。”弗利克怀疑地指出，

“反正你也没听过看过。那信中其他部分又怎么说？我从没听过巴力诺这个人，也没听说过库海文这个地方。我们应该忘掉这一切，尤其是我们曾见过亚拉依这件事。”

谢伊疑惑地点点头，无法回答他哥哥的问题。

“我们现在没啥好担心的，只需睁大眼睛留意骷髅记号，或是等亚拉依的朋友出现，也许到头来什么事都没发生。”

接下来一连好几分钟，弗利克一直在叨念着他对这封信和来函者的不信任，直到他不再感兴趣。兄弟俩已经精疲力尽，决定今晚就到此为止。烛光熄灭前，谢伊把皮囊小心地放在枕头下，他可以感觉到侧脸压着那一团东西；不管弗利克怎么想，他决定未来的日子要把这些石头贴身携带。

翌日，开始下起雨来，硕大的乌云瞬间从北边席卷而来，山谷完全不见天日，然后暴雨倾盆而下，毫不留情地向小村庄倾泻。田地的工作和往返山谷的一切活动都被迫中止。三天里，倾盆大雨交织着闪电，震耳欲聋的雷鸣响彻山谷，北部远方传来不祥的隆隆声。山谷的人开始担心山洪暴发会给他们的家园带来毁灭性灾难。人们每天聚集在欧姆斯福德的旅馆里，一边喝酒一边忧心忡忡地望着窗外连绵不断的雨水。欧姆斯福德兄弟静静地听着人们谈论，看着他们忧心的面容。起初，他们期望暴雨很快会停止，但三天过去了，天气依然没有好转迹象。

到了第四天中午，雨势逐渐减缓，连日来的倾盆大雨变成闷热的毛毛雨，还起了浓雾，湿粘的天气让每个人都烦躁不适。旅馆里的客人逐渐回到日常工作当中，谢伊和弗利克也开始忙着修葺和打扫。暴雨毁坏了门窗和房顶的木板瓦，四周一片狼藉。旅馆两翼的屋顶和墙体都出现大面积渗漏，连欧姆斯福德家的工具房也被一颗让暴雨连根拔起的榆树给砸烂了。年轻人花了好几天修补和收拾，这些工作冗长而乏味，时间似乎过得异常缓慢。

十天后，雨势才完全停止，天空放晴，淡蓝色的天空飘着朵朵白云。大家担心的洪水并没有发生，温暖的太阳把湿透的泥地晒干，连暴雨期间留下的水坑也很快消失得无影无踪，谷地渐渐恢复原貌，暴风雨已经成为过去式。

完成主建筑的修理工作，谢伊和弗利克在后方重建被砸烂的工具房时，听到旅馆客人聊起关于日前暴雨的话题。印象中，谷地从来没有在一年当中的这个时间下过这么大的雨，那几乎就相当于冬天的风暴——那种会把途经北部大山的旅者从悬崖小径上吹走，从此失去踪迹的恶劣天气。这让人又再次想起关于遥远北方不断有怪事发生的谣言。

兄弟俩仔细听着客人间的对话，但是没有能引起他们兴趣的内容。通常他们都在低声谈论着有关亚拉侬和谢伊身世的奇怪故事。弗利克一直将整件事视为无稽之谈。尽管谢伊比他哥哥更不想在意这件事，但他还是很包容地听着；不过虽然放不下，却也没有办法接受。他觉得亚拉侬还有很多事情瞒着他，直到他掌握一切真相，他才会甘心放下这件事。他贴身保管着装有精灵石的袋子。面对总是傻傻地带着那些石头，以及相信亚拉侬说的任何话的谢伊，弗利克一天总得啰嗦好几次。谢伊仔细观察所有经过谷地的陌生人，密切留意他们身上是否有任何骷髅标记；但随着时间过去，他什么也没发现，最后不得不把整件事置之度外，就当作是上一次当，学一次乖。

谢伊一直没改变看法，直到亚拉侬离去三个礼拜后的一个下午。兄弟俩一整天都在外面伐木，作为旅馆屋顶木瓦之用，直到傍晚才回来；他们的父亲正坐在厨房长桌旁他最喜欢的座位上埋头吃饭，他挥手跟他们俩打招呼：

“你出门时，有一封给你的信，谢伊。”他知会两人，并拿出一张折起来的白色纸张，“上面署名利亚。”

谢伊惊呼一声，急切地伸出手去拿信，弗利克则闷哼了一声。

“我就知道、我就知道，简直让人不敢相信……”他喃喃自语，“整个南境最大的败家子又要折磨我们了。把信拆开，谢伊。”

谢伊对他的挖苦充耳不闻，早就打开信封看里面的内容，弗利克耸肩表示蔑视，一屁股坐在父亲身旁。

“他想知道我们躲在哪里，”谢伊大笑，“他要我们赶快去看他。”

“嗯，当然！”弗利克咕哝道，“他可能惹上麻烦了，需要有人背黑锅，我们干脆找个最近的悬崖跳下去算了。你还记得上次曼尼安·利亚邀请我们去他那儿时发生了什么事吗？我们在黑橡林里迷路了好多天，差点被狼群吃掉！我永远也忘不了那次的历险，笨蛋才会再接受他的邀请！”

他弟弟大笑，伸出手臂搭着他的肩膀轻拍。

“你是在忌妒，因为曼尼安是诸王之子，日子过得逍遥又自在。”

“鼻屎大的王国！”弗利克快嘴反驳，“最近皇室血脉根本不值钱好吗，看看你自己……”

他猛然打住，两人匆匆瞄了他们的父亲一眼，但他显然没有听到，还是全神贯注于他的晚餐。弗利克带着歉意耸耸肩，谢伊安慰性地对他微笑。

“旅馆那边有人找你，谢伊。”柯萨·欧姆斯福德突然开口，抬起头来看着他。“他人在大厅，我从来没见过这个人，当他说要找你时，还提到几个星期前来过这儿的高大陌生人。”

弗利克顿时被恐惧攫住，缓缓起身，谢伊也因为这个消息突然重心不稳晃了一下，然后匆忙向正要开口的哥哥示意不要出声。如果这个刚出现的陌生人是敌人，他必须赶快查明。他抓紧衬衫口袋，确定精灵石是否还在。

“那人什么样子？”他马上问道，想不到还有什么方法可以找出骷髅记号。

“很难形容嗳，儿子。”他父亲嘴里一边嚼着食物一边含糊地回答，头还是低低地对着餐盘，“他穿着一件深绿色的长斗篷，今天下午骑着匹漂亮的马来的；他急着要找你，你最好赶快去看看他要什么。”

“你有没有看到任何记号？”弗利克口气有点急。

他的父亲停止嚼食，困惑地看着他。

“你在胡说什么？难道要我把他画下来你才满意吗？你今天是不是吃错药啦？”

“没事，真的没事……”谢伊赶快插话，“弗利克只是想知道那个……那个人长得跟亚拉侬像不像……你还记得吗？”

“哦，是喔！”他父亲会意地微笑，弗利克努力压抑情绪，表现出镇定的样子，“我没注意两人哪里相似，虽然这个人也很高大，我倒是看到他右脸有一条很长的疤痕，可能是刀伤。”

谢伊点头致谢，马上把弗利克拉往大厅。他们快速走到对开大门前，屏息以待。谢伊小心地将门推开一个缝，盯着里头拥挤的人群，不过都是熟悉的老面孔和寻常旅客，不一会儿，他突然关门缩了回来并对着焦急的弗利克。

“他在里面，就在壁炉旁边的角落里。从这里看不出来他是谁，也看不出来他长什么样，他身上裹着绿色的斗篷，就跟父亲说的一样。得靠近一点才行。”

“在里面？”弗利克倒抽一口气，“你是疯了吗？如果被他发现了，可能一秒钟就认出你来了。”

“不然你去。”谢伊坚定地下达命令，“借口壁炉要加些柴火，瞄他一眼，看他有没有骷髅记号。”

弗利克双眼圆睁，想转身逃跑，但是谢伊马上抓住他的手臂，连拖带拉硬把他从门口推进大厅，然后赶快蹲下躲开视线；片刻过后，他把门稍微推开，透过门缝看看里面的动静。他看到弗利克忐忑不安地穿过大厅走到壁炉旁，然后开始翻动炭火，最后才拿了根木柴加进去，而门外的他则试图找个好位置看清穿着绿斗篷的人。那个陌生人坐在距离壁炉几英尺远的地方，背对着弗利克，但是稍微对到谢伊躲在后面的那扇门。

正当弗利克准备返回时，陌生人稍微挪动了一下位置，很快地说了几句话，弗利克瞬间僵住。谢伊看到他哥哥转过身去回答陌生人，并匆匆瞥向自己藏身的地方；谢伊躲回暗处，让门顺势关上。看来他们两人不知怎么都露出了马脚，正当他考虑要不要逃跑时，弗利克突然把门推开，一脸惨白。

“他看到你在门边了。那个人有一副鹰眼，他要我带你过去。”

谢伊想了一会儿，最后还是认命地点点头。毕竟，在这短短的几分钟内他们又能躲到哪里？

“说不定他什么事都不知道……”他乐观地猜测，“也许他以为我们知道亚拉侬去哪了，小心点不要乱说话，弗利克。”

他在前头带路，穿过大门越过大厅，到那个陌生人所坐的桌子旁。他们站在他身后等待着，但是那人头也不回，挥手示意他们坐到对面位置，他们非常不情愿地听从，三人就这样坐着相视无语。这个陌生人虽然没有亚拉侬高大，但是身材一样魁梧，全身上下都被斗篷盖着，只有头露出来，长得很有个性，除了从右边眉尾沿着脸颊到嘴角上方的深色疤痕外，其实还蛮赏心悦目的，一双眼睛好奇地审视着对面两名年轻人，淡褐色的眼眸暗示着在他刚毅外表下有颗温柔的心，金色短发松散地覆在前额和小小的耳朵上。谢伊看着这个陌生人，无法相信他会是亚拉侬警告过的敌人，就连弗利克脸上的表情也放松了下来。

“现在没有时间玩游戏了，谢伊……”那人用一种和善但却忧心的口吻突然说道，“你的谨慎是明智的，但我身上没有骷髅记号；我是亚拉侬的朋友，我叫巴力诺，我的父亲是洛尔·巴克哈纳，卡拉洪国王。”

两兄弟马上就认出他的名字，但是谢伊不想冒任何险。

“我怎么知道你就是他？”谢伊马上质问。

陌生人笑了。

“就跟我认出你的方式一样，谢伊，透过你放在衬衫口袋的三颗精灵石，亚拉侬给你的精灵石。”

他一愣一愣地点着头，只有那个历史学家派来的人才会知道那些石头，他小心翼翼地倾身向前。

“亚拉侬怎么了？”

“我不知道……”眼前的男人轻声说道，“我已经有两周没听到他的消息了。我们分开时，他正要前往帕瑞诺，谣传要塞遭到攻击，他对沙娜拉之剑的安全感到担忧。他派我来这里保护你，我本来可以早点到，但是被天气，还有那些企图跟踪我的人给耽搁了。”

他停下来，直视着谢伊，淡褐色的眼睛瞬间严厉起来。

“亚拉侬已经将你的真实身份以及可能面临的危险告诉你了，不管你信或不信，都无关紧要；现在时机已经到来，你必须立刻逃出山谷。”

“马上离开吗？”谢伊一脸震惊大叫出声，“我不能这么做！”

“你可以也必须这么做，如果你还想活命的话。有骷髅记号的人猜想你就在山谷中，不出一两天，他们就会现身，届时你若还在这里，一切就完了。你必须现在就离开，尽快轻装上路，走你熟悉的小路；若万不得已要走到空旷的地方，也只能在白天他们力量较弱的时候前进。亚拉侬已经告诉你要前往何处，你必须相信自己的智慧能够抵达目的地。”

谢伊讶异地瞪着对方好一会儿，然后转向哑口无言的弗利克。这个人怎能期望他就这样打包走人？真是荒谬至极。

“我该走了。”那陌生人突然起身，“如果可以的话我也想带你离开，但是我被跟踪了。那些打算毁掉你的人预料我会泄露出你的行踪，由我当作诱饵对你比较好，也许他们会跟我到更远的地方，然后你就可以趁机脱逃。我会先往南走，然后再折回来前往库海文，我们到那里再见。记住我的话，不要继续在谷地逗留，现在就走，今晚就出发！照亚拉侬的指示行事，保护好精灵石，它们是威力强大的武器。”

谢伊和弗利克跟着他起身，握住他伸出的手，他们才注意到他露出的那只手穿戴着闪闪发亮的锁子甲。巴力诺不再多言，迅速穿越大厅走出大门，消失在黑夜之中。

“那，现在怎么办？”弗利克问道，瘫坐回椅子上。

“我怎会知道？”谢伊不耐烦地应道，“我又不是算命的，我也不晓得他和亚拉侬所说的话到底是否千真万确。即便有一点可能性，为了大家着想，我必须赶快离开山谷。如果真的有人在追杀我，我不能保证你和父亲会不会因为我留下来而受到伤害。”

他沮丧地环视整个房间，无法决定怎么做最好。弗利克静静地看着他，知道他帮不上忙，只能帮他弟弟分忧解劳；最后，他探过身来，把手搭在谢伊身上。

“我陪你走。”他轻声宣布。

谢伊瞅着他，明显受到惊吓的样子。

“我不能让你这么做，否则父亲永远不会谅解的，更何况，我可能哪儿也不去。”

“记得亚拉侬说过的话吧？我要跟你同舟共济。”弗利克顽固地坚持着，“而且，你是我弟弟，我不能让你只身上路。”

谢伊惊讶地看着他，然后微笑着点头表示谢意。

“我们晚点再谈。无论如何，即使要走，在我决定要去哪里还有需要准备些什么之前，我不会动身；我还必须给父亲留个纸条之类的东西，不管亚拉侬和巴力诺说了什么，我不能就这样贸然离去。”

他们离开位子，回厨房吃晚餐，剩下的时间两人心神不宁地在大厅和厨房间游荡，还顺道溜回房间好几次，谢伊趁机翻找着自己的东西，心不在焉地准备旅行用品；弗利克默不出声地跟着他不想让他落单，心里也担心他会不说一声就独自前去库海文。他看着谢伊把衣服和露营用品塞进皮制的背包里，当他问弟弟为什么要打包时，他说这是预先准备，以免真的突然要走时措手不及。谢伊向他保证，绝对不会不告而别，但是谢伊的承诺并没有让弗利克宽心，他反而更留意谢伊的一举一动。

当谢伊被抓住他的手唤醒时，四周一片漆黑。他睡得很浅，那个冰冷的触摸让他马上清醒，心脏狂跳不止；他激烈挣扎，但是在黑暗中什么也看不见，只能伸出另一只手去抓攻击者。他耳边立刻传来一个短促的嘘声，借着被云遮去大半的微弱星光和从挂着帘子的窗户投射进来的月光，他倏地认出弗利克，恐惧感马上被看到熟悉身影的安心感所取代。

“弗利克！你吓到……”

话说到一半，他的嘴马上被弗利克强壮的手给捂住了，再次被警告别出声。黑暗中，他可以看到弗利克惊惧的脸在夜里冰冷的空气中因紧绷而更显苍白。他突然起来，握着他的手将他扣得更牢，用力把他的脸拉近后者紧咬的嘴唇。

“不要说话……”弗利克的声音因为恐惧不停地颤抖，“窗户！安静！”

弗利克松开手，匆匆把他从床上拉下来，两人都屏住呼吸蜷缩在房间暗处又冷又硬的地板上，然后谢伊跟着弗利克爬到半掩的窗台下，一直低伏着连大气都不敢喘一下。等到他们到达墙边，弗利克用他颤抖的手把谢伊拉到窗户的另一边。

“在房子旁边，快看！”

难以言喻的恐惧蔓延开来，他把头探到窗台，小心地从木窗户窥视远处的黑暗，结果一眼就看到那个怪物：巨大恐怖的黑色外形，爬行时身体半伏，拖着脚穿梭在旅馆阴影之间；覆着它隆起背部的斗篷无声地飘动着，仿佛底下有东西在催促鞭笞着它，即使从这样遥远的距离，都能清楚听到它骇人的呼吸声，它的脚在移动时还会发出奇怪的削刮声。谢伊紧紧地抓住窗台，视线锁住逐渐靠近的怪物，就在他俯身的一瞬间，他清楚瞄到一个闪闪发亮的银色挂坠，形状正是骷髅。

04

黑暗里两人缩成一团。他们可以听到怪物移动的声音，随着时间一分一秒过去，刺耳的削刮声愈来愈大，他们很确定现在才听从巴力诺的警告已经为时已晚；他们绷紧神经听着，连气也不敢喘一下。谢伊想要逃跑，但也担心稍有动静就会被逮个正着；弗利克僵硬地坐在他身边，在寒风拂拭下簌簌颤抖，窗帘也被吹得扑扑翻飞。

突然间，外头不断传出刺耳的狗叫声，然后变为交杂着恐惧和敌意的嗥叫声。兄弟俩小心翼翼地把头探出来，在昏暗的光线下眯着眼睛往外看，有着骷髅记号的怪物就在他们正对面的墙边蜷伏着，大约十英尺远的地方有一只大狼狗，龇牙咧嘴对着入侵者猛吠。两者在黑夜中对视，那怪物依旧缓慢地粗声喘气，大狗对着空气低声吼叫，半蹲着步步进逼；然后，一声怒吼，大狼狗突然扑向入侵者，张嘴准备朝着对方乌黑的头一口咬下去，却突然在半空中被飘动的斗篷下伸出的一只爪状前臂给抓住了，可怜的大狼狗被猛地扯断了喉咙，掉到地上一动也不动。事情全发生在一瞬间，兄弟俩都愣住了，几乎忘记要赶快躲回去以免被看见。没多久，他们又听到那个令人毛骨悚然的削刮声，怪物沿着相连的建筑物墙边拖行，不过声音愈来愈小，似乎已经离开旅馆附近。

两兄弟在房间暗处屏息等待了好一段时间，无法控制地浑身发抖。外头一片寂静，他们拉长耳朵注意怪物的动向；最后，谢伊鼓足勇气从窗边再往外看一眼，等他再次俯下时，吓坏了的弗利克已经准备好从最近的出口爬出去，不过谢伊摇得像拨浪鼓似的头，让他放下心来，那怪物已经走了。弗利克赶紧从窗边回到温暖的床上，但是被子盖到一半就停住了，他看到谢伊在黑暗中快速换装。他想开口说话，但谢伊举起手指贴住嘴唇，弗利克马上起身更衣，不管谢伊有什么打算，要去哪儿，弗利克都决心要跟着他。等到两人都穿戴妥当，谢伊把他哥哥拉近，在他耳边说悄声说道："只要我们还留在这里，谷地的所有人都有危险。我们今晚就得动身！你决定要跟我一起走吗？"

弗利克断然点头，谢伊继续说道：

"我们去厨房打包些食物，够吃几天就可以了，顺便留一张纸条给父亲。"

语毕，谢伊从衣柜拿出装着衣物的背包，悄然消失在通往厨房的走道，弗利克快步跟上，从卧室摸黑尾随弟弟。但是走廊伸手不见五指，他们花了不少时间摸索，扶着墙壁沿着转角来到厨房大门。一到厨房，谢伊点亮一根蜡烛，示意弗利克去打包食物，而他则草草给父亲写了张字条，放在啤酒杯下面。弗利克快速完成任务走回弟弟身边，谢伊吹熄蜡烛，走到后门时停下脚步，回过头来说道：

"一旦出了这个门，就一句话都不要说，紧跟着我就好。"

弗利克点点头，更担心这扇门后有什么东西在等着他们，让他们遭遇跟几分钟前那只被断喉的狼狗一样的下场。但是现在没有时间犹豫了，谢伊小心地推开木头大门，看向外头环绕着浓密树丛的庭院；不一会儿，他向弗利克发出信号，两人蹑手蹑脚走进如冰冷的夜中，轻声关上身后的门。谢伊环顾四周确定无人，此时距离黎明破晓只剩下一两个钟头，届时村民就会醒来。兄弟俩停在屋旁聆听危险的声音，确定什么都没有之后，谢伊带头穿过庭院，消失在灌木丛里，弗利克依依不舍地回头朝家看了最后一眼，也许以后都无法再见了。

谢伊静静地在村子里穿梭，他知道骷髅使者不确定他的身份，否则就会在旅馆逮到他们了，但怪物认为他就住在山谷里，因此才会趁着月黑风高前来熟睡的穴地谷。谢伊回想着他在旅馆内仓促拟定的旅行计划，如果真如巴力诺所言，被敌人发现他在哪儿的话，所有可能的逃亡路线势必都会被监视；此外，一旦他们发现他不见了，一定会片刻不停地追来。他必须假设那恐怖的怪物不止一只，而且正严密看守着整个山谷，弗利克跟他得把握秘密行动的机会，赶快离开山谷和周边区域。不过这也意味着，他们必须连夜疾行，没有太多睡觉的时间。这会是个非常艰难的任务，但真正的问题是，他们要逃往何处？他们携带的口粮只够维持几天，但去阿纳尔要好几个星期。除了几条比较常走的路和几个常去的村落，兄弟俩对谷地周边并不熟悉，而且这些地方可能也在骷髅使者的监控下。依照目前的情况，他们也没得选择，只能挑个大概方向，可是他们该往哪边跑？哪边才是那些怪物最料想不到的方向？

谢伊仔细考虑每个选项，但他已经心里有数。谷地西边是一片旷野，只有少数几个村落，如果他们往那边去，就会离阿纳尔愈来愈远。如果往南走，最后会到达相对安全的南方大城皮亚和佐罗马克，他们在那里还有亲戚朋友，按理这也是他们逃离骷髅使者会选择的路径，那些怪物可能会严密把守谷地南边的路；再者，越过督恩森林后地势空旷，无法为逃亡者提供掩护，要到城市必须长途跋涉，他们可能在半路就被发现，一命呜呼。朝北的话，督恩森林那头是宽广的土地，有瑞潘霍拉郡河和雄伟的彩虹湖环抱着，经过这一大片荒凉未开垦的地方，最后就会抵达卡拉洪王国。来自北境的骷髅使者可能会途经此地，十之八九比他们兄弟俩更了解那边的情况，而且如果他们预料巴力诺已经从泰尔西斯前往谷地的话，一定会严加看守那里。

阿纳尔位于谷地的东北边，中间隔着全南境最崎岖危险的区域，茫茫无际。这条路是最危险的一条，但也是敌人最不可能料到他们会走的路。它将穿越阴郁的森林、诡谲的低地、隐秘的沼泽，面临每年让无数旅者丢掉性命的各种不知名危险。不过在督恩森林东边还有着骷髅使者不知道的地方，那就是利亚高地，他们可以向曼尼安·利亚寻求协助，他是谢伊的好朋友，姑且不论弗利克的担忧，他或许可以指引他们一条穿越危险地带直达阿纳尔的路。对谢伊来说，这似乎是唯一一个明智的选择

兄弟俩抵达村庄东南侧，在一座柴房边稍事喘息。谢伊谨慎地注视着前方，他不知道现在骷髅怪物会在哪里。长夜将尽，万物在霭霭月光下一片朦胧。他们左方某处，传来狗的狂叫声，附近房屋亮起了灯，睡眼惺忪的主人往外张望。大约再过一个小时就要天亮了，谢伊知道他们必须冒着被发现的风险，跑出山谷躲进督恩森林里；如果等到天亮，他们还在山谷的话，搜索他们的怪物就会在视野开阔的地方看到他们爬坡。

谢伊拍拍弗利克的背并点了点头，跑出谷地房舍的庇护，冲进谷底浓密的树丛中。万籁俱静，只隐约传出他们踩过沾满晨露的深草的声音，多叶的枝桠在他们跑过时不断拍打着他们的手和脸，在他们皮肤上留下清晨的露水。他们急急忙忙地跑向坡度和缓且长满灌木的谷地东面山坡，在浓密的树林中穿行，跳过地下散布的坚果壳和树枝。到达斜坡后，他们极尽所能地迈开大步，连蹦带跳爬上开阔的草地，头也不回地往前冲。因为草地湿滑，他们多次打滑，总算到达谷边，映入眼帘的是通往东方的大谷坡，谷坡上布满奇岩怪石和稀疏灌木，恍如远方世界的巨型壁垒。

谢伊身轻体健，在崎岖不平的路面依旧行步如飞，身手矫捷地越过挡在前方的灌木丛和小石块；弗利克坚持不懈尾随在后，结实的腿

部肌肉支撑着他壮硕的体型，让他得以跟上前方的步伐。当他偶尔冒险回头一瞥，只能看到树梢的模糊影像。他看着谢伊跑在他的前面，轻快地跳过小土丘和碎石子，专心一意朝着距离这里大约一英里远、位于山谷东面坡底的林区迈进。弗利克已经感觉到腿有点酸，但是对怪物的恐惧鞭策着他不要落后。逃离他们唯一的家，被不可思议的邪恶敌人追赶着，他想知道两人该何去何从才能不被找到。这是亚拉侬离开后，弗利克第一次如此强烈希望那位神秘浪人能再次出现。

不消一刻，前方树林已经愈来愈近，兄弟俩疲累地在冷冽的夜里奔驰着。他们没有听到任何声音，前面也毫无动静，仿佛他们是竞技场中唯一的活物，只有头顶的星星不停地眨呀眨的。随着暮去朝来，这些观众也逐渐消失在晨光之中。兄弟俩不顾一切往前冲，以免几分钟后太阳一露脸，行踪暴露而被抓。

当两人最后终于抵达林区时，他们上气不接下气地瘫倒在一株高大的山核桃树下的树枝堆上，心脏因为没命的奔跑而狂跳着。有好几分钟，他们躺在地上一动不动，在一片寂静中沉重地呼吸着。然后谢伊勉强起身，回头看谷地的方向，地面或是空中都没有动静，看来两兄弟一路来到这里都没有被发现。但是他们还没离开山谷，谢伊拉起弗利克，拖着他在林间穿梭，准备爬上陡峭的山坡。弗利克一言不发地跟着，他已经无法思考，只能把疲弱的意志力集中于把一只脚挪到另一只脚前。

东面山坡非常险峻，布满石块、倒下的树和多刺的灌木，地势崎岖，令攀爬困难费时。谢伊打头阵，用他最快的速度越过重重障碍，弗利克则跟随着他的脚，两名年轻人一边攀爬一边抓踩着登上山坡。天空渐渐亮起来，繁星退去。此时太阳就在他们前方发出了第一道曙光，遥远地平线一抹橘黄色慢慢晕染开来。谢伊逐渐感觉累了，他的呼吸变得短促，步伐也开始踉跄；在他后面的弗利克拖着沉重的身躯强迫自己继续爬行，手跟前臂被尖锐的树枝和岩石划破割伤。这样的攀爬仿佛永无止境，他们以蜗牛般的速度通过坎坷地势，可能被发现的恐惧迫使他们的双腿不断前行。如果他们在这里被抓到，所有的努力就全都……

就在他们只剩下四分之一的路程即可登顶之际，弗利克突然尖叫，滚下山坡；谢伊惊恐回头，旋即看到一个巨大的黑色物体缓慢地从遥远的谷地升起，像只御风而上的大鸟，飞进清晨微光之中。他马上趴下，示意落下的哥哥赶快躲起来，祈祷怪物没有看到他们。他们不动声色地躲在山边，可怕的骷髅使者愈飞愈近，那怪物冷不防迸出一声凄厉的喊叫，榨干两名年轻人逃脱的最后希望。他们被一股莫名的恐惧感紧紧包围着，这种感觉就跟弗利克与亚拉侬一起藏身灌木丛下避开黑色怪物时，让他无法动弹的感觉一样，只不过这次没有地方可躲。就在怪物直扑他们而来之际，他们吓得几近崩溃，那一瞬间他们知道自己快要没命了，但是下一秒钟，黑色猎人突然转弯朝北边笔直飞去，消失在地平线。

掉了魂的两人一直藏身在稀疏的灌木丛和松散的石堆中，他们担心只要一动，怪物就会飞回来消灭他们。待那股非理性的恐惧退去后，他们颤抖着爬起来，撑着疲惫的身躯继续朝谷顶进发。两人加快脚步通过一小块空地，督恩森林就在前面不远处。几分钟内，他们就消失在高大的树林里，清晨初现的曙光照亮大地，往回延伸至寂静空灵的谷地。

进入督恩森林后，两名年轻人放慢速度，对他们要去哪里还是一点头绪也没有的弗利克，终于叫住前面的谢伊。

“为什么我们要走这里？”弗利克质问，他的声音因为长时间沉默，听起来有点陌生，“我们到底要去哪里？”

“去亚拉侬告诉我们的地方——阿纳尔。我们的最佳选择就是走骷髅使者认为我们最不可能会走的路，所以我们往东到黑橡林，再从那儿向北走，希望我们在路上可以找到援助。”

“等一下！”弗利克蓦然理解后大声嚷道，“你的意思是说，我们往东穿越利亚，希望曼尼安可以帮助我们。你是疯了不成？我们为什么不直接向怪物投降？那样还比较快！”

谢伊摊了摊手，疲惫地转过身面对他哥哥。

“我们没有其他选择！曼尼安是我们唯一可以求助的人，他很熟悉利亚那边的情况，可能知道通过黑橡林的路。”

“哦，当然！”他满脸愁容地表示，“你忘记他上次让我们在那里迷路了吗？要我相信他比让我扔了他更难，我怀疑我连抬都抬不起他。”

“我们没得选择！”谢伊重申，“你也不是非得跟着我，对吧？”

他突然住嘴，转过身去。

“抱歉我动气了，但我们必须依照我的方式做，弗利克。”

他垂头丧气，一言不发地重新踏上旅程，弗利克闷闷不乐地跟在后头，不赞同地摇着头。打从一开始，逃跑就不是一个好点子，即便他们知道那可怕的怪物正在山谷四处搜寻。但是去找曼尼安·利亚的主意更糟，那个游手好闲的自大狂如果没让他们迷路，就势必会让他们掉入陷阱。曼尼安只对自己感兴趣，他是个大冒险家，现在又不知上哪去逍遥了，找他帮忙真是荒谬至极。

弗利克对他的成见很深，打从五年前他们相识以来，他就一直很不认同曼尼安·利亚和他所做的任何事。他的家族在过去几个世纪一直统治着一个高地小国，身为家族独子，曼尼安从小到大不断上演脱轨失序的剧目，也不曾付出劳力养活自己，弗利克敢打包票，他肯定没做过任何有意义的事。他绝大多数的时间不是在打猎就是在打架，做那些辛勤的谷地人认为是虚掷光阴的消遣；他的态度也让人头痛不已，他的人生、他的家族、他的家园，甚至是他的国家，对他来说通通不重要，他就如天空中的浮云一样漠然，挥挥衣袖不留下一丝痕迹。就是这种对人生如此漫不经心的态度，让他们在一年前差点命丧黑橡林，不过谢伊还是被他吸引，痞痞的高地人似乎也以真心回应。但弗利克从不相信他可以依赖这段友谊，如今他弟弟竟然打算把他们的生命托付给一个不知道责任感为何物的家伙。

他在心里反复思量现在的情况，盘算着可以做些什么以摆脱必然的命运；最后他决定最好的方法就是当谢伊的军师，盯紧曼尼安，当怀疑他们正在做傻事时警告谢伊。如果他现在就跟弟弟不和，之后就没有机会反驳利亚王子提出的下下之策了。

傍晚时分，两人终于抵达瑞潘霍拉郡河岸。谢伊带头沿着河岸行走了大约一英里，一直走到前方河道变窄的地方，就停了下来，看着对面的森林。估计再过一个小时左右，太阳即将下山，谢伊可不想晚上在岸边被抓到，如果和追捕者之间隔着水，他会觉得比较安全。谢伊向弗利克说明后征得同意，两人便用手斧和猎刀开始打造小木筏。木筏不用太大，因为只需要运载他们的背包和衣物，没有时间建造连他们都坐得下的大木筏，他们必须拉着他们的家当游泳渡河。迅速完成任务后，他们把脱下的背包和衣服紧紧绑在小木筏中央，便溜进寒冷的河里。水流很快，但是一年中的这个时段并不危险，春天的融雪已经过去；唯一的问题是，游过来后，河岸太高，找不到上岸的地方。水流将他们往下冲了半英里远，他们使劲拖着累赘的木筏，好不容易横渡到河的对岸，发现自己已经非常靠近狭窄的水湾，可以轻松上岸。他们连忙离开冰冷的河水，在颤抖中把木筏也拖上岸后，快速擦干身体穿上衣服。现在太阳已经消失在大树之下，只留下一抹余霞，映红了黄昏的天际。

这一天还未结束，但谢伊提议两人小睡片刻好恢复体力，晚上再继续旅程，避免任何可能被发现的机会。掩蔽的水湾看起来很安全，因此他们在榆树下用毛毯把自己包裹起来，很快就进入了梦乡。直到午夜，谢伊才轻轻摇醒弗利克，他们快速整装，准备继续徒步穿越督恩森林。曾经有一度，谢伊觉得他听到对岸有东西在徘徊的声音，急忙警告弗利克；两人静静听了好几分钟，还是没有在黑暗的树丛间发现任何动静。弗利克指出湍急的河水声会掩盖掉其他声响，骷髅怪物很可能还在谷地搜寻他们；他误以为他们暂时用计甩掉了追踪者，因而信心大增。

他们一直走到日出，打算转往东边走，但是两人所处地势较低，视线范围有限，就连星星也被浓密的枝叶给挡住了。等他们终于停下来，还是搞不清楚自己身处督恩何处，也不知道还要走多久才能抵达利亚边界。还好太阳从他们正前方升起，让谢伊稍微放心一点，他们目前还是朝着正确的方向前进。在三面包围着茂密灌木丛的高大榆树林中，他们找到一块空地安顿下来，因为日夜逃亡而精疲力尽的两人很快就沉沉睡去。直到傍晚时分两人才又醒来，准备夜行。为了避免引起注意，他们没有生火，将就吃着牛肉干和生菜果腹，再吃些水果喝点水就解决一餐。就在他们吃着东西的空当，弗利克再度提起关于他们目的地的问题。

“谢伊……”他谨慎地开口问道，“我并不是想一直抓着这问题不放，但你确定这真是最佳路线吗？我的意思是说，即使曼尼安愿意帮忙，我们还是很可能迷失在黑橡林那边的沼泽和山丘里，永远走不出来。”

谢伊慢慢地点了点头，然后无奈地耸耸肩。

“不这么做的话，就只能往更北的地方走，那里没有什么地方可躲藏，说不定连曼尼安也不熟。你觉得我们有更好的选择吗？”

“我想也是。”弗利克不开心地回应道，“但是我一直在想着亚拉侬告诉我们的事，你还记得吧，就是有关于不要跟任何人说起，也不要轻易相信任何人，他对这一点非常明确。”

“我们不要再谈这件事了。”谢伊突然发火，“亚拉侬不在这里，而且决定权在我，我不认为没有曼尼安的帮忙我们可以到得了阿纳尔森林。更何况，他一直都是一位好朋友，也是我见过的最优秀的剑客之一，必要时我们会需要他的经验。”

“所以我们不得不找他。”弗利克尖酸地接话，“也是，要对抗像骷髅使者那样的东西我们一点希望也没有，它一定会把我们撕成碎片！”

“不要这么悲观！”谢伊笑道，“我们都还活着，别忘了我们还有精灵石的保护。”

这场争辩并未完全说服弗利克，他只是觉得目前确实没有更好的选择，不得不承认若遇上战斗，曼尼安会是一大助力，但与此同时，他并不确定那个让人摸不清底细的家伙会选择哪一边。谢伊相信曼尼安，是因为过去几年，谢伊跟父亲去过几次利亚，对那个浮华的冒险家有着直觉性的好感；但弗利克不觉得他弟弟对利亚王子的分析全然合理。利亚是南境少数几个君权国家，而谢伊则是分权政府的拥护者，他反对绝对权力，但是谢伊却宣称和王国继承人是好朋友，就弗利克看来，这根本是自相矛盾。不管相信与否，你不可能两者都兼顾，不可能忠于自己的内心。

两人在沉默中结束用餐，日薄西山，柔和的金色光线渐渐变为深红，与大树的茂绿想辉映。兄弟俩快速打包他们的用品，平稳地朝着东方前进，日落的余晖映照着他们的后背。即便现在已是黄昏时分，树林间仍静得不太寻常，机警的谷地人在不安的静默中穿越阴森的森林，只有偶尔从头顶树缝中露出的月亮在远方指引着。弗利克对督恩不寻常的平静感到特别心烦，这么大的森林却这么安静，真的很奇怪。有时候，他们会在黑暗中停下脚步，聆听寂静的夜，然后什么也没听到，赶快继续疲累的行程，看看在通往前方高地的森林里有没有可以休息的地方。弗利克痛恨这种让人难以忍受的静默，一度轻声吹着口哨，但是马上就被谢伊警告并制止了。

接近清晨时分，兄弟俩到达督恩边缘，穿越绵延数里长满灌木丛的草原之后，就会到达利亚高地。还有几个小时才会天亮，因此他们继续东行。走出督恩，远离让人窒息的参天大树和让人不舒服的寂静，两人都大大松了一口气。尽管在森林庇护下会比较安全，但他们觉得在开阔的草原或许更有能力应付任何威胁，他们甚至开始低声交谈。大约在破晓前一个小时，他们来到了一个满布杂木林的小谷地，便停下来吃吃东西歇歇腿。他们已经能在东边看到苍茫的利亚高地，到那儿还要一天的旅程。谢伊估计如果他们在日落后马上启程，明天日出前应该就能够抵达目的地；然后，一切就得看曼尼安·利亚了。带着这个未说出口的念头，他很快就入睡了。

没几分钟，他们又醒过来了，不是因为有东西惊醒他们，而是草原上有股不祥的死寂，让他们同时感应到有另一个生物的存在。他们立即起来，默默拔出匕首，谨慎地看着没什么遮掩的四周。不过并没有东西在动，谢伊示意哥哥跟在后面，爬上布满灌木的谷坡看看前面的草原。他们趴在灌木丛间一动不动，在黎明的昏暗中侦测远处可能潜伏的任何危险。那里肯定有什么，因为两人都太清楚他们在卧室窗前的那种感觉。他们等待着，不敢呼吸，不知道怪物是否已经找到了他们，祈求自己能足够谨慎，隐藏行踪。一路艰辛逃亡至此，如今只消数小时就可以到达安全的利亚，要是现在被发现、被杀，一切就都白费了。

突然间吹起一阵狂风，骷髅使者的黑色身影从他们左方遥远的灌木丛升起，昏暗庞大的身躯沉重地悬在那儿，黎明来临前的微弱光线勾勒出它的剪影。兄弟俩俯卧在山坡边缘，就像他们身边的灌木一样安静，等待怪物离开。他们不知道它是怎么追到这里来的，如果真是这样，他们也不得而知。在这个空旷的草原里他们没什么运气可言，他们是被追捕的猎物，现在可能真的是死到临头了。怪物停在空中动也不动有好一会儿，然后它缓缓张开巨大的翅膀，朝着他们躲藏的地方飞来。弗利克惊恐地发出一声喘息，躲进周围灌木丛的更深处，在灰暗的光线下面如死灰，手紧紧抓住谢伊纤细的臂膀。但是就在距离他们大约几百英尺的地方，怪物突然飞入树丛，暂时失去了踪影，兄弟俩在雾蒙蒙的光线中用双眼专注地搜寻着，还是看不到他们的追捕者。

“趁现在！”谢伊坚定的声音在他哥哥耳边低声响起，“既然怪物看不见我们，到前面那排树那儿去！”

弗利克听了立刻明白，一旦黑色怪物搜查完那片树林，下一站就是他们躲藏的地方。他惊慌地从藏身的地方跃出，半跑半爬地沿着潮湿的草地冲过去。颠簸中他猛然回头，从肩膀上方快速往后扫了一眼，担心骷髅使者可能随时会从树丛中现身。谢伊跟在后面跑着，他身体轻盈，几乎贴着地面飞奔，在他哥哥魁梧的身躯后面呈之字形前进。顺利抵达前排灌木后，谢伊才想起他们的背包还躺在刚刚离开的谷底，万一被怪物看到，届时你追我跑的游戏就结束了，也不用再猜他们会走哪条路了。谢伊感觉胃往下沉，他们怎么会这么愚蠢？他绝望地抓住弗利克的肩膀，他哥哥也意识到他们的失误，沉重地摔坐在地上。谢伊知道即使可能被看到，他还是必须回去拿那些可能泄露他们行踪的背包，他别无选择。但是就在他犹豫不决地起身之际，猎人的黑色身影出现了，在明亮的空中停滞不动。他们的时机已经失去。

再一次，黎明又救了他们一命。就在骷髅使者悬在草原上空之际，太阳从东边山头升起，射出万丈光芒，照亮了大地，也温暖了天空。阳光洒在夜间怪物庞大的黑色身躯上，它知道为时已晚，骤然飞上天空，围着地面盘旋，带着令人胆战心惊的恨意，发出如死去般凄厉的尖叫声，让和煦的清晨在瞬间凝结。然后它朝着北边飞去，迅速消失不见，留下两个心怀感激、一脸不可置信的谷地人，无言地瞪着远方空无一物的天空。

05

当天傍晚，两人抵达利亚高地。由石头和灰泥砌成的城墙对疲倦的旅行者来说是最好不过的避风港，即使耀眼的午后阳光非常炎热，灰头土脸的民众显得不甚友善。谷地人讨厌高墙壁垒，他们更喜欢被森林包围着的那种自由，但已经精疲力竭的两人很快把这些抛诸脑后，毫不犹豫地从西城门走进市区狭窄的街道。现在正逢繁忙时候，他们被熙熙攘攘的人潮簇拥着走过入口处一排排的商铺和市集，一路朝城内曼尼安的家奔去。那是一座庄严古老的宅邸，外头有树和篱笆屏障，连接着整齐的草坪和芳香的花园。对来自穴地谷的两人来说，利亚俨然就是一座大都市，不过若要跟南方内陆的大城市甚至是边境城市泰尔西斯相比，还只是小巫见大巫。利亚是个与世隔绝自给自足的城市，甚少会有旅者经过。统治这块土地的政权是全南境最古老的王室，也是它的臣民所知甚至是所信奉的唯一法律，虽然谢伊从不信这一套，但绝大多数的高地人似乎都安于现状。

两人在人群中穿梭，谢伊开始检讨跟曼尼安·利亚之间不大成立的友谊。谢伊陷入沉思，可能得用“不大成立”这个字眼形容，因为从表面上看来，他们实在没有什么共同点。谷地人跟高地人，光是背景就已经如此截然不同，更别说是其他的了。谢伊，旅馆老板的养子，精明干练实事求是，在劳动阶级的熏陶下长大；而曼尼安，是利亚皇族的独子也是王位继承人，生来就背负着重任，而他却恣意妄为不予理会，拥有掩饰不住的傲慢自负，还有猎人与生俱来的直觉，就连弗利克这样苛刻挑剔的人都得敬畏他三分。他们的政治观也跟背景一样南辕北辙，谢伊是坚定的保守派、传统思维的拥护者，但曼尼安则认为用老派的方式处理种族问题已经被证明行不通。

尽管两人如此不同，他们还是建立起彼此尊重的友谊。曼尼安发现他的朋友有时候想法很不合时宜，但是欣赏他的信念和决断力。不同于弗利克老是挂在嘴边的意见，谢伊并不是对曼尼安的缺点视而不见，而是看到了其他不一样的特质，比如强大的判断力。

现在，曼尼安·利亚追求的是一种活在当下的生活。他四处旅行、打猎，但更常把时间花在寻找让自己陷入麻烦的新事物上。他苦练长弓，成为猎人，却反而激怒了他的父亲，后者一直尝试要让儿子也是唯一继承人对治国理政产生兴趣，却屡屡失败。总有一天，曼尼安会成为国王，但他一定没将此放在心上；如果还对他稍加期待就太愚蠢了。曼尼安的母亲在几年前谢伊初次造访高地后没多久就过世了。虽然曼尼安的父亲并不老，但一个国王的离世也不总是与岁数有关，利亚过去有好几位统治者也都是突然驾崩。万一他的父亲发生不测，不管曼尼安准备好了没有，他都将继任为王。到时候他一定会学到教训，谢伊想到这里不禁笑了起来。

利亚祖宅是栋宽阔的两层石砌建筑，平静地坐落在一片山核桃林和小花园之间，四周茂密的灌木丛使之与市镇相隔。而屋前就是一个大公园，当两人疲惫地走向前门时，还有孩子开心地在位于公园中央的小水池玩水。白天依然很暖和，人们从旅者身边匆匆经过，赶着回家或是与朋友会面。西边，黄昏的天空泛起柔和的金色余晖。

铁制的大门半开着，两名谷地人快速通过往宅邸走去，顺着蜿蜒漫长的石头过道一路往里面走。就在他们快要到达屋前门槛时，沉重的橡木门突然从里面打开，而开门的人竟然就是曼尼安·利亚。穿着色彩缤纷的斗篷和绿黄相间背心的他，身材精瘦，行进间就像猫一样轻松优雅。虽然他只比谷地人高几英寸，但是宽肩长臂让实际并不高大的他看起来又瘦又长。曼尼安正打算从侧边小路下去，但是当他看到有两个衣衫褴褛一身是灰的人正沿着主道走过来，立即止步，接下来更是惊讶得瞪大双眼。

“谢伊！”他猛地惊叫，“这是怎么……你们怎么了？”

他急忙冲向他的朋友，热情地紧握住他纤细的手。

“看到你真好，曼尼安。”谢伊微笑说道。

高地人往后退了一步，灰色的眼睛审视着他们。

“我从未预期我的信会这么有效果……”他声音渐渐变小，探究对方疲惫的脸。“但不是这样，对吧？请不要告诉我，我不想听。我宁愿认为你是基于我们的友谊而来，你是纯粹来看我的，还带着多疑的老古板弗利克一起来，我知道了，这是个惊喜。”

他绕过谢伊对绷着脸的弗利克露齿一笑。后者点了点头。

“这不是我的主意，你一定知道。”

“我也希望我们的友谊是此行唯一的理由……”谢伊沉重地叹了口气，“我也不希望把你牵涉其中，但恐怕我们遇到了很大的麻烦，而你是唯一能够帮助我们的人。”

曼尼安笑了出来，不过在他看到另一张眉头深锁的脸后迅速收敛，严肃地点了点头。

“这并不是玩笑，对吧？好吧，先去洗个热水澡吃顿晚餐，晚点再来讨论是什么风把你们吹来的。进来吧，我父亲在边境处理事务，就由我来听候各位差遣。”

一进入屋内，曼尼安随即指派佣人招待两位谷地人，他们去洗了澡换了衣服。一个小时后，三个朋友聚在大厅吃晚餐，一顿平时足以招待六人享用的晚餐，今晚却只是刚刚好。他们一边吃饭，谢伊一边告诉曼尼安他们此行背后奇怪的故事，他详述了弗利克与神秘浪人亚拉侬的相遇，和沙娜拉之剑的故事。尽管亚拉侬要他们保密，但是如果要请求曼尼安协助，他就必须据实以告。他还说了巴力诺的到来和他的警告，以及他们遇到骷髅怪物、最后总算来到高地的惊险逃亡经历。全程都是谢伊一个人在发言，弗利克不想加入对话，他忍住不说出过去几个星期跟他有关的部分。他选择闭嘴，是因为他认为不该相信曼尼安；他深信如果他们其中至少有一人保持戒心的话，对两人会比较好。

曼尼安·利亚静静听完整个故事，丝毫没有露出讶异的表情，直到有关谢伊身世背景那一部分，他看起来似乎无比雀跃。他瘦长的脸绝大多数时间看起来还是一副高深莫测的样子，只露出一抹神秘的笑容和眼角细微的皱纹。他很快就理解了他们为何会来找他，如果要从利亚经过克里特低地，再从那里穿越黑橡林，他们就需要熟悉当地的向导帮助——一个他们能够信赖的人。不，修正一下，曼尼安发自内心地微笑——是某个谢伊信赖的人。他知道弗利克绝对不会同意来利亚，除非他弟弟坚持，他跟弗利克没有那么好的交情。不过不管出于什么原因，他们两人都在这里，而他绝对不会拒绝谢伊的任何请求，即使必须冒生命危险，他也会帮到底。

谢伊说完故事，耐心等候曼尼安的回应。高地人看起来一副若有所思的样子，他双眼一直注视着手肘边半满的酒杯。当他开口时，声音听起来很遥远。

“沙娜拉之剑，我已经有好几年没听说那个故事了，没想到竟然是真的。而我的老朋友谢伊·欧姆斯福德似乎是具有继承权之人。但是，真的是你吗？”他的眼神突然变得冷酷，“你可能只是个幌子，是丢给那些北方怪物追踪猎杀的诱饵，我们怎能相信亚拉侬？从你说的故事中可以听出，他似乎跟那些怪物一样危险，说不定还是他们的一分子。”

弗利克明显被这个说法吓到了，但是谢伊坚定地摇了摇头。

“我不认为是这样，因为太不合逻辑了。”

“也许是吧……”曼尼安慢慢地继续说道，内心想着这个可能性，“可能是随着年纪渐长，我开始变得多疑。说实话，这整个故事实在太不可思议了，如果真是属实，你能够独力来到这么远的地方还真是走运。有很多关于北境和居住在史翠里汉荒野上的恶魔的传说……它们的力量，非我们凡人所能想象……”

他声音愈来愈小，然后轻轻端起杯子喝了一小口酒。

“沙娜拉之剑……单是这个传说的真实性就足以……”他摇摇头，坦率地咧嘴而笑，“我怎么能拒绝这个能验证传说的好机会呢？你需要一个向导带你去阿纳尔，而我就是最佳人选。”

“我就知道非你莫属！”谢伊探身向他握手致谢，弗利克闷哼一声，努力挤出虚弱的微笑。

“那么，现在来分析一下情势……”曼尼安马上掌控了局面，弗利克则继续喝他的酒，“那些精灵石怎么样了？让我看看。”

谢伊马上拿出小皮囊，把里面的石头倒在手掌上，三颗石头在火炬光下熠熠生辉，发出深沉而饱满的蓝光。曼尼安轻触其中一颗，然后将它拿起。

“它们真美……”他赞许道，“我不记得曾几何时也看过类似的石头，但它们要怎么使用？”

“我也还不知道。”谷地人不情愿地承认，“我只知道亚拉侬告诉我们，只有在紧急情况下才能使用这些石头，它们威力无穷。”

“好吧，希望他是对的。”另一人嗤之以鼻，“我会痛恨兜了一大圈才发觉自己搞错了的人，但这也是有可能的。”

他停下来，看着谢伊把石头装回袋子里，然后把它塞到他的外衣胸前。当谷地人再次抬起头时，他正漠然地盯着他的酒杯。

“我倒是知道一些那个叫巴力诺的人的事。他是个杰出的战士，我怀疑整个南境都没有谁能与之匹敌。我们最好去寻求他父亲的帮忙，卡拉洪士兵会比深居森林里的阿纳尔侏儒更能保护你。我知道前去泰尔西斯的路，全部都很安全；但是几乎每一条通往阿纳尔的路都要经过黑橡林，正如你所知，那可不是南境最安全的地方。”

“亚拉侬要我们前往阿纳尔。”谢伊坚持，“他一定有他的理由，在我找到他之前，我不想冒任何险；而且巴力诺也建议我们听从他的指示。”

曼尼安耸了耸肩。

“那真是太不幸了，因为即使我们设法通过了黑橡林，之后的路我就真的不太清楚了。我听说从那里一路到阿纳尔森林的沿途形势不稳，居民大部分都是南方人跟侏儒，对我们应该不会有危险。库海文位于阿纳尔下游，是一个靠近银河的侏儒小村，如果我们到得了那么远的地方，要找到它应该不难。首先，我们要先到克里特低地，不过现在正逢春天融雪季节，难度很高，再来就是黑橡林，那将是整趟旅程最危险的部分。”

“我们能不能绕过去……？”谢伊怀抱着希望问道。

曼尼安帮自己倒了杯酒，然后将酒瓶递给弗利克，后者眼也不眨一下就接过了。

“那样要花好几个星期。利亚北边是彩虹湖，如果我们往那边走，必须绕过整座湖到北边经过朗恩山脉。而黑橡林从湖边往南延伸大约一百英里，如果我们先南下再折返往北走，这样至少要花两个礼拜的时间，而且一路都是空旷地带，没有任何掩护。我们必须往东穿越低地，然后抄近路通过黑橡林。”

弗利克皱起眉头，想起他们上次来利亚时，曼尼安如何成功让他们在恐怖的森林里迷失好几天，他们在那里饥寒交迫，还有狼群虎视眈眈，好不容易才保住小命。

“老古板弗利克还记得黑橡林吧？”看到他沉着一张脸，曼尼安笑了起来。“好啦，弗利克，这次我们应该有更充足的准备。那是一个危机四伏的地方，但是没有人比我更了解那里了。虽然我们不太可能会被跟踪，但是还是不能将实情告诉任何人，就说我们去打猎好了。我父亲有他自己的事要忙，不会注意到我的。他已经习惯我经常不在，有时我一走就好几个星期呢。”

他停下来望着谢伊，看看他有没有漏了什么，谷地人对高地人毫不遮掩的热情咧嘴而笑。

“曼尼安，我就知道我们可以拜托你，有你加入定会很顺利。”

弗利克看起来一脸不屑，曼尼安逮住机会，忍不住消遣他一番。

“现在我们应该来谈谈这整件事对我有什么好处，”他突然宣告，“我意思是说，如果我真的带领大家平安抵达库海文的话，我可以得到什么？”

“你能得到什么？”弗利克脱口而出，“为什么你……”

“没关系……”对方立刻插嘴，“我忘了还有你，老古板弗利克，不过你不必担心，我可没打算要拿走你的那一份。”

“你在胡扯什么？狡诈的家伙！”弗利克暴怒，“我从没想过要得到任何东西……”

“够了！”谢伊倾身向前，气得满脸通红，“如果我要结伴上路的话，这种对话决不能再有。曼尼安，别再逗我哥哥生气了；弗利克也是，你要抛开对曼尼安的疑心。我们一定要彼此信赖，我们必须是朋友。”

曼尼安顺从地垂下眼，弗利克则厌恶地咬着唇，谢伊气消后也默默坐下。

“说得好！”稍后曼尼安承认道，“弗利克，握个手，我们暂时休战吧，至少，为了谢伊。”

弗利克看着伸出的那只手，然后慢条斯理地回握它。

“话说得倒容易，曼尼安，我希望你这次是认真的。”

曼尼安微笑着接受了他的责难。

“停战，弗利克！”

他松开弗利克的手，将杯里的酒一饮而尽，他知道弗利克信不过他。

夜已深，三人急着拍板定案并上床休息。他们很快就敲定隔天一早马上离开，曼尼安帮他们准备好轻便的装备，包括背包、狩猎斗篷、粮食和武器。他还画了利亚东部一带的地图，但是因为那边实在人烟罕至，因此也只能画个大概。从利亚东部延伸到黑橡林之间的克里特低地是块可怕危险的沼泽地，地图上除了标示地名之外，其他是一片空白。黑橡林位置格外突出，一大片茂密森林从彩虹湖往南延伸，就像是利亚和阿纳尔之间的超大屏障。曼尼安向两人简略说明他对那些地方的了解，以及每年此时的气候状况。但就像那张地图一样，信息也不完全，会遇到些什么也无法预期，意外往往也是最危险的。

直到午夜，三人才就寝，前往阿纳尔的旅程也准备妥当。在他跟弗利克共享的房间里，谢伊疲倦地躺在柔软舒适的床上，凝视窗外一片漆黑。当晚云幕低垂，阴沉沉的天空不祥地笼罩着云雾缭绕的高地，白天暑气一扫而空，取而代之的是沁凉的晚风，而平静的孤寂遍布整座沉睡中的城市。谢伊若有所思地看着他旁边熟睡的弗利克，他的呼吸声沉重而平稳，而谢伊自己的头也重得抬不起来，身体更因为一路涉险而疲倦不堪，但是脑子却依旧清醒。他现在第一次清楚意识到自己所面临的处境。前来找曼尼安可能只是第一步，这个旅程可能要延续好几年。即使他们平安抵达阿纳尔，谢伊知道总有一天他们还是会被迫逃亡。搜寻他们的行动还会持续下去，直到黑魔君被摧毁，或是谢伊死去。在那之前，他都不可能再回谷地，回到他的家和父亲身边。无论他们在哪儿，巨翼猎人都会再次找到他们。

现实是骇人的，在寂静的黑暗里，谢伊独自面对内心深处的恐惧，辗转许久才终于睡去。

隔天天色暗沉，又湿又冷，根本毫无温暖可言，三人往东穿越雾气笼罩的利亚高地，开始步入前方阴郁的低地。他们互不交谈，三人依序鱼贯走过狭窄的小路，蜿蜒通过笨重的大石头和了无生气的灌木林。曼尼安领头，锐利的双眼仔细找出被遮蔽了的路径，他轻松迈开大步，几乎是优雅地走过那些愈来愈崎岖的地势。他精瘦的背上背了一个小包，上面系着一把楞木做的长弓和箭，另外，在背包下面，用一条皮带紧紧绑在身上的则是一把古剑，那是他的父亲在他成年时给他的，象征他生来便是利亚王子的权利。剑在昏暗的光线下闪着冰冷的微光，跟在后面的谢伊，不禁也想到传说中的沙娜拉之剑是否也是这样。为了想要看清楚前方的路，他的眉毛疑惑地抬了起来，看来似乎没有其他生物。这是个死人才会来的不毛之地，对此地来说，活人才是入侵者。但这可不是个激励人心的念头，他微微一笑，强迫自己想别的事情。殿后的弗利克背上扛了大部分的粮食，足够他们通过克里特低地和黑橡林所需。假如他们能到得了那么远的话，他们就不得不向散居那里的居民购买或置换食物。尽管他现在还算安心，曼尼安是真心诚意要帮助他们，但他还是不太相信他有那个能耐完成使命。上一次出行发生的事他还记忆犹新，他再也不要经受一次那种毛骨悚然的感觉。

第一天三人很快就越过利亚边界，等到夜幕低垂时，他们已经抵达克里特低地边缘。他们在一个小山谷找到夜晚栖身之地。雾气让他们全身湿透，再加上夜晚气温骤降冷得他们直打哆嗦，他们一度想要生火取暖，但附近的木头也全都湿透无法点着。最后，他们将就挨着，紧裹着一上路就做好防水措施的毛毯。大家话都不多，因为除了咒骂天气之外，没人想说话。黑暗中万籁俱寂，让人不禁心里一颤，意想不到的恐惧，迫使自己竖起耳朵寻觅哪怕一丝生命的声音。但这里只有寂静和黑暗，他们默默地躺在毛毯里，甚至没有一丝风拂过他们冰冷的面庞。终于，一整天的跋涉，让体力透支的他们一个接着一个在不安中不知不觉地睡去。

第二天和第三天更糟。雨一直下个不停，一开始带着寒气的毛毛雨浸湿了衣服，然后渗进皮肤和骨头，最后直达神经中枢，以至于疲惫不堪的身躯只剩下一种感觉，就是不适的潮湿感。到了夜晚气温骤降，周遭环境似乎也都无力对抗挥之不去的寒意，小灌木已然垂死，杂乱的树和枯萎的叶子也等着灭亡，没有人或是动物住在这里。即使是无脊椎动物，在这种被寒冷、潮湿、阴郁渗透的泥土里也难逃一劫。万物皆静，三人往东行走在荒芜的土地上，这里没有任何生物曾踏足过的痕迹。在他们行进期间，完全没有太阳的影踪，连一丝象征这个被遗忘的死寂之地曾有生命存在的光芒也不曾出现过。不管天空是被永恒的薄雾或厚重的云层遮蔽，还是两者兼有，这始终是一个谜团。他们所走过的尽是阴郁、讨厌的苍凉之地。

到了第四天，他们开始绝望，尽管好像已经甩掉黑魔君的飞天怪物，但随着时间过去，四周却愈来愈深沉，后面没有追兵的可能性还是没有多大的安慰效果，就连曼尼安一贯的自信心都受到动摇，开始怀疑他们是不是已经迷路，在原地打转，他知道一旦他们在这荒山野岭中迷路，将一辈子困在这里。针对这点，谢伊和弗利克感受尤其深刻。他们对低地一无所知，也欠缺曼尼安所拥有的猎人的技能和直觉，他们完全仰赖他，尽管高地人一直刻意保持沉默，不让他们担心，但是他们也感觉到事情不太对劲。几个小时过去了，四周的寒意、湿气和死寂还是未曾改变，他们仅存的一丝信心也逐渐消磨殆尽。最后，到了第五天，还是没看到他们拼命寻觅的黑橡林，谢伊疲惫地要求暂停这漫无止境的行军，沉重地跌坐在地上，用询问的眼睛望向利亚王子。

曼尼安耸耸肩，心不在焉地看着雾蒙蒙的低地，他英俊的脸庞在寒气中显得特别憔悴。

“我不会骗你们，”他喃喃自语，“我无法确定我们的方向对不对，我们可能在原地打转，甚至可能迷路了。”

弗利克不屑地把背包丢到地上，用他专属的“早就跟你说过了吧”的表情看着他弟弟。谢伊看了他一眼，便急忙转向曼尼安说道：

“我真不敢相信我们彻底迷路了！有什么方法可以找到方向？”

“还有什么好建议，快说出来吧……”他的朋友一本正经地笑道，跟着也把背包丢到地上，坐在沉思的弗利克身旁伸展筋骨，“怎么了？老古板弗利克？我又让你身陷麻烦了吗？”

弗利克怒目瞪视，但一看进他的灰色眼眸，他马上重新评估对这个人的厌恶。他眼里有着真诚，甚至可以看到伤心的痕迹——那种他让他们失望了的难过。一种罕见的情感油然而生，弗利克伸出手搭在对方肩上，点点头，一切尽在不言中。此时，谢伊突然一跃而起，急忙脱下背包翻找里面的东西。

“石头可以帮助我们。”他大喊。

另外两人一脸茫然地看着他，然后恍然大悟，充满期待地站起身来。谢伊随即拿出装着珍宝的小皮囊，他们默默对着磨损的皮袋行注目礼，期待精灵石最后会证明自己的价值，用某种方法帮助他们逃离克里特低地。谢伊急切地打开系绳，把三颗小小的蓝色石头放在掌心，它们发出微微的光芒，三人就这么看着等着。

“把它们举起来，谢伊，”片刻过后，曼尼安催促道，“也许它们需要光。”

谷地人照着他的话做，焦急地看着那些蓝色石头，但还是什么事都没发生，他又等了好一会儿才把手放下来。亚拉侬曾经警告过他，只有面临最严重的紧急事件时才能使用精灵石，也许那些石头只有在特殊状况下才会显灵。他开始失去信心，他现在正面临着不知道该如何使用这些石头的残酷事实，他绝望地看着他的朋友们。

“好吧，再试试别的方法！”曼尼安热情地表示。

谢伊把石头放在两手之间猛烈摩擦，紧接着又摇晃它们，像骰子一样丢掷它们，还是没有动静。他慢慢从潮湿的地上捡回那些石头，并仔细地将它们擦拭干净，那蔚蓝的颜色似乎在呼唤着他，他凑近看向它们清澈如玻璃般的核心，仿佛答案就在里头。

“也许你应该跟它们说话什么的……”弗利克怀抱希望的声音愈来愈小。

谢伊脑海里突然闪过亚拉侬低垂、专注的脸，灵机一动，也许精灵石的秘密要用不同的方法解开。他把石头放在手心，闭上眼睛，集中精神进入那股深蓝，寻找他们所迫切需要的那股力量，他强烈要求精灵石帮助他们。时间一分一秒地过去，感觉就像几小时一样长，他张开眼睛，三人同时盯着谢伊掌心里在黑暗间隐隐发出蓝色微光的石头，在薄雾中浸湿的石头。

蓦然间，它们迸发出一道耀眼的蓝色强光，三人不约而同地后退，保护自己的眼睛。如此强的光芒，让谢伊差点就在震惊中弄掉了小宝石。强烈的光线变得愈来愈稳定，愈来愈明亮，照亮了他们周边的不毛之地。石头的亮度从深蓝色增强为亮蓝色，如此灿烂耀眼，让三名观众为之神往。不断增强的光线稳定下来后，突然往前射出，就像是个巨大的指路明灯，朝着他们的左边放射，不费吹灰之力就厘清被浓雾锁住的视线，前方大约几百码，也或许是几千码的地方，就可以看到古老黑橡林的大树瘤。光线只维持了一会儿就消失不见，四周又恢复灰蒙蒙的一片，三颗蓝色小石头也变回原先微光闪烁的样子。

曼尼安快速回过神来，拍拍谢伊的背，嘴角溢出笑容，立刻整装待发，双眼扫视刚才闪现黑橡林的地方。谢伊匆匆将精灵石放回皮囊中，与弗利克两人也赶紧背上背包。他们一言不发，快速朝着石头所指的方向前进，每个人都急着赶到期盼已久的黑橡林。过去五天来挥之不去的浓雾和连绵不绝的毛毛雨渐渐没了，几分钟前他们才感受到的强烈绝望感也消失了，现在总算可以逃离这片令人胆战心寒的低地。他们并未质疑石头所显示的景象。黑橡林可是南境最危险的地方，但是此时相较于克里特低地，似乎成了希望的避风港。

他们一直往前推进，不知过了多少，迷蒙灰雾倏地散去，长满苔藓的参天大树乍现，精疲力尽的三人同时止步，困顿的双眼充满喜悦地望着挺立在他们前方的庞然大物，大树枝叶相叠，盘根错节，仿佛一道无法穿透的墙。尽管在雾气弥漫的低地，这仍是一幕壮观奇景，三人感受到这些树木的生命力有着无法否认的存在感，仿佛另一个世界在他们面前静静耸立，散发着如童话故事般危险诱人的魔力。

“石头是对的……”谢伊喃喃自语，疲倦但快乐的脸上漾出一抹微笑。他深吸一口气，感到如释重负。

“黑橡林。”曼尼安赞叹道。

“我们又来到这鬼地方了……”弗利克叹气。

06

当晚他们就在黑橡林中一块小空地上扎营，有大树和茂密的灌木林掩护，而可怕的克里特低地就在西面五十码开外的地方。进入森林后浓雾就消散了，现在可以看见他们头顶交织着枝叶的美丽苍穹。之前的低地一片死寂，而橡林这里整夜都可以听到虫鸣鸟叫的乐音。能再听到生命的声音真好，这是三个旅人几天来头一次感到放心。不过上一次来这的阴霾还在心里挥之不去，当时他们迷路了好几天，差点被饥饿的野狼生吞活剥；除此之外，过去在这里遭遇不幸的旅人实在多到让人无法忽视。

不过，年轻的南方人觉得在黑橡林旁边相当安全，感激地生火。树林里有很多干燥的柴枝。他们把自己脱个精光，把湿衣服挂在绳子上烘干；晚餐也快速备妥，这是五天来第一顿热食，三人狼吞虎咽，几分钟就吃完了。林地又软又平，与潮湿的低地相比，这里简直舒适得像床。他们安静地以背为席，注视着随风摇摆的树顶，明亮的火焰向上发散出微微的橙光，如同神殿里燃烧的祭坛。火光摇曳，映照在粗糙的树皮以及大树的苔藓上。昆虫持续着欢快的鸣叫，偶尔会有虫子飞进火焰，嗤的一声结束了它短暂的生命。有一两次他们还听到小动物的声音，它们在柴火外围的黑暗中注视着三人。

过了半晌，曼尼安转身侧躺，好奇地看着谢伊。

“这些石头的力量从何而来，谢伊？他们可以达成任何愿望吗？我还是不太确定……”

他的声音愈来愈小，茫然地摇着头。谢伊还是一动不动地躺着，眼睛看着上方，脑子里回想着下午发生的事。他明白，自从那不可思议的力量指引出黑橡林的神秘景象之后，再也没有人提过精灵石。他看了一眼弗利克，弗利克也专注地看着他。

“我不认为我能够控制它们。”他突然说道，“这就像是它们自己的决定……”他停住，然后心不在焉地继续，“我不认为我可以控制它们。”

曼尼安点点头，翻回躺平，弗利克则清了清喉咙。

“那有什么关系？它们带领我们离开了那阴森的沼泽，不是吗？”

曼尼安瞥了弗利克一眼，耸了耸肩。

“这会帮助我们知道什么时候可以靠它们帮忙，你不认为吗？”他深深吸了一口气，双手交叠枕在头下，注意力转移到脚边的柴火上。弗利克不自在地翻来覆去，来回地看着曼尼安和他弟弟。谢伊一言不发，凝视着上头某个地方。

隔了很久，高地人才又开口说话。

“哎呀，好歹我们也走了那么远，”他愉快地宣布，“现在要继续下一站。”

他坐起身，在干燥的地上画起这个区域的简图，谢伊和弗利克也跟着坐起来，安静地看着。

“我们在这里。”曼尼安指着某个点，代表他们现在所处的黑橡林边缘，“至少，这是我认为我们现在所处的位置，”他快速补充，“北边是迷雾沼泽，更北边则是彩虹湖，两边都经过银河往东流向阿纳尔森林。我们明天最好往北走，直达迷雾沼泽边缘后绕过它，”他画出一条长长的线，“然后从黑橡林的另一头出来，再从那里一路向北走到银河，这样应该可以让我们平安抵达阿纳尔。”

他停下来看着另外两人，似乎没有人满意这个计划。

“怎么了？”他困惑地问道，“这个计划可以让我们不必直接穿越黑橡林，上次就是因为那样，才惹了这么多麻烦，不要忘了森林里还有野狼。”

谢伊皱着眉慢慢点头。

“这不是一般会选的路线，”他迟疑地开口，“我们听过太多迷雾沼泽的故事……”

曼尼安惊讶地举手拍额。

“喔，不！不会又是那个埋伏在沼泽边，等着把迷途旅人吃掉的老掉牙的迷雾幽灵的故事吧？别告诉我你们相信那一套！”

“最好是，还不是因为你！”弗利克怒火中烧，“我想你已经忘了，上次出行之前是谁告诉我们黑橡林有多安全！”

“好啦！”精瘦的猎人安抚道，“我并不是说那一带是安全的，也不是说那里没有奇怪的生物，只是没有人见过所谓的沼泽怪物，但我们已经见识过野狼。你要选择哪一个？”

“我想你的计划是目前最好的了，”谢伊匆匆打断，“但我会比较倾向尽可能多地从森林往东走，尽可能减少走迷雾沼泽的路。”

“我同意！”曼尼安大声附议，“但是有点困难，我们三天没有见过太阳了，无法确定哪边是东边。”

“爬树啊！”弗利克随口提议。

“爬……”对方因惊诧而结巴，“是啊！我怎么没想到？我只要徒手爬上两百英尺高、光滑潮湿又满是苔藓的树干就可以啦！”他故作惊奇地摇着头反讽道，“有时候你真是让我大吃一惊啊。”

他疲倦地望向谢伊寻求理解，但谷地人兴奋地跳到他哥哥身旁。

“你带了爬树工具吗？”他出乎意料地提问，对方点点头，他忘情地拍了拍弗利克宽阔的背。

“特殊的靴子、手套和绳索，”他快速解释给困惑的利亚王子听，“弗利克是谷地最会爬树的人，他一定能征服这些参天巨树。”

曼尼安不解地摇头。

“靴子和手套在使用之前会涂上一层特殊物质，让表面变得粗糙，可以紧紧抓住平滑、潮湿、生了苔的树干。他明天可以爬上其中一棵橡树，确认太阳的位置。”

弗利克沾沾自喜地笑着点头。

“是啊，太神奇了，”曼尼安摇摇头，从上到下打量了壮硕的谷地人一番，“连最迟钝的人都开始思考了，我想成功离我们并不远了。”

隔天早上醒来，只有几许微弱的光线从橡树顶端透进来，偶尔从森林边缘飘来低地那阴郁的薄雾。森林有点凉，但不是低地那种潮湿且钻心刺骨的冷，而是森林清晨里那种充满清新朝气的凉爽。他们快速吃完早餐后，弗利克就开始准备爬树，他套上重而柔韧的靴子和手套，然后谢伊从一个小罐子里倒出一种糊状物，在靴子和手套上涂抹厚厚的一层。曼尼安充满疑惑地看着，但一看到结实的谷地人从树底敏捷地爬上树顶时，他的好奇转为震惊，弗利克证明了不管是他的大块头还是这项任务的困难度，全都不成问题。他强壮的手臂让他轻松爬上交叠的树枝，愈往上困难度愈高，速度愈慢，爬上最顶端的树枝后他就暂时消失了；没多久后他再次出现，快速溜下平滑的树干，重新回到他的朋友身边。

快速收拾好爬树工具后，一群人便朝着东北方前进。根据弗利克所报告的太阳位置，他们所选择的路线会带他们走到迷雾沼泽东缘。曼尼安相信这段路程可以在一天之内走完，现在是大清早，因此他们要在天黑前穿越黑橡林。三人依次稳步前进，偶尔加速。眼神锐利的曼尼安在前面带路，在昏暗中他们必须倚重他的方向感，谢伊紧跟着他，而弗利克背着装备殿后，偶尔从肩头瞄一下寂静的森林。途中他们只休息了三次，还有一次停下来吃午餐，然后又马不停蹄地赶路，途中交谈不多，但都是轻松愉快的。时间过得很快，马上就要入夜了，但他们还是看不到森林的尽头，更糟的是，雾又出现了，而且还愈来愈浓。不过，这次的雾不太一样，它没有低地薄雾的反复无常，反而像烟一样，让人觉得身体被紧紧缠住，被一种很古怪、不舒服的方式钳制住。那种奇怪的感觉就像是身体被好几百只湿黏冰冷的小手抓住往下拉一样，三人都对那种持续的碰触感到极度反感。曼尼安表示，这些雾是来自迷雾沼泽，他们已经快要抵达森林尽头了。

终于，雾已经浓到伸手不见五指，因为能见度太低，曼尼安减缓速度，三人紧跟在一起以免走散。此时已经天黑，即使没有雾，森林也是一样漆黑，现下又多了浓雾搅局，根本没有办法把路看清，三人仿佛悬浮在地狱边境一样，唯有脚下踏着的实土还有一点实感。最后连看都看不清了，曼尼安要大家用绳子绑在一起以免分开，然后继续缓慢前进。他知道他们一定已经很靠近迷雾沼泽了，因此非常仔细地看进前方灰雾，希望能够看到突破口。

即便如此，当最后真的到达黑橡林北边的迷雾沼泽时，他还不知道发生了什么事，直到他一脚踏进及膝的绿水里时才恍然大悟。不过伴随着他的惊讶，底下湿冷的泥巴紧紧攫着他，让他愈陷愈深，他及时发出警告，才让谢伊和弗利克免遭同一困境；两人连忙拉住绑着大家的绳索，把他们的伙伴从沼泽的死亡边缘拉回来。沼泽里黏滑的死水非常浅，下面全是深不见底的泥巴，任何人或物只要陷入沼泽，时间一久，就注定在万丈泥渊中慢慢窒息死去。一直以来，它平静无波的表面欺骗了无数没有戒心的生物，它们想要涉水穿过、绕过，或可能只是想检试一下没有反光的水，如今腐烂的遗体全都葬身在宁静水面下的某处。三人默默站在岸边看着沼泽，它的黑暗秘密让三人害怕不已，刚刚逃过死劫的曼尼安更是吓得发抖。恍惚之间，逝者如魅影般从他们面前飘过，最后消失得无影无踪。

“发生了什么事？”谢伊突然问道，他尖锐震耳的声音打破宁静，“我们应该已经避开了这个沼泽才对啊！”

曼尼安抬头环视了几秒钟，然后摇摇头。

“我们出来的地方太靠西边了，我们必须沿着沼泽边缘往东走，直到我们穿越这场雾走出黑橡林。”

他停下来，判断目前的时间。

“我不要在这个地方过夜，”弗利克反应激烈，期望另一人也提出质疑，“我宁愿走一整夜，甚至一直走到明天！”

他们很快就决定继续沿着迷雾沼泽边缘走，直到他们往东抵达开阔的地方，然后就在那里过夜。虽然谢伊还是很担心在空旷的地方会被骷髅使者抓到，但是他对沼泽的惧怕甚至盖过了这层恐惧，目前的优先考虑是要尽量远离此地。三人绑紧腰上的绳索，排成一列沿着崎岖的岸线走，眼睛紧盯着前方昏暗的路。曼尼安小心翼翼地引领他们，避开沼泽旁交缠的树根和蔓生的杂草。在诡异昏暗的灰雾中，它们扭曲多节的形态仿佛有了生命一般。有时候脚下的路会变成软泥，就像沼泽里的一样危险，必须要绕道而行。有时候巨树挡住他们的去路，巨大的树干倾斜在沼泽的死水之上，枝干低垂，了无生气，仿佛在等待水下的亡魂。如果克里特低地是个垂死之地，那么这个沼泽便是等待中的死亡，没有任何迹象、任何警告、任何动静，就蜷伏躲藏在这块已经被它无情摧毁的土地上。这里也有低地那股寒冷的湿气，但浓雾中还掺杂着沼泽那不可名状的凝滞的黏稠感，紧紧附着在疲倦的旅者身上。他们周围的浓雾在缓慢旋转，但这里既没有风，也没有风吹过沼泽杂草和垂死橡树留下的声响。万物皆静，永恒的死寂宣告着谁才是这里的主宰。

大约走了一个小时，谢伊首先发觉不对劲，一种说不上来的感觉在不知不觉中来袭，直到他全部的感官都警觉起来，试着想要找出问题在哪里。他安静地走在另外两人中间，聚精会神地聆听着，先看看老橡树，再望向沼泽。最后，他得出一个让人惊恐的结论：他们并不孤单，有个东西就在他们看不见的远处，隐藏在浓雾之中，但却能清楚地看见他们。有那么一瞬间，年轻的谷地人被这个想法吓到无法言语，甚至连比手画脚都没办法，只能往前走，他无法思考，等待着灾难降临。然而，他还是努力让自己镇定下来，叫停了另外两人。

曼尼安一脸疑惑地环顾四周，正打算开口说话时，谢伊将手指放在嘴唇上示意他安静，然后指向沼泽。弗利克已经警觉地看着那个方向，他的第六感也向他发出警告。他们一动也不动地在沼泽边站了许久，倾耳拭目地专注于那一潭死水上方难以望穿的浓雾，四周安静得让人喘不过气来。

“我想你弄错了……”最后他放松警戒低声说道，“当你很累时，很容易胡思乱想。”

谢伊摇头否认并看着弗利克。

“我不知道……”另外那人坦承，“我以为我感觉到了什么……”

“迷雾幽灵？”曼尼安笑着责怪道。

“说不定你是对的，”谢伊赶快圆场，“我真的累了，累到产生幻觉。我们还是赶快离开这个地方吧。”

他们继续跋涉，虽然那种不寻常的警觉一直挥之不去，但是一路上都没有事情发生，他们也开始把心思转到其他地方。谢伊认为一定是因为缺乏睡眠才让自己出现这种过度想象，直到弗利克突然大声惊叫。

谢伊马上就感觉到绑着他们的绳索猛地一拉，将他拖向致命的沼泽，他失去平衡跌倒在地，但是在雾中什么也看不清楚。突然间，他看到他哥哥身体浮在沼泽上方几英尺的空中，绳索还绑在他的腰上，下一秒，谢伊就感觉到从他被沼泽抓住的脚所传上来的寒意。

他们可能迷路了，利亚王子才这么想时就出事了。绳索第一次被急扯时，他凭直觉反应赶快抓住身边的东西稳住脚，那是一棵沉没的大橡树，树干深深嵌入地里，上面的树枝尚在伸手可及的范围内，曼尼安马上钩住最近的一根，另一只手紧抓着绑在腰上的绳索，试着要往回拉。现在谢伊已经从及膝的沼泽泥巴中站起来了，他感觉到曼尼安那头的绳索拉得紧紧的，并试着想要拉自己一把，而弗利克则在黑暗的沼泽上空尖叫着，另外两人只能大声鼓励他。紧接着，弗利克和谢伊之间的绳索突然变松，灰雾中出现弗利克飘浮在水面上不断挣扎的身影，有个像是长满杂草的淡绿色触手缠在他的腰上，他的右手拿着银色匕首，不断刺向缠住他的那个东西。谢伊使劲抓着绑住他们的绳索，想要帮他哥哥脱身，不一会儿那只触手突然缩回去，被松开了的弗利克随即掉下沼泽。

谢伊勉强从沼泽中拉出已经精疲力竭的弗利克，在更多绿色触手从雾蒙蒙的黑暗里伸出之前，谢伊把绳索解开，帮弗利克站起身来。但随后他自己也陷入了险境，他感觉自己被拖向沼泽，马上抽出匕首朝着沾满黏液的触手猛刺，一边对抗，一边看到沼泽里有个庞然巨物，但夜晚和沼泽给了它绝佳的掩护。而在另外一头，弗利克又被另外两只触手缠住，结实的身躯被无情地拖向水边。谢伊奋勇摆脱扣住他手臂的触手，一刀斩断那令人憎恶的东西，正要过去他哥哥那边时，他的脚又被另一只触手抓住，猛地一扯。他的头部重重地撞上树根，失去了意识。

曼尼安二度救了他们，他灵活的身躯从黑暗中一跃而出，剑光一闪，划出一道弧线，挥向抓住谢伊的触手，然后又马上来到弗利克这边，左劈右砍，解决掉突然从黑暗中伸向他的触手，几记快速精准的攻击便救出另一个谷地人。霎时之间，触手又缩回沼泽迷雾中，弗利克和曼尼安赶紧把失去意识的谢伊从危险的水边拖回来。但是还没到安全的橡树边，绿色触手又再次进击，两人毫不犹豫地挺身站在失去行动力的朋友前方，猛击怪物合围过来的触手。双方安静对战，只有两人吃力浊重的呼吸声，他们又劈又斩，触手断成好几截，有时甚至整只都砍断了，但是丝毫威胁不了沼泽里的野兽，反而更加激怒它。曼尼安咒骂自己忘了随身带上弓箭，否则管他躲在雾里的是什么东西，他都可以给它一击。

“谢伊！”他拼命大喊，“谢伊，快醒来！我们要完蛋了！”

他身后静止的身躯微微动了一动。

“起来，谢伊！”弗利克声音粗哑地恳求着，他因为跟触手缠斗而快要气力耗尽了。

“石头！”曼尼安大吼，“拿出精灵石！”

谢伊费力地跪起身来，但是又被面前打斗的威力扫到而再次倒下，他听见曼尼安大声呼叫，昏昏沉沉地用手摸索他的背包，马上想起背包在帮弗利克时掉了，现在他看到背包就在他右边几码的地方，还有触手在上头不断挥动威吓。曼尼安似乎在第一时间就明白了，暴吼一声，抡剑为两人杀出一条路。弗利克与他站在同一阵线，手里依旧握着匕首，谢伊用尽最后一点力气飞身扑向装着精灵石的背包，纤细的身躯夹在数只张牙舞爪的触手之间，不偏不倚正压在背包上。当他的手正伸进背包里翻找皮袋时，一只触手抓住他的脚，他狂踢猛踹，希望能够争取到几秒钟的时间找到石头。有那么一瞬间他以为已经弄丢了它们。随后他的手摸到了小皮囊，正当他要从背包里抽出手时，不断盘绕的触手猛地一甩，差点又让他丢了袋子。他将袋子紧紧地贴在胸口，用仅存的知觉松开系绳，此时弗利克不断被逼退，绊到谢伊的身体，整个人往后倒，触手伺机迎面而来。现在只剩下曼尼安挺在两人和攻击者的中间，两只手牢牢抓住利亚宝剑。

就在这生死存亡关头，谢伊握住三颗蓝色石头，手脚并用地往后爬，挣扎着站起来，然后发出一声胜利的吼叫，将微微发出闪光的精灵石往前一举，封存在里头的力量瞬间被释放出来，迸发出的灿烂耀眼的蓝色光芒将黑暗淹没，弗利克和曼尼安往后退，护着眼睛避开强光。触手踌躇不决地缩回，三人冒险睁眼一看，只见精灵石明亮的光线如闪电般投射在沼泽上方的浓雾里，将水汽劈开，而刚刚进犯他们的怪物受到它毁灭性的冲击，缓缓沉入覆盖着黏稠物的沼泽里。与此同时，怪物上面的强光亮度持续增加，变成了一颗小太阳，蓝色火焰将水蒸发，在空中挥发殆尽。前一刻还在眼前的强光和火焰，下一秒马上消失无踪，黑暗的沼泽地再度只剩下他们三人。

他们迅速将武器收回，捡起掉落的背包，返回到黑橡林中，沼泽又回复袭击之前的平静。有好长一段时间，没有人开口说话，只沉默地瘫靠在树干上深深地吸着气。感谢老天，他们都还活着，整个搏斗的过程就像做了一场真实的噩梦。弗利克因为掉到沼泽里浑身湿透，谢伊腰部以下也被浸湿，两人在夜晚寒冷的空气中兀自打颤，只休息了一会儿，他们便慢慢动了起来好赶走寒意。

曼尼安知道他们必须尽快离开沼泽地，疲惫的身躯挣扎着挪离背靠着的大橡树，顺手提起背包背上。虽然没那么急切，弗利克和谢伊还是跟着照做，他们商议了一下往哪个方向走最好。选择很简单：冒着迷路和被狼群盯上的风险穿越黑橡林，或者是继续沿着沼泽走，打赌不会二度遇见迷雾幽灵。两个选择都没什么吸引力，只不过刚刚跟沼泽怪物的对战还历历在目，因此他们很快就敲定要走树林，找出和沼泽岸线平行的路线，希望几个小时内就能到达前方旷野。长时间的旅行再加上专注于危险，让他们累到忘记早上的推论。他们被自己所踏入的诡谲世界给吓到，呆滞的脑袋里现在唯一的念头就是赶快穿越这个令人窒息的森林，然后睡个好觉。这样的想法占据了他们全部的心思，让他们忽略了要谨慎行事，以至于根本忘记了要把大家再次绑在一起。

行程一如既往，曼尼安在前，谢伊居中，弗利克殿后，大家沉默不语地迈步行进，心里只想着前方就有阳光照耀的空旷草原，可以带领他们到阿纳尔。雾似乎有些消散，而曼尼安的体形也只有个影子，谢伊还能够让自己跟上，不过有时候谢伊和弗利克还是会看不见前方的那个人，一直盯着曼尼安走出来的路也让他们的眼睛疲劳。时间痛苦地缓缓流逝，每个人的眼皮也因为愈来愈想睡而变得沉重，几分钟感觉像几小时一样难熬，而他们仍在黑橡林的雾中缓慢前进。现在他们根本无法分辨到底走了多远，或是时间过了多久，他们就像梦游一样，在半梦半醒的世界里；前路仿佛永远没有尽头，眼前经过一棵又一棵树。唯一有改变的是从某处吹来的风，如呢喃细语飒飒作响，然后逐渐增强为让人麻木的声音，如施咒了般揪住三人疲惫的心。它在呼唤他们，提醒他们光阴似箭，警告他们只是那块土地上微不足道的凡物，呼吁他们躺下来进入平静的梦乡。他们用最后一丝气力对抗这充满诱惑的请求，脑袋放空，把注意力集中在步子上。前一分钟他们还全都歪七扭八地走成一列，但下一分钟谢伊往前看时，曼尼安却不见了。

起初，他还不太能接受，因为缺乏睡眠让他脑袋一片混沌，他继续往前走，徒劳地想要寻找高地人的背影；然后他突然停下脚步，惊恐地发现他们不知怎么就走散了。他狂乱地想要抓住弗利克，一把揪住他哥哥宽松的外衣，疲乏的谷地人和他撞个满怀，弗利克不知道甚至也不关心他们为什么停下来，他唯一的期望就是终于能够倒头大睡了。黑暗森林里的风听起来像是欣喜若狂地嚎叫着，谢伊绝望地呼喊着高地王子，却只听到自己的回音。他不断地呼叫再呼叫，声音因为绝望和恐惧变得近乎尖叫，但是除了他自己的声音被橡树林间狂野的风啸声包裹和扭曲，在枝叶间低回盘绕外，什么回复也没有。有一度他以为他听到有人叫他的名字，他赶紧响应，拖着自己和精疲力竭的弗利克穿过树林朝着声音来源而去，但是什么都没有。他跌坐在地上，一直呼喊直到失声，但是只有风以嘲笑回应他，告诉他他已经失去了利亚王子。

07

谢伊醒来时，已经日当正午，他躺在草丛中，阳光直射他半开的眼睛，起初他对前一晚的事什么也想不起来，只记得他跟弗利克在黑橡林和曼尼安走散了。半梦半醒间，他用一只手肘撑起上身，睡眼惺忪地环顾四周，发现自己露宿旷野，后头是高耸的黑橡林，然后他便明白，在跟丢了曼尼安之后，不知怎么地，他设法让自己在累趴前走出了恐怖的黑橡林。他们分开后的记忆十分模糊，他不知道自己是哪来的力气前进，他甚至不记得自己是如何走出无尽的森林，并来到这个遍布杂草的低地。他揉着眼睛，安心地叹了一口气，昨日种种感觉遥远而不切实际。这么多天来，他第一次觉得阿纳尔森林似乎已经近在咫尺。

他突然想起弗利克，焦急地四处张望，随即就看到他壮实的身躯在不远处酣睡。谢伊爬起身来，从容地伸展四肢，花了一些时间找到他的背包，赶快弯下腰来翻找里面的东西，直到他找到装着精灵石的皮囊，确定它们还安在，才放下心来。拿起背包，他举步维艰地走向仍在熟睡的哥哥，轻轻摇他。弗利克勉强翻身，显然相当不悦有人扰他清梦。谢伊不得已又摇了好几次，直到他终于睁开眼睛，愠怒地斜视对方，看清是谢伊之后，才缓缓坐起身来看看四周。

“嘿，我们成功了！”他大声欢呼，“但是我不知道是怎么做到的，跟丢了曼尼安之后，我什么事都不记得，只记得一直走一直走，直到我以为我的脚都要断了。”

谢伊笑着表示同意并轻拍他哥哥的背，一想到经历这么多磨难和危险，弗利克还能这样谈笑风生，他的内心便充满感激。他对弗利克突然有一种强烈的情感，虽然他们并无血缘关系，但是深厚的友谊却让他们比兄弟更亲。

“我们做到了，”他笑道，“剩下的旅程我们也能完成的，如果我可以让你屁股离开地面的话。”

“有些人的刻薄话实在让人不敢恭维。”弗利克佯装不可置信地摇着头，然后沉重地爬起身，一脸疑惑地望向谢伊。“曼尼安……？”

“不见了……我不知道在哪里……”谢伊说道。

弗利克撇开头，虽然感受到他弟弟的失望和惆怅，但他不愿意承认，没了高地王子他们的前景堪忧。他就是不信任曼尼安，但高地人在森林里救了他一命，这并不是弗利克会轻易忘掉的事。他反复思忖，然后轻拍弟弟的肩膀。

“不必担心那个痞子，说不定什么时候就会突然冒出来。”

谢伊安静地点点头，两人的对话马上转到眼前的任务上。他们都同意最好的方案就是往北走，直达汇入彩虹湖的银河，然后逆流而上前去阿纳尔。幸运的话，曼尼安也会沿着河走，几天内就能赶上他们了。谢伊并不愿意抛下朋友，但是他也知道再回头找他的话，他们无疑是自找死路。而且，他们所面临的被骷髅使者发现的危险，远比曼尼安可能遇到的大得多，所以眼下别无他法，他们只能继续往前走。

两人快速走过油绿而宁静的低地，希望在日暮前抵达银河。现在已经是下午，他们无从得知距离银河还有多远，还好有太阳当作路标，让他们更有自信，比起在雾蒙蒙的黑橡林里，方向感好太多了。他们自在地聊着天，连日不见的太阳和劫后余生的喜悦让他们心情大好。走到哪都能看见小动物和高飞的鸟儿，有一度，谢伊在午后逐渐西斜的光影中，好像在东方某处看到有个老人慢慢走远。但是在那样的视线和距离下，他无法确定是否真有其人，而且对方一下子就消失无踪，弗利克也什么都没瞧见，两人便忘了有过这么一回事。

接近黄昏，他们看见北边有一条涓涓细流，马上就认出那就是传说中的银河，往西汇入有着许多冒险故事的彩虹湖。据说有个传奇的银河之王，他富可敌国而且法力无边，唯一挂心的就是让大河之水源源不绝，清澈无瑕。传说他很少被人看见，但是一直都在那里默默监视着，对有需要的人伸出援手，对擅闯者施以惩戒。看见河水的那一刻，谢伊和弗利克都发出惊叹，它在黄昏的微光中显得格外美丽，就如它的名字般闪烁着淡淡银光。当他们终于抵达河岸时，天色已经暗了，无法看到河水到底有多清，但尝了一口后，都发现水清甜可口。

他们在河的南岸发现一小块草地，就在两棵枝叶扶疏的老枫树下，为他们今晚提供了绝佳的露营地。尽管午后这段路程并不远，但也让他们疲惫不堪，他们倾向于不要冒险在这样的旷野上夜行。此外，他们的存粮即将告罄，用完晚餐后，他们就得打野食了。更悲惨的是，如果真要打猎，他们身边唯一能用的只有那些不太好使的短猎刀，唯一的长弓在曼尼安手上。为了避免引起注意，他们没有生火，默默吃完仅存的食物。月亮半圆，夜空无云，浩瀚的银河繁星分外闪亮，使得前方的河岸泛起一片怪异的绿光。吃完晚餐后，谢伊转向他哥哥。

“你曾经思考过这整趟逃亡之旅的意义吗？”他提出疑问，“我意思是说，我们到底在做什么？”

“你问这个问题很好笑！”对方简短地说。

谢伊笑着点头。

“我想也是，但我必须说服自己这一切都是值得的，这可不是简单的任务。我可以理解大部分亚拉侬所说的，关于沙娜拉之剑的继承人什么的，但我们躲在阿纳尔有什么用处？这个布罗讷之所以大费周章搜寻精灵家族的传人，除了想得到沙娜拉之剑外，一定别有所图。他想要的到底是什么……会是什么？”

弗利克耸耸肩，将一颗小石子扔进湍急的河里，他的脑子现在就跟糨糊一样，没法提供一个合理的回答。

“也许他是想要掌权，”他茫然猜想，“每个稍微得到点权力的人不都这样？”

“或许是如此吧。”谢伊没把握地附和，心想就是这种贪念将各种族推向今天这种局面，长年冲突几乎毁了所有生命。不过自从上次战争后已经过了好几年，隔离政策的出现似乎为渴求已久的和平提供了些许答案。他回过身来面对弗利克。

“一旦我们抵达目的地后，我们要做些什么？”

“亚拉侬会告诉我们。”他哥哥犹豫地说。

“亚拉侬不可能永远教我们怎么做，”谢伊马上回道，“而且我认为他对自己的事情有所保留。”

弗利克点头表示同意。回想起与黑大个的胆战心惊的相遇，自己还被当布玩偶甩来甩去的。他的行径总让弗利克想到那种习惯于随心所欲、任意妄为的人。他不由自主地颤抖起来，想起上次自己差点被骷髅使者发现，无可否认，当时是亚拉侬救了自己一命。

“我不确定我是否想知道一切真相，我也不确定能不能全部理解。”弗利克喃喃自语。

谢伊被他的回答吓了一跳，转身对着在月光下闪闪发亮的河水。

“对亚拉侬来说，我们可能只是小角色而已，”他如是觉得，“但是从现在开始，我不要再盲目行事了！”

“或许是吧，”弗利克提高音调，“但是也许……”

他语带保留的声音淹没在夜晚和河水沉静的声音之中，谢伊选择不去在意。两人倒下后很快就入睡了，他们疲倦的思绪缓缓进入多彩明亮的短暂梦乡。在那个安全的、虚幻的漂浮维度里，他们困倦的心灵得以放松，释放出对明天的所有恐惧，在人类灵魂最深处的庇护所里，面对并放下它。但是尽管他们周遭还有其他生物的声音，以及恬静奔流的银河的抚慰，仍有种摆脱不掉的恐惧偷偷钻进梦里潜伏狞笑，对他们的能耐了如指掌。两人不断翻来覆去，无法甩开侵入他们内心深处的恐怖幻影。

也许那正是警告的幻影，它散发出恐惧的独特气味，让两人同时惊醒，空气中充满让人胆战心寒的疯狂，紧咬着他们。他们马上就认出这种感觉，眼中充满恐惧，呆坐着聆听无声的夜晚。他们依然一动不动，绷紧神经打开所有感官，等待着他们知道一定会发出的声响。接下来，就听见巨型翅膀拍动的恐怖声音，他们同时看向开阔的水面，骷髅使者庞大肃杀的身形可以说是优雅地越过河流俯冲到对岸，然后滑翔落地，刚好从他们藏身的上方掠过。当他们看到那怪物正朝着自己而来时，谷地人惊呆了，无法思考，更别说是移动。它有没有看见他们已经不重要，或许它根本就不晓得他们在那里，因为它在接下来几秒钟就会知道，兄弟俩没时间跑，没地方躲，也没机会逃。谢伊感觉口干舌燥，虽然闪过拿出精灵石的想法，但是脑子已经麻木，两人僵坐在那儿等着末日降临。

奇迹般地，它并没有过来。就在黑魔王的仆人快要发现他们之际，对岸一道闪光立刻吸引了它的注意，它迅速朝着光源飞去，然后远方和更远方又陆续出现闪光。它现在飞得快，找得急，内心有一股声音告诉它搜索就要结束了，长期追捕终于到了尽头，但是它还是找不到光源。突然间，又出现一道闪光，但是转瞬即逝，抓狂的怪物朝着它俯冲而去，知道它就在河的对岸深处，消失在低地成千上万个小峡谷和山丘中的某处。神秘的光线不断闪动，每一次都更往内陆移动，嘲笑逗弄着生气的野兽去追它。而僵住了的两人依旧藏身在黑暗里，惊恐地注视着阴影快速飞走，直到消失在视线范围外。

骷髅使者离开后，两人还是不敢妄动。他们再一次与死亡擦身而过。他们安静地坐着，倾听着夜里昆虫和动物的声音。几分钟过后，他们开始能够顺畅呼吸，放松僵硬的姿势，舒适地躺下，如释重负般对视着，他们知道怪物已经走了，但事情是怎么发生的，却是完全摸不着头绪。然而，他们连提起的机会都没来得及，那道闪光又突然出现在河的那边，就在他们后面几百码的地方，倏地消失后又再次出现，而且愈来愈近。谢伊和弗利克惊讶地看着闪光朝着他们靠近，缓缓地迂回前进。

没多久，一个佝偻老人就站在他们面前，一身樵夫装束，星光下发如银丝，脸上又长又白的胡须梳理得发亮。他手上奇怪的光线在这么近的距离亮得刺眼，却又看不出有任何焰火。突然间光线消失了，原来的位置上有着一个圆柱形物体，握在老人粗糙的手里。他看着他们，微笑地打招呼。谢伊默默地注视着他古老的面孔，觉得这个奇怪的老人充满威严。

“那个光线……”谢伊终于说话，“是怎么……？”

“一个玩具，久别于世的人的玩具，”冰凉的空气中传来沉稳的声音，“就跟刚刚那邪恶的怪物一样……”他的声音淡出，用手指着骷髅使者离去的方向，夜里那只纤细干瘪的手就像枯枝一样脆弱。谢伊带着疑惑看着他，不确定接下来该做什么。

“我们要往东去……”弗利克先开口。

“去阿纳尔。”和蔼的声音打断了他的话，老人理解地点着头，在温柔的月光下，堆满皱纹的眼睛锐利地望向两人。突然间他越过两人走到缓缓流动的河边，转过身背对着他们，并示意他们坐下。谢伊和弗利克马上照做，毫不怀疑老人的意图。他们一坐下，马上就感觉到一股沉重的疲倦感向他们袭来，疲惫的双眼倏地就阖上了。

“睡吧，年轻人，这样你们的旅程或许就能缩短。”他的声音在他们心中愈来愈强，愈来愈威严。那股疲倦感是那么令人愉快，那么受欢迎，他们无法抗拒，顺从地放松四肢躺在草地上。透过模糊、半开的眼睛，他们前方的人影开始慢慢变成另一个人，那个老人好像变年轻了，衣服也不一样了。谢伊开始喃喃自语，想要保持清醒，但不一会儿，两人便沉沉睡去。

他们化作云雾，穿梭过那些被他们遗忘的日子，平静家园里充满阳光与快乐的日子。又一次，他们漫步在督恩森林友善的范围内，畅游在瑞潘霍拉郡河的凉水里，所有的恐惧与忧虑在瞬间一扫而空。他们前所未有地自由穿行于山林和乡村山丘之间。在梦里，他们带着全新的体会触摸每棵花草树木、每只鸟兽鱼虫，仿佛初次一般，发现每种活物的重要性，不管它们是多么渺小。他们像风一般飘过，嗅到大地的清新，看见生命的美丽。一切都五彩缤纷，千变万化，疲惫的心灵只听到天空和乡间宁静的声音。他们忘却了穿越浓雾弥漫的克里特低地时那些漫长而艰难的日子，生命仿若失去灵魂般在垂死之地无望挣扎的不见天日的日子。他们忘却了黑橡林的幽暗，那些没有尽头的巨树浓荫蔽天的疯狂。迷雾幽灵和骷髅使者穷追不舍的回忆已经远去。年轻谷地人进入了一个没有恐惧与忧虑的世界，在那几个小时里，时间就像暴风雨后的彩虹，消失在瞬间的平静和美丽之中。

他们不知道在梦中的世界迷失了多久，也不知道自己发生了什么事，只知道醒过来时，已经不在银河畔了，此刻的时光是崭新且截然不同的，感觉既兴奋又安心。

就在视力慢慢恢复时，谢伊察觉到有一群人正围着他，一边打量着一边等着他清醒。他用一只手肘撑起身体，在朦胧中看到身边站了一群小小的身影，焦虑地俯视着他，模糊的背景中出现一个高大的人，穿着宽松的衣服，向他靠过来，大手放在他纤细的肩膀上。

“弗利克？”他担心地叫着，一只手揉着惺忪睡眼，斜眯着眼想要看清楚前方的脸。

“你现在很安全，谢伊。”低沉的声音好像是面前这个模糊的人影所发出来的。“这里是阿纳尔。”

谢伊飞快眨着眼，挣扎着想起来，但温柔的大手让他继续躺着。他的视野开始变得清晰，他一瞥之下看到躺在身边的哥哥也半起身来，身边包围着矮小但是体格却相当壮硕的人，谢伊立刻知道他们就是侏儒。他的双眼捕捉到了在他身边的那张坚毅的脸，然后目光停留在那只轻握住他肩膀、裹着锁子甲的手上，他知道阿纳尔之旅终于告一段落了，他们已经找到库海文和巴力诺了。

曼尼安·利亚没有发现前往阿纳尔的最后一段路是如此简单。当他最初发现自己跟谷地人走散时，陷入了惊慌。他并非为自己感到害怕，而是担心欧姆斯福德兄弟会困在迷雾笼罩的黑橡林里走不出来。他绝望无助地呼喊，在黑暗里蹒跚而行，直到嗓子都喊破了，最后不得不承认，在这样的情况下要找人根本是大海捞针。精疲力尽的他，强迫自己朝着他认为对的方向前进，还一边安慰自己等到天亮一定可以找到其他两人。他在森林的时间比他预期的还要久，出来时已近拂晓，终于在草地上不支倒地。当时他并不知道他的位置就在熟睡的两兄弟南边一点，他的耐力已经到达极限，被睡意快速攻占，完全不记得倒下后发生的任何事，只记得那轻飘飘的、慢慢倒在草地上的感觉。他似乎睡了很久，但实际上他在谢伊和弗利克动身前往银河后没几个小时就清醒了。经过一番思索，他决定往北走，在同伴们抵达银河前抄近路过去，如果到时没找到他们，他就要面对他们可能还困在森林里的可能性了。

高地人急忙捆好背包，背上弓箭和利亚宝剑，朝着北方快速前进。午后仅有的几小时日光很快就要退去，他一直在仔细地搜寻任何人类经过的痕迹。直到黄昏，他才发现往银河方向有人走过的痕迹。

他发现这些足迹大概是几个小时前才留下的，而且可以确定不止一人，但无法辨别是谁，因此曼尼安趁着天色还没全暗，加紧赶路，希望能在夜晚他们停下来时追上他们。他知道骷髅使者也在找他们，但是应该不会把自己和他们联想在一起，于是把恐惧拂到一旁。不管怎样，如果他想要帮助朋友，这是他不得不承担的预期风险。

没多久，就在太阳完全没入地平线前，曼尼安看到他东边有个身影，朝着反方向前进，曼尼安马上大声叫住他。那人显然被突然出现的曼尼安吓了一跳，拔腿就跑，曼尼安奋起直追，对着受惊的旅人大喊他不是坏人。几分钟后他追上了那个人，结果对方是个小贩，原本就被突如其来的追赶吓到，在此夜幕低垂之际，又是荒郊野外的地方，看到这个身材高大还带着剑的高地人，更是吓得魂不附体。曼尼安急忙解释没有要伤害他的意思，只是在寻找两个在黑橡林走散的朋友。不过他似乎愈解释愈糟，现在那个小贩已经彻底认为眼前这个陌生人是疯子。原本曼尼安想告诉他自己是利亚王子，但很快就舍弃了这个念头。最后，小贩告诉他，下午时远远看到的两个旅人符合他的描述。曼尼安无法分辨那个小贩是因为担心生命受到威胁，还是为了迎合他才这么说的，但他接受了他的说法并向他道晚安，那人显然很高兴这么轻松就被放走，急忙往南逃进黑暗的庇荫中。

然而现在实在太暗，曼尼安不得不承认无法跟上他们，因此他环视四周寻找可以扎营的地方，发现有两棵大松树是栖身的最佳选择。他走过去，看了一眼清澈的夜空，这亮度足够那只北方巨怪发现任何露营的旅人，他暗暗祈祷他的朋友能够选个隐蔽的地方过夜。他将背包和武器放到树下，人也爬进低垂的树枝下方歇息。连续两天赶路，他早已饥肠辘辘，狼吞虎咽地吃完他仅剩的食物，想到谷地人在未来几天也将跟他一样面临食物短缺的情况。他大声抱怨着运气太差，害他们走散，不情愿地用毯子把自己裹起来，很快就睡着了，出鞘的利亚宝剑就放在身边，在月光下微微发出闪光。

他酣睡的地点就在银河以南几英里处，但丝毫没有察觉到那天夜里发生的事情。曼尼安·利亚在隔天醒来时还有了新的打算。如果抄近路往东北方走，他应该可以更容易追上谷地人，他确信他们应该会沿着向东蜿蜒流过阿纳尔森林的银河前进，然后穿过更远的上游区域。因此他放弃追踪之前留下的模糊路径，决定稍微偏东穿越低地，如果到河边没有看到他们逆流而上的迹象，他还可以折返，然后顺流去找他们。他也希望沿途可以发现一些小猎物，为晚餐加点肉。他边走边哼着小曲，满脸轻松愉快地期待着与失散伙伴的重逢。他甚至可以想象到弗利克看见他后那副不可置信的样子。他轻松、平稳而迅速地迈着大步，那是经验老到的猎人和樵夫独有的欢乐而坚定的步伐。

行进间，他回想起前几天所发生的事，思考这一切的意义所在。他对大战的历史、德鲁伊议会和所谓的神秘黑魔王以及他被三族联合击溃的事知之甚少。他完全不知道沙娜拉之剑背后的传奇故事，这件传说中的武器这么久以来一直是凭勇气获得自由的象征之物，现在由一个半人半精灵的无名孤儿继承，想想都觉得荒谬，他始终无法想象谢伊就是那个继承者。但他凭直觉认为在沙娜拉之剑这件事情上，还少了某样非常基本的东西，不搞清楚是什么的话，他们三人只能任凭摆布。

曼尼安知道他不属于这个冒险故事的一分子，他这么做单纯是为了友谊。弗利克的态度一直是正确的，即使是现在，他还是一点也不确定自己当初是怎么被说服加入这个旅程的。他知道自己是个不称职的利亚王子，他对百姓的兴趣不大，未曾想过去了解他们，也未曾想过去了解治国之道。然而他认为自己与其他人一样优秀。谢伊相信他是一个值得尊敬的人。也许是这样，他无聊地想着。但他活到现在，除了一系列越轨行为和荒诞经历外，几乎没做过什么贡献或有建设性的事情。

平整青翠的低地变成粗犷贫瘠的土坡，忽高忽低如壕沟般的山谷让行进变得迟缓，有些地方还很危险。曼尼安焦急地看看前面有没有平原，但是即使站在坡顶还是看不远。他谨慎地前进，暗自责骂自己选择这条路的决定。他暂时失了神，然后突然听到人类的声音,又被拉了回来。他专心听了好几秒，却没有再听到任何声音，因此便把它当作是风的声音或是他的想象。没多久，他又听到了，这次很清楚，是一个女人的声音，在前方某处温婉地唱着歌，轻声低回。他加快脚步，怀疑是不是他的耳朵有毛病，但是却听到那圆润的声音愈来愈高。很快地，她充满魔力的歌声弥漫在空气中，华丽轻快近乎狂放，直达他内心最深处，驱使他要跟上，要像曲子一样自由。他几乎是在恍惚状态下走着，仿佛这首快乐的歌对他施了魔法般咧嘴笑着。隐约之间，他也奇怪这样一个女人在这蛮荒之地做什么，但是歌曲用它发自内心的温暖驱散了所有怀疑。

在一片特别隆起的山冈上，曼尼安发现她坐在一棵蟠木下，盘根错节的树枝让他想起柳树根。她是个年轻貌美的女孩，显然非常熟悉附近地势，开朗地对着被她歌声吸引过来的人唱着歌。他径直走向她，温柔地对着她笑，她也对他报以微笑，但并无意起身或是跟他打招呼，继续唱着华丽轻快的曲调。利亚王子在距离她几尺的地方停下来，那女孩马上示意他靠近点，坐到她身边的老树下。此时他突然有种莫名的感觉，体内有个小小的警告神经抽动了一下，某种还没被她动人歌声迷惑的第六感拽了他一把，想知道为什么这个年轻的女孩会叫一个全然陌生的人跟她一起坐。他的迟疑可能跟猎人先天对所有东西都抱持不信任感有关，但不管原因为何，它让高地人停下脚步来。就在那一瞬间，女孩跟歌全部化为水汽消失不见，只留下曼尼安在荒芜的土丘上面对着奇形怪状的树。

曼尼安犹豫了一秒钟，无法相信刚刚发生了什么事，接着便急忙要离开。但就在此刻，他脚下松软的土地突然打开，里头伸出了密集成群、布满节瘤的树根，紧紧缠住年轻人的脚踝，曼尼安被绊倒后仰，试着想办法脱身，但任凭他怎么努力，都摆脱不了纠缠不休的树根。情况变得愈来愈奇怪，他瞄了一眼那棵盘根错节的怪树，它本来是静止的，现在却慢慢靠近，伸出的树枝直逼他而来，顶端还有一些小小的但却看似有毒的针状物。曼尼安现在彻底清醒过来，他丢下背包、弓箭，抽出宝剑，马上明白那个女孩跟那首歌只是引诱他靠近这棵树的幻影。他径直砍向缠住他的树根，一连砍了好几个地方，但是却进行得很慢，因为树根紧紧缠着他的脚踝，他不想冒险一剑劈断。在他知道无法及时脱身时，一度感到惊慌，但他压下这种感觉，放声对那棵现在几乎覆顶的树发出怒吼。就在它快要靠近时，他暴怒地摆动着，一连砍断好几根树枝，稍稍将它逼退，那棵树痛苦地发颤。曼尼安知道等它再次行动时，他就必须直捣其神经中枢才能摧毁它。但是那颗奇怪的树有其他打算，它把树枝全部盘绕起来，然后用力甩向被困住的旅人，将上头的细针全部对他射出。虽然大部分的针都没打到目标，只有少数碰到他的外衣和靴子，但是暴露在外的肌肤，包括头和手等却无法幸免，像被螫到的感觉。曼尼安想要把它们拨掉，但是那些细针迸裂开来，嵌住皮肤，一股晕眩感不知不觉向他袭来，部分神经系统开始麻痹。他马上明白那些针有某种麻醉成分，让这棵树的受害者失去反抗力好任它摆布，他疯狂抵抗那种感觉，不让它渗入，但是很快就无助地跪地，无力再战，那棵树赢了。

不过令人讶异的是，那颗致命的树看来有点犹豫，还稍稍后退了些，全身又盘在一起，打算再次进攻。倒地的王子后方传来缓慢沉重的脚步声，小心翼翼地靠近，他无法转过头去看来者是谁，一个深厚深沉的声音突然警告他不要动。就在那棵树要放出致命毒针前，曼尼安肩上突然飞过一把巨大的钉头锤，给了它毁灭性的一击，那颗怪树完全被击倒。看来它是受伤了，挣扎起身准备还以颜色。在他身后，曼尼安听见搭箭张弓的声音，一只黑色的长箭倏地飞出，射中树干。缠在他脚上的树根随即松开，缩回地底，树干剧烈颤动，树枝甩向天空，细针朝着四面八方乱射，不一会儿，怪树慢慢倒地，一阵抽搐后就再也不动了。

曼尼安全身瘫软，他感觉到那个救援者强壮的手用蛮力握住他的肩膀，让他俯卧在地，用猎刀割断其他还缠在他脚上的树根。在他身前的是一个强壮的侏儒，穿着他们常见的绿色和棕色的樵夫装，对一个侏儒来说，他算是高的，超过五英尺，宽阔的腰间像个小型兵工厂似的挂满了武器。他俯视被麻醉了的曼尼安，半信半疑地摇着头。

“你一定是外地人才会干这种蠢事，”低沉浑厚的声音斥责曼尼安，“任何有点判断力的人都不会在赛莲附近玩。”

“我来自利亚……在西边，”高地人勉强喘着气说，混浊的声音听在自己耳里感觉很奇怪。

“高地人呐，我就该猜到。”那侏儒衷心笑着，“嗯，别担心，你过几天就会好了，那毒不会要了你的命，但是你可能会昏迷一阵子。”

他再次发出笑声，转身去拿回他的钉头锤，曼尼安用最后一分气力抓住他的衣服。

“我必须去……阿纳尔……库海文……”他剧烈地喘着，“带我去找巴力诺……”

侏儒蓦地回头看着他，但曼尼安已经陷入昏迷。他低声咕哝着，捡回他自己的武器和高地人掉下的东西，然后使出惊人怪力，一把提起瘫软的高地人扛到他宽阔的肩上，测试一下负重均不均衡，一切就绪后满意地迈开步伐，一路念叨着朝阿纳尔森林跋涉而去。

08

这里是侏儒的聚居地库海文，在极尽美丽的米德花园，弗利克静静地坐在上层一张长石椅上往下俯瞰，错落有致的花田，让人联想到缓缓流淌而下的瀑布。这里本来是一片荒芜的丘陵地，能够创造出这样的花园真是了不起的成就。这里的泥土是从别的富饶地区运来的，肥沃的泥土使得成千上万的鲜花和植物能够在这个气候温和的下阿纳尔全年盛放，色彩之丰富让人难以形容，甚至盖过了彩虹。弗利克想试着算出这些让人目不暇接的花到底有几种颜色，不过他很快就发现这根本是不可能完成的任务，随即把注意力转向花园下方来来往往的侏儒们。对弗利克来说，他们是个奇怪的民族，如此苦干实干，生活严谨自律，所有事情都先经过详细规划，一丝不苟到连细心的弗利克都快受不了了；不过这些人们很和善也很热心，即使是对来访的谷地人也一样友好。

他们已经在库海文待了两天，但还是不知道发生了什么事，他们为什么在这里，或是他们要在这里待多久。巴力诺什么也没讲，只说他所知有限，等时机成熟后一切自然真相大白，这让弗利克觉得等于没说。不但亚拉侬没消息，更糟的是，连曼尼安也行踪不明，而两兄弟则是不管有什么理由，都被禁止离开安全的侏儒部落。弗利克再次瞥了一眼花园底层，看看他的私人保镖还在不在那儿，结果马上就发现他在一旁毫不懈怠地盯着谷地人。这样的待遇让谢伊火冒三丈，但是巴力诺表示这是为了预防北方怪物又来取他们性命，才出此下策。弗利克默许了这样的安排，几度跟骷髅使者打交道，九死一生，到现在还历历在目。看到谢伊沿着蜿蜒的花园小径向他走来，他随即把这些想法暂时搁到一边。

“有消息吗？”当对方走到他身边坐下时，他焦急地问道。

“什么也没有。”简短的回答。

尽管他们一路从穴地谷过来，经历了那样艰辛的冒险旅程后已经休息了两天，谢伊还是有莫名的疲倦感。他们在这里一直被奉为上宾，人们也都发自内心地关怀他们，但是却没人提过接下来会怎么样，包括巴力诺在内，大家好像都在等着什么，也许是等许久不见的亚拉侬。巴力诺说不清楚他们是怎么抵达阿纳尔的，只说他在两天前看到一束神秘的光线，顺着光线就在库海文外找到躺在河边的两人，然后就把他们带到村庄。他不知道什么老人或是他们怎么走到这么远的上游。当谢伊提到银河王的传说时，巴力诺不置可否地耸耸肩。

“没有曼尼安的消息……？”弗利克迟疑地问道。

“侏儒们仍在找他，可能要花点时间，”谢伊轻声回道，“我不知道接下来该怎么办。”

弗利克心里认为谢伊的最后一句话正是他们这整趟旅程的缘由所在。他看了一下花园下方，巴力诺突然从前面树林中出现，还有一小群武装侏儒簇拥着他，即使从他们所在的花园高处，也能看到巴力诺狩猎斗篷下的锁子甲。他跟侏儒们认真交谈了几分钟，一副若有所思的样子。谢伊和弗利克对卡拉洪王子知道的并不多，但卡拉洪人民似乎都非常敬重他，曼尼安也说巴力诺人不错。他的家乡是南境最北边的王国，通常被视为边境国，也是面对北境的缓冲地带。卡拉洪子民以人族占绝大多数，但他们和其他各族相处融洽，也不追求隔离政策。备受尊崇的边境军团就驻扎在这遥远的国度。那是一支隶属于卡拉洪国王，也是巴力诺的父亲洛尔·巴克哈纳麾下的军队，整个南境都仰赖卡拉洪和边境军团在前线对抗入侵者，削弱敌方初步攻势，让大陆其他地方有时间备战。自成军五百年来，边境军团战无不胜，迄今仍保持不败纪录。

巴力诺沿着上坡路走向他们所在的石椅，边走边向他们微笑，他知道，对未来一无所知，再加上因朋友下落不明产生的焦虑，让他们很不舒服。他在他们身边坐下来，开口前沉默了好几分钟。

“我知道这对你们来说有多难受，”他耐心地说道，“我已经派出所有侏儒战士去寻找你们失踪的朋友。如果任何人在这个区域发现他，他们绝对会知道。他们不会放弃搜索的，我保证。”

兄弟俩明白巴力诺已经想尽办法帮助他们，点头表示理解。

“对这些人来说，现在时机非常危险，虽然我想亚拉侬并没有提到这点。他们正面临地精入侵上阿纳尔的威胁，他们在边界已经发生过一连串冲突，更有迹象显示史翠里汉平原已有大军集结。你们可能会猜想这些是不是跟黑魔君有关。”

“这是不是意味着南境有危险了？”焦急的弗利克问道。

“没错。”巴力诺点头称是，“这也正是我在此的原因之一，要跟侏儒国商定出一个联合防御策略，以应对全面进攻。”

“那么亚拉侬在哪里？”谢伊马上问道，“他会尽快赶来这里帮助我们吗？沙娜拉之剑跟这一切有什么关系？”

巴力诺看着困惑茫然的脸，缓缓摇头。

“我必须承认我无法给你任何答案。亚拉侬是个非常神秘，但却非常有智慧的人，过去只要我们需要他，他一直都是可靠的盟友。我最后一次看到他，是在我去穴地谷找你的几个星期前，当时我们约定好要在阿纳尔碰头，但是他已经晚了三天。”

他停下来沉思，俯视花园和前方的阿纳尔森林，倾听着树林和侏儒们走动的声响。这时，最下层的花园突然有人大叫，其他人也跟着鼓噪。三人疑惑地起身，迅速看看四周是否有危险，巴力诺强壮的手马上移向系在他身侧的阔剑。一会儿过后，底下一个侏儒急忙跑上来，一边跑一边拼命叫着。

“他们找到他了，他们找到他了！”他兴奋地喊叫，因为太心急还差点绊到自己。

谢伊和弗利克两人面面相觑。跑上来的那人上气不接下气地停在他们面前，巴力诺兴奋地握住他的肩膀。

“他们已经找到曼尼安·利亚了吗？”他随即盘问。

短小精干的侏儒冲过来把好消息传达给他们，开心地直点头。巴力诺一言不发，跳下步道往发出欢呼声的地方走去，谢伊跟弗利克也跟在后头，几秒钟就抵达下面的空地，沿着主要步道穿过森林，跑向几百码外的库海文。前方兴奋的侏儒欢声雷动，不断恭喜找到高地人的同胞，大老远就听到他们的呼声。抵达村庄后，他们推开挡住去路的侏儒直达人群中心，围成一圈的守卫退开，让他们进入左右两边都是房舍、后面立着一面石墙的庭院，曼尼安·利亚一动也不动地躺在长木桌上。他脸色苍白，看起来毫无生气，一群侏儒医生尽职地帮他疗伤。谢伊惊呼出声，急忙要跑上前去，却被巴力诺强壮的手臂给抓住，那战士呼唤最近的侏儒。

“潘恩，这里发生了什么事？”

穿着一身盔甲，应该也是归来的搜救队员之一的侏儒，快速朝他们跑来。

“治疗之后他会没事的。他是在银河下方的巴托蒙低地被发现的，他被赛莲缠住了。我们的搜救队没有找到他，是从阿纳尔南边城市回来的韩戴尔找到他的。”

巴力诺点头，寻找着搜救者的身影。

“他前往议会厅报告去了。”侏儒回复了他未问出口的话。

巴力诺示意两个谷地人跟着他，领着两人走出庭院，穿过人群前往大议会厅。里面是村庄治理官员的办公室，他们看见韩戴尔坐在其中一张长凳上，一边大口吃饭，一边口述，由抄写员写下报告。当他们走近时，他抬头看着他们，好奇地打量谷地人，和巴力诺点个头后继续吃着他的食物。巴力诺遣退抄写员，三人坐在漠不关心的侏儒对面，他看起来又累又饿。

“真是个蠢蛋，拿把剑就想对付赛莲，”他喃喃自语，“但确实勇气可嘉。他现在怎样了？”

“治疗过后就没有大碍了。”巴力诺回应，对担心的谷地人安慰地一笑，“你是怎么找到他的？”

“我听到他在鬼吼鬼叫。”他边吃边说，“我必须扛着他走了将近七英里路，直到在银河边遇到潘恩和搜救队。”

他停下来，好奇地打量着专心凝听的谷地人，接着视线又转回巴力诺，眉毛上抬。

“高地人和亚拉侬的朋友。”边境人回答道，意味深长地歪着头，韩戴尔只是草草点个头。

“如果他没有提到你的名字，我还不知道他是何许人，”韩戴尔向着高大的边境人简短地说道，“如果有人早点可以告诉我这是怎么一回事，可能会对一切有所帮助。”

他拒绝再作出进一步评论，被逗乐的巴力诺对着困惑的两兄弟微笑，微微耸肩以暗示侏儒天生易怒。谢伊和弗利克不太确定对方脾气，因此在另外两人对话时干脆闭嘴，他们真的很想听听曼尼安获救的完整故事。

“史坦和威福特的情况如何？”巴力诺终于提及位于阿纳尔西边和南边的两个南方大城。

韩戴尔停下嚼食，突然大笑。

“两个了不起的大城市的官员表示会详加考虑并送来报告。迂腐的官僚，被漠不关心的人民选出来耍耍猴戏，直到他们可以把球丢给下一个笨蛋。我开口说话五分钟后就知道，他们觉得我是疯子。他们是不见棺材不掉泪，最后才会哭着来向我们求救。”话毕，他继续吃着餐点，显然对整个话题感到厌恶。

“我想，我早就猜到会是这样，”巴力诺忧心忡忡，“怎样才能让他们相信有危险？已经有好多年不曾有过战争，现在更没有人相信要打仗了。”

“那不是真正的问题所在，你也心知肚明，”火大的韩戴尔插嘴道，“他们只是不想蹚浑水，更何况前线还有侏儒挡着，更别说是卡拉洪和边境军团了。既然我们现在都已经做到这个分上了，为何不继续下去？这群可怜的笨蛋……”

他的声音慢慢变小，话说完饭也吃完，大老远地回家让他感到疲倦。将近三个礼拜他都在南方城市奔波，但是看起来似乎一无所获，这让他格外沮丧。

“我不明白到底发生了什么事。”谢伊轻声表示。

“那是我们两个的事。”韩戴尔绷着脸应道，“现在我要去补眠两个礼拜，有事等我醒来再说。”

他突然起身走出议会厅，甚至连道别都没有，他的肩膀疲惫地垂着。三人无言地看着他离开，眼光锁住他远去的背影，直到他消失在视线之外。然后谢伊疑惑地转向巴力诺。

“这是一个古老的关于自满的故事，谢伊。”高大的战士深深叹了一口气，站起身舒展一下筋骨，“我们现在可能正处在数千年来最大的一场战争爆发的边缘，但是没有人愿意接受这个事实，大家都因循旧例，只让少数人把关，其他人就不必费心。这已经变成一种习惯，靠少数人来保护其他人。然后某天……当这些少数人寡不敌众时，敌人将长驱直入，从洞开的大门挥军进城。”

“真的会发生战争吗？”弗利克几近恐惧地问道。

“这确实是个问题。”巴力诺缓缓地回应，“唯一知道答案的人并不在场……还迟到了。”

一直处在发现曼尼安健在的惊喜当中，两人暂且忘了亚拉侬的存在，他们之所以在阿纳尔正是因为那个人。他们脑中再度闪过那个老问题，但是过去几个星期来他们已经学会跟疑惑共处，于是硬生生地又吞下所有疑惑的事情。当巴力诺朝着敞开的大门走去时，两人马上跟随。

“你不必把韩戴尔的态度放在心上，”他们一边走着，他一边向他们保证，“他对所有人都是那样板着脸孔，但他却是会伸出援手的好朋友之一。他在上阿纳尔跟地精斗智斗勇了好几年，保护他的族人和那些自满的南境人民，他们早就忘记身为边境守卫的侏儒们扮演的是何种重要的角色。我可以告诉你，地精对他恨得牙痒痒的。”

谢伊和弗利克默不作声，为他们的族人是如此自私感到羞愧，这才明白自己对上阿纳尔的情势也是一无所知，直到从巴力诺这里才有所听闻。他们对种族之间再次对立感到不安，这让他们回想起过去。发生第三次种族战争的可能性让他们不寒而栗。

“不如你们俩先回花园去吧。”卡拉洪王子建议道，“曼尼安的情况一有变化，我会马上派人通报。”

两兄弟勉强同意，他们也知道自己帮不上忙。当晚就寝前，他们顺道去了安置曼尼安的房间，被侏儒守卫告知说，他们的朋友正在熟睡，不宜打扰。

直到隔天下午，高地人才苏醒，焦急的谷地人赶忙去探望他。就连弗利克看到对方依旧安好，也勉强表示欣慰，尽管他很严肃地用一种拖长的单音调说，他早在他们决定要穿越黑橡林时，就料到他们会遭遇不幸。谢伊和曼尼安同时笑天生悲观的弗利克，但没有反驳他。谢伊向曼尼安解释他是怎么被侏儒带到库海文的，然后又说到他跟弗利克在银河畔被发现的神秘经过，曼尼安跟他们一样困惑，找不出符合逻辑的解答。谢伊忍住不提银河王的传奇，不必想也知道高地人会说那只是民间故事。

同一天，就在黄昏前几个小时，他们听闻亚拉依回来了。当时谢伊和弗利克正准备去曼尼安房间看他，他们听到侏儒兴奋的叫声，急匆匆地越过窗户涌向议会厅，那里好像准备要召开某种会议。离开房间还没两步路，焦虑的谷地人就被四名侏儒卫兵团团围住，穿越不断推挤的人群，经过议会厅大门进入比邻的小房间，便被告知留在那里。兴奋的侏儒话不多说，关上门拉上锁，在门外站定。明亮的屋内，困惑的谷地人在板凳上坐了下来。房间窗户是关上的，想必跟门一样被封住了。他们可以听到议会厅传来一个低沉的声音。

几分钟过后，通往议场的门开了，来的人却是曼尼安，虽然脸色潮红但状况不错，两名侏儒守卫连忙让他进来。当室内只剩下他们三人时，高地人说他也是跟谷地人一样被守卫带到这里来的。在过来的路上，他零星听到一些对话，库海文的侏儒们，甚至整个阿纳尔似乎已经进入备战状态。不管亚拉依带回来什么样的消息，都已经让侏儒部落陷入混乱状态。他从敞开的议会厅大门瞥见巴力诺站在前方平台上，但是守卫一直推他过来，所以他也不确定。

隔壁会谈的人群发出雷鸣般的欢呼，三人全都停下来注意里面的动静。几秒钟过后，依旧沸反盈天，声音直达外头满是侏儒的空地。就在震耳欲聋的喧嚣声中，他们的房门突然打开，进来的是黑暗威严的亚拉依。

他快速走向他们，跟他们握手，恭喜他们成功抵达库海文。他的穿着和弗利克第一次遇见他时一样，精瘦的脸半藏在斗篷兜帽里，形象黑暗而不祥。他亲切地问候曼尼安，随即移向最近的桌首位置，示意其他人也坐下。跟着他进来的还有巴力诺和好几位看起来是部落领袖的侏儒，其中也包括暴躁的韩戴尔，最后还有两位身材苗条，穿着古怪宽松的樵夫装，像幽灵一样的人，进来后默默坐到亚拉侬身边。谢伊可以从他位于桌子对面的位置清楚地看到他们，快速观察后推断他们应该是来自遥远西境的精灵。他们的五官很立体，从飞扬的眉毛到奇怪的尖耳朵，都显得与众不同。谢伊转过头，发现弗利克和曼尼安都好奇地盯着自己看，显然认为谢伊酷似那两个陌生人。他们没有人见过精灵，知道谢伊是个半精灵后，听过不少有关精灵的描述，但从来没有机会拿谢伊跟真正的精灵作比较。

“我的朋友们……”亚拉侬站起来，他身高七尺，低沉的声音在一阵轻微的骚动声中充满威严地响起，整个房间瞬间安静下来，所有人全部转向他，“我的朋友们，我现在必须告诉各位一些我从未跟任何人说过的事。我们遭遇了惨重的损失。”

他稍作停顿，望向在座各位焦虑的脸。

“帕瑞诺已经沦陷！一支听命于黑魔君的地精猎人夺走了沙娜拉之剑！”

房间陷入一片死寂，两秒钟过后侏儒们起身发出忿恨的怒吼，巴力诺马上站起来安抚他们。谢伊和弗利克一脸不可置信地看着对方，只有曼尼安看起来对这个消息并不吃惊，精瘦的脸端详着站在桌首的黑大个。

“帕瑞诺是从内部被占领的。”大致恢复平静后，他继续说道，“目前有些疑问尚待厘清，就是要塞和神剑守卫者的命运。我所得到的讯息是，他们全部遭到杀害，没有人确切知道到底是怎么发生的。”

“你也在场吗？”谢伊突然问道，随即发觉这真是个蠢问题。

“我之所以匆忙离开穴地谷，就是因为我接到消息，想赶去营救帕瑞诺。但我到得太晚了，来不及从内部帮助他们，连我自己也是千钧一发才逃出来。这也是我为什么会这么晚抵达库海文的原因之一。”

“但如果帕瑞诺沦陷了，而剑也被拿走了……？”弗利克的低语声愈来愈小。

“那我们现在可以做些什么？”亚拉依严厉地接完他的话。“这就是我们现在面临的问题，我们必须马上解答，而这也正是此次会议的目的。”

亚拉依突然离开位于长桌桌首的位置，绕着桌子最后站定在谢伊身后。他把他强壮的手放在谢伊纤细的肩膀上，面对专注地看着他的观众们。

“沙娜拉之剑在黑魔君手上根本无用武之地，只有杰利·沙娜拉家族之子能够举起，单是这一点就阻止了邪恶势力于现在发动全面进攻。相反，他正在有计划地猎杀沙娜拉家族的所有成员，一次一个，一个接一个，即使是所有我能找到并试着保护的人。现在他们已全部殒命，只留下一个，就是年轻的谢伊。谢伊只是个半精灵，但却是当年持剑国王的直系血亲。现在，他必须再次举起神剑。”

如果不是因为肩膀被牢牢抓住，谢伊巴不得马上夺门而出。他绝望地看着弗利克，却从他哥哥眼里看到他自己的恐惧。曼尼安则是一动未动，但这项无情的宣告显然让他大为震动。亚拉依期望从谢伊那儿得到的是任何人都无权要求的事。

“好吧，我们好像有点吓到年轻的朋友了……”亚拉依短笑道，“不要绝望，谢伊，事情并没有你所想象的糟。”他转身走回桌首面对大家。

“我们必须不惜一切代价夺回沙娜拉之剑，我们已经没有选择的余地。如果我们失败了，整个世界都将陷入自两千年前生命近乎灭亡以来，所有种族见过的最严重的战争之中。那把剑就是关键，若没有它，我们只能依赖赤手空拳、大无畏的奋战精神去迎敌，如此兵戎相见的战役只会造成双方难以计数的死伤。邪恶之源即是黑魔君，要毁灭他一定得有神剑襄助，和至少包括在座各位等少数人的勇气。”

他再次停顿，估量自己话语的分量。一张张严肃的脸回视着他，室内弥漫着凝重的气氛。这时坐在长桌另一头的曼尼安·利亚霍地起身面对高大的发言人

“你现在是提议我们去帕瑞诺找回那把剑。”

亚拉依缓缓点头，薄唇上露出半抹微笑，等着其他被吓到的人作出反应，浓眉下凹陷的双眼深沉地眨着，仔细观察他周遭的每一张脸。当亚拉依再次开口，曼尼安缓缓坐下，俊俏的脸庞明显露出一副不可置信的神情。

“剑还在帕瑞诺，有绝大的可能性它还没离开。不论是布罗讷还是骷髅使者都无法独力除去护身符——护身符本身的存在就是他们继续留在凡世的诅咒。无论什么形态，只要暴露在护身符的环境下超过数分钟，就会感到痛不欲生，这也意味着如果想要把剑往北运回骷髅王国，势必得利用目前掌控帕瑞诺的地精来达成目的。”

“伊凡丁和他的精灵战士奉命守卫德鲁伊大本营和沙娜拉之剑，如今帕瑞诺已然失守，精灵仍掌控史翠里汉平原南部区域，要想北上就得冲破他们的防线。帕瑞诺被拿下时，伊凡丁显然不在那里，我没有理由相信伊凡丁会将宝剑拱手让人，他至少也会阻挠任何想要移动它的企图。黑魔君对此知之甚详，因此我不认为他会冒险让地精把剑运送出去。相反，他会先在帕瑞诺筑好防御工事，直到他的部队南下。”

“还有一个可能性，就是黑魔君根本没料到我们会想要夺回神剑，他可能以为沙娜拉的血脉已经灭绝了，预期我们会专心加强防御，以对抗他即将展开的攻击。如果我们马上展开行动，一小群人可以神不知鬼不觉地溜进要塞，拿回神剑。这样的任务很危险，但即使成功的希望微乎其微，都值得一拼。”

巴力诺起身表示想要跟与会各位说些话，亚拉依点头并坐下。

“我承认我并不了解神剑是否能对抗黑魔君，”高大的战士开口

说道，“但是我确实明白我们所有人面临着布罗讷大军入侵南境和阿纳尔的威胁，正如同我们在报告中所言，他们已经在开始着手进行。我的祖国将首先面临此等威胁，如果能有任何阻止方法，那么我便责无旁贷。我将跟随亚拉依。”

此时侏儒们又站了起来，热血欢呼，表示支持，亚拉依起身举起他的长手臂请求大家安静。

“在我身边这两位年轻的精灵是伊凡丁的堂弟，他们会陪同我，他们与各位一样面临极大的危险。巴力诺也将同行，另外还会再带一位侏儒首领，不再多了。如果我们要成功，这一支队伍就必须小而精，由具备高超技能的猎人所组成。选出你们的最佳人选，让他与我们同行。”

亚拉依看向桌子末端，谢伊和弗利克混杂着震惊和疑惑的情绪注视着他，曼尼安静静思量，没有看着哪个特定目标。亚拉依期待地扫向谢伊，当他看见年轻人惊恐的双眼，他冷峻的脸容稍微软化了一点，毕竟年轻的谷地人历经千难万险才来到目前这个安全的避难所，现在却要叫他离开，前往更危险的北方。但现在没有时间给他温和地说明情势，亚拉依怀疑地摇摇头并等待着。

“我想我最好加入。”这个突然的宣布来自曼尼安，他再次起身面对大家。“我陪着谢伊长途跋涉是为了确保他安全抵达库海文，如今他做到了，我对他的责任也已结束，但是我却亏欠我的祖国和我的人民，我要竭尽所能保护他们。”

“那么你可以贡献什么？”亚拉依突然问道，对高地人会没有先跟他的朋友说过就自愿加入感到愕然，谢伊和弗利克更是被这个突如其来的宣布吓得目瞪口呆。

“我是南境最好的射手，”曼尼安稳稳地答道，“说不定也是最棒的追踪者。”

亚拉依似乎犹豫了一会儿，然后看向巴力诺，他平静地耸耸肩。

有那么一瞬间，曼尼安和亚拉依两人眼神相交，仿佛各自打量着对方的意图。曼尼安冷冷地对着严峻的历史学家微笑。

“我为什么要向你交代呢？”他怀疑地说了一句。

桌子另一头的黑大个好奇地瞪视着他，空气间弥漫着一股死寂，就连巴力诺也吃惊地倒退一步。谢伊立刻就知道曼尼安是在自找麻烦，也知道除了他们三人之外，其他人肯定都知道某些他们所不知道的跟亚拉依有关的事。受到惊吓的谢伊目光投向弗利克，后者涨红的脸因为两人的对峙而变得苍白。为了避免任何麻烦，谢伊在情急之下突然站起来并清清喉咙，所有人都看向他这边，他的脑袋瞬间一片空白。

“你有话要说吗？”亚拉依幽幽地问道。谢伊点头，心狂跳不已，他知道大家在期待着什么。他再次看向弗利克，后者微微点头，暗示不管他作出什么决定都会支持。谢伊再次清了清喉咙。

“我的特殊技能应该就是我出生错了家族，但我也只能接受。弗利克跟我，还有曼尼安，都会去帕瑞诺。”

亚拉依点头表示赞同，甚至还露出一抹浅浅的微笑，内心为年轻的谷地人感到高兴。比起其他任何人，谢伊更得坚强，他是沙娜拉家族仅存的血脉，众人的命运将悬于此一微小的希望上。

在桌子的另一头，曼尼安放松地坐回位子上，如释重负的他默默恭喜自己，几乎听不见从他嘴里发出的叹息声。他故意向亚拉依挑衅，藉此迫使谢伊跳出来救他，而同意去帕瑞诺。这是一步引诱矮小的谷地人下决心跟他们一起去的险棋。高地人差点就跟亚拉依爆发难以挽回的冲突。他很幸运，但他怀疑前方的旅途中，幸运是否会照顾到他们所有的人。

09

谢伊默默站在议会厅外，让夜晚的凉风拂去他脸上的热度。弗利克迅速站到他的右手边，他的宽脸在月光的阴影下显得异常冷峻。曼尼安慵懒地靠在他们左方几码处的橡树上。会议已经结束，亚拉依要他们等他。那高大的浪人仍在里头跟侏儒长老们就上阿纳尔可能面临的入侵预作准备，巴力诺也跟他们在一起，居中协调卡拉洪著名的边境军团和东境侏儒部队之间的防御措施。谢伊离开闷热的房间，来到外面空旷的夜里，以便能够仔细考虑那个匆促的决定。他猜弗利克也知道，因沙娜拉之剑而起的冲突已经势不可免，他们无法置身事外。他们可以待在库海文，就像囚犯一样生活着，希望侏儒能够保护他们不被骷髅使者找到。他们可以留在这个陌生的地方，自此远离所有亲朋好友，随着时间过去可能只剩下侏儒记得他们。但是像这样把自己隔离起来并非根本的解决之道。谢伊第一次明白他必须接受现实，他已经不只是柯萨·欧姆斯福德的养子。他是精灵沙娜拉家族的后嗣，诸王之子，神话故事中那把剑的传人，尽管他非常希望情况反转，但是一切都已命中注定。

他默默地看着他的哥哥，弗利克此时正盯着黑暗的地面，沉浸在思考中。谢伊对他的忠诚感到一阵悲伤的刺痛。弗利克勇敢，并且爱他，他们将要前往敌人的中心腹地，但他没有就这突如其来的事态发展讨价还价。谢伊不想把他牵涉其中，这不是他的责任。这个壮实的谷地人是绝不会抛下自己不管的，只要他认为自己能帮忙。但也许现在可以劝服他留下，甚至让他回到穴地谷，向他们的父亲解释这一切。但很快他就打消了这个念头，弗利克是决不会回去的。无论将会发生什么，他都将一一见证。

“曾经有一段时间，”弗利克轻柔的声音打断了他的思绪，“我发誓要在穴地谷平凡地度过此生，现在似乎我要为拯救人类尽一份力了。”

“你觉得我应该作出其他选择吗？”谢伊想了一会儿后问道。

“我并不认为。”弗利克摇头，“但是还记得我们来这里前所谈论过的，有关那些超乎我们所能控制及所能理解的事吗？你看看现在充满了多少变量。”

他顿了一下，直盯着他的弟弟，“我认为你作了正确的选择，不管发生什么事，我都与你同在。”

谢伊笑逐颜开，把手放在对方肩上，他也预期弗利克会这么说。这可能只是一个小手势，但对他却意义非凡。他感觉到曼尼安突然从另一边走过来，于是转身面对高地人。

“我猜经过今晚在里头所发生的事后，你可能会觉得我在某种程度上是个傻子，”曼尼安突然说道，“但是这个傻子要跟老古板弗利克站在同一阵线，不管发生任何事，我们都要一起面对，同生或共死。”

“你造成那样的场面好让谢伊答应同行，不是吗？”弗利克生气地质问，“那真是我见过的最低级的把戏！”

“没关系，弗利克，”谢伊打断他，“曼尼安知道他在做什么，而且他做了正确的事。不管怎样，我都会决定前往，至少我想相信我会。现在我们要忘记过去，忘记我们的分歧，为我们自身的存续并肩作战。”

“我只要站在看得到他的地方紧盯着他就好。”弗利克尖酸地反驳。

通往会议室的门突然打开，里面的火炬映出巴力诺的剪影，他端详着站在黑暗中的三人，关上门，一边对着他们微笑，一边走向他们。

“我很高兴你们决定同行。”他简单地申明道，“我必须补充一点，谢伊，如果没有你，我们此行便毫无意义可言。没有杰利·沙娜拉的后人，那把剑充其量也不过是块铁。”

“你可以跟我们说说这件神奇的武器吗？”曼尼安马上发问。

“让亚拉侬来告诉你们吧，”巴力诺应道，“他几分钟后会到这里跟你们谈谈。”

曼尼安点头，想到今晚还要再次和高个子碰头，便感到不安，但又好奇地想知道更多关于神剑威力的事。谢伊和弗利克快速交换了一个眼神，他们终于可以知道发生在北境的事件背后的完整故事了。

“你怎么会在这里，巴力诺？”弗利克谨慎地问道，不希望打探边境人的私事。

“说来话长，你不会有兴趣的，”对方近乎尖锐地答复，马上就让弗利克认定他已经越线了。巴力诺看到他苦恼的脸，随即安慰性地笑笑。“我的家族跟我最近处得不是很和睦，我弟弟跟我有点……意见不合，所以我想要离开一阵子。亚拉侬要我跟他一起到阿纳尔，我跟韩戴尔等人通通都是老朋友，所以我就同意了。”

“这个故事好像似曾相识。”曼尼安冷冷地作出评论，“我有时也会遭遇类似的情况。”

巴力诺点头，勉强挤出笑容，但是谢伊从他眼中看得出来，他不认为这是一件好笑的事。不管他是为了什么离开卡拉洪，肯定比曼尼安在利亚所遇到的任何事都要严重。谢伊马上转移话题。

“那你能够跟我们说说亚拉侬吗？大家似乎对他有着非比寻常的信任，但我们对这个人依然一无所知。他是谁？”

巴力诺抬起眉毛，被这个问题逗得发笑，但同时也不确定该怎么回答。他稍微走开一点，拿定主意后突然转身，含糊地指了指议会厅。

“我对亚拉侬了解得也不多。”他坦承道，“他四处游历，在各地探险，把各片土地和人民的改变与成长记录下来。他在所有国家都是名人，我想他已经去遍所有地方了。他对这个世界的学识超凡，其中绝大多数都是书里所没有的，他卓绝群伦……”

“但他究竟是谁？”谢伊热切地追问，觉得他一定得知道这个历史学家的来头。

“我也没办法断言，因为他从来没吐露过，我几乎就像他的儿子一样，但他也未曾说明。”巴力诺轻声说道，他的声音是如此柔和，以至他们全都靠得更近，好确定没有听漏重要细节。“侏儒跟我国长老们都说他是最伟大的德鲁伊，那几乎已经被遗忘的公议会在一千年前曾经统治过人类。他们说他是德鲁伊布莱曼的嫡系子孙，说不定就是格拉菲尔本人。我想其中可能有部分是真的，因为他经常去帕瑞诺，待的时间也很长，然后把他的所见所闻通通写进收存在那里的大型纪录册。”

他停顿了片刻，三名听众互相看了一眼，想知道那个冷酷的历史学家是否真是德鲁伊的后裔，同时以敬畏之心思索着那个男人背后数百年的历史。谢伊之前就猜想亚拉侬可能是在古代被称为德鲁伊的哲学导师之一，显然他对种族博闻多识，也比其他人更了解他们所面临的威胁。他转过来面对再次开口的巴力诺。

“我无法解释，不过我相信在面临任何危险时，即便是跟黑魔君面对面时，他是最可靠的同伴。虽然我没有确切证据，甚至连实例都举不出来，但我确信亚拉侬的力量超乎我们所见过的任何事物。他会是非常非常危险的敌人。”

“关于那一点，我深信不疑。”弗利克冷冷地嘀咕着。

没几分钟，连接会议室的门打开了，亚拉侬沉着地走进视线范围，在朦胧的月色中，他高大威严，几乎就像那些可怕的骷髅使者，他身上的黑披肩随着他的步伐轻轻翻滚，他的脸依旧藏在斗篷兜帽的深处。众人鸦雀无声，想知道亚拉侬要告诉他们什么，前面将有什么等待着他们。当亚拉侬逼近时，也许已经察觉到他们的想法，但是众人却看不穿他的高深莫测，只能在他逐一审视每张脸时，看到他眼里的闪光。一股不祥的寂静在彼此之间弥漫着。

“现在是时候让你们知道沙娜拉之剑背后的完整故事，以及只有我才知道的种族历史。”他一出声，便威严地吸引大家注意。“这是极其重要的，谢伊一定要知道，而其他人既然要共患难，也应该知道真相。今晚你们所知道的一切必须保密，直到我告诉你们公开也无妨为止。虽然很难，但你们一定要做到。”

他示意他们跟着，便走入前方树林里，深入数百尺后，转进一小块隐秘的空地，坐在光秃秃的树干上，要其他人也找个地方。他们闻言照做，静静等着这位名历史学家整理思绪。

“很久很久以前……”他终于开口，一边讲一边琢磨着他的词句，“在超级大战之前，在我们今天所知的种族存在之前，大地只有——或是被认为只有——人类居住，文明甚至在此之前就已发展了数千年，长年的辛勤劳作和认真学习，将人类带领到一个即将主宰生命秘密的位置，当时是多么美好且激励人心，一切都超乎你们的理解。但是当人们在那些年努力发掘生命的秘密时，却从未设法避免对死亡的过度迷恋，这是一个永恒的选项，即使在最开化的国家亦然。奇怪的是，每项新发现的催化剂都是无止尽的科学研究。但这科学并非今日各族所知的科学，不是关于动物、植物、土地和简单艺术研究的科学；这是关于机器和力量的科学，是一种可以不断扩充探索领域的科学。但它们最终都为了达到相同的两个目的，就是发现更好的生活方式，或更有效率的杀戮方式。”

他停下来对自己严肃地一笑，把头偏向巴力诺的方向。

“真的很矛盾，人类竟然花这么多时间朝着两个截然不同的目标前进。即便是过了这么多年之后，还是没有改变……”

他的声音渐渐变小，谢伊趁机偷看了一下其他人，他们的眼睛全部都定在发言者身上。

“物理力量的科学！”亚拉侬突然感叹让谢伊把头猛地转过来。“在那个年代，这些是达成目的的手段工具。两千年前，人类所达成的成就在地球史上前所未见，人类由来已久的敌人——死亡，只是用在那些寿终正寝者身上。疾病差不多已经被消灭，如果再给一点时间，人类甚至还能找到延长寿命的方法。部分哲学家主张生命的秘密是凡人的禁忌，却从未有人用其他方式证明过这一点。他们或许有试着进行，但是他们的时间已经耗尽，让生命远离病痛羸弱的相同的力量元素几乎彻底摧毁了它。超级大战就这样展开了，从一小群人的争端，愈演愈烈，渐渐变成基本的仇恨：种族、国家、边界和信念……最终，遍及所有。紧接着，突然间——突然到只有极少数人知道到底发生了什么事——全世界都陷入不同国家之间的报复性攻击，这些全部都经过科学缜密的规划和执行。不消几分钟，数以千年的科学、好几世纪的知识，便以生命几乎全面毁灭宣告结束。”

“超级大战……”低沉的声音很冷酷，黝黑的眼睛闪闪发光地盯着每张听他讲述的脸，“非常贴切的说法。这股力量在几分钟内迅速扩散，不但成功彻底摧毁人类数千年来的发展，同时也造成了一连串的爆炸和剧变，完全改变了地貌。最初的威力伤害最大，地球上百分之九十的生物全部被杀死，但是余波持续发酵，造成质变与灭绝，导致土地和水有好几百年都不适于居住。这应该会成为所有生命的终点，也可能是世界的末日，只有奇迹发生才能避免走上绝路。”

“我不敢相信。”谢伊不自觉地脱口而出。亚拉侬看向他，嘴边又出现那抹嘲弄的笑容。

“这是你们文明人的历史，谢伊。”他低声说道，“但是之后发生的事对我们的影响更直接。人族幸存者在大屠杀后那段恐怖期间努力存活，居住在地球上孤立的地方，对抗恶劣的环境来求生，这便是今日种族发展的起始，人族、侏儒、地精、巨人族，有人说还有精灵，但那又是另外一个故事，下次再说。”

关于精灵的部分，亚拉侬上次在穴地谷也是这么跟欧姆斯福德兄弟说的，谢伊很想在这里打断，问问关于精灵族和他身世的事，但他这次学聪明了，不会跟他们第一次见面时一样随便插话，激怒高大的历史学家。

“那些在旧世界被摧毁之前塑造了他们生活方式的科学，有一些人还记得其秘密。但能够记得的人不多，大部分人都和原始人差不多，少数人也只能记起些吉光片羽，但是他们完好保存着有关那些知识的书，而这些书可以告诉他们大部分旧科学的秘密。在最初几百年间，他们把这些书妥善藏匿起来，无法将文字付诸实际用途，等待着重见天日的一天。他们只是阅读这些珍贵的文字，但是藏书因为岁月蛀蚀开始风化，既不能保存也无法抄写，保管这些书的人开始强记书里的信息。随着时间推移，这些知识仔仔细细地由父亲传给儿子，家里代代守护着这些知识，防范那些可能会不当滥用的人，以免重蹈覆辙，导致超级大战再次爆发。到最后，即便有方法能将那些珍贵的知识记录下来，那些人还是决定不这么做，他们仍害怕可能招致的后果，害怕其他人，甚至害怕自己。因此他们决定等待时机成熟，将知识提供给发展中的新兴种族。”

“如此又过了好多年，这些新种族慢慢开始进入不同于原始生活的阶段。他们开始统一成部落，想要从尘土和破旧中建立新的生活，但是就如同已经告诉过你们的那样，他们条件各不相同，彼此为了土地大吵大闹，小争执最后演变成种族之间的武力冲突。就是那时候，最先记下旧生命、旧科学秘密之人的子孙，看到发展开始开倒车时，决定展开行动。一个名叫格拉菲尔的人知道如果他们再不有些作为，各族铁定会再次开战。他发出呼吁，把所有握有旧书知识的人，都找到帕瑞诺召开一次会议。”

“所以那就是最早的德鲁伊公议会，”曼尼安喃喃说道，“一个由当代所有学识最渊博的人所组成的议会，要汇聚他们的知识拯救各族。”

“为阻止生命灭绝而作出的孤注一掷，”亚拉侬轻笑道，“也许在德鲁伊公议会成立之初，所有人都秉着善意。他们对种族拥有极大的影响力，因为他们贡献良多，能让每个人的生活变得相对更好。他们以群体模式严密执行任务，每人都为全体福祉贡献个人的所知所学。虽然一开始，他们成功避免了全面开战，维持各族间的和平，但是他们却面临了意想不到的问题。每人所掌握的知识在许多小地方，在一代代口耳相传间，无可避免地发生了变化，以至于许多关键信息都已经偏离本意。”

“无力协调不同的人才和不同学科的知识，让情况更加复杂。对许多议会成员来说，祖先传给他们的知识缺少了实践上的意义，因此当德鲁伊——这是他们以一个追寻真理的古老团体而起的名字——从各方面帮助种族之时，也发现自己无法完整拼凑出那些他们铭记在心的文章，藉之以精通任何伟大学科的重要概念，那些他们觉得可以帮助国家富足强盛的概念。”

“然后德鲁伊便想要以他们的条件重新建立旧世界，”谢伊立刻响亮地说道，“他们想要避免最初毁掉他们的战争，重建所有旧科学的美好。”

弗利克困惑地摇着头，完全不了解这些跟黑魔君以及沙娜拉之剑有什么关联。

“没错！”亚拉侬表明，“但是有着广博知识和良善美意的德鲁伊公议会，却忽略了一项基本概念，就是人类的存在。不管任何时候，有智慧的生物天生就有改善现况的欲望，解开进步之谜，他们会寻找工具达成目的，如果一个方法不成功就换另外一种。德鲁伊隐居在帕瑞诺，远离各个种族，他们单独行动或是分小组进行，钻研旧科学的秘密。他们多数仰赖手中的素材，以及个别成员所掌握的关系到整个公议会的知识，企图重建并改造驾驭权力的老方法。但有人并不满意于这样的方法，少数人认为与其试着更进一步了解老祖宗回忆录的言语和想法，更应该付诸实践，结合新点子新理论来发展。”

“也就是公议会中的这一小部分人，以其中一个名叫布罗讷的人为首，在还未全面通彻领会旧科学前，就开始钻研古老的神秘事物。他们绝顶聪明，少数几位更是天才中的天才，迫切渴望成功，等不及要掌控对种族有帮助的力量。但奇怪的是，他们的发现和进展与公议会的研究渐行渐远。旧科学对他们来说是没有答案的谜题，因此他们跳脱常轨，进入另一个思考领域，慢慢地让自己陷入一个前无古人，甚至不被认为是科学的研究领域，他们准备要揭开的是神秘的无穷力量‘黑术’！他们掌握了几个秘中之秘，但被公议会发现后就马上被勒令停止了，结果引来强烈反弹，布罗讷和追随者愤而离开公议会，决定继续投入他们的研究。然后他们便消失了，再也无人见过。”

他停了一会儿，思索着，他的听众都急不可耐。

“我们现在都知道后来发生的事。经过长时间的研究，布罗讷发现了黑术最深奥的秘密，也掌握了这些秘密。但是在这个过程中，他失去了他的身份，最终连他的灵魂也献给了他所急于追寻的力量。他忘记了德鲁伊公议会以及它要让世界变得更美好的目标，他忘记了一切，只记得要追寻更多的神秘学问，以及进入其他世界的灵力。布罗讷沉迷于不断扩展力量，为的是要主宰全人类以及他们居住的世界。这种野心的下场就是丑陋的第一次种族大战，当他控制了意志薄弱的人族，促使这些不幸的人对其他种族发动战争，让他们屈服于一个人的欲望，而这个人已经不再是人，甚至不再是自身的主人。”

“那么他的追随者……？”曼尼安缓缓问道。

“也是他的受害者，他们成为他的仆人，全成了黑术力量的奴隶……”亚拉侬犹豫了一会儿，想说什么，但又不确定其他人听了会有什么影响。再三思量后，他继续说道。“事实上，这些德鲁伊狠狠摔了一跤，因为这些与他们所要追寻的正好相反。如果更有耐心一点，他们很有可能会拼凑出旧科学遗失的联结，而不至于发现灵界的可怕力量，如狼似虎般吞噬他们未受保护的心智。人类无力面对此一领域的非物质存在，任何凡人都没有办法长时间承受。”

他再次停了下来，陷入不祥的静默。听众现在已经知道敌人的本质，他们要对抗的不是人，而是某种超乎他们想象的强大力量，这种力量强大到让亚拉侬担心人类心智会受到影响。

“后续的故事你们都已经知道了，”亚拉侬再次开口，“那个名叫布罗讷的怪物，已经不再是人类，他是两次种族战争的幕后主使，而骷髅使者就是布罗讷的追随者。这些德鲁伊也曾经具有人形，曾经是帕瑞诺公议会的一员，他们比布罗讷更难以逃脱命运。他们现在的样貌就是邪恶力量的化身。但对我们来说更重要的是，他们代表了一个新的阶段，对人类是如此，对四境所有人亦然。旧科学已经消失在历史中，就如同当年机器曾是上天赐予的让生活更加便利的礼物一样，现在被彻底遗忘，取而代之的是令人着魔的黑术，对人类生存是一种更强大、更危险的空前威胁。不要质疑，我的朋友们，我们现在生活在黑术师的时代，他的力量威胁要把我们全部毁灭。”

所有人再次陷入沉默之中，亚拉侬最后的话语似乎成了缭绕不绝的回音，在寂静的森林里特别有压迫感。之后，谢伊轻声问道。

“那沙娜拉之剑的秘密呢？”

“在第一次种族大战时，”亚拉侬用几近耳语的声音应道，“布罗讷的力量仍然有限，因此其他种族合纵抗敌，再结合德鲁伊公议会的知识，击溃了他的人族大军，他也被迫藏匿起来。整起事件后来被淡化成为历史中的一个小章节，他也不可能再介入凡人的另一场战争，除非他设法解开了那个让他在肉体化为尘土后，灵体仍然能永生不朽的秘密。然而他用某种方法保存了他的灵魂，用他所拥有的神秘力量豢养它，给予它跳离实体、超脱死亡的生命。他现在可以穿梭于两个世界，一个是我们生存的世界，另一个则是超脱于现世的灵界，他在那里召唤已沉睡数百年的暗黑幽灵，等待反击的时机。在等待期间，他看着各种族渐行渐远，德鲁伊公议会的力量愈来愈小，对种族的兴趣不复以往。他等到所有种族都沉沦于仇恨、忌妒、贪婪这些人性弱点时，便大举反攻，轻松掌控了查诺山脉的原始好战的巨人族，并派出灵界怪物壮大军队，挥军直指分崩离析的各种族。”

“正如你们所知，他们击垮了德鲁伊公议会，并将其彻底毁灭，除了逃出的少数几人，其余全数牺牲。逃脱的人中有一位年长的神秘学家名叫布莱曼，他早就预见到了危险，却未能成功警告其他人。身为一个德鲁伊，他原是位历史学家，深入研究过第一次种族大战还有布罗讷和他的追随者们。因为对他们的企图感到好奇，以及怀疑那位神秘的德鲁伊可能已经获得某种没有人知道和能够与之抗衡的力量，布莱曼也开始研究起神秘学，他认为只要更小心谨慎，对潜在的可能力量充满敬畏，他感觉自己也能解开此力量之谜。经过数年的追寻，他愈来愈相信布罗讷确实还存在，以及各族之间即将爆发下一场战争，最终将由黑术的力量来定胜负。你们也能猜到他这个理论会招来怎样的反应，他被踢出了帕瑞诺。因此他开始独力研究神秘学，因而在巨人族攻陷帕瑞诺时并未现身，等到他获悉公议会已经被拿下时，他知道如果他再不采取行动，各种族将无力抵御布罗讷所掌控的黑术，那些凡人所不知道的神秘力量。但是他还面临着一个问题：要如何打败一个凡人武器根本碰不着的怪物，一个已经存活超过五百年的怪物。于是他前往他那个年代最伟大的国家——在年轻有为的国王杰利·沙娜拉统治下的精灵王国，向他们提供援助。精灵族人都非常敬重布莱曼，因为比起其他德鲁伊，他们更了解他。在帕瑞诺失陷前，他曾经住在那里多年，同时研究神秘学。”

“有一些事我不太理解，”巴力诺突然说道，“如果布莱曼也是神秘学大师，为何他自己不挑战黑魔君的力量？”

亚拉浓的答案有点闪避。“他最后确实在史翠里汉平原对上布罗讷了，但那不是一场凡人看得到的战斗，最后两人都消失了。有推测说布莱曼打败了冥王，不过事后证明情况不然，现在……”他迟疑了一下，随即接上刚刚的故事，但大家都注意到了他那短暂的迟疑。

“布莱曼知道如果没有熟悉神秘学的人出来保护四境的人民时，就需要一个护身符作护盾，阻止像布罗讷那样的人再次来袭。因此他想出了神剑的点子，这个武器蕴含着能击败黑魔君的力量，他借助自己的神秘技能打造出沙娜拉之剑，不仅仅只是用我们世界的金属给它塑形，还给予它所有对抗未知事物的护身符作为保护。神剑从握持它的凡人心中获取力量，神剑的力量乃是他们自身对自由的渴望，甚至不惜放弃生命来捍卫的自由，就是这种力量让杰利·沙娜拉当时得以毁灭心灵受到控制的北方大军。现在我们必须使用同一种力量，把黑魔君送回他所属的幽冥地狱，将他永世禁锢在那里，斩断他跟这个世界的所有联系。但是只要那把剑在他手上，他就有机会避免有人使用那股力量将他永远摧毁，因此绝对不能让他拿到剑。”

“那么为什么只有沙娜拉家族之子能用……？”谢伊支支吾吾地提问，脑子困惑地疯狂乱转。

“这就是里头最大的讽刺！”亚拉依还没听完问题就大声说道，“如果你听完我所说的关于超级大战后生活的改变，旧唯物主义科学让位给现行神秘的科学，那么你就会明白我所要说的是当中最奇特的现象。旧科学的运作原理乃是基于可以被看到、被触摸到、被感觉到的事物所建立起来的实用理论，然而现在的黑术却是完全不同的原理。只有被相信，它才有力量，它控制心灵的力量完全无法透过感官觉知。如果心灵确实找不到相信它的存在的基础，那么它就不会有实质影响。黑魔君深明此理，内心对异世界、对怪物、对人类有限知觉无法理解的所有事件的恐惧与信念，给了他充分的根基来实践他的神秘学，他一直靠这种假设过了五百年。同样地，沙娜拉之剑也将无用武之地，除非持剑的人相信他的力量。当布莱曼把剑交给杰利·沙娜拉时，他犯了一个错误，他把剑直接交给国王和王族，而非授予大地的子民。结果，经过人类歪曲原意和历史学者谬误解读，大家都深信那把剑是精灵国王的武器，只有他的血脉才能持剑对抗黑魔君，导致现在除非拿剑的是沙娜拉家族之子，否则其他人就无法完全相信自己拥有持剑的权利。只有这样的一个人才可以挥剑相向的古老传统会让其他非沙娜拉家族的人质疑自己，因此，一定要毫无疑义，否则就起不了作用，那把剑充其量也只不过是一块金属罢了。只有沙娜拉后裔的血统和信念才能唤醒神剑沉睡的力量。”

他说完了，接下来的沉默愈发空洞。没有什么可以再告诉这四人的了。亚拉侬重新考虑他对自己作出的决定；他并未将所有的事都告诉他们，刻意保留了一些可能会是他们的最终恐惧的事没有说。亚拉侬内心交战，一方是要全部据实以告，另一方是要守住成功的任何机会。他们能够成功才是至关重要的大事，只有他才知道事实的全部真相。因此他默默地坐着，为不能告人的隐情感到苦涩，也因他强加在自己身上的限制而气恼，这些限制禁止他向如此依赖自己的人揭露全部的实情。

“所以只有谢伊能够用剑，如果……”巴力诺打破沉默。

“只有谢伊有与生俱来的权利。只有谢伊一人。”

四周静得出奇，就连夜晚森林里的虫吟鸟啭似乎都因为那历史学家的回应而凝结。他们的未来只有一种选择，不成功，便成仁！

“你们回去吧，”亚拉侬突然下令，“趁你们还能睡的时候快睡，我们在日出时启程前往帕瑞诺。”

10

清晨悄然而至，在金黄色的晨曦中，众人睡眼惺忪地准备展开他们的长途之旅。巴力诺、曼尼安，还有两个谷地人，都在等着亚拉侬和伊凡丁的堂弟们。大家都不说话，部分原因是还没完全清醒，实在没什么好心情，还有部分原因是每个人心里都在想着前面未知的危险之旅。谢伊和弗利克坐在小石椅上，想着前一晚亚拉侬告诉他们的故事，不知道他们该如何夺回沙娜拉之剑，如何用它来毁灭黑魔君，最后还能够活着回到家乡。特别是谢伊，他的心境从恐惧到麻木，进而出现自我放弃，到最后漠然接受他将遭到屠杀的事实。尽管他认命地踏上了这趟前往帕瑞诺的旅途，但在他疑惑的内心某处却有个挥之不去的信念，他觉得自己能够战胜这些无法克服的障碍。这个信念潜伏在他心里，等待合适的时机发芽，但现在就先让自己沉浸在麻木中吧。

谷地人穿着侏儒帮他们准备的樵夫装，包括温暖的半截式斗篷，现在他们正裹得紧紧地来抵御清晨的寒冷。从谷地带来的短猎刀则插在腰间皮带里，而背包也改得小巧精简。他们将要经过的地区有着全南境最好的猎区，有一些部落还与亚拉侬和侏儒关系友好。但那里始终是侏儒的死对头地精的领地，他们还是希望能秘密行动，避免碰上地精。谢伊小心不让任何人看到他的精灵石，自从来到库海文之后，亚拉侬也没提起过它们，不管是不是因为疏忽，谢伊不会放弃这个强有力的武器，因此他把皮囊严密藏在自己的束腰外衣内。

曼尼安站在距离兄弟俩几码处，懒散地踱着步。他穿着实在不知道该怎么形容的猎装，既宽松，又跟土地的颜色融合在一起，彰显出他肩负追踪者和猎人的任务。鞋子则是软皮制成的，上面涂了某种能让鞋子变得坚韧的油，不但可以让他在接近猎物时不被听见，走在硬地上又能保护脚底。至于他的剑则捆在背后，当他在晨曦中不安地踱来踱去时，剑柄隐隐发出微光。肩上则挂着他的弓箭，那是他在打猎时最喜欢用的武器。

巴力诺穿着熟悉的狩猎斗篷，将他高大厚实的身躯紧紧包覆着，头被拉起的风帽盖住，而斗篷下还有锁子甲，每当他抬起手做些动作时就会看到它发出闪光。他在腰间皮带别了一把长猎刀，以及谷地人所看过的最大的一把剑，大到他们觉得只要一剑下来就能把人砍成两半，现在那把剑正藏在斗篷下面，但较早前亚拉侬去找他们的那个早上是别在身侧的。

他们的等待终于结束，亚拉侬和两名精灵从议会厅方向走来，向所有人道过早安后，停都不停，就指示他们跟上，并警告大家一旦他们越过银河后，就会进入地精经常往来的区域，必须尽可能避免对话。过河之后他们将直接往北走，穿越阿纳尔森林进入那一边的山区，虽然这条路线比西面的平原地带难走，但被发现的几率相对较低。隐秘是他们能否成功的关键，如果此行的目的被黑魔君发现，他们就玩完了。因此他们只在有山林掩护时才会在白天行进，当逼不得已要穿过平原时，则采取夜行的方式，还要冒险不被骷髅使者发现。

口风紧密的韩戴尔被侏儒族长委以重任，成为这趟远征军的代表，既然他对该区最熟悉，便由他带领大家走出库海文。曼尼安走在他身边，两人有一搭没一搭地说着话，曼尼安一直注意不要挡住侏儒的路，试着不要引起太多注意，不过韩戴尔觉得根本是多此一举。在他们后面的是那两位精灵，他们身形轻盈，优雅且毫不费力地行进着，用宛如乐音般的嗓子轻声交谈，他们带着跟曼尼安类似的长弓箭，身上没有斗篷，穿着和前一晚开会时一样的合身外出服。谢伊和弗利克走在他们后面，而两位谷地人后面跟着的，是这支队伍的领导人，他轻松地迈着大步，黝黑的面孔盯着脚下的小径。巴力诺走在最后。谢伊和弗利克马上就知道把他们安排在中间是为了要获得最严密的保护。谢伊明白其他人对自己有多么重视，但另一方面也痛苦地意识到，他们认为他在面临危险时无力保护自己。

一行人抵达银河畔，在蜿蜒的河道一处狭窄的地方过了木桥。只要一过河就严禁交谈，所有人目光都集中在他们周围浓密的森林上，不安地观察着。此去的路还是相对好走，地面平坦，小径曲折转进森林，带领他们一路北上。早晨的阳光偶尔穿过茂密树枝的缝隙，落在他们的路上、脸上，给寒冷的森林带来短暂的暖意。地上潮湿的枝叶隐去了他们的脚步声。四周都充满着生命的声息，虽然他们只能看见色彩斑斓的鸟类和几只在树枝间跳来跳去，把坚果和树枝洒他们一头的松鼠。四周都被大树遮挡，它们的直径有三到十英尺那么粗，从树干延生开来的巨大树根，就像硕大无比的手指一样，阻挡了他们的去路。分不清方向，他们只能仰赖韩戴尔对这附近的熟悉度以及曼尼安深谙拓荒的本事，引导大家脱离这个森林迷宫。

他们平安度过了第一天，当晚便在银河和库海文北方某处的树林里过夜。韩戴尔显然是唯一知道他们身处何方的人，虽然亚拉侬向寡言的侏儒简短地了解了一下他们的位置和路线。因为担心生火可能会引来注意，一行人将就着在寒风中吃晚餐，但是大家的心情都还很轻松，能够开心地聊天。谢伊抓住机会跟那两名精灵说话，他们是伊凡丁的堂弟，是精灵王国选出来跟随亚拉侬的代表，协助他寻找沙娜拉之剑。他们是兄弟俩，哥哥叫都林，清瘦安静是谢伊和弗利克对他的第一印象，他们觉得他是一个可以信赖的人；弟弟叫戴耶，是个腼腆、讨人喜欢的家伙，年纪比谢伊小几岁。他的稚气在同行的年长者中格外讨喜，特别是巴力诺和韩戴尔，他们长年在前线征战，保卫家园，戴耶的年轻和充满活力的人生观仿佛是给了他们第二次机会，让他们重温逝去的岁月。都林告诉谢伊说他弟弟是在婚前几天才离开精灵王国，他将要迎娶的女孩可是全国最美的女孩之一。谢伊完全不相信戴耶年纪已经大到可以结婚，更不理解怎么会有人愿意在婚前离开。都林向他保证，这是他弟弟自己所做的选择，不过谢伊觉得这可能跟自己的身世有关。现在大伙都安静地坐着，低声交谈，谢伊猜想年轻的精灵现在有多后悔离开他的未婚妻，前来参与这趟艰险的帕瑞诺之旅。他暗自希望戴耶当初没有选择成为这支队伍中的一员，而是安全地待在他自己的国家。

那晚稍后时分，谢伊靠近巴力诺，询问为什么戴耶会被允许加入这样的远征队伍。卡拉洪王子对谢伊的关心微笑以对，心想自己几乎没有注意到他们两人年纪的差异。他说，当众人的家乡受到威胁时，没有人会质疑为何会有人跳出来帮助他们——只需要接受就行了。戴耶选择前来一是因为国王的指示，二是因为他心里认为如果拒绝了就不够男人。巴力诺解释说韩戴尔为了保护祖国，已经跟地精打了好几年的仗，委以他这样的重任，是因为他是全东境经验最老到、学识最渊博的边境人之一，他有妻子有家庭，但是过去八个星期只和他们见过一次面，下一次还不知道要到什么时候。他最后总结，这趟行程中每一个人都作出了重大牺牲，有些甚至可能超乎谢伊所能理解的。没有解释最后这句话的意思，高大的边境人就去找亚拉侬谈其他事情了。匆匆完结的对话让谢伊有点不满意，他回到弗利克和精灵兄弟的身边。

“伊凡丁是个什么样的人？”谢伊加入他们时，弗利克正开口问道。“我常听闻他被视为最伟大的精灵国王，备受尊崇，他实际上是个怎样的人？”

都林咧嘴微笑，戴耶更是开心地笑出声音，不知怎么地，觉得这个问题很有趣也很意外。

“我们要怎么说自己的堂兄弟呢？”

“他是一个伟大的国王，”过了一会儿后，都林很严肃地回答，“与其他君王和领导者相比，他非常年轻，但是他有远见，最重要的是，他总是未雨绸缪。他受到所有精灵子民的爱戴，他们愿意追随他到天涯海角，赴汤蹈火也在所不辞，这是我们全民之幸。我们议会的长老们倾向于维持隔离的现状，不要管其他各境。这简直是蠢到家了，但是他们又害怕另一次战争。只有伊凡丁跳出来反对他们，反对隔离政策，他知道要避免他们所害怕的事，唯一的办法就是要先发制人，直取敌军首领的项上人头。而这也正是此次任务为何如此重要的原因之一，要在演变为全面战争前就阻止它的发生。”

从营地另一边闲晃过来的曼尼安，坐下加入他们时，刚好听到最后几句话。

“你对沙娜拉之剑知道些什么吗？”他好奇地问道。

“非常少，”戴耶坦承，“虽然它对我们而言是历史的一部分，而不仅只是一个传说。那把剑对精灵来说代表着一个承诺，承诺他们再也不必害怕来自灵界的怪物。大家一直以为那个威胁在第二次种族大战告终后就结束了，因此根本没人关心整个沙娜拉家族在这些年来已经逐渐消亡，除了极少数几个像谢伊这样没有人知道的后裔还存活着。伊凡丁家族，也就是我们的家族艾力山铎，大约在一百年前成为统治者，那把几乎被所有人遗忘的剑一直在帕瑞诺，直到现在才被想起。”

“剑有什么力量？”曼尼安追问着，急切的样子让弗利克有点戒心，用眼神向谢伊示警。

“我不知道……”戴耶坦承，然后看向都林，后者也耸耸肩然后摇头，“似乎只有亚拉侬才知道。”

所有人一致看向坐在营地另一头，跟巴力诺认真讨论着某件事情的高个子。然后都林转向大家。

“还好我们有谢伊，沙娜拉之子，只要我们一拿到剑，他就能解开神剑的秘密，有了那个力量，我们就能在黑魔君挑起战争并毁灭大家之前先击溃他。”

“你是指，如果我们真能拿到剑的话……”谢伊马上更正他的话。都林发出一声同意的短笑，并安慰性地点点头。

“整个这件事仍然还有一些地方没有理清。”曼尼安平静地宣称，然后起身去找睡觉的地方了。谢伊同意高地人所说的，但是对于他们的不满，也没有什么能做的。谢伊觉得他们想要成功夺回宝剑的希望很渺茫，还是先安全到达帕瑞诺再说，至于之后会发生什么事，他甚至连想都不敢想。

翌日破晓，一行人再度踏上旅途，随着愈来愈深入阿纳尔，四周森林也愈来愈浓密。韩戴尔带领着大家快速通过，路开始有点坡度，意味着他们已经接近横亘阿纳尔中部的山区，在更往北去的地方，他们可能必须要翻山越岭才能到达西边的平原，再由此前去帕瑞诺。随着他们踏进地精的地盘，气氛也愈来愈紧张，总觉得在森林隐蔽处有什么东西在监视着他们，伺机而动。行进间没有人说话，所有目光都在搜寻他们四周宁静的森林。

到了中午左右，小路陡升，大家开始攀爬。树木生长得比较不密集，叶子也变得稀疏，现在可以看见开阔的天空，阳光温暖而耀眼，穿过疏落的大树照亮了整片森林。他们已经能够看到前方不远处群峦交叠、山脊耸立的景象，这表示他们已经到了阿纳尔中部山脉的南坡。空气变得愈来愈冷，他们一边爬着，呼吸也愈来愈困难。几个小时过后，他们到达一大片枯木林边缘，这些枯树丛聚成群，密集到看不到方圆二三十英尺外的地方。他们两边都是高耸入云的石壁，一大片绵延数百码的枯木林便以峭壁为终点。韩戴尔叫大家稍微停一下，跟曼尼安谈了几分钟，指一指森林又指一指峭壁，显然是在问些事情。亚拉依也加入讨论，然后示意其他人靠近围成一圈。

“我们即将穿越沃夫斯塔，那里渺无人烟，地精跟侏儒都不涉足此地。”韩戴尔平静地解说，“选择这条路是因为遇到地精猎人的几率比较小，万一碰上免不了会是一场激战。据说沃夫斯塔山脉住着来自异世界的怪物……”

“说重点。”亚拉依打断他。

“重点就是……”韩戴尔继续说道，“我们大概在十五分钟前被几个地精探子盯上了，无法确认附近是否还有更多，高地人说他有看到一大群人的迹象。不管怎样，探子很快就会回报我们的行踪，然后马上带来援兵，因此我们动作必须快点。”

“还有更糟的！”曼尼安迅速声明，“那些迹象显示，我们前面某处就有地精，可能在穿过树林后或是就在树林里。”

“还不能确定，高地人，”韩戴尔马上接回，“这片枯林像这样绵延大概一英里，两边都是峭壁，但是过了这片林后就突然收窄，形成绞索隘口，也就是沃夫斯塔的入山口，那就是我们要去的地方，走其他路线的话会多耗两天的时间，我们得冒着跟地精硬碰硬的风险。”

“够了！”亚拉依严厉地表示，“我们必须快点行动，只要我们到达隘口的另一边，就进入了山区，地精不会追到那里。”

“真是鼓舞人心啊。”弗利克喃喃地说

一行人鱼贯走进浓密的枯木林，地上堆积的枯枝败叶如同铺在森林地面的软垫一样，隐去了他们的脚步声。参天白皮树的枯枝就像蜘蛛网一样点缀着蓝天。队伍稳步跟在坚定的韩戴尔后面，穿过这个枯林迷宫。还没走出几百码，都林就突然叫住大家，示意大家安静，探询地四下张望，显然在找些什么。

“是烟！”他突然惊呼，“他们放火烧林！”

“我没有闻到烟的味道。”曼尼安尝试性地嗅了一嗅空气。

“因为你没有精灵敏锐的感官。”亚拉依一语点破，转向都林，“你可以分辨他们从哪里烧林吗？”

“我也闻到烟味了，”谢伊茫然说道，对他的感官也跟其他精灵一样灵敏感到不可思议。

都林试了一分钟，想要找出烟味是从哪个特定方向飘过来的。

“没有办法，但可以肯定的是起火点不止一处，若真是如此，整片森林几分钟内就会陷入火海。”

亚拉依迟疑了一会儿，随即要大家赶快朝着隘口方向前进。赶在被火海包围前到达另一边。这样的干燥树林最怕遇上火焰，一旦蔓延连逃命的机会都没了。亚拉依和边境人迈开大步，迫使谢伊和弗利克跑起来才不至于落后。亚拉依在疾步行进间对巴力诺说了一些话，后者随即退回林间，失去了踪影。而在他们前面的曼尼安和韩戴尔已经看不见人了，只匆匆瞥见精灵兄弟在林间急驰的背影，只有亚拉依还清楚地留在视线范围内，在他们身后不断叫他们跑快点。浓密的白烟就像大雾一样在林间快速弥漫，不但遮蔽了他们的去路，也让他们愈来愈难以呼吸。但还没有看见火苗，证明火势还没大到完全切断他们的路。然而烟雾却迅速扩散到各个角落，谢伊和弗利克每吸一口气就咳个不停，眼睛也被烟和热气熏得疼痛。亚拉依突然叫他们停下，两人很不情愿地停了下来，等待下一步的指令，但亚拉依似乎在等待后面的什么，他精瘦阴郁的脸在浓烟中显得苍白；没多久，紧紧裹着狩猎斗篷的巴力诺从他们身后的森林中再次出现。

“你猜得没错，他们就在后面……”他上气不接下气地挤出这几个字，“他们烧了我们身后所有的树，感觉像是个陷阱，要把我们逼进绞索隘口。”

“和他俩待在一起，”亚拉侬随即下令，指着受到惊吓的谷地人，“我必须在其他四人抵达隘口前赶上他们！”

这样高大的一个人却以不可思议的速度拔足飞奔，冲进前方树林，瞬间消失；巴力诺示意两人跟着他，朝着同一个方向快速前进，在呛人的浓烟中费力地要看清视线呼吸空气。接着，他们就听到木头燃烧发出的爆裂声，滚滚浓烟开始冲向他们，火很快就会烧到这里，几分钟内他们就会被大火活活吞噬！三人激烈咳嗽，谢伊匆匆朝天空瞥了一眼，惊恐地瞧见松树顶以及周围的熊熊烈火正铺天盖地而来，如火凤燎原般不断摧毁巨大的树干。

突然间，他们透过浓烟和树林间隙看到峭壁，巴力诺示意他们往那个方向跑去，正当他们沿着石墙前进时，看到其他人蜷伏在火树远处的一块空地上，前方就是直通绞索隘口的小路，三人马上加入其他同伴的行列，整个森林已经完全陷入火海。

“他们想逼我们选择，要不活活被烤死，要不就通过隘口。”亚拉侬在木头燃烧的声响中喊叫，焦虑地看着前方的通路。“他们知道我们只有两条路走，不过他们也面临同样的选择，这正是他们丢了先机的地方。都林，进入隘口一点点的地方，看看地精有没有设下埋伏。”

精灵默不作声地快速离去，低伏着紧贴峭壁，他们一直看着他，直到他走进石墙间的小路。谢伊和其他人蜷缩在一起，希望自己也能够帮得上忙。

“地精不是笨蛋……”亚拉侬的声音突然打断他的思绪，“那些在隘口里的地精知道，他们也和纵火的同伴分隔开了，除非那些纵火的地精可以先通过我们，不管任何理由他们都不会冒险退回沃夫斯塔山脉。等一下都林就能够告诉我们，隘口前方是不是有地精大军在等候，还是他们另有打算。”

“不管是哪一种，他们都可能会在一个叫天人结的地方动手，”

韩戴尔知会大家，“在那个地方路会收窄，变成一道狭缝，两边岩壁垂直相邻，一次只能一个人通过。”他说到这里便打住了，一副若有所思的样子。

“我不明白他们要怎么阻止我们，”巴力诺马上插嘴，“两边峭壁几近垂直，不但要花时间，还得冒极大的风险才能登顶，从地精发现我们到现在为止，他们根本没有时间爬到那里！”

亚拉依若有所思地点点头，显然赞同边境人所言，却又不明白地精打算怎么对付他们。曼尼安悄悄跟巴力诺说了些话，便突然离开到山壁猛然收窄的入山口处，聚精会神地查看地面。树木燃烧的热度越来越强，他们被迫往出口方向进一步移动。周围的一切都被烟雾遮盖，滚滚浓烟有如一堵巨墙，缓慢地升入空中。过了好长一段时间，六人还在等着曼尼安和都林的归来。他们看着高地人研究进出口外的地面，他高大的身形在烟雾弥漫的空气中显得朦胧。终于，他站起身往回走，精灵也几乎在同一时间回到队伍。

“有一些脚印，但是隘口前方没有其他生物迹象，”都林回报，“一直到最狭窄的地方为止似乎都维持原貌，没有受到外力干扰的样子，再往前我就不知道了。”

“还有其他东西，”曼尼安快速插话“在入山口的地方，我发现两组往里面和两组出来的脚印，都是地精的脚印。”

“他们一定先溜进去过，然后在我们还在半路时，又跑出来待在峭壁附近，”巴力诺生气地说道，“但是如果他们在我们前面，那……？”

“我们坐在这边讨论永远找不出答案！”亚拉依不悦地表示，“我们只能不停地猜测。韩戴尔，跟高地人带路，你自己小心一点。其他人按照之前的队形跟上。”

壮硕的侏儒跟曼尼安并肩前进，随着弯弯曲曲的小路收进绞索隘口，他们锐利的双眼紧盯着路边每一个石块，其他人跟在几步之后，忧虑地环顾周遭崎岖不平的地势。谢伊冒险回头看了一眼，发现亚拉依紧随在他身后，巴力诺则是不知去向。看来亚拉依又让边境人在林火外围殿后护卫，监视地精猎人是否在某处埋伏。谢伊本能地察觉到，他们已经被地精精心策划的陷阱给困住了，只是不知道是哪种陷阱而已。

刚走出一百码左右，前面的小路就变成了陡坡，然后变得愈来愈窄，到最后只容得下一个人从两侧峭壁间通过。两侧岩壁向内收窄，到上方几乎并起来，头顶只剩下一线天，仿佛有条光带从苍穹落下，微微照亮前方蜿蜒曲折和满是巨石的步道。因为前方带路的人一边搜寻地精留下的陷阱一边前进，他们的速度明显变慢。谢伊不知道刚刚都林来探路时走了多远，但显然没有冒险去到韩戴尔提到的天人结。他都能猜到这个名字是怎么来的，那肯定是最狭窄的通路，就像刽子手手中等待死囚的绞索，随着绳结愈收愈紧，最终将天人永隔。弗利克沉重的呼吸声仿佛就在耳边，紧紧贴着岩壁让他有种快要窒息的压迫感。他们缓缓前进，还要弯腰避开收窄的岩壁和跟剃刀一样锋利的尖石。

忽然，整支队伍慢了下来，一行人全部挤在一起，谢伊听见他后面的亚拉依生气地咕哝着，激动地盘问前面到底发生了什么事。但是在这么拥挤狭窄的地方，实在没有办法让出一条路。谢伊往前看去，注意到在带路的人前面出现刺眼的强光，他们总算快要走出绞索隘口了。不过就在谢伊才感到他们即将到达另一头安全的地方时，突然传出响亮的惊叫声，整个队伍完全停住，半黑暗中传来曼尼安惊怒交加的声音，亚拉依动怒低声咒骂，要求大家往前移动。等了一会儿，什么都没有发生，于是一行人再度缓慢前进，终于走出一线天，来到前方被峭壁遮去大半光线的空地上。

“我就怕这样……”当谢伊跟着戴耶走出那壁龛时，韩戴尔正在喃喃自语，“我本来期望地精不会跑进他们的禁地，但我们似乎中计了。”

谢伊站到阳光下，其他人又气馁又气愤地低声讨论着，亚拉侬马上整理好情绪，和大家一起观察眼前的场地。他们所站的石板从绞索隘口出口处延伸过来大约十五英尺，形成一个悬崖，下面就是万丈深渊，即使在这样灿烂的阳光下，还是深不见底。峭壁从他们身后往外延伸，呈半圆形环抱着前面的裂谷，然后呈不规则起伏向下倾斜，到前方几百码处开始出现森林。这个裂谷独特的形状就像是个缺了口的绞索，根本没有路可以绕过去，而另一头则垂挂着断裂的吊桥残骸，可能是之前旅人往来的唯一工具。八双眼睛搜寻着陡峭的石墙，看看有没有东西可以让他们爬上光秃秃的岩壁，不过事实摆在眼前，要到对面的唯一办法，就是直接越过他们面前的大坑洞。

“地精在毁掉这座桥时就料到会这样！”曼尼安气愤填膺，“我们被困在他们和这个无底洞之间，他们连追都不必追来，只要守株待兔，等到我们都饿死。真是愚蠢……”

他怒不可遏，大家全被耍了，竟然让自己跑进这样一个简单但却有效的陷阱里。亚拉侬站到裂谷边，看看那深不可测的坑洞，又看看另一边的地形，思考有什么办法可以越过去。

“如果这个裂谷再窄一点，或是助跑空间再大一点，我也许能够跳过去。”都林如是希望着。谢伊估计两边距离大概有三十五英尺。他怀疑地摇摇头，就算都林是全世界最会跳的人，在这样的情况下他还是对该企图持保留态度。

“等一下！”曼尼安突然大叫，跳到亚拉侬身边指向北边某个地方，“左边那棵挂在悬崖边的老树怎么样？”

大家都很急切地看过去，但还是不太了解高地人的提议。他所说的那棵嵌在峭壁上的树，距离他们大概有一百五十码远。灰色的树干直指蓝色的天空，突兀地悬挂在那儿，光秃秃的树枝就像冻结在那儿的巨人的手脚，了无生气地往下垂着。那是他们顺着裂谷石子路延伸过去，唯一能看到的树，那条路最后往下消失在悬崖边，隐进前方的森林里。谢伊和其他人面面相觑，看不出有什么帮助。

“如果我能将一支绑着绳子的箭射到那棵树上，某个比较轻的人就可以两手交替攀绳过去，到对面帮剩下的我们拉好绳子。”利亚王子提议，左手握着那把大弓。

“那一发箭距离超过百码，”亚拉依不耐烦地回应，“还要加上绳子的重量，你可得射出史上最棒的一箭，不但如此，还得让箭深深嵌进树里，足以支撑一个人的重量，我不认为可以做得到。”

“我最好赶快想到别的办法，不然沙娜拉之剑和其他一切都免谈了。”韩戴尔怒吼，他粗犷的脸因愤怒而泛红。

“我有个点子。”弗利克往前一步大胆说道，所有人都看向他，仿佛第一次见到他一样，甚至忘了他也一起同行。

“好吧，赶紧说出来！”曼尼安没耐心地喊着，“是什么，弗利克？”

“如果我们之中有厉害的射手，”弗利克恶狠狠地瞪了曼尼安一眼，“他或许能把绑着绳子的箭射到对面的断桥，然后把桥拉过这边来。”

“这个想法值得一试！”亚拉依马上表示同意，“现在有谁……”

“我来。”曼尼安马上说道，回瞪着弗利克。

亚拉依点点头，韩戴尔拿出一条结实的绳索，让曼尼安牢牢绑在箭尾，另一头则系在他腰间的皮带上。他把箭搭在弓上瞄准，所有眼睛都盯着裂谷对面的断桥，曼尼安顺着断桥的绳索往下看，看到底下三十尺的地方有块木头还牢牢绑在断桥绳索上。全员屏息以待，看着他握住灰色的巨弓，迅速而精确地瞄准，随着一声脆响射出箭支。那箭朝着裂谷深处飞去，并精准地嵌进了那块木头，绳索软绵绵地从箭尾垂下。

“好箭法，曼尼安！”都林赞许地搭在他肩上，高地人微笑以对。

他们小心翼翼地把断桥往回拉，直到拉回那段断掉的绳索。亚拉侬想找个可以把绳索绑牢的地方，但是固定用的地桩已经被地精拔掉。最后，韩戴尔和亚拉侬干脆把绳索套在自己身上把吊桥拉起，让腰间绑着另一条绳索的戴耶直接握紧吊桥绳索，交替用力越过裂谷。巨人和侏儒联手对抗沉重的拉力，其间一度出现过几次紧张的瞬间，还好戴耶平安到达桥的那一头。巴力诺再次现身，告诉大家火已经快烧尽了，地精猎人很快就会进入绞索隘口找到这里。戴耶绑好他那一头的绳索后，马上把绳子丢回来，这条比较长的绳索可以直接拉到山隘出口，绑住凸出的石头固定。其他人也沿用戴耶的方式一个接着一个越过裂谷，所有人都安全到达后就砍断绳索，把其跟吊桥残骸一起丢进深不见底的洞里，确保他们不会被跟踪。

亚拉侬要大家安静地离开，别让追来的地精提早察觉到他们已经逃出前者精心设计的陷阱。在他们动身之前，高大的历史学家走向弗利克，将黝黑精瘦的手放在他肩上，酷酷地对着他微笑。

“今天，你赢得了与我们同行的资格，全凭你个人能力，而不是因为你兄弟的关系。”

他马上转过身，指示韩戴尔带头上路。谢伊看着弗利克害羞又开心的脸，亲切地地拍了拍他哥哥的背。他实实在在地为自己赢得了跟其他人并肩同行的权利，一份连谢伊可能都还没获得的权利。

11

亚拉侬要大家停下来时，一行人已经深入沃夫斯塔山脉约十英里，绞索隘口和可能被地精攻击的危险早被抛诸脑后，现在他们位于森林深处。他们走得很快，到现在为止道路都通行无阻，且地势平稳，虽然他们身处山上几英里高的地方。空气清爽凉快，这让他们走起来很轻松，当午后阳光照耀在一行人身上时，更是让大家士气高昂。山上散布着树林，山林之间隔着突出的板岩和覆盖着白雪的荒芜山顶。虽然这里一直是禁地，即使对侏儒来说亦是如此，但没有人能从这普通的大山中发现任何危险的迹象，一般森林有的声音这里都能听得到，包括昆虫的叫声，还有各种各样的鸟鸣。帕瑞诺的路依旧遥远，但看来他们作了明智的选择。

“我们会在这里休息过夜，”高大的浪人把大家聚集到他身边后宣布，“但是明天一早我就会离开各位，先去探探沃夫斯塔那边是否有黑魔君和他的爪牙的足迹。穿过这些山脉以及一小片阿纳尔森林后，还得横越前面的平原，抵达帕瑞诺下的龙牙山脉。如果北境或是他们的盟友派出怪物封锁了入口，我必须提早知道，才能赶快调整路线。”

“你要只身前往吗？”巴力诺询问。

“我想这样对我们所有人来说比较安全，等你们再次进入阿纳尔森林中心之后，需要彼此照应，我想十之八九地精猎人会监视所有下山的出口，以确保你们无法活着离开。韩戴尔会带着大家通过陷阱，我会想办法在各位抵达平原之前跟大家会合。”

“你会走哪一条路？”鲜少开口的韩戴尔问道。

“翡翠隘口能提供最佳防护，我会沿路用布条做记号，就像我们以前那样。红色代表危险。跟着白布走就不会有问题。趁现在天还亮着，我们继续上路。”

他们平稳地穿越沃夫斯塔，直到太阳完全没入西边山头，已经看不见路为止。这是个没有月亮的夜晚，只有微弱的星光照在崎岖的地形上。他们在一面峭壁下扎营，巉崖拔地而起，高达数百尺，就像一把大刀劈向天际。前方开口处有浓密的松树呈半圆形将他们包围起来，现在他们四面都有绝佳的屏障。这晚依然是吃冷食，他们没有冒险生火，以防引起注意。韩戴尔安排大家轮值守夜，他觉得在陌生的环境最好这么做，每人当班几小时，让其他人轮休。饭后大家都没怎么交谈，经过一整天的跋涉大家都很疲倦，几乎立即就卷进毯子里休息了。

谢伊自愿第一个守夜，积极展现身为团队一分子的参与感，他还是觉得自己没有什么贡献，而其他人却为了他甘冒生命危险。谢伊的心态在过去这两天发生了相当大的转变。他开始意识到神剑的重要性，以及四境子民是何等依赖它来抵挡黑魔君。在此之前，他躲避骷髅使者的威胁，逃避自己是沙娜拉家族继承人的身份。而现在他却奔向更大的危险，企图依靠一把力量无法估计的神剑，以及七位凡人守护者的勇气与之对抗。但即使如此，谢伊心里深深觉得，要是在此结束，对他之于精灵和人族的感情都是一种背叛，更是否定他对全人族的安全与自由的关怀。他知道即使现在跟他说不会成功，他还是会奋力一搏。

亚拉依不发一言，先去歇息，没多久就沉沉入睡。谢伊在他两小时的守夜时间里仔细观察他宁静的睡容，直到都林接班。弗利克是在半夜醒来站岗，此时他们高大的领导人已经清醒，利落地起身，穿上跟弗利克第一次在穴地谷看到他时一样的黑色斗篷。他看了看熟睡的大家和一动不动坐在石头上的弗利克，什么话也没说，就径自往北方而去，消失在黑暗的森林之中。

亚拉依在夜里继续赶路，一直走到阿纳尔中心的翡翠隘口，越过隘口之后，西边就是平原。他削瘦的身影穿梭在安静的夜里，几乎是脚不点地地飞驰而过。他就像无形般的存在，给周围的小生命留下似有若无的印象。他再次回想这一趟帕瑞诺之行，反复思量只有他知道但其他人不会知道的事，在面对传承历史的问题上他显得相当无助。其他人只知道他现在和即将扮演的身份和角色，只有他默默承受自己和大家命运背后的真相。但是他什么都不能说，嘴里不自觉地喃喃自语，痛恨所发生的一切，也知道他没有选择的余地。他精瘦的脸庞仿佛戴着一副犹豫不决的黑面具，在安静的树林中孤独前行，虽然他满脸愁容，但内心已暗下决心，即使失去了心，也要坚守灵魂。

天亮后，他发现自己走在一大片浓密的森林中，方圆几英里皆是丘陵地带，地上满是巨石和倒落的圆木，他马上就注意到这里安静得有点古怪，仿佛某个死亡之神将它冰冷的手放在了这里的土地上。他在之前走过的地方都仔细用白色布条做好记号，现在他放慢脚步，一直到这里为止，一路上都没有让他疑心的地方，但是现在第六感警告他不可大意。他走到一个分岔路口，一条是比较宽敞平坦的路，看来曾经是主道，沿着左边一路往下，似乎通向一个大山谷，但是森林实在太茂密了，很难看清楚几百码之后的景象；第二条路则比较狭窄崎岖，上头长满了矮灌木，不砍掉根本过不去，沿着这条路往上是倾斜着离开翡翠隘口的山脊。

突然间，他全身僵硬，感觉到有另外一个生物的存在，百分之百是个邪恶的东西，就在那条通往山谷的路上某处，但是并没有移动的声音。不管那是什么东西，看来它喜欢等待猎物自己送上门。亚拉依马上撕下两块布条，红布条绑在通往山谷的大路，白布条系在通往山脊的小路。绑好布条后，他再次凝神静听，虽然还是能感觉到那个东西的存在，但却捕捉不到任何声音。尽管它的力量逊于他，不过对后面的人可能会有危险，再次检验布条后，他便走向通往山脊的小路，消失在茂盛的灌木丛中。

将近一个小时过后，那个潜伏在通往山谷的路上的生物决定出来探个究竟。它非常聪明，这一点可能是亚拉依意想不到的，它知道不管前方是谁，那个人已经察觉到它并刻意避免靠近。它也知道这个人力量凌驾于自己之上，因此它静静地待着，等他离开。它凝望着阒无人声的分岔路口，看到两块鲜明的布条在微风中飘动。真是愚蠢的记号，那东西心生诡计，踩着笨重的步伐，拖着畸形的庞大身躯往前移动。

巴力诺是最后一个守夜的人，等到天一破晓，他便温柔地唤醒大家。虽然日头出来了，但是早上空气还是很冷，大家狼吞虎咽地吃完早点，好让自己赶快暖和起来，然后沉默地收拾行装，准备继续往前走。有人问起亚拉依，弗利克睡眼惺忪地回答说他在半夜某个时候就走了，但什么话都没有对他说。他这么安静地离开，大家一点都不意外，也没有人对此说什么。

不到半个小时，一行人就往北穿越沃夫斯塔森林，大家依照先前指示，在行进间几乎没有交谈。韩戴尔让出他的位置，把带路的任务交给曼尼安，他在盘根错节的树林间还能像猫一样优雅又安静地走过一地落叶。韩戴尔对利亚王子有某种程度的敬意，认为他迟早有一天会成为出类拔萃的樵夫。但是他也知道，初出茅庐的高地人还太自以为是，在这世上只有步步为营才能存活，实践才是成长的唯一办法，因此他勉为其难让年轻小伙子来领队，自己则退居二线，小心地观察着前方。

侏儒马上就注意到一个令人不安的细节，不过他的同伴似乎没有放在心上。这条路竟然没有几个小时前才有人走过的痕迹，虽然他已经仔细审视过地面，韩戴尔还是看不出任何有人走过的痕迹。白色布条就如同亚拉侬所承诺的，在固定间距就会出现，但地上却没有留下他走过的足迹。他知道这个神秘浪人拥有非凡的本领，但从未想过他的本领高超到能完全掩盖自己的行踪。侏儒始终想不明白，但决定先把这件事放在心里。

在队伍的最后面，巴力诺也在想着那个来自帕瑞诺的谜样人物，那个历史学家是如此博学多闻，走遍大江南北，却没有人确实知道他到底是谁。从小在他父亲的王国长大，他认识亚拉侬断断续续也有好些年，不过对他只有模糊的记忆，那个高大的奇人总是来无影去无踪，虽然对他很友善，但却从未透露过自己的神秘背景。各境的智者都知道亚拉侬是举世无双的学者兼哲学家，而其他人却只知道他是浪迹天涯的旅人，用他的渊博知识支付旅途所需，还拥有没人挑得出毛病的智慧。巴力诺师承于他，对他的信任几乎可以用盲目来形容，但是他从未真正了解那个历史学家。这个想法在脑子里停留了一会儿，然后他偶然发觉，他认识亚拉侬这么多年，却从未见过岁月在他身上留下痕迹。

小径再度往上延伸，并且开始变窄，树和灌木密到像实墙一样。曼尼安尽职地跟着布条走，丝毫不怀疑他们所走的路是正确的，但是当路况明显变得不如之前时，他不自觉地开始自我检视。一直到接近中午，小路突然一分为二，曼尼安讶异地停下脚步。

“这很奇怪。分岔路口却没有记号，我不明白亚拉侬为何会没有留下标记。”

“一定发生了什么事，”谢伊断言，沉重地叹口气，“我们应该走哪条路？”

韩戴尔仔细搜查地面，往上通往山脊的那条路上有弯曲的细枝和最近刚落下的叶子，显示某人曾经走过，而往下的那条路却可以找到模糊的脚印。他凭直觉知道前面有危险，也许两条路都有问题。

“我不喜欢这种感觉，事情不太对劲，”他自顾自地发着牢骚，“迹象很混乱，可能是故意的。”

“说不定这里被称为禁地并不是胡说八道。”弗利克冷言暗示，靠着一棵倒下的树。

巴力诺走上前，跟韩戴尔讨论通往翡翠隘口的方向。韩戴尔表示，往下的那条路最快，看起来也是主要通道的样子，但是没有办法辨别亚拉侬走的是哪一条。最后曼尼安恼怒地两手往上一甩，要求作出个选择。

“我们全都知道亚拉侬不会没有留下记号就走过这里，因此结论很明显，要么是记号出了问题，要么就是他被怎么了。不论是哪种情况，我们都不能在这里空坐着而期望能找出答案。他说过会在翡翠隘口或是更前面一点的森林跟我们会合，因此我投票走往下的那条路，最快的路！”

韩戴尔再次提出他对往下那条路上的记号有些疑惑，以及他感觉到前面有危险，谢伊在他们抵达这里却没有发现布条时也有同样的感觉。巴力诺和其他人激辩了几分钟，最后同意了高地人的说法。他们要走最快的路线，但要保持高度警惕，直到走出这些神秘大山。

行进的队伍现在由曼尼安带头，沿着缓降坡快速往下走，这条路看起来会带他们走到一个山谷，不过四面八方的大树挡住了他们的视线。走过一小段距离后，路就开始变宽了，地势也变得平坦，行进变得愈来愈轻松，他们开始卸下忧虑。这条路显然是以前住在这里的居民的主要干道。不到一个小时的时间他们就走到了谷底，但是在群山环绕下，很难判别他们现在所在的位置，除了前面的小路和上面的蓝天，其他全部都被浓密的森林给遮住了。

越过谷底后没多久，他们看到有个不寻常的建筑，穿出林间耸立着，他们走近一看，原来是一整排生了锈的大梁，架成无顶框架。他们不自觉地放慢脚步，小心查看这会不会是某种陷阱，确认没有其他动静后，又继续靠近，对这个建筑感到相当好奇。

突然，前面的路没了，奇怪的建筑完全显露出来，金属梁柱因为年久失修而破落，但还是非常挺直。它们是很久以前某个大城市的一部分，不过没有人记得它的存在，变成了遗址，纪念消失的文明。这些金属框架牢固地建在像是石头的地基之上，因为历经岁月和大自然的洗礼而出现剥落和缺损。在某些地方，还能看到昔日墙体的残存。大量这样的建筑簇拥在一起，从他们前面延伸出去好几百码，直到森林将之阻断，也象征着人类入侵大自然的终点。在这些建筑里，地基、结构体各处已经长满低矮的灌木和小颗的树，让这座城市看起来不像是因为岁月衰败，反倒像是窒息而亡。一行人无言站着，这里是某个时代的见证，是多年以前，跟他们一样的人类所留下的成就，谢伊有一种使不上力的徒劳感。

“这是什么地方？”他轻声问道。

“某个城市的遗址。”韩戴尔耸耸肩，面向年轻的谷地人，“我想，这里已经有好几世纪没人来过了。”

巴力诺走向最近的结构体，摩擦金属梁柱，大量的锈斑和灰尘漫天落下，露出底下暗沉的铁灰色金属，表明这栋建筑本身强度还在。其他人跟着边境人在地基附近慢慢走着，仔细查看这个石头般的东西。没多久，他在角落停下来，将断壁表面的灰尘脏污刷掉，结果出现一个清楚的日期。所有人全都弯下腰来看。

“这座城市在超级大战前就在这里了！”谢伊大为惊奇，“我简直不敢相信，这一定是现存最古老的建筑！”

“我记得亚拉侬曾经说过，那时候就有人类了，”曼尼安忆道，“他说，那是个伟大的时代，即便如此，现在也只留下这些破铜烂铁。”

“在我们离开之前，休息几分钟如何？”谢伊提议，“我想浏览一下其他建筑。”

巴力诺和韩戴尔对于停留这个意见有点不安，但还是同意只要大家不落单，就可以稍事休息。谢伊在弗利克的陪伴下，到隔壁建筑闲晃。韩戴尔坐下来，留心查看这些巨大的骨架，这个金属丛林跟他位于森林的老家截然不同，待在这里的每一刻都让他浑身不舒服。其他人随曼尼安走到建筑的另一边，就是他们刚刚发现日期的地方，发现一块写有名字的掉落墙体。没几分钟韩戴尔就发现自己的思绪飘到库海文和他的家人身上，猛地停住白日梦，提高警觉。所有人都在他视线范围内，但是谢伊和弗利克离得更远，往这座死城的左边深入，好奇地看着凋零的遗迹，寻找着旧文明的迹象。就在同一时间，他察觉到除了同伴的低语，周遭森林却是一片死寂，连一丝风声、鸟声甚至虫鸣都没有。他拉长耳朵，只听到自己沉重的呼吸声。

“有点不太对劲……”话刚出口，韩戴尔本能地将手伸向他的重型战锤。

此时，弗利克在他跟谢伊正在巡视的建筑另一侧，瞥见地上有个灰白色的东西。在好奇心的驱使下，他走向那些部分藏在地基里、大大小小形状各异的棍状物。谢伊没有注意到他哥哥被某个东西吸引了，便离开了那栋建筑，着迷地看着另一个废墟。弗利克愈靠愈近，直到他站在那堆东西上面。在中午的太阳下，那堆东西在深色的地上兀自闪着幽光，他恶心地打起冷战，那堆白色棍状物原来竟是骨头。

谷地人身后的丛林突然爆出一声轰天巨响，从倒了一地的断枝残干中出现了一只有好多只脚的灰色恐怖巨兽。那是某个生物和机器的突变怪物，扭曲变形的脚支撑着半铁皮、半肉身的躯体，类似昆虫的头接在金属的脖子上，不规律地摆动着，前端满是螫针的触须微微垂向炯炯有神的双眼，颚部因为饥饿而狂暴地张合着。它是某个年代的人所培育出来的，虽然逃过了导致大灭绝的屠杀，但为了活下去并保存它已经存在了好几个世纪的实体，金属片一块一块地移植到它衰败的躯体上，让它逐渐进化成一个畸形怪物，更糟的是，变成一个肉食性的活死人。

抢在所有人之前，它已经来到那个倒霉的受害者上方。大怪物伸出脚攻击弗利克，将他绊倒并用针螫他，让他瘫倒在地。正当它的大颚发出刺耳的锉磨声，准备一口咬下之时，最靠近弗利克的谢伊想都没想，暴吼出声，并抽出他的短猎刀，挥舞着微不足道的武器冲去救弗利克。怪物刚刚抓住失去意识的猎物，注意力就马上被突然冲过来要攻击它的另一个人吸引过去。这突如其来的攻击让它犹豫了一下，松开致命的钳制，警戒地退了一步，外凸的绿色眼睛牢牢锁住面前这个“瘦皮猴”，准备二度出击。

“谢伊，不要……！”谷地人徒劳地出手攻击怪物纠结的四肢，曼尼安惊恐大叫。被激怒的怪兽从庞大的身躯深处发出尖锐刺耳的声音，伸出脚朝着谢伊用力挥击，打算将他刺昏，但是谢伊在千钧一发之际以极细微的差距躲过怪物的脚，跳到安全的地方，用他的小武器再次展开攻击。然后，怪物突然冲向谷地人，就在谢伊快要抓到弗利克并将他拖到安全的地方时，怪物将他撞倒了，刹时间，扬起的灰尘让一切淹没其中。

这一切全都发生在一瞬间，众人根本来不及反应。韩戴尔从来没见过这么大又这么凶残的怪物，显然它已经在这深山野岭中待了不少年头，专门等不幸的受害者送上门来。侏儒距离打斗现场最远，他火速上前帮助倒地的谷地人，其他人也同时采取行动。等到尘埃渐渐落下，足以看到怪物丑陋的头部时，三把弓发出整齐划一的声音，飞出的箭连连发出重击声，砰地深深刺入怪物被黑色毛发覆盖住的身躯。它狂暴地发出尖锐的声响，往上抬起身体，伸出前脚，搜寻新的攻击者。

曼尼安马上作出回应，丢掉弓箭，从剑鞘抽出他的宝剑，两手紧紧握住。

“利亚！利亚！”王子冲过坍塌的地基和倾圮的围墙时大声喊着沿袭千年的战吼。巴力诺也拔出他的剑，三步并作两步赶去帮高地人，硕大的刀锋在烈日下闪烁着金光。而都林和戴耶更是火力全开，双箭齐射，连连命中怪兽的头。怪物怒不可抑，用它的前脚去扫插在身上的箭，把箭从它粗厚的皮肤上扫下来。曼尼安早巴力诺一步靠近那令人憎恶的怪物，双手一挥，用他的剑深深刺进怪物最靠近他的腿，感觉到钢铁重创骨头所产生的反作用力。当那怪兽后退并将曼尼安推到一边时，韩戴尔使出怪力，用他的战锤狠狠地给了它当头一击。说时迟那时快，巴力诺已经站到怪兽面前，往后甩开狩猎斗篷，露出耀眼的锁子甲，挥舞巨剑展开一连串快狠准的攻击，卡拉洪王子完全砍断了怪物的第二条腿。野兽暴跳如雷，疯狂反击，但是却刺不到任何一人。三人发出呐喊，猛烈进攻，拼命设法逼退野兽，不让它接近倒下的同伴。他们的攻势凌厉精准，主攻怪兽未受保护的腹部。都林和戴耶一边靠近一边持续发出如雨箭阵，虽然多数都被怪兽的铁皮挡掉，但是连绵不绝的袭击让它无法集中注意力。其间韩戴尔一度遭到重击，短暂失去意识，怪兽马上逮住机会，打算解决他。巴力诺当机立断，使出浑身解数暴击斩杀，让怪物无法靠近被击昏的侏儒，然后曼尼安趁机抓住侏儒的脚把他拖出来。

最后，都林和戴耶的箭射瞎了怪物的右眼，大大小小的伤口再加上受创的眼睛，让它浑身是血。怪兽知道它已经输了，如果此时不逃，可能连命都没了。它佯装攻击最靠近它的人，然后突然改变方向，以惊人的速度逃往它在森林里的巢穴，抛下穷追不舍的曼尼安，消失无踪。五人立刻将注意力转向谷地人，他们一动不动地倒在地上。征战多年且拥有疗伤经验的韩戴尔立即检查两人伤势，他们有不少划破和擦伤，虽然骨头没有断，但是很难判断有没有内伤。此外，他们两人也都被怪物螫到，弗利克的伤口在颈后，谢伊的在肩膀，深紫色的恐怖印记暗示已经深入皮肤。中毒了！不管怎么努力让他们苏醒，两人不但没有恢复意识，呼吸还愈来愈弱，惨白的皮肤甚至开始变灰。

“我不会治毒伤。”韩戴尔焦急地表示，“我们必须带他们去找亚拉依，他对此有点研究，他也许可以帮到他们。”

“他们快死了，是不是？”曼尼安用几近耳语的声音问道。

韩戴尔虚弱地点头，所有人随即陷入一片沉默。巴力诺马上果断地发号施令，要都林和曼尼安去砍一些杆子做担架，韩戴尔跟他来准备吊床让谷地人躺上去，戴耶则负责守卫，以防怪物再度出现。十五分钟后，担架做好了，昏迷不醒的两人身上盖着毛毯躺在担架上，一行人立刻出发。韩戴尔在前面带路，其他四人抬着担架，快速穿越这一片死城，几分钟后就看到离开这个山谷的路了。领头的韩戴尔一脸严肃，后头四人抬着被紧紧束在临时担架上的谢伊和弗利克，回头瞪了一眼森林上方的建筑。他们内心涌出一股苦涩的无力感，他们来到这个山谷时，坚强果敢，充满自信以及对任务的信念，如今离开时，却遍体鳞伤，奄奄一息。

他们匆匆离开山谷，攀上缓坡，走上被树木遮蔽的宽敞而曲折的小径，满心只想着受伤的两人。直到森林熟悉的声音又回到耳边，他们已经远离山谷的危险，不过除了韩戴尔之外，其他人完全没有注意到这一点，因为他长年处于备战状态，自然而然会注意森林老家的些微变化。他回想起让他们走进那个山谷的选择，想弄明白到底亚拉依发生了什么事，那些记号又是怎么回事。但是不用细想也知道，那个高大的浪人走上面那条路前，一定有留下记号，然后某个人或是某个东西，也许是那个怪物也说不定，偶然发现了这些记号，意识到它的作用后，把记号移除了。他为自己没有在第一时间看清真相的愚蠢而摇头，用力跺脚发泄怒气。 他们到达山谷边缘，又马不停蹄地穿越前方森林。巨大的树干和粗重的枝条相互交织缠绕，仿佛要遮蔽天空。前面的路一度又变窄，他们只能呈纵列前进，傍晚的天空迅速从湛蓝色变成融合的血红和紫色，意味着一天又要结束了。韩戴尔试算了一下，大约还有一个小时就要天黑了，他不知道他们距离翡翠隘口有多远，但是他相当确信离他们现在的位置不远。大家都知道即使日落了他们也不会停下来，夜里也不会休息，如果想要救谷地人的命，他们甚至要一直赶路到第二天。他们要尽快找到亚拉侬，在毒深入两兄弟的五脏六腑前治好他们的伤。没有人发表意见，也没有人觉得需要讨论，因为他们只有一个选择。

约莫一小时后，太阳没入西边山头，扛着担架的四人已经到达忍耐极限，从山谷一路赶到这里，手臂僵硬疼痛。巴力诺提出要休息一下，所有人全都瘫成一堆，在宁静的夜森林里粗喘着气。随着夜幕低垂，韩戴尔把带路的任务交给戴耶，抬着弗利克的他是所有人中最累的。那两人还是没有恢复意识，在昏暗的光线下面如死灰，还沁出一层薄薄的汗。韩戴尔查看他们的脉象，在软绵绵的手臂上只感觉到似有若无的脉搏。曼尼安压抑不住怒火，嘴里念念有词，发誓一定要报仇，刚刚的旧仇和想要找个东西来发泄的新恨气得他脸红脖子粗。

休息十分钟后，一行人又急忙上路。现在太阳已经完全消失，黑暗之中，只有星星和新月的微弱光线引路，再加上步道崎岖不平，不仅拖慢他们的前进速度，也增加了危险。韩戴尔换到戴耶原本抬着弗利克的担架后方位置，而精灵则利用他发达的感官定位前方黑暗的路径。他懊恼地想到亚拉侬承诺会留下带领他们走出沃夫斯塔的布条，现在，他们比之前更需要那些标记正确路线的记号，不是为了自己，而是为了两个命在旦夕的谷地人。虽然两手还没有感觉到酸痛，但是内心却是纷乱如麻，心不在焉地看着左手边两座高耸的山峰，过了好一阵子他才恍然大悟，他看的正是翡翠隘口的入口。

同一时间，戴耶通报前方的路分岔成三条路，韩戴尔马上告诉大家沿着左边的路就可以到达隘口。他们片刻不停地往前走，这条路带领他们开始下山，朝着双子峰的方向前进。一看见终点就在眼前，怀着亚拉侬可能就在前面等着的期望，他们重新燃起斗志，加快脚程赶路。谢伊和弗利克开始无法控制地抽搐，甚至在毛毯下死命地扭动，凶猛的催命魔咒和坚强的求生意志正在中毒的身体里激烈对抗。韩戴尔内心认为这是一个好的迹象，表明他们的身体仍未放弃生存。他转向其他人，发现他们全都盯着从黑暗的双子峰露出的一抹光线。接着，他们又隐约听到从光线处传来隆隆作响和低声唱和的声音。巴力诺要大家继续往前走，但是要戴耶先去前面探路，看看是什么情况。

“那是什么？”曼尼安好奇地问道。

“从这么远的距离我也不确定，”都林回应，“听起来像是鼓声跟歌声。”

“是地精。”韩戴尔有不祥的预感。

又走了一个小时，现在距离已经近到可以看清楚那抹神秘的光其实是好几百支火把，而轰轰声响则是来自几十个鼓和好多好多的人。喧闹声震天价响，火光映在隘口入口的双子峰上，仿佛两根巨大的柱子耸立在他们面前。巴力诺知道如果前面的生物是地精，他们肯定不会踏入禁地，因此在到达隘口之前，他们都是相对安全的。鼓声和吟唱声继续震动着森林。无论前方挡路的是谁，都将还要持续好一会儿。片刻后，队伍到达翡翠隘口边缘，火光就在前面不远处。他们悄悄地离开步道走进暗处，进行了一次短暂会谈。

“怎么了？”当他们全都躲进森林后，巴力诺焦急地问着韩戴尔。

“从这里根本没有办法确定前面是什么。”侏儒暴躁地咆哮着，“声音听起来像是地精，但是话语很模糊，我最好去前面确认一下。”

“慢着！”都林马上劝阻，“这是精灵的工作，而非侏儒，我的行动比你更快更安静，我也可以察觉到有没有守卫。”

“那更应该交给我。”戴耶毛遂自荐，“我比所有人都轻盈迅速，我很快就回来。”

众人根本来不及反对，戴耶咻地一声已经隐身林中，都林暗暗咒骂，担心他弟弟的安全。如果真是地精在隘口，他们会宰掉任何一个鬼鬼祟祟又落单的精灵。韩戴尔不满地耸耸肩，靠着树坐下，等待戴耶回来。谢伊开始发出呻吟声，而且扭动得更加厉害，把他的毯子都甩到一边，几乎要从担架上滚下来。弗利克的反应也是一样，只是没那么强烈，他不住地闷哼着，整张脸都扭曲了。曼尼安和都林快步过来帮谷地人裹紧毛毯，并试着用皮带把他们安全地固定好。还好隘口另一边声音更大，让他们不必太担心谢伊和弗利克的喃喃呓语。他们坐回原来的位置，静候戴耶回来，忧虑地看着发出火光的地平线并听着鼓声，他们知道不管是谁挡住入口，他们都得想个法子通过。然后戴耶突然从黑暗中出现。

“是地精吗？”韩戴尔马上问道。

“好几百个全部都是……”精灵严肃地回复，“他们遍布翡翠隘口的入口各处，还有好多火，从击鼓和吟唱的方式来看，他们一定是在举行某种仪式。最糟的是，他们全都正面对着隘口，任何人要进出都没办法逃过他们的法眼。”

他停了一会儿，看了痛苦扭曲的谷地人一眼，然后转向巴力诺。

“我暗中查看了整个入口和山峰两侧，除了直接通过地精外别无他法，我们被他们困住了！”

12

戴耶的回报马上掀起波澜。曼尼安跳起来去够他的剑，扬言要杀出一条血路。巴力诺试着安抚他，或至少让他小声点。但是其他人也嚷着加入高地人的行列，一时之间吵闹不休。韩戴尔问戴耶在入口处看到了什么，并喝令大家安静。

“有地精首领！”好不容易让曼尼安平静下来的巴力诺终于有空听侏儒说话，“附近村落的祭司和居民全都聚在那里，参加每个月一次的仪式。日落后他们歌颂神祇，祈求保佑他们免遭那些来自禁地沃夫斯塔的恶魔侵袭，一直到天明。要是到了明天早上，我们的年轻朋友就小命不保了。”

“好个地精！”曼尼安气炸了，“他们恐惧这里的恶灵，却跟骷髅王国勾结！我不知道你们其他人怎么样，但是我不会因为一些蠢地精在那边叫嚣没用的咒语就放弃！”

“没有人要放弃，曼尼安！”巴力诺马上响应，“我们要离开这里，就在今晚。”

“你打算怎么做？”韩戴尔质问，“就这样从地精祭典中间走过去？还是我们要飞出去？”

“等一下！”曼尼安突然大喊，然后倾身靠近不省人事的谢伊，急切地搜他的身，找出了装着精灵石的皮囊。

“精灵石可以帮我们离开这里。”他抓着袋子向众人宣布。

“他疯了吗？”韩戴尔不可置信地看着高地人抓着皮囊猛摇。

“没有用的，曼尼安，”巴力诺沉静地表示，“只有谢伊才能够使用这些石头的力量，更何况，亚拉侬曾经跟我说过，他们只能用来对抗会混淆心智的超自然力量。这些地精是血肉之躯，不是灵界或是想象出来的怪物。”

“我不知道你在说什么，但这些石头曾击退过迷雾沼泽的怪物，我亲眼看到的……”曼尼安沮丧地收了声，反复思索自己的话，最后放下装有精灵石的皮囊。“那又能怎样呢？你说得对。我都不知道自己在说什么了。”

“一定会有办法的！”都林往前一步，“我们只需要拟定一个计划，引开他们的注意力，只要五分钟的时间，我们就可以溜过去了。”

曼尼安被这个提议一下子振奋起来了，他绞尽脑汁，但还是想不到有什么办法能引开几千只地精的注意力。巴力诺来回踱步，陷入了沉思，其他人时不时冒出一两个点子来。韩戴尔甚至挖苦说，让自己做诱饵，地精一定非常高兴能把苦战这么多年的敌人抓获，从而忽略周遭的情况。曼尼安对这个戏言不以为意，一心只想执行自己的提议。

“够了！”利亚王子最后咆哮道，完全失去了耐性。“我们现在需要的是一个能让我们立刻离开这里的办法，不然谷地人就没希望了。现在究竟该怎么做？”

“隘口有多宽？”巴力诺一边问，一边来来回回地走个不停。

“从地精聚集的地方算大概有两百码。”戴耶答道，避免跟曼尼安正面冲突。巴力诺边咬手指边回想，“隘口右边非常开阔，但是左边沿着峭壁有一些小树和灌木丛，可以掩护我们。”

“这样不够！”韩戴尔插话，“翡翠隘口足以容纳一支军队通过，仅凭这么一点掩护就想通过简直就是自取灭亡。我从另一边都能看见，更何况地精，他们一眼就能发现我们了。”

“那就让他们的注意力放在别的地方！”巴力诺吼回去，脑中的计划开始隐约成形。他突然停住，跪在地上画下隘口入口的草图，看向戴耶和韩戴尔寻求认可。曼尼安也停止抱怨，凑过来加入他们。

“从这张图看，我们可以靠这些掩护避开光线，直到我们抵达这边。”巴力诺解释，指着靠近代表左边峭壁的一条线，“这边坡度和缓，我们的地势比地精高，还有灌木掩护。而这里有一片大概二十五码的空地，过去就是沿着峭壁生长的森林。这片空地就是需要声东击西的地方，那里的光线会让我们被所有人看到，所以当我们穿越这块空地时，所有地精必须朝向另一个方向。”

他停下来，看着四张巴望他能提出个更好计划的脸。但没有时间多想了，如果他们还期望保住夺回沙娜拉之剑的机会的话。无论处于什么险境，都不及挽救这个虚弱的神剑继承者的生命重要，这个谷地人是四境子民免遭灭顶之灾的唯一希望。他们自己的性命不足挂齿。

“我们需要南境最优秀的射手，”边境人平静地表示，“那个人就是曼尼安·利亚。”高地人对这突如其来的宣布吓了一跳，自豪感洋溢于脸。“只有一箭的机会……”卡拉洪王子继续说道，“如果这一箭没有正中目标，我们就完了。”

“你的计划是什么？”都林好奇地打岔。

“当我们要从掩护地带进入空地时，需要曼尼安瞄准隘口那边的其中一个地精首领，将其一箭毙命，这样我们就能趁乱溜过去。”

“这不可能成功！”韩戴尔大吼，“他们一看见首领中箭，一定会全看向通道入口这边，我们马上就会被发现。”

巴力诺摇摇头，微微一笑。“不，我们不会被发现，因为他们会去追某个人。地精首领一倒下，我们其中某人就会出现在隘口，气急败坏的地精一定会急着捉拿那个人，他们不会有时间去找还有没有其他人，大家就可以趁乱溜过去。”

大家默许了他对整个情势的评估，心里却有着同样的疑问，焦虑的脸彼此看着对方。

“听起来大家都觉得很不错，但是留在最后露脸的那个人，”曼尼安一副不相信的表情问道，“谁来接受这个自杀任务？”

“这是我的计划……”巴力诺应道，“自然是由我来执行，我会留下来把地精引进沃夫斯塔，晚点我会在阿纳尔附近跟你们会合。”

“你一定是疯了才认为我会让你留下来，自己一个人把功劳全揽了。”曼尼安表示，“如果由我执行这个任务，我会留下来射这一箭，但如果我失手了……”

他的声音越来越小，笑着耸耸肩，拍了拍都林的肩膀，后者一脸错愕。巴力诺刚想出声反对，韩戴尔就跳出来表示不赞同。

“这个计划很不错，但是我们都知道留下来的那个人要面对几千地精的追捕，要不然就是会有几千个地精等着他从禁地出来。这个人必须非常了解地精，知道怎么和他们周旋战斗。在这样的情况下，这个人就必须是个经验老到的侏儒了。那个人就是我！”

“而且……”他严肃地补充，“你们应该也知道，他们有多想要我的项上人头。在这样的奇耻大辱下，他们怎么可能放过我。”

“我刚刚就说过了，”曼尼安坚持，“这是我的……”

“韩戴尔说得对！”巴力诺尖锐地打断，其他人惊讶地看着他，只有韩戴尔知道，虽然很痛苦，但是如果他们立场对调，他也会跟边境人作出一样的决定。“我们就这么决定了，因为韩戴尔的存活几率更高。”

他转向结实的侏儒战士，伸出宽厚的手，对方紧紧一握后，随即沿着小路慢跑离去，不消几秒钟的时间他就不见了。地精的鼓声和吟唱声响彻西边的天空。

“塞住谷地人的嘴，以免他们的声音引起注意。”巴力诺指挥若定，其他三人被他的严厉吓了一跳。曼尼安难以自处地继续待在原地，默默看着韩戴尔离去的路。巴力诺走向他，把手放在他的肩膀上安慰他，“确定你射出的箭值得他为我们牺牲，利亚王子。”

不断抽搐的谷地人被牢牢安置在担架上，嘴里塞着布条以盖住他们的呻吟声。剩下的四人拿起各自的东西抬起担架，离开树林朝翡翠隘口走去。地精燃起的熊熊烈火就在前面不远处，火光把夜空染成灿烂的黄橙色。沉重而有节奏的鼓声震耳欲聋，而吟唱的声音更是大到仿佛整个地精国的人全都来了似的，他们好像迷失在一个虚幻的世界里。两边峭壁高耸于夜空之中，岩壁被火光映照出各种各样的颜色——红、橙、黄、绿。这些颜色被坚硬的岩石反射，柔和地映在四个神情严肃凝重的抬担架者脸上，瞬间捕捉到他们企图隐藏起来的恐惧。

四人终于到了通道的走廊地带，刚好避开地精的视线范围。北坡光秃秃地没有可以遮蔽的地方，南坡树木相对茂盛，还有浓密的灌木丛，巴力诺指示大家走向南坡。他在前头带路，小心翼翼朝着上头的树木前进，他们花了一些时间才到安全的藏身处，巴力诺示意他们慢慢往入口移动。曼尼安能从树缝之间捕捉到下面燃烧的火光，在焰火前有几百个身影在有规律地移动，用浑厚虔诚的声音向沃夫斯塔的幽灵诵唱，几乎把火光都遮挡了。一想到如果他们被发现会遭到什么下场，他就嘴巴发干。然后他又想到了韩戴尔，突然间为侏儒感到无比担忧。随着坡度愈来愈高，树丛也愈来愈稀薄，四人蹑手蹑脚地在树丛间往上爬。巴力诺一边盯着下面的地精，速度也更加放慢下来。都林和戴耶踮着脚尖走，精灵轻盈的体型在干燥易脆的树枝和落叶间静悄悄地移动，完全融入周遭环境。曼尼安忧虑地望向越来越接近的地精，他们黄色的身躯随着鼓声摇摆，几小时不间断地呼喊着他们的神明向山林祈求，让他们大汗淋漓。

现在四人已经到树丛最末端，也是他们藏身处的终点。巴力诺指向前面介于他们和阿纳尔森林之间的空地，中间有一段距离，他们和隘口之间什么都没有，只有一些矮灌木和枯树叶。而下方则是高声起舞吟诵的地精，所在位置正好可以看见任何想要从南坡这块空地走过的人。戴耶是对的，想要在这样的情况下溜过去根本就是自杀。曼尼安往上看，前面一片陡峭的岩壁刚好挡住带着两个伤者的他们。他回过头来再次看向空地，不知怎么地距离看起来好像又比之前更远了。巴力诺示意大家聚集过来。

“曼尼安可以移到树丛边缘。”他小声说道，“等他选定目标，地精被击中后，韩戴尔会在北坡高处吸引他们注意。现在他应该已经就位了。等地精去追他时，我们把握时机通过空地，能多快跑多快，不要停下来张望，一直跑。”

其他三人纷纷点头，所有目光都集中在曼尼安身上，他从背后解下弓，测试它的拉力。他挑选了一支黑色的长箭，然后迟疑了一下，从树丛间往下看向谷底的上千个地精。突然间他明白了大家期望他做的是什么事。他要杀死一个人，不是打仗也不是公平搏斗，而是偷偷摸摸地伏击，而那个人将一箭毙命。他的本能知道自己不能够这么做，他既非如巴力诺一样老练的战士，又不像韩戴尔一样冷静果断，他很冲动，虽然有时候很勇敢，随时准备好跟别人公开决斗，但是他并不是杀手。他回头望向其他人，他们在他眼中看到了犹豫。

“你一定要这么做！”巴力诺声音虽小却很严厉，他的眼里燃烧着强烈的决心。

都林的脸微微撇向一边，因为不确定而满面寒霜。戴耶直视曼尼安，双眼圆瞪，对曼尼安所面临的抉择感到害怕，年轻的面容如鬼魅般灰白。

“我不能这样杀死一个人……”曼尼安不由自主地因自己所说的

话发抖，“即使是为了救他们的命……”

他停在那儿，巴力诺继续注视着他，等着他的进一步行动。

“我可以这么做……”想了一会儿后，曼尼安突然宣布，快速看了底下的山谷一眼，“但得换个方式。”

他未多作解释，径自穿过树丛，弯着身子几乎探出了树荫的保护外。他的眼睛快速扫过下面的地精，最后停在一个位在隘口远处的地精首领身上。地精干瘪蜡黄的脸微微朝上，瘦小的双手向前伸长，捧着一个装有火苗的长碗。他一动不动地和其他地精首领一起带领着诵唱，他的脸朝向沃夫斯塔的入口。曼尼安从箭筒中抽出第二支箭，把它放在前面，然后单膝下跪，离开藏身的小树，搭上第一支箭，举弓引弦瞄准。其他三人屏住呼吸看着射手。有那么一瞬间，一切似乎都静止了，然后满弓放箭，咻地一声，箭以迅雷之势飞向目标。几乎是一气呵成，曼尼安马上拿起第二支箭，以百步穿杨之势迅速搭弓射出，然后马上躲进最近的树荫。

一切都发生在眨眼之间，根本没有人看清楚到底出了什么事，只捕捉到弓箭手的动作和地精接下来的反应。第一支箭正中地精首领手上的长碗，红炭迸裂发出爆炸声响，烧得通红的煤炭向上弹飞，瞬间火光四射，地精首领和他的部众们还来不及反应，第二支箭立刻朝着半转过身来的地精首领而去，首领臀部被深深刺中，他发出的痛苦哀号响彻翡翠隘口。时机精准绝妙，事情发生的速度快到连倒霉的受害者都没时间注意和判断攻击是从哪个方向来的，或是谁是凶手。地精首领又惊又疼地跳着，其他人看起来既疑惑又担心的样子，不过情绪很快就出现变化。他们的仪式被无礼打断，首领还遭到埋伏的叛徒攻击，他们感觉受到羞辱，气愤难平。

在箭击中目标后几秒钟，众人还来不及回神，对面北坡突然出现一个火炬，瞬间燃起一团巨大的篝火，火焰直冲夜空，仿佛大地在对地精的复仇呐喊作出回应。站在腾空烈焰前的，正是侏儒韩戴尔，他高举双手挑衅，一只手紧紧握着碎石断金的战锤，威胁所有抬头看他的人。他的笑声在峭壁间产生巨大的回音，震耳欲聋。

“过来抓我啊，地精，大地的寄生虫！”他嘲弄地大吼，“出来决斗，你们的蠢神也无法跟侏儒的力量抗衡，让沃夫斯塔的灵魂耳根子清静点吧！”

地精发出震慑人心的惊天怒吼，大家前仆后继冲向站在山坡上的那个狂徒，恨不得把他的心脏挖出来泄愤。攻击地精首领已经够糟了，同时亵渎他们的宗教和勇气更是罪无可恕，部分地精马上就认出侏儒身份，一起高呼要他以死谢罪。当地精一股脑儿地涌进隘口，南坡的四人抬起担架，蹲低姿态拔足跑往开阔的空地，炫目的火光将他们的身影投射在峭壁上，仿佛是巨大的幽灵般紧咬着他们飞驰而过。没有人停下来查看愤怒的地精的进展，他们疯狂地往前冲，眼睛盯着远方的阿纳尔森林。

他们奇迹般地躲进了森林的庇护里，停在大树阴凉的浓荫下粗喘着气，凝听后方的声音。现在隘口入口只剩下几个地精留守，其中一个人正在帮受伤的首领把箭拔出来。曼尼安看到这副景象不禁窃笑，不过当他望向那堆依旧猛烈燃烧的篝火时，笑意很快就散去了。抓狂的地精从四面八方爬上坡，数不清的黄色雄兵，最前头的那个已经快要到达火堆的位置，但是却不见韩戴尔人影，所有迹象显示，他应该被困在山坡某处。四人只看了一分钟，巴力诺就示意大家离开，把翡翠隘口抛在后头。

失去地精的火光照明，在浓密的森林里简直伸手不见五指。巴力诺让利亚王子在前头带队，从南坡下来后找到往西的小径。没多久他就找到了，一行人走入阿纳尔中部。他们所处的森林几乎完全遮挡了微弱的星光，前路两旁的大树就像一堵堵黑墙。谷地人再次激烈挣扎，即使嘴巴被布塞住了，还是痛苦地发出呻吟的声音，抬着他们的人对他们的朋友开始失去希望。现在毒素正慢慢扩散全身，等到一抵达心脏，就会毒发身亡。四人完全无从得知两兄弟还剩下多少时间，也无法估计要走多远才能得到医疗协助，而熟悉阿纳尔的那人正困在沃夫斯塔，为生存而战。

突然间，一群地精从前方树墙出现，四人根本来不及躲开，所有人全都凝神不动，互相透过微弱的光线，眯着眼睛想要看清楚对方。双方人马敌我立判，四人快速放下沉重的担架，站到前头排成一列。迎面而来的地精大约有十到十二人，他们集结成群，其中有一人突然跑掉，消失在后面的树丛中。

“他去搬救兵了，”巴力诺低声告诉其他人，“如果我们不赶快通过，后援部队马上就会到这里解决我们。”

话才说出口，地精就发出令人丧胆的战吼声，向前方四人进攻，他们手上的短剑暗光浮动，看起来杀气腾腾。曼尼安和精灵兄弟三人用箭放倒了三个敌人，剩下的人如野狼般一拥而上。戴耶完全被打倒，一度消失在后方。巴力诺不动如山，巨大的刀锋一出手就将两名不幸的地精砍成两半。接下来几分钟双方狭路相逢激烈交战，地精想要慑服前方四人，但是四人巧妙地守住他们受伤的同伴，对抗凶猛的攻击者。最后，地精全部被击毙，尸体堆叠在一片血泊之中。戴耶胸前受了严重的刀伤，必须包扎。曼尼安和都林则有一些小伤。巴力诺因为有锁子甲护身而毫发无损。

包扎好戴耶的伤口后，四人立刻兼程赶路。万一地精猎人发现他们的同伴遇害，一定会沿路追杀过来。曼尼安试着利用星星的位置推算时间，不过只能推测出现在大概是凌晨时分。跟在带路的巴力诺身后，高地人感觉到他疼痛的手臂和紧绷的背肌开始出现过劳的迹象，一整天来马不停蹄地赶路，再加上一开始在沃夫斯塔遇到的怪兽和刚刚的地精，他们已经快要精疲力竭了。他们之所以继续赶路，是因为谷地人的伤势堪忧。然而，跟地精激战三十分钟后，戴耶就因为失血过多和疲劳过度而倒下，他们又花了一些时间让他苏醒，重新站起来，就算如此，他们的速度还是明显变慢了。

没多久，巴力诺就被迫停下来，让大家休息。他们在路边静静靠在一起，泄气地听着周遭的喧闹声，虽然还很遥远，但这是他们在路上遭遇地精之后，再次传出喊叫声还有隐隐约约的鼓声，看来地精已经知道他们的行踪，并派出了大批搜索部队来追捕他们。就好像整座阿纳尔森林都充满了愤怒的地精，他们全面清查附近山林，希望能够抓到杀害他们同伴的敌人。曼尼安疲倦地朝下看了看年轻的谷地人，他们面色惨白，大汗淋漓。虽然被堵着嘴，还是能听到他们的呻吟声，看到他们四肢因为毒液的进一步侵蚀而颤抖。他看着他们，忽然意识到在他们最需要他的时候，他在某种程度上已经让他们失望了，而现在，他们将为他的失败付出代价。当他回想起他们前往帕瑞诺，企图夺回某个远古年代的遗物，从黑魔君手上拯救众生这整个疯狂的主意，就怒火中烧。然而他知道，即使他那样想，但现在去质疑一开始就接受了的这个极微小的可能性也是不应该的。他疲倦地望向弗利克，想弄明白为何他们之前没有成为好朋友。

都林突然低声发出警告，他们急忙抬起担架躲进层层树丛的庇荫里，身体平贴地面，屏息等待。一会儿过后，就听见厚重的靴子声沿着小路从他们刚刚走过的方向传来，一群地精战士正朝着他们藏身的地方前进。巴力诺马上就知道他们寡不敌众，伸手遏阻激动的曼尼安，让他不要轻举妄动。地精列队经过，黄色的脸孔在星光下表情严峻，不安的双眼瞪得大大的，扫向四周黑暗的森林。他们走到一行人藏身的地方时没有多作停留就过去了，完全没有发觉他们的猎物就近在咫尺。当他们消失在视线范围外，完全听不到声音后，曼尼安转向巴力诺。

“如果我们不找到亚拉侬，我们就玩完了。除非有人伸出援手，不然在这样的情况下，我们根本没办法带着谢伊和弗利克离开！”

巴力诺缓缓点头，但是没有进一步评论。他知道他们的情况，但是他也知道比起被抓，或是再次跟地精发生冲突，现在停下来比前两者更糟。他们不能把兄弟俩留在森林里，等他们找到援兵后再来找他们，这样风险太大。他示意其他人起身，大家一言不发地抬起担架，再次踏上疲倦的旅程，现在他们知道前后都有地精追兵。曼尼安再次想到那个生死未卜的英勇的韩戴尔。即使是像他这样身经百战的人，要在这大山中躲避一群愤怒的地精似乎也不太可能。无论如何，韩戴尔的境况应该不会比带着伤员，孤立无助地徘徊在阿纳尔的他们更糟了。如果地精在他们抵达安全之地前找到他们，曼尼安相信这次他们就没戏唱了。

耳朵敏锐的都林再次听到有脚步声接近，一群人立即跳进旁边的树丛。他们差点就来不及避开来人，赶紧倒卧在灌木之间。即使是在这么微弱的星光下，都林锐利的眼睛还是马上就辨认出那个披着黑色长斗篷的巨人是这一群人的领袖。不一会儿，其他人也看见了。是亚拉侬。但是都林马上伸手制止准备脱口大喊的巴力诺和曼尼安。他们眯起眼睛在黑暗中仔细看，发现亚拉侬身后跟着的一小群穿着白袍的人，毫无疑问就是地精。

“他背叛我们了！”他压低音量厉声说道，本能地将手伸向皮带间的长猎刀。

“不，等一下。”巴力诺马上下令，要大家在那群人靠近他们时卧倒。

亚拉侬不疾不徐地沿着小路接近他们，行进时目不斜视，眉头紧皱。曼尼安知道他们会被发现，因此绷紧肌肉，准备跳出去对叛徒使出致命一击。他知道他只有一次机会。白袍地精忠实地跟着他们的首领，兴味索然地拖着脚往前走。突然间，亚拉侬停下脚步向四周张望，仿佛已经感觉到他们的存在。曼尼安准备跳起身，但肩头被一只沉重的手抓住，将他牢牢定在地上。

“巴力诺。”高大的浪人平静地喊道，不往前走也不向两侧移动，他满心期待地东张西望。

“放开我！”曼尼安勃然大怒，冲着卡拉洪王子大吼。

“他们没有武器！”巴力诺的话压住了他的怒气，他再次看向亚拉依身边的白袍地精。他们没有携带武器。

巴力诺缓缓起身走出去，一只手里紧紧抓着他的剑。曼尼安跟在他后面，注意到都林在树林里搭好弓，箭已在弦上。亚拉依松了一口气，走上前向巴力诺伸出手，但是一看到边境人眼里闪着的不信任以及高地人脸上全写着的苦痛，他随即停住。有那么一会儿他似乎感到困惑，然后突然回头看向他后面站着不动的地精们。

“不，没有关系！”他匆匆喊叫，“这些人是朋友。他们没有武器，对你们也没有敌意。他们是疗愈者，是医士。”

有一瞬间所有人动作都停了，然后巴力诺把剑收入鞘内，握住亚拉依伸出的手。曼尼安也跟着照做，但还是不信任在那边等着的地精。

“现在告诉我发生了什么事，”亚拉依命令道，再次拿回主导权，“其他人呢？”

巴力诺快速描述了他们在沃夫斯塔所发生的事，他们在分叉口选择了错误的路，在城市废墟与怪物的战斗，在隘口闯过地精的行动。当听到谷地人受伤后，亚拉依立刻告诉跟他同行的地精，并知会疑心的曼尼安，说他们可以治疗他朋友所受的伤。白袍地精急忙绕到谷地人身边，从他们所带来的玻璃瓶中取出某种液体敷在伤口上。曼尼安焦心地看着，不知道这些地精跟其他地精有什么不同。听巴力诺说完后，亚拉依深恶痛绝地摇头。

“都是我的错，是我失算了……”他生气地咕哝着。“我太在意前面可能出现的危险，而忽略了眼前的危险。如果这两人死了，一切就化为泡影了！”

他再次跟地精交谈，其中一人便匆匆离开，往翡翠隘口的方向而去。

“我派一人回去打听韩戴尔的消息。如果他发生了什么事，我责无旁贷。”

他命地精医士抬起谷地人，所有人再次上路，朝着西边前进，担架手走在前头，而疲惫的成员跟在后面。伤口经过处理后，戴耶不需要搀扶已能自行行走。一行人一边前进，亚拉侬一边向他们解释为什么他们在这里不会遇到地精猎人。

“我们已经接近史托领地，这些跟着我的地精，”他告诉大家，“是疗愈者，他们不属于其他地精国家和所有种族，致力于奉献给需要庇护或是医疗救助的人。他们自成一家，远离世俗纷争，所有人都尊敬和推崇他们。他们的领地，也就是我们现在所要去的地方，叫作史托拉克，那里是圣地，除非受邀，否则地精搜兵不敢踏进那里半步。你们今晚可以安心休息，我们已经获得邀请。”

他说，他和这些人是多年老友，分享他们的秘密。他向曼尼安保证，史托人是可以信赖的人，他们是全世界最顶尖的医者，不管谷地人有任何疑难杂症都能治好。他们会跟他同行并不是碰巧，在他穿越阿纳尔要回到隘口跟大家会合时，听到奇怪的传言，他在史托拉克边界碰到一名慌张的地精，他认为禁地圣灵已经倾巢而出，要吞噬他们所有人。于是他请求史托人陪同寻找他的朋友，担心他们可能会在隘口受到伤害。

“我在沃夫斯塔山谷察觉到那个怪物的存在，但是没想到它竟聪明到在我离开后移除我放在岔路的记号，”他气愤地承认，“但我还是应该事先料到才对，再留下其他记号以确认你们绕过那里。更糟的是，我经过隘口时才刚过正午，压根没想到地精会在傍晚聚集举行仪式。是我辜负了大家。”

“我们都有错……”巴力诺如是说，虽然在另一头默默听着的曼尼安并不是很愿意承认，“如果我们警觉性再高一点，就不会发生这些事了。现在重要的是治好谢伊和弗利克，同时我们还得在地精找到韩戴尔之前，想想该怎么办。”

大家陷入一片沉默，垂头丧气地走着，所有人实在累到无力思考，一直到他们抵达史托村庄前，都只能把注意力集中在挪动脚步上。前面阿纳尔森林间的路仿佛没有尽头，不一会儿，四人因筋疲力尽而知觉麻木，完全不知过了多久，不知身处何方。不知不觉中，长夜终尽，第一道曙光沿着东边地平线升起，但是目的地还没有到，直到一个小时后，他们才终于看到史托村庄燃烧夜火的光线，映照在包围着疲惫旅人的树上。他们一进入村庄，被像鬼魅般的史托人包围着，他们全都穿着一样的白袍，用认真的、坚定的表情看着精疲力尽的旅人，协助他们进入一处低矮的房舍。

一进到屋内，大家全都默默无言，瘫倒在柔软的床上，累到没有办法梳洗更衣。除了曼尼安之外，其他人几乎是马上睡着。他谨慎的个性使他强忍住困意，睡眼朦胧地在房间搜寻亚拉侬。一发现他不在房间里，他便硬撑着从柔软的床上爬起身，步履蹒跚地走向紧闭的木门，他依稀记得这个门通往前面另一个房间。他身子沉重地靠在门上，耳朵紧贴着门缝，隐约听到亚拉侬和史托人在对话。在半梦半醒之间，他听到他们提到谢伊和弗利克，那些奇怪的小人认为经过休息和特殊治疗之后，谷地人应该就会康复了。紧接着远处的门突然被打开，进来了几个人，他们惊慌失措，胡言乱语，亚拉侬用冷若冰霜的声音猛然打断他们。

“你们发现了什么？”他质问，“跟我们所担心的一样糟吗？”

“他们在山里抓到了某个人，”他得到了个畏怯的回答，“当他们结束后，我们根本没有办法看出那是谁，甚至那是什么。他们将他碎尸万段了！”

韩戴尔！

尽管是在这样昏沉的状态下，他仍感到了震惊。高地人强迫自己挺起身来，踉跄地走回他的床，无法相信他所听到的是否正确。他内心深处突然开了一个大洞，无助地涌出气愤的泪水，却无法流进他干涩的双眼，晶莹的泪珠就这样挂在那儿，利亚王子最终沉沉睡去。

13

等到谢伊睁开双眼，已是隔日下午。他发现自己躺在一张舒适的床上，还有干净的床单和毛毯，身上已换成白色的睡袍。隔壁床上躺着的是弗利克，脸色红润，现正安详地睡着。他们在一间小屋子里，灰泥墙，屋顶下是一根大木梁。窗外是阿纳尔树林和午后湛蓝的天空。他完全不清楚他昏迷了多久，也不知道其间发生了什么事，但他还记得沃夫斯塔的怪物差点杀了自己。是伙伴们救了他和弗利克。他的注意力马上转向开启的门，出现在门口的是焦虑不安的曼尼安。

“哎呀，老朋友，你终于活着回来了，”高地人笑着走向床边，“你把我们吓了好大一跳啊，你知道吗。”

“我们挺过来了，不是吗？”谢伊打趣地笑道。

曼尼安点头，转向仰卧着的弗利克。他在被单下翻来覆去，显示快要清醒了。谷地人慢慢睁开双眼，抬起头就看到笑眯眯的高地人。

“我就知道没这么好命……”他痛苦地呻吟，“连死都摆脱不了你，这一定是个诅咒！”

“老古板弗利克也完全复原了，”曼尼安轻笑，“你应该感谢我才对，也不想想我这一路上是怎么把你这个大家伙扛过来的。”

“哪天你做了什么光明正大的事，我才会吓到吧。”弗利克喃喃自语，试着通过迷蒙的睡眼看清周遭的情景。他看向莞尔的谢伊，向他招招手，报以微笑。

“我们现在到底在哪？”谢伊好奇地问道，让自己坐起身来。他还是感觉很虚弱，“我昏迷了多久？”

曼尼安坐到床边，从逃出山谷怪物的魔掌开始，把后面的经过全都告诉了两人。他还支吾着把韩戴尔牺牲的消息也说了出来。谷地人都对侏儒惨遭毒手的事感到震惊。

“这里是史托拉克。”他最后说道，“住在这里的地精将救死扶伤视为终生使命。他们有一种药膏，只要把它涂在伤口上，然后把伤口盖起来，十二个小时内就会愈合，我亲眼看见它治好戴耶的伤。”

谢伊不可置信地摇头，还想再多问问细节，此时门又开了，进来的人是亚拉侬。这是他第一次看到这个阴沉的浪人真的看起来很开心的样子，他严肃的脸上出现一抹松了口气的微笑。那人快步走向他们，满意地点点头。

“真高兴你们两人都康复了。我非常担心，史托人果然不负所托。你现在觉得怎么样，可以下床走走了吗？或者吃点东西？”

谢伊探询地看向弗利克，两人都点点头。

“很好，那么跟曼尼安去走走，测试一下你的体力，”亚拉侬提议，“重要的是，评估下身体状况，看是否能够尽快上路。”

他没有多说一句话，旋即又从同一扇门离开。他们看着他走出去，纳闷他怎么能如此冷静自持。曼尼安耸耸肩不置可否，跟另外两人说他去找回他们被拿去清洗的狩猎装，没多久就带着他们的衣服回来。两人虚弱地从床上起来更衣，曼尼安则跟他们说了说关于史托人的事。他一开始并不信任他们，因为他们是地精，但当看见他们悉心照料谷地人后，疑虑就渐渐消除了。其他同伴也一觉睡到早上，现在正在村庄享受短暂的喘息机会。

更衣后三人离开房间，进入另一栋建筑，这里是村庄的食堂，史托人慷慨地为他们准备了热食，以满足他们贪婪的胃口。尽管伤势尚未痊愈，他们却吃掉了好几份营养餐。用膳后，曼尼安带他们到外面，刚好遇见已经完全复元的都林和戴耶，两人看到谷地人恢复健康都很开心。在曼尼安的建议下，五人前去看位于村子南边的神奇蓝色池塘。没过几分钟就到了，他们坐在杨柳低垂的池塘边，默默地看着平静的蓝色水面。早些时候史托人告诉他，他们的药水药膏很多都是用池塘的水制造出来的，据说池子里的水含有特殊的治疗元素，世界上其他地方都找不到。谢伊尝了一口池水，发现它跟自己接触过的所有东西都不一样，但是也不是那么难喝，其他人跟着试喝，也同意谢伊的说法。这个蓝色池塘真是个宁静的地方，半晌过后，所有人都坐了下来，想着他们的老家和那儿的人。

“这个池塘让我想起贝里欧，我在西境的家。”都林嘴角扬起微笑，用手指划过水面，脑海里浮现出一些画面，“在那边也可以找到同样的宁静。”

“我们会回去的，”戴耶保证，然后又很着急，几乎是孩子气地补充道，“而且我会跟琳莉丝结婚，还要生好多小孩。”

“算了吧……”曼尼安突然说道，“单身万岁！”

“你没见过她，曼尼安，”戴耶开心地继续说，“你一定从未见过像她那么温柔和蔼的姑娘，就像这池塘一样清澈美丽。”

曼尼安假装绝望地摇摇头，轻拍精灵的肩膀，笑着表示他了解对方对那精灵姑娘的感情。大家心思各异，静静地看着蓝色的池水，然后谢伊疑惑地转向大家。

“你们觉得我们现在在做正确的事吗？我是指这趟旅程和全部这些，对你们来说值得吗？”

“从你嘴里说出来变得很好笑，谢伊。”都林想了一下后说道，“我是这么看的，一路走来你失去的东西最多，事实上，你就是这趟旅程的目的。你觉得值得吗？”

谢伊思考着，其他人一语不发地端详着他。

“问他这个问题并不公平。”弗利克辩解道。

“不，是公平的。”谢伊严肃地打断，“他们全都因为我冒着生命危险，而我却是唯一对我们所做的事有疑问的人。但是我无法回答我自己的问题，即使是对自己也说不出来，因为我还是不知道到底发生了什么事，我不认为我们已经完全了解这趟旅程的真相。”

“我明白你的意思。”曼尼安同意道，“亚拉侬没有把一切都告诉我们，关于沙娜拉之剑一定还有些什么是我们不知道的。”

“有人见过那把剑吗？”戴耶突然问道。其他人都摇头否定。“也许根本就没有那把剑。”

“哦，我认为剑是存在的，”都林马上声明，“但我们拿到后，又要怎么做呢？即使有沙娜拉之剑在手，谢伊又怎能与黑魔君的力量抗衡呢？”

“我想我们必须相信亚拉侬，时机到了他自然会回答。”另外一个声音响起。

那个新的声音来自五人身后，他们急忙转身，一看到是巴力诺后便松了一口气。谢伊看着卡拉洪王子朝他们走过来，心里还是觉得很奇怪，不知道为什么他们全都对亚拉侬有种难言的恐惧感。边境人向谢伊和弗利克微笑致意，跟大家坐在一起。

“嗯，看来我们辛苦越过翡翠隘口是值得的，很高兴看到你们两人恢复健康。”

“关于韩戴尔，我感到很遗憾。”谢伊的口气听起来很尴尬，“我知道他是一个很亲近的朋友。”

“一切都是情势所逼，”巴力诺轻轻带过，“他知道自己在做什么，他知道自己的胜算有多少，他这么做是为了我们大家。”

“接下来会怎么样？”弗利克隔了一会儿后问道。

“我们等亚拉侬决定最后一段路要怎么走。”巴力诺回应，“顺道一提，我刚说到要相信他一事。他是个伟人、好人，虽然有时候好像并不是这样。他会告诉我们他觉得我们应该知道的事，但相信我，他为我们所有人操心。不要太快盖棺论定。”

“你知道他没有全盘说出真相。”曼尼安言简意赅。

“我确定他只跟我们说了其中一部分，”巴力诺点头，“但一开始就意识到这个威胁已经危及四境的人，只有他。我们都亏欠他太多，最起码也要有一点点的信任。”

其他人赞同地点点头，绝大部分原因是比起相信他的担保，他们都更尊敬边境人。对曼尼安而言尤其如此，他认为巴力诺英勇出众，是他视为领袖的人。他们不再谈论这个话题，转而谈论起史托人，谈到他们作为一个地精分支的历史，以及他们与亚拉侬长久的友谊。太阳快要下山时，高大的历史学家意外地出现，加入到他们的行列。

“在我跟大家说完话之后，我希望谷地人可以回去休息几个小时，其他人也把握时间小睡一下，我们会在午夜前后离开这里。”

“可是谢伊和弗利克受伤了，这样不会有点突然吗？”曼尼安小心翼翼地开口。

“多作逗留也无益，高地人。”他冷酷的脸在夕阳下依然那么黑暗。“我们时间紧迫。如果让黑魔君知道了我们的行动，或者知道我们曾出现在阿纳尔，他会立刻转移神剑，那我们就白费工夫了。”

“我和弗利克随时可以出发！”谢伊毅然宣布。

“我们走哪条路线？”巴力诺问道。

“我们会在今晚穿越瑞柏平原，大约走四个小时。幸运的话，我们不会在空旷的地方被发现，虽然我很确定骷髅使者一定还在找寻谢伊跟我的下落。我们只能期望他们不会追我们到阿纳尔。我之前没有告诉你，因为你必须先照顾自己，但每用一次精灵石，就会把我们的位置暴露给布罗讷和骷髅使者。任何灵界生物都能察觉到这些石头的神力，警告他有人用了类似的魔法。”

“那么说，当我们在迷雾沼泽用精灵石时……”弗利克开始感到害怕。

“你正好也告诉了骷髅使者你在哪里，”亚拉侬又露出那种气死人的微笑。“如果你们没有在黑橡林和雾里迷路，他们可能就在那里逮到你们了。”

一想到当时他们有多靠近死亡，谢伊浑身打了个冷战。

“如果你知道用这些石头会把灵界怪物引来，那你为什么不告诉我们？”谢伊生气地质问，“如果你知道使用的后果，为什么还给我们防身？”

“我警告过你的，年轻人。”亚拉侬吼道，他总是没什么耐心，“没有那些石头，你早就死了。更何况，它们有足够的能力抵御那些有翅膀的东西。”

他大手一挥，暗示这个话题已经结束，让谢伊变得更疑心也更气愤。观察入微的都林看在眼里，伸出手按住谷地人的肩膀，摇头示警。

“我们回到正题！”亚拉侬用一个比较平缓的音调继续说道，“让我说明接下来几天所要走的路线，不要打断我的话。通过瑞柏平原后，天亮时我们就会到达龙牙山脉脚下，这些山可以保护我们不被任何人找到。但真正的问题是，我们要翻山越岭到环抱着帕瑞诺的另外一边森林。所有通过龙牙山脉的隘口都会被黑魔君的爪牙严密监视，如果从其他地方翻过山脉，可能会让我们一半的人死在那里。所以，我们要选一条不一样的路，一条不会有人看守的路。”

“等一下！”巴力诺惊愕地大叫，“你不会是要带我们穿越王殿吧？”

“我们已经没有其他选择！我们可以在日出时进入王殿，穿越山脉，日落时从帕瑞诺出来，隘口的守卫完全不知情。”

“但是传言没有人能从那些洞里活着出来！”都林强调，跟巴力诺站在同一阵线，无法完全相信这个提案，“我们不怕活着的东西，但是洞里有死灵，只有死人才能毫发无伤地通过。从来没有活人从那里出来过！”

巴力诺点头附议，其他人则焦虑地在一旁看着，曼尼安和谷地人从没听过这个让人如此胆寒的地方。亚拉侬竟然对都林最后的评论露出奇怪的微笑。

“你的信息并不完全正确，都林，”一会儿过后他才继续说道，“我就曾经穿过王殿。那是可以做到的事，虽然并非绝对安全。洞穴里确实有死灵，这是布罗讷为了预防人类进入所布下的。不过，我的力量应该足以保护大家。”

曼尼安不清楚那个洞穴的事，但连巴力诺这样的人都会考虑再三，所以不管它到底是什么，他觉得应该是有让人害怕的理由。而且，自从经历过迷雾森林和沃夫斯塔之后，他就不再质疑那些神话故事和传说了。他现在关心的是，这个提议要带领他们穿越龙牙山脉洞穴的人，拥有什么样的力量，能够保护他们不被死灵所伤。

“旅程是有必然的风险存在的，”亚拉侬再次开口，“在我们出发之前，我们全都知道它的危险性。你们打算半途而废，还是坚持到底？”

“我们会跟随你。”仅迟疑了一瞬间，巴力诺马上应允，“如果我们能把剑夺回来，就值得冒这个险。”

亚拉侬微微一笑，深邃的双眼仿如洞悉一切般地和每一个人对望，他的视线最后停留在谢伊脸上。他的双眼仿佛能看穿谷地人内心的一切秘密和疑虑。虽然内心感到恐惧和不确定，谷地人还是坚定地瞪了回去。

“非常好！”亚拉侬阴沉地点着头，“现在离开去休息吧。”

他突然转身，朝着史托村庄的方向走去，巴力诺急忙跟上，显然是还有事情想问，其他人就这样看着两人离开。谢伊这时才发现天色已暗，太阳正缓缓落下地平线。一时间大家都没有动，然后才默默起身走回宁静的村庄，在午夜指定的时间到达前先小睡片刻养精蓄锐。

仿佛才刚刚入睡没多久，谢伊就被一只强壮的手摇醒，没多久，黑暗的房间就被火把照得通亮，谢伊的惺忪睡眼被炫目的光线刺得眯了起来。迷糊中，他看见曼尼安坚毅的脸，对方焦虑的眼神仿佛在告诉他离开的时间已经到了。他摇摇晃晃地起身，迟疑了一下随即匆匆换装。弗利克也醒了，正在更衣，在午夜的寂静时分看到他懵懂的脸让谢伊倍感安心，仿佛再次充满力量，变得能够经得起这趟漫长的冒险之旅。

几分钟后，三人就结伴穿过沉睡中的史托村落前去和其他伙伴会合。在这个没有月亮且多云的夜晚，周围的房子就像黑色的方块。这是一个适合走在户外的夜晚，黑魔君的手下很难搜寻到他们。走着走着，他还发现，他们的狩猎靴几乎没有在潮湿的地面上留下痕迹。一切都似乎对他们有利。

当他们抵达史托拉克西部边界时，其他人都已经在等着了，除了亚拉侬。在黑暗中的都林和戴耶感觉起来很不真实，他们来回踱步，不发一语，凝神静听夜里的声音，轻飘飘的身形就像影子一样。谢伊被精灵的独特特征所吸引，他们有着奇怪的尖耳朵，细眉毛往上弯曲。他在想其他人看自己的时候是否也和现在自己看精灵的方式一样。他们真的是不一样的物种吗？他想知道精灵一族背后的历史，亚拉侬曾经讲到过一次，后来就没有再进一步说明了。他们的历史也是他的历史。他想了解更多，也许只有这样他才能更好地了解自己的身世和沙娜拉之剑的传奇。

谢伊的视线移向高大的巴力诺，他像雕像一样站在一边，他的脸在黑暗中看起来很平凡，但他无疑是这次远征中最可靠的人。边境人给人一种金刚不坏之身的感觉，这种特质感染了所有人，给予他们勇气。即使是力量大于他的亚拉侬也无法像他那样激励大家，说不定亚拉侬就是因为这个理由才带着他一起来。

“正是如此，谢伊！”耳边突如其来的声音，让谢伊吓了好大一跳，穿着黑袍的浪人从他身边经过，示意其他人都靠过来。“我们必须趁着黑夜走完预定行程，大家要走在一起，眼睛盯着前面的人，不要交谈。”

说完，亚拉侬便领着大家，沿着一条小路往西离开史托拉克，进入阿纳尔森林。谢伊跟在曼尼安后面，他还没从刚才的惊吓中恢复过来，他回想起过去与亚拉侬的几次接触，也许他一直怀疑的事是真的。无论如何，只要亚拉侬在近处，他就要注意不要泄露自己的心思，虽然很难做到。

一行人到达阿纳尔森林西边，从这里开始就是瑞柏平原，时间比谢伊预期的要来得早。尽管夜色很暗，谷地人还是可以感觉到龙牙山脉就在远处。大家默不作声地互相看了一眼，随即不安地盯着前方的一片漆黑。亚拉侬率领众人穿越空旷的平原，未作停留也未放慢脚步。瑞柏平原坦荡无垠，完全没有天然屏障，可以说是毫无生气，只零星长了一些低矮的灌木，土质也非常硬实，干燥到裂开锯齿状的缝隙。他们默默地往前走，周遭一片宁静，但是他们随时眼观四路耳听八方，注意有没有不寻常的事情发生。在他们大约走进瑞柏平原三小时左右，戴耶做了一个手势让大家停住，他似乎听到后面有声音。他们安静地蹲低身子，但是好几分钟过去了，并没有发生任何事。最后亚拉侬耸耸肩，示意大家排好队重新上路。

在天亮之前他们便抵达了龙牙山脉，夜色依然深沉，前面的险峻山脉就像铁门上的巨钉，拔地而起。虽然已经走了很久，谢伊和弗利克还是觉得体力充沛，于是马上表示他们可以不作休息继续前进。亚拉侬似乎也想要立刻出发，就像赶着赴约一样着急。他带着大家沿着满布鹅卵石的小路缓缓上山，进入一个看起来像是峭壁上的矿坑的地方。弗利克一边走着，一边伸长脖子看向两侧山峰锯齿状的尖顶，龙牙山脉这名字取得真是恰到好处。

他们一路朝着矿坑走去，两旁的山脉开始逐渐向他们靠拢。除了前方的浅隘口，他们还可以瞥见另外一些更高的山。除非会飞，否则不可能翻越。谢伊停下来从脚下捡起了一块石头，好奇地研究起来。令他惊讶的是，这些石头表面很光滑，几乎像玻璃一样，泛着黑光，让谷地人想起南境用作燃料的煤炭。只是这些更结实，就好像经过打磨铸炼一样。他把石头递给弗利克，后者看了一眼，不感兴趣地耸了耸肩，就把石头扔了。

路开始变得曲折，周围都布满落石，让旅者看不见周围的山脉。有一段时间他们一直在一堆大石头间蜿蜒前进，不断往上爬，其他人完全不知道要爬到哪里，不过他们的领袖似乎胸有成竹。终于，他们爬到石堆上的一块空地，在这里他们可以把周围的峭壁看个清楚，现在已经接近矿坑的出口，前头的路也差不多到顶，过了上面之后，路不是往下就是平行切入山里。巴力诺在这里低声吹了一声口哨，打破了寂静，让一行人停了下来。他跟都林短暂交谈后，带着惊讶转向亚拉侬和其他人。

“都林很确定他听到有人跟踪我们的声音！”他很紧张地告诉大家，“这一次千真万确，后面有人。”

亚拉侬匆匆瞥了一眼夜空，眉头深锁，显然非常担心巴力诺所说的话。他犹豫地望向都林。

“我很确定后面有人。”都林断言。

“我不能停下来处理，我必须在天亮之前到达前面的山谷，”亚拉侬突然表示，“不管后面是什么，都必须等抵达后再说，事关紧要！”

谢伊从没听过这个人对哪一件事如此果断坚决，他看见弗利克和曼尼安两人脸上都出现同样惊愕的表情，三人互相看了彼此一眼。不管亚拉侬要在山谷里做什么，在他完成之前都不能被打断。

“我留后！”巴力诺自动请缨，拿出他的宝剑，“在山谷里等我。”

“两个人有照应，”曼尼安马上说道，“我跟你一起，以防万一。”

巴力诺淡淡一笑，向高地人点头表示同意。亚拉侬看了他一眼想要反对，然后简短地点了个头，示意其他人跟着他走。精灵兄弟加快脚步跟在亚拉侬后面，谢伊和弗利克犹豫不前，直到曼尼安示意他们快走。谢伊挥了挥手，不愿意抛下他的朋友，但意识到自己留下也帮不上什么忙。他回头看了一眼，瞧见两人分别躲在小路两边的石头间，宝剑在星光中闪着微光，他们的黑色狩猎斗篷与石头的阴影融为一体。

亚拉侬带着其余四人穿越横七竖八的石堆，继续往那看来应该是神秘山谷边缘的地方爬去。不消几分钟的时间，他们就站在山谷边沿，惊讶地看着眼前景致。山谷里满是碎裂的大小石块，微微泛着黑光，和谢伊之前捡起的那块石头一样。现在视线所及除了一个小湖之外，到处都是这种石头，而滞积的墨绿色湖水，上头还有小小的涡流，似乎显示湖里还有生命。谢伊马上觉得湖面上奇怪的动静有点不对劲，因为现在根本没有能够产生涟漪的风。他看向沉默不语的亚拉侬，见到他阴沉的脸上散发出奇异的光而大感震惊，高大的浪人若有所思地看着下面的湖，谢伊能感觉到他对这些搅动的湖水有股奇怪的渴望。

“这里是页岩谷，王殿的入口，也是累世亡灵的大本营。”从亚拉侬胸膛深处突然传出低沉的声音，“那个湖叫黑帝斯角，人类碰到湖水必死无疑。跟着我走进山谷，然后我就必须一个人过去了。”

不待任何回应，他便开始沿着山坡缓缓而下，稳步穿过那些松散的岩石，视线则牢牢锁住前方的湖。其他人困惑地跟着，但都能感觉到待会儿对他们所有人来说将是非常重要的一刻。这里是亚拉依的地盘。不知为何，谢伊意识到，这个历史学家、浪人、哲学家，这个带领他们穿越无数危险之地，他们称为亚拉依的谜样人物，最终回到了他的家。不一会，等大家都到达页岩谷后，他再次转向大家。

“你们在这里等我，等会儿不管发生什么事，你们都不能跟来，不能离开哪怕一步，直到我完成为止。我要去的地方只有死亡。”

当他离开大家走向那个神秘湖泊时，他们的脚仿佛生了根似的站在原地，目视着那个高大的身影不急不徐地往前走去，宽大的斗篷微微飘动。谢伊很快地看了弗利克一眼，紧绷的表情透露出他对接下来会发生的事感到恐惧。他脑子里突然闪过逃跑的念头，但马上就明白有勇无谋成不了事。他下意识地抓紧外衣，那个装有精灵石的袋子让他安心不少，它们的存在让他有安全感，尽管他怀疑连亚拉依都束手无策的东西他们可能也奈何不了。他扫过每一张焦虑的脸，然后把视线转回来，看到亚拉依已经走到黑帝斯角边，他似乎在那里等着什么。整个山谷陷入一片死寂，四人紧盯着一动不动站在水边的亚拉依。

高大的浪人慢慢举起双臂伸向天空，其他人目瞪口呆地看着湖面开始快速搅动，然后剧烈翻腾，紧接着整个山谷都跟着震颤摇晃，仿佛惊醒了某个沉睡的生命。大家吓得魂不附体，生怕会被某只伪装成山谷的可怕怪物给生吞活剥。当水从中间开始如沸腾般地汹涌起伏时，亚拉依还是不动如山地站在岸边，伴随着尖锐的嘶声，一层薄雾冉冉升起，从暗夜中传来呜咽之声，被禁锢的灵魂发出凄厉的喊叫，站在黑帝斯角旁的那人唤醒了他们。来自灵界的死亡之声嚎天动地，一股寒意瞬间从脚底贯穿全身，四人魂散九霄，全身僵住，无法移动，无法言语，甚至连思考的能力都失去了，任由灵界的声音向他们袭来，穿过他们的内心，警示他们无法预知和理解的事物。

在这令人胆战心惊的悲鸣声中，黑帝斯角水面出现一个漩涡，混浊的湖水中央升起一个佝偻老人的模样。他浮出水面后，仿佛站在湖面上似的，高大，清瘦，如鬼魅般呈现出半透明的灰色身体，如底下的池水般闪着邪魅的波光。弗利克的脸血色全失，这令人震悚的一幕意味着他们已经死到临头。亚拉侬还是纹丝不动地站在湖边，现在双臂稍稍放低，黑色的斗篷紧紧裹着他如雕像般的身躯。他的脸朝向站在他面前的那团黑影，看起来像是在交谈的样子，但是四人什么也听不到。每当那个来自黑帝斯角的鬼魅有所动作，都会升起一连串狂野的尖叫声。他们的对话持续不到几分钟，那幽灵突然转向他们，伸出他褴褛嶙峋的手臂，指着四人。刺骨的寒意袭向谢伊，锥心刺骨，有一瞬间他有种被死亡点名的感觉。然后那团黑影转身离去，向亚拉侬比了个再会的手势，便慢慢沉回黑帝斯角幽暗的湖水里消失不见，令人发毛的呜咽声也在低鸣哀嚎中淡去，沸腾的湖水再次恢复平静。

当曙光从东边的地平线升起时，站在湖边的亚拉侬似乎晃了一下，随即不支倒地。四人愣了一会儿，立刻冲过山谷跑到瘫倒的领导者身边。他们小心地弯腰查看，但是也不知道该怎么做。最后，都林轻手轻脚地去摇他一动不动的身体，嘴里叫着他的名字，谢伊摸着他的大手，发现他四肢冰冷而且脸色苍白。幸好几分钟之后亚拉侬稍稍动了动，深邃的双眼再次睁开，他们悬在心中的大石终于放下。他盯着大家看了一会儿，便慢慢坐起身来，他们全都紧张地蹲在他身边。

“一定是消耗太多精神了……”他摸着头喃喃自语，“我断开联系后就失去了意识，休息一下就好了。”

“那是什么东西？”弗利克马上问道，担心它随时可能再次出现。

亚拉侬似乎在思考他的问题，阴沉的脸痛苦扭曲，然后稍稍放松。

“一个失落的亡灵，被这个世界以及它的族人所遗忘的人，”他悲伤地表示，“他毁灭了自己，变成永世不朽的活死人。”

“我不明白。”谢伊说道。

“现在这些不重要，”亚拉依突然打断，“刚刚跟我说话的人是亡灵布莱曼，那个曾经迎战过黑魔君的德鲁伊。我跟他说了沙娜拉之剑、帕瑞诺之行以及我们一行人的命运。他所说不多，意味着我们的未来还有未定之数，除了一个人。”

“什么意思？”谢伊迟疑地问道。

亚拉依疲倦地站起来，默然地看着周遭，似乎在确定他跟布莱曼鬼魂的接触已经结束，然后转过来面对焦急等待着他的面孔。

“这件事实在不知道该怎么说，但是你已经到了这么远的地方，几乎就快要到终点了，你有知道的权利。当我召唤出禁锢在幽冥地狱中的亡灵布莱曼时，他对我们的命运作出了两个预言：他承诺我们会在两天内找回沙娜拉之剑，但是他也预见到我们其中一人可能过不了龙牙山脉，而那人却将是第一个拿到宝剑之人。”

谢伊想了一会儿后坦言：“我还是不明白。我们已经失去了韩戴尔，他说的应该是他吧？”

亚拉依轻叹：“不，你错了！年轻人，在预言的后半段，亡灵指着站在山谷边的你们四位，你们其中一人将无法到达帕瑞诺！”

在大石块的掩护下，曼尼安悄悄埋伏在通往页岩谷的路边，等着跟踪他们进入龙牙山脉的不速之客。卡拉洪王子则躲在他对面阴暗处，宝剑垂放在岩石上，用一只手抓着剑柄上的圆球。曼尼安握着自己的武器，紧盯着漆黑之中，他只能看到前面大约十五英尺的地方。虽然都林很笃定他们被跟踪了，但是等了半个小时，还是什么都没有。曼尼安不禁猜想跟踪他们的怪物会不会是黑魔君的爪牙，骷髅使者可以腾空而起，越过他们去找其他人。这个想法吓到了他，正当他要向巴力诺打暗号时，下面路上突然发出一记声响引起他的注意，他立刻卧倒。

某人拖着脚沿着蜿蜒的小路往上走来，在天空就要露出鱼肚白的微弱光线下缓缓穿梭在石块之间，声音清晰可辨。不管那是谁或是什么，他或它很明显没有预料到——或者更糟，根本不在乎——他们在上面埋伏，因为他完全无意掩饰来意。曼尼安飞快瞄了一眼，那个矮矮胖胖的人走起路来左摇右晃的样子，让他想起韩戴尔。他紧抓利亚之剑等着来人。攻击计划很简单，当入侵者一靠近，他会跳到前面挡住来人去路，而巴力诺则在同一时间截断他的后路。

高地人以闪电般的速度跳出石堆，面对面迎击神秘的入侵者，他的剑帮他在猛然停住的瞬间保持平衡。他面前的身影立刻蹲低身子，一只手亮出巨大的战锤。下一秒钟，准备好迎战的两人目不转睛地盯着对方，看清楚来者何人后，利亚王子惊呼出声。

“韩戴尔！”

巴力诺马上从暗处出来，刚好站在新来之人的后面，看到喜出望外的曼尼安又叫又跳地冲过去拥抱那小矮个儿，便放下一颗心，把剑收入鞘内，边笑边摇头地看着欣喜若狂的高地人和不断挣扎抱怨的侏儒。他们全都以为他阵亡了。这是他们从翡翠隘口逃出沃夫斯塔以来，他第一次觉得成功在望，他们一定会成功到达帕瑞诺，并找到沙娜拉之剑。

14

龙牙山脉的顶峰迎来了黎明破晓，伴随着不讨人欢喜的阴冷。低矮的云层和浓厚的朝雾完全遮断了太阳升起后所带来的暖意和光亮，疾风从贫瘠的岩地上呼啸而过，刮过峡谷，穿过斜坡与山脊，吹断本来就不多的植物，然后迅速穿过云雾，没有留下一点痕迹。风声就如巨浪拍打海岸时发出的咆哮声，低沉轰鸣。鸟儿在风中上下翻飞，只能听到模糊的叫声。在这么高的地方几乎没有什么动物，只有野山羊和栖居在岩石深处的鼠类。高山空气已经不只是冷，而是严寒刺骨，龙牙山脉山头覆盖着白雪，四季变化对这样的海拔已经没有多大的效果，这里气温很少达到三十度。

这是些险峻的山脉，广阔无垠，高耸挺拔。从今天早上开始他们就有一种奇怪的心理，从库海文成立的八人小组心中一直萦绕着这种不安的感觉，不是因为布莱曼恼人的预言，或是即将穿越禁忌的王殿，而是感觉某个东西正在等待着他们，躲在他们行经的区域，对他们充满恨意，看着他们一步步深入这些挡在古老王国帕瑞诺前的崇山峻岭。他们一路颠簸向北前进，身体紧紧包覆着羊毛斗篷御寒，低头躲避凛冽的冷风吹袭。峡谷周围覆盖着大量松散的岩石和裂缝，路况相当危险。不止一次，有人跌进松散的石堆和尘土中。不过那东西始终隐藏着不肯现身，只让大家意识到它的存在，等着那股感觉一点一点磨掉八人的防备，到时猎人就会变成猎物。

果然没用多久，疑虑就开始悄悄地啮咬着他们疲惫的心灵。寒冷和强风将他们彼此阻隔开来，无法沟通更增添不安的感觉。只有韩戴尔是免疫的，寡言独行的天性让他更加坚强，不被自我怀疑打倒，在翡翠隘口逃脱疯狂的地精让他暂时无惧死亡威胁。他一度濒临死亡边缘，近到最后只能靠本能拯救他。来自四面八方的地精像失心疯一样扑向他，似乎只有杀戮才能平息他们的怒火。他飞也似的溜进沃夫斯塔边缘，躲在灌木丛里不动，冷静地让地精虚耗体力，直到有个地精几乎快要碰到他。那个狩猎者还没反应过来，韩戴尔已经把他们侏儒特有的斗篷套在这名俘虏身上，然后大声呼救。兴奋的狩猎者一拥而上，但是黑暗中除了斗篷什么也看不清楚，他们不分青红皂白就将自己的同胞千刀万剐，碎尸万段。韩戴尔一直躲在山里，隔天才溜出隘口，再次死里逃生。

谷地人和精灵没有韩戴尔强烈的自持能力，亡灵布莱曼的预言让他们震惊，那些字句在狂风的呼啸声中不断重复，其中一句就是将有死别。虽然预言并没有提及这些字眼，但言外之意正是如此。没有人能够接受这样的未来，他们会想办法证明预言有错。

远在前方带着大家的亚拉侬，一边弯腰抵御狂风，一边在脑子里不断思考刚刚在页岩谷发生的事。他想了一百遍有关他跟亡灵布莱曼的会面，那年高德劭的德鲁伊自我放逐到幽冥世界，等待黑魔君终于被消灭的那一天到来。但现在并非那亡灵的出现让他如此心神不宁，而是它所带来的讯息。一颗凸出的石头让他脚下一个踉跄，差点失去重心。一只鹰尖叫着从灰蒙蒙的天上俯冲而下，越过远处的山脊。他稍稍转过来看看后面努力跟上他的一行人，他在页岩谷知道了比预言更重要的事情，但是他现在还不能将全部实情告诉这些信任他的人，就像他并未将沙娜拉之剑完整的故事跟大家说一样。他深邃的眼里有着熊熊怒火，这是他自作自受，没有据实以告让自己陷入这样的困境，有那么一瞬间，他想过要全盘托出。大家已经付出太多，但是这只是牺牲的开始……但下一秒钟，他立刻收回这样的想法，为了顾全大局，他言难由衷，只能片面吐露实情。

从清晨到中午，一行人沉闷地走着，一成不变的山路让他们产生没有多大进展的错觉。前方，一望无际的高耸山峰荒凉地出现在北方雾蒙蒙的地平线上。他们仿佛径直走进了一堵无法穿过的石墙。然后他们进入了一个宽阔的峡谷，突然间峰回路转，往下延伸缩成一条狭窄的通道，两边尽是险峻峭壁。亚拉侬带着大家穿越五里云雾，现在不但看不见地平线，就连风也静止了，突然间的静默仿佛是对旅人的耳提面命。走着走着，小路蓦地变宽，浓雾也渐渐淡去，前方峭壁出现一个巨大的洞穴，巉崖曲径也在这里告终。

这里便是王殿的入口。

庄严雄伟，令人敬畏。漆黑的入口两侧岩壁上雕凿着两尊巨大的武士石像，巨大的身躯高逾百尺，手持宝剑，剑身朝下，如门神般镇守着大门。它们的脸因为经年累月的日晒雨淋已经严重风化，但是眼睛看起来依旧炯炯有神。八人站在他们守卫的古老大殿前，似乎都能感受到它们的凌厉目光。入口上方的石壁上用早已失传的古语横镌着三个字，警告来人这里是死者安息的墓地。而偌大的入口后面，只有全然的漆黑和寂静。

亚拉侬召集大家聚到他身边。

“多年前，还没爆发第一次种族大战时，有一群狂热分子担任死神的祭司，他们来自何方早已不可考了。他们在这些洞穴里埋葬了四境的君王，以及王室成员、仆人、收藏品和他们大部分的财宝。传言只有死人才能在这里幸存下来，只有祭司才能看见已经入土的统治者。其他进入这里的人就再也没有出现过。随着时间流逝，祭司逐渐凋零，但是王殿中的邪灵依然存在，在祭司的遗骨还未化为尘土之前盲目地侍奉着。鲜有人能够通过……”

他在这里打住，看到听众们眼中出现疑问。

“我曾经穿越王殿，而现在，换成你们。我是一名德鲁伊，也是现今存世的最后一个德鲁伊。就像布莱曼，以及他之前的布罗讷，我也研究过黑魔法，我是一名术师。虽然没有像黑魔君一样的力量，但是我可以让大家平安穿越洞穴，去到龙牙山脉的另一边。”

“然后呢？”巴力诺轻声问道。

“有一条人们称之为龙崖壁道的狭窄栈道，可以下山。到了那边，我们就可以看到帕瑞诺了。”

语毕，所有人陷入一股奇异的沉默，亚拉侬知道他们在想什么。他决定不予理会，继续说下去。

“这个入口后面有好几个通道和房间，不知道路的人会觉得是个死亡迷宫。在我们进去后不久，会到达人面兽身隧道，这里的巨型雕像跟门前那些一样，不过是刻成半人半兽的形状。如果你看它的眼睛，马上就会变成石头。所以你们一定要蒙上眼睛，另外，还要用绳子系在一起。你们一定要将注意力集中在我身上，只想着我，因为它们拥有强大的念力，可以迫使你撕掉眼罩去看它们的眼睛。”

七人面面相觑，他们已经开始怀疑这是否是个明智的选择。

“过了人面兽身隧道之后，几个通往风啸回廊的走道都没有危险。风啸回廊那里有一种灵体叫作报丧女妖，它们的声音会把人逼疯，因此要捂住耳朵保护自己。切记，你们一定要把注意力放在我身上，让我的心智盖过你们的意向，以免你们的心神被那些声音摄去。你们一定要放轻松，不要抵抗我，了解吗？”

七人微微点头，动作小到难以察觉。

“通过风啸回廊，我们就到了王殿。那里就只剩一个关卡……”

他欲言又止，谨慎地看向洞穴入口，没有把话说完便直接示意大家进入黑暗的通道。他们心神不安地站在巨石像之间，灰雾萦绕在他们周围的峭壁上，漆黑的洞穴口就像猛兽在张口等待着他们。亚拉侬撕了几条布，分给每人一条，再利用一条长索将彼此绑在一起组成绳队。步履稳健的都林排在首位，卡拉洪王子则继续担任押队的后卫。确认绑好用来当作眼罩的布条之后，一行人手拉手形成一条人龙，小心翼翼地进入王殿。

洞穴里幽暗寂静，突然消失的风和他们脚步的回声更加深了它的寂静。走廊地面出奇地平坦，但弥漫在洞穴里的几世纪以来的阴冷迅速渗进他们的身体，冷得每个人直打哆嗦。一路上没有人说话，大家都试着让自己放松，听从亚拉侬的指挥走过几个弯。走在中间的谢伊，可以感觉到在黑暗之中，弗利克紧紧握住他的手。从穴地谷一路走来经历了风风雨雨，他们的关系早已超越家人，变得更紧密。不管发生任何事，谢伊觉得他们的情谊永远不会变。而曼尼安为他所作的付出，他也不会忘记。他想了想利亚王子这个人，过去几天来，高地人已经改头换面，变成截然不同的另一个人。当然，旧的曼尼安还在，但是谢伊却在他身上看到全新的面貌，有一种说不出的新气象。他们三人都有或多或少的改变，只有从整体上去了解才能发现。他在想，不知道亚拉侬有没有看到他的改变，因为他待他总是像个男孩，而非男人。

他们突然停了下来，在一片沉寂中，每个人的内心都传来了德鲁伊充满威严的声音：记住我的警告，把你的意识转向我，注意力集中在我身上！然后一路纵队继续向前行。蒙着眼的众人马上就感觉到前方有东西在等着他们，不动声色、耐心地观察着他们。随着时间过去，深入洞穴中的他们也开始发觉两侧静静矗立着某个巨大的东西，那就是有着人脸，但是头部以下却是某种野兽伏卧的样子。是人面兽身像！那些眼睛就映在他们的脑海，亚拉侬的身影渐渐模糊，他们开始跟自己的意志力较量，努力专注在德鲁伊身上。但是石兽强大的欲念不断渗入脑子，动摇他们的定性，双方一攻一守，互相对峙。大家开始感受到一股强烈的冲动，想要一把摘掉遮蔽视线的眼罩，随心所欲地凝视低头看着他们的怪兽。

就在人面兽身的靡靡之音即将吞噬众人最后的一丝定力之际，亚拉侬钢铁般的意识像锐利的刀锋般刺了进来，专注于我！他们内心本能地服从，猛地悬崖勒马，克制住拉下眼罩去看石像的念头。这场莫名的对抗战持续拉锯，一行人汗下如雨，气喘如牛，想要摆脱看不见的雕像，走出心里的迷宫。腰间的绳索，手上的人链，和亚拉侬威严的声音，将大家紧紧系在一起，没有一个人松手。德鲁伊坚定地带大家通过人面兽身像，他的视线锁定在洞穴地面，努力用意志力稳住大家的心。终于，石像的脸开始淡去，独留这些凡人在沉静的黑暗之中。

他们继续前进，穿越蜿蜒曲折的通道。然后，队伍又再次停了下来，此时响起亚拉侬低沉的嗓音，要大家把眼罩拿掉。他们犹豫着取下眼罩，发现自己在一条狭窄的隧道里，未经琢磨的粗石发出奇异的绿光，他们赶快看向其他人，确定大家都还在。德鲁伊默不作声地从头走到尾，测试绳索有没有牢牢绑住每个人的腰，并警告大家风啸走廊还在前头。他们先用小碎布塞住耳朵，再用布条整个缠住，以屏蔽报丧女妖所发出的声音，然后众人再度手拉手牵起人龙。

一行人在微弱的绿光下，缓缓穿越狭窄的隧道，因为耳朵被紧紧塞住，几乎听不道脚步声。这一段洞穴长逾一英里，之后豁然开朗，通道霎时放宽，变成一条凌空的廊桥，视线所及一片漆黑，仿佛进入了幽暗诡谲的幽冥炼狱，如果不是脚下还踩着地，他们真的以为地表要完全消失。亚拉侬毫不犹豫地带领他们走进前方的黑暗。

突然间，有声音响起，那种令人毛发直竖的恐惧感瞬间淹没众人。一开始的冲击渐渐变成穿脑魔音，如同万马奔腾，发出的嘶吼震天动地。但接下来却是惊悚的哭喊声，哀凄逾恒，仿佛经历了各种惨绝人寰的折磨，心如死灰般对救赎彻底绝望。吼声攀高成尖叫，刺耳的高音超乎常人所能忍受的极限，这种撕心裂肺的精神折磨肆无忌惮地吞噬众人的理智。恐怖的声音冲击着他们，反映出他们内心不断增长的绝望，如同敲骨吸髓般无情地将他们的勇气从内心剥离。

一切都发生在弹指之间，再下去，他们就将失陷。将死的众人二度获救，这一次是从彻底疯狂中被拉回来，亚拉依强大的意志力硬是冲过摄魂魔声，七人狂乱的心里出现他严酷的脸，喝令大家：放松，专注地想着我！恐怖的尖叫声和嘶吼声似乎逐渐变小，只剩下像耳鸣般的嗡嗡作响。他们步履蹒跚，机械地走过黑暗的隧道，心里紧紧抓着亚拉依抛出的生命线。虽然看不到墙壁在哪，但是反弹回来的尖叫声仍依稀可闻，洞穴里的大石被震得隆隆作响。报丧女妖的声音最后一次响起，试图打破德鲁伊建立的潜意识防线，孤注一掷般地激烈尖叫，但仍然无法推倒这道墙。声音的源头最后气力耗尽，陷入一片死寂。没多久，走道又再次缩窄，一行人通过了风啸走廊。

亚拉依让队伍停下时，众人浑身发颤，满脸是汗，就这样呆若木鸡地站着。他们摇摇头试着恢复思绪，解开了绑在腰上的绳索和缠住耳朵的布条。现在他们在一个小洞穴里，面对着两道被铁链缠住的巨大石门，他们身旁的石墙跟之前所看到的一样，发出奇特的绿光。亚拉依耐心等着大家完全恢复，招招手要他们往前，然后在石门前停了下来。他的手轻轻一推，厚重的石门便悄然打开，在一片寂静中，德鲁伊低沉的嗓音如耳语般响起。

“王殿。”

过去逾千年来，除了亚拉依之外，无人踏足过此禁地。一直以来，这里都维持原貌不受外界干扰，巨大的圆形洞穴，峨然矗立的光滑石墙，顶篷也跟他们所经过的隧道一样微微发出绿光。沿着圆形大厅的墙边，陈列着已逝君主的雕像，每一尊都朝向大厅中央一个外形为巨蛇盘绕的奇怪祭坛。雕像前堆放着殉葬的宝物，金银、珠宝、毛皮、武器，全是死者生前所拥有的财产。后面墙上则是密封的长型洞穴，里头停放着往生者的遗体，包括国王和他的亲族、奴仆。地窖上方还有墓志铭，用大家所不熟悉的文字镂刻着死者的身份地位和生平事迹。房间里积满尘埃，累积了好几世纪的灰土被行经的众人扬起一团尘雾。过去千年来，除了亚拉依之外从未有人冒渎这里的平静与恣意妄为，或是试图打开守护死者和他所属物的门，而现在……

谢伊莫名地浑身打颤，他可以感觉到有一个小小的、遥远的声音告诉他，他不应该在这里。并非因为王殿是神圣不可侵犯的，而是因为这里是坟墓，是先人葬身之地，不是活人应该来的处所。突然有东西抓住他，他吓了一跳，随即明白是亚拉依碰了他的肩膀。德鲁伊皱起眉，轻声叫住大家，压低音量对聚在绿光下的七人说道：

“穿越那边的门，就是圣堂，”他用手指引他们的视线到圆形大厅的另一头，那边又有第二道石门，“过了之后会有石阶，一路往下会走到一个温泉池。到了石阶尽头，就在池塘前有个火葬用的柴堆，那些埋葬在这里的君王死后会先停灵在那里，至于停几天，则视他们的身份与财富而定，据说这样他们的灵魂便能超脱生死。我们必须通过那里才能到达通往龙崖壁道的路。”

他深深吸了一口气，又徐徐吐出。

“之前我穿越这些洞穴时，我将自己隐身起来，躲避那些消灭入侵者的怪物，但我没有办法帮你们隐身。圣堂那里有些东西，那些东西的力量可能比我还大。虽然它无法感觉到我的存在，但是我很清楚地意识到它就躲在池塘深处。下了楼梯之后，沿着池塘两侧到对面的路都很狭窄，那是唯一的路，不管守护火葬柴堆的是什么，都会在那里攻击我们。等我们进去之后，巴力诺、曼尼安和我会走左边那条路，这样应该可以引诱它现身。当我们被攻击时，韩戴尔带剩下的人赶快从右边过去。一路跑到龙崖壁道不要停下来，听懂了吗？”

大家缓缓点头，谢伊觉得不太对劲，但无凭无据多说无益。亚拉依挺直七尺之躯，露出森然雪白的牙齿冷笑着。谢伊蓦地打了个寒战，庆幸自己不是这个神秘人的仇家。巴力诺抽出巨大的宝剑，剑身摩擦剑鞘发出嗡嗡声响，韩戴尔已经穿过王殿，一只手紧紧抓着他的狼牙棒。曼尼安也跟上，但行进间却迟疑了一下，忍不住瞄了一眼那些金银珠宝，心里一边揣度着拿一些有没有关系。谷地人和精灵跟在韩戴尔和巴力诺之后，亚拉依黑斗篷下的双臂交叉，意味深长地看着高地人，曼尼安转过头，用怀疑的眼神看着他。

“如果我是你，就不会打那些陪葬品的主意……”亚拉依警告道。“那些东西表面涂了某种致命毒物，碰了它，你的小命在一分钟之内就没了。”

曼尼安难以置信地瞪着他，回头又看了看那些宝藏之后，顺从地摇摇头。走到半路时他突然灵光一现，抽出两只黑箭，走到放满金币的箱子旁，小心翼翼地把箭插到金币堆中磨蹭；自己的手则握着箭尾。诡计得逞后，他满意地露出笑容，快步加入其他人的行列穿过王殿。不管石门后面有什么，正是测试这种毒药的最佳机会。大家紧紧跟在亚拉依身旁，手上的金属武器闪着寒光。室内的寂静被八人的呼吸声所打破，他们在紧闭的石门前挤作一团。谢伊回头看了王殿一眼。这个墓穴除了他们留下的脚印外，似乎未受打扰。因他们走过而扬起的尘雾在绿光中旋转漂浮，然后慢慢沉回到这个古老洞穴的地上。假以时日，所有他们走过留下的痕迹都会最终被掩盖。

亚拉依一碰，石门旋即开启，一行人无声地走进圣堂。他们现在在一个高台上，高台前方有个凹室，再往前就是一连串的下阶梯。而洞穴前面则是一个保存完整的大洞窟，富含矿物质的水经过千年滴落，在洞顶形成钟乳石，下方便是一个长方形水池。池水碧绿且平静如镜，当水滴落入池中时，仅漾开一晕涟漪便又静止不动了。大家小心翼翼又满怀恐惧地走到平台边，望向阶梯底下的石头祭坛，祭坛表面已经伤痕累累，有些地方甚至已经碎成石屑。石墙断断续续地发出阴冷的磷光，让这古老的洞室闪着一种诡异的荧光。

一行人缓缓步下阶梯，看到石头祭坛的表面刻了字，不过，很少有人知道这个词的意义，这个词源自于古老的地精方言，意指死亡。他们的脚步声在巨大的洞穴里来回震荡，走到阶梯底部之后，他们犹豫了一会儿，目光紧紧盯着寂静的湖水。亚拉依示意韩戴尔带着谷地人和精灵到右边，然后他带着曼尼安和巴力诺快步来到左边的走道。从现在开始，一失足将成千古恨。谢伊看着池塘对岸的三人，他们贴着凹凸不平的石墙沿着池塘边往后面的步道前进，池塘水面平静无波。走到一半的地方，谢伊才放松屏住的呼吸，第一次喘气。

然后深幽的池水突然高高卷起，出现一个巨大的蛇形怪兽。它的身上覆盖着一层厚厚的黏液，瞬间冲向天际，将钟乳石撞得粉碎，雷鸣般的怒吼震天价响。蹿出水面的巨兽全身扭曲着，它细长的前肢有着致命的钩状利爪，在空中不断舞动，而巨颚用力闭合，更是发出激烈的碰撞声响，露出森然可怖的黑色尖牙。它骇人的血眼怒目瞪视，畸形的头除了大大小小的肉瘤还长了触角，皮肤表面流淌着黏涎的浮渣和废料，嘴角渗出的毒液更是不断滴落水里，还冒出阵阵轻烟。怪兽疾视走道上的三人，释放出强烈的敌意，嘶嘶吐信，接着杀机乍现，它血盆大口一张，率先展开攻击。

大家立即作出反应。曼尼安发出沾有毒液的箭，朝着巨蛇裂开的大嘴飞去，砰地一声深深插进它的血肉里，怪兽痛苦地往后仰。巴力诺立刻掌握主导权，移到走道边缘，猛然攻击它裸露的前肢，但宝剑砍在鳞片上简直就是隔靴搔痒，只擦过浓稠的黏液，让他大吃一惊。它的第二只前足立刻甩向攻击者，目标对象马上扑到另一边躲过袭击。韩戴尔见状立刻催促精灵和谷地人从另一边冲向池塘对面的通道，但是他们其中有人误触了秘密机关，一片厚重的石板瞬间崩落，堵住逃生出口。在走投无路之下，韩戴尔奋不顾身地撞上前面的路障，但是石墙还是不动如山。

石板掉落的声音引来蛇怪注意，它撇下曼尼安和巴力诺，转向这些比较瘦小的敌人。如果不是骁勇善战的侏儒，此刻他们就完了。韩戴尔把石板和自身安全全部抛诸脑后，反射性地冲向快速逼近他们的巨兽，沉重的战锤直接砸进燃烧着熊熊怒火的血轮眼里。武器挟着的力道如此之大，以至瞬间打爆怪兽一只眼球。骤不及防的剧烈痛楚让蛇妖倏地往后冲高，一头撞上尖锐的钟乳石，巨大的身躯疯狂地东摔西撞，致命的石头碎片像石刀一样不断掉落。弗利克不慎被打到头，失去知觉，池塘边的韩戴尔，则是被埋在如瀑布般倾泻而下的碎石堆下一动不动。其他三人背抵着被封住的入口，巨大的怪兽赫然耸现在他们上方。

最后亚拉侬也加入了这场一面倒的对战。他高举双臂，伸出嶙峋的双手，手指好像小小光球般发出亮光。突然间，炫目的蓝色火焰从他的指尖飞射而出，攻击猛兽的头部。新一波的攻击威力震慑了因为剧痛和暴怒不断拍击水面且嘶吼尖叫的巨蛇，德鲁伊快步移到走道前方，展开第二波攻势，再度射出蓝色火焰攻向怪物的头部，让它一百八十度大翻转，往后翻倒撞到石墙上。气急败坏的巨蛇暴跳如雷，震松了挡住出口通道的石板。谢伊和精灵差点被巨蛇庞大的身躯辗爆，及时将昏厥的弗利克拖了出来。他们听到石板砰地一声往前倾倒，发现出口开通后立刻大声呼叫其他人。此时野兽回头打算攻击巴力诺，再度被亚拉侬的力量镇住，两人注意力都在巨蛇身上，只有曼尼安看见他们在喊叫，拼命向他们招手指着出口。戴耶和谢伊抬起倒地的弗利克，扛着他跑进前方的坑道。都林殿后，但是瞥见失去意识、还埋在碎石堆下的韩戴尔时停住了脚步，旋即回头，跑到池塘边，紧紧抓住侏儒瘫软的手臂，铆足了劲还是无法拉他出来。

“快滚！”突然看见精灵的亚拉侬大吼。

巨蛇趁着这个空当还击，锐利的前爪奋力一扫，将巴力诺抡飞撞上石墙。曼尼安旋即跳到野兽面前，却被它猛力撞昏。多处重伤的巨蛇痛苦难耐，只想抓到黑袍巨人，了断他的性命泄恨，它现在就要拿出终极武器来对付他。它那牙尖淌着毒液的血盆大口猛地张开，看见目标对象毫无防备地独自站着，突然向其喷射出一大片火焰，完全吞噬掉德鲁伊。都林目睹这一切的发生经过，惊愕地倒抽一口气。站在出口处的谢伊和戴耶，看到亚拉侬被烈焰灼身，吓到说不出话来。但是下一秒钟，炎火瞬间熄灭，亚拉侬毫发未伤，站在一脸惊愕的众人面前。他抬起手，手指射出蓝色火焰，重击巨蛇的头，它再度后倒。汹涌的池水冒出一团蒸汽，交杂着战斗扬起的尘土，让一切变得昏暗不明。

然后，巴力诺从一片朦胧中走到都林身边，他的斗篷已经支离破碎，闪亮的锁子甲也出现破损裂口，熟悉的脸庞满是汗水和血水。两人一起将韩戴尔从碎石堆下拉出来，卡拉洪王子一肩扛起不省人事的侏儒，示意都林走在前面，进入通道。边境人要谢伊和戴耶带上昏迷不醒的弗利克，不待他们是否听从，他一肩扛着韩戴尔，另一只手紧紧握着他的宝剑，径自消失在黑暗的走廊。精灵兄弟立刻遵从边境人的指令，但是谢伊有些迟疑，担心地搜寻曼尼安的下落。刚刚的杀戮战场现在惨不忍睹。在洞穴的另一边还能看到浑身是血、垂死挣扎的巨蛇，但就是不见曼尼安和亚拉侬。不一会儿，两人的身影同时从一团烟雾中走出，曼尼安一拐一拐地走着，手里还紧紧抓着长弓和利亚之剑，亚拉侬的斗篷破烂不堪，一身全是尘土。他不发一语，挥手叫谷地人走在他们前面，三人举步维艰地通过部分被封住的出口。

没有人记得接下来发生了什么，兵疲马困的一行人带着两个昏迷不醒的伤号，急忙穿过通道，只觉得时间过得像蜗牛一样缓慢，然后突然间他们就到了外面。午后的烈日刺得大家睁不开眼，他们站在危险陡峭的山壁边，右方就是蜿蜒的龙崖壁道，从这边可以一路走到下面山区。蓦然间，整座山仿佛地牛翻身一样隆隆作响，亚拉侬机警地发号施令，要大家赶快下山。巴力诺肩扛着昏迷的韩戴尔当先锋在前面带路，再下来是曼尼安，扛着弗利克的都林和戴耶紧跟在后，谢伊尾随三人，亚拉侬殿后押队。地底深处不断传出不祥的隆隆声，一行人在狭窄的步道上缓慢推进，一方面得注意头顶的突出物和落石，另一方面必须紧贴峭壁压低身子，以免失去平衡掉入万丈深渊。龙崖壁道这名字取得真是好，迂回曲折的绝壁天险，原本就需要高度的专注力和警觉心，现在又加上不断地震，让这个任务愈发困难。

他们步步为营，在这段危险的路上才前进了一小段距离，又听到新的声音，甚至盖过山里隆隆的响声。跟亚拉侬一起走在队伍最后的谢伊，原本还搞不清楚这是什么声音，直到他几乎站在声音源头时才恍然大悟。一个急转绕到北面山侧后，站在一块岩棚上的他，这才发现有个大瀑布从他们所在位置倾泻而下。大气磅礴的滚滚流水发出震耳欲聋的轰鸣声，以千军万马之势冲下深谷，穿越山脉后分成好几道支流，往东流入瑞柏平原。湍急的洪川从他们所站的岩棚下奔流而过，震荡出无数的白色水花。谢伊看得出神，在亚拉侬喝令下才匆匆上路，这时候他们已经落后其他人一大截距离，还一度因被岩石挡住视线而差点跟不上。

过了岩棚大约一百尺后，突然一阵地动山摇，这次震度比前几次都要来得大。谢伊立于其上的那一段路毫无预兆地断裂，壁道连同谷地人往下滑向山腰。谢伊惊声大叫，拼命挣扎试图阻止自己往下掉，他看到前方就是断崖，再停不下来就要坠落于底下的排壑怒涛之中。亚拉侬冲向前去，骨碌碌滚下山的谢伊扬起一片碎石飞沙。

“快找个东西抓着！”德鲁伊大吼，“稳住自己！”

谢伊手脚并用，费力扒着陡峭的岩壁，就在快要掉落悬崖的千钧一发之际，他死命抓住边上一块突出的石头，紧紧贴着几近垂直的峭壁，不敢动弹，他的手臂几乎要断掉了。

“撑住，谢伊！”亚拉侬鼓励他，“我去拿绳子来，不要轻举妄动！”

亚拉依叫唤其他人，但是他们能够帮上什么忙，谢伊已经无从知晓。就在亚拉依大声求援的当儿，大地再次震颤，震松了原本就已经命悬一线的谷地人，谢伊根本来不及思考就摔落悬崖。他手脚胡乱挥舞着，就要一头栽进湍急的河水中。亚拉依眼睁睁看着谢伊摔落水中，被激流冲往东边平原方向，谢伊就像浮木般在急流中载浮载沉，失去了踪影。

15

弗利克不发一语地站在龙牙山脉脚下，茫然望着天空。黄昏的余晖将他壮实的身躯倒映在他身后冰冷的岩石上。他静静地聆听了一会儿周遭的声音，他左边同伴发出的含混不清的话语声，前方森林的鸟儿发出的唧唧叫声。而他自己脑海里有一瞬间还听到了谢伊坚定的声音，他回想起他弟弟在这些天所面对的不计其数的危险面前是多么的勇敢。现在谢伊不见了，也可能丧命了，他被河水冲到了这座险峻大山另一面的平原。他轻轻摸着自己的头，感觉头上肿了一个包，被石头砸中的地方还隐隐约约感到疼痛，都是因为自己昏迷不醒，才没有办法在他弟弟最需要他的时候伸出援手。在遭遇骷髅使者和地精时他们都作了牺牲的准备，甚至作好了死在王殿的打算，却没料到最后竟然败在大自然的手下，他们差一点就成功了，这样的结局任谁都无法接受。这股锥心之痛啃噬着弗利克，让他想要大喊出声，但就算是现在，他也不能这么做。内心气结难纾的他，只强烈感受到自己的无用。

曼尼安的反应截然不同，他因为受伤而驼着背，在距离谷地人几码外的地方，暴躁地反复踱步，就像一只无可奈何的困兽。怒火中烧的他虽然知道自己无法帮谢伊做些什么，但这样还是无法减轻他的罪恶感。如果他没有让谢伊单独和德鲁伊留在后面，或许有办法阻止这一切的发生。然而他知道这不是亚拉依的错。他已经尽一切可能保护谢伊了。曼尼安愤怒地来回走动，用力把尖锐的鞋跟插入土里泄愤。他拒绝承认寻剑之旅已经结束，因为这么做就等于承认了此次任务失败，现在距离沙娜拉之剑只剩下一步之遥。他停下来反复思量他们的搜寻目标，现在他还是觉得一切并不符合逻辑。即使他们找到了宝剑，一个人怎么有办法对抗像黑魔君那样的怪物，更遑论是个少不更事的男孩？但他们不会有机会知道真相了，因为谢伊很可能已经死了，即使没死，他也不知去向了。曼尼安蓦地明白他们之间看似寻常随意的友谊对他有多么重要，他们从未讨论过这个话题，但是这份情谊却始终如一，对他来说弥足珍贵。然而现在已经化为乌有，曼尼安既气愤又无奈地咬住下唇，不断来回踱步。

其他人聚在龙崖壁道底部，都林和戴耶两人交头接耳，精致的五官因为忧虑纠结在一起，目光低垂，只偶尔看向对方。韩戴尔则靠在旁边的树干上，平常总是沉默寡言的他，现在看起来郁郁寡欢，难以亲近。他的肩膀和腿上都绑着绷带，没有表情的脸上有着和巨蛇对战时留下的伤疤和瘀青，他想到了自己的家乡、家人，有一瞬间还希望能在一切结束前再看一次青山绿水的库海文。他知道如果没有沙娜拉之剑，没有谢伊，他的家园将遭到北方大军的践踏蹂躏。巴力诺也有着跟韩戴尔一样的想法，他看着亚拉依独自一人远远站在小树林旁，不发一语，一动不动。他知道他们现在正面临着无法选择的选择，一是放弃寻剑之旅，原路折返各自家园，或许顺道搜寻谢伊下落；二是继续前往帕瑞诺，即使没有勇敢的谷地人也要夺下沙娜拉之剑。和弟弟大吵的回忆从他脑子里飘过，他哀伤地摇摇头，等他回泰尔西斯时，他也有自己的问题要解决，不管作出什么样的决定，都没有办法皆大欢喜。他从未跟别人提起过这件事，此刻他的个人问题是次要的。

突然间，德鲁伊转身快步走向他们，他的心里显然已经有了决定。大家看着他走近，行进间黑色长袍随风摇曳，尽管在这么挫折的情况下，他的脸看起来依旧坚决果敢。曼尼安停下脚步，心脏疯狂跳着，等待即将发生的分歧和对峙，因为高地人已经胸有定见，他猜想亚拉侬的选择一定跟他不一样。弗利克捕捉到利亚王子脸上露出一丝恐惧，但是也看到他振作起来，带着一股奇异的勇气。随着亚拉侬的靠近，他们全都站起来聚在一起，踌躇之间，又累又沮丧的他们突然有了绝不言败的新念头，再次抖擞精神。他们不知道亚拉侬要说什么，但是他们知道大家已经走得太远，牺牲太多，不能现在就说放弃。

他站在大家面前，深邃的双眼交织着各种复杂的情绪，当他开口时，从他嘴里吐出的话仿佛结了霜似的，尖锐地划破宁静。

“或许我们已经落败了，但是在这里就回头，不仅别人瞧不起我们，连我们自己都会唾弃自己。如果我们注定要被北境的邪恶力量打倒，那么我们就必须回去面对。我们不能够退缩，期待在我们和敌人之间出现奇迹。如果死亡终究要来，我们也要拿到沙娜拉之剑，正面迎战，至死方休！”

他铁了心决定背水一战，大义凛然的发言连巴力诺都感到莫名激动，浑身战栗。所有人都对德鲁伊不屈不挠的坚定意志感到万分钦佩，为自己能够跟他并肩作战，获选成为这项危险任务的一员感到自豪。

“谢伊怎么办？”曼尼安突然开口，德鲁伊穿透力十足的眼神转向他，“谢伊会怎么样？这次远征最初的缘由不就是因为他吗？”

亚拉侬缓缓摇头，再次考虑谷地人的命运。

“我也不知道。他被河水冲往平原，可能还活着，也可能已经遭遇不测，但是现在我们爱莫能助。”

“所以你的建议是要我们忘记他，去找沙娜拉之剑——没有了他，那把剑只不过是一块废铁！”曼尼安愤怒地大喊，他压抑已久的挫折感一股脑儿全倒了出来。“除非我知道谢伊怎么了，否则我不会再前进一步，即使这意味着放弃任务，我也要找到他。我不会背弃我的朋友！”

“注意你的口气，高地人！”亚拉侬慢条斯理地嘲讽道，“少愚蠢了。把失去谢伊怪到我头上根本毫无意义，因为我是最希望他毫发无伤的人。你这是在无理取闹。”

“说够了没有，德鲁伊！”曼尼安大怒，不计后果地往前跨出一步，亚拉侬对于失去谢伊的冷漠反应让他的脾气爆发。“几个星期以来我们一直跟随着你，跋山涉水，赴汤蹈火，也从未质疑过你说的话，但是这件事已经超乎我的忍耐极限。我是利亚王子，不是呼之即来挥之即去的乞丐，不是只关心自己的小人！我跟谢伊之间的友谊对你来说无关紧要，但是对我而言，我们的情谊更胜于一百把沙娜拉之剑。站一边去！我要走我自己的路！”

“蠢材，你算什么王子，不过是跳梁小丑，竟然说出这样的话！”亚拉侬大声斥责，脸上表情因为怒气而僵硬，两手抱拳攥得关节咯咯作响。其他人被反目的两人吓得脸色发白冷汗直冒，在两人就要爆发肢体冲突之前，赶紧介入他们之间，晓之以理动之以情，担心他们一旦分裂，事情就真的没了指望，任务将在这里划下句号。只有弗利克原地不动，他脑袋里仍然想着谢伊，对自己的无能为力感到憎恶。他知道曼尼安说出了心里的想法，没有谢伊的消息他就不会离开这里；但亚拉侬似乎总是比他们知道更多，他的决定一直都没有错过，现在完全无视德鲁伊的话似乎不太对。他内心挣扎着，试着猜想谢伊在这样的情况下会怎么做。忽然脑中灵光一闪，他已经有了答案。

“亚拉侬，我有个办法……”他突然开口大喊，盖过其他人的声音，所有人同时看向他，对他坚定的表情暗暗吃了一惊。亚拉依点头表示他在听着。

“你拥有跟亡者对话的力量，我们在山谷里曾经看到你这么做，你不能分辨谢伊的死活吗？如果你能够唤出亡灵，就一定能够找到活人。你可以找出他在哪里，不是吗？”

所有人又同时转向德鲁伊，等着看他会怎么做。亚拉依深深叹了一口气并低下头来，暂时忘记了对曼尼安的怒意。他思忖着谷地人的提问。

“我是办得到……”他的响应让大家喜出望外，大大松了一口气，“但是，我不会这么做。如果我用我的力量找出谢伊，不管他是生是死，都等同于把我们的行踪直接泄露给黑魔君和骷髅使者，这样他们就会有所警觉，在帕瑞诺等我们自投罗网。”

“如果我们去帕瑞诺的话……”曼尼安板着脸打断他的话，亚拉依愤怒地转向他，刚平息的怒气又上来了，所有人再度跳出来拉开他们。

“够了，快停下来！”弗利克生气地发号施令，“这样对谁都没有帮助，尤其是谢伊。亚拉依，一路上我从未要求过什么，我也没有权利要求，是我自己选择要来的。但是现在我有这个权利，因为谢伊是我的弟弟，也许我们没有血缘关系，甚至不属于同一种族，但是我们的感情比亲兄弟更亲。如果你不用你的力量找出他在哪里，那么我会跟曼尼安走，直到找出谢伊为止。”

“他是对的，亚拉依……”巴力诺徐徐点头，大手轻放在小谷地人的肩上，“不管我们会出什么事，这两人有权利知道谢伊的下落。我知道如果我们被发现意味着什么，但是我认为我们必须冒这个险。”

都林和戴耶也点头如捣蒜。德鲁伊看向韩戴尔，但是寡言的侏儒不说也不动，就这么和他四目相对。他环视每一张脸，一边衡量着沙娜拉之剑的价值和失去两个伙伴的风险得失。他心不在焉地凝视着落日，黄昏的暮色洒落在山脉上，在昏暗中泛起一抹抹红紫。这是一趟艰辛的旅程，大家都没有得到什么，反而还损失了一员。这看起来就像是一个错误，他可以体会到他们不愿意再继续下去。他理解地对自己点点头。他的眼神再次回到其他人身上，看到他们的眼神熠熠生辉，认为他已经同意了弗利克的要求。连个默许的微笑也没有，亚拉侬坚定地摇摇头。

“决定权在你们手里，我会遂其所愿。退后，在我开口之前，不要跟我说话也不要靠近我。”

众人闻言纷纷后退，留下他一人站在原处。他低头凝神，双臂交叠胸前，大手埋在黑色长袍里，万籁俱静，只有远方隐隐飘来的黄昏的声音。这时德鲁伊突然全身僵硬，一束白光从他紧绷的身体绽放开来，光芒夺目，让人睁不开眼，然后光线逐渐扩散，瞬间大放光明，亚拉侬隐没在白光中央，下一瞬间耀眼光芒倏地消失，亚拉侬仍在原来的位置，在黑暗中一动不动，然后砰然倒地，一只手紧紧压着前额。其他人见状只稍稍迟疑了一会儿，便不管他先前的吩咐，立刻飞奔向前，担心他受了伤。亚拉侬不认同地看着大家，对他们违背他感到愤怒，但是在他眼里的却是一张张忧心忡忡的脸。虽然他们来自不同种族、不同国家，有着不一样的人生，但这六人即使在经历了这一切之后，对他还是真诚以对，这让他深受感动，有股奇异的暖流流遍全身。这是失去谢伊后，亚拉侬第一次有如释重负的感觉。他颤抖着站起身来，轻轻扶着巴力诺强壮的手臂，刚刚殚思极虑地搜寻谢伊让他元气大伤。稍事休息后，他露出虚弱的微笑。

“我们的年轻朋友确实还活着，我能感觉到他的生命迹象，就在山的另一边，他可能被冲向东边平原的河流附近。他身边还有其他人，我得进行深入的心灵探索才能确定他们的意图，如果这么做的话，不但会泄露我们的位置，还会让我变得虚弱无力。”

“所以他还活着，你确定吗？”弗利克急切地问道。

亚拉侬点头确认，大伙儿终于露出放心的笑容。弗利克满心欢喜，曼尼安拍拍他的背，自己也高兴得手舞足蹈。

“现在问题已经迎刃而解……”利亚王子雀跃不已，“我们必须重回龙牙山脉找他，然后再继续前往帕瑞诺夺回宝剑。”

当亚拉侬摇头否决时，他的笑脸瞬间僵住，怒火随之取代喜悦，其他人也目瞪口呆，因为他们确信德鲁伊自己应该也会这么提议才对。

“谢伊在地精的手里……”亚拉侬一语道破，“他正被带往北边，很有可能是去帕瑞诺。如果我们要找他，就必须穿越守备森严的龙牙山脉，一路追到地精遍布的平原。这会耗费更长的时间，我们的行踪也马上就会暴露。”

“说不定他们已经发现我们了……”曼尼安怒吼，“那是你自己说的。如果谢伊落入黑魔君的手里，我们会怎样？如果没了持剑者，沙娜拉之剑于我们何用？”

“我们不能够抛弃他。”弗利克恳求，不由自主地往前跨出一步。

其他人不发一语，默然站在一旁，等着亚拉侬作出解释。黑夜彻底降临，他们几乎无法辨认出彼此的脸。月亮被阻挡在山巅之外。

“你们忘了预言……”亚拉侬耐心地劝告，“预言最后一部分断言我们其中有一人将无法看到龙牙山脉的另一边，但此人将会第一个拿到沙娜拉之剑，现在我们知道这个人就是谢伊。除此之外，预言还说经过两晚之后，我们就会看到宝剑。看来命运会让我们重新团聚。”

“那对你来说可能很有说服力，但是对我而言还不够，”曼尼安直截了当地表示，一旁的弗利克拼命点头，“我们怎能相信鬼魂说的鬼话？你是要我们拿谢伊的生命当赌注！”

亚拉侬怒火中烧，努力压下自己的脾气，最后平静地看着两人，失望地摇着头。

“你们一开始不也是不相信传说吗？”他轻声问道，“你们不是曾在你们所属的世界里见过灵界的据点了吗？我们不是从一开始就在对抗力量超乎常人的生物吗？你们亲眼见识过精灵石的威力，为什么如今又全盘否定，只相信你的理智，用符合常识的逻辑来看这个世界——你们的物质世界？为什么你们就不能转换一下思维，相信这世界有超乎你们所能理解的存在呢？”

他们无言地看着他，虽然心里明白他是对的，还是不愿意放弃寻找谢伊的计划。这次的旅程就是以梦想和传说为前提展开的，而非基于常识的行动，如果突然又决定要回归现实确实很可笑。从逃离穴地谷的那一天开始，弗利克就看破了这一点，有些事不能只用理智看待。

“不必担心谢伊。”亚拉侬安慰道，突然走到他们身边，将他的手放在每个人的肩上，“谢伊还带着精灵石，它们的力量可以保护他，还能引导他找到沙娜拉之剑。幸运的话，找到宝剑就能找到他。现在所有的方向都指向德鲁伊要塞，我们必须确保我们在那里，给予谢伊任何我们所能给予的援助。”

其他人已经整装待发，他们的轮廓在黯淡的星光下就像阴影一样。弗利克凝望北方黑暗的森林，龙牙山脉前的低地长满树木，茂密的丛林当中有个像是方尖塔一样突起的地方，这就是帕瑞诺的峭壁，峭壁之巅就是德鲁伊要塞，沙娜拉之剑就在那里，那也是这次探险的终点。弗利克看着孤高的尖塔好一会儿，然后转向曼尼安，高地人不太甘愿地点了点头。

“我们跟你们去。”弗利克在寂静中低语道。

上游河道穿行在山脉之间，湍急的怒涛不断拍击着两侧陡坡，水势汹涌澎湃，朝着东方奔流而去。掉落水里的漂流物一路顺流而下，河道弯曲跌宕，急流险滩处处。随着地势渐趋平缓，河道也变得开阔，然后逐渐分流，流入瑞柏平原上的丘陵低地。就在其中的一条小支流，有个人用皮带把自己绑在断裂的树干上，终于被冲上泥泞的河床。因为溺水而昏迷的他，身上衣服破烂不堪，皮靴也不知去向，从上游被冲到这里的他一路上持续受到撞击，不但脸色发白，还沾了血。苏醒之后，他知道他至少已经到陆地了，虚弱地把自己从树干上解下来，手脚并用，吃力地爬上岸，躲进山岗上的草丛中。好似本能反应一般，他伤痕累累的手摸向腰间寻找小皮囊，好险没有弄丢，于是用皮带紧紧地捆好。不一会儿，他气力耗尽，沉沉睡去。

白天的宁静和温暖让他睡得十分安稳，一直到下午微风轻轻吹起，带着凉意的青草拂过他的脸，他已经有点醒了。不过这里还有其他的东西，他突然感觉到有危险逼近，但是身体实在太沉重了，他只能勉强坐起来。山顶约莫十到十二人，看到他时大吃一惊，迅速下山跑到他身边。他们粗手粗脚地把他翻过来，将他的手拧到背后，用皮带牢牢地捆起来，他的双脚也被绑住。最后，他被翻过身来，这才看到俘虏他的人是谁，没想到最恐惧的噩梦真的应验了。这些人黄皮肤短身材，穿着樵夫装，以短剑为武器，几天前他听过曼尼安描述翡翠隘口一役，很快就认出这些特征。他害怕地看着地精锐利的眼睛，他们对他一半人类一半精灵的外貌感到惊讶，对他身上不寻常的南境装束也觉得诧异。最后，他们的首领蹲下来对他搜身，谢伊在挣扎中挨了好几次打，当地精拿走装着精灵石的皮囊时，他终于放弃反抗，躺着不动了。

地精们好奇地围在一起，三颗蓝色石头被倒到首领手中，他们你一言我一语地讨论着，没有一个人知道他拿这些石头作什么用，以及他是在哪里找到这些石头的。最后他们决定俘虏和石头都必须带回帕瑞诺营地，让高层来处理。地精将他们的俘虏拖离地面，割断脚上的皮带，强迫他往北边走，还不时推推因为疲惫而慢下脚步的他。一直到太阳下山，他们仍持续行进。而此时，在龙牙山脉另一边的德鲁伊正努力用他的力量找出失踪的谢伊。

在一个漆黑寂静、星月无光的凌晨，一行人终于站在帕瑞诺脚下。此时此刻对他们来说，将是一辈子的回忆，一双双充满期待的眼睛由下往上仰视拔地而起的参天石墙，一旁的松树和橡树都自愧弗如。高耸的峭壁越过树顶后，继续往上延伸到顶端的建筑——德鲁伊要塞。这是一座城堡式的要塞，城墙由石块修砌而成，圆形和方形的塔楼具有重要的战略功能，建有防御工事，固若金汤，易守难攻，这里便是已经灭绝的种族德鲁伊的据点。在这个铜墙铁壁内，有着人类对抗灵界的胜利纪念物，那是很久以前各族勇气与希望的象征，随着世代更替逐渐为人所遗忘，那就是不可思议的沙娜拉之剑。

就在七人站在那儿观察德鲁伊要塞时，弗利克的心思飘回到日落时从龙牙山脉出发后所发生的事情。他们快速走过帕瑞诺森林外围的草原，没几个小时就顺利来到漆黑的森林边缘，亚拉侬也跟他们大致讲述了接下来可能发生的情况。他说，如果不知道方法，一般人是无法通过这个森林的，黑魔君在这里设下许多危险的障碍，吓阻试图接近德鲁伊要塞的人。森林里到处都有大灰狼，不管是两只脚的还是四只脚的，只要被它抓到，几秒钟之内就会被撕个粉碎。通过狼群的考验之后，城墙底部则布满了无药可解的有毒荆棘。不过足智多谋的德鲁伊显然有备而来。他们进入黑森林后，没有挑选其他路径，而是直奔要塞，亚拉侬警告大家要紧跟着他，不过这样的警告有点多余，只有曼尼安迫不及待地往前冲，但是一听到狼嗥声，马上又折回来。在他们进入森林几分钟后，狼群马上出动了，猩红的双眼充满敌意地盯着猎物，血盆大口露出狰狞獠牙，不断发出的低呜声令人不寒而栗。但是就在它们准备一拥而上时，亚拉侬突然发出一个奇怪的口哨声，音频之高令人类无法察觉，却让咆哮的狼群一哄而散，在附近徘徊一会儿后便落荒而逃，悲嗥声不绝于耳。

狼群其后又出动过两次，虽然不知道是不是同一群狼，但在观察过亚拉侬口哨声的效果后，弗利克倾向于相信它们是不同的狼群。一行人轻轻松松就来到城堡脚下的荆棘屏障前。但是这里布满了大量的有毒棘刺，看来这次就算是神通广大的亚拉侬也过不去了。不过他提醒大家，这里是德鲁伊的家乡，而非黑魔君。他带着大家从右边绕着荆棘的边缘走，一直来到某一个点，他走向附近某棵橡树，从弗利克眼中看来，这棵橡树就是一般寻常橡树，亚拉侬从这棵橡树量出一段距离，在荆棘前方地上做了一个记号，点点头知会其他人这里就是入口处。让大家惊讶的是，这名神秘学家就这样走进如剃刀般锋利的棘刺，消失在蔓草间，不一会儿后又毫发无损地出现。他压低声音解释，这个点的荆棘是假的，是通往要塞的秘密通道，其他地方也有，但是肉眼很难分辨出来。一行人忐忑地走过几可乱真的荆棘，发现尖刺真的不会造成任何伤害，最后终于来到帕瑞诺的城墙下。

这一切对弗利克来说实在太不可思议。这趟旅程感觉就像是永无止境，他们遇到的危险一个接着一个。他们饱尝艰辛，总算来到这里，现在剩下的就是攀上峭壁夺回宝剑，这不是件容易的事，但是再难也难不过他们曾经经历过的种种。他仰望城垛，审视照亮城墙的火炬，知道有敌军守卫着这些高墙和里面的宝剑。他想知道敌人究竟是谁，或是什么。不是地精或巨人，而是真正的敌人——属于另一个世界的怪物，但却以某种莫名的方式入侵这个世界，奴役这里的人们。他想知道有朝一日自己会否知道这一切事情背后的原因，他们为什么站在这里，传说中的沙娜拉之剑到底有什么威力，他对一切的一切依旧不明就里。现在他只想完成任务，然后活着离开这里。

他的思绪突然被打断，亚拉侬示意大家走向陡峭的岩壁。这一次他又在找些什么，几分钟后他停在峭壁某处平滑的表面前，触碰了岩石里的某个东西，隐藏的门倏地开启，露出秘道。亚拉侬入内片刻后，带着未点燃的火炬回来，给每人一把火炬后交代大家跟着他走。他们鱼贯入内，刚刚通过的石门悄然关上，四周旋即陷入一片漆黑。他们透过通道前方摇曳的火光，眯着眼勉强看到有条石阶往上穿越岩石，他们小心翼翼地将手上的火把点亮，提供必要的光线。亚拉侬伸出一只手指放在嘴唇上，暗示大家保持绝对静默，然后就转身爬上潮湿的石阶，他的黑色长袍在他行进时轻轻摆动，整条通道都被他的黑色身影挡住。其他人不发一言地跟着，开始突袭德鲁伊要塞。

螺旋状的楼梯一圈圈盘旋向上，眼前不断重复的画面让他们忘了已经走了多远。通道逐渐变得温暖，呼吸也越来越顺畅，墙体和台阶的湿气逐渐减弱，最后完全消失。他们厚重的皮猎靴轻轻刮在石梯上，在寂静中低声回荡。走了数不清的楼梯之后，终于走到通道终点，前方的去路被一道沉重的木门挡住，而亚拉侬再次证明了他知道要怎么走。他触碰门边镶条，木门随即开启，一行人进入一间大房间，里头有好几条通往外头的通道，每一条都灯火通明。快速扫过每一条通道后，看来没有人在里面，亚拉侬再次要大家靠过来。

“现在我们在城堡下方，”他用几乎听不到的声音解释给挤在他身边的人听，“如果我们能够隐秘地进入放置沙娜拉之剑的房间，或许可以避免正面冲突。”

“好像有点不对劲……”巴力诺提出警告，“卫兵都到哪儿去了？”

亚拉侬摇头，表示他不知道，但是其他人同时也看到了他眼里的担忧，看来事情有些古怪。

“我们要走的信道通往供暖系统的主要风管，那边有一条楼梯直通中央大厅。在我们到达那边之前不要交谈，眼睛记得放亮点！”

不待任何回应，他转身走向其中一条隧道，其他人赶紧跟上。这条通道盘绕向上，走了一小段距离之后，似乎又回到原点。巴力诺丢了火炬，走了几步之后便抽出他的剑，其他人马上跟到他后头。他们蹲伏前行，牢牢固定在洞穴岩床铁架上的火炬，将他们的身影映在石墙上，看起来就像某个鬼鬼祟祟试图躲避光线的怪物一样。他们蹑手蹑脚地穿越这些古老的通道，德鲁伊、两位王子、谷地人、精灵兄弟和侏儒七人全都充满期待，随着狩猎即将结束，收网前的兴奋感淹没了他们。他们一个一个沿着通道墙边分散开来，准备好武器，提防任何危险的讯号，然后稳稳地往前移动，朝着德鲁伊要塞的核心迈进。然后，开始传来了一些声音，听起来隐约像是沉重的呼吸声，还有一股气流愈来愈热。前方就是通道的终点，石门上有个铁制把手，后面房间的光线从门缝透出来，那个神秘的声音愈来愈清晰。那是嵌在他们脚下岩石里的机器在有节奏地进行抽吸所发出的声音。在亚拉侬无声的指示下，他们靠向紧闭的门。

德鲁伊一打开沉重的石门，众人突然遭到一股热气侵袭，猛地从肺部直冲胃部。他们倒抽了一口气，犹豫了一会儿才进入房内，身后的石门随之关上。他们马上就知道自己在哪里，这里有个环型通道跟一个大型坑洞，深度估计超过百尺，底下还烧着某种东西，烈焰直冲洞口。这个坑洞占去房间大部分空间，只留下几尺宽的走道，旁边用铁栏杆围着，天花板和墙壁有许多暖气输送管，将热空气传送到城堡各处。输送的量则由一个隐藏式的抽气系统来控制，因为现在是晚上，抽气系统被关闭了，相较于坑洞底部的炽热，信道附近的温度还在忍受范围内。如果下面火力全开，任何走过这里的人都会遭到瞬间蒸发。

曼尼安、弗利克和精灵兄弟停在栏杆边一探究竟。韩戴尔踌躇不前，不同于老家开阔的树林，这里狭窄的空间让他非常不舒服。亚拉侬走到巴力诺身边，两人交头接耳，不安地环视几道紧闭的门，然后指向一个通往上方大厅的螺旋梯。最后，两人似乎达成某种共识，示意其他人赶紧跟上。韩戴尔巴不得立刻离开这里，曼尼安和精灵兄弟闻言也马上加入，只有弗利克目光还流连于下面的火焰而逗留了一下。这短暂的延误却造成了意外的结果，当他抬起眼睛无意识地瞥向房间另一头时，赫然看见黑暗的骷髅使者从某个地方冒出来。

弗利克瞬间僵住，蛰伏的怪物正好隔着坑洞和他迎面对上。即使在坑洞的火光中，怪物的身体依然乌黑一片，巨翼在身后微张，双腿弯曲，脚上锋利的爪子似乎能把石头劈开。它躬身低匐着，那双邪恶的眼睛直直地盯着张口结舌的弗利克，眸子中淡红色的火光赤裸裸地引诱他投入死神怀抱。它缓缓拖着脚，愈来愈靠近出神的弗利克。他想要大叫、逃跑，但是只能木然地戳在那里，那双奇怪的眼睛让他无法动弹。他知道他完蛋了。

但是其他人已经注意到他僵立在那里，跟着他的视线看过去，惊见黑色骷髅使者沿着坑洞边缘匍匐靠近。亚拉侬一个箭步跳到弗利克面前，一把将他转过去，打破怪物眼睛对他产生的魔咒。弗利克突然感到一阵天旋地转，随即往后倒进赶来帮忙的曼尼安怀里。其他人也张弓拔剑，全都站到德鲁伊身后备战。怪物在距离亚拉侬数码处停住脚，保持着半蜷伏的姿势，一只翅膀张开，遮住它骇人的脸，伴随着沉稳刺耳的呼吸声，它残酷的双眼逼视着站在它和谷地人之间的瘦高个。

“德鲁伊，你这个胆敢反抗我的愚蠢之徒……”从怪物不成形的脸上某处发出嘘声，“你们气数已尽，在你们选择为宝剑而来那一刻，你们就注定失败。主人知道你要来，德鲁伊！他什么都知道！”

“在还有机会逃命之前快滚，丑陋的家伙！”亚拉侬用其他人从未听过的严厉口吻喝令，“你吓不到我们的，我们将会夺回宝剑，你这个小喽啰快滚一边去，叫你主人现身吧！”

一字一句像刀子般射向骷髅使者，被惹毛的怪物怒火喷薄欲出，呼吸急促起来，身子伏低准备采取下一步行动。它的双眼因陡增的恨意而变得越发吓人。

“我要毁了你，亚拉依，然后就没有人会反抗主人了！虽然你不这么认为，但打从一开始你就是我们的一颗棋子。现在你又自投罗网，还带着你最有价值的盟友。来看看你带了什么给我们，德鲁伊——沙娜拉最后的血脉！”

那爪子一般的手超乎大家意料之外地指向惊愕的弗利克。那怪物似乎不知道弗利克不是什么沙娜拉的后人，也不知道谢伊在龙牙山脉就跟他们失去了联系。一时间众人陷入沉默。坑洞火焰猛地蹿起，一阵热气袭向毫无防备的众人，黑色灵界怪物趁机向他们伸出魔爪。

“你们的时候到了！”它发出刺耳怨毒的声音说道，“受死吧！”

16

当最后几个字从黑色怪物嘴里蹦出的瞬间，亚拉依大手一挥，喝令大家冲向前面通往德鲁伊要塞主厅的楼梯。就在六人拔腿狂奔之际，骷髅使者立刻扑向亚拉依。一时之间金铁交鸣，其他人一鼓作气准备冲上楼梯，除了弗利克。他心里挣扎着要逃跑，但是脚步却迟疑不前，那两个身影就在烈焰前几英寸的地方交锋，让他无法动弹。他站在楼梯底端，听到其他同伴上楼的脚步声愈来愈小，没多久，脚步声就消失了，只剩下他独自见证德鲁伊和骷髅使者的惊人交战。

两个黑色身影在火炉边僵持不下，德鲁伊的手紧紧扣住灵界怪物的前肢，骷髅使者则试图将利爪伸向他的喉咙直取他的性命，好快速解决这场战斗。它鼓动着黑色的翅膀，增加进攻的作用力，刺耳的呼吸声不顾一切地穿过热气。紧接着，那怪物突然伸出它结实的腿绊倒德鲁伊，他往后一摔，倒在坑洞边缘，攻击者立刻欺身而上，伸出利爪就要使出致命一击。但是受害者反应更快，灵巧地闪开它的夺魂爪。不过弗利克还是看到它抓到亚拉依的部分肩膀，清楚地听到衣帛撕裂的声音，随即看到亚拉依肩上鲜血迸流。弗利克倒抽一口气，但是亚拉依起身后却没有受伤的迹象。此时亚拉依伸出手，从指尖射出两道蓝色电光，重击上升中的骷髅使者，将暴怒的怪物摔向扶手。虽然在王殿时，神秘的蓝光明显对巨蛇造成伤害，但是对北方魔物却起不了太大的作用，顶多只拖慢它几秒钟而已。怒极狂吼的怪物立刻作出反击，熊熊燃烧的双眼发射出两道红光，却被亚拉侬实时拉起的斗篷反射到石墙上。怪物顿了一下，两者像森林里对决的野兽一样绕着圈子，锁定这场不是你死就是我亡的生死决战。

这是第一次，弗利克注意到温度升高了。随着天即将破晓，负责看管火炉的人已经起床准备提供暖气给城堡使用，他们并没有注意到上头的走道发生战斗，启动了坑洞底部的风箱机器，拨旺炉火到达可以温暖整座城堡的强度。现在火焰高度已经超过坑洞口，暖房内温度持续攀高。弗利克挥汗如雨，身上的猎装已然湿透，但他还是不离开。他认为如果亚拉侬被打败了，他们也难逃一死，他要亲眼见证结局。如果这个一路带领他们来到这最后战场的人被毁灭了，沙娜拉之剑对他们来说便没有任何意义。弗利克专注地看着来自凡间和灵界的两方斗士，谁能胜出可能决定着各族以及四境未来命运。

亚拉侬再度展开攻势，他密集地发出蓝色闪光，藉以逼迫骷髅使者动作加快，而速度一快就容易出错。不过灵界怪物并非傻子，它巧妙地回避亚拉侬的攻击，等待反扑的时机。突然间，它展开黑色翅膀，盘旋飞上火焰上空，然后迅速俯冲而下，伸出利爪突袭亚拉侬。有那么一瞬间，弗利克心想一切都完蛋了，但亚拉侬奇迹般地躲过魔爪，趁势反手抓住骷髅使者，狠狠地把它甩出去。怪物失算，迎头撞上前方石墙，它挣扎着起身，但这一次攻击让它元气大伤。在它还能逃跑前，亚拉侬已经来到它身边，准备杀它个片甲不留。

两个黑色身影靠在墙边扭打成一团，他们的手臂就像扭曲的树枝纠缠在一起。等到能够完全看到他们时，弗利克发现亚拉侬站在拼命挣扎的骷髅使者身后，强壮的手臂像钳子一样紧紧锁住怪物的头，不断收紧的肌肉逐渐榨干它的生命。它疯狂地鼓动翅膀，利爪徒劳无功地想要抓住什么好挣脱亚拉侬的钳制，盛怒之下睚眦俱裂，双目射出火焰，在墙上打出一个个黑洞。在激烈拉锯间，双方突然倒向栏杆，弗利克睁大双眼，一度以为两者都将失去平衡摔进下面的火坑。但是亚拉侬蓦地挺直腰杆，他的俘虏也被顺势拉起，就是这个突然的动作将怪物往反方向一带，它愤恨的双眼正好停留在没有完全躲起来的弗利克身上。骷髅使者一心想找机会转移这个难缠的德鲁伊的注意力，好伺机挣脱那双死死掐着自己喉咙的手，于是向毫无准备的弗利克发出攻击。它的火眼立刻发出双重魔焰攻击，楼梯的石块被击成碎片，致命的碎石像无数把小刀朝着四面八方飞散。弗利克立即就从楼梯跳到走道上，整个过程像是本能性的反射动作一样，敏捷的反应让他逃过一劫，只有手上和脸上被石头划伤。而这么一跳，整个出入通道瞬间土崩瓦解，宛如瀑布般掉落的石块完全隔断了往上的通路，扬起漫天灰尘。

同一时间，弗利克惊魂未定但神智依旧清醒地躺在石地上。熔炉的热焰与尘土混为一体，亚拉侬稍有松懈，立刻被狡猾的怪物逮到机会，它发出惊天一吼，旋身一拳就朝着分了心的德鲁伊头部重重挥去，把高大的浪人击倒在地。骷髅使者乘胜追击，打算了结亚拉侬。孰料亚拉侬并未就此倒下，马上站起身来反守为攻，双手发出蓝色闪电，劈向来袭者毫无保护的头部，接着又使出致命铁拳，拳拳往对方两侧脑门上招呼。德鲁伊再次将它翻过身来，咬牙切齿地用全身的重量压住它，用力把它的翅膀和利爪扭到背后。浑身是伤的怪物不断扭动，冷酷的德鲁伊在盛怒下咬牙切齿。此时，仍躺在几码外地上的弗利克突然听到嘎吱一下的恐怖声音，骷髅使者身体里某个东西被折断了。然后步履蹒跚的双方再次靠近低矮的铁栏杆，扭曲变形的怪物在火光中一览无遗，咆哮的炉火伴着怪物所发出的凄厉哀号，被死死钳制住的黑色身躯战栗了一下。借助来自身体深处的力量与憎恶，骷髅使者拼尽最后一口气，奋力飞过栏杆，坠落时利爪深深嵌住穿着黑色斗篷的攻击者，拖着它最痛恨的敌人，双方消失在熊熊火光之中。

恍惚的弗利克缓缓爬起身，满是伤痕的脸上渐渐出现骇然的表情，他踉跄着走向火炉边，但是温度实在太高，又被迫退了回来。他又试了一次，还是无法靠近，前额的汗水像瀑布一样流进他的眼睛和嘴巴，混杂着因为无能为力的愤怒而流下的泪水。炉火从铁栏边一蹿而起，饥饿地舔舐着石壁，发出噼啪的声响，仿佛对外昭告它刚刚新添了两个黑色生物作为燃料。谷地人灼热的双眼前烟雾弥漫，死盯着下面的无底洞。坑洞里除了火红的烈焰和难以忍受的高温之外什么都没有。他绝望地声声呼唤德鲁伊的名字，每一次喊叫发出的回音回荡于石墙间，最后也消失在高温高热之中。周围只剩下他和咆哮的烈焰，他终于明白德鲁伊已经离开人世。

他顿时慌了手脚，仓皇奔向楼梯瓦砾堆，这才想起来出口已经被挡住了。他看着满地碎石，差点崩溃。他急忙摇头醒脑，开始感觉到火炉热力全开，他知道如果他不能在几分钟内离开这里的话，热气会将他活活烤熟。他一跃而起，跑向最近的石门，又推又拉，直到双手都因为用力过猛流血了才停下来，石门还是不动如山。他往下看，发现第二道门，他跌跌撞撞地过去，但是一样从另一边锁上了。他觉得希望逐渐幻灭，自己肯定是被困住了。他又笨拙地强迫自己走向第三道石门，使出最后一丝气力，疯狂地又推又拉，无意间触碰了藏在岩石里的某个机关，石门应声开启。弗利克如释重负，飞身穿过石门，用脚把门关上，躺在半黑暗的通道内，将自己阻隔在高温和死亡之外。

精疲力竭的弗利克在黑暗的走廊上躺了许久，灼烧的身体吸收着石板地面和空气的凉意。他什么都不想去想，也不想记起，只想让自己就这样沉浸在地道岩石的祥和宁静之中。最后他还是强迫自己起身，先是膝盖，再是脚，还是感到一阵天旋地转，他虚弱地靠在冰冷的石墙上，等待气力恢复。这时他才头一次注意到自己的衣服已经几近烧毁，全身都被烈火熏黑灼伤。他慢慢地四处张望，墙上火把的微光指示了走廊延伸的方向。他站直身子蹒跚前行，从架子上拿起燃烧的火把，拖着脚慢慢往前走。突然间他听见前方某处传来大声嚷嚷的声音，空出的那一只手反射性地抽出短猎刀。几分钟过后，声响似乎愈来愈远，最后完全消失，谷地人还是什么也没瞧见。这条通道的设计很奇怪，弗利克顺着路走已经穿越了好几道门，既没有往上也没有其他分岔，只有不断重复出现的火炬，昏黄的光线将他的影子打在墙上，看起来就像是个畸形的幽灵要逃进黑暗里。

然后通道突然变宽，前面的光线也更加明亮。弗利克迟疑了一会儿，抓紧他的短刀，满是污垢的脸上被淌下的汗水冲出一道一道灰白，但是表情却相当坚定。他一寸寸地往前挪动时并没有听到任何声音。他知道某个地方一定有楼梯通往德鲁伊要塞的主厅，但是找了这么久还是一无所获，疲劳感再度向他袭来。如今他懊悔万分，一念之差让他跟其他伙伴失散，被困在这个幽深难测的通道里打转。这时候其他同伴说不定也发生了什么事情，他郁闷地想道，可能再也找不到大家的念头让他愈想愈着急，脚下的步伐也不自觉地加快。转了一个弯后，他突然全身紧张起来，小心翼翼地凝视前方的光亮。大大出乎他意料的是，他现在来到一个圆形房间，连接着好几条通道，十数支火炬照得一室光明。发现这里没有人时，他大大松了一口气。不过情况并没有好到哪里，其他通道看起来就跟他所走的那条一样，没有通向其他房间的门，没有通往上层的楼梯，接下来该何去何从还是毫无头绪。他困惑地看着其他通道，试图去识别它们，愈研究，心愈沉。最后他摇摇头，走向墙边，疲倦地坐了下来，闭上眼睛强迫自己接受现实。他彻底迷路了。

在亚拉侬的命令下，其他人立刻强行冲上楼梯。都林和戴耶最靠近石头信道，速度也最快，其他人才刚开始爬梯，他们已经走到一半了。他们轻巧的身躯在楼梯上滑行、跳跃，跑起来的时候脚几乎没有碰到石阶。韩戴尔、曼尼安和巴力诺则紧追在后，他们前进的速度除了因为沉重的武器和壮硕的身形给拖慢了之外，也受到竭力避免在狭窄弯曲的楼梯间撞到其他人的影响。他们疯狂无序地奔向上面的主厅，每个人都想尽快找到此行的目标物，逃离这些恐怖的灵界怪物。慌乱间，根本没有人想起那个倒霉的弗利克。

第一个通过德鲁伊要塞梯间入口的是都林，几乎是摔进大厅，身材较他矮小的戴耶跟在后面。大厅气势恢宏，走廊屋顶很高，火炬燃烧的光辉和从斜角窗洒进来的晨曦投射在抛光的实木墙上，让整体氛围更加富丽堂皇。长长的走道则挂满各式绘画、石木雕像，还有巨大的手工挂毯一直垂到晶亮的大理石地板上。不同的区间放置着各种由铁和碎石制成的雕像，另一个时代的雕像在这个永恒的避难所里保存了几个世纪。它们似是在守卫那些厚重美丽，配有黄铜把手的雕花木门。有一些门是开着的，在大厅远处还可以看到悉心设计、光彩夺目的窗户，阳光透过敞开的窗户照进室内，形成长长的颜色带，预示着新一天的来临。

但精灵兄弟无暇欣赏帕瑞诺的美，他们闯进来后马上就遭到地精守卫的伏击。这些地精看似同时从四面八方蜂拥而上，多瘤的黄色躯干从门后、雕像后、墙后的隐蔽处冒出。都林用他的长猎刀抵御攻击，就在快要失手之际，戴耶赶紧前来救援，把长弓当作武器挥舞，将攻击者一个一个打倒，直到坚固的弓箭啪的一声断裂为止。兄弟俩一度以为在其他人赶到之前，他们就要被地精五马分尸了。都林猛地挣脱开来，从一旁展示的某个时代的盔甲武士手上抢下长矛，奋力扫击，把地精从他弟弟身边驱赶开来，让他们不敢近身。不过地精立刻增援，展开第二波攻势。精灵兄弟被逼到墙边，因为耗费大量体力而气喘如牛，身上满是刀剑砍伤和攻击者的鲜血。地精聚集成一支黄色部队，手持致命短剑像步兵一样朝着他们而来，希望能够攻破精灵的长矛防线，并将两人剁成肉酱。伴随着一声狂野的尖叫，他们朝精灵夺命而来。

不幸的是，地精忘了查看楼梯，确认精灵有没有其他同伴。就在他们冲向都林和戴耶之际，其他三人冲进门道，杀地精个措手不及。这些地精从未遇过这样的敌人，中路是来自卡拉洪的边境人，闪着银光的阔剑左劈右砍，从手持短剑的地精中杀出一条路。地精被高大的对手吓得抱头鼠窜，意欲逃跑，却撞上了大力士侏儒的狼牙棒，另一边则是敏捷的快刀手高地人。他们与五名战士对抗了一会，发现不是对手，随即强行突破，拔腿逃跑，把胜利的欲望抛诸脑后。五人急起直追，跃过一地死伤，他们的猎靴在抛光大理石地板上嗒嗒作响。少数地精眼看快要被追上，马上倒地，默默躺着，一动不动。毕竟五人都饱尝艰辛，受过苦，也失去过，他们极度渴望胜利。

长廊尽头散落着或死或伤的地精，挂毯和壁画在战斗中被撕毁，四处散落。最后一支黄军现在集结在门前，将短刀举在胸前的样子就像一排钉墙，抱着必死决心准备展开最后一战。地精守卫一直试图突破中心位置，但是在巴力诺和曼尼安的镇守下被击退了。五人现在精疲力竭，气喘吁吁，汗下如雨，浑身是伤。都林重重地单膝跪下，一只手和一只脚都被地精的剑严重砍伤。曼尼安头部侧面被长矛划伤，伤口鲜血直冒，但高地人似乎没有感觉到自己受了伤。地精一再发动攻击，长时间的肉搏战大大消耗双方的战力，现在地精数量已经减少将近一半。但是时间愈来愈紧迫，还是不见亚拉侬身影，地精马上就会增援，以保护沙娜拉之剑，如果那把剑真的在这里，他们迫不及待地想要拿到手。

然后，巴力诺突然冲到大厅另一边，如有神助般用力推倒一根巨大的石柱，柱子和顶端金属制的瓮缸轰然倒下，落地声如洪钟，震得屋里回声良久不息。圆形石柱并未因为倒下的冲击力而断裂，在韩戴尔的协助下，边境人将石柱滚向地精和后方大门深锁的房间。在重力加速度下，石柱愈滚愈快，威力也愈来愈大，前面的地精迟疑了一会儿，高举着短剑，随着石柱的逼近，地精夺路而逃，保命要紧，他们的战斗意志消失得无影无踪，他们输掉了战役。即使如此，脚程不够快的地精只能被石柱活活压死。被充当成临时攻城槌的石柱撞向紧闭的大门，门晃了一下，木头出现断裂的声响，金属部件发出噼噼啪啪像是鞭子抽打的声音，不过还是抵住了这次撞击。但在巴力诺再次重击后，门上的铰链瞬间应声而飞，五人立刻冲进室内，誓夺沙娜拉之剑。

出人意料的是，房里什么也没有。偌大的房间里只有长窗、帷幔、成排的大师级画作，和几件华丽的家具，完全不见宝剑踪影，五人不可置信地注视着密闭的房间。都林因为失血过多虚弱地重重跪下，几乎就要昏厥过去，戴耶立刻上前，撕了几块布条绑住伤口，协助他哥哥坐到椅子上。曼尼安一面面地查看墙壁，寻找其他出口，巴力诺仔细查看地上的大理石后发出一声低呼。房间中心位置的地板颜色和光滑度跟其他地方不太一样，看得出来有个方形的大型物品曾长时间放置在这里。

“是三方石！”曼尼安断言。

“如果它被动过了，一定是最近的事，”巴力诺臆测，呼吸缓慢且声音疲倦地说道，“那么，地精为什么不让我们进来……？”

“也许他们也不知道被动过了。”曼尼安绝望地猜想。

“说不定是调虎离山……？”韩戴尔大胆假设，“但是他们为什么要浪费时间诱骗我们，除非……？”

“他们想让我们在这里抽不开身，因为剑还在城堡里，他们还没把它送出去！”巴力诺兴奋地下结论，“他们还没有时间把剑送出去，所以才会用计糊弄我们！但是现在剑在哪里？在谁手里？”

一时间三人茫然不知所措。难道黑魔君早就知道他们会来这里，就像在熔炉那里遇到骷髅使者所预示的那样？如果他们的确突袭成功了，那么沙娜拉之剑在亚拉侬最后一次见过后到底发生了什么？

“等等！”在房间另一头的都林虚弱地喊道，他缓缓站起身来，“当我跑上楼梯时，我看到另一组往下通到大厅的楼梯好像有什么事发生，有人从那里上来。”

“塔楼！”韩戴尔大喊，旋即冲向门口，“他们把剑锁在塔楼里！”

巴力诺和曼尼安立刻跟上，疲倦感顿时一扫而空。沙娜拉之剑仍在唾手可得的范围之内。都林依旧虚弱，大半个身子靠在戴耶身上，慢慢地跟上前面的人，但两人眼神充满希望。不一会儿，室内便空无一人了。

休息了几分钟之后，弗利克无精打采地往前爬，他已经决定好接下来他该做的事，就是选一条通道，然后走到底，希望能找到往上通到要塞的楼梯。他想到在廊道上方某处的其他人，说不定他们已经宝剑在握了。他们不知道亚拉侬已经摔到熔炉里，也不知道自己被困在像迷宫一样的隧道里。他希望他们能够来找自己，但是他也明白，如果他们拿到了沙娜拉之剑，也不可能有时间来找他。他们必须在黑魔君派出骷髅使者抢回宝剑之前，赶快逃跑。另外，也不知道现在谢伊情况如何，被找到时是否还活着，是否有人救了他。他知道如果自己还活着，谢伊是绝对不会丢下他离开帕瑞诺的，但是他又没有办法让谢伊知道他并没有死在加热室里，现在的情况真的让他觉得很无助。

此时，某一条隧道突然传来靴子踏在石板地上发出的笃笃笃的声响，有人朝着圆形大厅而来。谷地人立刻越过房间，躲到另一条隧道，躺在暗处，抽出他的短猎刀以防万一。不一会儿，一群地精守卫就冲进房间，然后又进入某一条隧道，脚步声经过几个弯之后便消失了。弗利克不知道他们打哪儿来，又或是往哪儿去，但不管他们去哪儿，那正是他要去的地方。他们应该是从德鲁伊要塞的上层过来的，而那正是谷地人的目的地，押宝在他们身上机会很大。他蹑手蹑脚地移往地精方才通过的隧道。他把刀放在胸前循线折返，拿下挂在墙上的火把，沿路细看粗糙的墙面有没有门或楼梯的迹象。才走了一百码左右，他眼前的一片岩石毫无预警地打开，有个地精霍然现身。

两人瞪大双眼面面相觑。这名地精守卫才从楼上的激烈战斗中落荒而逃，在隧道里又遇到入侵者显然让他大吃一惊。虽然体格比谷地人还小，但拿着短剑的地精立刻挥剑攻击。弗利克反射性地躲开了刺偏了的这一剑，马上跳到他面前，一把将他摔到石板地上，徒劳地想抢下这个敏捷的对手的剑，但打斗中反而把自己的刀给弄丢了。弗利克没有受过贴身肉搏战的训练，但是地精却擅于此道，小黄个儿立刻扭转劣势。因为他以前就杀过人，再次下手也绝不会犹豫，但是弗利克只想解除对方武装，然后赶快逃跑。他们在地上激烈地扭打翻滚，地精脱身后立刻拔剑往他的头砍去，弗利克一个仰身倒卧，惊险地躲过一击，拼命地寻找他的刀。情急之下，他就近去抓取第一次被攻击时掉落的火把，地精守卫毫不留情地再次来袭，短剑擦过他的肩膀，刺进他的手臂。同一时间，谷地人够到了一支火炬，立刻猛力一挥，正好击中地精的头，他呈大字型倒下后就再也不动了。弗利克缓缓起身，花了些时间找回他的刀。手臂上的伤口鲜血直流，他担心自己会失血过多而亡，于是赶紧撕下地精身上的衣服绑住伤口止血。然后他捡起地精的剑，走向半开启的厚石板门，看看那条路通往何处。

果不其然，他在门后发现一条往上的楼梯，溜进来后，用他没有受伤的那只手拉了好几次才将门关上。昏暗的火光隐约勾勒出楼梯的轮廓，他小心翼翼地拾级而上。一路非常安静，火把的亮光足以让他看清脚下的路，他一路走到了楼梯顶端一扇紧闭的门前。他停下来把耳朵贴在门缝上，还是一片寂静，什么都没有听到。他谨慎地把门推开一个缝隙，看看古老的帕瑞诺大厅。他到达目的地了，于是将门再打开一点，小心翼翼地走进安静的廊道。

突然，一只如钢铁般的手突然紧紧扣住他握住剑的臂膀，猛地将他拉了出来。

在通往塔楼的楼梯底，韩戴尔迟疑地停下脚步，沉重地凝视着深幽黑暗的顶端。其他人静静地站在他身后，聚精会神地跟着他的目光抬头望去。螺旋状的石梯沿着圆形的塔楼盘旋而上，整座塔楼都笼罩在昏暗之中，既没有火把照亮，石墙上也没有开口。从他们所处的位置也只能看到几层楼梯而已，愈往上愈黑暗，往下亦然，楼梯间一层一层交错盘结，就像个黑洞一样没有尽头。曼尼安站到楼梯边，查看上下有没有地精守卫。他往下丢了一颗石头，等着听它什么时候落地，但是，没有任何声音传回来。他扫视开放的楼梯和不知道尽头在哪里的塔顶，然后转向其他人。

“像是个陷阱。”他言简意赅地指出。

“很有可能……”巴力诺表示赞同，往前进一步查看，“但我们还是得去。”

曼尼安点点头，随意地耸耸肩，便往上走去。其他人也默默跟上，韩戴尔跟在高地人之后，接下来是巴力诺，精灵兄弟走在最末。他们小心翼翼地拾级而上，注意有无陷阱，肩膀紧贴着墙边，尽可能远离没有栏杆围篱的危险楼梯间。他们在昏暗中稳步而上，曼尼安仔细审视每一层阶梯，就连石墙也不放过，如老鹰般锐利的双眼来回搜寻有没有暗藏机关。有时他还会投石问路，测试前方有没有重量感应机关，但情况一如既往，没有什么异常。下面的无底洞就像沉默的黑洞，没有声音能够穿透它，唯独留下他们的狩猎靴摩擦石阶所发出的刮削声。不知走了多远，终于看到上方出现一抹微弱的火光，不知从塔顶那儿来的风吹得火光摇曳不定。楼梯顶端有一处小小的平台，再往前，则是一扇用铁链牢牢锁上的门。这里就是德鲁伊要塞之顶。

就是在这里曼尼安触发了第一个陷阱。他的脚踩到石阶上的隐藏机关，石墙瞬时间弹射出长箭，如果曼尼安还踩在那一阶上，肯定直接打穿他的脚，不但脚废了，还会迫使他倒向镂空的楼梯间，坠入无底深渊。但是机灵的韩戴尔听到了触动机关的声音，在陷阱启动前，一把将高地人往后拉，大伙儿差点因来不及反应而一起摔下狭窄的楼梯。一行人在黑暗中剧烈摇晃，好不容易稳住脚步，五人平贴在墙上粗喘着气，然后侏儒用他的狼牙棒击毁了这些箭，把路重新开通。现在改由他来领路，曼尼安落到巴力诺后面。没走几步，韩戴尔又发现同样的陷阱，触发后毁掉箭头，然后继续前进。

就在平台已经近在咫尺之际，戴耶突然叫住他们。他灵敏的听觉听到其他人没有注意到的声音，一个极细微的咔嚓声意味着他们触发了另一个机关。所有人立刻屏气凝神，不敢妄动，十只眼睛快速扫视墙壁和阶梯，但是并没有发现任何异样。最后，韩戴尔尝试性地跨出一步，还是平安无事。其他人留在原地，侏儒步步为营，一路走到楼梯顶端。他一平安抵达平台，其他人也立刻跟上，站在高处看向深不见底的楼梯间。简直不敢想象他们就这样通过了第三个陷阱，巴力诺猜测可能是因为年久失修无法正常发挥功用，但是韩戴尔觉得事情没这么简单，他就是有种感觉，他们一定疏忽了些什么。

塔楼就像楼梯井上的一抹巨大阴影，石墙冰冷潮湿，这些旧时搭建的巨石块在经历了时间的洗礼后依然屹立不倒。平台上的大门看起来似乎无法移动，门上伤痕累累，上头的铁链牢牢嵌进岩石，巨型的铁钉钉在石墙里固定铰链。五人站在门前，心想除了地震没有东西能将这扇门推开哪怕一寸。巴力诺小心靠近这个庞大的路障，用手抚过门上的裂缝和锁头，看看能不能找出隐藏的机关打开它。他轻手轻脚地转动门把并试着往前推，结果大出所料，伴随着生锈铁链发出的嘎嘎声响，石门竟然微微滑开了。不一会儿，大门便完全打开，并撞上里面的石墙，发出轰然巨响，塔楼的神秘面纱也随之揭开。

圆形房间的正中央，放置着抛光黑亮的巨型三方石，剑身倒插在石台里，看起来就像是微微发出闪光的十字架一样，他们目不转睛地看着传说中的沙娜拉之剑。阳光从塔楼上的铁窗洒进来，映在颀长剑锋上，闪耀出璀璨光芒。五人从未见过传言中的宝剑，但是他们确定这就是他们所要找的剑。有那么一瞬间，他们就这样呆立在门边，诧异地看着眼前的一切，不敢相信经历了这么多苦难之后，他们不惜牺牲一切也要找到的宝物就近在眼前。沙娜拉之剑是他们的了！他们瞒天过海以智取胜，赢了黑魔君。他们依序进入石室，忘记了身体有多累、伤口有多痛，现在的他们脸上带着笑意，带着疑惑，也带着感谢，默默地注视着插在石台上的剑。他们无法往前把剑从石头里拔出来，对于他们这样的凡人，这个任务太过神圣。但是亚拉侬不知去向，谢伊也下落不明，就连……

“弗利克在哪里？”戴耶突然惊呼。他们这才发现他也不见了。他们面面相觑，茫然地希望有人能够作出解释。此时，曼尼安似乎有所预感地回过身来，面对着闪闪发亮的宝剑，目睹了不可能的事情在他眼前发生。他眼睁睁地看着三方石和上面的剑开始发光，然后渐渐消失，才几秒钟的时间，一切就幻化为烟雾在空气中缭绕，留下五人守在空无一物的房间里。

“是陷阱！第三个陷阱！”曼尼安大喊，从一开始的震惊中恢复理智。

但是他已经听到身后的石门嘎嘎作响，生锈的铰链在巨石的作用下不得不让路，他们将被关在这个无法逃脱的监牢里。曼尼安立刻冲向大门，而门却咔嗒一声牢牢地锁上了。他颓然倒地，心脏因为气愤和挫折剧烈跳动。其他人没有动，绝望地默默站着，看着高地人把脸埋进手里，耳里断断续续传来微弱但却真切的笑声，嘲笑他们的愚蠢，也嘲笑他们必然的失败。

17

凄冷的北境灰雾缭绕，只有苍茫一色，黑魔君的城堡就盘踞在山头。这里是骷髅王国的中心位置，四周平原合抱，前临剃刀山，后倚刀锋山，两条山脉就像生锈的锯齿镇守南北两方，警告活着的人不要闯入。被世人遗忘和岁月唾弃的冥王，在垂死的骷髅山任凭韶光荏苒，死亡的阴影笼罩四方，邪恶的气息弥漫整个大陆。它憎恨任何残存的生命与美丽，在一个注定毁灭的时代里默默地蛰伏在北境的骷髅王国。现在死亡的时刻已然来临，最后的生命迹象也悄悄从大地上消失，只留下曾一度辉煌繁盛的大自然的躯壳。

骷髅孤山内有数以百计古老的洞穴，它们的石壁终年不见天日，缠绕着走投无路的冷血盘蛇，它们扭动身躯，强行穿过石块的中心。弥漫在幽冥王国灰雾里的只有寂静和死亡，阴郁的空气预示着一切欢乐和明亮都已然灭绝。但就算是这里仍有活动的迹象，只不过那并非凡人所熟知的生命姿态。它起源于山顶，一个黑暗诡异的房间，不但能够看见北方阴郁的天空，横亘王国的层峦叠嶂更是尽收眼底。在这个如洞穴般的房间里，墙壁又湿又冷，刺骨的寒气不断从石缝灌进来，黑魔君的喽啰们神色慌张地忙进忙出。它们又小又黑的身体伏在寂静的房间地板上爬行，卑躬屈膝，浑身簌簌发颤，因为站起来的代价就是被消灭。它们是无关紧要的幽灵，只为了服侍主人而存在。它们的喃喃抽泣声就像是难以忘怀的痛苦。而房间中央有个大型底座，上面放着一盆水，混浊的表面像死水一样平静无波。时不时地，这些爬行怪物会跑到盆边看着冷冷的水，等待着，期盼着。一会儿过后，伴随着小小的抽噎声，它们急忙跑到洞穴暗处躲起来。“主人在哪里？主人在哪里……”那群小东西不安地在黑暗里窃窃私语，“他会来的，他会来的，他会来的……”答案带着恨意回荡着。

然后空气突然像扭曲般剧烈搅动，水盆边的雾气凝聚成一团巨大的黑影，逐渐成形，幻化为黑魔君。他罩着黑色斗篷，巨大的身影仿佛悬吊在空中一样。他举起袖子，但里头却没有手，垂在地上的罩袍里也空无一物，只有地板。“主人！主人！”被吓得魂不附体的生物整齐划一地喊着，顺从地跪伏在他面前。没有脸的风帽转过身来面对它们，不可一世地往下看。黑暗里只有一团绿色迷雾，还有两盏燃烧着浓浓恨意的火光。然后黑魔君又转过身去，看着奇怪的水盆，等着意识图像出现。几秒钟后，黑暗散去，取而代之的是帕瑞诺的加热室，亚拉侬一行人和骷髅使者正面交锋的画面。绿色迷雾中如火般的双眼一开始先盯着谷地人不放，接着便一直看着战斗进行，直到双方摔到坑洞里，被下面的熊熊烈火吞噬。此时他身后突然发出一个声响，打断了黑魔君的注意力，他微微转过身来。两名骷髅使者从山里某个黑暗隧道进入房间，垂首而立，等待他的注意。现在不是差遣它们的时候，于是他又转身看向水盆里的水，等到水面再次清明，这次显现出塔楼的影像，巴力诺他们在沙娜拉之剑前欣喜若狂的样子全部被他看在眼里。他等了几秒钟，先将他们玩弄于股掌之间，享受操纵事态发展的优越感，看着他们像老鼠爱奶酪一样靠近沙娜拉之剑后，瞬间解除他布下的幻影，让大家眼睁睁看着剑消失，然后甩上门，将他们永远关在要塞里。他身后的两个仆人甚至都能感受到他令人不寒而栗的笑声穿透空气。

黑魔君背对着骷髅使者，突然用手指向洞开的北面，两名手下立刻行动，不消多问它们便知道该做些什么。它们要飞往帕瑞诺，擒杀沙娜拉之子——可恨的沙娜拉之剑唯一的继承人。只要消灭沙娜拉家族最后一个血脉，再加上剑也落在他们手上，就再也不需要担心会有比他们强大的神秘力量了。即使现在，宝剑正在从帕瑞诺运往北境王国的途中，之后它将会埋藏于此，被遗忘在骷髅山脉无尽的洞穴之中。黑魔君微微转身，看着他的两名仆人笨拙地拖着脚走到墙边，如鹰般腾空飞进灰蒙蒙的天空，一路往南而去。精灵王伊凡丁肯定会试图拦截沙娜拉之剑，但是这个计划注定要失败，自由国度最后一个伟大的领导者、各族希望之所系的伊凡丁也会被拿下。只要伊凡丁沦为阶下囚，再加上宝剑在手，沙娜拉家族最后传人死去，最让人痛恨的敌人亚拉侬也葬身帕瑞诺的火炉里，这场仗还没打就已结束。第三次种族大战将不会失败。他已经是胜利者。

他的袖子一挥，水盆里的水再次变浑，德鲁伊要塞和受困的凡人影像全部消失不见。紧接着，黑色幽灵周遭的空气再度激烈扰动，他的形体开始幻化作一团迷雾，然后渐渐消失，只留下水盆和空荡荡的房间。过了好些时候，服侍黑魔君的奴隶们确定主人真的离开之后，才一个一个从暗处出来，凑到水盆旁边对着平静的水面呜咽啜泣。

在帕瑞诺的高塔里，在德鲁伊要塞的偏僻且难以接近的塔楼里，四人又累又沮丧，默默地在他们的监狱里来回踱步。只有都林静静地靠坐在墙边，因为伤势严重，疼得他无法任意动弹。巴力诺站在高处一扇铁窗旁，晃了一下脚后跟，看着那悬浮着尘埃的微弱阳光漫不经心地照在暗室的一小方地板上。他们已经困在这巨大坚硬的石门后一个多小时了，宝剑和胜利的希望都已离他们远去。一开始他们还耐心等待亚拉侬来解救他们，甚至还不断呼叫他的名字，希望他能听到并循声前来。曼尼安提醒大家弗利克仍然下落不明，他可能也在帕瑞诺某处寻找他们。但是随着时间过去，他们开始失去信心，每个人心里都不得不承认，但是没有人愿意说出来，说出不会有人来救他们的事实，以及德鲁伊与谷地人都落入骷髅使者魔掌的事实，和黑魔君已经赢了的事实。

曼尼安再次想起谢伊，猜想又会有什么事情降临到他朋友头上。他们都已经尽力了，却甚至连一条小小的人命也救不到，现在没有人能猜到丢下他一人在东境边境的荒原自生自灭的结果会是怎样。谢伊不在了，可能已经死了。亚拉侬曾相信只要找到剑就能找到谢伊，但现在神剑下落不明，神剑继承人也不知所踪。甚至连亚拉侬也不见了，他可能已经牺牲在他家乡的德鲁伊议会所在地的熔炉间内。如果还没死的话，就是被俘虏了，被套上锁链脚镣困在地牢里，就像他们现在被困在塔楼里一样。他们将等着慢慢腐烂，或者更糟，到头来一场空。想到他们的命运，他凄然一笑，希望他至少能有一次机会对抗真正的敌人，能挥剑直指强大的黑魔君。

突然间，一直保持警戒状态的戴耶发出嘘声警告，所有人闻声停下手边动作，眼睛紧盯着大门，凝神静听微弱的脚步声朝着他们渐渐靠近。曼尼安将手伸向放在地上的利亚之剑，轻轻把剑从鞘中抽出，边境人也早已拿起他的武器，所有人快步走向门边，将入口包围起来。即便是伤重如都林也蹒跚着起来，和同伴站在同一阵线。脚步声在外面的平台停了下来，周围顿时陷入一股不祥的寂静。

然后，沉重的石门霍地向内开启。在嘎吱声中从黑暗里出现的身影，竟是弗利克，但是一开门就看到他的朋友们准备对他武力相向，吓得双眼圆睁。同样被弗利克吓到的大家缓缓放下手中的剑和狼牙棒，仿佛那些只是机械玩具似的。谷地人勉强走进昏暗的塔楼内，而他身后还跟着一个高大的黑色身影。

是亚拉侬！

他们无言地盯着他。满头大汗，身上满是灰尘和煤烟的他默默走到大伙儿中间，一只手温柔地放在弗利克的肩头上。他对大家的反应报以微笑。

“我很好！”他向大家说明。

被亚拉侬找到的弗利克难以置信地摇着头。

“我看到他掉下……”他试着向其他人解释。

“弗利克，我很好。”亚拉侬轻拍谷地人的肩膀。

巴力诺往前靠近一步，仿佛想要亲自确认这是真的亚拉侬，而不是另一个幻影。

“我们以为你……不见了。”他改口说道。

亚拉侬脸上再次出现那抹熟悉的坏笑。

“至少有一部分要怪我们这位年轻的朋友了。他看到我跟骷髅使者一起摔进火炉里，就假定我已经死了。但他不知道的是，火炉里有架设铁梯，让工人能够进入坑道内进行修缮。几个世纪以来，帕瑞诺一直是德鲁伊的家乡，我知道这些梯档的存在。当我一发觉那邪恶的家伙把我拉过栏杆之后，我马上抓住坑洞边的铁梯，弗利克当然没有看到这些，而火炉的咆哮声又盖过了我叫他的声音。”

他停下来用手拂去袍子上的尘土。

“弗利克很幸运能够逃出那里，不过后来他在隧道里迷了路。跟骷髅使者一战耗掉我太多体力，即使我很享受火的特别保护，但还是花了一些时间爬出洞。出来后我就去找弗利克，在地下廊道迷宫绕来绕去，最后终于找到他。当我把他拉到亮处时，他被吓得半死。之后我们就一起来找你们，但现在我们必须马上离开。”

“那剑呢……？”韩戴尔脱口问道。

“不见了，稍早前已经被移走了。关于这一点我们晚点再谈。如果我们继续留在这里就会有危险，地精马上会增援防卫帕瑞诺，黑魔君也会派遣其他骷髅使者过来，以确保你们不会再惹麻烦。他现在握有沙娜拉之剑，又相信你们已经被困在德鲁伊要塞里，他的注意力马上就会转移到入侵四境的计划。如果他能快速拿下卡拉洪和其他边境国家，南境其他地方对他来说就等于是探囊取物了。”

“现在为时已晚，我们已经输了！”曼尼安痛苦地大喊。

亚拉侬用力地摇头。

“我们只是被算计了，还没被打败，利亚王子。黑魔君也相信自己已经胜券在握，也许我们可以利用这一点来对付他。我们不能绝望，现在快跟我走。”

他带领大家快速走出石门，塔楼再次变得空荡。

18

地精带着谢伊一路北行，直到日落时分。他本来就已经精疲力尽，当一行人停下来过夜时，他立刻不支倒地，地精还没将他脚绑好，他就已经沉沉睡去。经过漫长跋涉，他们已经从某个不知名的河岸，往北进入上阿纳尔森林西部边境和北境接壤的丘陵地。接下来的路也愈来愈不好走，地形从一望无垠的草地变为连绵起伏的山陵。一段时间后，队伍更多的是在攀爬而不是行走，他们需要不断改变路线以避开那些大的山丘。然而这里是个美丽的地方，草原旁边有些小森林，里面都是些古老的大树，树枝在春风中优雅地弯曲着。但筋疲力尽的谷地人无暇欣赏这些美景，俘虏他的人完全不让他有喘息的时间，在后面不断催促他，他只能把注意力集中到挪动脚步上。

夜幕低垂，一行人已经深入山区，如果谢伊能够查看地图，他会发现他们的扎营地就在帕瑞诺的正东方。然而睡意迅速将他击倒，他只记得自己疲惫的身子倒在草地上，然后就不省人事了。

地精把他绑好后就着手生火准备晚餐。其中有一人负责站岗，但这更多的是是出于习惯，因为这里已经是他们的领地，不会有什么危险出现，另一个地精则负责监视熟睡的俘虏。他们的首领还是不清楚谢伊是谁，也不知道他是否了解精灵石的重要性，但他明白这些石头肯定很值钱。他计划带谷地人到帕瑞诺，跟高层商量要怎么处理这个年轻人和这些石头。地精只关心做好分内巡逻的工作，除此之外，一概与他无关。

火很快就生好了，地精们狼吞虎咽地吃完面包和肉条后，首领在其他地精的催促下拿出精灵石，一伙人好奇地打量这三颗小小的石头。一张张又干又黄的脸靠近火光，端详着首领手中闪闪发光的石头。其中一人伸出手想要摸它，马上挨了领队者一拳，摔了个四脚朝天。倒是地精首领自己好奇地把玩着摊在掌上的石头，其他人则着迷地看着。最后他们也厌倦了这个消遣，石头又被收回小皮囊，放进地精首领的衣服里。然后他们开了一瓶麦芽酒来驱寒，并以此暂时忘记烦忧。地精士兵们恣意畅饮，围着营火又笑又闹，甚至连站岗的哨兵也加入进来。最后酒喝完了，人也累了，地精团团围着火堆，拉上毛毯准备就寝。哨兵甚至还丢了一条毯子给他们的俘虏，以防万一他发烧了，拖着个病人到帕瑞诺可不是件爽差事。一会儿过后，大家全都沉沉睡去，整个营地静悄悄的，只有哨兵昏昏欲睡地站在逐渐熄灭的营火远处的阴影之下。

谢伊睡得极不安稳，一整晚噩梦连连，不断梦到他和弗利克、曼尼安前往库海文途中所发生的事。在梦里，他再度遇上迷雾幽灵，身体被它又冷又黏滑的触手紧抓着，脚也陷入了致命的沼泽里，还有那种直冲脑门的战栗感。三人再次在黑橡林走散时，他感到彻底绝望，只不过这次是他独自一人困在林子中，最终可能会孤独死去。他甚至可以听到四周此起彼落的狼嚎声，他挣扎着逃跑，疯狂地躲进那无止尽的巨林迷宫。没多久又换了一个场景，大家站在沃夫斯坦山里一个城市废墟旁，完全没有注意到后方丛林里虎视眈眈的怪物，他想要开口警告大家，却一句话也说不出来，眼睁睁看着庞然怪物攻击毫无戒心的众人，他却完全使不上力。眼前尽是怪物的黑色毛发和牙齿，然后谢伊便落到水里，他不断划手踢腿，让自己的头探出湍急的水面来呼吸，但是他一直被往下拉。他知道自己快要窒息了，拼命挣扎，但还是不断下沉、下沉……

之后他蓦地醒来，凝视着黎明前的第一缕微光。被皮带绑住的他四肢冰冷发麻，他焦虑地看向只剩一地余烬的火堆，躺在旁边的地精还在呼呼大睡。曙色中的山丘格外安静，安静到谷地人可以听见自己沉重的呼吸声。营地另一头有哨兵，小小的身躯靠在灌木丛旁，一度让谢伊误以为那就是树。再次环视营地后，他抵着胳膊肘扭动着站起来，揉了揉睡眼，好看清周围的情形。他想趁地精还在熟睡，赶快挣脱绑住他的绳子，然后一溜烟地跑掉。但徒劳地试了几分钟后 ，他就放弃了这个想法。他怔怔地盯着地上，说服自己相信他已经抵达帕瑞诺了，地精很快就会把他交给骷髅使者，然后自己很快就会被处决掉。

此时，他突然听到有个沙沙声，隐约从漆黑的空地后方传来。他马上警觉性地抬起头来，侧耳倾听，眼睛飞快地扫过营地和地精们，但没发现什么异样。他再次望向只身守夜的卫兵，对方依旧一动不动地待在灌木丛边。但接下来，有个巨大的黑影从树丛中分离出来，那名守卫被罩住后便突然消失了，谢伊不可置信地猛眨眼睛，但是刚刚还在那里的哨兵确实不见了。好长一段时间过去，谢伊一直等着还会不会发生其他事情。现在太阳升起来了，驱走了最后一丝夜色，东方远处的山头上露出了旭日的边缘。

左边传来一个小小的声音。他马上转过头来，在树丛后出现了一个他有生以来从未见过的诡异景象。有个全身穿着鲜红色衣服的男人从那里走了出来，他在穴地谷从来没有看过有人穿成这样。一开始，他以为是曼尼安，不过他马上就否定了这个想法，因为此人不管是体型、姿势，还是接近的方法，都与曼尼安截然不同。在这微弱的曙光中很难看清他的容貌，那个人一只手拿着短猎刀，另一只手则拿着奇怪的锐器，蹑手蹑脚地走到他身后，安静而迅速地割断绑住他的皮带，然后另一只手从他面前晃过，他这才看到那人没有左手，取而代之的是致命的铁矛。

“别出声，”那人在他耳边说道，“不要看，不要想，现在往左边的树移动，然后在那里等着！”

谢伊闻言立刻照做，虽然没有看到救命恩人的脸，但从他粗犷的声音和截断的左手判断，听从指示才是上策。他伏低身子，悄悄地快步穿越营地，跑到树丛后便停下脚步，转过身来等那人，不过让他惊讶的是，那抹鲜红色的身影不声不响地潜到熟睡的地精身边，像是在找东西似的。现在太阳已经完全从东边升起，他屈身靠近地精首领，带着手套的手小心翼翼地伸入地精的衣服里摸索，不一会儿便找到了装有精灵石的袋子。手还没抽出来，地精就醒了，一只手立刻抓住陌生人的手腕，另一只手猛然抽出短剑刺向大胆的小偷。但是谢伊的营救者速度实在太快，让地精猝不及防，他用左手的铁矛挡住短剑的攻击后，立刻反手割断地精露出的咽喉。当他站起来，正要从断了气的地精首领身上离开时，这场骚动已经惊醒了整个营地。他还没来得及脱身，地精们已猛然朝他进攻，他被迫回过头来抵抗，用一把短刀对付十二个地精。

谢伊知道那人逃不掉了，正打算出去帮他时，那个神奇的陌生人完全不把攻击者当一回事，轻松迎击对方毫无章法的攻势，三两下就让两个地精伤重倒地。就在其他地精准备发动第二波进攻时，他突然发出尖锐的呼声，营地另一边赫然冲出一个巨大的黑色身影，惊愕莫名的地精根本毫无招架之力，被巨人的棒槌当成肉饼般对待，不到一分钟就全部躺下了。谢伊在树丛后目睹这一切的发生，目瞪口呆地看着巨人像只忠心的小狗寻求主人肯定那样地靠近谢伊的救命恩人。陌生人轻声细语地向巨人说了些话，然后从容地走向谢伊，而他的伙伴则留在原地看守地精。

“应该没事了。”那红色身影靠近谢伊时说道，完好的手上掂着装有精灵石的皮囊。

谢伊看了一下他的脸，还是不知道自己的救命恩人到底是谁。看他那昂首阔步的样子，谢伊心里认定他肯定是个傲慢的家伙。他的自信源于他是个无可否认的出色战士。他饱经风霜的面容肤色黝黑，清爽的脸上只在唇上蓄了短短的修剪整齐的胡须。岁月没有在他脸上留下痕迹，他的外表看起来既不老也不年轻，有点介乎两者之间。然而他的举止是年轻有活力的，只有粗糙的皮肤和深邃的眼睛透露出他恐怕不会再有第二个四十年了。他乌黑的头发夹杂着些许灰白，不过在清晨朦胧的光线中很难分辨出来。他有一张宽脸，五官轮廓突出，特别是他那张宽阔而有亲和力的嘴。那是一张英俊潇洒、会迷惑人的脸，但是谢伊凭直觉认为那只是隐藏他本性的面具而已。陌生人轻松自在地站在谷地人面前，谢伊尴尬地笑着，不知道要用什么态度面对他的救命恩人。

“我想要谢谢你，如果不是你，我可能就……”谢伊结结巴巴地脱口说出。

“没事，没事。虽然这本来不干我们的事，但是这些恶魔会把你剁碎了当作消遣。我也是来自南境，虽然好久没回去了，但不管怎样那儿依旧还是我的家。我看得出来你也是来自那里。而且，你身上还流有精灵的血……”

他突然打住，现在谢伊确定这个人不但知道自己是谁，也知道自己的身份，现在他是从一个火坑跳进另一个火坑。他快速地回头看了一眼待在地精身边的巨怪，确认他不是骷髅使者。

“你是谁，朋友？你来自何处？”那陌生人突然问道。

谢伊将名字告诉了他，也说明了自己来自穴地谷。他说自己原本打算乘船南下探险，不成想船翻了，他被冲到下游，后来地精在一处河岸边发现不省人事的他。胡诌的故事情节跟真实情况也差不到哪里去，那个人应该会相信他，现在谢伊对这个陌生人还存有疑心，等他更了解他跟他的巨人伙伴之后再说。因此他说地精发现他，要把他当成囚犯。那人默默盯着他良久，一边把玩着小皮囊，嘴角漾出笑意。

“嗯……我猜你应该没有全部说实话，”他轻笑，“但也不能怪你。如果立场换过来，我也不会一五一十通通告诉你。反正以后有的是机会。我的名字是派那蒙・奎尔。”

谢伊亲切地握住他伸出的大手，那陌生人的手劲相当大，谷地人不由自主地从他强而有力的握手中退缩了一下。对方微微一笑并松开手，指着他们后方的巨人。

“这是我的同伴，凯尔赛特。我们已经在一起将近两年了，没有比他更好的朋友了，虽然有时候我希望能有个健谈一点的朋友。凯尔赛特是个哑巴。”

“他是什么？”谢伊好奇地问道，看着那个大个儿在小小的空地里缓慢地移动。

“你肯定对这一带很陌生。”那人开心地笑着，“凯尔赛特是岩石巨人，他的老家在查诺山脉，但是后来被族人驱逐了。我们俩都被这忘恩负义的世界抛弃了，不过我想人各有命，我们也无法怨天尤人。”

“岩石巨人，”谢伊惊讶地重复他的话，“我以前从没见过岩石巨人，我以为他们都是残暴的怪物，跟野兽没有两样。你怎么会……？”

“注意你的口气，朋友，”陌生人出言警告，“凯尔赛特不喜欢这种说法，你这样说话，他会很敏感，一脚把你踩扁。你的问题在于从你的双眼看到的是野兽，是不同于你我的怪物，在心里猜想着他危不危险。让我告诉你，他是岩石巨人，而你之所以坚信他的兽性大于人性，我敢说这是因为你才疏学浅，见识浅薄。过去几年你应该跟我一起到处游历，哈，然后你就会学会什么叫作笑里藏刀！”

谢伊仔细看着凯尔赛特，他闲来无事到处翻找地精的衣服和背包，看看有没有漏掉些什么。凯尔赛特有着人的外形，穿着及膝长裤和束腰外衣，腰间还系着一条绿色绳索，脖子和手腕则戴了金属颈圈和手环作为护具，外表最不一样的地方就是全身上下像树皮一样的皮肤，颜色就像是全熟但还没烧焦的肉。至于五官，除了一对浓眉和一双凹陷大眼外，其他就比较没有特色，不好形容了。而除了手之外，四肢则和人类一样，他的手没有小拇指，只有大拇指和其他三只指头，有力的指头几乎就跟谷地人的手腕一样粗。

“我怎么看都不觉得他温顺啊。”谢伊静静地说道。

“看吧！完全没有根据的轻率言论。就因为凯尔赛特外表看起来不怎么文明，五官也不怎么像高等生物，你就将他当成是野兽。谢伊，当我说凯尔赛特是个很敏感的人，跟你我一样有感情时，你可以相信我。北境的巨人就跟西境的精灵一样稀松平常，在这里你跟我才是外人。”

谢伊审视眼前这张脸，看似带着发自内心的轻松微笑，但是直觉告诉他不要相信这个人。这两个人不会只是旅人，刚好路见不平，基于同胞之爱拔刀相助这么简单。他们技巧纯熟地追踪地精营地，一发现地精，就快准狠地消灭了整个地精巡逻队。谢伊确信派那蒙·奎尔比岩石巨人还要危险两倍。

“这方面你肯定比我要了解得多，”谢伊承认，谨慎选择他的用词。“来自南境的我，没出过大远门，对这个地方的一切都很不熟悉。两位救了我一命，谢谢你，也谢谢凯尔赛特。”

冲劲十足的陌生人听到他的感激之辞后很开心地笑了，显然对谢伊的恭维感到非常满意。

“我说过不需要道谢！”他回答道，“在凯尔赛特完成他的任务前，过来这里跟我一起坐会儿。我们必须谈谈是什么带你到这里来。这个地方非常危险，尤其是一个人旅行。”

他领着谢伊走到最近的树，疲倦地靠着树干坐下。他完好的那只手仍然拿着装着精灵石的袋子，但谢伊觉得现在还不是提起这个话题的时机。他希望待会儿陌生人会主动问到那些东西是不是他的，到时他再拿回来，好赶去帕瑞诺。他的同伴们现在一定在找他，要不沿着龙牙山脉的东面边缘，要不在更远一些的帕瑞诺周边区域。

“为什么凯尔赛特要搜这些地精的身？”谢伊打破沉默。

“嗯，可能会有些迹象显示他们是打哪儿来的，又要往哪里去。他们可能会带着食物，我们现在就可以拿来用。谁晓得？也许他们身上还有其他值钱的东西……”

他突然停下话，充满疑惑地打量着谢伊，一只手拎着装有精灵石的皮袋，像把诱饵放在猎物前似的，在谢伊眼前晃。谢伊艰难地咽下口水，蓦地明白他已经感觉到那些石头是他的。他必须赶快做些什么，否则他就要露出底细了。

“那个袋子和里面的石头是我的。”

“现在还是吗？”派那蒙贪婪地咧嘴而笑，“袋子上面又没有写你的名字，你是怎么得到它们的？”

“几年前我父亲给我的……”谢伊说谎道，“我都随身携带着它们，就像是某种幸运物一样。地精找到我的时候，从我身上搜出来了，但它们是我的。”

一身鲜红的陌生人微微一笑，把石头倒出来放在手心，皮袋则挂在左手的铁矛上。他用手掂掂这些石头的重量，又拿起来欣赏它们明亮的蓝色光辉，然后目光又回到谢伊身上，质疑地抬起眉毛。

“也有可能是你偷来的吧？它们看起来比被当作幸运物要有价值多了。我想我会保管这些石头一阵子，直到我相信你就是真正的主人。”

“但是我必须要走……我必须去见我的朋友，”谢伊气急败坏地说道，“我不能一直跟着你直到你相信这些石头是我的！”

派那蒙缓缓站起身来，向下望着他微笑，把皮囊连同里面的东西塞进他的衣服里。

“这不成问题。只要告诉我可以在哪里找到你，等我调查完你的背景后，我会将这些石头物归原主。这几个月我会南下南境。”

谢伊怒气冲天，愤怒地跳起来。

“为什么？你不过是个小偷，半路杀出来的抢匪！”他怒不可抑，鼓起勇气反抗。

派那蒙忍不住失声爆笑，笑到不能自已。最后他总算停下了，连眼泪都笑出来了，他不可置信地摇摇头。谢伊一脸莫名其妙，看不出他的指控好笑在哪里。就连岩石巨人也停下来看着他们，平静的脸上看不出任何表情。

“谢伊，我很佩服你如此坦率地说出心里话，”陌生人大声说道，依旧开心地兀自发笑，“没有人会怪你后知后觉的！”

谢伊被搞糊涂的脑袋慢慢将事实拼凑起来。这两个奇怪的人在北境这里做什么？他们为什么要费心救他？他们怎么知道他是地精的俘虏？他马上想通了，原来事实早就摆在眼前。

“派那蒙·奎尔，我善良的救命恩人！”谢伊嘲讽地挖苦道，“难怪你觉得我的话很好笑。你跟你朋友根本就是我刚刚所说的那样，你们是小偷、强盗、土匪！原来你始终在打这些石头的主意！你怎能这么低级……？”

“注意你的口气，年轻人！”红衣人跳到他面前，挥舞着铁矛。他帅气宽阔的脸因为突然涌现的怒意而扭曲，深幽的双眼满含愤恨，那抹玩世不恭的笑容倏地消失。“你怎么想我们是你的事，我从远方来到这里，没有人伸出援手！既然如此，别人也别想从我这里拿走任何东西！”

谢伊提防地往后退，踩到那人的地雷让他自己也被吓到了。毋庸置疑，他们一开始就打算从地精那里偷走精灵石，救他只是事后的想法。派那蒙是个狠角色，口不择言的下场可能会让谢伊赔上自己的小命，人高马大的小偷邪恶地瞪着他的俘虏，然后慢慢地往后退，收敛盛气，又变回之前和颜悦色的脸。

“我们为什么要否认呢？”他神气活现地往后走去，绕了几步后突然又转回谢伊面前。“我们跟那些靠智慧跟计谋求生的人没有两样，喔！除了我们对伪善的鄙视！就某方面而言，所有人类都是小偷，我们还更像是诚实的那一类，我们并不对自己感到羞愧。”

“你们怎么会来这里？”谢伊犹豫着问道，担心又会激怒喜怒无常的陌生人。

“昨晚日落之后，我们偶然看到他们的营火。”那人轻松以对，所有的敌意刹时消失，“我走近空地边想要看得更清楚，刚好看到我们的黄皮肤小朋友正在把玩这三颗蓝色宝石。我也看到你，被他们捆得结结实实。所以我便决定带凯尔赛特过来，准备来个一石二鸟。啊哈，你看，我可没有骗你喔，我跟你说过我不想看到同乡落在这些恶魔手中吧！”

谢伊点点头，很高兴自己被救了，但他还是不确定现在的情况是否比落在地精手里好。

“别担心啦，朋友。”派那蒙看穿了他未说出口的恐惧，“我们无意伤害你。我们只要这些石头，它们应该能卖个好价钱，我们可以好好利用这笔钱。你现在自由了，随时都可以离开。”

他霍地转身，走到凯尔赛特身边，后者顺从地站在堆积如山的东西旁等着，那一堆东西有武器、衣服，以及各式各样有价值的物品，都是他从死去的地精身上搜括而来的。站在巨人身边，高大的派那蒙显得小鸟依人，而巨人那黝黑又宛如树皮般的皮肤让他看起来真的就像大树一样，荫庇着红衣人。两人短暂地交谈，派那蒙低声跟巨人说话，巨人用手语回复后点了点头，然后走到那一堆东西旁，把大多数没有价值的东西当作垃圾丢到一边。谢伊看着那两人，不知道接下来该怎么办。没有那些石头，他在这个蛮荒之地根本毫无防卫能力。他已经在龙牙山脉跟伙伴们失散了，只有他的同伴会站在他身边，真正帮助他重新拿回精灵石。他已经走到这一步了，现在回头是不可能的事，虽然那样会更安全。其他同伴都指望着自己，而且无论会卷入什么样的危险之中，他也绝不会抛下弗利克和曼尼安。

派那蒙从肩上瞄了一眼，看到谷地人还站在原地不动，他帅气的脸庞着实吓了一跳。

“你还在等什么？”

谢伊缓缓摇头，表示他也不确定。高大的窃贼意味深长地看了他好一会儿，然后笑着挥手叫他过来。

“过来这边吃点东西，谢伊，”他提出邀请，“最起码我们能为你做的，就是让你在返回南境前先填饱肚子。”

十五分钟后，三人围着一小堆营火坐着，看着干牛肉条被熏烤。凯尔赛特安静地待在小谷地人身边，深邃的眼睛专注地看着烟熏牛肉，像个孩子般双手紧握着蹲在火堆前。谢伊忍不住想要伸出手去碰触他，去感觉他粗糙的皮肤。即使是这么近的距离，巨人的容貌也有种说不出的温柔。烤肉期间，巨人像石头一样一动也不动。派那蒙注意到谢伊一直留心着巨人，露出会心的一笑，伸手揽过谷地人的肩膀拍了拍。

“他不会咬人，只要他吃饱了！我一直重复说着同样的事，你都没有听进去。你很年轻，鲁莽，天真，凯尔赛特就跟你我一样，只是长得大了点，也更安静，刚好是我做这一行最喜欢的搭档。他比我之前合作过的人都要做得好，我可以跟你说，之前跟我合作过的人还真不少。”

“我猜，他都依你吩咐行事吗？”谢伊简短地提问。

“当然！”回答也很简短。然后红衣人突然屈身靠近对方，铁矛也威吓性地贴过来，“不过不要搞错我的意思，男孩，因为我可不是说他是动物。有需要的时候他也会为自己打算。但我是他的朋友，因为没有人如此待他，没有人！他是我所见过的最强壮的生物，他可以不费吹灰之力就捏爆我。可是你知道吗？我打败他了，所以现在他跟着我！”

他停下来看看对方的反应，见到谢伊一脸不可置信的表情，很是高兴。他开心地笑了，用夸张的幽默拍了拍自己的膝盖。

“我是用友谊打败他的啦，不是力气！我敬他如人，平等待他，用这么便宜的代价，我就赢得了他的忠心。哈，吓到你了吧！”

咯咯笑个不停的盗贼将肉条拿给沉静的巨人，他拿了几块肉后便津津有味地大口大口嚼着。谢伊伸手接过食物后才发觉自己有多饿，他甚至忘了上一次吃东西是什么时候，饥肠辘辘的他又急又猛地吃着美味的牛肉。派那蒙饶富兴味地摇着头，又递给谢伊第二块肉，然后自己才开动。三人默默吃着，此时谢伊大胆问道：

“是什么因缘际会让你决定成为……盗贼？”他谨慎地发问。

派那蒙快速看了他一眼，惊讶地抬起眉毛。

“你干吗关心是什么原因？想写我们的人生故事吗？”他猛地打住，对自己的敏感微笑以对，“也没什么秘密啦，谢伊。我从没老老实实做过什么正当活儿。我是个野孩子，喜欢历险，喜欢到外面闯荡，讨厌工作。在一次意外中我失去了我的左手，让我更难找到一份舒心的工作，得到我想要的东西。当时我住在南境内陆，刚开始我惹了一点麻烦，然后像雪球一样越滚越大，大到后来我回过头来才发现自己已经在四境间流浪，靠劫掠维生。好笑的是，我发现自己在这一方面非常拿手，而且我也乐在其中，乐在这所有的一切当中！所以，这就是我，也许不富有，但在我的少年时期，或者至少在我的成年时期，我很快乐！”

“你没想过要回去吗？你没想过家或……？”谢伊追问，不相信这个人会实话实说。

“拜托，别这么多愁善感，小子！”对方大笑着喊道，“再继续下去，你都要把我搞哭了，求求你饶了我吧！”

他无法自已地放声大笑，甚至连沉默的巨人也转过头来，静静地看着他，然后又转回去吃它的肉干。谢伊恼羞成怒，转身继续吃他的食物，既尴尬又生气地撕咬着牛肉。过了一阵子笑声才渐渐变弱，兀自咯咯发笑的窃贼摇摇头，试着也吞下一些食物，然后就自顾自地继续刚刚的话题。

“凯尔赛特的故事跟我的截然不同，我必须先说清楚。我没有必要过这种生活，但是他却有充分的理由。他打从一出生就是个哑巴，而巨人不喜欢残障的族人。我想，这可能是他们开的某种玩笑吧。因此，他们不让他有好日子过，当他们的怒气无处发泄时就踢他揍他，他是所有玩笑的笑柄，不过他从不还手，因为那些人是他唯一所有。之后他愈长愈大，不但块头大力气也大，大家开始怕他。有一天晚上，一群比较年轻的巨人试图要伤害他，是真的要伤害他，好让他自己走人，甚至死掉。但是事情并未如他们所预期的发展，他们逼人太甚，他忍无可忍终于反击，并杀死了其中三人。因此他被逐出村庄，无家可归，一直独自流浪，直到我遇见他。”

他微微一笑，看着一脸平静、专心吃着肉条的大块头。

“他知道我们在做什么，我猜他也知道这都是些见不得人的勾当。但是他就像是个受虐儿一样，他不会尊重其他人，因为他们从不对他好。此外，这里只有地精和侏儒，他们都是巨人的死敌。我们从北境内陆逃出来，很少往南走太远。我们过得还不错。”

他心不在焉地嚼着牛肉，一边用眼睛盯着余烬，然后伸出脚用皮靴前端去拨动，星火扬起后在空中灰飞烟灭。谢伊一言不发地吃完手中的食物，心里一直在盘算着要怎么拿回他的精灵石，暗自希望他知道其他伙伴现在在哪里。不久，用完餐后，红衣人倏地站起身来，用皮靴在余烬里扫呀扫地把火堆弄熄，巨人也站到他朋友的身旁等待下一步行动，巨大的体型完全罩住了谢伊。最后谢伊也站了起来，看着派那蒙把一些小玩意儿和武器放到一个麻布袋里，交给凯尔赛特背着，然后转向谢伊，向他点了个头。

“认识你很有趣，谢伊，祝你好运。当我想起袋子里那些宝石时，我就会想起你。真抱歉你说的那些话对我不管用，不然你就能保住它们了。不过至少你捡回了一命，又或者说是我救了你一命。把那些石头当作是救了你的谢礼吧，这样会好过一点。如果你想要在接下来几天抵达南境的安全地带的话，你最好现在赶快动身，伐夫利市就在西南边，你在那里可以得到帮助。记得走在空旷的地方。”

他转身离去，示意凯尔赛特跟上，走了好几大步后又回头看了一眼，发现谢伊还在原地，出神地盯着离去的他们。派那蒙厌恶地摇摇头，又向前走了一段距离，然后突然恼怒地停下来，猛地转身，知道另一人还待在原地等着。

“你是有什么毛病吗？”他生气地质问，“你别告诉我你想要跟踪我们，然后找机会把宝石拿回去！这样会破坏我们美好的关系，因为这样的话，我就不得不把你的耳朵割下来，或者更糟！给我走，现在马上离开这里！”

“你根本不知道这些石头对我的意义！”谢伊绝望地大喊。

“我想我知道，”对方很快回答，“它们意味着，起码有很长一段时间我跟凯尔赛特不再是穷光蛋，我们可以不必再去偷窃或是乞讨。它们意味着钱，谢伊。”

谢伊突然绝望地冲向他们，他根本无法思考，只想着要拿回精灵石。派那蒙惊讶地看着他接近他们，心想谢伊一定是疯了才会敢攻击他们以夺回三颗蓝色宝石。他过去从没遇过这么顽固的家伙。他已经饶了他一命，还仁慈地给了他自由，但是这些似乎还无法满足他。谢伊在距离两个高大的人几码处气喘吁吁地停了下来，他的脑袋飞速运转，但已经无计可施了。那两人的耐心已经耗尽，现在他们会毫不犹豫地把自己结果掉。

“我之前并没有告诉你实话，”他最后上气不接下气地说道，“我不能……我自己也不完全知道。但是这些石头非常重要，不只对我，还有四境的所有人民，甚至是你，派那蒙。”

红衣盗贼在惊讶中带着怀疑的表情看着他，脸上那抹微笑消失了，但并无愠色。他一言不发，等着谷地人继续说下去。

“你必须相信我！”谢伊激动地大吼，“事情远比你所想的要严重。”

“你当然是这么认为。”对方冷淡以对。他看着站在他肘边的凯尔赛特，他对谢伊奇怪的行为怀疑地耸耸肩，然后巨人快速移向谢伊，把谷地人吓得直往后退，但派那蒙举手阻止了大块头的进一步行动。

“拜托，就帮我一个忙，”谢伊绝望地恳求，期望能多争取一点时间来思考下一步，“带我跟你们一起往北去帕瑞诺。”

“你肯定是疯了！”窃贼对谢伊的提议惊骇地大叫，“你有什么理由要去那个乌漆抹黑的地方？那是个非常危险的地方，坚持不了五分钟你就没命了！回家吧，男孩，回南境去，让我图个清静！”

“我一定要去帕瑞诺，地精抓到我的时候，我就是要去那里。我朋友他们应该在找我了，我必须到帕瑞诺跟他们会合！”谢伊坚持说道。

“帕瑞诺是个邪恶的地方，是北方怪物的繁殖地，连我都不敢踏进那里！”派那蒙激烈地表示，“而且，如果你真的有朋友在那里的话，你可能是想诱导我跟凯尔赛特落入陷阱，好让你拿回那些石头。那就是你的计划，对吧？算了吧，听我的劝告，趁我还没改变主意，赶快掉头往南方去！”

“你在害怕，是吧？”谢伊气急败坏地说道，“你害怕帕瑞诺，也害怕我的朋友。你没那个勇气……”

他猛然住嘴，那红衣盗贼勃然色变，气得全身发抖，站在原地不动，瞪着谷地人。谢伊坚持立场，把一切都赌在这最后的请求上。

“如果你不肯带我去帕瑞诺，我就自己去，碰碰运气赌上这一把，”他作出保证，看了看俩人的反应后继续说道，“我只要求你们带我到帕瑞诺边境就好，不会要求你再越雷池一步，我不会害你们落入圈套。”

派那蒙不可置信地再次摇头，当他转身望向岩石巨人时，眼中的怒火已退去，一抹浅笑掠过他紧闭的嘴唇，他耸耸肩点了点头。

“我们为什么要担心？”他自我解嘲地说，“要送死的是你。一起走吧，谢伊。”

19

三人结伴同行，一路向北穿越过高高低低的山岗，直到中午才停下来休息吃午餐。接下来的地势跟之前一样，一系列绵延起伏的高山和低谷，增加了他们行进的难度。即便是壮如凯尔赛特都吃不消，有时被迫手脚并用，还是很难找到立足点或是平地让他可以往上走。这片土地不仅崎岖不平，也相当的荒芜贫瘠。山丘上零星点缀着小树与灌木，却给旅人们带来别样的孤寂之感。野草疯长，没过脚踝，尖锐的边缘刮在身上如鞭抽般刺痛，即使被靴子踩踏过，也不过是片刻地趴伏于地表。回望他们来时的路，谢伊看不出有人走过的痕迹。奇形怪状的树木枝叶稀疏，大自然母亲已然抛弃了它们，放任它们自生自灭。沿途毫无动物出没的踪迹，自黎明开始，他们就再也没听见过活物的声音。不过，聊天倒是不间断，事实上，有好几次谢伊甚至希望派那蒙嘴巴会酸，能消停会儿。

派那蒙整个早上一直侃侃而谈，一会儿与他的同伴搭话，一会儿自言自语，也不知与谁交谈。他谈起所有他能想到的事情，甚至还有那些他并不了解的事。他把谢伊当成战友般对待，就像是个他可以随意吹嘘他的疯狂行径而不会因此斥责他的伙伴，不过他一直很小心不去提到谢伊的背景、精灵石，或是此行的目的。他显然认为处理这件事最好的办法，就是赶快将烦人的谷地人送到帕瑞诺，让他跟他的朋友团聚。谢伊并不清楚在遇见他之前，其他二人正往哪里去，也许他们也不清楚自己的目的地。他专心地听着小偷漫无边际的闲谈，在他认为合适的时候或者其他人期待他的回复时插上一两句话。但大多数情况下，他专心地赶路，盘算着收回精灵石的最佳方式。谢伊和小偷们都心知肚明，这种情况不会一直维持下去，谢伊一定会从他们身上讨回精灵石，区别只在他选用的方式罢了。谢伊敢肯定精明的派那蒙会要弄他，给他足够的机会夺回精灵石，然后趁他不备将他击溃。

有时候他们边走边聊时，谢伊会看一下沉默的岩石巨人，想知道在这样一个面无表情的外在底下是什么样的人。派那蒙曾说过巨人是一个不合群的人，被自己的族人逐出家门，现在跟他结伴同行。故事听起来平凡真切，不过巨人的某些特质却让谢伊怀疑他是否真的遭到族人流放。这位巨人有着无可否认的威严，高视阔步，气宇轩昂，虽然从不说话，但是深邃的双眸中却散发着智慧，让谢伊认为凯尔赛特的背景一定比他的伙伴所描述得更复杂。就跟亚拉侬一样，谢伊觉得派那蒙没有说实话。不过跟德鲁伊不同的是，那机灵的小偷可能是个骗子，谢伊觉得从他嘴里吐出来的任何一句话都不能相信。他很肯定他所了解到的关于卡尔赛特的事并不全面，不管是因为派那蒙对他撒了谎，或是因为派那蒙自己确实不清楚。除此之外，他也很确定这个上一秒钟救了他的小命，下一秒钟却偷了他的精灵石的红衣投机客，绝不只是个拦路打劫的寻常强盗而已。

快速解决午餐后，在凯尔赛特收拾烹饪用具时，派那蒙对谢伊说明他们现在距离北部边界的亚尼松隘口已经不远。经过这道隘口后，他们会往西穿越史翠里汉平原直达帕瑞诺，他们将在那里分道扬镳，谢伊可以自主选择跟朋友会合或是前往德鲁伊要塞。谢伊点头表示理解，也知道对方话中有话，他们希望他赶快采取行动拿回精灵石。但是他不动声色，也不让他们知道他已经料到他们在引诱他，只在心中暗自盘算，继续踏上旅程。三人在此起彼伏的山岭中缓缓迂回前行，谢伊敢肯定他左前方的山陵是恐怖的龙牙山脉的延伸，只不过隶属于完全不同的山脉，而亚尼松隘口就位于两道山脉之间。现在他们已经十分接近北境，对于谷地人而言，已经没有回头路了。

派那蒙再度没完没了地说起他的冒险故事，不过奇怪的是，他很少提起凯尔赛特，由此可见那小偷对巨人的了解比他声称的要来得少。谢伊开始觉得，那位巨人的伙伴可能跟他一样，对巨人所知有限。如果他们两个像派那蒙所声称的那样已结伴两年有余，那么凯尔赛特理应出现在他所说的经历中。尽管起初谢伊认为巨人是小偷忠实的追随者，但经过近距离观察后，谢伊认为他是为了其他理由才和红衣人结伴同行。谢伊并不是通过派那蒙所言得出的结论，而是凯尔赛特的高傲姿态和超然态度让谢伊感到困惑。凯尔赛特对侏儒狩猎队的赶尽杀绝，回想起来像是他应尽的义务一般，而不是为了取悦他的同伴或是获得精灵石的所有权。谢伊很难猜测到凯尔赛特的真实身份，但他一定不是被族人厌弃而驱逐出去的流浪者。

天气非常暖和，谢伊已然汗流浃背。他们绕着迂回曲折的山路成之字形攀登，不但费力，速度也慢。派那蒙一路上喋喋不休，跟谢伊像老朋友似的笑闹。他告诉谢伊他已游遍四境，见识过各地风土人情。然而谢伊觉得他对西境的描述含糊其辞，对精灵一族的事情也不甚清楚，但显然保持缄默是明智之举。谢伊认真聆听派那蒙旅途中的艳遇，包括一个老套的爱情故事。派那蒙说他救了一位公主，二人坠入爱河，而国王却极力反对并把公主送去遥远的地方，直到今天派那蒙依然在寻找她的踪迹。谷地人深深地叹气，心里却笑出了声。他表示希望派那蒙能找到那位公主，且她一定会劝派那蒙改变自己的生活方式。小偷盯着谢伊，想从他严肃的脸上看出些许端倪，片刻的沉默后，派那蒙继续对前景的展望。两个小时后，他们抵达亚尼松隘口。

位于两条山脉交接处的隘口非常宽敞，也很容易通过，从这里可以直达前方的平原。从南方纵贯上来的山脉是龙牙山脉的延伸，不过北方这条山脉谢伊就不熟悉了，他知道那是查诺山脉，岩石巨人的家乡就在他们北方某处，而这条山脉就是它的南向延伸。那些荒无人烟的山头数个世纪以来都是凶猛好战的巨人们的栖息地。尽管岩石巨人是巨人里体型最为庞大的，但仍有数种其他类型的巨人居住在北境的那片区域。如果凯尔赛特是典型的岩石巨人的话，那么他们远比南境居民想象的聪明得多。奇怪的是，谢伊的同胞对居住在同一地区的另一物种，居然有如此深的误解。即使在他少年时学习的教科书上，也将巨人一族描述为未开化的愚民。

在宽阔的隘口入口处，派那蒙突然叫停，他前进几码，小心翼翼地往上看向两侧高坡，显然是在担心可能会有什么在那里等着。仔细观察了一阵子后，他命凯尔赛特前去隘口调查，以确定现在通过安不安全。巨人移动着笨重的身躯，很快便消失在山陵和岩石后。派那蒙建议谢伊坐下来等，脸上挂着掩饰不住的笑意，暗示他自己是个聪明的小偷，会采取这样的预防措施来防范谢伊的朋友可能为他设下的陷阱。虽然他觉得自己跟谢伊待在一起应该很安全，也很确信谢伊不会让自己身陷险境，他担心谢伊可能会有更强大的朋友，一找到机会就会反击。在等待他的伙伴回来的当儿，派那蒙再度打开话匣子，开始说起他惊心动魄的拦路强盗生涯。谢伊发觉这个故事也跟其他故事一样荒诞不经，派那蒙显然比听故事的人更享受讲故事的过程，尽管他已经讲过八百回了。谢伊极力忍受他的吹嘘，试着让自己展现出很感兴趣的样子，但实际上思绪早已飞到其他地方。他们现在已经非常靠近帕瑞诺的边界，一旦他们到了那里就会分道扬镳。他必须尽快找到他的朋友们，才能在这里存活下去。黑魔君以及他的爪牙一刻不停地搜寻他的踪迹，如果他们赶在谢伊得到亚拉侬和同伴们的保护前找到了他，那么他必死无疑。当然有可能到那时，他们已经到达德鲁伊要塞并取得了沙娜拉之剑，那么就胜券在握了。

凯尔赛特突然出现在隘口，示意他们一起过来，三人同行并进。亚尼松隘口没什么遮蔽物可供意欲突袭的人埋伏，因此这里还算安全，偶有大石小丘，但也都躲不了人。通道相当长，他们花了一个小时才走到另一边，不过走起来舒适惬意，时间倒也过得不知不觉。当他们抵达北部出口时，放眼望去一片平原，越过平原有一条西向的山脉。他们走出隘口，踏上一块三面环山开口向西的马蹄形土地。平原稀疏地覆盖着杂乱的绿草还有及膝高的灌木，一派萧条的景象。很显然，即使是在春天，这个荒凉的帕瑞诺边疆也没有多少绿意和生命。

派那蒙带着大家一路往西边走，小心提防着任何突袭。谢伊知道他们已经接近目的地了。当谷地人问到他们现在之于帕瑞诺的相对位置时，那小偷只笑着向他保证他们已经愈来愈近了。继续追问也毫无意义，谢伊干脆放弃，等到那人决定好什么时候要让他独行时再说吧。他转而将注意力放到前方的平原上，广大无边的平原令他心驰神往，对他来说，这是个全新的世界，虽然他现在的处境朝不保夕，他仍然下定决心不要错过这一切。这个精彩绝伦的长途冒险旅行，正是弗利克跟他梦寐以求的生活，尽管最后的结局可能是他们双双死去，任务失败，宝剑也不知所踪，他仍想在他有生之年开开眼界。

到了下午，三人已经汗流浃背，天气酷热难耐，脾气也跟着暴躁起来。凯尔赛特和其他两人拉开了些距离，他步履平稳，行进速度保持不变，脸上毫无表情，在刺眼的日光下瞳仁显得晦暗不明。聒噪的派那蒙也不再说话，只希望能赶快走到目的地，甩掉谢伊。而谢伊则是全身疲累酸痛，连续两天长途跋涉耗尽了他仅存的力气。三个旅行者在一览无余、毫无遮蔽的平原上行进，耀眼的阳光使他们紧紧眯起了眼。当太阳西移至地平线时，更难辨认方位了。片刻后谢伊放弃尝试，让派那蒙用他的经验带领他们前往帕瑞诺。现在他们右手边的山脉已经来到尽头，黄土平原豁然开朗，浩瀚无垠，天地连成一线，放眼望去，几乎可以看见整个半球划出的地平线。谢伊最后开口询问这里是否为史翠里汉平原，派那蒙并未马上回答，想了一会儿后才简短地点头。派那蒙没再提到他们所在的位置或是对谢伊的打算。

他们出了这个形似马蹄铁的山谷后，踏入史翠里汉平原的东部，宽阔的平原夹在北方陡峭的山脉和他们左手边的森林之间平行展开，但是平原地却出人意表地有许多小山丘连绵起伏，而且不是那种远远就可以看见的地势变化，而是非要走到上头才知道的那种小土丘。除此之外，还有一些小树丛和小灌木，和某种不属于大地的东西。三人同时看到了那个东西，派那蒙突然要大家停住，狐疑地从远处盯着那些东西猛瞧。在炙热的日头下，谢伊举手挡光，眯眼望过去，结果看到地上有很多奇怪的竿子，方圆百码的地上还散布着一堆一堆各色布料和金属或是玻璃的碎片，他勉强看到衣料和残骸间有小小的黑色物体在动。最后派那蒙大声地向那些比他们早到这里的生物呼喊。但结果让他们大为震惊，他们远远看到黑色的翅膀扑动，被打扰的食腐者发出可怕的叫声，那些缓缓飞起的黑色物体原来竟是大秃鹫。派那蒙和谢伊惊讶得说不出话来，两脚像生了根似的僵在原地。高大的凯尔赛特往前移动了好几码，小心地观察前方动静。一会过后，他突然折返，向他的伙伴示警，红衣盗贼严肃地点点头。

“看来之前发生过某种战斗，”他简略地宣布，“前面那些都是死尸！”

三人朝着可怕的战斗现场前进，谢伊有点犹豫，突然很害怕那些一动不动、尸骨不全的遗体会是他的朋友们。往前走了一段路，他们辨认出那些奇怪的竿子原来是长矛和军旗，在阳光下闪闪发亮的碎片则是刀剑兵器，有些是被丢弃的，有些仍紧紧握在倒下的人手里。原来一堆一堆的有色布料下竟然是尸体，他们战死沙场，倒卧在血泊之中，被烈日烘烤着。尸体被烧焦的味道扑鼻而来，第一次闻到这种味道的谢伊呛到无法呼吸，耳朵充斥着尸体边上苍蝇的嗡嗡声。派那蒙回头看着谢伊，露出一抹冷酷的微笑。他知道谢伊从未近距离接触过死亡，这将是他永生难忘的一幕。谢伊努力压抑从胃部涌上来的恶心感，强迫自己跟着另外两人踏上战场。小小一方土地尸横遍野，少说也有好几百具，看这陈尸的样子，派那蒙肯定这一定是场决绝的殊死战。他马上就认出了地精的军旗，他们的外形辨识度也很高，但是跟他们对战的另一方，他仔细看了好几具蜷缩在一起的遗体后才确认是精灵战士。

派那蒙停在了成堆的尸体中间，不确定下一步该做什么。谢伊惊恐地看着这场杀戮过后的场景，目光带着极度的震惊机械地扫过逝者的面容，从地精到精灵，从深可见骨的伤口到被鲜血染红的地面。在那一刻，他突然明白了死亡的意义，不禁开始感到害怕。这并不是刺激的冒险，也遑论意志或是选择，只让人感觉厌恶与震惊。他们皆因某些无谓的理由而战死，甚至连他们自己都不清楚战斗的意义是什么。没有什么值得这样一场大屠杀。

凯尔赛特突然的举动将派那蒙的注意力重新拉回到他的伙伴身上。他看到巨人捡起一支倒下的军旗，细长的三角旗帜破烂不堪，血迹斑斑，旗杆也断成两截，旗帜上头的徽章则是一顶王冠放置在绿叶扶疏的大树上，大树旁还环绕着大树枝。凯尔赛特看起来非常激动，用力地向派那蒙做着手势。后者不悦地皱起眉头，视线匆匆扫过地上的尸体，往外绕了一大圈后走向他的伙伴。凯尔赛特焦虑地四处搜寻，然后目光突然停在谢伊身上，小小的谷地人脸上显然有些什么引起他的注意。一会儿过后，面带忧色的派那蒙走到他身边。

“我们在这里遇到大麻烦了，谢伊，”他严肃地表示，然后两手叉腰，“那面军旗是精灵皇室艾力山铎家的，是伊凡丁私人的旗帜。我在死者中并未发现他的尸首，但这并没有让我感觉好一点。如果精灵王发生了任何事，可能会掀起难以想象的大规模战争，届时将烽烟四起！”

“伊凡丁！”谢伊惊呼，“他正守卫着帕瑞诺北方边界，以防……”

他猛地住口，担心自己走漏了风声，不过派那蒙自顾自地说着话，显然没有听到。

“这实在太不合常理了，地精和精灵在某个不知名的地方开战。是什么让伊凡丁远征此地？他们一定在争夺些什么。我不明白……”他话讲到一半就停住了，然后突然望向谢伊。

“你刚刚说什么？什么跟伊凡丁有关？”

“没什么……”谷地人结结巴巴地搪塞，“我没有说……”

高大的小偷一把拽住谢伊的衣领，将他拖过来举离地面，直到两人的脸只剩下几英寸的距离。

“不要想要聪明，小鬼！”因为怒气而涨红的脸在眼前硕大无比，严厉的双眼因为疑心眯成一线，“你一定知道其中的内情，快说出来。我本来就怀疑你知道的东西一定不只是你说的那些石头，你也知道地精抓你的原因。现在要猴戏的时间已经结束了，还不说实话！”

但是接下来谢伊会如何反应已经无从得知。正当他被吊在空中，拼命想要挣脱那人强而有力的钳制时，一个巨大的黑影突然落在他们头上，紧接着是翅膀扑扑拍动的声音。那巨大、如野兽般的黑色怪物缓缓从天而降，距离他们只有几码之遥。一看到那如死神般的外形，谢伊惊骇得毛骨悚然，全身发麻，仍在气头上的派那蒙被突然现身的怪物给搞糊涂了，将谢伊一扔，面对奇怪的不速之客。谢伊双腿发抖，全身血液凝结成冰，就连最后一丝勇气也被抽干。那怪物是黑魔君的骷髅使者！已经没有时间逃跑了，它们终于还是找到他了。

那双残酷的红眼快速扫过待在一旁一动不动的巨人，在红衣贼身上停了一会儿后，转向小谷地人，凶残的眼神烙印在他身上，刺探进他的思想。派那蒙对这有翅膀的怪兽还很困惑，不慌不忙地转过身来面对那邪恶的东西，慢条斯理地露出奸邪的微笑，面带愠色地伸出手指警告对方。

“不管你是什么妖魔鬼怪，保持距离不要靠近，”他尖锐地提出警告，“我只关心这个人而已，别来……”

愤怒的双眼憎恨地定在他身上，突然间他一句话也说不出来，惊诧地瞪着那黑色怪物。

“宝剑在哪里，人类？”充满威吓的嗓子厉声问道，“我可以感觉到它的存在，把它给我！”

派那蒙不甚理解地注视着黑暗的怪物许久，然后又看了一眼谢伊满是惊惧的脸。他这才意识到，不知何故，这恐怖的怪物竟是谷地人的仇敌。现在情况非常危急。

“否认也是没有用的！”刺耳的声音如魔音传脑，“我知道你们之中有人拿了剑，而我一定要得到它。对抗我是无用之举，这场仗对你们来说已经结束了。宝剑最后的传人早已陨灭，你们必须把剑给我！”

派那蒙第一次哑口无言，他完全不知道这个黑色怪物在说些什么，但他也知道，那头野兽决心要杀了他们，跟他说什么都没有意义。高大的小偷举起他的左手，用上头的铁刺抚弄着他的小短胡，英勇地笑了笑，飞快看了一眼站在一旁的巨人。两人心照不宣，他们知道这将是一场至死方休的决斗。

“不要傻了，凡夫俗子！”接着是一声刺耳的嘘声，“你们对我来说毫无用处，我只在乎宝剑。就算是大白天，我还是可以轻易除掉你。”

突然间谢伊看到了一线生机。亚拉侬曾经说过，骷髅使者的力量会随着日光而减弱，也许它们在太阳底下就不是无敌的了，也许这两个身经百战的盗匪可以放手一搏。但是他们要怎么消灭一个非生物、一个存在于实体内的不朽亡灵？此时无人轻举妄动，后来那怪物突然往前跨步，派那蒙立刻用完好的右手以闪电般的速度拔剑出鞘，伏低身子准备攻击。凯尔赛特也在同一时间单手抄起沉重的钉头锤进入战斗模式。骷髅使者迟疑不前，灼热的目光注视着步步进逼的岩石巨人，头一次以这么近的距离看着这个巨型生物。然后它深红色的眼睛惊讶地睁大了。

“凯尔赛特！”

然后红衣人惊愕地两眼圆瞪，还在思考骷髅使者怎么会认识沉默的巨人，下一秒钟，那怪物难以置信的眼里映照出派那蒙眼里同样的情绪，然后巨人便以令人炫目的速度发动攻击。凯尔赛尔用强有力的右手抛出钉头锤，正中黑色骷髅怪物的胸部，发出骨头被碾碎的嘎吱声。派那蒙也箭步向前，铁刺和剑身同时挥向怪物的颈胸。但是致命的北境怪物并没有这么轻易被打败，从钉头锤的重击中缓过神来后，利爪挡住派那蒙的武器，另一只手立刻将他重击倒地。那愤怒的双眼瞬间燃烧，朝着头晕目眩的小偷发出一记红色闪电。他敏捷地扑向另一边，电光攻击也随即跟上，但这次猝不及防的袭击弄焦了他的衣服，他也再次被击倒。

就在攻击者打算乘胜追击时，凯尔赛特忽地扑向他，将它压制在地。尽管骷髅使者身形已经十分壮硕，但是在岩石巨人前却显得矮小，人兽在地上扭打成一团。派那蒙仍然跪着，晕眩不止，他一直摇头，希望能把这股晕眩感给摇掉。谢伊意识到他也必须做些什么，于是冲到那小偷身边，豁出去抓住他的手臂。

“石头！”他拼命哀求，“快把那些石头给我，我就能够帮忙了！”

小偷伤痕累累的脸抬起来怒瞪他，粗鲁地把谷地人推开。

“闭嘴，站到一边去！”他大吼，摇摇晃晃地站起身来，“现在别耍花招，朋友。留在原地就好！”

拾回了剑，他又加入战局，协助他的伙伴，妄图给骷髅使者一记扎扎实实的打击，但却徒劳无功。三人在战场上来回搏斗，地精和精灵的遗骨形同遭到鞭尸般不断遭到践踏。派那蒙体格虽不如另外两个强壮，但是他动作敏捷，而且非常耐打，每每都能机灵地闪过北境怪物的电光攻击。而凯尔赛特不可思议的力量几乎就快比上骷髅怪物的灵力，那邪恶的东西甚至已经开始感到情况不妙。巨人粗糙的皮肤被火炮烫伤烧焦的地方不下十数个，但是他毫不在乎，持续猛烈攻击。谢伊在一旁干着急，也很想帮忙，但他的力量和体格都远不如他人，再加上他的武器跟他们无法媲美。要是能够拿回那些石头的话……

在灵界怪物持续不断的攻击下，两个凡人也开始感到疲倦，他们的攻击没有任何实质功效，这才理解光靠人类的力量无法打败灵界攻击者。他们就快要输掉这场战斗了。突然间，英勇的巨人一个踉跄，一边膝盖重重跪下，骷髅使者逮住机会，伸出利爪猛烈攻击巨人裸露的颈部到腰部，遭受重击的巨人后仰倒地。派那蒙怒气攻心，大叫一声，疯狂地对怪物发动一连串攻击，但是都被挡下。急于进攻的他，后防漏洞百出，黑魔君的特使立刻见缝插针，一只手将对手的铁刺格开，两眼眯成一条线，迸出的火光直直射进派那蒙的胸部，灼烧他的手脸附近，最后他也失去意识，不支倒地。要不是谢伊，骷髅使者当下就要了断派那蒙的性命，他看到二人身陷险境，无视自己的恐惧，将长矛射向攻击者未设防的头部，结果正好打中怪物的脸，它来不及挡下突袭的利爪气急败坏地抓住自己的脸，试图缓解痛楚。派那蒙仍然一动不动地躺在地上，但是经久耐战的凯尔赛特又重新站了起来，用双手将骷髅怪物的头紧紧锁在自己的腋下，睚眦俱裂、咬牙切齿的模样仿佛要将它夹爆似的。

在怪物挣脱之前，只有短短几秒钟的时间可以行动。谢伊冲到派那蒙身边，大叫着要他醒来。遍体鳞伤的他用超人般的勇气回应谢伊，随即因为气力使尽昏了过去。谢伊拼命摇晃他让他保持清醒，乞求他把石头给他。现在只有石头能够帮助他们了，谷地人绝望地大喊。它们是活命的唯一希望了!

他回头看向缠斗中的巨人和怪物，让他惊恐万分的是，凯尔赛特渐渐失去对怪物的钳制，再过几秒钟，那怪物就要自由了，而他们就要完蛋了。接下来，他的手里意外塞进了一个小皮囊——派那蒙用沾满血的拳头把那些珍贵的石头还给他了。

跳离倒下的派那蒙，谷地人赶紧拉开皮袋上的细绳，把三颗蓝色石头倒在掌心。在那一刻，骷髅使者也挣脱了凯尔赛特的束缚，一切就要完结之际，谢伊放声喊叫，握紧石头伸向攻击者，祈祷它们的神秘力量现在能够帮助他。当那怪物一转身，耀眼的蓝色光辉瞬间四射，骷髅使者这才看到沙娜拉之剑的传人唤醒了精灵石的力量。它燃烧的双眼转而攻击谷地人，但一切为时已晚。蓝色的光芒封锁并粉碎了最后攻击，伴随着不断涌现的强大能量，笔直地射向前方蜷缩的黑色怪物，发出刺耳的爆裂声，那怪物痛苦不堪地扭曲嚎叫，直到黑暗的灵体被抽离生物的躯壳。凯尔赛特一跃而起，捡起一根长矛，将手臂高举过头，狠狠刺穿怪物的背。北境怪物疯狂颤抖，全身扭曲成一团，发出最后一声尖叫后，便缓缓滑落地面，黑色的躯体化为尘土，只剩下一堆黑色灰烬。谢伊静止不动，石头延伸出去的光线依旧集中在那一堆灰尘上，之后灰尘颤动了一下，从中间升起了一团乌云，如一缕轻烟冉冉升起后消失在空中。宝石不再发出蓝光，战斗也结束了，三个凡人跟雕像一样杵在静默与空旷的杀戮战场上。

片刻过后，三人还是不动如山，依然深陷在这场激烈对战突然结束的震惊当中。谢伊和凯尔赛特凝视着那一小堆黑色灰烬，仿佛在等着它死而复生似的。派那蒙疲倦地侧躺在地上，用一边的手肘把自己撑起来，烧伤的双眼急切地想要搞清楚刚刚到底发生了什么事。

最后凯尔赛特小心地走上前去，伸出脚去拨弄骷髅使者残留下来的灰烬，看看有没有漏了些什么。谢伊静静地看着，机械地把三颗精灵石重新放回袋子，收到衣服里。然后他马上想起了派那蒙，快速转向受伤的小偷，不过生命力顽强的南方人已经坐了起来，深棕色的眼睛充满疑惑地盯着谷地人。凯尔赛特匆匆跑过来，温柔地将他的伙伴扶起来站着。他的身上有许多烧烫伤和刀伤，脸上和胸膛被熏得焦黑，还有多处破皮，幸好骨头没断。看了凯尔赛特一会儿后，他甩掉扶着他的手臂，步履蹒跚地走向等在一旁的谢伊。

“我想得果然没错！”他大发雷霆，粗喘着气，摇着头，“你果然对我有所隐瞒，尤其是有关于石头的部分。你为什么不一开始就说实话？”

“你才不会相信！”谢伊辩解，“而且，关于你自己和凯尔赛特的事你也没有跟我说实话，”他停下来瞥了一眼高大的巨人，“我不认为你很了解他。”

小偷伤痕累累的脸难以置信地打量着谷地人，然后一抹微笑慢慢地从他鼻青脸肿但依然帅气的脸上漾开，仿佛突然又看到了好笑的东西。不过谢伊认为他的一番评论让派那蒙刮目相待，他从对方深幽的眼里看到了不情愿的尊敬。

“你说的可能没错，我开始觉得我对他一无所知了。”微笑扩大为爽朗的笑，那窃贼锐利的目光落在巨人面无表情的脸上，然后又看回谢伊。

“你救了我们的命，谢伊，这份恩情我们永远无法偿还。现在我要说，那些石头是你的，我不会再跟你抢了。不光如此，我保证，只要你有需要，我必当为你效犬马之劳。”

他疲倦地住口，平稳呼吸，因为身受重伤，依旧抖得厉害。谢伊赶紧向前搀扶，但是高大的小偷让他别靠近，摇头表示拒绝。

“我认为我们可以成为好朋友的，谢伊。”他严肃地喃喃自语，“但要是不坦诚以告，就无法成为朋友。我想关于那些石头，那个差点毁了我辉煌人生的怪物，还有我从没见过的什么该死的剑，你都欠我一些解释。而我也会解开你对凯尔赛特跟我的误解，以作为交换。

你同意吗？”

谢伊怀疑地对他皱着眉头，试着从他的脸上看出他内心所想。最后他肯定地点点头，甚至还露出了浅笑。

“真替你的决定高兴。”派那蒙衷心赞赏，拍拍他纤瘦的肩膀。但下一秒，高大的小偷就因为失血过多而引发的晕眩感瘫倒了。其他两人立刻冲到他身边，不管他嚷嚷着他还很好的抗议，强迫他保持仰躺姿势，然后凯尔赛特就像母亲一样拿沾湿的布轻轻地帮他洗去脸上的脏污。巨人从无敌破坏王变身为温柔小护士，中间巨大的转折让谢伊大感惊奇。他一定有些非比寻常的故事，而且奇怪的是，谢伊肯定凯尔赛特必然跟黑魔君以及追寻沙娜拉之剑脱不了关系。骷髅使者认识岩石巨人，这点已经毋庸置疑。双方之前肯定遇到过，而且绝不是和平相待。

派那蒙神智虽然是清醒的，但是他的状况实在不适合长途旅行，他多次试着起身，都被凯尔赛特强制但温柔地推回去。暴躁的小偷激动地咒骂，要求让他站起来，但凯尔赛特都充耳不闻。最后他终于明白他哪儿也去不了，便要求凯尔赛特带他离开太阳休息一会儿。谢伊环顾四周的荒原，在合理走路范围内就能到达的阴凉处，就是南边包围着德鲁伊要塞的森林。派那蒙之前曾经表明他不会接近帕瑞诺，但是现在不是他说了算。谢伊指向南方不到一英里远的森林，凯尔赛特点头表示同意。伤员一看到谢伊建议的地方，气急败坏地喊着他宁愿死在这里，也不要被带进那片森林。谢伊试着说服他，向他保证跟他待在一起，如果谢伊的同伴找来时，他不会有危险，不过他似乎受到一些有关于帕瑞诺的奇怪传言的影响。谢伊必须一笑置之，要派那蒙回想他曾经经历过的那些惊心动魄、生死交关的冒险。

就在两人对话期间，凯尔赛特缓缓站起身来扫视四周，若有所思。在他屈身贴近他们时，他们还在说个不停，凯尔赛特便突然给了派那蒙一个手势，打断两人对话。那小偷点点头，脸上血色尽失。谢伊忧虑地准备起身查看，但被小偷强壮的手压了下来。

“凯尔赛特刚刚发现我们南边的灌木丛里有东西在动。他在这里无法确定那是什么，它就在这个战场边缘，大约在我们和森林中间的位置。”

谢伊脸色瞬间刷白。

“准备好你的石头以防万一。”派那蒙小声交代，看来十之八九他认为有第二个骷髅使者潜伏在灌木丛里，等待太阳下山和他们放松戒备的机会。

“我们要怎么办？”谢伊担心地问道，并揪紧胸前的小袋子。

“先发制人！”派那蒙急躁地表示，示意凯尔赛特把他抱起来。

巨人顺从地俯身将他抱在怀里，谢伊拿着小偷落下来的剑，默默地跟着凯尔赛特往南方去。派那蒙依旧絮絮叨叨讲个不停，一边敦促谢伊加快脚步，一边责怪凯尔赛特对伤员太粗鲁。谢伊实在无法让自己放松，走在后面左顾右盼，大有草木皆兵之感。他的右手紧紧握着小皮袋，里面的精灵石是他们对抗黑魔君爪牙的唯一武器。离开他们刚刚和骷髅使者对战约莫一百码处，派那蒙突然叫大家停下来，痛苦地抱怨着他肩膀的伤势，凯尔赛特便轻轻地将他放下来。

“我的肩膀再也受不了这种粗鲁的对待了！”派那蒙大肆咆哮，意有所指地看着谢伊。

谷地人马上知道就是这里了，他用颤抖的双手打开皮袋取出精灵石，凯尔赛特随手拿着他的钉头锤，从容不迫地站在兀自嘀咕的盗贼身边。谢伊紧张地环顾四周，他的目光停留在灌木丛里的一个隆起处，然后迅速地扫向左方的另外两个。有个地方出现了非常轻微的动静，他的心提到了嗓子眼。

凯尔赛特立刻行动，一个转身跳进灌木丛中，消失在视线之外。

20

接下来场面混乱不堪。一个超高分贝的恐怖叫声喊得整片灌木林都为之颤动，派那蒙挣扎着爬起来，叫谷地人把左手拿着的阔剑丢给他。但谢伊置若罔闻，静静地站在原地，另一只手紧握着精灵石，惊恐地等着灌木丛里某个不知名的怪物。派那蒙喊到不支倒地，也没能让谢伊注意到他的请求，更是无力走到谢伊那儿。灌木丛间零星地传出尖叫声，还隐约带有拍击的声响，接下来是一片静默。不一会儿，凯尔赛特回来了，一只手仍握着沉重的钉头锤，另一只手上还拎着一个地精。脖子被锁住的地精不断挣扎扭动，还是摆脱不了巨人钢铁般的钳制。在巨人的衬托下，地精黄色的身影显得异常瘦弱，手脚四处挥舞，像条尾巴被拽住的蛇。地精是闻名遐迩的猎人，通常都穿着皮外衣、狩猎短靴，腰间还系着剑带，而剑正如谢伊所猜想的一样，是在灌木丛的搏斗中丢失了。凯尔赛特走向勉力坐起身的派那蒙，尽职地把俘虏带向前以供盘查。

“让我走，让我走，我要诅咒你！”地精充满怨毒地大声叫骂，“你没有这个权利！我又没做什么事！我跟你说，我甚至连武器都没有，放我走！”

派那蒙饶富兴味地地看着这个小东西，如释重负地摇摇头。地精接连不断的求饶，让他忍不住笑出声。

“好个可怕的对手，凯尔赛特！如果你没抓到他的话，他可能会要了我们所有人的命。那肯定会是一场恶斗！哈哈，我实在无法相信，我们本来还担心是另一头黑色怪物！”

可是谢伊觉得一点也不好笑，他想起穿越阿纳尔时遇到的地精可不是这副模样，他们既危险又狡猾，他才不认为他们毫无威胁。派那蒙看到谢伊严肃的表情，也收起玩心，把注意力转向谢伊。

“别生气，谢伊。我把笑话他们当成娱乐，好让自己头脑清醒。好啦，言归正传，我们该拿我们这位小朋友怎么办啊？”

地精惊恐万分地盯着眼前不再带笑意的男人，两眼圆睁，开始哀嚎。

“拜托，让我走吧，”他卑屈地哀求，“我会走得远远的，不会跟任何人提起你们。你们说什么我一定照做。好朋友，让我走吧。”

凯尔赛特紧紧地扣住地精的脖子，在派那蒙与谢伊面前将他提至离地一尺高，地精被勒得无法呼吸。看到地精快要窒息的惨状，派那蒙终究还是示意巨人放开他，让在半空中挣扎的他回到地面。针对地精的苦苦哀求，派那蒙考虑了一会儿，快速跟谢伊使个眼色后，猛地转过来面对他们的俘虏，左手前端的短矛直指地精的喉咙。

“我看不出有什么理由让你活命，更别说是放你走了，地精。”他厉声道，“我想对我们大家都好的办法，就是现在在这里就割断你的喉咙，之后就不需要再担心你惹出乱子了。”

谢伊虽然不信他是玩真的，但是他的声音听起来却是异常认真，吓破胆的地精喘不上来气，双手握在前面讨饶，哭求的样子连谢伊都觉得尴尬。但是派那蒙不为所动，就只是坐在那里注视着那个倒霉鬼被吓坏的脸。

“不！不！我求你，不要杀我。”地精拼命恳求，瞪得老大的绿色眼睛哀求地看向每一张脸。“拜托，拜托让我活命——我还有利用价值，我可以帮忙！我可以告诉你们沙娜拉之剑的事！我甚至可以帮你们得到它！”

他意外地提到沙娜拉之剑，让谢伊着实吃了一惊，于是他把手放在派那蒙的肩膀上制止他。

“所以你可以跟我们说有关沙娜拉之剑的事，是吗？”派那蒙冰冷的声音听起来兴味索然，完全忽略了谢伊，“你可以跟我们说些什么？”

地精紧绷的身躯稍微放松，眼睛也回复正常大小，滴溜溜地转着，希望能够抓住任何活命的机会。但谢伊却从他的眼里看出了另外的东西，一种他也说不清楚的感觉。有一刹那地精松懈了下来，露出异常狡猾的神情，但瞬间又换上他完全臣服与无助的嘴脸。

“如果你愿意的话，我可以带你去找剑。”他低声说道，怕有人听到似的，“我可以带你去，如果你保证不杀我！”

派那蒙抽回左手，短矛在地精脖子上留下一条小小的血痕。凯尔赛特依旧不动声色，对眼前发生的事似乎一点兴趣也没有。谢伊想要警告派那蒙那个地精的重要性，但凡能从他身上挖到一点沙娜拉之剑的蛛丝马迹都好，但是他知道那小偷想要吊俘虏的胃口所以才故弄玄虚。谢伊不清楚派那蒙对剑的传说知道多少，到目前为止，他对种族战争一直表现出漠不关心的样子，也没有迹象显示他知道沙娜拉之剑的历史。他看着全身直打哆嗦的俘虏，严厉的表情略微放松，嘴角出现一抹淡淡的微笑。

“这把剑很值钱吗？我可以换到黄金吗？”他随口问道。

“对某些人来说，那把剑是无价之宝，”对方保证，点头如捣蒜，“有人会愿意付出一切换得那把剑，在北境……”

他突然住口，担心他已经透露太多。派那蒙露出豺狼般的微笑，对谢伊点点头。

“这个地精说，那把剑对我们很值钱，”他揶揄着，“地精不会说谎，你会吗，地精？”地精黄色的头摇得像拨浪鼓似的，“那么，也许我们应该让你活久一点，好证明你可以拿出值钱的东西来交换你这副没用的臭皮囊。我可不想为满足我与生俱来猎杀地精的欲望而丢掉一个赚钱的机会。你意下如何，地精？”

“您的决定真是太正确了！您明白了我的价值！”地精哀嚎着，在派那蒙跟前像狗一样摇尾乞怜地跪着，“我可以帮忙，我可以让您变得有钱。包在我身上。”

派那蒙脸上堆满笑意，壮硕的身躯松懈了下来，用完好的那一只手搭在地精窄小的肩膀上，仿佛他们是老朋友似的。他拍着那佝偻的肩膀不下一次，像是要俘虏放宽心的样子，然后还一边鼓励性地点点头，目光从地精看向凯尔赛特，再看向谢伊，然后又绕回来。“告诉我们你一个人在这里做什么，地精……”派那蒙催促他回答，“哦，顺道一问，你叫什么名字？”

“我叫奥尔·费恩，是上阿纳尔佩欧部落的一名战士，”他急切地应答，“我……我是从帕瑞诺来这里传信的，但他们全都死了，我也无能为力。然后我就听到你们的声音便躲了起来，我怕你们是……精灵。”

他停下来，害怕地看着谢伊，沮丧地注意到年轻人精灵般的面孔。谷地人处变不惊，什么也不做，等着看派那蒙会有什么反应。派那蒙理解地看着地精，友善地对他报以微笑。

“来自佩欧部落的奥尔·费恩。”高大的小偷慢条斯理地复述，“猎人、勇士齐聚的伟大部落。”他摇摇头，仿佛在惋惜着什么事似的，然后又转向地精。“奥尔·费恩，如果你想要证明你的价值，我们一定要互相信任，谎言只会阻碍我们的伙伴关系。战场上有一面佩欧军旗，那是你在地精国所属的部落，当他们双方交战的时候，你一定也在那里。”

地精哑口无言，骨碌碌的绿色眼睛带着恐惧和怀疑。派那蒙依旧一派轻松地对着他微笑

“看看你是什么模样，奥尔·费恩，身上血迹斑斑，前额还有刀伤。为什么不说实话？你一定在这里，对吗？”极具说服力的声音诱使对方马上点头，派那蒙开怀大笑，“你当然在那里，奥尔·费恩。当你们遭到精灵攻击时，你奋力抵抗，直到你受伤了，可能是被击昏了，嗯，然后你就一直躺在那里，直到我们过来之前不久才醒来。对不对？”

“对，就是这样！”地精马上承认。

“不，那才不是事实！”

现场气氛为之凝结。派那蒙脸上笑容依旧，进退两难的奥尔·费恩眼里流露出怀疑的神色，嘴边挂着似笑非笑的表情。谢伊好奇地看着两人，不知道两人在玩什么把戏。

“听着，你这个说谎的鼠辈，”派那蒙敛去笑意，冷峻的神情令人望而生畏，“打从一开始你就谎话连篇！佩欧人会戴佩章，你却什么章都没有。你才不是在打仗时受伤的，你头上的伤根本就没什么！你是个拾荒者，你是逃兵，对吧？不是吗？”

派那蒙抓住地精的领口猛摇，力量大到谢伊都可以听到他牙齿打颤的声音。瘦小的俘虏气都快喘不上来了，无法相信事态发展怎么会突然急转直下。

“对，对！”他终于坦承，派那蒙用力一甩，将他推到凯尔赛特手中。

“背弃你的族人……”派那蒙一脸不屑地吐出这几个字，“所有的生物中，最低等的就是背信者。你在这个战场上从死者身上搜刮了值钱的东西，那些东西在哪里，奥尔·费恩？谢伊，去搜一搜他刚才藏身的灌木丛。”

正当谢伊向灌木丛走去，还在挣扎着的地精发出了最恐怖的尖叫

声，让他认为凯尔赛特一定是扭断了地精的脖子。不过派那蒙只是笑着对他点头，示意他继续，现在他确信地精一定藏了些什么在灌木丛里。谢伊穿过浓密的树枝，仔细搜索有东西藏匿的任何迹象。因为凯尔赛特和地精刚刚一阵扭打，附近地面和树枝早已经面目全非，他实在不能立即看出端倪。他在附近找了许久，打算放弃时，突然瞥见灌木丛另一头有个东西被树叶树枝和泥土给盖住，只露出一半。用短猎刀和手，他很快地挖掘到一个装着金属物的长形布袋。他大声地告诉派那蒙这一发现，然后马上听到悲痛欲绝的俘虏发出一连串哀嚎的声音。谢伊清除了上面的遮盖物，把布袋拉出灌木丛，丢到众人面前。奥尔·费恩简直就要抓狂，逼得凯尔赛特用两只手才能制住他。

“不管这里有什么，对我们的小朋友来说肯定很重要。”派那蒙对谢伊咧嘴一笑，伸手去拿布袋。

谢伊走到他身边，看着派那蒙解开布袋上方的皮绳，把手伸进去一探究竟，不过他马上又改变主意，抽出手，把布袋里的东西全部倒出来。其他人看着被地精藏起来的东西，好奇地逐一审视。

“垃圾！”派那蒙考虑了一会儿得出结论，“都是垃圾，地精真是蠢到家了，才会担心这些不值钱的玩意儿。”

谢伊默默看着地上的东西，不过是一些匕首、刀啊剑啊之类的东西，有些还带着剑鞘。另外还有少部分廉价的珠宝在太阳光下闪闪发亮，以及一两枚地精币，除了地精之外，这钱币对其他人来说根本一文不值。这些东西看起来还真是垃圾，不过奥尔·费恩显然不这么认为，谢伊忍不住为可怜的地精摇摇头。当他背弃部落时，他也失去了一切，如今只拿得出手这些个破铜烂铁和便宜珠宝。现在看来地精得为欺骗派那蒙赔上他的小命了。

“死得真不值，地精。”派那蒙咆哮，向凯尔赛特点个头后，后者便高高举起他的钉头锤，准备了结倒霉的家伙。

“不！不！等等！等一下！拜托！”地精哭喊着，现在他已经死到临头，这将是他最后的请求。“关于剑的事，我没有骗你，我发誓我没有！我可以帮你找到它！你不知道沙娜拉之剑对黑魔君有多重要吗？”

谢伊想都不想，便伸出手抓住凯尔赛特的手臂。巨人似乎明白他的意思，慢慢放下了钉头锤，好奇地看着谢伊。派那蒙火冒三丈，准备开骂，但话到嘴边他就犹豫了。他想知道谢伊之所以在北境的原因，看来跟沙娜拉之剑有很大的关系。他瞪着谷地人，然后又转向凯尔赛特，无所谓地耸耸肩。

“我们可以晚一点再取你的狗命，奥尔·费恩，如果这又是你的诡计，你的下场自己清楚。在他不值钱的脖子上绑一条绳索，让他一个人待着。谢伊，如果你可以帮我站起来，并借我靠一下，我想我可以走到树林那边，凯尔赛特会盯着我们那聪明的小东西。”

谢伊协助受伤的派那蒙站了起来，并扶着他小心翼翼地前进了几步。凯尔赛特在地精脖子上绑了一条绳子，还另外留了一段可以牵着。地精毫无怨言地任由巨人将他绑起来，尽管他仍旧有些心烦意乱。谢伊觉得地精说他知道在哪里可以找到沙娜拉之剑是骗人的，只是在想办法拖延，找机会逃命。虽然谢伊不会亲手杀了他，也不会同意让人杀了他，不过他还是一点也不同情这个说谎精。奥尔·费恩是个懦夫、背信者，是个捡破烂的腐食者，一个只顾自己不顾他人或国家的人。谢伊现在知道地精先前的苦苦哀嚎和卑躬屈膝，全是为了掩饰他的奸诈狡猾和不可救药所精心设计的面具，一旦他认为自己不再有危险后，就会毫不留情地割断他们的喉咙。谢伊几乎有个念头，希望刚刚凯尔赛特已经了断那个家伙的性命，好让他们不再有后顾之忧。

派那蒙暗示谢伊他已经准备好前往林地，但是没走两步路，奥尔·费恩苦苦哀求的声音就让他们停下脚步。不开心的地精说，如果不让他保有他的布袋和宝物，他就拒绝前进。他顽固的嚎叫抗议让派那蒙为之气结。

“有什么关系呢，派那蒙？”谢伊最后也被烦到受不了了，“如果那样能让他高兴的话，就让他拿着那些小玩意儿吧。等他安静下来，我们再处理掉那些东西。”

派那蒙烦心地摇了摇头，最后也不甘愿地点头表示默许。他已经受够了奥尔·费恩。

“很好，仅此一次，下不为例，”得到小偷的允许，奥尔·费恩马上住嘴，“但是，如果他再一次像这样哭天抢地的话，我会割掉他的舌头。凯尔赛特，让他离那布袋远点，我可不想让他拿到武器割断绳索来对付我们！那些烂刀可能没办法做得干净利落，会让我死于败血症。”

谢伊忍不住噗哧一笑。老实说，这些武器品相极差，他由其中一把鞘上带有手和火炬的剑，想到了沙娜拉之剑。那把剑虽然花哨，但剑鞘上刷的劣质金漆也斑驳脱落，而皮制刀鞘也让他无法判断剑刃的情况。但如果落在诡计多端的奥尔·费恩手里，可能就变成致命的危险武器。凯尔赛特一肩背起那个布袋和里头的东西，一行人继续往树林方向前进。

这段路相对短程，但是谢伊因为得支撑着受伤的派那蒙，抵达森林边缘时就已经累坏了。一行人在小偷的命令下停了下来，为了以防万一，他派凯尔赛特回去清理他们走过的足迹，另外再多留几条假线索混淆视听，以免后有追兵。谢伊并不反对，虽然他也希望亚拉侬和其他伙伴会来找他，但他更担心地精猎人，或是骷髅使者可能会发现他们的行踪。

把地精绑在树上后，巨人便折返刚刚的杀戮战场，抹灭他们走过的证据。派那蒙无力地倚靠在一棵巨大的枫树下，而疲惫的谷地人瘫倒在他对面，心不在焉地看向树梢，大口大口呼吸林间空气。太阳落得很快，西边的天空已透着些许蓝黑色，预示着夜幕将至，不到一个小时天就会完全黑了，夜晚将有助于他们躲避敌人。谢伊强烈地渴求伙伴们的协助，他怀念亚拉依的英勇无畏和锦囊妙计，怀念巴力诺、韩戴尔、都灵、戴耶的勇气，甚至还有暴躁的曼尼安·利亚。但他此刻最希望弗利克带着坚定不移的忠诚与信赖与他同行。派那蒙虽然是个很好的同伴，但他们之间并没有真正意义上的羁绊。小偷囿于世故，多疑且狡诈，缺乏最基本的真诚与信任。而凯尔赛特更是一个连派那蒙都不甚了解的神秘人物。

“派那蒙，你之前说到会解释凯尔赛特的事，”谢伊轻声提到，“关于骷髅使者怎么会认识他。”

过了一会儿都没有回应，谢伊起身查看他是不是没听见，结果派那蒙正静静地看着他。

“骷髅使者？看起来你对这整件事比我了解的多。你来告诉我有关我的巨人伙伴的事情吧，谢伊。”

“你把我从地精手里救出来时，说的那些话不是事实吧？”谢伊问道，“他并不是被他族人赶出家门的怪人，他也没有因为被攻击而杀害他们，是吧？”

派那蒙愉悦地笑着，用他的铁矛搔起胡子。

“或许吧，也许那些事情真的发生在他身上，我不知道。我总是觉得他一定经历过些什么，导致他跟我这样的人在一起。他不是小偷，我不知道他是做什么的，但他是我的朋友。我没有骗你。”

“他从哪里来的？”沉默了一会儿后，谢伊继续问道。

“两个月前我在这里的北边找到他，他正从查诺山上下来，全身是伤，体无完肤，像行尸走肉一样。我不知道他发生了什么事，他不说我也不问，他有权像我一样隐瞒他的过去。我照顾了他好几个星期，我懂一点手语，他也懂手语，所以我们还能够沟通，他的名字是我从他的手语猜的。我们对彼此了解并不多，只有一点。当他痊愈后，我问他要不要跟我一起走，而他也同意了。我们有过一些美好时光，你也知道，他不是真的小偷真是太可惜了。”

谢伊摇摇头，对最后一句话忍俊不禁。派那蒙可能永远也不会改变。他不想也不愿去改变他的生活方式，他唯一在意的人是那些同样与命运抗争，以武力为自己取得利益的人。但即便是一个小偷，友谊对他们来说也弥足珍贵，不容践踏。就连谢伊都开始觉得跟浮夸的派那蒙产生了某种不太可能会产生的友谊，因为他们的个性和价值观简直就是南辕北辙。不过他们都理解对方的感受，他们曾在战场上并肩作战，对抗共同的敌人。或许这正是友谊的基础。

“骷髅使者怎么会认识他？”谢伊追问。

派那蒙耸肩，表示他不知道或是他根本不在乎。不过谢伊觉得一定不是后者，他一定很想找出两个月前凯尔赛特之所以会出现的原因，他隐藏的过去肯定跟灵界怪物有关。当时在灵界怪物残暴的眼里，谢伊发现恐惧的影子，他想不通强大如骷髅使者会害怕这样的凡夫俗子。派那蒙也看到了，心里一定也有着同样的疑问。

等到凯尔赛特加入他们时，已是夕阳西下，只剩下落日余晖勉强照亮黑暗的森林。巨人已经完全清理掉了他们来时的痕迹，还留下一些虚虚实实的痕迹来迷惑追踪之人。现在派那蒙可以自己使得上力了，但还是要求凯尔赛特扶他，直到他们找到合适的营地，因为天黑得太快了，再不行动就晚了。谢伊则被分配到牵着绑住奥尔·费恩的绳子，虽然不喜欢，他还是没有怨言地接受。这一次，派那蒙又想丢了那个破旧的布袋和里头的东西。但是地精绝不轻言放弃他的宝物，又发出惊天动地的痛苦哀号，那小偷喝令塞住他的嘴，到最后他只能发出隐约的呻吟声。但是等到他们打算进入森林时，地精干脆把自己往地上一扔，被派那蒙猛踢狠踹也拒绝起身。虽然让凯尔赛特一边扶着派那蒙一边扛着地精并不是问题，但实在太麻烦。派那蒙暗自咒骂地精，最后还是让凯尔赛特去捡回布袋，四人才又继续前进。

当天色已经暗到无法判断方向时，派那蒙让大家在一小块空地前停下来，这里的大橡树枝繁叶茂，彼此相连，形成一个天然的屋顶。将奥尔·费恩绑到树上后，其余三人各自生火准备晚餐，等到食物备好，奥尔·费恩也被放下来吃饭。虽然派那蒙并不确定敌人在哪里，但是他觉得生个火还是安全的，晚上不会有人追踪他们。如果他知道帕瑞诺悬崖周边森林的危险性，他应该会坐立难安。但巧合的是，四人刚好是在这片森林与帕瑞诺悬崖天然屏障森林的西向交界处。他们所处的位置恰好人迹罕至，是黑魔君的爪牙们很少去到的地方，也几乎不可能被他人撞见。

经过一整天的长途跋涉，一行人又累又饿，就连烦人的地精也难得安静，大口大口地吃着，狡黠的脸靠近火堆取暖，深绿色的双眼警惕地打量着每一个人。谢伊毫无察觉，他专注地想着如何跟派那蒙讲他的身世、他的伙伴们，最重要的是，关于沙娜拉之剑的事。直到晚餐吃完了，他还没有拿定主意。俘虏再次被绑回最近的橡树，在他再三保证绝对不会哀叫之下，便不再塞住他的嘴，然后派那蒙舒适地坐在快要烧完的火堆旁，注意力回到谢伊身上。

“谢伊，是时候告诉我关于那把剑的事了，”他轻快地开场，“不要说谎或有所保留。我保证我会提供协助，但是我们必须互相信任。我已经对你开诚布公，希望你对我也一样。”

因此谢伊便将一切告诉了他。一开始，他并不打算如此，他也不确定他应该说多少，但是一件接着一件，等他意识到时，他已经全盘托出。他从亚拉侬的出现讲起，随后说到了骷髅使者逼得兄弟俩逃出穴地谷的事情，接着是他们前往利亚的旅途以及与曼尼安的相遇，还有从黑橡林到库海文的逃难之旅，就在那里他遇见了余下的伙伴们。他简单地描述了令他记忆犹新的前往龙牙山脉的那段旅程。最后，他解释了自己掉进克里斯河，并被冲到了瑞柏平原，被地精军队俘虏的原因。派那蒙从头听到尾，没有打断谢伊的话，对他的故事难以置信地瞪大双眼。深不可测的凯尔赛特坐在他身旁，粗糙却睿智的脸专注地看着谷地人。奥尔·费恩不安地动来动去，跟其他两人一起听着时，喃喃自语地说着一些听不懂的话，双眼圆睁，环顾四周，仿佛黑魔君随时会来似的。

“这真是我所听过最不切实际的故事了……”派那蒙最后表示，“实在是太不可思议了，连我都觉得难以置信。但我真的相信你，谢伊。我相信你，因为我亲身跟那个黑翼怪兽在平原对战过，也因为我亲眼见识过精灵石的神奇力量。但是关于那把剑和你是沙娜拉家族失落的传人——我不知道，你自己相信吗？”

“一开始我也不信……”谢伊坦诚说道，“但是现在我动摇了。发生了太多的事，我再也无法决定要相信谁或是相信什么。不管怎样，我必须归队，亚拉侬和其他人现在可能已经找到那把剑了，有关我的身世和那把剑的威力，他们可能会有解开这一切谜团的答案。”

奥尔·费恩突然狂笑，像个陷入幻觉的精神病人一般。

“不！不！他们没有拿到！”他尖声喊叫，“不！不！只有我能让你找到那把剑！我能带你去找它！只有我！你可以去找，哈哈哈，尽管去找。只有我知道它在哪里！我知道谁拿了那把剑！只有我！”

“我想他可能疯了。”派那蒙嘀咕着，命凯尔赛特把地精的嘴重新塞起来。“明天早上我们再来研究他知道些什么，虽然我很怀疑。但如果他知道有关沙娜拉之剑的任何事，他会告诉我们的，但愿他学聪明点！”

“你觉得他可能知道剑在谁的手里吗？”谢伊认真地问道，“那把剑意义重大，不光是对我们，对四境所有人民而言皆是如此。我们一定要挖出他到底知道些什么。”

“你心怀苍生，真是让我热泪盈眶。”派那蒙轻蔑地嘲讽，“他们是死是活我才不在乎，他们从来没有为我做过什么。除了他们带着鼓囊囊的钱包孤身赶路，但这种情况也少得很。”他看向谢伊失望的脸，毫不在乎地耸肩，“不过，我对那把剑还是很好奇，所以我还是很乐意帮你。毕竟，你有恩于我，我不会过河拆桥忘恩负义。”

凯尔赛特塞住地精的嘴后，重新加入他们坐在火堆旁。奥尔·费恩兀自发出一连串尖锐的笑声，一边念念有词颠三倒四地说着一些浑话，塞了布条也无法完全让他发不出声音。地精黄色的身影像被恶魔附身一般扭动，眼睛骨碌碌地转，谢伊心神不宁地看着他。派那蒙暂时忽略了俘虏的呻吟，但最后还是失去了耐心，一跃起身，拿起短刀作势要割了地精的舌头。地精终于安静了下来，他们也遗忘了他的存在。

“你为什么会认为？”又过了一会儿，派那蒙重新开口，“那个北方怪物相信我们把沙娜拉之剑藏了起来？这真的很奇怪，他说他可以感觉到剑在我们手上，你要怎么解释这一点？”

谢伊想了一想，最后还是不确定地耸耸肩。

“一定是因为精灵石的关系。”

“有可能。”派那蒙同意，若有所思地用完好的那一只手抚摸下巴。“坦白说，我还是不了解。凯尔赛特，你认为呢？”

岩石巨人严肃地看着两人，然后用手比出好几个简短的手势。派那蒙专注地看着，然后一脸不屑地转向谢伊。

“他认为那把剑非常重要，而且黑魔君对我们所有人都是极大的威胁！”那小偷开怀大笑。“我必须说，他可是个好帮手！”

“那把剑非常重要！”谢伊复述，声音在黑暗中慢慢消散，他们便不再说话，各自陷入沉思之中。

夜已深，微弱的火光外是深沉的黑夜，森林就像一堵隐蔽的墙，将他们围在这片小小的空地上，四周是虫鸣声，远处不时传来生物的嗥叫。透过树梢可以望见一片片深蓝色的夜空，点缀着一两颗星星。派那蒙又说了好一会儿的话，等到火堆完全烧尽，他起身踢了踢余烬，然后向其他伙伴道了晚安，终于不想再继续谈下去。凯尔赛特盖了毛毯后也马上倒头睡着，谢伊甚至还没选好适合的地方来睡。历经了长途跋涉以及和骷髅使者的对决，谷地人感到异常疲累，躺下来踢掉靴子后，随意地望着头上繁茂的枝叶，和隐隐约约露出来的夜空。

谢伊想着发生在他身上的一切，从穴地谷开始一路跋山涉水，咬紧牙关撑过来，但他依然不知道是为了什么。沙娜拉之剑的秘密，黑魔君，他的血统，一切尚未显山露水。而神秘的亚拉依带领他的伙伴们正在外面的某处寻找他。亚拉依可能是唯一一个知道所有答案的人。为什么他不在一开始就将一切告诉谢伊？为什么他总是语带保留，让他们无法彻底了解沙娜拉之剑未知的力量？

他转身侧躺，看着睡在他不远处的派那蒙，还可以听到凯尔赛特沉重的呼吸，伴随森林夜晚的声音有节奏地响着。奥尔·费恩背挺得直直地靠坐在绑着他的树旁，他的眼睛像猫一样在夜里闪闪发光，视线定在谢伊身上一动不动。谢伊和他四目相交，被他看得浑身不自在，但最后他还是强迫自己翻过身并闭上眼睛，很快就进入梦乡。他记得睡着前的最后一件事，就是紧紧抓着胸口前的小皮囊，不知道精灵石的力量在未来几天能不能继续保护他们。

谢伊在天还没全亮前，就被派那蒙一连串恶毒的咒骂声给惊醒。他几乎是呈现暴走状态，一边用力跺步一边破口大骂。谢伊还搞不清楚发生了什么事，他揉揉惺忪睡眼，用手肘撑起身体，眯着眼到处张望。他觉得他好像只睡了几分钟，全身肌肉酸痛，脑袋也一片混沌。派那蒙继续大发雷霆，凯尔赛特则静静跪在橡树旁。此时谢伊才明白，奥尔·费恩不见了。他连忙起身跑过去看。他最担心的事还是发生了。绑着地精的绳索断成好几截落在树干旁边，他逃跑了。谢伊失去了找到宝剑的机会。

“他怎么跑掉的？”谢伊生气地质问，“我以为你把他绑得牢牢的，不会让他拿到任何可以割断绳索的东西！”

派那蒙看着他，仿佛他是个蠢蛋，毫不掩饰一脸不屑的表情。

“我看起来像笨蛋吗？我当然绑好了他，不让他碰到任何武器。我甚至还把他绑在该死的树上，还塞住他的嘴以防万一。而你当时干吗去了？那小恶魔并没有割断绳索，而是用嘴咬断了！”

现在换成谢伊瞪大双眼。

“我没开玩笑，这些绳索是用牙齿咬断的，这鼠辈比我想得还诡计多端。”派那蒙气道。

“或许他是被逼急了，狗急跳墙，”谷地人经过沉思后说，“我在想为什么他没有杀了我们，他对我们应该恨之入骨吧。”

“作出这样的提议，你真是太没有慈悲心了，”对方假装不相信，“既然你问了，我就来告诉你为什么。他害怕他这么做的话会被抓个现行。那个地精是个背弃族人的人，是最低等的懦夫。除了逃跑，他没那个胆做其他事！什么事，凯尔赛特？”

巨人迟缓地移到他身旁，快速比了几个手势，然后指着北边，派那蒙厌恶地摇着头。

“没骨气的老鼠今天一早就跑了。更糟的是，那个蠢蛋往北边逃了，我们追去的话不太妙。他的族人可能会找到他，并替我们把他给了结了。他们不会庇护一个叛逃者。呸，就让他走吧！他不在更好，有关沙娜拉之剑的事说不定是他在说谎。”

谢伊含糊地点头，不全然相信地精说过的话都是谎言，尽管他看上去有些精神失常，但他表现得非常肯定他知道沙娜拉之剑的下落，以及谁拿了它。现在他已经知道一切秘密，这一点让谢伊非常紧张。他会不会跑去找剑了？他会不会知道剑在哪儿？

“忘了这一切吧，谢伊，”派那蒙无可奈何地说，“那个地精怕我们怕得要死，他只想逃命。他说他知道剑在哪里只是他要的一个小把戏，好拖延我们杀了他的时间，直到他找到逃跑的机会。你看看！他匆匆忙忙地离开，连他宝贝的布袋都忘了。”

谢伊现在才注意到那个布袋开口大敞着躺在空地的另一边。这实在很奇怪，奥尔·费恩这么死皮赖脸地制造一堆麻烦，就是要俘虏他的人拿着它一起走，结果他却抛弃了他视若珍宝的布袋。里面装着的东西若隐若现。谢伊疑心地看着那个布袋，走过去把里面的东西全倒了出来，刀剑、匕首、珠宝哐啷落地，堆成一座小山。凯尔赛特也来到谢伊身边，研究起这些被地精抛弃的东西，仿佛里头藏了什么秘密似的。派那蒙看了一会儿，也念念有词地加入他们，看了看这些武器和珠宝。

“我们就走我们的吧！”他轻声提议，“我们必须要找到你的朋友，谢伊，或许有了他们的协助，我们可以找出那把剑的下落。你在看些什么？你已经看过那些没用的垃圾了，又没有变。”

然后谢伊注意到了。

“不一样……”他缓缓地说道，“不见了，他拿走了。”

“什么东西不见了？”派那蒙暴躁地吼叫，朝着那堆垃圾踢了一脚，“你在说些什么？”

“那把古老的剑，外头套着一个皮制的剑鞘，上面有一只手和一个火炬。”

派那蒙很快扫过那一堆刀剑，好奇地皱着眉头。凯尔赛特忽然站挺身来，睿智的双眼直视谢伊，他也知道了。

“所以他拿了一把剑，”派那蒙咆哮着，“这并不表示他……”他猛地打住，震惊得合不拢嘴、目瞪口呆，“喔，不！不会是的，不行！你是说他拿了……？”

他不能停止想下去，但词语却卡在了喉咙里。谢伊沉默而绝望地摇着头。

“沙娜拉之剑！”

21

当天早上，谢伊和他的新伙伴面临着奥尔·费恩带着沙娜拉之剑逃之夭夭的可怕事实。同一时间，亚拉侬和其他伙伴也陷入他们自己的难关。在神秘学家的带领下，他们很快就逃出德鲁伊要塞，穿越如迷宫般的隧道，走到山下的森林里，一路上都没有遭遇阻碍，只在通道附近看到几个行色匆匆的地精，而城堡余下的守卫早前已经逃走了。等到一行人完全离开禁忌的高地，朝着北方前进穿越森林时，已经是日暮时分。亚拉侬笃定地精在他们和骷髅使者交手前已经将沙娜拉之剑移走，但无法确知他们是在什么时候完成这项任务的。伊凡丁一直在帕瑞诺森林北边巡逻，想要从那里运走宝剑势必会遇上他的士兵。或许精灵王已经得到了沙娜拉之剑，或许他甚至找到了失踪的谢伊。亚拉侬原本预期他们能在德鲁伊要塞相遇，现在他实在很担心这个小谷地人。当他在龙牙山脉用灵力寻找他时，确实看到谢伊和其他人往北朝着帕瑞诺前进，看来是有事发生让他们改道而行。尽管如此，谢伊是个机灵的家伙，还有精灵石的力量保护着他，德鲁伊只希望他们能够尽快找到对方，别再横生枝节，也希望再次见面时谢伊平安无事。

不过，还有其他刻不容缓的事宜困扰着亚拉侬。现下，地精增援部队开始大举进驻，用不了多长时间，他们就会发现亚拉侬等入侵者已经逃出城堡，跑进帕瑞诺周围森林里。事实上，地精根本搞不清楚他们要找谁，他们只知道有人侵入城堡，他们必须抓到或是消灭入侵者。黑魔君的特使还未抵达，而他本人也还不知道猎物已经逃了，还心满意足地在他的领地休息，自以为麻烦的亚拉侬已经葬身火海，沙娜拉的传人等一干人等都成了阶下囚，而沙娜拉之剑也在运往北境的途中。为了确保宝剑不被夺走，他提早派了骷髅使者南下，现在应该已经拦截到珍贵的宝物。而新进驻的地精开始大举搜查帕瑞诺周遭森林，寻找不明入侵者，因为认为他们会往南逃，便将大部分的搜查兵派往南边。

亚拉侬一行人持续朝北边前进，但是随着搜索的地精愈来愈多，他们行进的速度愈来愈慢。如果他们往南走的话，肯定逃不过地精的法眼，但敌人的主力都在南边，因此他们采用欺敌策略，躲避地精的追缉。等到他们走出森林时，天已经微微发亮，辽阔的史翠里汉平原近在眼前，他们的追兵也暂时被抛在了后头。

亚拉侬转身面对大家，带着倦意的脸表情严肃，但目光却相当坚决有神。他审视着每一张脸，仿佛第一次看到大家似的，最后他终于带着些许不情愿缓慢地开口。

“我们已经到达终点了，朋友们。帕瑞诺之旅到此结束，大家解散的时间到了，各人去走各人的路。至少就此时而言，我们已经失去拿回沙娜拉之剑的机会，而谢伊仍然行踪不明，我们无法确定要花多久时间才能找到他。但此时我们面临最大的威胁是北方的入侵，我们必须保护自己，以及各境的族人。我们没有看到原本应该在这个区域巡逻的精灵军队，看来他们已经撤军了，而撤退的唯一理由就是黑魔君已经开始南下。”

“所以说，他已经开始入侵了吗？”巴力诺简短提问。

亚拉侬严肃地点头，其他人面面相觑。

“没有剑就无法打败黑魔君，因此我们必须阻止他的军队。为了达成这个目的，我们必须尽快联合自由国家，现在说不定为时已晚。布罗讷将派兵攻占整个南境的中心地带，为此他只需消灭卡拉洪的边境军团就能得逞。巴力诺，边境军团必须守住卡拉洪，为其他国家争取更多的时间组成联军，好击退入侵者。都林和戴耶可以跟你一同返回泰尔西斯，再从那里回到他们的祖国。伊凡丁应该是率兵越过史翠里汉平原去支持泰尔西斯了，如果泰尔斯西失守，黑魔君就成功地阻断联军集结的道路，达到让联军无法组成的目的了。更糟的是，整个南境将门户洞开，任人宰割。人族一定无法及时成军，卡拉洪的边境军团是他们的唯一机会了。”

巴力诺点头表示同意，随即转向韩戴尔。

“侏儒可以提供什么支持？”

“伐夫利市是卡拉洪东陲重镇，”韩戴尔仔细斟酌情势，“我的族人必定会抵抗任何企图穿越阿纳尔的攻击，而且我们可以分出足够的人力协防伐夫利，但是你们必须守住肯恩和泰尔西斯。”

“精灵军队可以从西边帮助你们。”都林马上承诺。

“等一下！那谢伊怎么办？你们好像忘记他了，是不是？”曼尼安难以置信地大声叫嚷着。

“还是一样口不择言。”亚拉侬阴郁地表示。曼尼安恼羞成怒，满脸涨红地等着听他要说些什么。

“我不会放弃寻找我弟弟！”弗利克轻声说道。

“我猜你也不会，弗利克。”亚拉侬颔首微笑着打消他们的顾虑，“你跟曼尼安还有我会继续搜寻我们的小兄弟和失落的剑。也许当我们找到其中一个时，也就发现了另一个。记得亡灵布莱曼对我说过的话，谢伊会是第一个拿到沙娜拉之剑的人，说不定他已经做到了。”

“那我们就赶快出发！”曼尼安暴躁地提议，避开德鲁伊的眼睛。

“我们现在该离开了，”亚拉依宣布，另外还特别强调，“但是你必须保证看紧你的舌头。利亚王子说话必须有智慧，必须经过深思熟虑，要有耐心和判断力，而不是鲁莽地乱发脾气。”

曼尼安不情愿地点头。七人心中五味杂陈，互道再见后便各自离去。巴力诺、韩戴尔和精灵兄弟往西越过谢伊和他的伙伴们过夜的森林，希望绕过森林后再往南穿越龙牙山脉北边山区，以期在两天内抵达肯恩和泰尔西斯。亚拉依和另外两人则往东寻找谢伊的下落，他相信谷地人一定是朝北往帕瑞诺方向前进，也许在附近被地精给俘虏了。救出他不是件容易的事，但亚拉依最害怕的是黑魔君得知他被抓的消息，发现他是谁后，会马上处决他。如果事情演变至此，那么沙娜拉之剑也无用武之地，他们便只能仰赖其他三境的军队能够挺过去。这不是个乐观的想法，亚拉依马上将注意力转移到前方道路上。

在队伍最前面走着的曼尼安，双眼紧盯着路上的行迹，检视所有经过的脚印，他最担心的是天气，一旦下雨，他们就找不到足迹了。即便是晴天无雨，平原上突然刮起的大风也会抹去任何人走过的痕迹。弗利克沉默地垫后，抱着一丝找到谢伊下落的希望，却又担心再也见不到谢伊了。

到了中午时分，日正当中的炽热艳阳让人不敢逼视，三名旅人尽可能贴着森林边缘的树荫前进。亚拉依完全不惧酷暑，他黑色的脸庞在炎炎日光中显得平静而坚毅，毫无发汗的痕迹。弗利克全身乏力，随时可能瘫倒在地。连体力极佳的曼尼安·利亚都有点吃不消，他的眼睛又干又涩，视线变得模糊，感官开始欺骗他自己，出现了幻觉。

最后，两个南方人已经累到寸步难移，亚拉依便叫停，带他们到凉爽的树荫下，简单吃了索然无味的面包和肉干果腹。弗利克很想问亚拉依关于谢伊独自一人在那荒芜的地方存活的机会有多少，但是他开不了口，因为答案非常明显。因为其他人的离开，他觉得异常孤单。亚拉侬的神秘力量长期以来一直困扰着他，他对谜样的德鲁伊总是敬而远之，觉得他跟骷髅使者一样神秘而且致命。他还是不朽亡灵布莱曼的化身，既强大又睿智，看来并不属于弗利克所属的人间，更像跟黑魔君同属一个世界。弗利克无法忘记这个神秘学家和危险的骷髅怪物之间的激烈交战，亚拉侬九死一生，逃过任何一个凡人都无法躲过的劫难，简直是不可思议，甚至是恐怖。只有巴力诺看起来有办法应付德鲁伊，但是现在他离开了，弗利克觉得既孤单又没有安全感。而曼尼安对自己更没信心了。他并不是真的怕德鲁伊，但是他认为那个巨人并不是很欣赏自己，带上他只不过是因为谢伊这么要求。即使在连弗利克都怀疑他的动机时，谢伊都相信他。但是现在谢伊不见了，曼尼安觉得只要再次激怒德鲁伊，那个阴晴不定的神秘学家将会干脆利落地解决掉他。因此他默默地吃着一句话也没说，此时此刻识时务者为俊杰。

吃完安静的一餐后，德鲁伊示意两人起身，继续沿着森林边缘朝着东方前进，他们疲惫的双眼不断来回扫描，寻找失踪的谢伊。这次只走了十五分钟，他们就发现了不寻常的迹象，曼尼安几乎是马上就锁定这些足迹。看来几天前有大批穿着军靴带着武器的地精士兵经过这里。他们跟随足迹往北走了大约半里路，来到一块微微隆起的土丘，远远就发现战死的地精和精灵遗体。渐渐腐烂的残尸遗骸保持着生前的姿势未被掩埋，离土丘不足一百码。他们缓缓走近白骨和腐肉的坟场，恐怖的尸臭味阵阵扑鼻而来。弗利克再也无法迈进，站在原地看着另外两人走进一堆遗骸之中。

亚拉侬穿梭在死尸间，检视被扔下的武器和军旗，只匆匆扫过骸骨。曼尼安又发现一组新的足迹，眼睛盯着地上，开始在战场上移动。弗利克离他们较远，从他这里看不清楚他们在做什么，但高地人好像原地折返了好几次，纤细的手放在眼睛上方遮挡阳光，像是在找些什么似的。最后，他往南朝着森林方向前进，又缓缓走到弗利克所在的位置，低头沉思，然后停在一堆灌木丛旁，单膝跪下，显然是在观察有趣的东西。

好奇的谷地人逐渐忘记他对战场和尸体的厌恶感，快步向前。正当他来到曼尼安身边时，站在战场中央的亚拉侬突然惊声大叫，两人全都停下来盯着他瞧。亚拉侬低着头像是在确定什么，然后转身大步走向他们。当他抵达时，满脸通红，难掩兴奋之情，看到他那抹熟悉的嘲讽式微笑渐渐扩展为咧嘴大笑，他们全松了一口气。

“太神奇了！真是太神奇了！我们年轻的朋友比我想象的还要机灵。我在那边发现一堆灰烬，那些是骷髅使者剩余的遗体。凡人无法消灭那个怪物，那是精灵石的力量！”

“那么谢伊在我们之前到过这里！”弗利克充满希望地大叫。

亚拉侬肯定地点点头，“其他人无法使用那些石头的力量，地上的痕迹显示这里曾经经历过一场恶斗，而且谢伊并非独自一人。但是我无法判定跟他在一起的人是敌是友，也无法确定北方怪物是在地精和精灵开打时还是开打后才被消灭的。你找到了什么，高地人？”

“很多条故布疑阵的行迹，是个非常聪明的巨人留下的，”曼尼安别扭地响应，“我无法从这些脚印里得到更多信息，但我敢肯定这个巨人原本是这附近的居民。他在这里到处留下脚印，但没有一个指明方向。不过，还有迹象显示在这些灌木丛里曾经发生过扭打，看到这些弯曲的树枝和刚掉落的叶子了吗？但更重要的是，有个脚印来自矮小的人，很有可能是谢伊。”

“你认为他被巨人抓走了吗？”弗利克担心地问道。

曼尼安微笑以对，然后耸耸肩。

“如果他有办法对付骷髅怪物，我怀疑一个寻常巨人能耐他何。”

“精灵石没有办法对抗一般生物，”亚拉侬冷漠地指出，“有没有任何清楚的迹象显示这个巨人往哪里去了？”

曼尼安摇摇头，给了否定的答案。

“为了更加确定，我们必须马上找出相关足迹。这些足迹至少是一天前留下的，巨人离开的时候非常清楚他在做什么，我们可能永远也无法确定他走哪一条路。”

弗利克一听，心都沉了。如果谢伊真的被这个神秘的生物带走，那么他们可能又走入了另一个死胡同。

“我找到了一些别的线索，”亚拉侬过了一会儿后说道，“一面破损的艾力山铎家族的军旗，那是伊凡丁私人的旗帜，他可能也加入了这场战役，或许被俘虏了，甚至遇害了。很有可能是地精企图带着沙娜拉之剑逃出帕瑞诺，结果遭遇到精灵王和他的战士们。若是如此，那么伊凡丁、谢伊和剑，可能都落入敌人手里。”

“有一件事我很确定，”曼尼安马上说道，“巨人的脚印和灌木丛里的打斗的痕迹都是昨天留下的，而地精和精灵之间的战事已经发生了好些日子。”

“没错，我认为你是正确的，”德鲁伊也同意曼尼安的想法，“这里发生过太多事，我们不能够将我们所知道的片面事实拼凑在一起。我想我们在这里没有办法找到所有答案。”

“现在我们该怎么办？”弗利克着急地问。

“有一些行迹是往西穿越史翠里汉，”亚拉侬若有所思，说话时还看着那个方向，“那些足迹很模糊，很有可能是这场战役的幸存者所留下的……”

他疑惑地看着沉默的曼尼安，寻求他的意见。

“神秘的巨人不是走那条路，”曼尼安担心地表示，“如果他在离开时留下了这样一条清晰的脚印，就不会费心弄出那么多条假的足迹！我不喜欢这个想法。”

“我们有其他的选择吗？”亚拉侬坚持，“这个战地上唯一一条清晰的足迹是往西边去，我们必须跟着那些脚印，抱最乐观的希望。”

弗利克心想，就目前情势来看这种乐观是毫无根据的，也不像是亚拉侬的风格。但他们几乎别无选择。不管是谁留下这些足迹，可能会跟谢伊有关。弗利克向曼尼安点点头，表示他同意亚拉侬的建议，同时也注意到高地人脸上愕然的表情。显然曼尼安对于这样的决定很不高兴，他相信会有另一条行迹，从中可以找到更多有关于巨人和骷髅怪物的迹象。亚拉侬招手叫唤他们，折返史翠里汉平原到帕瑞诺西部。弗利克回头看了一眼，那些人的尸骨在高温下烘烤腐烂，他不禁摇摇头，也许他们的下场也会是如此。

三人一路朝着西边前进，彼此并不多话，各自陷在自己的思绪中，漫不经心地跟着眼前的足迹走，直到夜色暗到无法继续。亚拉侬指示他们来到森林边缘，准备扎营过夜。他们现在已经来到帕瑞诺森林的东北隅，再度面临被地精或是狼群发现的危险。德鲁伊解释说，虽然他们现在有着被发现的危险，但他相信此时敌方搜寻的任务已经因其他紧急事项而取消。为了以防万一，他们还是不生火，整晚持续注意有无狼只靠近。弗利克暗自祈祷狼群不会太靠近平原，而是待在黑暗的森林里，往德鲁伊要塞那边去。他们草草吃完一餐后，便直接就寝，曼尼安先守夜，再跟其他人轮流。睡了好一会儿的弗利克被高地人叫醒轮值时，总觉得自己好像才刚入睡似的。午夜时分，亚拉侬无声无息地走近，让弗利克回去睡觉，此时谷地人才守了一个小时，不过他还是闻言照做。

等到弗利克和曼尼安再度醒来时，天已经破晓，灰白中夹杂着淡红的曙光不知不觉透进树荫里，他们看到德鲁伊平静地靠着一棵榆树回望着他们。他坐在那里一动不动，一脸平静无波，双眼显得更为幽深，看起来就像是树的一部分。他们知道亚拉侬一定一夜未眠地守护他们。尽管他不可能得到充分的休息，但他起身时却并未伸展手脚，绷着的脸上干净清爽，带着几分警惕。快速吃完早餐后，他们就离开森林继续往西边走，但没多久，一行人全都惊惧地停了下来。随着太阳从东边山头逐渐升起，他们附近的天空是一片清澈淡蓝，但是北方天际却是乌压压的一片，仿佛地球上所有雷雨云全部聚在一起，形成一堵黑色的巨墙，延伸到整个北境，乌天暗地，让人触目惊心，而它的中心就是黑魔君的王国。这似乎预示着漫无边际的永夜即将降临。

“你们怎么看？”曼尼安勉强挤出问题。

亚拉侬一言不发，出神地注视着黑暗的北方，短须下干瘦的下颚绷得紧紧的，眼睛也专注地眯了起来。曼尼安在一旁静候，最后德鲁伊才意识到自己得开口了，转过来面对他。

“这是末日的开始。布罗讷已经昭告天下他要开始征战，那股黑暗将随着他的军队横扫南方，接下来是东方和西方，直到整个地球都笼罩在黑暗之中。当太阳消失在四境之际，自由也将死去。”

“我们被打败了吗？”片刻之后弗利克问道，“我们真的被打败了吗？我们已经毫无希望了吗，亚拉侬？”

他忧虑的声音触动了德鲁伊的心弦，于是亚拉侬默默转向他，看进他因为害怕而睁大的双眼。

“还没有，我年轻的朋友，还没有……”

亚拉侬带着两人又往西走了好几个小时，一路上紧贴着森林边缘，并警告曼尼安和弗利克注意敌人的迹象。黑魔君已经展开占领行动，骷髅使者白天也会出现，不再害怕阳光，也不必再隐藏行迹。黑魔君躲在北境的日子已经结束，现在，他将进驻其他各境，派出巨型猛禽等忠心的灵界怪物作为先头部队。他会赐予他们足够的力量抵御日光，那笼罩着骷髅王国的乌云很快将会扩及四方。光明的日子已经接近尾声。

接近中午时，三人开始往南走，沿着帕瑞诺森林西缘前进。他们所跟随的脚印在这里和从北方南下的足迹会合，继续往南朝着卡拉洪的方向移动。这些足迹范围很大，也很明显，完全没有隐藏他们的人数和行进方向的意图。曼尼安根据这些行迹的宽度和压痕，断定几天前至少有好几千人从这里经过。脚印是地精和巨人所留下的，它们显然是黑魔君北方部众其中的一部分。亚拉侬现在肯定大军已经在卡拉洪北边的平原集结，打算肃清南境。陆陆续续又有其他团体加入，使他们原先追踪的足迹变得难以辨识。谢伊或沙娜拉之剑可能在某个地方与之分道扬镳，而谢伊的朋友们没有敏锐地捕捉到，仍然跟随大军的足迹。

接下来他们一整天都在往南走，只休憩了片刻，以期能在天黑之前赶上北方大军。部队走过的足迹实在太明显，曼尼安只是出于习惯偶尔看看被踏平的土地。荒芜的史翠里汉平原到这里开始长出青草，对弗利克来说，现在就像是要回家的感觉一样，熟悉的穴地谷山丘仿佛就近在眼前，天气晴好，地形也更为平缓。他们离卡拉洪还有一段距离，却已然脱离了北境的萧瑟阴郁，回到了家乡温暖葱翠的环境中。一天很快就过去了，三位旅行者间的对话也没断过。在弗利克的敦促下，亚拉侬告知他们更多关于德鲁伊议会的事。他详细地讲述了自圣战以来人族的历史，还有德鲁伊一族如何发展到目前的规模。曼尼安没有多说话，而是专心聆听着德鲁伊的发言，同时保持着对周围环境的警惕。

等到他们再次踏上旅程，温暖的太阳已经高挂在天空。到了下午，风云突然变色，深灰色的乌云瞬间遮蔽了明亮的太阳，空气变得又湿又黏，毫无疑问，一场暴风雨即将来袭。此时他们已经到达帕瑞诺森林的最南边，再过去就是龙牙山脉，但是现在还是不见大军踪影，曼尼安开始担心他们到底已经南侵多远。越过龙牙山脉就是卡拉洪了，这里距离边界并不远，如果北方大军已经拿下卡拉洪，那么末日就真的降临了。下午灰蒙蒙的光线骤然暗淡下去，天空渐渐变得阴暗。

天已黄昏，他们听到了隆隆的响声划破夜空，回荡在他们面前的群山中。曼尼安立即想起他曾经在进入阿纳尔森林前听过这个声音，那是地精擂鼓的声音。阵阵鼓声穿透湿黏的空气，在夜里平添紧张气氛，生灵因敬畏与恐惧而噤声，就连大地也为之撼动。曼尼安藉由鼓声的强度，断定这群地精的数量远远超过他们之前在翡翠隘口遇到的，如果北方大军的规模可以透过鼓声来衡量，那么人数肯定是成千上万。他们快速往前推进，震天价响的战鼓声更是摄人心魄。厚重的乌云依旧笼罩着夜空，置身于一片漆黑中，曼尼安和弗利克已经看不到路，沉默的德鲁伊像是装了雷达般精准地带着他们进入帕瑞诺南方的低地。没有人开口说话，尽管忧心忡忡，他们在地精的擂鼓声中都打起精神保持警惕。他们知道，敌营就在前方不远处。

前面的地形突然从灌木散生的低矮丘陵，变为满布树枝和石块的陡坡。在几近黑暗中，亚拉侬还是正确无误地踏出每一步，两个南方人乖乖地紧跟在后。曼尼安猜测他们一定是到了龙牙山脉上的山麓丘陵，亚拉侬选择此路应该是为了避免跟北方士兵正面冲突。现在还是无法断定敌军确切的扎营地，但是从鼓声来源推测，他们应该是在敌军上方。三人小心翼翼地在黑暗中迂回前进，偶尔在灌木和砾石间摸索道路。他们衣衫褴褛，裸露的四肢布满了刮痕和瘀伤，但沉默的德鲁伊并没有因此放慢脚步或让他们停下休息。走了大约一个小时后，他突然转过来面对他们，把食指放在噘起的嘴唇上，警告意味十足，然后带领他们缓慢而小心地走进一堆巨石中，悄无声息地往上爬着。突然间，远处出现微弱的火光，他们手脚并用，爬上巨石边一块向上倾斜的石板，缓缓地探出头，屏息俯视。

眼前的情景让三人惊惧不已。就他们视线所及，四面八方绵延数里全是北方大军的营火，似有无数的明黄圆点镶嵌在平原的暗夜中，来回穿梭在亮光之间的是短小精干的地精和魁梧奇伟的巨人。他们成千上万，全副武装，全都等着南下一举歼灭卡拉洪王国。曼尼安和弗利克实在难以相信，就算是传奇的边境军团可能都无法挡住如此浩大的兵力，仿佛地精和巨人所有的人口全部都聚集在下面的平原。为了避开侦察兵或是卫兵，亚拉侬沿着龙牙山脉西部边缘接近敌军，三人停在了离军营垂直高度约一百英尺的一颗巨石上的瞭望台，从这个高度俯视，可以看到即将入侵他们防御薄弱的祖国的壮盛军容。在地精们渐强的鼓声中，他们不可思议的眼神扫过一个个军营。第一次，他们完全理解了自己要对抗的是什么。之前，他们只听闻亚拉侬口头描述所谓的入侵，如今亲眼所见，也明白了为什么如此迫切需要神秘的沙娜拉之剑，他们需要借助它的力量来摧毁集结的大军，对付他们的邪恶势力。但现在为时已晚。

他们无言地久久看着敌军营区，曼尼安触碰亚拉侬的肩膀，正准备开口时，德鲁伊马上用手捣住高地人的嘴，指了指他们躲藏的斜坡下方，曼尼安和弗利克小心地往下看，惊讶地看见地精守卫在附近巡守。没有人料想到敌人会在离营地这么远的地方派驻守卫，很显然他们不想冒任何风险。亚拉侬示意两人离开，他们马上照做，跟着他爬下石头。等到他们全都平安下来，德鲁伊马上跟他们聚在一起，商讨他们所面临的困境。

“我们必须非常安静，”他用低沉紧绷的声音警告两人，“我们的声音可能会被石壁反射到平原，那些地精守卫就会听到！”曼尼安和弗利克点头表示理解。

“情况比我想的严重，”亚拉侬继续说道，“看来北方大军在这里集结了所有兵力准备攻击卡拉洪。布罗讷打算直取南境，截断东西结盟，然后再各个击破。他已经把持了卡拉洪北部，我们必须警告巴力诺和其他人！”他停了一会儿，然后满怀希望地看向曼尼安。

“现在我不能离开，”曼尼安反应激烈，“我必须帮你找到谢伊！”

“我们没有时间在这里辩论事情的轻重缓急，”亚拉侬几乎是用威胁的口气，手指像把匕首对着高地人的脸，“如果没有人向巴力诺示警，卡拉洪便会沦陷，然后是整个南境，包括利亚。现在该是你为你的子民考虑的时候了，谢伊只是一个人，现在你什么事都无法为他做，但是你却能够为那些即将因为卡拉洪沦陷而面临黑魔君奴役威胁的千万个南方子民做些什么！”

亚拉侬冷酷的声音让弗利克觉得有一股寒意从脊椎一路冷上来，他可以感觉到身边的曼尼安全身紧绷，但是面对这样严厉的训斥，利亚王子保持缄默，和德鲁伊僵持不下，相互瞪视。然后，曼尼安突然撇开视线，快速点头，弗利克如释重负地叹了一口气。

“我会去卡拉洪警告巴力诺，”曼尼安嘀咕着，声音中仍带着怒气，“但是我会回来找你。”

“你知会其他人之后，想做什么就请自便。”亚拉侬冷酷地回应，“不过，试图闯过敌军阵线，说得好听点就是有勇无谋。弗利克和我一定会努力找出谢伊和剑，我们不会丢下他，高地人，我向你保证。”

曼尼安一脸怀疑地看着他，但是德鲁伊眼神清澈坦率，他没有骗人。

“沿着这条山脉走，直到你越过敌军警戒线，”亚拉侬平静地建议，“抵达肯恩上方的摩米顿河后，在天亮前过河进城。我预期北方大军会先挥军肯恩，那个城市几乎不可能抵挡住这种规模的兵力。那里的人民应该在入侵者截断退路前先撤到泰尔西斯。泰尔西斯地处高原，后有高山为靠，易守难攻，面临任何攻击挺个几天不成问题。这段时间足够都林和戴耶回到家乡，率领精灵军队前来支持，韩戴尔应该也能从东境提供协助。也许卡拉洪能够撑住，争取时间动员三境组成联军，共同对抗黑魔君。在没有沙娜拉之剑的情况下，这是我们唯一的机会！”

曼尼安点头表示理解，然后转向弗利克，伸出手与他道别。弗利克微微一笑，紧紧地握住他的手。

“祝你好运，曼尼安·利亚。”

亚拉侬走向前，将手放在高地人的肩膀上。

“切记，利亚王子，我们就靠你了。卡拉洪人民必须知道他们所面临的危险，如果他们犹豫或是迟疑了，他们就输了，整个南境将跟着他们一起沦陷。不要失败。”

曼尼安迅速转身，如幽灵般隐入远处巨石中。德鲁伊和谷地人默默看着他离去，直到他的身影在视线范围内消失。两人又在原地站了好一会儿，接着亚拉侬转向弗利克。

“我们现在的任务是找出谢伊和剑。”他压低声音再次开口，重重地坐在一颗岩石上，弗利克走过去更靠近他一点。“我也很担心伊凡丁。我们在战场上找到的那面破损的旗帜是他的私人旗帜，他可能已经被俘，如果是的话，在他被救出之前，精灵军队可能会按兵不动。他们非常爱戴他，不愿冒任何危及他性命的风险，即便是出兵救南境亦然。”

“你是说精灵人民不在乎南境人民的遭遇吗？”弗利克难以置信地惊呼出声，“他们不清楚如果南境落入黑魔君手中的话，他们会怎么样吗？”

“事情并没有那么简单，”亚拉侬深深叹了一口气，“追随伊凡丁的人知道危险之所在，但是其他人却认为精灵应该置身其他各境之事外，除非他们直接遭到攻击或是威胁。现在伊凡丁下落不明，情况就更加不明朗了，光是讨论是非对错恰当与否可能就会延误精灵军队的行动，等到想帮时已经来不及了。”

弗利克缓缓点头，想到之前在库海文时，韩戴尔提到南境的居民时也说过类似的话，实在很难想象在面临此等危险的情况下，人们还这么优柔寡断，举棋不定。不过谢伊跟他初闻谢伊的身世和骷髅使者的威胁时，也同样嗤之以鼻，直到他们亲眼见证之后……

“我必须知道那个营地的事态发展。”亚拉依坚定的声音打断弗利克的思绪，他想了想后，盯着小谷地人猛瞧。

“我年轻的朋友，弗利克……”他在黑暗中微微一笑，“你想不想暂时成为地精啊？”

22

就在谢伊仍旧失踪，而亚拉依、弗利克和曼尼安三人留在北方寻人之际，其余四人兼程赶路，穿越绵亘在北境和卡拉洪王国之间的危险山岳，走了将近两天的时间，如今泰尔西斯已然在目。第一天四人南向穿越了毗邻地精堡垒的森林，到达龙牙山脉脚下的低地，这一天虽然漫长但却平安无事。尽管隘口有地精猎人把守，几乎不可能毫发无伤地通过，但四人用调虎离山之计，轻松通过肯能隘口。通过南边的山口时，数名边防地精被派遣出去，而余下二十多名地精被边境军团来袭且将要杀掉所有守卫的假象吓破了胆。当他们安全到达肯能隘口南面的森林时，韩戴尔放声大笑，其他人只得止住脚步待他恢复镇定。都林和戴耶面面相觑，回想起侏儒在帕瑞诺之旅时的沉默冷静。他们从未见过侏儒发笑，而他现在的举动令人出乎意料。他俩难以置信地摇摇头，疑惑地看向巴力诺。但边境人只是耸了耸肩。他与韩戴尔是故交，他很清楚韩戴尔变化无常的性格。能够再次听到他的笑声是件好事。

现在太阳即将没入西边地平线，紫红色的余晖洒落平原。目的地已近在眼前，他们的身体又累又痛，脑子也因为缺乏睡眠和长时间行走而停摆，但是精神却因为看见雄伟的泰尔西斯而亢奋不已。从龙牙山脉往南延伸到卡拉洪是一片森林，他们在森林边稍事休息，从这里往东就是伐夫利市，镇守着朗恩山脉唯一的隘口。这一条小型纵贯山脉位于彩虹湖上方，摩米顿河则一路从上游的肯恩，流经泰尔西斯，再绕过伐夫利，汇入彩虹湖。而他们的西边则是岛城肯恩，事实上，摩米顿河的源头在史翠里汉平原更西部，在肯恩形成天然的护城河，全年几乎都是汛期，水流又急又深，这座岛城也从未被敌人攻克。

一个是恶水环绕的岛城肯恩，一个是峻岭为靠的山都伐夫利，两个各自拥有天然屏障的城市看似防守严密难以攻占，但真正捍守南境免于被侵略的则是泰尔西斯的边境军团，他们总是在人族遭到敌人进犯时第一个站上前线对抗入侵者。泰尔西斯孕育了卡拉洪王国的边境军团，它自身也是无可匹敌的坚固堡垒。泰尔西斯曾经在第一次种族大战时被毁，经过多年重建扩张，如今成为全南方首屈一指的大都市，也是目前北部地区最强大的城市。这座城市原先就被设计成为任何敌人都无法攻破的要塞，在背倚着峭壁的高原上筑高墙兴壁垒。世世代代的居民都为城市建设作出贡献，让它更加牢不可破。距今超过七百年前，卡拉洪又在高原边缘兴建高大的外城墙，将泰尔西斯的边界扩展到自然条件所能允许的极限。人民散居在外围乡间，只有在受到侵略时，才仰赖高墙保卫，他们平日在要塞下方的平原耕种畜牧，供给整座城市，而源源不绝的摩米顿河则滋养着肥沃的黑土。从第一次种族大战后数百年来，卡拉洪多次成功抵御恶邻攻击，三大城从未被敌人攻陷过，闻名遐迩的边境军团更是战无不胜攻无不克。但卡拉洪从未遭遇过黑魔君大军那样的规模，真正的试炼还在后头。

巴力诺看着远方高塔，内心五味杂陈。他的父亲是一个伟大的国王，也是一个好人，但是他年事已高。他长年指挥边境军团对抗地精持续不断的突袭，有好几次，当巨人族某些分散的部落进入他的领地，意图夺取他的城池，征服他的人民时，他都被迫发起漫长且耗资巨大的战争。巴力诺既是长子，也是王位的当然继承人，从小就在父亲的教导下努力学习，也广受人民爱戴。只有尊敬和理解才能赢得人民的友谊，而他做到了。他跟人民一起共事，并肩作战，也从人民身上学习，因此他能够感同身受，从他们的角度看事情。他爱这片土地，不惜挺身为它而战，正如同他现在以及过去几年来所做的事一样。他统领一支边境军团，佩戴着统一个徽章，徽章上是一只蛰伏的云豹。这支部队是整个军团的作战主力，对巴力诺而言，能够保有他们的尊敬和忠诚至为紧要，毕竟他已经不见了数月。他用“不见”这个字眼来形容他的自我放逐，随亚拉侬同去，再到库海文和其他伙伴共同历险。他的父亲曾要求他留下，请求他重新考虑他的决定。但他心里早有定见，就算是父亲也不能动摇他。当他看着他的家乡时，忍不住眉头深锁，下意识伸出手，隔着冰冷的锁子甲抚摸着横贯右颊和下巴的伤疤。

“又想到你弟弟了吗？”韩戴尔问道，虽然这听起来不像是个问题，更像是陈述一个事实。

巴力诺回瞪他，一时间怔住了，然后缓缓点头。

“不要再想这些事了，”侏儒平淡地表示，“如果你一直视他为弟弟而非一个人，他就真的会对你造成威胁。”

“我们是血脉相连的兄弟，这个事实并不容易忘记，”边境人郁郁不乐地说道，“我无法忽视或是忘记这么强烈的联结。”

都林和戴耶互相对视，一时之间听不懂两人的对话。他们只知道巴力诺有个弟弟，但是他们从未见过，更没听过巴力诺提起他。

巴力诺注意到精灵兄弟一脸疑惑的表情，马上对他们报以微笑。

“事情也许没有想象中的糟。”他平静地向两人保证。韩戴尔摇摇头陷入沉默。

“我的弟弟帕兰斯跟我，是卡拉洪国王洛尔·巴克哈纳唯二的儿子，”巴力诺主动提及，眼神飘向遥远的城市，“我们从小一起长大，关系密切，就跟你们俩一样亲密。随着年纪渐长，我们在各个方面的想法也渐行渐远……因为我是长子，也是下任王位继承人，帕兰斯当然也知道，但是长大后这一点却分裂了我们兄弟，主要是因为他治理国家的想法跟我有所出入所致……实在是很难解释清楚，你们知道的。”

“其实也没那么难……”韩戴尔意味深长地闷哼一声。

“好吧，其实也没那么难……”巴力诺坦承，韩戴尔颔首相应，“帕兰斯认为卡拉洪应该退出保护南境的第一线，他要解散边境军团，将卡拉洪跟其他南境隔离开来。我们在这一点上意见完全相左……”

他陷入了苦涩的沉默之中。

“剩下的也跟他们说明一下吧，巴力诺。”韩戴尔再次冷冷地说道。

“我那疑心重的朋友认为我弟弟已经迷了心智，他的所作所为与他的所思所想截然不同。他跟一个名叫史坦明的神秘学家过从甚密，亚拉依认为这个人毫无信义，将会让帕兰斯走向毁灭。史坦明告诉我父亲和人民，应该由我弟弟而不是我来统治王国，他让我弟弟和我反目。当我离开时，帕兰斯甚至也相信我不适合统治卡拉洪。”

“那道疤痕呢……”都林轻声提问。

“在我打算跟亚拉依离开前，我们起了争执，”巴力诺一边回想一边摇着头，“我甚至不记得是怎么开始的，但是帕兰斯突然暴怒，他的眼里真的出现恨意。我转身离开，而他却从墙上抓了一支鞭子，直接打中我的脸。这也是我选择离开泰尔西斯一段时间的原因，好让他重新找回他的理智。如果那场意外后我还继续留在这里，我们可能会……”

他再次哽住不言，韩戴尔向精灵兄弟使了个眼色，他们可以想见如果两兄弟又发生了争执会有什么样的后果。都林难以置信地皱起眉头，他无法想象是什么样的人会跟巴力诺作对。在他们前往帕瑞诺的旅途中，他不断证明自己的勇气与力量，就连亚拉侬都很倚重他。但他的兄弟却这么敌视他。回到一个连自家人都容不下他的地方，精灵不禁为这位勇敢的战士感到伤心。

“你们一定要相信我，我弟弟不是一直都是这样的，我也不相信他现在是个坏人，”巴力诺继续说道，听起来更像是他在解释给自己听而非其他人，“这个神秘学家史坦明用某种方式控制了帕兰斯，驱使他陷入狂暴之中，让他跟我交恶，做出有悖他所知正确的事。”

“还有更过分的事，”韩戴尔尖锐地打断，“帕兰斯是个理想主义狂热分子，他觊觎王位，假托维护人民利益的借口来背叛你。他正为他的自负付出代价。”

“也许你是对的，韩戴尔，”巴力诺默认，“但他还是我弟弟，而且我爱他。”

侏儒挺身站在高大的边境人面前，和他对视。“这也是他之所以危险的原因，他已经不再爱你。”

巴力诺没有响应，远眺泰尔西斯，其他人也保持沉默，让陷入沉思的王子沉浸在自己的思绪里。最后他回过身来面对大家，表情十分平静，仿佛什么事都没发生过一样。

“该上路了，我们可以在入夜前到达城墙下。”

“我就不再跟你同行了，巴力诺，我必须返回我的家乡，协助侏儒军队对抗入侵阿纳尔的敌军。”韩戴尔马上插话。

“嗯，你可以在泰尔西斯休息一晚，明天再走。”戴耶知道他们四人都累了，也为侏儒的人身安全感到担忧。

韩戴尔耐心地微笑以对，然后摇头婉拒。

“不了，我必须连夜赶路。如果我在泰尔西斯待上一晚，就等于落后了一整天的行程，现在时间对我们来说非常宝贵。整个南境的存亡与否，就在于我们能够多快组织联军对抗黑魔君。如果我们失去了谢伊和沙娜拉之剑，我们的军队就是我们所拥有的全部。我会到伐夫利再休息。保重了我的朋友们，未来的日子祝你们好运。”

“你也一样，勇敢的韩戴尔。”巴力诺伸出了手，韩戴尔一一握过巴力诺和精灵兄弟接连伸出的手，然后挥挥手消失在森林里。

三人一直等到完全看不见韩戴尔的身影，才动身前往泰尔西斯。现在太阳已经完全没入西边地平线，天空由暗红转为深蓝，预示着夜晚即将来临。等到天色完全变黑，第一颗星星在万里无云的夜空中闪耀时，他们才走了一半。等到他们临近泰尔西斯，巍峨的城市在暗夜中更显雄伟，卡拉洪王子一边行进，一边向精灵兄弟详述泰尔西斯的历史。

这座人造壁垒有好几道天然屏障，盘踞在高原之上，背有奇岭绝壁为靠，并从左右两侧环抱，虽然高度不如龙牙山脉或是北境的查诺山脉，却极其陡峭，朝北的那面山更几乎是垂直的，从未有人成功攀顶，因此后防有着绝佳保护，无须再增加其他防御工事。而泰尔西斯所立基的高原，最宽处逾三英里，然后高度陡降为平原，一路往西北延伸到摩米顿河，东至卡拉洪森林。事实上摩米顿河才是卡拉洪反侵略的第一道防线，少有敌人能够通过这里到达平原和城墙下。就算是敌人成功过河了，马上又遇到高原峭壁，他们可以从制高点进行防御，而要登上此处的主要途径是一条由铁和石头打造而成的高架坡道，随时可以拆卸支架上的栓子让它垮下来。

即使敌人真的攻上高原，还有第三道防线等着他们。由大石块和灰泥砌成的外城墙，连接后方峭壁，沿着高原边缘呈半圆形，将整座城市环抱起来，范围延伸将近两百码，高更逾百码，表面还特别磨光，想要徒手攀爬根本是不可能的任务。而在墙顶还有防御壁垒让守军反击，弓箭手可以部署在城垛后，由上而下射击进攻者，这道防线至今无人能破。尽管城墙外观古朴粗糙，但是过去近千年来却成功阻挡了入侵者。从第一次种族大战之后，就再也没有敌军进入过这里。

边境军团就驻扎在外城墙内一整排长型斜顶的兵营里，另外还有几栋建筑是用来存放补给品和武器的。约有三分之一的士兵坚守岗位，以备不时之需，剩余三分之二与家人待在一起，从事他们的第二职业，诸如工人、匠人、掌柜等。营房的数量依照军队人数所建，以防突发情况，事实证明这种突发状况发生了不止一次，但目前营房并未住满。再往内还有第二道墙，将军营、弹药库和练习场等军用设备和民间资产划分开来，墙内有街道、民房和商业区，也是泰尔西斯的市区，从第二道石墙一直延伸到后方峭壁。到了市中心还有第三道矮墙，那里是政府机构和皇宫的入口，皇宫四周有绿树和公园围绕，这是相对空旷和稀疏的高原上唯一的绿地。这第三道墙并无防御功用，只是划定这是皇室专属用地，而公园则是全民共有。

巴力诺从城市兴建史切入，话题一再偏离，向精灵兄弟讲到卡拉洪王国是世界上少数几个开明的君权国家，虽然严格来说是由国王统治，不过政府内有民选代表组成的议会，协助统治者立法治理国家。人民对他们的政府相当自豪，对边境军团同样无比尊敬，每个人都曾经或是正在军队中服役。在这个国家人人生而自由，这也是值得他们捍卫的目标。

卡拉洪同时反映了过去和未来。从一方面来说，这座城市当初是为了防御好战邻国的入侵而兴建的，边境军团更是从旧时代沿袭下来的产物，那时候这个新建的国家饱受战火肆虐，对国家主权的狂热导致了长期艰苦卓绝的斗争，四境人民情同手足更是不可能的事。现在在南方内陆的新兴城市中很难见到这种纯朴复古的老式建筑。唯独泰尔西斯，开明的文化氛围以及仁爱非攻的思想盛行，霸气的石墙和坚强的勇士成为南境其他地方的保护伞，让他们有机会朝着新方向发展。更特别的是，这个国家各种族间彼此包容，互相理解，接受每个人的人格，并据此待之，人民团结一心，其他受到卡拉洪庇护的国家无人能及。

泰尔西斯位于四境的交会点上，不同国家的人民从这里通行，也让这里的人们有更多机会见识到不同的文化，了解用外在来区分种族是没有意义的，内在才是评断一个人的重要依据。一个岩石巨人不会因为长相怪异就在卡拉洪遭到歧视，在这里，巨人是常客，地精、精灵、侏儒等各式人种在这个国家往来频繁，只要他们是朋友，来者便是客。这个新兴现象现在终于也扩及各境，巴力诺说到此时眉飞色舞，他为他的子民能够成为扭转旧观念的先锋感到骄傲。都林和戴耶默默地表示同意，他们知道如果人们无法摆脱自身枷锁，在世界上将何其孤单。

言毕，三人从草地走上一条大路。通往高原的道路在黑夜里蜿蜒向前，现在他们已经可以从前方地平线隐约看到灯火阑珊的高原城市，城墙上有人来回巡守，高耸的外城墙入口被火炬照得通明，门轴上了油的巨大城门对外敞开，有几个身穿制服的哨兵负责守卫。乡间营区同样灯火通明，但是却听不到人们的笑闹声，让巴力诺觉得有点奇怪。他能听到的声音是压低甚至含混不清的，像是说话人不希望被人听到一样。边境人警惕地向前凝视，突然觉得情况不太对劲，但是除了不寻常的宁静之外，又说不出哪里奇怪。他决定不放在心上。

精灵兄弟沉默地跟着巴力诺从便道爬上高原。途中好几个人跟他们擦身而过，当他们看到是卡拉洪王子时，表情从警惕转为震惊。巴力诺没有注意到这些奇怪的表情，专心往市区前进，但是精灵兄弟全部看在眼里，彼此交换了一个警告的眼神。肯定出大事了！不一会儿，他们就登上了高原，三人全都吃惊地停下脚步。巴力诺看向城门，然后又看看周遭经过的人们，他们行色匆匆，没有人发现他是谁。三人默默站在原地，看着行人来来去去，没有人理会他们。

“这是什么情况，巴力诺？”最后都林开口问道。

王子紧张地回应，“我不确定。看看城门口那些守卫的佩章，上面的纹饰不是我的边境军团，那不是云豹，而是我没见过的猎鹰，就连那些人我也不认识。你注意到他们的表情了吗？”

精灵兄弟同时点头，眼中明显流露出担忧。

“不管怎样，”边境人宣称，“这里仍是我父亲的城市，他们也是我的子民，等我们抵达皇宫再来细探究竟。”

精灵兄弟跟着他走向雄伟的外墙城门。高大的王子在接近四名武装守卫时，毫不掩饰他的身份，守卫们的表情就跟其他震惊的路人如出一辙，但是他们不阻拦，也没有交头接耳，只有一人匆匆离开岗位跑进内城墙，消失在前方市区街道。三人通过敞开的城门和警戒的守卫，进入外城墙后，他们可以看到低矮的斯巴达式军营，这里驻扎着有名的边境军团，但是几乎没有灯火，看起来就像废弃了一样。附近有少数几个人穿着云豹佩章的外衣，未着盔甲也未带武器。三人杵在军营中庭时，有人瞧见了他们，然后一脸不可置信地高声呼唤其他同袍，其中一栋营舍大门猛地打开，出现一个头发灰白的老兵，和其他人震惊莫名地望着巴力诺和精灵兄弟。那人下令，其他士兵不甘愿地继续自己手里的事情，而他则急急来到三人面前。

“巴力诺大人，你终究还是回来了。”他惊呼迎接，向他的指挥官立正敬礼。

“席隆上尉，见到你真好，”巴力诺紧握对方的手，“城里发生了什么事？为什么守卫佩带猎鹰的佩章，而不是我们的云豹？”

“大人，边境军团已被勒令解散！只剩下少部分仍在值勤，其他人业已解甲归田！”

他们同时瞪着这个老兵，仿佛他在疯言疯语。在南境面临史上前所未有的入侵之际，边境军团竟然遭到解散？边境军团是他们最后的希望，至少能暂时抵御黑魔君的入侵大军。亚拉侬的话还言犹在耳，现在卡拉洪军队却莫名其妙地被解散……

“是谁下的令……？”巴力诺愠怒地发问。

“是你的弟弟，”席隆随即回话，“他下令他的护卫军接手我们的任务，命边境军团在另行通知前解散。艾克顿大人和梅沙林大人前去皇宫求国王重新考虑，但是他们全都没有回来，我们也无能为力，只能听从……”

“所有人都疯了不成？”边境人火冒三丈，质问那名士兵，“那我父亲呢，国王呢？现在不是他在治国，不是他在统御边境军团吗？他对这场闹剧怎么说？”

席隆看向别的地方，搜肠刮肚地想着如何道出这个他不敢说的答案。巴力诺一把揪住他。

“我……我不知道，大人……”那人支支吾吾，仍然转脸不敢对上巴力诺的目光，“我们听说国王病了，然后就再也没有其他消息。你的弟弟随即宣布暂代国王职务，那已经是三个星期之前的事了。”

巴力诺震惊地放开了那人，眼神空洞地望向遥远的皇宫，那可是他抱着无穷希望重新回来的家。当初他选择远走他乡是因为他和弟弟之间出现难以弥补的裂痕，如今他的离开却让事情变得更糟。现在他必须面对的是喜怒无常的帕兰斯，不但要面对他，还要说服他解散边境军团是一件不智之举。

“我们必须马上前往皇宫和你弟弟谈一谈。”戴耶焦虑的声音打断他的思绪。巴力诺盯着他看了好一会儿，年轻的精灵突然让他想起自己弟弟的幼龄，要对帕兰斯晓之以理肯定不会是件容易的事。

“没错！”巴力诺心不在焉地回应着，“我们一定得去找他。”

“不，你绝对不能去那里！”席隆尖锐的叫声让他们全都停住脚，“其他人全都有去无回。而且有传言说你弟弟已经宣告你是叛徒，他发现你跟效忠黑暗势力的邪恶亚拉依结盟，还有人说你应该被关起来处以死刑！”

“真是荒谬！”边境人厉声谴责，“我不是叛徒，我弟弟一定也知道，而亚拉依更是南境最好的朋友兼盟友。我必须去找帕兰斯，跟他谈一谈。我们也许会意见不合，但他不会逮捕自己的兄长。他没有这个权力！”

“除非，也许，你的父亲已经死了，我的朋友……”都林提出警告，“在我们踏入皇宫之前，一切小心为上。韩戴尔认为你弟弟受到神秘学家史坦林的影响，如果是的话，你所面临的危险可能比你所想的要来得大。”

巴力诺犹豫了一会儿，然后点头默许。他快速向席隆解释卡拉洪正面临北境即将入侵的威胁，再三强调他相信边境军团是捍卫国土必不可少的力量，之后他紧紧抓住席隆的肩膀，屈身贴近他。

“给我四个小时，等我或是我派人回来。如果我到时候不见踪影，或是没有传出只字片语，你就去找金尼森大人和范威克大人。立刻重组边境军团！然后诉诸于民，向我弟弟要求公开审判我们，他必不能拒绝。同时派人到精灵和侏儒国传话，告诉他们包括我和伊凡丁的两个堂弟都被抓了。记得我跟你说的话了吗？”

“是的！大人！”士兵急切地点头，“你一声令下，我定不负使命。愿幸运之神与你同在，卡拉洪王子。”

他转身返回军营，而焦躁愤怒的巴力诺则向内城走去。都林压低音量，要他弟弟留在城墙外，直到巴力诺和他此行明朗后再行动，但戴耶坚持同进退。都林知道争下去没有意义，最后还是允许戴耶同行。瘦弱的精灵还未年满二十，对他而言人生才刚刚开始。从库海文开始结伴同行的那帮人都对这个年轻人有着特别的宠爱。他的坦率和真诚在这个人与人间充斥着猜忌和怀疑的时代，更显得难能可贵。他的资历尚浅，还有大好的未来等着他。都林非常担心他，如果他受到一丝一毫的伤害，都林都会心如刀割。泰尔西斯城的灯光照亮了黑暗，都林沉默地看着他的弟弟。

三人通过中庭穿越内城墙，进入城门内的市区，守卫看到他们一样震惊，却也同样没有阻止他们进入。三人走在城市的主要干线泰尔西斯大道上，巴力诺包覆在狩猎斗篷下的身躯似乎正在蠢动，从拳头和脖子露出来的锁子甲闪闪发亮。他似乎看起来又更高大了，不再是旅途告终的疲惫游人，而是重新返家的卡拉洪王子。市区内的人民马上就认出他来，跟城外的人一样，刚开始都是一脸震惊不敢置信，随即为他傲视群伦的神情所折服，欢迎他的民众蜂拥而来，从原先几十个到后来变成几百个。最受人民爱戴的卡拉洪之子昂首阔步走过市区，一路上向他的追随者微笑致意，但他内心只想赶快前往皇宫。人民欣喜若狂，欢声雷动，不断高呼边境人的名字，有些人还与他并肩而行，试着提醒他当心一点。但是王子只是摇摇头，继续前进。

从泰尔西斯大道途经楼房民宅到连接公园和皇宫的森迪克大桥，群众持续涌入，夹道争睹王子归来。走到拱桥上最高点时，卡拉洪王子突然回头，面对死心塌地拥护他的人民，举起双手示意他们停下，所有人立刻顺从地安静下来，等着听他发表讲话。

"我的朋友们，我的同胞们，"自豪的声音从黑暗中响起，激荡出雷鸣一般的回音，"我一直在想念这块土地和这里勇气十足的人民，但是我回来了，而且我将不再离开！无须再恐惧，这块土地将永远存续下去！如果是君权发生问题，那么就由我来面对。现在各位必须回家，等到明早旭日东升时，再让我看看各位是否一切都好。现在就请大家都先回家，而我也应该回我的家。"

不待群众响应，巴力诺便转身过桥，往皇宫大门方向前进，精灵兄弟仍紧跟在后。此时民众呼声再度响起，但是却没有人跟上来，尽管他们非常想这么做。没多久，他们就慢慢散去，只剩下少数人仍对着黑暗的城堡高喊他的名字，而其他人则不断喃喃自语，担心着边境人和他两名朋友此去将要面临的命运。

三人疾步下桥后，就看不见群众的踪影了。几分钟后，三人就来到巴克哈纳皇门前，巴力诺并未停下脚步，而是抓起镶在木门上的巨大铁环，用力叩门，发出如雷响声。过了好一阵子都无人回应，三人站在门口静待，既愤怒又忧虑地听着门里的动静。随后里头才传出一个小小的声音，要求他们表明身份。巴力诺报上自己的名字，并严令里面的人立刻把门打开。沉重的门闩往后一拉，巨大的宫门向内开启，让三人进入。巴力诺目不斜视，完全不理会一旁的守卫，径自跨越中庭，朝着前方宏伟的圆柱型建筑迈进。除了左翼一楼的窗户有灯光透出来之外，其他窗户全是黑漆漆的。都林示意戴耶走到他前面，借机扫视周边暗处，结果马上发现约有一个班的武装守卫在附近埋伏，所有人都戴着猎鹰佩章。

心思缜密的精灵马上就知道他们现在是自投罗网，就跟他们一踏进此城时他的预感一样。他脑中出现的第一个念头，就是止住巴力诺，以自身所见来警告他，但随即意识到巴力诺可是身经百战的勇士，怎会不知道迎接他的是什么。都林为自己没让弟弟留在城外而自责不已，但为时已晚。

三人通过花园，一路畅行无阻，直达洞开的皇宫大门。年代久远的宅邸在火炬的照明下一室光亮，传神地重现巴克哈纳家壁画的缤纷壮阔，抛光的木造装潢古典富丽，墙上还挂着精致的挂毯和刻有历代名君纹饰的金属牌匾。精灵兄弟跟着王子走过安静的宅邸，不由自主地想到不久前在帕瑞诺城堡的经历，当时他们也是在这样的富丽堂皇中，落入了陷阱。

他们往左走进另一个走廊，巴力诺仍走在他们前方几步远处，高大的身形几乎填满了通道空间，他的斗篷随着行进的节奏摆动。有那么一瞬间，他让都林想起亚拉侬，浑身散发着危险的气息。都林忧心地看着戴耶，但是年轻的精灵似乎没有注意到，脸上因为兴奋和紧张而泛着红光。都林的手伸向匕首握把，让冰凉的金属镇静他发烫的掌心。如果他们又将落入圈套，势必躲不过一场恶斗。

在一处敞开的门口前，边境人突然停下脚步，精灵兄弟赶紧到他身边，看着前面明亮的房间。在这间雅致的会客室里，有个体格壮硕、金发蓄胡的人，他身上罩着一件紫色斗篷，上面有着猎鹰标记。

那人把手负在背后，年纪看起来比巴力诺年轻几岁，但是魁梧的身材和后者不分轩轾。精灵立刻认出他就是帕兰斯·巴克哈纳。

巴力诺踏进房里，不发一语，双眼直视他的弟弟。精灵也跟着边境人，充满戒心地环顾四周，这里有太多道门、太多帘幔，可能有武装守卫埋伏。紧接着，他们身后的大厅出现了一些动静，戴耶微微转过身来面对门口，都林稍稍离开其他人，抽出长猎刀，半蹲屈着身子呈备战状态。巴力诺漠然不动，内心却因那双充满仇恨的眼睛翻腾不已。他知道这也许会是个陷阱，他的弟弟也许会设法对付他们。他也始终相信他们可以撇开歧见，兄弟俩开诚布公地展开对话。但是如今面对这张熟悉的脸，他却只看到不断燃烧的怒火，他知道他弟弟已经失去理智，甚至可能神智失常。

“父亲在哪里……？”

巴力诺的质问被骤然打断，他们头顶上咻地一声，落下一张大绳网，精准地罩住三人。突然增加的重量让所有人大惊失色，跌坐在地，他们的武器在对上经过强化的绳索时完全派不上用场。武装守卫从四面八方涌向拼命挣扎的俘虏，他们根本毫无机会反击，逃不出精心设计的圈套。三人被迫缴械，双手被缚在身后，眼睛也被蒙住，然后被粗暴地拉起来，十数只看不见的手牢牢将他们钳制住。此时突然一阵安静，有人走到他们面前。

“我要是你我就不会回来了，巴力诺。”黑暗中传来一个令人胆寒的声音，“你知道如果我再次找到你会落得何种下场。你的所作所为比卖国贼、比懦夫还要罪大恶极，看看你对人民、对父亲，甚至现在对我干了什么好事。你对雪若做了什么？你对她做了什么？你将为此偿命，巴力诺，我发誓！带他们下去！”

他们被又推又拉地拖出去，穿过走廊，经过一道门，往下走过长长的阶梯后抵达一块平台，之后又绕了好几圈到另一个大厅，他们可以感觉到踩在潮湿的石头上。突然间他们又往另一个向下的阶梯走，进入另一个通道，一路上可以闻到空气中的腐味和寒冷，也能感受到从墙壁和地板渗出来的湿气。之后他们听到拉开门闩时锈铁摩擦所发出的刺耳声音，沉重的大门被打开后，架住他们的手粗鲁地将他们转过来，又毫无预警地松手，让他们结结实实地摔在石地板上，然后关门上锁。他们听着一道道的门接连被上锁时所发出的金属撞击声，声音越来越遥远，直到慢慢消失，最后静默的监狱里只剩下他们自己的呼吸之声。

巴力诺回家了。

23

直到接近午夜，亚拉侬才对他帮弗利克做的伪装表示满意。他用腰间皮袋里的一罐奇怪的乳液涂在谷地人的脸上和手上，让皮肤颜色变成深黄色，然后再用一块烟煤改变他的眼型和脸部线条。这只能说是权宜之计，但是在夜里只要不详加检视，别人会认为他是体型比较高大壮硕的地精。即使是对身经百战的猎人来说，这仍是个危险的任务，让一个没有受过训练的人乔装成地精混进敌营，简直可以说是自杀。但是他们没有其他选择，总是有人得进去那里一探究竟，想办法找找伊凡丁、谢伊和沙娜拉之剑的下落。即使做了最好的伪装，亚拉侬也会立刻被认出，不可能蒙混过关。因此这个任务就落到弗利克头上，他必须伪装成地精，顺着山坡而下，躲过巡逻的卫兵，潜入有着成千上万名地精和巨人的营帐，查探他的弟弟和精灵王是否沦为阶下囚，同时还要试着打探沙娜拉之剑的下落。为了避免情况变得复杂，他必须在天亮之前离开敌营，如果没有办法及时脱身，他的伪装可能会在白天时被揭穿，因而被逮。

亚拉侬要弗利克脱下他的狩猎斗篷，动手修改一下剪裁，并加长了风帽，好更能够隐藏穿衣人的面容。完工后弗利克重新穿上，他发现改过的斗篷更贴身，除了手之外其他地方都看不到，脸也被遮住了。如果不要太靠近真的地精，到清晨前一直保持机动，他还是有机会找到重要情报，并活着出来告诉亚拉侬。他再次确认短猎刀牢牢系在腰间，虽然这把刀根本不算是武器，但是带着它纯属心安，至少让他觉得自己并非手无寸铁，毫无保障。他缓缓站起来，亚拉侬详细检视后满意地点点头。

过去的一小时里，天气变得更糟了，翻滚的乌云完全遮挡了月亮和星星，伸手不见五指。唯一的亮光来自敌营燃烧的篝火，偶尔一阵从龙牙山脉吹来的北风，呼啸着扫过一览无遗的平原，带起蹿高的火焰。风暴即将来临，也许会在清晨前袭击此处。沉默的德鲁伊希望狂风和黑暗能使伪装成地精的弗利克更具迷惑性。

神秘学家寥寥数语，给了弗利克予以示警的临别赠言。亚拉侬大致向他介绍了营区配置、主力部队外围设岗的方式，他要弗利克去找地精首领和巨人首领麦丘伦家族的旗帜，他们一定在靠近营火中心位置。无论如何，他绝对不能跟其他人说话，因为他的口音马上会泄露他是南方人的事实。弗利克一边听着，心跳也愈来愈快，他知道他逃不过地精的法眼，但是现在谢伊的安全受到威胁，对他的忠诚度让谷地人背离常识判断。最后亚拉侬肯定地说，他会平安通过坡底的第一线守卫，然后便要他保持绝对安静跟他走。

他们走出大石的掩护，但夜色实在太黑，弗利克完全看不到路，只能被德鲁伊牵着手往平原方向前进。他们花了好长一段时间才走出曲折的石阵，再次看到远方营区的火光。爬下斜坡的路途中，弗利克身上多处瘀青和擦伤，他的四肢因扭伤而隐隐作痛，他的斗篷也有几处豁口。黑夜在他们和营火之间就像是一道冲不破的墙，弗利克完全看不到也听不到卫兵在哪里，亚拉侬不发一语，贴近石头侧耳倾听。有好长一段时间，他们一直保持不动，然后亚拉侬忽然间起身，示意弗利克留在原地，而他则悄悄消失在夜里。当他离开时，谷地人焦虑地四下张望，对未知感到惊慌。他将发烫的脸贴着冰凉的石头，在脑子里重新推敲他到营区后要做的事。事实上他并没有所谓的计划，他只能避免跟其他人说话，如果可以的话，尽量跟其他人保持距离，远离可能会让他泄底的火光。要是营区内有囚犯的话，应该会关在靠近中心有人守卫的帐篷里，他的首要目标就是找到那顶帐篷。一旦让他找到，他会想办法看一下里面有谁，尽管他走到那一步的可能性不大，但他会设法回到斜坡这儿，向亚拉侬禀报，再来决定下一步行动。

不过弗利克最后还是受挫地摇摇头。他既无天赋，也不够聪明，凭他这副样子绝对无法全身而退。但自从几天前在龙崖壁道失去谢伊之后，他的态度出现一百八十度的转变，迂腐的悲观主义和乡愿的实事求是，被置之死地而后生的决心所取代。他熟悉的世界在过去几周发生了剧变，使得他再也无法坚持原有观念和之前的理智抉择。在日复一日的颠沛流离和逃亡躲藏，以及与异界怪物的搏斗中，时间已经失去了意义。穴地谷的那段平静生活恍若隔世。而唯一没有改变的是他的伙伴们，尤其是他的弟弟。但如今大家接连离开，到最后只剩下弗利克孤单地站在这里，身心都濒临崩溃边缘。

幸好还有亚拉侬给了他些许安慰。高大的德鲁伊一路走来始终神秘，其他人在前往帕瑞诺的旅途中，彼此间的感情与日俱增，但高深莫测的他一直保持着某种疏离感。即使他跟大家说了他的出身和目的，还是无法揭开罩在他身上的神秘面纱。

当众人聚在一起时，即使亚拉侬是促使他们迫切寻找沙娜拉之剑的幕后推手，他的掌控力也并没有那么强大。而当众人离去，只余惊恐的谷地人与难以捉摸的神秘学家待在一起时，弗利克难以抑制地对亚拉侬产生了敬畏之感。他再次想起沙娜拉之剑的神秘传说，也回忆起亚拉侬拒绝对众人把所有事和盘托出。他们为这个神秘的护身符付出了一切，除亚拉侬以外，其他人仍旧对该如何用它战胜黑魔君一无所知。可为什么亚拉依会懂得如此之多呢？

他身后突然发出一个声响，弗利克立刻抽出短猎刀自卫。高大的亚拉依从黑暗中蹿出来，一言不发地抓住他的肩膀，两人小心翼翼地躲到石坡后。亚拉依审视着他的脸，仿佛在评断他的勇气，研读他的想法，弗利克只能强迫自己面对他的目光，一颗心因为恐惧也因为兴奋砰砰跳着。

“已经解决掉卫兵了，障碍已经排除。”低沉的声音像是从地底深处传上来似的，“去吧，我年轻的朋友，胆要大心要细。”

弗利克点点头，旋即从巨石后起身，走进黑暗的平原。他停止思考，停止臆测，用本能去探索黑暗中隐藏的危机。天空中依旧乌云密布，一点星光或是月光都透不进来，只有营火幽幽地燃着。他半伏着身子跑向远方的火光，只偶尔停下来查看他的位置，并听听其他人的动静。开阔的平原长满青草，完全吸收掉他落下来的脚步声，另外还有一些灌木，和一两棵稀疏盘曲的树填补草原的空隙，黑暗中只听到飒飒的风声和自己的呼吸声。随着愈来愈靠近营区，谷地人方才在山脚下所见的一团火光，现在也逐一变得分明起来：有些才加入新柴，烧得正旺；有些则因为负责管照的人已然睡去，只剩下一团灰烬。弗利克现在已经近到能够听到帐篷里传出的声响，但是还没有办法明确分辨他们说了些什么。

弗利克靠近外围营火时，已经过了约莫半个小时。他停下了脚步，蹲在远处研究前方营帐的摆放位置。夜晚的冷风从北方袭来，吹得焰火噼啪作响，冒出来的烟更是直接飘往谷地人这里。前面还有第二圈守卫，但是并不密集。北方人显然认为附近都是自己人，无须挂心，这些哨兵以地精为主，还有一些身形高大许多的巨人星散其间。

弗利克盯着不熟悉的巨人猛瞧。尽管体态各有不同，但他们全都有着粗壮的四肢，皮肤像树皮般看起来又粗又硬，具有高度的防护力。除了站岗的哨兵，还有少部分士兵没有睡，他们或在附近闲晃，或在火边取暖，而且绝大多数人都穿着厚重的斗篷，挡住了身体和脸。弗利克满意地点点头，看情况风势会逐渐增强，明天日出前气温会持续下降，这意味着大家可能会一直裹着斗篷，他也更容易混进营区。由于黑夜和柴火冒出的浓烟，他无法透过营火看到更远处的情形。

从这个角度看，营区规模好像比他们在龙牙山脉上所看到的小。若不是之前曾经亲眼目睹，他可能会被眼前的景象所蒙骗，除他眼前所见的规模外，营地还向四面八方延伸了至少一英里。等过了里面的防线，他必须在成千上万的地精和巨人间穿梭，经过数百个可能揭穿他身份的火堆，一路上还得避免和敌军接触，以免露出破绽。一旦露出马脚，他就会命丧于此。而就算他没被发现，他还要找出囚犯和剑的位置，想到这里，他就忍不住摇摇头。

与生俱来的好奇心让谷地人忍不住想要靠近光源，仔细瞧瞧地精和巨人的样貌，不过他努力克制住这股冲动，提醒自己没有多余的时间做其他事。对小南方人来说，即便是生活在同一个天空下，这两个外来种族仍像来自另一个世界般陌生。前往帕瑞诺的途中，他和狡诈的地精曾经多次交手，在德鲁伊要塞还有过近身肉搏的经验。但就算这样，他还是不了解地精，只知道他们是想要杀害他的敌人。对于深居在北方高山隐秘谷地里的巨人，他更是一无所知。但不管怎样，弗利克都知道这支军队隶属于黑魔君麾下，至于他的目的为何，更是昭然若揭!

一直等到阵阵强风将烟吹到他跟哨兵之间，弗利克才起身，看似随意地走向营区。他小心翼翼地选择了一个士兵都已入睡的区域作为切入点，当他从黑暗中现身，靠近离他最近的营火时，黑夜和烟雾给他提供了绝佳掩护。不一会儿，他就站在一群熟睡的士兵之间，哨兵完全没有注意有人偷偷溜过。

弗利克仔细拉好斗篷，盖住他的身体，以确保有人经过他时最多只会看到他的手，而他的脸更是被风帽压得只剩下阴影。他四处打量了一番，附近没有人有动静，说明他的举动极度隐秘。他深深地呼吸着清凉的空气，让自己镇定下来，然后估量自己与营地中心的相对位置。他选择了一个看似可以直接到达营地中心的方向，再次环顾四周以确认自身的安全，然后慎重地向前行。现在他已经没有回头路了。

那个夜晚，他的所见所闻所感在记忆里留下了深刻的烙印，使他终生难忘。就像是个奇怪的梦魇，不属于这个世界的诡异生物投射到他的梦境中，像是无尽之海上接连不断的浮木。也许是夜色与将熄火焰的袅袅烟雾蒙蔽了他的感知，营造出梦一般的观感。又或许是他因亲眼目睹了无法想象的怪物以及他们令人惊愕的数量，脑子既混沌又惊恐，而产生的副作用。

时间缓慢地流逝，小谷地人遮着脸在硕大的营区内走动，一双眼睛不断地搜寻观察。无数个围在营火边酣睡的身躯，就像无数道障碍，完全挡住他的去路，每越过一道障碍，他就多一次被揭穿和被杀死的风险。有好几次他都觉得自己已经被发现，他的手不自觉地伸向短猎刀，每次准备跟发现他的敌人决一死战时，他的心跳都随着紧张程度的升级而加快。一次又一次，有人朝他走过来时，他们好像都知道他是个冒牌货，一副想要拦住他并揭开他的伪装的样子。不过，每一次他们都擦身而过，没有停下来，也没有说话，独留弗利克一人在熟睡的营区中。

有好几次，他经过一群一群围在篝火边取暖聊天的人们时，他们还会跟路过的他打招呼，低着头包着斗篷的他随意挥个手示意一下。他一直很担心自己会不小心开口说话，不小心走错地方，还好每一次都有惊无险。

他在占地辽阔的营区绕了好几个小时，还是没有找到任何有关谢伊、伊凡丁或是沙娜拉之剑在哪里的线索。随着时间流逝，他开始失去信心。他经过了无数的火堆，看着或仰躺或踢被、睡成一片的人海，还有数不清的帐篷，全都有敌军首领的旗帜，不但没有驻守卫兵凸显他们的重要性，偷看过后也没有发现异样。

他还听到没有入睡的地精和巨人交谈的片段。但是他完全听不懂巨人的语言，地精说的话也只略知一二，内容全都是些无关紧要的讯息，就好像大家对失踪的两人和那把剑完全不知情一样。或者是说，他们似乎从没被带到过这里。弗利克开始怀疑亚拉依是不是弄错了，过去几天他们所追的足迹根本就跟谢伊他们无关?

他担心地仰望满是乌云的夜空，虽然不确定现在几点，但是他知道只剩下几个小时就要天亮了，一瞬间他有些惊慌，意识到自己可能来不及回到亚拉依藏身的地方。他摇摇头，甩掉他的恐惧，也厘清他混乱的思绪。在拂晓拔营的一片混乱中，他可以躲过困乏的猎人们，快速冲刺到从龙牙山脉降下的绳索旁，好在太阳出来前脱身。

此时，有四个巨人战士出现在他的右手边，经过受惊的谷地人身边时，四人彼此低声交谈着。弗利克突然有股冲动，想知道全副武装的四人在大半夜要去哪里，不禁好奇地偷偷跟上他们进入营区。谷地人选择的跟踪路线恰好与巨人的行走路线成直角，同时将自己隐藏在他们身后的阴影里。他们数次经过弗利克以为是目的地的帐篷，但都没有停下脚步。

进入一个特殊的区域后，小谷地人马上注意到这里的营区和之前有很大的不同。这里帐篷更多，有些还很高，明亮的灯火正好投射出里面有人，而外面的营火也不断投入新柴以保持光线不减，不但没什么人在睡，还增加了巡哨的守卫，到处一片通明。弗利克根本无处可躲，为了不被问话，他硬着头皮跟上前面的巨人，假装他跟他们是一起的。他们经过了好几个守卫，还简短打了招呼并看着他们通过，没有人拦下包得密不透风的地精问话，走在队伍最后面的他就这样蒙混过关。

然后巨人小队突然往左转，弗利克也自动跟上，发现他们似乎正往一座又长又矮的帐篷而去，而且那里巨人守卫更多。现在已经来不及回头或是躲避守卫的视线，因此当队伍停在帐篷前时，害怕的小谷地人故作镇静地继续往前走，仿佛这里不关他的事似的。卫兵也不觉得有异，所有人就这样目送他快速经过，闪进前方的黑暗处。

他猛地停下来，持续的紧张感让他汗流浃背，呼吸急促。就算只有一秒钟的时间，他还是从重兵驻守的帐篷内瞄到有个黑翅野兽跟地精巨人在一起，那种让人心寒的战栗感错不了，那就是搜遍四境追杀他们的怪物。他躲在黑暗里，一颗心疯狂地跳着。

那守卫严密的帐篷里一定有着十分重要的东西。很可能是失踪的谢伊和伊凡丁还有剑，都落在黑魔君爪牙的手里。弗利克一定得看看里面的情况。但他的时间已经不够，好运也到头了。光是守卫就足以挡住任何一个企图闯入帐篷的人，加上还有骷髅使者，想一探究竟无疑是自找死路，弗利克黯然神伤。除了这个死亡任务之外，他还有没有其他选择？如果现在就回去与亚拉侬会合，他们等于回到原点，夜探敌营的努力也将付诸流水。

他无语问苍天，期许老天能给他答案。乌云罩顶，阻隔着星月和大地的交会。长夜将尽，弗利克起身拉好斗篷，他已经决定放手一搏，会不会被杀就交给命运来决定吧！因为谢伊只能依靠他，也许亚拉侬和其他人也是，就看他能不能探到重要敌情。他必须知道帐篷里有些什么。缓慢而又小心地，他朝着目标一步步地靠近。

黎明很快到来，东边逐渐出现阴沉的灰色，史翠里汉的天空黑云翻滚，有一种山雨欲来的感觉。龙牙山脉脚下的卫兵已经撤守返回营区，亚拉侬一整晚都坐在石坡边，不断搜寻弗利克的身影，宽大的黑色长斗篷松垮垮地搭在身上，既无法抵挡清晨的寒意，也挡不住很快转变为瓢泼大雨的毛毛细雨。随着曙光初现，敌人们苏醒过来，希望愈来愈渺茫，但是他还是继续等着，期待小谷地人能够骗过敌人耳目，然后找到谢伊，找到精灵王，找到沙娜拉之剑，在天亮之前脱身。

敌军已经开始拔营，底下密密麻麻黑压压的一片，展现出慑人的军威。终于，黑魔君的战争机器开始南下了。德鲁伊从藏身的石头后走出来，如果谷地人已经逃出来，马上就可以看到他。但他等了又等，还是只有呼啸而过的风声，他默默地站着，只有眼睛背叛了内心的苦涩。

最后，德鲁伊决定跟着大军南下。身高腿长的他很快就拉近跟敌人的距离，而此时大雨也开始倾盆降在他们身后的大草原上。

曼尼安抵达岛城肯恩北边的摩米顿河时已近黎明。亚拉侬给他的忠告是对的，要从敌人眼皮底下溜过确实不容易，他们的哨兵除了营区之外，还从龙牙山脉南段一路往西拉到摩米顿河，河岸以北全部都在黑魔君的监视范围内。几个横贯山脉的重要隘口更是受到严格把护，巴力诺、韩戴尔和精灵兄弟就设法通过了其中的肯能隘口。但曼尼安没有山的掩护，他离开亚拉侬和弗利克之后，便被迫直接穿越空旷的草原往南直达摩米顿河。虽然缺乏地利，但是他有天时与人和，一则夜黑风高，眼前简直伸手不见五指，再加上曼尼安可是南境顶尖的追踪者，他可以靠着敏锐的耳朵听声辨位，在黑暗中快速前进。

他刚离开时，对亚拉侬强迫他放弃搜寻谢伊、前去警告巴力诺和卡拉洪人民还很气愤，留弗利克一人跟脾气阴晴不定的亚拉侬在一起也让他很不放心。他从来就不信任神秘的德鲁伊，那个人隐藏了沙娜拉之剑背后的秘密，他对沙娜拉之剑的了解肯定比他说出来的要多。他们盲从亚拉侬的每一个指令，每当危机降临时，他们也毫不保留地相信他。虽然每一次他都是正确的，但是他们不但没拿到剑，还失去了谢伊。而现在，撇开这一切，北方大军已经做好了南侵的准备，看来只有卡拉洪王国能够抵御攻击了。不过看到敌军如此壮盛的规模之后，曼尼安也不知道传说中骁勇善战的边境军团能否对抗如此庞大的军力。他的内心告诉他，唯一的希望就是采取拖延战术，让边境军团有时间整合精灵和侏儒军队，共同抗敌。他认为他们已经失去了沙娜拉之剑，就算他们找到谢伊，恐怕也没有机会去找那个奇怪的武器了。

直到膝盖卡进锋利的石缝里，他的注意力才转移到身体的疼痛上。他咒骂了一声，暂时放下了对未来的思索，旋即专心于脚下。他就像一只黑色的蜥蜴，悄无声息地爬下龙牙山脉的矮坡，穿过覆满尖锐石块的山腰，佩戴的利亚宝剑与弓猛烈地抽打他的后背。最终他安然无恙地到达了山脚，途中未遇任何一人。周围没有任何活物的动静。他小心翼翼地走入平原，每前进一小段距离，就会停下来侧耳倾听。他知道哨岗应该设在附近不远处，但他始终没有看到任何人的身影。

最后他直起身，动作悄然无声。因为没有听到响动，他将猎刀握在掌心，开始向南移动。一路走来始终顺遂，他开始相信他可能已经在不知不觉中越过了敌军守卫。然后他听见一个小小的声音，跨出一半的步伐瞬间凝结，竖起耳朵寻找声音的来源，没多久他就听见有人在前方不远处低声咳嗽。那个哨兵及时救了高地人一命。如果他直接撞上那个哨兵，肯定会马上引来其他人。

曼尼安马上蹲低，一只手紧紧抓着匕首，蹑手蹑脚地朝着咳嗽声的方向前进，直到他的眼睛可以辨识出那个人就在他前方不远处。从体格看来，这个哨兵是名地精。曼尼安又等了几分钟，等地精完全背对他之后，往前推进到只隔几步的距离。曼尼安抓准时机快速起身，用钢铁般的臂膀紧紧锁住那人的喉咙，阻止他发出声音示警，然后用刀柄猛地一敲，地精立刻倒地不起。得手后，高地人立刻闪身进入黑暗之中，以免引起其他守卫的注意，快速逃离他们的听力范围。他始终紧握匕首，做好攻击准备，以防遇上其他哨兵。

夜凉如水，时间缓缓流逝。最后，他终于抵达摩米顿河，隔着河远远可以看到对岸肯恩城微弱的灯光。他在河堤岸旁的一处小山丘上停下来，半蹲伏的身体外包覆着长狩猎斗篷，以抵御凌晨的寒风。能够成功躲过敌军守卫来到这里，连他自己都觉得意外，也大大松了一口气。他想他可能真的在无意之中，在双方都不知情的情况下通过至少一个哨兵。

利亚王子仔细扫视四周，确定附近只有他一个人，这才起身舒展筋骨。他知道如果不想在冰水里游泳，他就必须再往下游走，在那里应该可以找到船或是摆渡人到城里去。他将背上绑着的武器紧了紧，面色自若地沿着河水上涨的方向南行。

没走多远，在冷风暂时停止吹拂的片刻寂静中，前方突然传出一个陌生的低语。他马上趴到地上，身体紧贴着地面，等到风再次平息，又听到了窃窃私语的声音，而且这一次他也确定了声音来自于河边。他立刻爬回刚刚藏身的小山丘，以免对岸的光线泄露他的位置，然后起身弯着腰，悄无声息地沿着与河岸平行的方向快速奔跑，靠近传出声音的草丛。声音渐渐地大了起来，也更为清晰，最后声源定格在前方的草丛里。他拉长耳朵细听，还是无法确认对话的内容，于是小心匍匐着爬上土丘，从那里他看到一个个身影聚集在摩米顿河边。

他首先注意到有一艘小船绑在河边灌木上，如果他能弄到那艘船的话，他就可以过河了。想是这样想，但他随即断了这个念头，因为围在船边的，是四个高大的武装巨人，他们的身形即使在昏暗的光线中也不可能被误认。他们在跟第五个人说话，从体型和穿着判断，那显然是个南方人。

曼尼安仔细观察他们，但是光线实在太暗，他只能大致判断应该没有见过那人。陌生人削瘦的脸上蓄了黑色短胡，而且还有个特别的习惯，讲话时会神经质地拍自己的胡子。

然后有个用斗篷盖住并牢牢捆紧的东西引起曼尼安的注意，虽然在黑暗中他无法确认那是什么，但令他震惊的是，那一包东西动了一下，动作很轻微，但足以显示底下藏了某个活的东西。就在他想办法要靠近一点时，那四个巨人和不明陌生人已经准备分道扬镳。其中一个巨人走向神秘的包裹，随手一抬就把包裹甩到肩上，而陌生人松开船后就爬了上去，把桨伸入水里，然后他们互相道别。曼尼安听到一些片段，包括什么“一切都在掌握中”之类的。而最后一句话则是来自陌生人的警告，他要巨人静候王子吩咐。

曼尼安往后退到草丛里，看着那人和小船消失在雾气弥漫的摩米顿河上。黎明总算来了，但是四周灰蒙蒙一片，能见度就跟晚上一样糟。深沉而凝重的乌云依旧把天空压得低低的，再过不久可能就要下大雨，空气中已经弥漫着潮湿的雾气，浸湿了高地人的衣服和裸露在外的肌肤。北方大军恐怕在一个小时内就要挥军南下，约莫中午就会到达肯恩。他已经没有多少时间可以去警告肯恩的市民这场他们无法抵挡的攻击，他们必须马上撤到泰尔西斯或是更南边的地方去避难。巴力诺必须知道现在这个情况，边境军团必须阻挡北方人侵略的步伐，直到侏儒和精灵大军集结完毕。

利亚王子知道自己没有时间去深究这场神秘会面背后的交易，但他还是多留了一阵子。四个巨人带着奇怪的包裹朝他的右手边方向过来，曼尼安确信一定是某个人被船上的陌生人当成囚犯交给北方。如此大费周章地安排夜间会面，那个囚犯肯定是个重要角色，对黑魔君肯定也很重要。

曼尼安看着巨人在浓密的晨雾中离开，心里还没决定是否要插手此事。亚拉侬给了他一个抢救千万人命的任务，他不能仅仅只为了满足个人的好奇心而把时间耗在其他事情上，即使这意味着抢救……谢伊！如果他们抓的人是谢伊呢？他的脑袋里快速闪过这个想法，内心也马上作出决定。谢伊是一切的关键，如果被捆在里头的俘虏是他，曼尼安必须想办法救他。

他马上原路北返，想办法跟刚刚离去的巨人平行前进。虽然在大雾中很难保持方向感，但是他无暇理会这些细枝末节的事。要如何从四名彪形大汉手中带走那个囚犯才是困难所在，他们中任何一个人都能轻而易举地对付曼尼安，再加上前面还有哨兵，如果他不能在那之前阻止他们，他就完了。救援成功的关键是通往摩米顿河的逃生路线保持畅通。

曼尼安一边跑着，豆大的雨点开始降落，随着风变得愈来愈强，沉闷的雷声不绝于耳。他透过雨幕寻找巨人们的踪影，但却一无所获。担心自己因速度太慢跟丢了他们，于是他用可能跌断脖子的速度在草原上狂奔，避开矮树和灌木丛，双眼不停地扫视。雨水不断打在他的脸上，挡住他的视线，水汽和雾气迫使他慢下来。他气愤地摇着头。他们一定就在附近！他绝不能跟丢那些巨人。

突然间，那四个巨人出现在他左后方的浓雾里。原来他完全判断错误，不但超过，还越过了他们。他马上蹲下来躲在矮树后面，看着他们慢慢靠近。曼尼安推算，如果他们保持行进方向不变，应该会经过前方那一大片的灌木丛。趁他们看到他之前，他赶快躲进浓雾里，绕到前方灌木丛，准备在这里发动奇袭，然后伺机冲向河面。他隐匿了身形，从枝叶间窥视四个巨人。

有一阵子前方毫无动静，接着四个高大的身影慢慢从浓雾中朝着他藏身的地方过来。他脱掉已经湿透了的斗篷，从巨人手中夺过俘虏后，他需要快速脱身，身上不能有赘物，因此他连笨重的靴子也脱了。然后他抽出利亚之剑放在身边，并马上调紧弓弦，再从箭筒中抽出两支黑色的长箭。一切准备就绪，巨人也愈来愈靠近他藏身的树丛。他们一行四人，两两一组，俘虏由前排当中的一人扛着。他们在自己势力范围内显然很放松，完全没有注意到有人埋伏。曼尼安慢慢抬高一边的膝盖，拉弓搭箭，等待放箭时机。

只听咻地一声，一支箭飞出，正中扛着俘虏的巨人。那人发出痛苦的哀嚎，把包裹一扔，双手抱着中箭的脚。在一片混乱中，曼尼安又将第二支箭射向前排第二人的肩膀，强大的作用力让那人直接倒向后方的两人。高地人见缝插针，高举利亚之剑大喝一声，迅速从灌木丛后一跃而起，让震惊的巨人措手不及，一连倒退了好几步，一时间甚至忘了囚犯的存在。说时迟那时快，敏捷的攻击者趁巨人还没反应过来之前，用空出的手将瘫软的俘虏捞上肩膀，左窜右闪，转眼间就甩掉了巨人。距离他最近的那人试图拦阻他不成，前臂还白白挨了一剑。就是现在，往摩米顿河的方向没有人挡住去路！

两个巨人拔腿就追，一个毫发无损，一个轻微受伤，笨重的盔甲再加上笨重的身躯，让他们在湿滑的草地上移动速度相对缓慢，但是仍然比曼尼安预期的要快，而且他已经精疲力尽，不若他们体力充沛，更何况他还扛着个俘虏。现在强风夹带着大雨，像针般扎在他的身上，他忍着全身酸痛，保持着冲刺的速度，赤足跑过草地，绕过灌木，跳过水洼，多次滑倒，又立刻站起来往前冲。

地上尖锐的石头和星散的荆棘，让他的脚满是伤口，鲜血直流，但是他完全感觉不到痛，只顾着往前跑。广袤无垠的平原见证了这场笨重的巨人与幽灵般的曼尼安之间的赛跑。他们专注地跑着，脑中没有其他念头，而耳边只有呼啸而过的风声。这是一场精神与耐力的严酷考验，直接决定了利亚王子的命运。

曼尼安已然耗尽气力，完全在用毅力苦苦支撑着，然而前方还是看不到河。他已经不再回头看巨人是否接近，他可以感觉到他们的存在，听到他们沉重的呼吸声，他们已经快速拉近距离。他必须再跑快一点！他必须赶快到达河边，让谢伊自由……

他不自觉地将这个人视为他的朋友，因为他一抓起这个神秘的俘虏时，就感觉到这人体态轻盈，身型纤瘦，没有理由不相信他就是失踪的谷地人。在高地人一边奔跑时，他也不断挣扎着，还隐约传出一些含糊不清的话语，曼尼安只简短告诉对方，他们就快到安全的地方了。

雨势突然变大，磅礴的雨势让人完全分不清东南西北，草原瞬间积水成泽。曼尼安被树根绊了一跤，整个人往前摔进泥泞的草地，连带让他肩上的俘虏也跟着仆倒。又痛又累的高地人手脚并用地把自己撑起来，旋即拿起宝剑回头看。确认没有看到追兵的踪影后，他松了一口气，看来大雨跟浓雾帮了他一个大忙。不过有限的能见度只能暂时延缓他们的追击，届时……曼尼安猛烈摇头，甩掉眼里的水汽和忧虑，然后快速爬向拼命挣扎的俘虏。看来不管这件斗篷下包裹的是谁，状况应该不错，可以跟他一起跑，他的气力已经快要耗尽。他知道他没有办法再承担其他负重了。

高地人拿着剑，眼睛盯着绑得牢牢的绳索。一定要是谢伊，他在心里不断告诉自己，一定要是谢伊。那些巨人和不明陌生人费了这么大的功夫，做得这么保密……然后绳索被剑割断……一定要是谢伊！斗篷倏地打开，里面的人挣脱出来。

曼尼安·利亚不可置信地用力眨着眼睛，甩掉脸上的雨珠，瞪视着眼前这个人。他救的是一个女人！

24

一个女人！为什么北方人会绑架一个女人？曼尼安透过滂沱大雨，看进那双疑惑地回视他的明亮蓝眼睛。她绝对不是个普通女人。她有着倾国的美貌，小麦色的肌肤，一张小巧的圆脸上镶嵌着精致绝伦的五官，身材纤细，姿态优雅，身上的丝质衣裳更突显出她盈盈一握的腰身，而她的头发……！他从没看过那样的头发！尽管因为倾盆大雨，及肩长发湿漉漉地一缕缕黏在脸上，但那红色的光泽在灰蒙蒙的晨光中仍旧显得十分打眼。有一瞬间，他出神地看着她，但是很快脚下的伤口就提醒他危机尚未解除。

曼尼安马上起身，脚底的剧痛让他倒抽了一口冷气，疲惫席卷了全身，他觉得自己已经快要不支倒地，只能靠意志力和他的剑来支撑摇晃的身体。那女孩一脸惊恐地看着他。是的，他突然想到这点，她还能被叫作女孩。她起身扶着他，用一个低沉遥远的声音跟他说话。他摇摇头，然后又傻傻地点头。

“现在没事了，我很好……”他似乎已经有点语无伦次，“赶快过河，我们必须要去肯恩。”

他们再次动身，穿梭在大雾弥漫的雨中，脚步又急又快，因着泥泞偶尔步履不稳。一边走着，曼尼安觉得他的思绪逐渐清晰，体力也在慢慢恢复。那女孩走在他身边，双手挽着他，半扶半倚。他的眼睛不断搜寻四周，确定巨人距离他们不远，然后他突然听到了一个新的声音，那是摩米顿河。河水因为大雨泛滥溢出河床，发出隆隆声响，南向奔流至肯恩。那女孩也听到了，紧握他的手臂以示鼓励。

不一会儿，他们已经来到平行于北岸的山丘。河川水位早已没过河床，且还在不断上涨。曼尼安并不清楚他们跟肯恩的相对位置，但他意识到如果无法明确方向，他们会完全错过登岛的机会。那女孩似乎也意识到了他们所面临的问题，她抓着他的手沿着山丘顺流而下，一边凝视着迷蒙的对岸。曼尼安也不多问，就让她带着他走，而他则把心力放在追兵上。现在雨势似乎有减缓的趋势，雾也渐渐散去，再过不久，暴风雨就将过去，能见度也将恢复正常，届时他们在猎人面前将无所遁形。他们必须冒险渡河。

曼尼安不知道那女孩带着他沿河边走了多久，忽然间那女孩停了下来，对着停泊在河堤边的一艘小船急匆匆地打着手势，曼尼安立刻把剑系到背后，和女孩一起把船推进湍急的摩米顿河里。河水冰冷刺骨，溅起的浪花打在曼尼安身上，更让他感到彻骨的寒冷。滔滔激流不断把小船往下游带，曼尼安拼命地划，船却老是团团打转，随着奔腾的水势颠簸起伏，这场人与河之间无止境的拉锯战让曼尼安的脑袋也开始晕眩失衡。

接下来发生了什么事，他已经没有印象了。他依稀感觉到有人把他从船上拉到岸上后，他便不支倒地。他听到女孩轻柔的声音跟他说话，然后一片黑暗袭来，他陷入了昏迷。他的意识在黑暗中沉浮，被危险追着跑的不安全感不断啃噬他疲惫的心灵，他想自己起身抵抗。但是他的身体无法响应他的要求，最终他还是阖上了沉重的眼皮。

当他醒来时，天色还有亮光，日前的滂沱大雨变成毛毛细雨从灰色天幕落下。他躺在温暖舒适的床上，一觉醒来后精神饱满，脚上的伤口也已被清理干净并予以包扎，北方人恐怖的追逐看似已经离他远去。雨点轻轻坠落在石木墙中透光的玻璃窗上。他环顾装潢精致的房间，马上就知道这不是一般老百姓的家，而是皇室所有，因为房内摆设有着卡拉洪国王的佩章和纹饰。高地人静静躺在床上打量着房间，静待睡意完全退去，昏沉的大脑重新清醒过来。他瞧见床边椅子上放着一套干净的衣服，正打算起身着装时，房门刚好打开，有位年长的侍女带着一盘热腾腾的食物进来。她礼貌性地点头微笑致意，连忙走到床边，把餐盘放在高地人的腿上，把枕头撑在他背后，催促他趁热全部吃完。很奇妙的是，她让曼尼安想起自己的母亲，那慈祥爱操心的妇人在他十二岁时便去世了。这个侍女一直等到他吃了第一口才转身离去，并将身后的门轻轻带上。

曼尼安慢慢品尝着佳肴美馔，觉得他的身体再次充满了能量。一直到吃了快一半他才想起来，他已经至少二十四小时没吃过东西了。他再次望向细雨纷飞的窗外，不知今日是何日，是他昏倒的那天？还是已经过了一天……

他蓦地想到前来肯恩的主要目的，是要警告他们北方大军入侵在即，现在可能为时已晚！当他仍为之怔忡，餐叉僵在了半空时，门又打开了，这次是他所救的那个年轻女子。她神清气爽，穿着暖色系的长礼服，摇曳生姿，一头秀丽红发光可鉴人，即便是在这样昏暗的阴雨天里依旧闪闪发亮。她绝对是利亚王子所见过的最让人惊艳的女子。他突然想起他举了一半的叉子，便把它放回餐盘，对她微笑致意。她关上门走到床边，他内心忍不住再次赞叹她不可思议的美貌。她怎么会遭到绑架？如果巴力诺认识她的话，会给出什么样的评价？她站在床边，用一双清澈深邃的眼睛看着他。

“你看起来很好，利亚王子，”她微笑道，“休养之后你就快康复了。”

“你怎么知道我是……？”曼尼安困惑地问道。

“你的剑上有着利亚国王的标记，除了他的儿子，谁能够拥有这样的武器？但我并不知道你的名字。”

“曼尼安。”高地人应道，惊讶于女子对他的家乡——一个多数外乡人从未听闻的小国度——的了解。

年轻女子伸出她纤细的手跟他握了一下，开心地点头。

“我是雪若·雷文洛克，这里是我家，岛城肯恩。如果不是你，我可能再也回不来了。由衷感激你的仗义相助，我将终生铭记在心，并成为你的朋友。我们一边谈，你一边吃吧。”

语毕，她便坐到床边，并示意曼尼安继续用餐。他再次举起了叉子，随即想起入侵这档事，哐当一声，把叉子丢到餐盘上。

“你必须传话去泰尔西斯，给巴力诺，跟他说北境已经展开入侵行动！有一支大军就驻扎在肯恩北边，准备要……”

“我知道，没事的。”雪若马上搭腔，举起手阻止他继续说下去，“即使在睡梦中，你也不断提到此事。在你还未完全昏迷前，你就把警告传达给我们了。现在话已经带到泰尔西斯。由于国王依然病重，现在是帕兰斯·巴克哈纳代替出走的哥哥执政。肯恩市已经动员防御，但目前真正的危险还未降临，摩米顿河因为暴雨泛滥，使大军无法压境。我们在后援到达前应该是安全的。”

“巴力诺应该在好几天前就回到泰尔西斯了……”他警觉地问道，“那边境军团怎么样了？全军动员了吗？”

那女孩茫然地看着他，显然不知道巴力诺和边境军团的情况。曼尼安霍地把餐盘推到一旁，从床上起身。惊愕的女孩跟着他站起来，试着让激动的高地人平静下来。

“雪若，也许你认为你在这个岛是安全的，但是我向你保证，现在分秒必争，我们全都没时间了！”曼尼安大声说道，伸手去拿他的衣服，“我亲眼见识过敌军的百万雄兵，区区河水根本挡不了多久，除非有奇迹发生，否则你不要妄想会有援军。”他在解开睡衣的第二颗扣子时停了下来，突然想起这里有个年轻女子。他手指着门，但她摇头不从，然后转过身去，避开视线让他更衣。

“你怎么会被绑架？”曼尼安问道，一边快速着装，一边审视着她窈窕的背影。“你知不知道你对北方人来说有何重要性，除了你是个美女之外？”

他调皮地笑着，带着几分弗利克所鄙夷的轻浮。即使没看到她的脸，高地人也知道她已经羞得满脸通红。她沉默好一会儿后才又开口。

“我不记得到底发生了什么事……”她如是说道，“当时我已经睡了，被房里的声音吵醒，然后有个人抓住我，接着我就失去知觉了。我可能受到了袭击…不。我想起来了！是一块沾了某种恶臭液体的布，让我不能呼吸，然后我就失去了意识。接下来我只记得躺在河边沙滩上，我猜想那是摩米顿河。我被毯子包住，完全看不到，只能听到一点声音，但是我完全不懂他们在说什么。你有看到什么吗？”

曼尼安摇摇头，耸了耸肩，但想起那女孩背对着他看不到，又补上一句“我也没看到什么”。“有个男人载你过河，然后把你交给四个巨人。我无法看清那个人，但是如果再看到他的话应该可以认得出来。那么回答我第一个问题，为什么有人要绑架你？转过来吧，我已经换好衣服了。”

她闻言照做，走到他身旁，好奇地盯着他换上狩猎靴。“我有皇室血统，曼尼安。”她轻声回答。

曼尼安停下手边的工作，抬头看着她。当她认出剑上的利亚纹饰时，他就猜测她并非只是平民。也许现在他能找到她被绑架的原因了。

“我的祖先是肯恩国王，在一百年前，巴克哈纳取得政权前，曾经统治过整个卡拉洪。我是……嗯，我想你可以说我是个公主，前朝的公主。”这个愚蠢的说法让她不禁失笑，而曼尼安也报以微笑。

“现在我父亲是管理肯恩内政的议会长老，卡拉洪的统治者才是国王，但卡拉洪是个开明的国家，因此国王很少干预肯恩的管辖。他的儿子帕兰斯一直很喜欢我，他打算娶我这也早就是公开的秘密。我……我想，敌军可能会想藉此来要挟他。”

曼尼安冷静地点头，旋即闪过一个想法。帕兰斯并非卡拉洪的第一顺位继承人，除非，除非巴力诺遭遇不测。如果他们对巴力诺的存在有所顾忌，怎么会浪费时间对小儿子施压？他再次想起雪若对卡拉洪王子回国之事一无所悉，这应该是好几天前发生的事，而且应该是全国民众都会知道的大事才对。

“雪若，我睡了多久？”他忧心忡忡地问道。

“将近一整天，”她应道，“他们昨天早上把我们从摩米顿河拉上来时，你已经累瘫了，我想，你应该好好睡一觉。你已经给了我们你的忠告……”

曼尼安气急地大喊：“又少了二十四小时！如果不是因为下雨的关系，这个城市早就沦陷了！雪若，你父亲和议会！我必须跟他们谈一谈！”她的迟疑让他着急地抓住她的手臂，“现在不是提问的时候，照我说的做。议会在哪里？赶快带我去找他们！”

不待女孩带路，他直接抓着女孩的手臂来到门外的长廊。他们匆匆穿过空旷的屋子，走出门口来到户外宽敞的草坪上，一路小跑着躲避不停飘落的晨雨。建筑物外的走道棚顶让他们得以片刻喘息，在前往议会厅的途中，雪若询问他为什么会出现在这里，但是曼尼安的回答避重就轻，不愿意说出亚拉侬和沙娜拉之剑的事。他觉得他可以信任这个女孩，但是亚拉侬的警告言犹在耳，绝不能将沙娜拉之剑背后的故事告诉帕瑞诺之行以外的任何人。因此他对她隐瞒了这一部分事实，而是告诉她，他是受巴力诺之托，前来助他抗敌的。雪若对这个说法深信不疑，让他觉得说谎骗她很有罪恶感。不过亚拉侬也从未将事实真相全盘托出，也许他知道的根本比他所想的要少。

他们抵达议会厅，这栋古老的建筑主体由石头堆砌而成，周边环绕着风化的石柱，拱形窗户上饰以金属网格。悠闲地站在入口旁的警卫什么都没问，直接放行，他们穿过挑高的长廊，走上回旋梯，靴子急匆匆踩在石地上的声音不断在梯间回荡。议会的会客室位于四楼，他们来到会客室木门外时，雪若建议由她先去通知她的父亲和其他议员。尽管不情愿，高地人还是同意等候。她进去后，曼尼安静静地在走廊上站着，听着里面急切的低语声，伴随雨点打在窗上的滴答声，眼睁睁看着时间一分一秒地流逝。

曼尼安的思绪暂时迷失在老建筑的平静里，他想起各奔东西的伙伴们，从帕瑞诺一别后不知道有什么遭遇。也许他们不会再聚首，再经历一次之前那样充满恐惧的日子，但是他永远也忘不了他们临危不惧的过人勇气和牺牲自我的无私大爱。一想到他们一路过关斩将，一股自豪感油然而生，就连赶鸭子上架的弗利克都展现出坚定不移和英勇不屈的气节，大出他意料之外。

他的老友谢伊如今境况如何呢？想到他失踪的同伴，曼尼安摇了摇头。他尤为想念谢伊身上特有的沉着冷静与坚定信念。谷地人似乎一点不在意外界的物是人非、斗转星移，也意识不到硝烟散去的战争终将被渐渐遗忘。谢伊相信一个人可以背弃过去，建造一个全新的世界，但未来与过去密不可分，它们之间用血泪谱写的紧密联系永远不可能被割断。从某种角度来说，谢伊就像是过去的一个缩影。相比于对未来的空想，他更愿意相信过去的事实。曼尼安一动不动地站在大厅中央，眼神空洞地落在斑驳的石墙上。多么奇怪啊，谢伊和沙娜拉之剑，一个保守分子和一个旧时代产物，如今却是未来的希望、生存的关键。

议会厅沉重的木门在高地人身后打开，他的思绪也在雪若轻柔的声音中戛然而止。站在高挑的入口处等待的她看起来很娇小柔弱，漂亮的脸蛋满是忧虑，难怪帕兰斯·巴克哈纳想要娶这女子为妻。曼尼安走向她，牵起她的手进入议会厅。高窗上的铁栅栏分割了一道道昏暗的光线，在进入会客室的一瞬间，曼尼安就注意到了建造者的俭省节约。古老的会客室庄严雄伟，这里是这个岛城的根基所在。二十个人围坐在一张长木桌旁，等待着高地人开口。每一张脸看起来都年高德劭，或许也很博学睿智、坚决果断。不过他们的眼睛却背叛了他们外表的平静，虽然未说出口，但忧国忧民的恐惧一目了然。他们知道雨停水退之后，北方大军就会采取进一步行动。他停在他们面前，女孩依旧站在他身边，脚步声在期望的静默中渐渐消失。

他小心翼翼地措辞，仔细描述大军在黑魔君的麾下集结。他还提及部分前往卡拉洪的故事，谈到巴力诺和星散于四境的其他伙伴们。他并没有说出沙娜拉之剑或是谢伊神秘的身世，就连亚拉侬也提都不提。除了肯恩面临入侵危机之外，这些长老没有必要知道其他与此无关的事。曼尼安呼吁他们趁大军还未全面进攻之前，马上撤离这座城市，言毕，他感到一股莫名的成就感。他不惜冒生命危险前来警告这些人，如果他失败了，他们将连逃命的机会都没有就全数遭到歼灭。能够不辱使命对利亚王子来说真的非常重要。

议会成员又气又惊地争相发问，曼尼安极力保持平静，向他们保证北方大军的规模的确如他所述，威胁已经迫在眉睫。终于，一开始的纷乱喧闹逐渐平息，大家开始为种种可能性展开辩论。少数长老以为，肯恩能在帕兰斯王子率领边境军团赶来驰援前挺住，但是多数人认为，雨这几天就会停了，一旦如此，北方大军就会肆无忌惮地抢滩上岸，肯恩将毫无招架之力。曼尼安静静听着议员们商量筹议，自己也在脑子里推敲各种可能的方案。最后，一名激动的灰发男子——雪若的父亲，在议会你来我往的辩论中转向曼尼安，将他拉到一边私下询问。

“你见过巴力诺吗，年轻人？你知道可以在哪里找到他吗？”

“他本该在几天前就回到泰尔西斯了，”曼尼安忧心忡忡地应道，“他打算动员边境军团为此番入侵做好准备。伊凡丁·艾力山铎的两个堂弟也跟他在一起。”

老者皱眉摇头，一脸惊愕。

“利亚王子，我必须告诉你，情况恐怕更危急。卡拉洪国王洛尔·巴克哈纳几周前便已病重，而且情况一直没有好转，当时巴力诺并不在，因此就由国王的小儿子代理他父亲的职务。他的性格一直阴晴不定，到后来愈来愈乖僻怪谲。他代理王权后发布的第一道命令，就是解散边境军团，裁到只剩下一小部分。”

“解散！以什么名义……？”曼尼安不可置信地大喊。

“他认为边境军团没有存在的必要，”对方马上接话，“所以他用自己的心腹取而代之。事实上，他一直觉得活在兄长的阴影下，而边境军团更是由国王下令，直接听命于巴力诺。很有可能是帕兰斯认为相比于他，他们更效忠于国王的长子，而若国王驾崩，他也无意将王位还给巴力诺，图谋之心昭然若揭。边境军团多位指挥官和与巴力诺关系密切的人被捕入狱，而且为了避免此端无理之举引起公愤，这些行动全都秘密进行。我们的新王只听信弄臣，也是他唯一的心腹兼谋士史坦明的谗言。他是个阴险的神秘学家、到处招摇撞骗的神棍，把自己的野心和私心摆在第一位，一点也不关心人民，甚至是帕兰斯·巴克哈纳的福祉。在我们的领导权如此分歧不定的情况下，我不知道我们怎能期盼挡住入侵行动。我甚至不确定我们能够让王子相信大难临头，除非敌军已经兵临城下！”

“那么巴力诺恐已身陷险境。”曼尼安黯然地表示，“他已经去了泰尔西斯，完全不知道父亲病重，也不清楚弟弟代位取得主导权。我们必须马上传话给他！”

议员们群情激动，全都站起来激烈辩论着该如何拯救即将陷落的肯恩。雪若的父亲匆匆走到人群中间，又花了好一阵子才让大家恢复秩序继续讨论。曼尼安听了一会儿，注意力便飘到窗外，他留意到天空已经不若之前昏暗，雨势也有减缓的迹象。看来明天雨就要停了，因为摩米顿河暴涨而驻扎在对岸的敌军可能会开始想办法过河。即使驻守肯恩城的士兵以及城内人民拼死抵抗，但敌众我寡，敌军最终也会登陆。如果没有势均力敌、训练有素的军队保护这座城市，肯恩很快就会沦陷，人民将惨遭屠杀。他突然想起亚拉侬，不知那个足智多谋的德鲁伊会怎么应对。现在情况不明，泰尔西斯被一个野心勃勃又失去理性的篡位者所统领，肯恩又群龙无首，议员们各执己见，争辩一个早就该付诸执行的行动。曼尼安耐心渐失，再讨论下去实在愚不可及！

“议员们！听我说！”他愠怒的声音响起，如洪钟之铿锵有力，长者们的七嘴八舌转为窃窃私语。“如果我们现在不行动的话，不光是卡拉洪，整个南境，包括我的家和各位的家，都将毁灭！等到明晚，肯恩将化为焦土，人民将沦为奴隶。我们生存的唯一机会就是逃往泰尔西斯避难，战胜北方大军的唯一希望就是巴力诺重新召集的边境军团。精灵军队以伊凡丁为首，将与我们一起并肩作战，长年和地精抗战的侏儒也承诺鼎力相助。为了救亡图存，在联军完成合纵对抗敌人之前，我们必须坚持下去！”

“好个义正辞严的呼吁，利亚王子，”激动的高地人一停下来，雪若的父亲马上接口，“但是也请给我们个方法以解决当前的问题，好让我们的人民前去泰尔西斯。敌军就驻扎在对岸，我们可以说是毫无防卫能力，还得让岛上将近四千人平安撤离到距此数十里之遥的位于南方的泰尔西斯。毋庸置疑，敌人已经在沿岸部署了哨兵，以防我们提前脱逃。我们要怎么克服这样的困难？”

曼尼安唇间掠过一抹微笑。

“我们主动出击。”曼尼安言简意赅。

所有人目瞪口呆地看着眼前这个看似消极的小子，正要开口驳斥时，他举起了一只手。

“攻击，正是他们最料想不到的反应，尤其是夜袭。如果我们战术执行得宜，对他们的侧翼发动奇袭，可以误导他们，让他们以为遭到全副武装的军队攻击，夜色再加上骚动可以隐藏我们的真实战力。这样的攻击肯定会吸引岛屿外围哨兵的注意，一个小小的指令可以制造出很多噪音，点燃很多把火苗，拖住他们至少一个小时的时间，然后我们便可以趁机全面撤退。”

其中一名长者不认同地摇头。“虽然你的计划很大胆，但是一个小时的时间还是不够，年轻人。即使我们能够将四千人从岛上撤离，还要带他们南下五十英里走到泰尔西斯。在正常的情况下，妇孺都需要走个几天才能到达，更何况只要敌军发现我们弃城了，他们一定会追过来。我们没有希望能够超越他们，为什么还要去攻击他们？”

“不需要超越他们……”曼尼安应道，“不必带着他们走陆路，而是带着他们走水路！让他们搭乘小船、木筏，或是可以连夜打造出来、任何能够在水面上漂浮的东西就好。摩米顿河往南流入卡拉洪，距离泰尔西斯约莫十英里，在那里上岸，所有人可以在破晓前抵达安全的地方，等到北方大军醒悟后已经望尘莫及，不，是望河兴叹。”

议员们全体起立叫好，被高地人热情的决心所感染。只要能够救肯恩人民，就算肯恩城落入敌手也要放胆一试。简短讨论了动员全城劳工之后，议会随即休会。从此时到日落这段时间，所有市民都投入到兴建能够运载百人的大型木筏中去。现在已经有几百艘现成的小船，是市民平常用来前往大陆的交通工具，另外还有几艘大型渡轮随时待命。曼尼安建议议会下令所有士兵开始沿岸进行巡逻，以防有人擅自离岛。除了议员之外，撤逃计划的细节必须对所有人保密，不到最后关头绝不轻易透露。高地人担心有人可能会向敌军出卖他们，在他们还有机会行动前，先行泄露他们的逃亡路线。雪若在自家被俘，还被带离人口稠密的市区，过河送到巨人手中，不是熟悉岛上环境的人绝对无法完成这个任务。不管他是谁，他依旧在暗处逍遥，甚至可能还留在肯恩城里，如果逃亡细节被他知道，他肯定会想办法警告北方人。如果想要成功，就必须绝对保密。

接下来的时间快速流逝，曼尼安暂时忘却了谢伊和其他伙伴。自谢伊在高地找到他后，利亚王子第一次完全理解他所面临的问题，运用他的所知所学来解决问题。这次的敌人不再是骷髅王或是服侍他的灵界怪物，而是血肉之躯，跟其他人一样遵循自然法则或生或死的生物，高地人能够理解并分析他们所带来的威胁。而时间是他的计划中唯一的制胜关键，因此他全心投入他此生最重要的一役，就是要拯救全城。

他和议员们一起指挥建造能够载运民众顺着摩米顿河，安全前往泰尔西斯的大型木筏。而上船的地点就位于城市的西南岸边，那里有个宽阔但却隐秘的水湾，木筏和小船可以趁着夜色从这里下水，对岸河堤则是一整排的矮灌木。曼尼安认为，稍晚攻击行动开始时，有一部分人可以涉水过河，制伏对岸的哨兵，然后木筏小船便可以出发，顺流而下，顺着摩米顿河南边的分支抵达泰尔西斯。虽然并不保证他们的船只不会被发现，但这是唯一可行的方案了。不过曼尼安相信，只要乌云罩顶的天气不变，哨兵因为主营遇袭撤回，而市民又能够保持安静的话，疏散计划就会成功。

但到了傍晚，暴雨开始有减弱的迹象，罩顶的乌云开始散去，隐隐能看到一抹蓝天。风暴即将偃旗息鼓，很快全城将在一弯新月和满天星斗的光辉下显露无遗。当曼尼安看到天气转好的迹象时，他正坐在议会厅某间小房间内，注意力暂时从他面前的大型地图中抽离。而他身旁还有两位被解散的边境军团成员，一位是肯恩最高阶级的军团中尉指挥官亚努斯・山培，另一位是头发灰白的老兵范德兹。范德兹是全肯恩最了解周边地形的人，因此他也被叫来为攻击计划提出建言。而他的长官山培，就军阶而言，他实在超乎想象的年轻，但他已有多年前线作战经验，是个精锐干练的士兵。他是巴力诺忠实的追随者，一片丹心的他与曼尼安一样，对泰尔西斯竟然不知道王子已然归来感到忧虑。稍早前，他才从已遭裁撤的边境军团中挑选了两百名精兵，组成一支攻击部队，准备执行今晚袭击敌营的任务。

曼尼安提出的建议让坐困愁城的肯恩获得一线生机，虽然他的脚在救了雪若之后所受的外伤和瘀伤还没好，他仍拒绝在先锋队佯攻时，与撤退大部队待在一起。弗利克可能会嘲笑他目中无人刚愎自用，但是对岸开战时，曼尼安·利亚岂能隔岸观火？这么多年来，他一直在追寻某种比自我满足和再一次冒险的诱惑更值得他奋斗的东西，在人族面临几世纪来最严重威胁的此时，他不要做个袖手旁观的外人。

“这里，就是我们要登陆的点。”范德兹高亢的声音打断了他的思绪，让他的注意力马上又回到地图上。亚努斯附议，并望向曼尼安，确认他也仔细在听。高地人马上点头，表示知晓。

“他们会沿着沙洲部署卫兵防备，”他应道，“如果我们不马上解决掉他们，会影响到我们的撤离计划。”

“你的任务就是让他们离开那里，保障撤离不被打断。”军团指挥官指示。曼尼安开口表示反对，但是马上就被打断。“我很感激你想要加入我们的决心，曼尼安，但是我们的行动必须比敌军更快，而你的脚现在并不适合长跑，你我都清楚这一点，因此沿岸巡逻兵就交给你了。与跟我们一起行动比，让水路畅通才是帮了我们一个大忙。”

尽管大失所望，曼尼安还是点头表示同意。他多么希望能够站上前线，内心甚至还期盼着能在敌营找到被当成俘虏的谢伊。他的思绪转而飘到了亚拉侬与弗利克身上，也许他们已经找到了失踪的谷地人，至少亚拉侬承诺过他们会这么做。他忧伤地摇头，谢伊啊谢伊，为什么这样的事会发生在像你这样一个遗世独立的人身上？人生最为疯狂之处在于人们被迫处于这样的境地：要么听天由命，要么无动于衷。这个问题可能永远无解，或许，除非一死了之。

没多久会议就结束了，曼尼安沉浸在自己的思绪里，茫然地晃出会议室，下意识地走下石梯，离开雄伟的议会厅，沿着墙边带顶棚的步道，往雪若家迈进。事情将如何发展呢？黑魔君的威胁就像一堵无法翻越的高墙，他们要怎么打败一个没有灵魂的生物，一个生存法则跟现世完全不同的生物？一个来自不知名村落的天真少年怎么会是能够摧毁这个魔物的唯一希望？曼尼安真的很想弄清楚事情的前因后果，就算只是有关于黑魔君和沙娜拉之剑这几千张拼图中的一小片都好。

不知不觉中他已经回到雷文洛克家，厚重的大门紧掩，金属门闩在风刀霜剑中泛着寒意。他突然不想进去，也不想跟任何人在一起，很快又转身离开门口，此时的他宁可待在空无一人的游廊，沉浸在孤寂中。他沿着步道慢慢走到屋旁的花园，由于连日大雨打落了树叶花朵，现在是一地的潮湿和绿意。他无声地伫立着，想到了他所失去的一切，任由那股绝望的无力感恣意吞噬自己。在此之前，就算是只身在黑暗的森林里打猎，他也从未感到如此孤单，内心里有个声音一直在暗示他，他再也回不去原来的地方，回不去他的朋友身边，回不去他的家、他以前的生活，在过去的某个时刻，他已失去了一切。他摇摇头，眼泪不争气地在眼眶里打转，丝丝寒意沁入心扉。

他身后突然传来脚步声，一个娇小轻盈的身躯静静在他身旁停了下来，杏眼圆睁地仰望着他一会儿后，又走到后面的花园。两人默默无语，跟外界全然隔绝开来。此时忽又乌云翻滚，日暮微光隐隐没入幽暗之中，惊风乱飐密雨斜侵，曼尼安暂舒了一口气，确信肯恩今晚将是个无月之夜。

直到午夜时分，毛毛细雨仍旧下个不停，天昏地暗，伸手不见五指，精疲力尽的曼尼安一个踉跄，登上西南岸边一艘简陋的小木筏，两只纤细的手臂在他倒地时接住了他。他惊讶地瞪着那双手主人的眼睛。雪若·雷文洛克。诚如她所言，她会等他，不管他在大撤逃行动开始前是如何苦口婆心，要她跟大伙儿一起走。伤痕累累的他，衣衫褴褛，身体被雨水和自己的血水浸湿。他任由她将干爽温暖的斗篷包覆在他身上，两人蜷缩在黑夜里等待着，她搂着他，让他靠在自己肩膀上。

跟着曼尼安一同凯旋的人，加上一些已经上船的人，他们全都战到形神俱累，但却为自己当晚所展现出来的英勇感到无比骄傲。危难当头，利亚王子从未见过如此大无畏的精神。这些传说中的边境军团果然让敌军阵脚大乱，即使是突袭后四个小时的现在，还是闹得人仰马翻。对方千军万马，规模超乎想象，他们见人就杀，就连自己人也不放过。他们不仅受到恐惧与仇恨的驱使，更是被黑魔君蛊惑，像毫无目的的杀戮机器般挑起战争。他们被边境军团阻在岸边，却又一次次重新集结冲锋，敌我皆有死伤，曼尼安能保住一条小命，简直是奇迹。

绑住船只的绳索松开了，他感觉到木筏漂离岸边，顺着水流进入航道，前往下游的泰尔西斯。几个小时前，肯恩人已经成功撤离。四万人，搭着大轮船、小木筏，甚至是两人座的救生艇，趁着哨兵以为卡拉洪雄师来袭而赶回主营的当儿，悄无声息地顺利出城。叮咚雨声，潺潺水声，再加上敌营传出的嘶吼杀声，完全遮盖了人们发出的窸窸窣窣之声，惊慌失措、努力追寻自由的他们挤在船上彼此相依。就连暗沉的天空也为他们提供了绝佳的庇护，所有人汇聚起来的勇气支撑着大家。至少在目前，他们躲过了黑魔君的魔爪。

木筏规律的晃动让曼尼安不自觉地打起盹来，恍惚中他做了好几个奇怪的梦，焦躁不安的心竟然空前平静。然后有一道声音直达他的潜意识，强迫他醒来，一睁眼就看见弥漫在他周遭耀眼的红光。他倏地眯起眼，离开雪若的怀抱，看着北方天空被一片与晨曦的光辉交映的火光照亮，满脸困惑。雪若轻声在他耳边说话，听起来气若游丝又句句锥心。

“他们放火烧城，曼尼安。他们烧了我的家！”

曼尼安垂下眼，用一只手紧紧握住女孩纤细的臂膀。虽然肯恩人逃过一劫，但肯恩市却到了尽头，带着尊严化为焦土。

25

在暗如坟墓的小囚房里，不知过了多久，尽管眼睛已经适应了这片浓重的黑暗，幽闭中那种孤绝感还是不断啃噬着他们的知觉，摧毁三人辨识时间的能力。除了自己浑浊的呼吸声外，他们只听到老鼠匆匆跑过以及水滴有节奏地滴落在石头上的声音，最后就连他们的耳朵也开始出现幻听。他们的任何举动都是在做无用功，既无意义也注定失败。又是一番无尽的等待，依然没有人来。

在上头某个明亮的地方，帕兰斯·巴克哈纳正在决定他们的命运，也间接决定了南境的命运。留给卡拉洪大陆的时间已经不多了，黑魔君正在步步紧逼。但在这个远离尘世的囚室里，在这一片寂静与黑暗中，时间已毫无意义，每一日都一成不变。他们迟早会被人发现，但他们是否能重见天日？还是会陷入另一片无边的黑暗？他们会不会面临着卡拉洪以及整块南境都落入骷髅王之手的境况？巴力诺和精灵兄弟在俘虏他们的人离开后没多久，马上就挣脱了绑住三人的绳索。在他们被押入地牢后，绳索似乎已失去了作用，劫持者甚至没有检查绳索是否系紧。他们不费吹灰之力松开绳扣，扯下眼罩，三人在黑暗里聚在一起商议对策。地窖腐烂的气息令他们无法呼吸，刺骨的寒冷穿过厚重的斗篷，使他们不自觉地彼此挨近。房里除了泥地石墙，四壁萧条，空空如也，巴力诺很熟悉皇宫地窖，但是却不认得关押他们的这个房间。地窖原本是作贮物之用，通常都会有存放数年的葡萄酒桶，而这个地窖却没有。他突然惊恐地意识到，原来他们竟是被关在比酒窖还要深的地牢，这个数百年前就已存在的地牢后来被封起来，也逐渐为人所淡忘，帕兰斯一定是发现了地牢的存在，重新开启作为私人所用。进宫陈言反对解散边境军团的人很有可能也是被关在这里。不过这个监狱十分隐秘，巴力诺怀疑外人根本找不到这里。

他们很快就结束讨论，因为结果很清楚，巴力诺已经指示席隆上尉，如果他们没有回来，就去找巴力诺最信任的两位指挥官金尼森和范威克，命他们重新集结边境军团，抵抗黑魔君的入侵行动。同时席隆也会传话给精灵国和侏儒国，向他们警告现在这个情况，并请求即刻支持。伊凡丁不会允许他的堂弟们一直被关押在卡拉洪的地牢里，亚拉侬听到他们的遭遇也会尽快赶来。他想，四个小时应该早就过去了，只剩下早晚的问题。但是现在时间宝贵，再加上帕兰斯有意篡位，他们命在旦夕，处境堪忧。边境人现在开始后悔当初没有听都林的建议，在情况还不明朗之前别跟他弟弟发生正面冲突。

他从没料想到事态会如此一发不可收拾。帕兰斯已经完全失控，对他恨之入骨，完全听不进巴力诺要说的话。但是这种不理性的行为实在不寻常，造成今日帕兰斯残暴表现的，绝对不仅只是兄弟俩的个性差异。而他父亲的病也很奇怪，帕兰斯似乎认定他的兄长难辞其咎。就连雪若・雷文洛克也被牵扯进来，几个月前帕兰斯疯狂爱上这个迷人的女性，不顾对方的缄默誓言要跟她结婚。那个肯恩女孩肯定出事了，而这笔账也算到巴力诺头上。如果她真的失踪了，帕兰斯会不惜任何代价让她平安回来，诚如他们被关进地牢前，帕兰斯所暗示的那一段话。边境人把情况向精灵兄弟解释清楚，他肯定帕兰斯很快会来找他们，质问那年轻女子的下落，而当他们告诉他不知道时，他也不会相信他们……

但是二十四小时过去后，还是无人前来，也没有东西可吃。尽管他们的眼睛已经渐渐适应了黑暗，但他们也只能看见彼此模糊的身影和四周耸立的围墙。他们轮流睡觉，想要保存体力以迎接之后的变故，但异常的寂静使他们无法沉沉入睡，只能保持对恢复精力无益的浅眠。一开始他们还想看看铁门上的铰链有没有弱点，但是它闩得实在太牢了，而在没有任何辅助工具的情况下，在冷如冰硬如铁的泥地上也挖不了多深。石头砌成的墙壁虽然年代久远，但还是非常的稳固牢靠，没有任何泥灰碎掉的迹象。最后他们放弃逃跑，默默地坐回去。

不知又过了多久，他们听到远方传来金属碰撞的声音，沉重的铁门应声开启，接着是有人低声交谈和踩着石梯往地牢下来的声音。他们迅速起身，挤到门边，满脸期盼地听着这些声音愈来愈靠近他们。巴力诺能够分辨出来其中一个是他弟弟，不过声音却有点迟疑沮丧。然后门闩倏地拉开，他们早已习惯监狱里一片死寂的耳朵被尖锐的金属摩擦声震得嗡嗡作响。囚房的门缓缓往内打开，三人全都往后退开，闪耀的火光照亮黑暗的地牢，刺得他们睁不开眼。在他们慢慢适应光线的当儿，房里进来了好几个人，全杵在门口。

卡拉洪国王的小儿子站在四人之首，脸部表情放松，嘴唇紧紧抿着。唯独他的眼睛泄露出心里熊熊燃烧的恨意，双手紧紧背在身后的他，用一种近乎深恶痛绝的眼神扫过一个个囚犯。他肯定是巴力诺的弟弟，两人外貌身材如出一辙。而站在他身边的人，即便是没见过他的精灵兄弟，也一眼就认出那是神秘学家史坦明。他身形枯瘦，还有些许驼背，穿着一身通红的长袍，阴郁的眼神看起来有种说不出的邪恶，这人受到擅自称帝的帕兰斯的完全信任。他神经质地挪动手，时不时举起来抚摸瘦削脸上的一撮小胡子。在他身后还有两个戴有猎鹰佩章的黑衣侍卫，另外两个则站在门外，全都带着邪气的长矛。两组人在狭小的牢房里借着火光互相打量，互不说话，然后帕兰斯移向门边。

“我要单独跟我兄长谈谈，将无关人等带出去。”

侍卫领命，将不从的两名精灵带离房间。高大的王子等他们出去后，疑惑地望向兀自站在他身边的红衣人。

“我想您可能会需要我……？”那张充满算计的脸直视着面无表情的巴力诺。

“下去吧，史坦明。我要单独跟我兄长说话。”

他语带愠怒，神秘学家顺从地点点头，快速退出去。沉重的铁门砰的一声关上，留下两兄弟无言对视，只有火炬燃烧干柴发出的嘶嘶声打破沉静。

巴力诺静静等着，试着从弟弟年轻的脸庞找出儿时曾经共享的爱与友谊，但它们却不见踪影，或许已被埋藏在帕兰斯的内心深处，取而代之的是对目前形势的不满以及对沦为阶下囚的兄长的厌恶。不一会儿后，怒火和轻蔑被平静和漠然所取代，两种截然不同的情绪反应让巴力诺觉得完全不合常理，仿佛帕兰斯在演戏一样。

“你为什么回来，巴力诺？”一字一句听起来很哀伤，“你为什么这么做？”

边境人不语，无法理解他为何情绪骤变。之前，他还一副恨不得将他生吞活剥好挖出雪若·雷文洛克下落的样子，但是现在却又好像完全不在意这一回事似的。

“没关系，我想没关系的，”巴力诺还没从他突然转变的震惊中恢复过来，他径自说着，“在……在这一切……在你变节之后，你可以躲得远远的，我希望你会这么做，因为我们曾经那么要好，而你，毕竟是我唯一的兄弟。我会成为卡拉洪国王……我应该身为长子……”

他的声音渐渐淡去，然后突然陷入某个思绪里。巴力诺绝望地认为，他已经疯了，再也无法跟他心灵交流！

“帕兰斯，听我说，好好听我说。我什么也没做，对你是，对雪若亦然。几个星期前我离开之后，我就在帕瑞诺，而我之所以回来，只是要警告我们大家，黑魔君已经集结大军，准备横扫南境，除非我们能够阻止他！为了所有人民，拜托你听我说……”

他弟弟的尖声喝令穿透空气，“我已经听够了这些愚蠢的入侵之论！我的士兵查遍了边境，完全没有看到敌人的踪影。而且，没有人胆敢攻击卡拉洪，攻击我……我们的人民在这里很安全，我为何要去管南境的其他地方？我欠他们的吗？他们总是让我们孤军奋战，独自守护这些边境之地，我什么也没欠他们！”

他向巴力诺走近一步，手指着他，年轻的脸因为再度涌出的恨意而扭曲变形。

“当你知道我将登基为王之后，你背弃了我，哥哥。你不但对父亲下毒，对我也想如法炮制，想要我跟现在的他一样无助无能……被人遗忘，孤单死去。当你跟叛徒亚拉侬离开时，你以为你找到可以帮你夺回王位的盟友了吗？我有多恨那个人，不，他不是人，是邪恶的东西！他必须被毁灭！而你，巴力诺，必须待在这间牢房里，一个人，被人遗忘，直至死亡，就像你本来想对我做的那样！”

他突然转身，发出一声尖锐的讽笑，走向紧闭的房门。巴力诺以为他要开门时，他又停下来看着他，那抹悲伤的神情再度出现。

“你本可以逃得远远的，然后平安无事……”他困惑地喃喃自语，“就算我跟史坦明保证你不会回来了，他还是说你会的。这次他又说对了。他总是料事如神。那么你为什么回来呢？”

巴力诺脑子飞转，他必须抓住他弟弟的注意力，好查出他父亲和朋友们到底发生了什么事。“我……我发现我错了，”他缓缓回答，“我回家是为了看我们的父亲，还有你，帕兰斯。”

“父亲……”王子往前一步，仿佛这个名词对他来说很陌生，

“我们已经完全帮不了他了，现在他气若游丝地躺在南翼的房里。史坦明像我一样照顾他，但是我们无能为力，他好像没有求生意志……”

“他发生什么事了？”巴力诺失去耐心，充满胁迫性地靠近对方。

“站远点，巴力诺。”帕兰斯急忙往后，充满警戒地抽出匕首保护自己。巴力诺迟疑了一会儿，他可以轻而易举地夺下匕首，挟持王子当作释放他的筹码，但是他心里有个声音叫他别这么做。他马上停住脚，高举双手退回墙边。

“你要记住，你现在是囚犯。”帕兰斯满意地点点头，声音有点不稳。“你对国王下毒，还想对我下毒。我可以判你死刑，史坦明建议我马上处决你。但是我跟他不一样，我不是懦夫，之前我也是边境军团的统帅……但他们现在全散了，解甲归田去了，王国在我的统治下应该是个太平盛世。你一点也不理解，巴力诺，是吗？”

边境人摇头否认，拼命拉住他弟弟的注意力。帕兰斯显然是疯了，究竟是潜在的心理缺陷暴露出来了，还是自他与亚拉依离开泰尔西斯后发生的变故导致的，原因已不可考。无论如何，现在的他，已经不是那个跟巴力诺从小玩到大、他所挚爱的弟弟了，而是一个住在他弟弟身体里的陌生人，一个处心积虑成为卡拉洪国王的陌生人。巴力诺知道背后主使就是史坦明，他使了某种手段扭曲了他弟弟的心灵，让他为其所用，不断用他才是天命所归灌他迷汤。帕兰斯一直想要统治卡拉洪。就算巴力诺离开了泰尔西斯，帕兰斯也始终受到巴力诺终将登基为王的威胁。而史坦明一直伪装成他的密友，不但提供他大小建议，也伺机大进谗言，挑拨兄弟感情。一直以来，帕兰斯都很坚定理智，有自己的判断，不会误信谗言。但如今他完全变成另一个人，韩戴尔曾经错看了帕兰斯，很显然地，巴力诺也错看他了。谁都预料不到今天这个情况，现在为时已晚。

“雪若呢，雪若怎么样？”边境人马上又问。

怒气再度从他眼里消退，嘴边缓缓漾出一抹微笑，痛苦的脸庞顿时放松下来。

“她好美……好美……”他傻气地叹息着，张开手强调这种感觉时，匕首应声掉落地上，“你把她从我身边带走，巴力诺。不过她现在安全了，她被一个南方人——一个跟我一样的王子给救了。不，我现在是国王，他不过是个王子，一个巴掌大的小国，我连听都没听过。他跟我会成为好朋友，巴力诺，就像我们以前一样。但是史坦明……他说我不能相信任何人，我甚至必须把梅沙林和艾克顿给关起来。当边境军团被遣散后他们来找过我，想要劝我……嗯，我想他们是想说服我放弃我的和平计划。他们不了解……为什么……”

他突然停了下来，眼神落到掉下的匕首上，随即将它捡起，像个担心受到责骂的孩子，羞赧地对哥哥一笑，将匕首放回腰间鞘内。现在巴力诺心中再无疑虑，他弟弟已经无法作出理性的决定。他突然想起了先前想要夺刀制人的想法，如果他那么做了，他就犯了弥天大错。现在他总算明白当时心底为什么会出现那个警告声。史坦明太了解帕兰斯的状态了，所以才故意让两兄弟单独待在一起，如果巴力诺有意解除帕兰斯的武装并挟持他藉以脱逃，就称了那个神秘学家的心，他正好可以冠冕堂皇地一举杀了两兄弟。如果他说帕兰斯是因为他哥哥计划脱逃时意外死亡，谁会质疑他？如果两兄弟都殒命，而他们的父亲又无法执政，邪恶的神秘学家可能会伺机掌握卡拉洪政府，而南境的命运便落在他一人手里。

“帕兰斯，听我说，我求你！”巴力诺轻声乞求，“我们曾经那么亲密，我们之间的关系不只是血脉相连的兄弟，我们是朋友，是伙伴。我们彼此信任，相互敬爱。所有问题终会迎刃而解。你不可能已经忘了这一切。听我说！就算你成为国王，也要试着去理解人民的想法，即使他们并不赞同你处理事情的方法。你也赞成这样的做法，不是吗？”

帕兰斯冷静地点点头，眼神空洞超然，试着厘清盘踞在他脑海里错综复杂的想法。他似乎有些动摇了，巴力诺决心要挖掘出埋藏在他心底深处的记忆。

“史坦明在利用你，他不是好人！”他弟弟猛然回瞪他，往后退了一步，仿佛不想继续听下去，“你一定要明白，帕兰斯。我不是你的敌人，也不是这个国家的敌人。我没有对我们的父亲下毒，我也没有伤害雪若，我只想要帮忙……”

刺耳的开门声突然打断他的请求，狡猾的史坦明现身，高傲地鞠躬行礼，进入囚房，残酷的眼睛没离开过巴力诺。

“我想我听到了您唤我，我的国王。”他立刻换上笑脸，“您单独在此好久，我想一定是发生了什么事……”

帕兰斯似懂非懂地看着他，然后摇摇头，转身就要离开。在那一瞬间，巴力诺一度考虑要在侍卫来不及反应的时候，扑到他身上捏碎眼前这个邪恶的神秘学家。但他不确定这样是否能救到自己，或是帮到弟弟，而机会也稍纵即逝。被侍卫带回牢房的精灵兄弟不解地四处张望了一番，随即和墙边的伙伴站在一起。此时巴力诺突然想起，帕兰斯谈及雪若时提到有个来自南方小国的王子，有个王子救了那个年轻的女孩，是曼尼安·利亚！但他现在怎么会在卡拉洪……？

侍卫转身准备离开，红衣男引导着呆滞的王子，然后猛一回头望向三人，小心撇向一边的脸上露出一抹神秘的微笑。

“巴力诺，如果我的国王忘记跟你说明……”他的语气听起来燃烧着熊熊的恨意，“卫兵在外城墙看到你跟前边境军团的席隆上尉说话，他企图告诉别人有关你的……困境，他已经被逮捕入狱了。我想，他不会再给我们带来其他麻烦了。现在事情就到此告终，不久后你也将被人遗忘。”

最后一段话让巴力诺的心脏倏地下沉。如果席隆在联络到金尼森和范威克之前就遭到拘押，那么便无人可以重新集结边境军团，也无人能够代替他呼吁民众。其他伙伴来到泰尔西斯后亦将无从知晓他被监禁，即使他们察觉不对劲，也不会了解发生在他身上的事，更找不到这个只有极少数的人知道的位于皇宫深处的地牢，且地牢的入口也被封了。三人苦涩地看着侍卫将一小盘面包和水放在地上，然后他们又离开，将照亮一室光明的火炬也全都带走，只剩下阴森冷笑的史坦明，手上握着最后一只火把，等着颓丧的帕兰斯跟在魁梧的侍卫身后离开。但是帕兰斯突然困惑地停下来，无法将目光从他哥哥骄傲但顺从的脸上移开，微弱的火光照着他宽阔的脸庞，脸上那条深深的伤疤在阴影映衬下显得格外骇人。兄弟俩默默对视良久，然后帕兰斯缓缓走向巴力诺，甩掉试图拉住他的史坦明，来到距离他哥哥只有几英寸远的地方，茫然的眼睛盯着他坚毅的面容，仿佛想要理解那张脸上所显示的决心。一只手不确定地抬起，在空中迟疑了一会儿，随即稳稳地放在巴力诺肩上，手指抓得死紧。

“我想要……知道……”他低声说道，“我想要了解……你一定要帮我……”

巴力诺默默点头，紧紧握住弟弟的手，展现出对他的深厚感情。紧握的双手许久不放，仿佛儿时的爱与友谊从未消失过一般。然后帕兰斯转身快速离开囚房，搞不清楚状况的史坦明急忙跟上，紧接着是刺耳的关门声，门闩哐当上锁，三人再度被关进黑暗里。随着脚步声渐渐远去，又是无止境的等待，但获救的希望似乎已不复存在。

当晚，拱桥下方的公园里，突然闪过一道黑影，快速奔向巴克哈纳皇宫。来人身姿矫健地越过矮树篱与灌木丛，穿梭于傲然耸立的榆树枝桠间，一双充满戒心的眼睛紧盯着皇室高墙，探询是否有卫兵巡逻。公园上方的铁门是拱桥通向高地的必经之路，附近有几个守卫在巡逻，借着入口火炬的光线，可以看到他们戴着猎鹰的佩章。黑影慢慢沿着倾斜的堤岸爬上公园上面的高地，随即没入到石墙的阴影之中。

他神不知鬼不觉地混入大门，趁着昏暗的月色，伸出强壮的手臂紧紧抓住坚韧的藤蔓，悄无声息地爬上皇宫西边的石墙。他小心翼翼地抬起头，敏锐的眼睛四处扫视，确认下面空旷的皇室花园没有守卫后，随即双肩蓄力，蹬着墙沿，轻声落在花圃中央。

半蹲伏着的神秘人快速冲向茂密的柳树，屏住呼吸躲在大树后面。他听见谈话声距他所在的方位愈来愈近，侧耳细听片刻后，断定只是守卫在巡逻时的闲谈。他满怀信心地等待着，结实的身躯跟树干紧紧贴在一起，让人完全察觉不出他的存在。不一会儿那批守卫出现并穿过花园远去，谈话声始终轻松自在。他偷偷躲在树后休息了几分钟，借机观察位于草木茂盛的花园中心、高大古老的卡拉洪皇宫。巨大的石砌建筑只有几扇窗是亮的，还传来模糊的声音，但无法得知来自于谁。

身子一闪，入侵者快速穿越屋子投在花园上的阴影，停在了一扇没有开灯的窗下，然后不断用力推着窗钩，试图将它弄松。最后，随着一个仿佛能穿透整个皇宫的声响，窗钩坏了，窗户往里头打开。不等确认巡逻守卫是否听到他强行进入的声音，入侵者急忙钻进窗缝，将身后的窗户关上，微弱的月光这才捕捉到来人宽阔坚毅的脸，是令人敬畏的韩戴尔。

史坦明将巴力诺和精灵兄弟关起来时犯了一个严重的错误。他的如意算盘打得精，席隆一离开巴力诺之后马上就被监禁，让他无法将王子被囚禁的消息传递给王子的朋友，巴力诺和同他一起进城的精灵兄弟，则安全地被锁在皇宫地底，就连王子的密友艾克顿和梅沙林也被关进牢里，这样就没人能制造事端了。另外他还派人在城里到处散播消息，表示巴力诺短暂回访后又去找亚拉侬了。史坦明让帕兰斯和泰尔西斯多数人民相信，亚拉侬是敌人，会对卡拉洪造成威胁。如果巴力诺其他朋友来了，质疑他为何突然离开的话，他们一定会来皇宫找他的弟弟，也就是现在的国王，那么就能轻而易举地解决掉那些人了。看似天衣无缝的计划，独独漏算了韩戴尔一人。不形于色的侏儒早就看穿奸诈狡猾的史坦明肯定会耍阴招，猜测他一定控制了心理失常的帕兰斯，在找出失踪的伙伴前，韩戴尔知道不能轻易泄露行踪。

一连串机缘巧合让他重返泰尔西斯。当他离开三人时，一心只想着赶快到达伐夫利，然后再从那里回库海文。只要一回到他的国家，他会坚持立刻动员侏儒军队镇守阿纳尔，以对抗黑魔君的入侵行动。他连夜赶路，清晨抵达伐夫利，随即拜访了一些旧朋友，短暂寒暄后，直接去补觉，醒来时已是午后时分，简单梳洗进食后，便打算立刻返回老家。但人还没到城门，就发现街上有一群衣衫褴褛的侏儒要求去议会。韩戴尔急忙跟上被护送前往议会的他们，认出其中一人，追问之下，惊觉巨人和地精大军已经从龙牙山脉南下，打算直取伐夫利，不出两天就要来袭。他们隶属于侏儒巡逻队，发现大军压境后打算通风报信时不幸行迹败露，一场酣战后牺牲惨重，只有少数人逃到现在仍在过太平日子的伐夫利。

韩戴尔知道如果大军朝伐夫利而来，肯定还有第二波更大规模的军队往泰尔西斯而去，骷髅王肯定想一举摧毁卡拉洪的城市，让南境门户洞开。当下他的首要之务就是要警告他的族人，但是此去库海文路途遥远，一来一回至少得耗掉四天的时间。

而他也马上发觉巴力诺肯定误判情势，他的父亲恐怕已经不在其位。如果巴力诺在确保王位、夺回边境军团指挥权之前，就被他那好嫉妒的弟弟或是那邪佞的神秘学家给杀了或是关了，那么卡拉洪也危在旦夕。在一发不可收拾之前，得有人去警告边境人。弗利克和曼尼安陪着亚拉侬在北境寻找失踪的谢伊。这个任务除韩戴尔外没人能完成。他当机立断，命其中一名侏儒即刻返回库海文，不论如何，一定要将话带给侏儒长老，告诉他们侵略行动已经从卡拉洪展开，侏儒军队必须立刻前来支持伐夫利。卡拉洪绝不能沦陷，否则各境将分崩离析，亚拉侬最恐惧的那个东西也将长驱直入。一旦南境被攻克，侏儒和精灵军队也将四分五裂，最终黑魔君将统御四境。

此时行动十分危险，韩戴尔花了好几个小时的时间才回到泰尔西斯。森林里到处是地精，他们的任务就是阻绝卡拉洪城市间的通讯。韩戴尔不止一次被迫隐匿身形，静待巡逻大军经过，更是屡次偏离路线，只为绕过重兵把守的哨线。这里的侦察网络布置得比龙牙山脉要严密，更让身经百战的边境斗士嗅到了大战在即的气息。如果北方大军在接下来几日攻打伐夫利，那么泰尔西斯也会在同一时间遭遇攻击，岛城肯恩势必已经沦陷了。侏儒成功穿透地精最后一道防线时，天还是亮的，现在他已经十分接近泰尔西斯北方平原，虽然暂时免于被地精发现的危险，但前面还有史坦明和帕兰斯的威胁。他曾经见过帕兰斯几次，但是王子应该不太记得他，至于史坦明他也只遇过一次，不过，避免引起任何人的注意才是上策。

他混在一群商人和旅人之间进入泰尔西斯，经过高大的外城墙之后，在几近废弃的边境军团营地游荡了好几个小时，跟那里的士兵说话，试图寻找他朋友的下落。最后，他总算探出他们早在两天前的傍晚就回到城里，之后直接去了皇宫，接下来就再也没有人见过他们，据称巴力诺短暂拜会父亲之后复又离去。韩戴尔知道这代表着什么，趁着天还亮着的几个小时，他一直在皇宫附近搜寻他失联朋友的踪迹。

他注意到守卫皇宫的士兵佩戴的是他不认得的猎鹰纹饰，主要城门、通城内外全戴着同样的佩章，显然是泰尔西斯唯一的执勤单位。就算他找到巴力诺，而他也还活着，并想办法带他逃出来，要夺回这座城市的控制权并让解散的边境军团归位，恐怕也不是件易事。此外，侏儒也没有听到有人谈到北方大军入侵的事，看来大家完全不知道大祸即将临头。韩戴尔简直不敢相信帕兰斯竟然如此不重视黑魔君入侵之举，且不布置兵力防御，因为如果泰尔西斯垮了，洛尔·巴克哈纳的小儿子也没有王冠可戴了。韩戴尔仔细观察森狄克拱桥下方的人民公园地形，等天一黑，他就要入侵守备森严的皇宫。他在黑暗的房里等了一会儿，紧紧关上身后的窗户。他打量着这个房间，看见靠墙的架子上仔细摆放着贴着标签的书籍。这显然是巴克哈纳家族的私人图书馆，在书籍总量较少且传播受到极大限制的当下，已算是极其奢华了。有关超级大战的书面记录几乎完全湮灭在历史中，而此后关于那个战火纷飞的年代的记载也极其有限。拥有一个私人图书馆，能够坐下来闲适地阅读流传百余年的典籍，即使在四境最为开明的群体中，也是只有极少数人才享有的特权。

但韩戴尔并不在意这个房间的价值，他蹑手蹑脚地走向门边，从地板门缝发现有光。机警的侏儒盯着光亮的走道，走道上并无人员经过，但他也随即想到自己还没有规划好接下来的行动。巴力诺跟精灵兄弟可能在皇宫的任何一处。他左思右忖，马上得到结论，如果他们还活着，最有可能在的地方就是皇宫的地窖，他要从那里开始找起。侏儒凝神静听，深吸一口气后，平静地走到走廊上。

韩戴尔多次来此拜访巴力诺，对皇宫甚为熟悉，虽然不记得房间的确切位置，但是对大厅和楼梯都还有印象，也去过存放食物和酒的地窖。他走到大厅尽头，左转便看到通往地窖的楼梯就在前方。他听到后面有声音传来，立刻走向阻绝下层通道冷空气的大门，但任凭他怎么用力拉扯，大门还是纹丝不动。随着声音愈来愈近，他情急之下躲到旁边，就在那时，他看到了先前被他忽略的靠近地板处的门闩。当声音一过转角，余声仍回荡在抛光的石质地板上时，侏儒冷静地拉开门闩，立刻钻进门内，才一阖上，正好有三名准备前往南门交班的哨兵从转角经过。

门内有些什么，韩戴尔一点也不放在心上，他直接走下石头铺成的阶梯，往黑暗的地窖走去。到了阶梯尽头，侏儒沿着石墙一番摸索，找到火炬架后，随即用打火石点燃了火炬。

然后，他仔仔细细搜遍了每个角落，整个地窖都快翻过来了，还是一无所获。看起来他的朋友可能没被关在这里。他不由得怀疑他们可能被囚禁在上面某个房间，但帕兰斯或是他邪恶的朋友会冒险让外人看到他们吗？这样的安排似乎不太合理。或许巴力诺真的离开泰尔西斯去找亚拉侬了，不过他马上推翻了这个想法。在这种问题上，巴力诺不会寻求任何人的帮助，他会面对他弟弟，而非逃跑。韩戴尔绞尽脑汁地猜想把他们关在哪里才能完全避人耳目。最合乎逻辑的地方就是黑暗的皇宫地底……

他忽地想起在这地窖底下还有地牢，巴力诺曾经说起这档事，还提到那些地牢早已被废弃封死。侏儒大受鼓舞，四处搜寻阴暗的地窖，试着回想起古老的通道盖在哪里。他很确定他的朋友一定被关在那里，那里是唯一能让人销声匿迹的地方，因为除了皇室成员和他们的亲信，外人几乎不知道地牢的存在，就算最老的市民对这些陈年往事恐怕也早都遗忘了。

忽略狭小的房间与过道，韩戴尔仔细地查看地窖中央的墙壁与地板，确定他在这里曾看到过被封闭的入口。如果它真的被重新打开了，应该不难找到。不过他沿着围墙四处探查轻敲，但墙壁似乎浑然一体且毫无缝隙。又一次徒劳无功，让他再次怀疑自己是不是又弄错了。他沮丧地靠着放在地板中间的酒桶，一双眼睛来来回回地搜寻着墙壁，试着回想起当时巴力诺带他参观的景象。现在韩戴尔正在跟时间赛跑，如果他无法在天亮前脱身，恐怕他的命运会跟巴力诺一样。他知道他一定遗漏了些什么。他低声咒骂，从酒桶旁起身，在偌大的房间里边走边想。跟墙壁有关……跟墙壁有关……

然后，他灵机乍现。通道不在墙上，而是在地板中间！努力压抑住欢呼的冲动，侏儒跑到中央，使出吃奶的力气移开笨重的酒桶，掩饰入口通道的石板也随之出现。大汗淋漓的韩戴尔抓住一边的铁环，闷哼一声用力往上拉，石板发出嘎吱声响，然后完全露出通道。韩戴尔小心地凝视眼前的黑洞，将火把探入散发着霉味的洞中。透过火光映入眼帘的是个古老潮湿、长满青苔的石梯，侏儒举着火把缓缓走进被世人遗忘的地牢，心中暗自祈祷，希望他别又错了。

他马上就感觉到一股阴寒腐臭的空气迎面而来，透过他的外衣黏在他温暖的肌肤上。刺鼻的霉味差点让他窒息，他厌恶地皱起鼻子，加快下楼梯的脚步。这种跟坟墓没有两样的狭窄洞穴才令人害怕，他不禁怀疑这个决定到底对不对。但万一巴力诺当真被关在这个恐怖的地方，这个险就值得冒了。韩戴尔绝不会抛弃他的朋友。到达楼梯底部后，有一条往前延伸的走廊。他缓缓往前推进，即便是透过昏暗的火光，他已经可以看到前方石壁有好几个铁门，以固定间距一字排开。年代久远又满是铁锈的门上没有任何窗户，被大型金属扣环牢牢固定住。这个设施会让所有人感到由衷的恐惧，任何人被关在这些没有窗没有光的小方块里，只能慢慢等死。

在超级大战那数不清的岁月里，侏儒们躲藏在这样的地方以求生存，即使重见天日也落得半盲的后遗症。这段糟糕的回忆即使已被埋藏，侏儒们对黑暗本能的畏惧却世代流传了下来，幽闭空间是他们无法战胜的恐惧。这种害怕一如地窖湿冷的空气一般令韩戴尔焦躁，难以摆脱。

强压下心里升腾的恐惧，意志坚定的猎人仔细地查看头几扇门。门闩上的铁锈未被抹去，门板覆上一层厚厚的灰，蜘蛛网亦完好无损。一路走过来，可以看出这些门已经许久不曾开启。他忘了已经数了几道门，昏暗的走廊看似无止境地深入黑暗之中，让他想要大叫，但又害怕声音传到上面。回头一看，他发现也看不见入口或是楼梯，就跟前方的路一样漆黑。他咬紧牙关自我激励，仔细查看他经过的每一道门有没有最近使用过的痕迹。此时，大出他意料之外的事情发生了，在一片死寂中，他竟然听到微弱的人声。

他瞬间凝住，倾耳静听，唯恐是他的幻觉。然而他又听到了那个声音，虽然很模糊，但百分之百是人类发出来的。侏儒循声前进，但那声音又倏地消失。他不死心地看向两边的门，其中一边都是铁锈，而另一道门上则有新的刮痕，灰尘和蜘蛛网也被刷掉了，门闩还上了油，显然最近使用过！他一使力，往后拉开金属门闩，猛地推开沉重的牢门，把火炬往里面一照，昏黄的火光落在三张震惊的脸上，后者反射性地伸手挡住突如其来的光线。

四人再度聚首，精灵兄弟难掩喜悦，满脸笑意。巴力诺看似自在写意，但那双蓝眼睛却诚实地表露出他内心如释重负的感觉。机智的侏儒又再次救了大家一命。但现在不是感动的时候，韩戴尔马上示意他们离开地牢。如果天亮前他们还在皇宫地底游荡，肯定会被发现。他们必须立刻回到市区。

然而此时却传出石头互相摩擦的声音，然后轰然一声巨响，就像坟墓被关起来似的。韩戴尔又惊又惧，冲向潮湿的石阶后猛然停住。就在上头，巨大的石板被关上了，通往自由的路被截断了。侏儒难以置信地摇着头。他救人不成，反倒让自己也成了囚犯。他手上的火炬逐渐熄灭。四人陷入黑暗之中，再度开始无尽的等待。

26

“垃圾，除了垃圾什么都没有！”派那蒙受挫地怒吼，又踢了一次他面前那堆无用的刀剑和珠宝，“我怎么会这么蠢？我应该马上就看到才对！”

谢伊默默地走到空地北边，眼睛盯着奸诈的奥尔·费恩逃走时所留下的模糊足迹。沙娜拉之剑已经近在咫尺，但他却因为没能认出它这种不可原谅的失误而与它擦身而过。魁梧的凯尔赛特悄悄地走近他，弯下身子靠近潮湿的草地，一双眼睛异常和善地在他脸上搜寻着，谜样的脸几乎贴着他，谢伊静静地转向暴走的派那蒙。

“不是你的错，跟你又无关，”他沮丧地低语，“我应该理智地辨析他那些胡言乱语，少一些……无所谓了。我很清楚沙娜拉之剑的特征，当它出现时我却没有认出它。”

派那蒙点点头，耸了耸肩，用长矛搔了搔胡子，最后踢了一脚地上那堆废物，喊了声凯尔赛特，两人便不发一语地开始拔营，收拾各色装备与武器。谢伊看了他们好一会儿，仍未从错过沙娜拉之剑的震惊中缓过神来。派那蒙粗声唤谢伊帮忙，谢伊一声不响地服从了。他尚无法面对这次挫折所造成的后果。派那蒙显然已经忍无可忍，护送一个愚蠢到家的谷地人在危险的帕瑞诺森林附近游走，寻找随时可能挥戈相向的人跟一把只有谢伊知道但却认不出来的剑。这个红衣盗贼和他的巨人朋友已经因为那把神秘的剑差点丢了性命，显然这样的经历一次足矣。谢伊别无选择，现在只能试着找到他的朋友。等他真的找到他们时，他首先就要面对亚拉侬，跟他说他失败了，他让大家失望了。一想到要面对严厉的德鲁伊，一想到那双眼睛窥探到他小心翼翼隐藏的事实，他就不由得打了个寒战。这绝对不是什么令人愉快的体验。

他突然想到一周之前在页岩谷所听到的预言，亡灵布莱曼已经预先警告过龙牙山脉的危险，有一个人不会去往帕瑞诺，也不会翻越山脉，但他会是第一个接触到沙娜拉之剑的人。原来这一切早就已经被料到了，而谢伊因为过去几天的紧张与刺激完全忘了这一回事。

疲倦的谷地人闭上眼睛，他还是搞不清楚自己怎么会跟围绕着灵界和神剑这两股力量之间的战争有关。他只感觉自己是如此渺小无助，看来现在最简单的逃避方法，就是挖个洞把自己埋了，然后祈祷自己早死早超生。如果亚拉侬可信的话，太多的期望寄托在了他的身上，他从一开始就自认不够格担起这个拯救世界的任务，他什么也不会，若非靠其他人的帮助，他无法来到这里。他们为他能得到沙娜拉之剑牺牲良多，但如今他手上依旧空空如也……

“我决定了，我们去追他。”派那蒙低沉的声音就像刀锋砍在树上般尖锐，谢伊吃惊地看着他。

“你的意思是说……追进北境吗？”

红衣贼双眼充满杀气地回看他，仿佛谢伊是个无法理解常人思维的蠢蛋一样。

“他把我当傻子一样耍，我宁愿自裁也不愿让那个鼠辈优哉游哉地逃走。这次他再落到我手里的话，我要让他知道什么叫作生不如死。”

他俊俏的脸看不出任何表情，阴沉的嗓音透着刻骨的仇恨。这就是派那蒙的另一面，他可以冷血地手刃一整个营地的地精，对抗无可匹敌的骷髅使者也毫无惧色。他这么做不是为了谢伊，也不是为了要夺走沙娜拉之剑，而是要向胆敢伤害他自尊的人进行报复。谢伊瞄了一眼凯尔赛特，他还是一贯的无动于衷，既不表示赞同也没有反对。派那蒙突然大笑，大步走向犹豫不决的谷地人。

“你想想看，谢伊。我们的地精朋友把这件事变得简单多了，你找了这么久的剑，他可是直接告诉你那把剑在哪儿了。现在你不必再找它，因为我们已经知道它在哪里。”

谢伊点头表示认同，还是有点担心他真正的目的。“我们有机会追上他吗？”

“这么说好了，那正是我们的目标。”派那蒙满脸自信，对着他咧嘴一笑，“我们当然能追上他，这不过是时间早晚的问题。困难在于会不会有人捷足先登。凯尔赛特比任何人都熟悉北境，地精根本无处可躲，而且他必须一直跑一直跑，因为他没有人可以求援，就连他自己的族人都不会帮他。他到底是怎么得到沙娜拉之剑或是察觉它的价值，这一点我们已经无从得知，但我可以肯定的是，他百分之百是个叛徒。”

“他或许是把剑送交给黑魔君的地精之一，又说不定根本是囚犯？”谢伊推想。

“后者比较有可能。”另一人附和道，然后像是努力回想什么事似的望进北方浓雾深锁的森林。

现在太阳已经完全从东边地平线升起，明亮温暖的光线慢慢照进这片林地。但清晨灰蒙蒙的雾气尚未散去，三人置身于日光与夜色的交杂中。但北方天空似乎暗得不合常理，就连平常聒噪的派那蒙都无言地盯着这幅不寻常的景象。最后，他一脸狐疑地转向大家。

“北方有点不太对劲。凯尔赛特，我们要马上行动，在那个地精碰到其他人前先找到他。他人生的最后一刻是属于我的！”

巨人马上行动，在前方带路，低着头寻找奥尔·费恩留下的蛛丝马迹，派那蒙和谢伊紧跟在后。凯尔赛特毫不费力就找到了他逃跑的路线，转过身用单手比了个简短的信号，派那蒙翻译给好奇的谢伊听，那个手势意指地精跑得太匆忙，根本无暇顾及他的足迹，显然早已决定好要往哪里去。

谢伊开始猜想他会跑到哪去。既然沙娜拉之剑在他手里，他可能会把剑交给自己族人呈给黑魔君，以此赎罪。但是奥尔·费恩被他们抓住时，表现得毫无理性可言，谢伊觉得那绝对装不出来。他一直喋喋不休，不成文法的单字词组就夹杂着剑在哪里的讯息。如果谢伊对他的话多花一点心思去想，就能够看穿奥尔·费恩正拿着他梦寐以求的宝剑。不，那个地精已经精神失常，他的行动无法按照正常的逻辑推理。他会从他们这里逃往哪里？

“我现在想起来了……”他们一边往史翠里汉平原走，派那蒙一边说道，“我们昨天遭遇的那个有翅膀的怪物一直坚持我们拿了剑，它不断告诉我们它可以感觉到剑的存在，而事实也确实如此，因为那个把剑藏进布袋的奥尔·费恩就躲在灌木丛里。”

谢伊点点头，现在回想起来，骷髅使者不断明示他们那把宝剑就在附近，但是他们为了活命，根本没有注意到这个重要线索。派那蒙一肚子火，絮絮叨叨嚷着抓到地精之后，要用哪些惨绝人寰的方式来处置他。接着他们看到了森林的尽头，再过去就是宽阔的史翠里汉平原。

他们被眼前不可思议的景象震慑得愣在原地，一堵巨大的黑墙正铺天盖地而来，从北境一路延伸到天际的尽头。就像是黑魔君举灵界生物之力，构筑起一团向北翻涌盘旋、吞灭天地的黑雾。它比乌云密布的夜晚还要阴沉几分。这是谢伊有生以来所见过的最恐怖的一幕。他的恐惧被放大了数倍，内心直觉告诉他，这堵黑墙正缓缓南移，准备笼罩全世界。而这也意味着，黑魔君来了……

“我的天啊！现在这是什么情况……？”派那蒙猛地住嘴。

谢伊心不在焉地摇摇头。这个问题可能没有答案，那个东西已经超出凡人的理解。三人久久地看着巨大的黑墙，像是在等着接下来会发生什么事似的。然后，凯尔赛特弯下腰来仔细瞧着前方草地，往前走了几码后起身直指那堵黑暗的中心。派那蒙倒抽一口气，一脸恶寒。

“地精跑向那团鬼东西里去了，”他咬牙切齿地说道，“如果不能在他到达那里之前抓到他，那片黑暗会遮掉他的足迹，我们将追丢他。”

前方几里远处，一路死命逃跑的奥尔·费恩面对着那团黑色迷雾，也害怕地踌躇不前，一双绿眼睛不解地盯着盘绕的黑暗。地精一大清早从三个陌生人身边逃脱后就一直往北方去，跑到没有力气时，开始拖着脚快走，一只眼睛随时盯着后面，唯恐有人追来。他的脑子已经无法理性思考，过去几个星期来，他靠着直觉与运气侥幸存活下来，从尸体身上夺取物品，躲避任何活的生物。除了生存，他无暇再想其他事情，他要让那些不愿意接纳他的人对他刮目相看。别说外人，就连自己的族人都视他如草芥。他身处不毛之地，没有人能在这里独自苟活。孤独导致他原本正常的心理状态愈来愈扭曲，愈来愈偏执，他忘记了潜藏的恐惧感，失去了理智。

不过命定的死亡尚未来临，命运又跟他开了个玩笑，给了这个被驱逐者一丝虚假的希望，让他得到了赢回人类温情的利器。靠拾荒维生的他偶然从史翠里汉平原上某个垂死之人口中得知了沙娜拉之剑的存在，那人一死，他手中那把可以操纵凡人的神器就成为奥尔·费恩所有。

就在他还在犹豫要采取何种行动之际，恐惧和猜疑仍不断扭曲他濒临崩溃的理智，一时的优柔寡断让他沦入别人之手，也弄丢了可以让他重回族人身边的宝剑。于是最后一丝理性也跟着断线，绝望和疯狂彻底吞噬了他早已严重失衡的心智。如今他内心只有一个——也是最强的一个——执念，就是剑在人在，剑亡人亡，除非他死，否则这把剑必是属于他的。他荒谬地向俘虏他的人吹嘘剑是他的，只有他知道剑在哪里，这一番言语完全背离了他的想法。但是俘虏他的陌生人只当他在胡说八道，听不出他的言外之意，给了他可乘之机，随后他带着剑逃往北边。

他停住脚，茫然地看着挡住他去路的神秘黑墙。对！北边！就是北边！他陷入沉思，歪着嘴笑，死睁着眼睛。被驱逐的人可以在那里找到安全和救赎。虽然内心有一股想要回头的冲动，但是完全不敌救星就在北境的想法。在那里，他可以找到……主人。黑魔君。

他低下头看着紧紧绑在腰上、长度已经拖地的古老剑带，蜡黄嶙峋的双手顺着雕工精细的把手往下摸，触到了雕刻其上的高举火炬的手，上头镀的金漆已经逐渐剥落，露出底下抛光的剑柄。他紧握把手，仿佛要将力量从剑身抽出来似的。笨蛋！所有人都是笨蛋！竟然不对他放尊重一点，他可是这把神剑的持有人，现世最伟大传奇的拥有者，而它将会是他……他突然打住，甚至担心起了周围那片虚空会看穿他的想法，刺探他的秘密，把剑偷走。

前方的黑暗正等着他入内，奥尔·费恩一脸惊惧，但他已经无路可去。他想起那三个人。一个是高大的巨人，还有一个毫不掩藏恨意的独臂人，跟一个半人半精灵的小伙子。他对后者一直有种奇怪的感觉，让他心乱如麻。

他茫然地摇摇头，开始往前迈进，周遭一片死寂。他一直没有回首，直到黑暗完全包围着他，猛烈的疾风和逼人的寒气取代了原先宁静的氛围。当他真的转过头去时，真正恐怖的是后面什么都没有，四顾全是凝重深沉和穿不透的黑。越向前迈进，风势愈强，他也开始注意黑暗里的其他生物。起先他只是模糊意识到，接下来是穿透雾气的微弱嚎叫声缠绕在他身旁。最后那些东西开始从浓雾中朝他步步逼近，那些看似活人的人，怯生生地用手指摸他的身体。

他放声大笑，知道他现在所处的世界早已人事全非，这里只有绝望地想要逃离永生苦牢的活死人。他加入他们之中，笑着，谈着，甚至开心地唱着。他周遭围绕着来自黑暗世界的生物，他们知道，这个疯癫的凡人很快就会成为他们的一员，剩下的不过是时间早晚的问题。当他阳寿已尽时，他就会跟他们一样，永远迷失。奥尔·费恩再也无法回到族人身边。

三人在温和的日头下连追近两个小时，现在就跟地精当时一样，停在那团黑色迷雾的边缘，审视着进入黑魔君属地的门槛。这团雾似乎分了层，愈往里愈黑暗，让人无法看穿，恐惧之心油然而生。派那蒙来回踱步，目光没离开过眼前黑雾，试着鼓足信心往前跨出这一步。凯尔赛特粗略地查看附近地面，确认地精真的逃往北边后就像个雕像一样一动也不动，双臂交叉置于前胸，浓眉下的眼睛罕有生气。

现在别无选择了，谢伊心想，他已经拿定了主意，即使暂时失去了地精的踪迹也不等于毫无希望。从他们开始追捕奥尔·费恩开始，谢伊又恢复了对命运的信念，他相信他们会找到他，拿回沙娜拉之剑。有股力量一直拉着他，跟他说他不会失败，内心深处某个东西给了他全新的勇气。他着急地等派那蒙说出继续往前走的那句话。

“我想我们一定是疯了，”红衣贼再次行经谢伊时喃喃说道，“我可以从这道墙里的空气里嗅出死亡的气息……”他猛地打住，停下来等谢伊说话。

“我们一定要追到他。”谢伊语气平静地回复。

派那蒙看向他高大的朋友，但是凯尔赛特还是不动如山。他又等了更久，显然对巨人打从他们决定深入北境时就不表示任何意见有点心烦意乱。之前只有他们两人相依为命时，巨人都站在他这一边支持他，但是最近他却一反常态，总是一副不置可否的样子。

最后，冒险家肯定地点点头，三人毅然决然地跃入迷雾中。还好平原一片荒芜，没有高低起伏，他们毫无困难地向前走了好一会儿。但随着四周雾气愈来愈浓，能见度愈来愈低，他们只能看到其他人模糊的身影。派那蒙马上叫大家停下来，从背包里拿出一条绳索，建议大家绑在一起以免走散，完成后便继续往前走。

一路上寂然无声，只偶尔传出靴子走在硬地上的声音。事实上，雾并不潮湿，但不舒服的黏腻感却让谢伊回想起迷雾森林。他们虽然走得很快，还是感受不到风在吹。到最后，他们已经分不清楚东南西北，全然陷入深沉的黑暗之中。

他们一定已经走了好几个时辰，但是杳无声息的黑暗混淆了他们的时间感。身上的绳子让他们远离死亡渗进雾里的孤寂，这一条救命索不但是他们跟其他人，更是他们与后面那个光明世界的联结。在这个幽冥世界里，人的感官会窒息而死，任由恐惧恣意撒野。身处其中，可以感受到分割了那些黑暗的死亡的存在，它们斑驳剥落，轻抚着终将死去的凡胎肉体。所有的不真实在黑暗里都变得能被接受，人类感官的限制全都消失在如梦似幻的往事里，内心世界的景象、潜意识马上一跃而起，寻求认同。

沉溺在潜意识里一度让人感到欢愉，但接下来不是开心或是讨厌，而是直接成了行尸走肉。这种感觉持续了很久，安抚着他们的意识，使之变得疲惫厌倦，如食忘忧果而忘却前尘往事一般，身心皆乏。时间完全消失，迷雾永远不散。内心深处缓缓出现灼热的疼痛感，突然穿过谢伊麻木的身体，瞬间解放了他被蒙蔽了的心灵，他胸口的灼烧感愈来愈强烈。虽然还是很昏沉，身体却异常轻盈，他疲倦地抓着束腰外衣，最后将手放在那股疼痛的来源——那只小皮囊上。他紧紧抓着精灵石，迷失的神智再度清醒。

他吓了一大跳，原来他竟然躺在地上，根本没有在走，也搞不清楚他们到底在哪里。他疯狂地拉扯腰间的绳索，呆滞的闷哼声让他至少知道他的伙伴还在。他挣扎着起身，意识到发生了什么。这个不断抚慰着他们、最终麻痹了他们的温柔陷阱，差点让他们永远沉睡在恐怖的幽冥世界里。全靠石头的力量拯救了他们。

谢伊整个人都虚脱了，挤出仅存的力气，拼命将凯尔赛特和派那蒙从死亡边缘拉回到生命的世界。他一边大叫，一边使劲，结果反而跌向他们。他用力踢他们萎靡的身体，直到他们痛醒。数分钟过后，他们才意识到发生了什么事，于是激起了求生意志，强迫自己站起来。他们彼此搀扶，逼自己一定要保持清醒，然后再度在黑暗中踽踽前行，每跨出一步，都是对身心极大的挑战。这次谢伊走在前头，不确定方向的他全靠精灵石激发的直觉来引导他。

他们在无尽的黑暗中行走了很长一段时间，在迷雾环绕的影响下努力保持清醒与警觉。令人昏昏欲睡的死亡气息催眠着他们倦怠的身体，想要掌控他们的思想，促使他们歇一歇脚。但三人用钢铁般的意志抵抗住诱惑，即使一切都不存在了，他们的抗争仍然不会停止。

最后，他们战胜了疲倦。这次，死亡败给了求生意志，此刻三人得以在人类世界活得久一点。大家再次恢复活力，不正常的嗜睡状态也退去了，但他们时时谨记，知道那种感觉势必会再次来袭。他们恢复到了原来的状态，戴着镣铐的感觉消失了，即使没有休息，却比一觉醒来更为精神抖擞，也并无伸展四肢或是打个哈欠的欲望，只有关于超越时间与意识的沉睡的记忆。

他们不发一语，独自品尝他们刚刚所经历过的死亡的味道，也知道总有一天，它将不请自来，永远地带走他们。有那么短短一刹那，他们站在了生死边缘，体悟到了凡人在死亡前所无法感受到的麻木、恐惧，甚至是疯狂。他们差点就沉沦了。

然而回忆远去，最后三人只记得他们经过九死一生，逃过死神索命。恢复镇静后，他们继续寻找这团迷雾的终点。派那蒙低声询问谢伊，他们是否朝着正确的方向前进，得到的答复是一个敷衍的点头。小谷地人生气地想知道，如果他不知道，情况又会有怎样的不同。他们还能朝哪里去？如果他的直觉是错的，反正也没人帮得了他们。精灵石已经救了他一次，他决定相信它们。

他不知道奥尔·费恩是怎么通过这团奇怪的黑雾，也许他自有方法，但这个可能性实在不高。而如果他沦陷了，沙娜拉之剑势必也掉在某处黑暗的角落里，他们将无法及时取回。这个消极的想法让小谷地人停下了脚步，权衡沙娜拉之剑遗落在某处——也许就在他们周围几码处——等待某人获取的可能性。

黑暗突然逐渐淡去，转为昏暗的灰色，浓雾筑成的墙也被他们甩到身后。这个转变太过突然，三人都惊讶无比。前一秒他们还身处灰暗的迷雾中，无法看清彼此，后一秒他们就站在了北境铅灰色的天空之下。

他们细细地审视这片土地。眼前是谢伊所见过最荒凉的地方，放眼望去，灰棕色的土地一片萧条，没有阳光也没有植物，就连最强韧的灌木丛都无法生存。一切都在无声地发出警告，这里是黑魔君的王国无误。干裂的硬土向北延伸，蜿蜒的峡谷只剩下早已干涸的河床，万物悄寂无声，甚至连昆虫的鸣叫也听不到。这块曾经生机盎然的土地如今除了死亡，其他什么也没有。遥远的北方有几座陡峭险峻的峰尖直达天际，谢伊知道那里就是黑魔君布罗讷的巢穴。

“现在你打算怎么做？我们已经完全跟丢了。我们甚至不知道这位地精朋友有没有活着走出那片鬼东西。事实上，我也不认为他有这个本事。”派那蒙盘问道。

“我们要继续找他。”谢伊平静地表示。

“然后那些会飞的怪物则继续找我们，”对方一针见血地指出，“事情已经超乎我的预料之外，谢伊，我已经没兴趣继续追下去了，尤其是当我根本不知道对手是谁的时候。我们刚刚差点就死在那里了，而且我完全没看到是谁要弄死我们！”

谢伊理解地点点头，这是他第一次看到派那蒙竟然会怕死，即使退却意味着他的自尊心受伤。现在决定权在谢伊手上，要不要继续下去全由他说了算。凯尔赛特离两人远远地，温柔的棕色眼睛看着谷地人，浓密的睫毛会意地眨了眨。谢伊再度为他在巨人眼底深处见到的智慧所打动，对巨人还是一无所知的他，现在很想深入了解他。凯尔赛特是某个重要秘密的关键，而这个秘密连声称两人交情匪浅的派那蒙都不知道。

小谷地人最后说道，“我们可以在雾的这边寻找奥尔·费恩，和骷髅使者赌上一把，或是，我们可以冒险回头……”

话没说完，派那蒙的脸色已经变白。

“我不要再从那里回去，至少现在不要……”气馁的小偷断然摇头。他的义肢急忙伸到空中，甩掉这个荒唐的提议。然后，那抹熟悉的笑容近乎羞怯地重新回到他脸上。他是如此强悍的一个人，对生存游戏知之甚详，不会让任何东西威胁他太久。他硬是压下在黑暗的死亡世界中盲目穿梭的记忆，用昔日冒险和偷拐抢骗所累积下来的丰富经验帮自己重建信心。如果此行注定要死，他也要带着他引以为傲的勇气与信念死得其所。

“我们先花一分钟来整理思绪。”言毕，他又开始来回踱步，那个昂首阔步坚忍刚毅的派那蒙又回来了，“如果那个地精没出来，那剑就还在那里，我们随时可以去找。但万一他跟我们一样出来了，那么会去哪里……？”

话说一半，他的眼睛开始四处张望，寻找可能的地点。凯尔赛特快速来到他身边，直指北方锯齿状的山峰。

“当然，你又说中了，他一定朝那里去了，那是他唯一可能前往的去处。”

派那蒙虚弱地一笑。“黑魔君？”

谢伊轻声问道："他带着剑直接去找黑魔君吗？"

对方点头。在没有亚拉侬的协助下，他们就这样追到黑魔君家门口去找地精，这个念头让谢伊脸色发白。如果行迹败露，他们除了精灵石之外，将毫无招架之力，而石头虽然可以打败骷髅使者，但用来对付强大如布罗讷的人，有没有用则完全是个未知数。

第一个问题是奥尔·费恩有没有逃出后面这团黑雾，他们决定往西，沿着这堵雾墙的边缘寻找地精逃到这个地方的踪迹，如果没有，再沿着反方向找另一边。如果还是没有，那么他们就能够认为他肯定失落在杀人迷雾里了，他们也将被迫重回那里寻找剑的下落。没有人喜欢后者，但谢伊向他们保证，就算是可能被灵界生物发现，他也会用精灵石的力量来找它。这是一场赌博，但是如果想在大海里捞针，他们就必须冒这个险。

三人立刻付诸行动，凯尔赛特犀利的眼睛不断搜寻地精的脚印。天色愈来愈暗，意味着夜幕即将低垂，谢伊试图判断自他们进入迷雾后时间过去了多久，但他无法确定。也许是数时也许是数日，但无论如何，他们搜索地精的行动可能得暂时告一段落。此时狂风骤起，昏雾蔽天，夜晚气温直降，三人拉紧斗篷抵御寒风。没多久，一个风暴已然成形，暴雨肯定会将地精所有的足迹通通冲刷掉，如果他们必须得猜测地精是否逃脱了的话……

但突如其来的好运降临到他们身上，凯尔赛特发现有道足迹从雾墙出来，然后一路往北走，这些脚印显示是一个身材矮小的人所留下的，可能因为身受重伤或是精疲力竭而走得摇摇晃晃。综合种种迹象，几乎能确定这就是他们所要找的人。这个发现让三人喜出望外，赶紧沿着足迹追上去，忘却了当天早上的磨难，忘却了他们是踏在谁人的土地上，忘却了他们失去了沙娜拉之剑后所感受到的绝望。奥尔·费恩再也逃不出他们手掌心了。

天空黑云翻腾，西边开始出现沉闷的雷声，狂风呼啸而过，预告待会儿将有超级暴风雨来袭。仿佛大自然将用这场风暴给这片大陆改头换面，让它重新焕发生机。气温持续下降，刺骨的寒风割在他们身上，然而他们几乎没有感觉。他们急切地检视北边，看看有没有地精的身影。随着脚印愈来愈鲜明，预告着他就在前方不远处。

这里的地貌开始出现明显的变化，贫瘠的基本形态不变，如钢铁般干硬的土地上零星散布着岩石和石块，高低起伏剧烈，加上没有植被，再度增加行走的困难，三人边滑边爬地往前推进。强劲的风吹散松软的土壤，风沙滚滚的模样简直就跟沙漠里的沙尘暴一样，让人无法呼吸，睁不开眼，就连视觉敏锐的凯尔赛特也分辨不出他们正在追的足印。也许狂风已完全抹除了地精的踪迹，但是三人还是执意前进。

紧接着，雷声轰然响起，一道道闪电不断从他们头顶划过，天地为之撼动。由于风沙的影响，他们没有发现天色渐暗，罩顶黑云裹挟着一场倾盆大雨从西边愈来愈靠近。天气越来越糟糕，派那蒙在狂风中扯开喉咙大喊。

“够了！我们必须要在暴风雨来袭前找个地方躲起来！”

谢伊大吼：“我们不能现在放弃！”声音几乎被同时响起的落雷声给淹没。

“别傻了！”高大的小偷艰难地靠近他身边，单膝下跪，用手挡住暴风扬起的沙粒，看到右手边有个山丘，上面满是突出的石块，可以帮他们遮风避雨。他向两人示意后，随即往石块的方向前进。顷刻间，大雨如注，狂风呼啸，电闪雷鸣。谢伊持续看着北方，不想接受派那蒙的提议，他知道他们已经非常接近，不想在这里结束。

当他们快靠近石块时，他看到有东西在动。此时电光一闪，勾勒出前方山头有个小小的身影，迎着强风拼命想往山顶去。小谷地人疯狂大喊，抓住派那蒙的手臂指向现在已经陷入黑暗的前方。三人按兵不动，倾盆大雨随之泻下，接着又是一道闪电划破长空，远方山头的小小挑战者形迹毕露。耀眼的银光消逝后，又是一片漆黑。

“是他！是他！”谢伊激动地大叫，“我要去追他！”

兴奋的谷地人不等其他两人，急起直追，下定决心不再让沙娜拉之剑从他手中溜走。

“谢伊！不！谢伊！”派那蒙急忙大喊，“凯尔赛特，快追！”

高大的巨人拔腿狂奔，几步就超越小谷地人，一只手就轻松把他抓起，带回派那蒙身边。谢伊挣扎嘶吼，完全摆脱不了凯尔赛特钢铁般的钳制。风暴强度达到顶峰，骤雨冲刷裸露的土地，卷起石头与泥土，形成一条条如河一般的沟壑。派那蒙带他们走进岩石间，在山丘东面寻找栖身之所，不理会谢伊的威胁和恳求。快速审视一番后，他在山顶看到一处三面都被大石块包夹的地方，可以保护他们免于强风暴雨的袭击。拼着最后一丝气力，他们拖着疲惫的身躯顶住风雨，总算到达目的地时，三人全都累瘫了。派那蒙随即示意凯尔赛特放开谢伊。谷地人怒气冲冲地找他兴师问罪，大雨恣意在他脸上奔流。

“你疯了不成？”他的声音夹在狂风和炸雷中爆发开来，“我本来可以抓到他的！我本来可以抓到他的……”

“谢伊，听我说！”派那蒙收回望向远方的目光，对上眼前生气的脸。轰然一声雷响，让谢伊为之却步。“在这样的暴风雨下，根本追不上他。我们可能全都会被吹走，或是被泥流冲走。在这场大雨中我们根本走不到十英尺，更别提追出几英里了。先平复你的情绪，等强风平息后，我们可以去帮地精收尸。”

谢伊忍住跟他辩论的冲动，随着怒气退去理性回来，他明白派那蒙的决定是正确的。

没有任何保护的地表惨遭暴风雨蹂躏，一道道泥流沿着山壁倾泻而下，冲入峡谷。三人缩成一团，躲在石头边御寒。谢伊看着滂沱大雨灌注在荒芜的土地上，除了他们三人，四下仿佛没有其他活人。这场暴风雨如果再拖得久一点，或许连他们也会被冲走。

虽然他们有地方躲雨，但还是躲不过衣服被雨淋湿所带来的不适。刚开始，他们只是默默地坐着，像是在等雨停，然后可以继续去追奥尔·费恩。但是枯坐空等让他们愈来愈疲惫，他们开始寻找其他消遣，看来这场暴风雨将会持续一整天。他们吃了些东西，然后打算养精蓄锐，等睡饱再说。派拉蒙将两条毛毯放在用防水布料包裹起来的背包里，他把毛毯给了谢伊，谷地人感激地回绝了他的好意，把毛毯递给了巨人，但一看凯尔赛特完全不受外界影响，倒头就睡。因此两人便将自己裹进温暖的毛毯里，彼此挨着，静静看着外头的雨。

一会儿过后，他们开始聊起往事，用以消磨漫漫时间。派那蒙一如既往地主导话题，但这次他所说的旅行故事跟之前完全不同，去掉了荒诞疯狂和天方夜谭的元素，谢伊这才明白，现在他所说的才是真正的派那蒙·奎尔。他们像是久别重逢的老友般自由自在地畅谈。派那蒙谈起了少年往事，以及当时与他亲近之人。他没找任何借口，没有任何懊悔，只是平静地叙述一段存留在记忆中的过往。小谷地人说起了孩提时代与哥哥弗利克的森林探险，面带微笑地提起那个阴晴不定的曼尼安·利亚。他们聊到忘了时间，忘了暴风雨，这是打从他们相遇以来，两人第一次这么亲近。随着时间过去，夜晚降临，谢伊开始从一个全新的角度认识他。小谷地人内心认为，也许对方也更了解他了。

最后，夜幕完全笼罩大地，就连雨也看不见了，只听见风声和水塘泥流泼溅的声音，他们之间的对话开始围绕着熟睡的凯尔赛特展开。他们猜测他到底来自何方，试着了解是什么原因让他来到他们这里，又是什么原因让他接受重回北境的自杀之旅。这里是他的故乡，也许他早有打算重回遥远的查纳尔山脉。如果他不是被自己的族人驱逐，那又是被怎样强大的势力放逐了呢？骷髅使者怎么会一眼就认出他？就连派那蒙也坦承凯尔赛特绝非小偷之流。他的风度举止流露出无比的骄傲和勇气，沉默的外表下隐藏着深深的智慧。他的过去肯定有着不为人知的秘密，两人都觉得这件事直接或间接跟黑魔君有关。两人又聊了一会儿，直到凌晨时睡意来袭，才裹紧毛毯进入梦乡。

27

“那边的人！等一下！”

弗利克身后某处发出一个严厉的声音，如剜骨般削去他已然消逝的勇气。谷地人缓缓转身，脑子一片空白的他来不及想到要逃跑。最终还是被发现了。他紧紧握住藏在斗篷底下的狩猎短刀，虽然没有太大的作用，但当他四顾寻找敌人的身影时，他的手指丝毫没有松动。他对地精语所知有限，但是声音和语调足以让他理解刚刚那句简短的指令。他僵硬地看着一个壮硕的地精从帐篷暗处现身。

“别光只是杵在那里！”身材圆胖的地精摇摇晃晃地靠近，一边生气地骂道，“赶快过来帮忙！”

谷地人一脸震惊地看着对方走向他，粗壮的手臂上叠了好几层餐盘，随着他颠簸的脚步摇摇欲坠。弗利克想都没想，立刻伸手接过上面几层的餐盘，刚煮好的食物香味随即扑鼻而来。

“总算看得到路了……”地精如释重负地松了一口气，“如果我再继续前进的话，肯定会把这些东西全砸了。整个军队都驻扎在这里，就没人帮我拿首领的晚餐吗？没有一个地精愿意，我必须全部自己来，真是让人生气——不过你倒是个好家伙，还肯帮个忙，等下我请你好好吃一顿当作回报，怎么样？”

这个多话的家伙到底说了什么，绝大部分的内容弗利克并不了解，不过这一点也不重要，重要的是，他并没有被发现。他暗自喘了口气，庆幸自己的好运，重新调整一下手上的餐盘。那人还是滔滔不绝地说个没完，餐盘在手上晃来晃去。弗利克罩着宽大的风帽，频频点头，假装听懂了对方在说什么，目光还是紧盯着大帐里移动的身影，他必须进去那顶帐篷一探究竟。

接下来，那个地精仿佛读出了弗利克的心声，开始朝着他所想的地方前进。他还半转过脸，好让他刚发现的伙伴听清楚他的长篇大论。现在他知道了，他们正要送晚餐给帐篷里的人，给组成大军的两国首领，以及令人畏惧的骷髅使者。

真是疯了，他们一看到我，就会马上识破我的伪装。弗利克脑中突然浮现这些念头，但是他又必须探探里面的情况……

然后，他们来到入口，在两名高高耸立的巨人守卫面前安静地站定。弗利克不敢左顾右盼，只得眼观鼻鼻观心地低头盯着地面。他很清楚，就算他挺直了身体面对敌人，他也只能看到他们戴着盔甲的前胸。尽管弗利克一直缩小身姿，那个地精大喊着请求进入，明显认为里面的人期待他的到来——至少是期待他带来的食物。有个卫兵很快进入帐篷向某人报告，一会儿后又出现，示意两人可以入内。地精从肩膀上方向簌簌发抖的弗利克点个头，快步经过守卫，大气也不敢喘的谷地人则尽职地跟在后头，祈祷奇迹出现。

大帐内灯火通明，中间放置了一张大型木桌。身量不同的巨人穿梭在大帐中，几个巨人忙着把桌上的图表和地图收到一个包着黄铜的箱子里，其他人则准备坐下享用期待已久的晚餐。所有人全部穿上戎装，戴着巨人领袖麦丘伦的佩章。

帐篷后半部被一块大型挂毯挡住，就连明亮的火光也透不进去。主帅营里不但烟雾弥漫，还充满着恶臭，味道重到弗利克差点无法呼吸。武器和铠甲整齐地堆放在房内，盾牌则像装饰品般挂在铁柱上。弗利克仍然可以感受到骷髅使者的存在，因此他推断那个黑暗怪兽应该是在挂毯后半部。那样的怪物不需要吃东西，它的肉体早已化为尘土，残存的灵魂端靠黑魔君来滋养。

突然间，谷地人在靠近挂毯处，大半被火炬烟雾和往来巨人所挡住的地方，看到有个模糊的身影坐在一张高大的木椅上，弗利克凭直觉认为那就是失踪的谢伊。饥饿的巨人现在正朝着他走来，将盛满食物的餐盘拿走，放到桌上，他们的身影暂时挡住了弗利克的视线。巨人自顾自地聊天说话，弗利克完全听不懂他们陌生的口音，在明亮的火光下不自觉地缩进狩猎斗篷里。他应该早就被发现了，但这些毫无疑心的巨人首领已经又累又饿，又太专心于入侵计划，根本无暇注意体格超乎寻常的假地精。

最后一道餐盘送上桌后，首领们聚集在桌旁开始用餐。带着弗利克进来的小地精转身准备离开，心急的谷地人顿了一会儿，快速检视后方那个身影。

这不是谢伊。那个囚犯是个精灵，年约三十五，看起来气宇轩昂、机智过人，可惜距离太远，无法看得更清楚。不过弗利克觉得那个人应该是伊凡丁，被亚拉侬认为是南境胜败关键的精灵王。在西境与世隔绝的精灵王国有着自由世界最强大的军队，如果他们失去了沙娜拉之剑，就必须靠他共同阻止黑魔君。然而这个人，如今身陷囹圄，一个指令就能让他归西。

弗利克感觉有只手放在他肩膀上，突然的触碰让他吓了一大跳。

“来吧，我们该离开了。”小地精压低声音催促他，“下次你再慢慢看吧，他跑不掉的。”

弗利克迟疑了会儿，突然心生一计。如果他有时间仔细审视这个计划，一定会为这个大胆的计划而心惊，然而时间不等人，已由不得他深思熟虑了。反正要在天亮前逃出营地去找亚拉侬为时已晚，他夜探敌营的任务尚未成功，不能就此离开。

“走吧，我说，我们必须……喂，你在做什么……？”弗利克拽着地精的手臂，把他推到巨人首领跟前，地精不自觉地大喊出声，席间用餐的人全停了下来，好奇地看着两个小矮个儿。弗利克随即举起手，指向被绑起来的囚犯，巨人顺势望过去，他则屏息等待。然后有个人下了一道命令，其他人则无所谓地耸肩点头。

“你疯了，你脑子有问题！”地精大吃一惊，完全无法压低音量，“你干吗去管精灵有没有东西吃？他饿死又怎样？……”

话说一半，有个巨人便叫他们过去，递给他们一个餐盘。弗利克迟疑了一会儿，快速看向震惊的地精，而那地精不但头摇得像拨浪鼓似的，还满嘴牢骚。

“不要看我！”他大声叫嚷，“那是你出的主意，你去喂他！”

弗利克没有完全听懂地精说了些什么，但是他大概知道他在惊声怪叫些什么，随即接过餐盘。尽管他的脸被宽大的风帽遮住，但他没有时间看其他人的脸，拢了拢斗篷小心翼翼地走向帐篷另一边的囚犯，内心为自己的豪赌赢了狂喜不已。如果他能够靠近伊凡丁，便能告诉他亚拉侬就在附近，他们会设法营救他。他不安地回头看看帐篷里其他人，但巨人首领注意力早回到晚餐上，只有地精厨师还继续盯着他。如果是在其他地方，他要的这套愚蠢的花招肯定马上会露出马脚，但是在这里，在敌军主帅营里，内有骷髅使者，外有百万雄师，他们绝对不会料到有人会溜进警卫森严的大帐里。

弗利克默默地接近俘虏，把餐盘递到他面前。伊凡丁和正常人身高差不多，就精灵而言身材已经相当高大，大地色系的装束还残留一部分的防护背心，藉由微弱的火光，隐约还能看见破损的艾力山铎家族佩章，刚毅的脸上满是伤痕，明显是那场惨烈的对战造成的。乍一看他没有什么特别之处，并非超然出众的类型。当弗利克来到他面前时，他面无表情，十分淡定，很显然注意力游离到别的事务上了。然后像是注意到有人在看他的样子，他的头稍稍动了，一双深绿色的眼睛凝视着眼前的人。

当弗利克回望那双眼时，整个人为之凝结。他眼里展现出来的决心、力量和信念，不知为何让他想到亚拉侬。这双眼看进他的内心，渗进他的灵魂，让他不由得臣服。他从未在其他人脸上看过这种表情，就算是公认的天生领袖巴力诺也没有。精灵王的眼睛就跟德鲁伊一样摄人心魄。弗利克马上低头看着盘子上的食物，停顿了一会儿思考下一步该怎么做，接着机械化地把一小块还温热的肉用叉子叉好。他所处的帐篷一角光线并不明亮，再加上里头烟雾弥漫，多少掩饰了他的行动。他确信只有地精一直盯着他看，但是任何差池都会让他们注意到他。

他慢慢扬起头，直到火炬的光线能让俘虏看清楚他的脸。精灵面无表情的脸上闪过强烈的好奇心，一边的眉毛挑得老高。弗利克马上缩拢嘴唇，警告对方保持安静，再次低头看着食物。伊凡丁没有办法自己进食，因此谷地人一边喂他，一边想着下一步计划。现在精灵王已经知道他不是地精，但弗利克担心即使他低声跟精灵说话也会被听到。他突然想起骷髅使者就在挂毯后面，也许只有几寸之遥，说不定还有顺风耳……但是他没有其他选择，他必须在离开前想办法跟俘虏沟通，机会稍纵即逝。鼓起仅存的勇气，他借着举起叉子的时机往前倾身，小心翼翼地拿捏跟巨人与伊凡丁之间的距离。

“亚拉侬。”

声音小到不能再小。伊凡丁吃下食物，微微点个头作为响应，一脸冷漠无情。弗利克已经仁至义尽，在好运用完前，该是离开的时候了。

拿着还剩一半食物的盘子，他缓缓转身，走向一脸不屑又急躁等着他的地精厨师。经过巨人首领时，他们甚至连头都没抬，埋首吃着他们的晚餐，间或的谈话声低沉而严肃。弗利克在经过地精身边时把盘子交给他，双唇嚅动着吐出一些含混的话，然后趁他还没反应过来前，快速离开帐篷，从门口两名巨人卫兵中间出去。等到他已经远离后，地精这才出现在大帐门口，对着他大喊一堆他听不懂的话。谷地人转过身，很快地跟他挥挥手，脸上浮现出一抹满意的微笑，旋即消失在黑暗里。

天一破晓，北方大军开始朝着卡拉洪前进。弗利克没有在约定的时间内离开敌营。亚拉侬心情沉重地从孤绝的龙牙山脉静静地看着一切，而他担心的人被迫持续伪装。清晨的大雨差点让谷地人逃亡的希望破灭，因为雨水可能会冲掉他脸上的黄色颜料，但是大白天根本无法逃跑，因此他用斗篷外套把自己包得密不透风，并试着保持低调。没多久他已经全身湿透，不过让他喜出望外的是，皮肤上的黄色颜料并未消失，虽然有点掉色了，但所有人都在拔营出击的兴奋当中，根本没有人注意到他。事实上，是因为天气实在太糟，让弗利克免于被揭穿的厄运，若是天气晴好，大家精神饱满，会更乐于相互客套寒暄。如果是好天气的话，根本不需要穿斗篷，一直裹着斗篷的弗利克肯定会招来异样的眼光，一旦他脱掉斗篷，北方人一眼就会看穿他的伪装，明亮的阳光会暴露出他那一点都不像地精的面部骨骼结构以及其他特征。大雨和强风救了他一命，让他得以混在挥军卡拉洪的北方部队之中不被发现。

直到那天结束天气也没有转好，且坏天气一连持续了好几天。暴雨云一直凝结在天地之间，灰色黑色的云朵成团成块地翻涌着。雨一直没停过，时而被西风无情推动着如瓢泼般倾泻，时而雨丝阴沉沉地滴落，给人以风暴快要过去的假象。冷冽的空气更让浑身已经被雨淋湿的军队簌簌发抖，痛苦难耐。

同样已经全身湿透的弗利克一直跟着大军行进，虽然大雨让他叫苦不迭，但却也让他可以不受瞩目地前行。他特别注意避免长时间跟特定团体一起行动，必须保持距离，躲开需要对话的场合。还好北方大军规模够大，使他能够避免两次碰上同一个人，而行进时大军并没有强调行军纪律，使他的伪装更为可信。有可能是因为行军纪律本就十分松懈，又或者是高级军官无需维持秩序是所有士兵根深蒂固的想法。后一个想法根本无法让弗利克信服，因此他得出了结论，一定是无所不在的骷髅使者以及他们神秘的主人，使得地精和巨人们都不敢轻举妄动。无论如何，小谷地人计划一直伪装成大军的一员，拖延时间直至傍晚，然后再寻找机会回到亚拉侬身边。

午后时分，军队抵达暴涨的上摩米顿河边，和岛城肯恩遥遥相望。指挥官一看到倾盆雨势，立刻决定再次扎营，不要涉险过河，而且他们也需要大型木筏载运士兵。现下他们没有任何船只，得要好几天的时间打造，届时暴风雨也将过去，摩米顿河的水位下降后会更容易渡河。当曼尼安·利亚还熟睡在雪若·雷文洛克家里时，对岸肯恩市的人民已经因看到北方大军而陷入惊慌。敌军不会绕过肯恩直接朝着主要目标泰尔西斯而去。不管是从城市大小还是军队规模来看，肯恩迟早会被拿下，现在只是幸运的大雨和暴涨的河水延缓了它的降临。

弗利克完全不知道这些事，一心只想着如何逃跑。暴风雨在几小时内可能会减弱，这对位处敌军中心的他非常不利。更糟糕的是，入侵南境已经付诸行动，随时都有可能跟卡拉洪的边境军团正面交锋，乔装成地精的他会不会被迫对自己人拔剑相向？

自从第一次在穴地谷遇见亚拉侬以来，弗利克已经脱胎换骨，现在的他，坚强、成熟、有自信，他从未想过自己也可以成为这样的人。但是过去的二十四小时，他已经通过一项连沙场老将韩戴尔可能都会害怕的重大考验，证明了他的勇气与毅力。这个初出茅庐、单纯脆弱的小谷地人，可以感觉到自己在极端压力下已经濒临崩溃边缘，随着他的一举一动而来的恐惧与疑惑差点让他彻底屈服。

谢伊是他决定踏上前往帕瑞诺的冒险旅程的原因，但他对那个悲观多疑的弗利克的影响不止于此。现在谢伊已经失踪许久，他们也并不清楚他是死是活，但始终没有放弃寻找谢伊。一直坚信他们会找到谢伊的弗利克，内心是前所未有的孤独。他身在一个全然陌生的地域，卷入一场与灵界生物斗智斗勇的冒险，现在更是孤立无援地待在规模庞大的北方大军中，身旁全都是他的敌人，当他们发现他的身份时将会毫不犹豫地干掉他。形势危急，令人难以应对，他甚至开始怀疑他所做之事是否有意义。

当其他人驻扎在摩米顿河边时，担惊受怕的谷地人不安地穿越营区，拼命想抓住逐渐流逝的决心。大雨还是下个不停，来往的人们最后只看得见模糊的身影，四周一片凄冷，而这样的天气更是不可能生火，因此到了傍晚还是黑暗无光，大家彼此都看不到脸。当弗利克在营区附近走动时，他暗自记下主帅营的安排、地精和巨人守卫的部署，以及哨兵的配置，心想这些信息可能有助于亚拉侬救出精灵王。

他很快就找到巨人领袖麦丘伦以及他的俘虏所在的那顶大帐，但是它就跟其他帐篷一样又冷又暗，被雨雾罩着。现在完全无法得知伊凡丁是否还在里面，或是被移到其他帐篷，又或是根本没有跟着大军南行。帐篷入口还是有两名巨人卫兵，也看不出里面有什么动静。弗利克观察了好一会儿后，就悄悄溜走了。

等到夜晚来临，地精和巨人们都开始昏昏欲睡，谷地人决定执行他的脱逃计划。他不知道在哪里可以找到亚拉侬，只能猜测德鲁伊追着大军一起南下。但在这样大雨的夜里，要找到他根本是不可能的任务，因此最好的方法就是找个地方躲起来，等到天亮再想办法找他。他悄悄地往营区东边移动，小心翼翼地跨过半梦半醒的士兵，绕过他们的装备和铠甲，牢牢抓紧已然湿透了的斗篷。

在这种天气，他甚至不用伪装就可以穿过整个军营。加上夜色的掩护，以及淅淅沥沥的雨势渐小，草地上升腾起来的薄雾，两者完全遮蔽了视线，使得人们只能看到眼前几尺远处。虽然没有刻意，弗利克此时却想到了谢伊。找到谢伊是他决定夜探军营的主要原因。但是关于谢伊的行踪却一无所获，已经做好最坏打算的他也还是自由之身。如果他现在能够逃出去找到亚拉侬，他们可以想办法救出被囚的精灵王以及……

谷地人突然停下来，蹲在一堆用帆布盖住的装备边。就算他真的找到德鲁伊，他们要怎么帮伊凡丁？去找人在泰尔西斯的巴力诺得要耗掉不少时间，而在他们想办法救伊凡丁时，谢伊又会怎样？既然他们已经失去了沙娜拉之剑，对南境而言精灵王肯定比他弟弟更重要。伊凡丁会不会知道些什么关于谢伊的事？他会不会知道谢伊在哪里，甚至连沙娜拉之剑在哪里都知道？

他疲倦的脑子开始涌现各种可能性。他必须找到谢伊，此刻没有什么比这件事更重要。自从曼尼安前去卡拉洪示警后，身边已经没有人可以帮他，就连亚拉侬也鞭长莫及。不过伊凡丁可能知道谢伊在哪里，只有他能够为这个可能性做些什么。

在夜晚寒风中兀自颤抖，他把脸上的雨水抹去，不可置信地望进浓雾里。他怎么会想到回去那里？现在的他已经身心俱疲，不想再做冒险。但是现在有天时地利，黑暗与浓雾掩盖了行踪，此时不冒险更待何时！疯了，他想他一定是是疯了。如果他再回去那里，如果他想一个人救出伊凡丁……他将必死无疑。

然而他也下定决心，这就是他想要做的事。他真正关心的人只有谢伊，而精灵王似乎是唯一知道他失踪的弟弟发生了什么事的人。他独自一人撑了这么久，过去二十四小时以来他一直胆战心惊地混在敌营里，不但进了巨人首领的帐篷，还想办法传递讯息给精灵王。也许这一切都是误打误撞，只是奇迹降临且转瞬即逝，但他就要这样徒劳无功地离开了吗？他嘲笑自己蠢蠢欲动的英雄感，以前的他总是成功忽略那种让人难以抗拒的挑战，现在他却落入它的圈套，待会儿就能证明他是自寻死路。尽管又冷又累，心力交瘁的他还是决定赌上最后一把。他一脸嫌恶地想到不知道曼尼安看到会怎么笑他，但同时却又希望狂野的高地人能够在这里，把勇气借给他。但是曼尼安不在这里，而且时间不断流逝……

接下来，在自己都还没意会过来前，他已经原路折返，穿过熟睡的人群和翻腾的浓雾，在距离麦丘伦大帐只有几码的地方蹲下来，屏气凝神观察他的目标。雾气和汗水不断从他的脸上滴下，懊悔和怀疑却不断涌上心头。黑魔君麾下的怪物不久前还在里面，那个浑身漆黑的死灵将会不假思索地毁灭弗利克。它可能还在里面，精神抖擞地提防着任何想要解救伊凡丁的行动。而更糟的是，精灵王可能早被移监，到任何地方……

弗利克强迫自己别再想，深呼吸让自己镇定下来。前方的帆布帐篷在黑暗的雾里不过是模糊的影子，就连门前的巨人守卫也看不清楚。结束观察后他鼓起勇气，一只手伸进斗篷，抽出他藏在湿衣服里唯一的武器，然后在心里先标记出他认为前一晚他喂伊凡丁吃饭的地方，便蹑手蹑脚地往前。

弗利克低伏着贴近潮湿的外帐，竖耳倾听里头的声音。他在大雾和黑暗里一动不动至少十五分钟，只隐约听到北方人沉重的呼吸声和间歇性传来的打呼声。他曾经考虑要从前门溜进去，但随即又打消了这个念头，因为这样还得在黑暗中花一番力气绕过熟睡的巨人才能找到伊凡丁。因此他选择了记忆中分隔空间的挂毯所在的位置，精灵王就被绑在角落边的椅子上。然后，慢慢地，他把短猎刀的刀尖刺进防雨帆布，往下割开，一次只割一股，一次只割一寸。

他完全不记得三英尺的切口花了他多少时间，只觉得怎么割也割不完，担心任何一点声音会把帐篷内的所有人都吵醒。但是当时间一分一秒过去，他开始觉得偌大的营区里只有他一个人似的。没有人接近他，或者至少他没有看到有人经过，也没有听到有人出声。也许在那段难熬的时间里，他真的是孤身一人在世上。

然后，帆布上出现一个长形的垂直裂口，邀请他入内。他小心翼翼地往前，把手伸进裂口里摸索道路。他的手只感受到了帆布铺着的地面，虽然是干燥的，但就跟他所跪着的潮湿地面一样冰冷。他把头也伸进裂口后，戒慎恐惧地盯着黑暗中鼾声四起的室内。他一边等待眼睛适应帐篷内的光线，一边调息，却也担心暴露在帐篷外的下半身随时可能被经过的人发现。

他的眼睛久久不能适应黑暗，都到了这个地步，他不能在此功亏一篑，因此等不及看清黑暗，他冒险往前挪了一尺，让全身都进入帐篷。里头沉重的呼吸声和打鼾声依旧，还偶有翻身的声音，还好没有人醒来。弗利克继续保持着伏地的姿势，他疯狂地辨识着屋里的人影、桌子以及障碍物。好不容易等到终于能够看清一个个紧紧裹着毛毯睡在地上的人时，他才惊觉某个熟睡的士兵竟然近在咫尺。如果他在眼睛适应黑暗之前再冒险往前一步的话，肯定就会爬到那个士兵身上，让他惊醒。一股恐惧感顿时袭来，他努力压抑住内心不断传出的要他逃跑的声音。他甚至能够感受到冷汗顺着被雨水打湿的衣服直往下流，本来就不自然的呼吸也更为急促。此时他的所有感官全部放大，心理也濒临崩溃边缘。但接下来，他再也感受不到这些张力，他的脑海里只记得巨人和他搜寻的目标——伊凡丁。弗利克马上就锁定他的位置，精瘦的精灵王没有坐在木椅上，而是躺在距离谷地人只有几尺远的地上，睁着深邃的眼睛看着这一切。弗利克选择的切入点是正确的，他像猫一样靠近国王身边，用狩猎短刀快速割断绑住他手脚的绳索。

精灵获释后，两人立刻往出口移动。伊凡丁停了一会儿，从某个熟睡的巨人身边拿了某个东西，弗利克没等看清他拿了什么，就迫不及待先钻出帐篷，然后马上蹲在帐篷边，环顾四周有无动静，但还是只有毛毛细雨打破黑夜的宁静。几秒钟过后，精灵王也从里头出来，弓着背站在他的救命恩人身边。他拿了一件晴雨两用的斗篷和一把剑。穿好斗篷后，他朝着害怕却开心的弗利克一笑，然后温暖地握住他的手，一切感谢之意尽在不言中。谷地人点点头，满心欢喜地报以微笑。

弗利克·欧姆斯福德从虎口里救出了伊凡丁·艾力山铎，此时是他最美好的一刻。他觉得最坏的情况已经过去，只要和重获自由的精灵王一起逃出麦丘伦的帐篷，接下来逃出营区就难不倒他们了。他甚至没有透过裂口再往帐篷内望一眼。现在正是走向未来的大好时机，然而此时两人却在暗处僵住，逃跑的时机看来已经溜掉了。

不知道从哪里出现三个全副武装的巨人哨兵，一眼就看到蹲在麦丘伦帐篷旁的两人，所有人都愣住了。伊凡丁缓缓起身，直接站在帆布破口前，而更让弗利克惊讶的是，机智过人的精灵王招手叫三人过来，用流利的巨人语言跟他们讲话。哨兵犹疑地靠近，但听到熟悉的母语让他们卸下心防，长矛也垂了下来。伊凡丁站到一边露出裂缝，在毫无戒心的巨人朝他们过来时，向弗利克点头示警。害怕的弗利克退到一旁，紧紧握着藏在斗篷里的狩猎短刀。当三人接近，目光持续锁定在裂开的帆布上时，精灵王以迅雷不及掩耳之势发动突袭。其中两个巨人根本来不及反应就封喉见血，最后一个哨兵放声求救并和伊凡丁激烈对砍，结果砍中精灵的肩膀，但随后他也惨遭毙命，四周再度陷入沉静。弗利克站在帐篷边，脸色发白地盯着死去的巨人。受伤的精灵王徒劳地想要止住肩膀伤口上的出血，然后他们听到附近有声音传来。

“哪个方向？”伊凡丁低声说道，没有受伤的那只手紧紧握着血迹斑斑的剑。

小谷地人不发一语，快步跑到精灵身边，用手指了指后面。现在声音愈来愈大，而且听起来不只从一个方向过来。两个逃亡者无声地快速离开帐篷，在大雾弥漫的夜里蹒跚前行。他们在大雾笼罩的营帐间穿来穿去，被水淹没的草地丝毫没有留下他们的痕迹，黑暗与大雾也遮住了他们的踪影，他们远远超过了追踪者。然后声音渐渐落在后头，愈来愈小，直到他们发现哨兵尸体时才又拉起警报。号角声随之响起，叫起熟睡的北方大军，士兵立刻起身准备应战。

领头的弗利克拼命想记起到营区边缘最快的途径，但现在几乎是埋着头在跑，恐惧压过了理智，唯一的念头是赶快逃离这个可憎的地方。血流不止的精灵王忍痛极力跟上营救他的人，意识到弗利克心态的转变，伊凡丁徒然地在后面叫着他，想警告他小心一点。

但话才出口，他们就一头撞到一群酒醉的士兵身上。刚被号角叫醒的士兵也措手不及，双方人马全都吓了一跳，手脚交缠，倒成一团。混乱中，弗利克感觉到他的狩猎外套被看不见的双手和双脚扯开，拼了命地用狩猎短刀反击任何想要靠近他的人。痛苦的哀号声和暴躁的怒吼声随之响起，拉扯他的手脚也马上缩回，弗利克一跃而起，随即又遭到攻击倒下。他瞥见剑光一闪，举起短刀挡住从他头顶扫来的这一击。一时间，双方陷入大混战，弗利克拼命滚动挣扎，倒地后又爬起，硬是冲出一条生路，全身伤痕累累的他，大声呼唤伊凡丁。

他没料到的是，当他跌进那一群毫无防备的北方大兵之中时，他们被拼命挥舞着狩猎短刀的他吓个正着，只想制住他，夺走他的武器，但是谷地人挣扎得太厉害，让他们莫可奈何。伊凡丁立刻冲去支持他，一番激战后总算让攻击者抱头鼠窜。击退最后一个顽抗者——一个体型较大、与弗利克肉搏的地精后，精灵王一把抓起弗利克，让他站起身来。衣领被拽住的谷地人挣扎了一会儿，意识到是谁后立刻松懈下来，心脏狂跳不止。震耳欲聋的号角声和此起彼落的呼叫声，让谷地人头脑乱成一团，想听却听不清楚伊凡丁在说些什么。

“……找出最近的路出去。不要跑，稳稳地走，不要急。跑步反而会让大家注意到我们。现在赶快走！”

伊凡丁抓住他的肩膀，将他转过来对着他如是说道。精灵王严厉的眼神令人望而生畏，谷地人不敢多看。两人手持武器，肩并肩一起往营区边缘方向前进。弗利克现在头脑清醒多了，模糊中看到营区中的地标，确认他们的方向正确无误。他已经将恐惧感抛诸脑后，取而代之的，是他身边强而有力的存在所带给他的决心。精灵王就跟亚拉侬一样，浑身散发出无比的自信。

好几十个士兵跟他们擦身而过，有些只跟他们相隔数尺，但却没有人要他们停下来，或是跟他们说话。两人平安无事地远离他们引起的骚乱，往营区周边巡守的哨兵方向前进。营区内的嘈杂纷乱仍在继续，尽管它们与逃亡者一点点地拉开了距离。现在雨暂时停了，但是浓雾挥之不去，从史翠里汉平原到摩米顿河之间，到处都是白茫茫的一片。弗利克看了一眼身边沉默不语的同伴，发现他痛到微微弯着身子，左手臂软绵绵地垂着，被刺伤的地方鲜血直流。英勇的精灵因为失血过多，脸色发白，体力严重透支。弗利克不自觉地放慢速度，走近他的同伴，以防他不支倒地。

他们在消息还没从主帅营传到岗哨前就快速抵达边界，但是号角声仍让他们进入警戒状态。他们成群结队，紧握武器站在军营边缘。但讽刺的是，他们以为危险来自外围，因此视线死守着营区外的动静，这也让伊凡丁和弗利克两人有机可乘。精灵王轻松自若地从两个岗哨间走过，相信黑夜和大雾仍能保护他们不被发现。

时间紧迫。不消几分钟，整个营区都将动员起来准备应战，他们一发现他逃了，肯定会派出追兵。如果他能够往南到肯恩，或是反方向往北去龙牙山脉，或是往东向森林跑，他就能找到安全的地方。不管是哪个选项，都要花上好几个小时的时间，而他的体力也已大量流失。但就算被发现的风险极高，他也不能在这里停下来。

两人大胆地从两支巡守哨兵中间穿过，目视前方，朝着草原而去，果然成功突围。但突然间有几名哨兵看到他们，并大喊出声。伊凡丁微微转过身，用没有受伤的那只手和他们打招呼，用巨人语回复他们，并继续稳步向黑暗里前进。弗利克忐忑地跟着。后面的哨兵一直举棋不定地盯着他们看，然后有一人突然大声呼叫并往他们的方向过来，挥手要他们回来。此时伊凡丁放声要弗利克快跑，将近二十名守卫挥舞着长矛高声呐喊，拔腿便追，一场追逐战就此展开。

打从一开始，这就是场不公平的竞赛。伊凡丁和弗利克两人体型都相对轻盈，在正常状态下肯定能够轻易甩掉追兵。但此时精灵身受重伤，因为大量失血而体力衰弱，小谷地人更是因为过去两天的磨难，身心俱疲，而追捕他们的人个个身强体壮、精力充沛。弗利克知道他们唯一的希望就是在暗夜的雾里赶快找个藏身的地方，希望敌人找不到他们。他们重重地喘着气，拖着疲惫的身躯吃力地大步前行，体力已经到了极限。因为周围厚重的浓雾以及脚下掠过的草地，他们的视线一片模糊。直到他们觉得自己再也跑不动了，眼前也没有出现一座山、一片森林，他们无处可藏。

在他们前方的黑暗中突然闪现出一支矛，刺中伊凡丁的斗篷，将他钉在地上。一定是外围的哨兵，弗利克惊恐地想道——他竟然忘了还有他们！有个模糊的身影从雾中奔向倒地的精灵，重伤的国王用尽最后一丝气力滚向一旁，剑身正好掠过他的头刺入土里，但他也同时举起武器反手一击。来人倒抽一口气，被剑刺中。

弗利克站在原地，四处搜寻还有没有其他攻击者。看来这只是落单的哨兵。他急忙跑到同伴身边，拔出长矛，使劲将精疲力尽的精灵拉起来。但伊凡丁走了几步后就不支倒地，谷地人害怕地跪下来，希望把他摇醒。

“不，不！到此为止……”最后他用嘶哑的嗓音响应，“我再也走不动了……”

后方追兵的声音愈来愈近。弗利克再次试着将精灵王瘫软的身躯拉起来，但这次全无反应。无助的谷地人望向漆黑的四周，紧握着狩猎短刀。就这么结束了。他冲着黑夜和迷雾绝望地大喊。

“亚拉依！亚拉依！”

他的呼喊消逝在黑夜里。此时蒙蒙细雨再次缓缓飘落，已经浸润了的土壤吸不了更多的水，开始形成水洼和泥沼。尽管很难判断现在的时辰，但估计不到一个小时就要天亮了。弗利克默默地蹲在昏迷不醒的精灵王身边，听着人群的声音愈来愈靠近他们。虽然他们还未看到他，但那声音就像是在嘲笑他白费力气似的。他冒死救出了伊凡丁，但还是不知道失踪的谢伊到底怎么样了。他的左手边突然出现叫声，地精还是发现他了！心一横，他起身面对敌人。

但下一瞬间，他与敌人之间突然迸发出刺眼的强光，惊人的威力将弗利克震倒在地，让他短暂地晕眩和失明。一大串火星和燃烧着的草在他四周降落，接连不断的爆炸声让大地为之撼动。霎时，北方大兵的身影全部被火光吞没，消失不见。噼啪作响的火焰就像大型火柱，穿越迷雾和黑暗，直冲天际。这应该就是世界末日了吧。弗利克眯着眼望着眼前不可思议的景象，心里想道。火墙持续延烧，大地为之焦黑，就连空气也变得灼热，熨烫着弗利克的皮肤。然后绚烂归于平淡，火光一闪，化为烟幕和水汽，渐渐交融在浓雾和雨水里，只留下空气中的热气缓缓飘荡。

弗利克单膝起身，充满戒心地盯着眼前，然后像是感觉到有人接近他似的猛然转身。翻腾的雾里出现一个黑影，飘动的斗篷往外翻扬，仿佛死神前来索命般震慑人心。弗利克惧怕地看着他，当高大的身影从他眼前经过时，他才认出那是谁。黑暗的浪人终于还是来了。那是亚拉依。

28

破晓的晨光穿透乌云密布的夜空，最后一批从肯恩城逃难的市民穿过外城墙抵达泰尔西斯。席卷卡拉洪数日的风暴已经过去，潮湿浓重的迷雾也随之散去。草地吸饱了雨露，积蓄出一个个小水潭。连绵不断的阴雨被风和日丽、万里无云所取代。肯恩市民在数小时内带着一身疲惫和对未来的惶恐，陆续涌入泰尔西斯。他们的家园已被毁灭，有些人甚至不知道北方军营遭受突然袭击后，他们愤而将整座城市付之一炬。

这场奇迹般的撤退行动可以说是空前成功，虽然家没了，但是无人伤亡，他们的安全也暂时得到了保障。北方大军没有料到肯恩的大逃亡，他们的注意力全都被边境军团突袭大本营吸引住了，即使连最边远的前哨都被误导，以为边境军团大军压境。当他们发觉这是调虎离山之计后，岛上市民已经乘船顺着摩米顿河离开，北方大军鞭长莫及。

曼尼安·利亚是最后一批入城的人员之一，他全身伤痕累累，脚上的伤口因为从摩米顿河跋涉十里到泰尔西斯而再度裂开。但是他拒绝让人背着他，用尽最后一分力量强撑着攀爬通往外围墙的陡坡，一边依靠着连睡觉都不愿离开他身边的雪若，另一边则被同样疲乏的亚努斯·山培搀扶着。

年轻的边境军团指挥官在那一场激烈的夜战中大难不死，和曼尼安、雪若搭乘同一艘船离开四面楚歌的肯恩。一起出生入死，让他们的关系变得更加紧密。搭船南下的途中，他们开诚布公地说到边境军团遭到解散一事，两人一致认为，如果泰尔西斯要挡住北方大军那种规模的攻击，就一定需要边境军团。此外，唯有行踪不明的巴力诺才懂得作战的兵法谋略，拥有领导他们的统御能力。他们必须赶快找到王子，恢复他的指挥权，即使他弟弟会像反对重新组建被他遣散的传奇战力一样反对这件事。虽然高地人跟边境军团指挥官猜想巴力诺可能在几天前进入泰尔西斯时遭到他弟弟的逮捕，但他们现在还不知道要重组边境军团、恢复巴力诺的兵权这个任务有多困难。不过他们绝不会让肯恩灭城的噩梦在泰尔西斯重演。这一次，他们会挺身迎战。

进了城门后，穿着黑衣的皇家侍卫立刻向他们传达国王诚挚的欢迎，并坚持要他们即刻进宫。当亚努斯提到他听说国王重病在床时，小队长迅速但迟疑地补上一句，说国王的位置由他的儿子帕兰斯暂代。曼尼安再也高兴不起来了，只想赶紧进入皇宫一探究竟。他忘记了满身的疲惫与疼痛，即使他的伙伴还站在他身旁搀扶着他。小队长示意靠近内城墙的守卫，一辆华丽的四轮马车随即驶近，载送他们前往皇宫。曼尼安和雪若乘上了马车，但山努斯拒绝陪同他们进宫，表示想先看看他的士兵们在闲置的边境军团营区过得怎么样，并保证随后就会去找他们。

当马车驶离，年轻的指挥官表情严肃地向曼尼安敬礼，然后在范德兹和几名军官的陪同下，大步朝着军团营房前进。坐在马车里的曼尼安虚弱地微微一笑，并紧紧握住雪若的手。

马车穿过内城墙的大门，缓缓驶入人声鼎沸的泰尔西斯大道。泰尔西斯的人们起了个大早，急着欢迎长途跋涉的友邦人民，并为他们提供食物与住宿。街道上满是焦心忧虑的人们，当皇家侍卫所护送的马车经过时，大家全都停止交谈，好奇地盯着马车猛瞧。少数人认出马车里的红发女孩，震惊地指着她或是向她挥手。曼尼安坐在她身旁，再次感受到受伤的脚掌传来的阵痛，暗自庆幸无需步行。

城市的风景建筑在他们身边闪过，街道上挤满了各个年龄段的男女，吵吵嚷嚷地往某一方向涌去。高地人深吸了一口气，舒适地仰坐在垫子上，依然紧握着雪若的手，他闭上双眼，梳理脑中的一团乱麻，鼎沸的人声成为抚慰他悄然入睡的摇篮曲。

一双手温柔地将他摇醒，当他睁开眼时，马车已经驶上连接公园与皇宫的森狄克大桥上。曼尼安充满赞赏地俯视桥底沐浴在阳光下的公园，但见树型整齐，花草扶疏。一切看起来是那么祥和温暖，仿佛并不属于这个纷扰的人世。

连接着皇宫的桥头城门已经开启。曼尼安不可思议地凝视前方。身穿黑色制服、戴着猎鹰佩章的皇家侍卫全部立正，夹道欢迎。队伍尽头小号响起，宣告贵客驾到。高地人大感诧异，他们所接受的是只有四境领袖才能享有的正式欢迎礼仪。南境少数几个君权国家都恪守祖制，全军礼的破格欢迎盛况显示帕兰斯·巴克哈纳不但不重视他们现在的处境，还亵渎了几个世纪沿袭下来的传统。

“他一定是疯了，绝对是疯了！”南方人气愤填膺，“他以为这是什么？我们现在遭到敌军围攻，他还把军队搞成时装表演！”

“曼尼安，跟他说话时小心你的用词。如果我们要帮助巴力诺，就必须有耐心。”雪若抓着他的肩膀，微笑着警告他，“同时也要记得他爱我，即使这点是受了旁人的误导。他曾经是个好人，而且他仍是巴力诺的弟弟。”

虽然很火大，但是曼尼安明白雪若是对的。表现出他对这个愚蠢的大阵仗欢迎仪式很气愤，对他们一点好处也没有，雪若建议他在巴力诺获释之前，先顺着王子的意。曼尼安默默坐回去，马车缓缓进入皇宫大门，国王的私人护卫列队欢迎，嘹亮的小号声持续从四面八方响起，中庭的骑兵队动作整齐，人马合一，显得十分娴熟自如。接下来，马车平缓地停下来，卡拉洪的新统治者出现在马车边，既紧张又兴奋地微笑着。

“雪若，雪若，我以为我再也见不到你了！”他走近门边，帮助纤细的女孩从车厢里出来，紧紧拥抱她一会儿后，又退了一步仔细打量着她，“我……我真的以为我失去你了。”

内心的火开始燃起，曼尼安面无表情地自行从车厢里出来，站到他们身边，帕兰斯转过来欢迎他时，曼尼安对他报以微微一笑。

“利亚王子，我的王国真心欢迎你，”高大的帕兰斯握住高地人的手，“你帮了我……一个大忙。从此以后，我的东西就等于是你的。我们应该能够成为好朋友，你跟我！好朋友！已经……好久没有……”

他突然打住，专注地看着高地人，兀自陷入沉思。他的谈话变得呆板而紧张，仿佛不确定自己在说什么似的。如果他不是彻底疯了，曼尼安心想，也肯定病得很严重。

“我很高兴来到泰尔西斯，”他应道，“虽然我希望所有相关人等的处境更为乐观。”

“你说的想必是我哥哥，对吧？”他满脸通红，问句脱口而出，仿佛又醒过来似的。曼尼安惊讶地看了他一会儿。

“帕兰斯，他指的是北方人入侵，肯恩被大火吞没了。”雪若马上插话。

“是啊……肯恩……”统治者的声音又变小了，这次紧张地看着四周，像是有人不见了一样。曼尼安环顾一圈，原来是神秘学家史坦明竟然缺席。雪若跟亚努斯都跟他说过，王子所到之处必有他随行提供咨询。他马上就感觉到雪若警惕的眼神。

“出了什么差错吗，陛下？”曼尼安的正式称呼马上就引起他的注意，然后帕兰斯就像是个随时准备伸出援手的朋友般立刻报以微笑。他的伎俩收到了意外的效果。

“只有你能够帮助我……还有这个国家，曼尼安·利亚。我哥哥想要称王，他会杀了我，我的幕僚史坦明让我免于遭受此难——但现在还有其他敌人……到处都是！你跟我必须成为朋友，我们必须并肩对抗企图夺走王位、伤害你带回我身边的这可爱女人之人。我……我不能跟史坦明说……像朋友那样跟他吐露。但是你，我可以跟你说！”

他像个孩子般，急切地望着惊讶莫名的曼尼安，等着他的回答。高地人突然对洛尔·巴克哈纳这个儿子感到怜惜，他真心希望能够帮助这个不幸的男人。他哀伤地笑着，点头表示同意。

“我就知道你会站在我这边！”帕兰斯兴奋地大叫，开心地大笑，“我们都是皇室血脉，这让我们紧密相连。我们应该成为好朋友，曼尼安，但现在……你得先去休息。”

他似乎突然想起他的卫兵们仍保持列队的阵型，耐心地等待他下令解散。卡拉洪新任统治者大手一挥，向他私人护卫队的指挥官点个头，便带着两名客人往巴克哈纳家去。三人进入古老的宅院，数名仆人等在一旁，准备护送客人到他们的房间去。主人又停了一会儿，倾身跟他的客人说起悄悄话。

“我哥哥被关在我们下方的地牢，但你们不必害怕……”他意味深长地看着他们，快速扫过等在一旁的仆人，“他朋友遍天下，我想你们应该也知道。”

曼尼安和雪若双双点头，这正是他们所期待的信息。

“他不会逃出地牢吧？”曼尼安追问道。

“他跟他的朋友们昨晚曾试过……”帕兰斯志得意满地笑着，“但是被我们逮个正着……永远关在地牢里。史坦明现在就在那里……你一定要见见他……”

话未说完，他就挺起身来，召唤了几个仆人到他身边，泰然自若地指挥仆人护送他的朋友到各自房间，好让他们在跟他一起吃早餐前能够先沐浴更衣。事实上天才刚亮不久，肯恩难民从前一晚逃难开始就没有进食，而曼尼安草草包扎的伤口还需要接受医疗，御用医师也已经在一旁待命，准备帮他换药。他很需要休息，但这事可以暂缓。一行人沿着走廊离开，突然有个惊慌的声音叫住雪若，卡拉洪新任统治者迟疑地靠近美丽的女孩，最后终于来到她面前并快速抱住她。曼尼安别过头，但他们之间的谈话还是听得一清二楚。

“不许再离开我，雪若……”虽然软语呢喃，但这是个命令，而非请求，“你的新家就在泰尔西斯，以我的妻子的身份。”

接下来是一阵沉默。

“帕兰斯，我想我们……”雪若的声音颤抖着，试着要作出解释。

“不，什么也别说，现在不需要讨论……”帕兰斯打断她的话，“晚点……等我们独处，等你休息后……那时再说。你知道我爱你……我一直爱着你，而我知道你也爱着我。”

然后又是一片默然，接着雪若快步经过曼尼安身边，迫使仆人急忙跑到前头带领两位前往客房。高地人立刻跟上，跟女孩并肩同行，因为主人在后面默默地目送他们离开，因此他不敢越雷池一步伸手去碰她。雪若一直低着头，红色的长发遮着脸，古铜色的双手紧紧交握在胸前。

在仆人带他们到西翼客房的路上，两人一直沉默不语，直到曼尼安让医生帮他重新上药包扎时，他们才暂时分开。四柱大床上摆放着干净的衣物，热水盆也已等候多时，但是心烦意乱的曼尼安完全不放在眼里，他快速溜出房间，穿过空旷的走廊，轻敲雪若房门后推门进入。当他关上沉重的木门时，雪若缓缓从床上起身，然后快速跑进他怀里，敞开双臂紧紧环抱着他。

两人深情相拥，不需言语，静静感受彼此的体温，享受二人间千丝万缕化不开的柔情。曼尼安温柔地抚摸着她一头秀丽的红发，轻轻将她漂亮的脸庞贴在他的胸膛上。她信赖他，这个念头如闪电般穿过他麻木的脑子。当她失去力量、失去勇气时，她直奔他而来，曼尼安恍悟原来他已经疯狂地爱上了她。

他们的爱怎会在此时降临——在他们的世界注定崩塌，死亡的阴影笼罩之时？过去几周曼尼安始终挣扎着求生，从一个困境走入另一个困境，与传说中的沙娜拉之剑和与黑魔君有关的事物做着斗争。在从库海文开始的那些可怕日子里，曼尼安时刻都在面对生死存亡的考验。过去他的生活一直漫无目标，但是跟谢伊的友谊，以及与帕瑞诺同伴们之间的交情，让他有了种踏实的感觉，让他开始相信尽管世界在变，有些事情却永远不变。然后，雪若·雷文洛克意外出现在他的生命里，过去几天他们所经历的一切已经将他们牢牢绑在一起。曼尼安闭上眼睛，将她抱得更紧。

帕兰斯至少还是有用的，他透露了巴力诺，也许还有其他人跟他一起被关在皇宫底下某处的地牢里。显然他们曾试图逃跑，但失败了。曼尼安下定决心，绝不能出任何差池。他低声和雪若讨论接下来该怎么走。如果帕兰斯坚持就近照顾雪若以确保她的安全，那么她的行动就会严格受限。更糟的是，王子一厢情愿地认为雪若真的爱他，痴心妄想跟她结婚。帕兰斯似乎已经濒临全然疯狂，目前他的神智状态极度不稳定，随时可能崩溃，万一这样的情况发生在巴力诺还是他的囚徒时……

曼尼安立刻警觉到现在不是猜想明天会发生什么事的时机，因为北方大军即将兵临城下，届时所有人都将无力回天。当务之急，必须马上救出巴力诺。亚努斯是曼尼安强大的盟友，但是皇宫由只效忠于统治者的黑衣侍卫戒护，当下显然是听命于帕兰斯。没有人知道数周不见的老国王怎么了，显然是重病卧床不便行动，不过这只是他儿子的片面之词，而他儿子只对神秘学家史坦明言听计从。

雪若曾经提过，她从未见过帕兰斯在没有顾问随侍在侧时一人独处。但从他们到这里后，就一直没有见到史坦明，似乎事有蹊跷，且众所周知，史坦明是王子背后真正大权在握之人。雪若的父亲在肯恩议会发言时曾经提到，邪恶的神秘学家似乎对洛尔·巴克哈纳的幼子有某种奇怪的支配力。但愿曼尼安在有限的时间和资源下能够找出那股神秘的力量，他确信那个神秘学家肯定是造成王子精神错乱的关键。现在时间紧迫，他必须在几乎一无所知的情况下尽力做到最好。

当他离开雪若重新回到自己房间准备沐浴更衣后，拯救巴力诺的计划已经在他心里成形。直到洗漱完毕、房门响起轻敲声时，他仍在完善计划的细节。匆忙穿上主人准备的礼服，他穿过房间打开房门，看到一位王宫侍者为他拿来利亚之剑。他谢过那位侍者后，将武器重重地扔在了床上，回想起到达王宫下了马车后，他就忘记将利亚之剑随身携带。在他整理装束时，他的思绪飘至这把饱经风霜的武器所见证的战斗。自从谢伊数周前出现在利亚后，他就历经艰险磨难，安逸的日子恍若隔世。

回忆的思绪暂时止住，然后他难过地想起失踪的朋友，脑子里转了千百回，猜测那小谷地人是否还活着。他责怪自己不应该留在泰尔西斯，谢伊仰赖他的保护，小谷地人显然是所托非人。曼尼安一再容许自己接受亚拉侬所下的指导棋，每一次他的良知都提醒他，遵从德鲁伊的命令有负于他的伙伴，他对自己罔顾他对谷地人的责任感到深恶痛绝。然而来到泰尔西斯是他的决定，除了谢伊之外，还有其他人也需要他……

越过宽敞的卧室，仍深陷思绪的他重重倒卧在柔软的大床上，伸出的手正好放在冰冷的剑上。曼尼安手指轻抚着剑，揣度他所面临的问题。雪若恐惧的面容不断在他脑海萦绕，她的眼睛与他对视。她对他来说非常重要；不管后果如何，他都无法丢下她去找谢伊。如果真的需要选择的话，这将是个痛苦的抉择，然而他的责任已经远超过这两人，还有巴力诺和与他一起被关押的同伴，最终还扩及卡拉洪所有人民。如果谢伊还活着的话，就由亚拉依和弗利克负责找出并营救失踪的谷地人，一切就仰仗他们了。身心俱疲的他意识逐渐朦胧。他们只能祈祷成功……祈祷并等待着。然后他就进入梦乡沉沉睡去。

没过多久，他一个激灵猛地醒来。不知是极细微的声音还是高度敏锐的第六感让他醒来，不管因为什么，再睡下去他可能连怎么死的都不知道。他躺在床上不动，耳里隐约听到从远方墙壁传来的刮削声，眼缝间看到挂毯有些微晃动，后方的石头似乎被往外推开，然后有个弓着背、罩着红色斗篷的身影悄无声息地出现在视线范围内。

虽然他的心脏狂跳不止，催促他从床上跳起来制住这个神秘的入侵者，但是曼尼安强迫自己继续保持呼吸平稳。那人悄悄地越过卧室地板，陌生的脸孔快速地环视房间四周，便转向呈大字型躺在床上的高地人。当入侵者把手伸进斗篷，拿出一把长匕首时，距离床边只剩几尺之遥。

曼尼安的手随意地放在利亚之剑上，但仍纹丝不动。直等到攻击者进入一码的范围内，将匕首举到腰部高度时，他便像猫一样展开攻击。他精瘦的身躯一跃而起，让入侵者大吃一惊，仍未出鞘的剑一把甩向对方毫无防备的脸，结结实实赏了对方一记火辣辣的巴掌。不速之客被打得晕头转向，防卫性地举起匕首。曼尼安再度出击，武器相撞，震得对方手指发麻，匕首落在地上。而他也不留余地，立刻扑向红衣人，用自身重量将不断挣扎的入侵者压倒在地，扭住对方的一只胳膊，同时用手掐住他的气管。

“说话，刺客！”曼尼安威吓地咆哮。

“不！不！等等，你弄错了……我不是敌人……拜托，我不能呼吸了……”

他的声音突然噎住，只能大口大口粗喘着气。高地人未曾松懈，冷酷的眼睛审视着对方的脸。他确定他没见过这个人。他的脸颊瘦长，还留有黑色的短胡，因为疼痛五官全皱在一起。不过他骨子里燃烧着浓烈的恨意，咬牙切齿气狠狠的模样全被曼尼安看在眼里，高地人本能地感觉这不是一场误会。曼尼安站到一边，把入侵者也揪起来，一只手仍然紧紧锁住他的脖子。

“那么，在我割掉你的舌头把你交给侍卫前，告诉我哪里弄错了。你只剩一分钟的时间！”

他松开对那人的钳制，将离开喉咙的手移向衣领，然后把剑扔到床上，捡起地上的匕首，警告他的攻击者别轻举妄动。

“这是个礼物，利亚王子……只是国王的一份礼物……”他的嗓子略略变了声音，极力想保持镇静，“国王想要表示他的谢意，我就……我就从另一个门过来，这样就不会打扰到您休息。”

他停下来像是在等待着什么似的，锐利的眼睛直视高地人。但他不是在等着看他的故事有没有人买账，倒像是期待曼尼安看到其他东西……利亚王子猛地将他拉向自己。

“这是我听过的最烂的故事！你是谁，刺客？”

对方的眼睛再度出现熊熊的恨意。

“我是史坦明，国王的私人顾问，”他现在似乎找回了他的理智，“我没有骗你，那把匕首是帕兰斯·巴克哈纳要求我带给你的礼物。我无意伤害你，如果你不相信，可以去找国王，直接问他！”

他言语中流露出来的自信让曼尼安认为，不管这个故事是真是假，帕兰斯都会肯定他顾问的说辞。现在他手里正抓着卡拉洪最危险的人，也是真正手握实权的地下国王，如果想要救出巴力诺，这个人就必须被消灭。他不了解为何这个人连见都没见过他就要攻击他，但结果显而易见，不管是现在放了他，还是带他去帕兰斯面前双方对质，高地人将会失去主动权，再次置自己的生命于险境之中。他粗鲁地将他扔进附近的一张椅子里，并命令他不准动。那人安静地坐着，眼睛漫无目的地环顾整个房间，双手紧张地抚弄自己的胡子。曼尼安心不在焉地看着他，脑子里仔细评估各种选项后马上决定，他不能再浪费时间等待救出朋友的时机，否则之后他将被剥夺决定权。

“站起来，神秘人，随便你喜欢怎么称呼自己！”邪恶的眼睛狠狠地瞪着他，火大的曼尼安猛地将他从椅子上拉起来，“我应该不假思索就解决掉你，那样卡拉洪人民会过得更好。但目前我需要你的帮助。带我去关押巴力诺和其他人的地牢，现在！”

提到巴力诺时，史坦明惊讶地双眼圆睁。

“你怎么会认识他……这个国家的叛徒？”神秘学家惊讶地大喊，“国王亲自下令把他哥哥关到死，利亚王子，就连我……”

他话才说到一半，曼尼安就粗暴地抓住他的喉咙，然后开始用力，史坦明的脸慢慢变紫。

“别找借口。我不想听见任何解释，只要带我去找他。”

曼尼安再度收紧钢铁般的手，逼得俘虏死命点头，乖乖就范，然后冷不防松手，奄奄一息的史坦明软趴趴地单膝跪下。高地人迅速脱下礼服，换上自己的衣服，系好剑，连同匕首也塞进腰带。他一度想到叫醒隔壁房间的雪若，但随即打消了这个念头，因为他的计划实在太危险了，没有必要把她拖下水。如果他成功救出他的朋友，还有足够的时间回来找她。他转身面对他的俘虏，抽出匕首让对方看到。

“如果你企图玩手段或是背叛我，你如此好意带来给我的礼物，我将原封不动还给你，”他用严厉无比的声音提出警告，“别想耍聪明，我们一离开这个房间，就去囚禁巴力诺和他朋友的牢房。别想通报侍卫，你的速度没那么快。如果你怀疑我说的话，那么下面这句话请听清楚了。我是亚拉侬派来的！”

史坦明一听到德鲁伊的名字，立刻惊恐地瞪大双眼，脸色顿时刷白，显然被曼尼安的话震慑住了，顺从地往门边移动。曼尼安跟在后方，随手将匕首放回腰带。现在时间紧迫，他必须在侍卫警戒起来前，赶快救出巴力诺等人并抓住失常的帕兰斯，然后迅速联系上还效忠于巴力诺的亚努斯，让他快速驰援，如此便可以不流一滴血就夺回政权。

如果边境军团能在北方大军动员南侵泰尔西斯之前重新组建并快速部署，也许有机会把入侵者挡在摩米顿河北岸。想要在对岸有铁卫镇守的情况下渡过暴涨的河流，可以说是个不可能的任务，敌军可能得花个几天想出其他的侧翼进攻战术，拖延的这段时间也够伊凡丁率军前来。曼尼安知道未来取决于接下来的几分钟。

两人小心翼翼地踏出房间。曼尼安快速扫视走廊两侧，寻找黑衣侍卫的踪迹，确认空无一人后，示意史坦明往前走。神秘学家不情愿地带领曼尼安沿着迂回的走廊深入皇宫后半部，小心翼翼地躲过有人的房间。他们两度跟侍卫擦身而过，史坦明都不吭一声地垂首前进。

透过城堡的网格窗户，曼尼安可以看到点缀了巴克哈纳王宫的花园，颜色缤纷的鲜花沐浴着阳光。上午已经过半，再过一会儿，来访者和贵胄们将会聚集在王宫中。曼尼安一直没有发现帕兰斯的身影，他暗暗地希望他有其他要务在身。

走过门厅时，四周出现各种声音。为数众多的仆人各自忙于自己的工作，当两人行经时，他们显然刻意忽视史坦明，暗示他们若非不喜欢，就是不信任这个神秘学家。没有人问他们为何在此。两人便一路直达通往地窖的入口。门口站着两个武装卫兵，门上还有个大型金属横杆紧紧闩住。

“管好你的嘴！”他们靠近守卫时，曼尼安低声说道。

两人在门口前停住，保持戒心的曼尼安站在史坦明身边，随意地把手放在腰间的匕首上。守卫好奇地盯着他，随即转向发话的顾问。

“把门打开，利亚王子跟我要看看酒窖和地牢。”

“国王有令，所有人禁止出入此地，阁下。”站在右侧的守卫特别强调道。

“国王命我来此！”史坦明暴躁地大吼，曼尼安轻推他示警。

“卫兵，这是国王的个人顾问，并非国家之敌……”高地人带着一丝惑人的微笑指明，“我们正在参观皇宫，既然是我救了国王的未婚妻，因此他相信我应该能够认出企图绑架她的人。如果有需要的话，我可以知会国王，带他过来这里……”

他意有所指地拖长话音祈祷反复无常的国王曾事先交代过卫兵们，劳他大驾前必须三思。犹豫了一会儿后，卫兵便默默点头，将门闩拉开站到一旁，露出往下的石梯。史坦明不发一语地在前面带路，显然他决定一丝不苟地执行曼尼安的指令，但谨慎的高地人清楚，神秘学家绝不是傻瓜。如果巴力诺获释，重新取回边境军团的指挥权，他翻云覆雨操纵卡拉洪政权的日子也结束了。曼尼安知道他肯定在谋算着什么，只是天时地利还没有配合好。身后的大门缓缓关上，他们在火炬的照明下往地窖走去。

曼尼安在楼梯上几乎一眼就看到地上的活板门，卫兵并没有将酒桶放回原来的位置封住出入口，而是用一堆铁条和门闩锁住石板，有效防止被关在下面的人逃出来。曼尼安不知道的是，在被囚者今早的越狱行动夭折后，他们并没有回到之前被关押的小屋里，而是被锁在了地牢走廊。这里只有两个卫兵守在被封住的门边，现在注意力全放在从皇宫过来的两人身上。曼尼安看到酒桶上有一盘奶酪和吃了一半的面包，另外还有两个酒杯放在半空的酒瓶边。他们喝了酒。高地人微微一笑。

两人一踏上石地，曼尼安假装兴致盎然地环视酒窖，开心地跟沉默的史坦明说话。守卫注意到国王顾问表情严肃，于是缓缓起身，高地人知道他们已经起疑，决定尽力而为。

“我明白你的意思，阁下。”他两眼直瞪着史坦明，一边走向卫兵。“他们在值勤时喝酒！囚犯可能在他们喝得不省人事时逃走，等我们结束了事务后一定要马上禀告国王。”

一提到国王，卫兵就吓得脸色发白。

“阁下，你弄错了，”其中一人连忙求情，“我们在吃早餐时只喝了一点酒，我们没有酗酒……”

“国王自会定夺。”曼尼安挥手打断他要说出口的话。

“但是……国王将不会听……”

史坦明怒视两人，但卫兵误解了他的意思，以为他要惩罚他们。神秘学家想要开口，不过曼尼安更快一步挡在他面前，像是要阻止他靠近倒霉的卫兵，抽出匕首贴着他毫无防御力的胸部。

“当然，他们有可能在说谎……”曼尼安不改音调，“国王又是个大忙人，我痛恨因为一点小事就麻烦他。或许就给个口头警告……？”

他回头看了一眼默默点头不想让史坦明发飙的守卫们。，他们就像这个国家里的其他人一样，害怕他对帕兰斯的掌控力，极力避免触怒他。

“很好，那么，你们已经学乖了，”曼尼安收回匕首，然后转身面向簌簌发抖的卫兵，“现在把地牢的门打开，将犯人带上来。”

他紧靠着史坦明，警告意味十足地瞄了他一眼。史坦明阴沉的脸似乎不再看他，两眼茫然地注视着挡住他们进入地牢的石板。两个卫兵也迟疑不动，面面相觑。

“阁下，国王禁止任何人探视犯人……不论什么理由……”最后守卫咽了咽口水，“我不能将他们带出地牢。”

“所以你要阻拦国王的顾问和他的贵客啰？”曼尼安早已料到会有这样的反应，迅速回话，“那么我们也别无选择，只好请国王下来这里……”

这句话的威慑力巨大，卫兵立刻跑到石板，推开门闩，拉住铁环，用力将门往上拉开。活板门应声开启，重重掉落在石板上，露出一个黑洞。两人举起剑，朝着洞口大声叫唤犯人出来。里头传来拾阶而上的脚步声，充满期待的曼尼安现在也抽出剑，另一只手紧抓住史坦明的手臂，并低声警告他不要轻举妄动。然后，巴力诺首先从地洞里现身，紧接着是精灵兄弟和几个小时前因为营救计划失利才被关的韩戴尔。他们一开始并没有看到曼尼安。依旧扣着史坦明的高地人快步上前。

“就是这样，让他们继续前进，让他们聚在一起。这样的人得好好看着，他们可是危险人物。”

疲倦的囚犯匆匆瞥过一眼，看到利亚王子时难掩讶异之情。曼尼安立刻在守卫背后对他们眨眨眼，然后四名俘虏转过身去，只有戴耶脸上那一抹浅笑泄露了他们看到老朋友时的惊喜。现在他们全出来了，就站在距离守卫几尺远的地方，而守卫现在正背对着他。但就在曼尼安有所行动前，一直保持被动的史坦明突然挣脱他的钳制，跳到一旁大声警告还未会意过来的守卫。

“叛徒！卫兵，这是个骗局……”

他永远也别想把话说完了。正当困惑的卫兵还不明就里时，曼尼安像猫一样跳到打算落跑的神秘学家面前，重重地将他摔在地上。等卫兵明白他们的错误时已经太晚了，四个囚犯在他们的狱卒来得及反应前，一拥而上，抢先解除了他们的武装，几秒钟就制服了卫兵，将他们绑好并塞住嘴巴，拖进地窖看不见的角落里。经历了惨痛殴打的史坦明被猛地拽起，面对逮住他的人。曼尼安紧张地看向楼梯上方紧闭的门，还好无人现身，显然没有人听到他的呼救。巴力诺等人疲惫的脸上挂着感激的笑容走向他，拍拍他的背，再次跟他握手。

“曼尼安·利亚，我们欠你的恐怕永远也还不了，”边境人紧紧握住他的手，“我从未想过我们还能见到你。亚拉侬在哪里？”

曼尼安简述了他与亚拉侬、弗利克见到准备进击泰尔西斯的北方大军，然后与他们分道扬镳，独自前来卡拉洪示警的原委。接下来停了一会儿，把史坦明的嘴堵住以防他再次出声引来守卫后，高地人继续说到救了雪若·雷文洛克、逃到肯恩，以及肯恩沦陷后来泰尔西斯的经过。他的朋友们一脸严肃地听他说完。

“不管怎样，高地人，”韩戴尔平静地说道，“今天你已证明了自己的能力，我们绝不会忘记。”

巴力诺快速插话，“必须马上组建边境军团，然后派他们去镇守摩米顿河，并把消息传出去。还要找到我父亲……跟我弟弟，但我希望能够不伤一兵一卒就保住皇宫。曼尼安，我们能仰仗亚努斯·山培提供帮助吗？”

“他对你跟国王忠心不二。”曼尼安肯定地点头。

“你得传话给他，我们继续待在这里，”卡拉洪王子步向史坦明，“只要他带兵前来，问题就迎刃而解了。我弟弟将会孤立无援，但我父亲……？”

高大的身影笼罩着神秘学家，巴力诺拿掉俘虏口中的布，居高临下地俯视着他。史坦明快速看了他一眼，狡猾的眼睛里满是仇恨。因为神秘学家心知肚明，若帕兰斯失去王位，就等于他也输了。眼看计划就要告吹，此时的他濒临绝望。当巴力诺对上神秘学家，站在精灵兄弟身旁的曼尼安十分好奇，他想知道史坦明鼓动帕兰斯是希望从中得到什么。支持失常的帕兰斯成为卡拉洪国王的原因不言可喻，因为这样才能确保他的地位。但是既然知道北方大军可能踏平南境，灭了他赖以营生的王国，为何还怂恿帕兰斯解散边境军团？他为什么要费力把巴力诺关起来，把老国王藏起来？何不轻松地暗中做掉他们？他又为什么要杀从来没见过的曼尼安·利亚？

“史坦明，你对这块土地的统治，以及对我弟弟的控制已经结束了，”巴力诺冷酷地宣告，“你的生死取决于从现在开始到我重新夺回城市统治权这段时间内你的表现。你对我父亲做了什么？”

神秘学家绝望地张望四周，因为害怕而面如死灰。

“他……他在北翼……的塔里，”他的声音小到不能再小。

“如果他受到伤害，你……”

巴力诺愤怒地转过身，史坦明缩到墙边，凝望着边境人的背影，紧张地抬起一只手抚弄他的胡须。曼尼安同情地看着那人，心里咯噔了一下，脑海里突然想起几天前在摩米顿河北岸看到的场景。那个同样的怪癖——摸胡子的动作！现在他终于摸清史坦明打算做什么了！他杀气腾腾地冲向前，与巴力诺擦身而过，但完全忽视了他的存在。

“你是河边那个绑架犯！”他怒不可遏地出言指控，“你想杀了我，是因为你怕我认出你是企图绑架雪若的人，你想把她交给北方人。你这个叛徒！你打算要背叛我们所有人，把这座城市交给黑魔君！”

他不顾其他伙伴的呼叫，冲向神秘学家，后者拼命想躲开逃向地窖楼梯。曼尼安一跃而起，举起他父亲的剑准备发动攻击。才踏上一半楼梯就被逮住的他惊声大叫，但是他的小命并未在此结束。正当曼尼安抽回剑，将他压向石墙时，地窖的门突然砰地一声打开，出现在入口处的人正是帕兰斯·巴克哈纳。

29

所有人的动作瞬间凝结，甚至连惊恐的史坦明都无力地紧靠在地窖的墙壁上，他的眼睛茫然地看着像雕塑一样站在台阶顶端等待着的身影。王子苍白的脸皱在一起，眼里交杂着既生气又困惑的情绪。曼尼安缓缓放下手中的剑，毅然迎上他锐利的目光，原本正在发作的脾气也因为事态有变而收敛。如果他不快点行动，可能会让所有人赔上性命。他粗鲁地一把拎起史坦明，轻蔑地将他扔向王子。

“叛徒在这里，帕兰斯，他才是卡拉洪真正的敌人。绑架雪若・雷文洛克交给北方人的就是他。打算拱手将泰尔西斯奉送给黑魔君的人就是他……”

“主上，您来的正是时候。”神秘学家迅速回神，在曼尼安还未吐露更多前打断他的话。他踉踉跄跄地跑上楼梯，扑倒在王子跟前，指着下面一伙人。“我发现他们打算逃跑，我正要跑去警告您！那个高地人是巴力诺的朋友，他要来杀害您！”他一边抓着保护者的衣服慢慢爬起身来，一边语带恨意幽幽地吐出这些话，“他们打算杀了我，然后就是你，主上。您看见了吗？”

曼尼安压下冲上楼梯割掉他舌头的冲动，强迫自己保持冷静，眼神正对着震惊的帕兰斯。

“你被此人背叛了，帕兰斯，”他平静地继续说道，“他毒害了你的心灵，使你罔顾自己的意愿肆意妄为。他一点也不关心你，更遑论被他贱卖给已经毁掉肯恩的敌人的这块土地。”史坦明生气地怒吼，但是曼尼安不予理会，“你曾经说过我们会成为朋友，既然是朋友，就必须信任彼此。不要被骗了，否则你的王国将会沦没丧亡。”

在楼梯底端的巴力诺等人静静地看着这一切，害怕任何会分散注意力的事都有可能会打破曼尼安正在编织的咒语。帕兰斯仍在听着，心困愁城的他一直想要突破包围着他的混乱状态。他缓缓走到前方平台，将身后的门关上，视若无睹地从史坦明身边掠过。王子的顾问慌了手脚，犹豫不决地瞄了一眼地窖的门，似乎在盘算着逃跑的可能。不过他还没准备好认栽，于是快速跑向帕兰斯，抓住他的手臂，将自己的脸贴近王子的耳朵。

“你疯了吗？你像别人说的那样神经错乱了吗，国王陛下？”他恶毒地低声说道，“你打算现在抛弃一切，全部还给你哥哥吗？注定要成为国王的是他，还是你？这全部都是个天大的谎言！曼尼安·利亚是亚拉侬的朋友。”

帕兰斯缓缓面对他，眼睛瞪得大大的。

“对了，亚拉侬！”史坦明知道他已经戳到帕兰斯的痛处，打算乘胜追击，“你觉得是谁把你未婚妻从肯恩的家里抓走？这个一直把友情挂在嘴边的人也参与了绑架事件，这全是为了混进皇宫好刺杀你的阴谋。你会被杀！”

台阶下方的韩戴尔往前一步，但被巴力诺挡了下来。曼尼安知道现在任何的举动只会更加证明史坦明的指控。他轻蔑地看了一眼诡计多端的神秘学家，然后快速转向帕兰斯，摇了摇头。

“他才是叛徒，他是黑魔君的人。”

帕兰斯下了几阶楼梯，看了看曼尼安之后，目光随即锁定在耐心在楼梯底端等候的哥哥身上。他困惑地停下脚步，嘴角泛出一抹微笑。

“你怎么看呢，哥哥？我真的……疯了吗？如果我没疯，那么……为什么，一定是其他人都疯了，只有我……才正常。你说话啊，巴力诺，我们现在必须谈一谈……以前……我真的想说……”

帕兰斯回头再次看向史坦明，现在的他就像是窝在角落里的猛兽，伺机而动。

“你实在太可悲了，史坦明，站起来！”他的命令划破了一片寂静，那神秘学家立刻挺直背脊，“给我建议，告诉我该怎么做，”帕兰斯严令道，“我要将所有人都赐死吗——那样可以保护我吗？”

史坦明立刻回到他身边，锐利的眼神冷酷中带着狂怒。

“叫您的侍卫来，主上。将这些刺客就地正法！”

帕兰斯好像有些动摇，高大的身躯有气无力，目光专注于地窖墙上的石艺品。曼尼安感觉卡拉洪王子又将跳离现实，掉入残害他心智的疯癫世界。史坦明对此也知之甚详，阴沉的脸露出一抹冷酷的微笑，伸起一只手摸着他的胡子。然后，帕兰斯突然又开口了。

“不，不会有士兵……不会杀人……国王必须是具有判断力的人……虽然巴力诺妄想取代我成为国王，但他是我兄长……他跟我现在必须谈一谈……他不会受到伤害……不会受伤……”他的声音淡去，出其不意地对曼尼安展露一抹微笑，“你把雪若带回我身边……我以为我已经失去了她……你……为什么……这么做……如果你是敌人的话……”

史坦明气得大叫，猛烈地抓住王子的外衣，但帕兰斯似乎不知道他在那里。

“对我来说很困难……要清晰思考，巴力诺，”帕兰斯继续低声说道，一边慢慢地摇头，“事情全都不再了然……对于你想要成为国王，我甚至没有生气的感觉。一直以来……我都想当国王，你知道的，我是这样。但是我必须有……朋友……有倾诉的对象……”

他平心静气地面向史坦明，眼睛空洞无神。他的顾问似乎从他脸上看到了什么，从而松开了他的手，缩回墙边，害怕地牙齿打颤。只有距离他们最近的曼尼安才知道到底发生了什么事，不管那邪恶的神秘学家用什么操控帕兰斯，那个东西已经失去了对帕兰斯的掌控力，曾经是盘旋在他疯癫世界的梦魇的史坦明，帕兰斯现在几乎连人都认不出来了。

“帕兰斯，听我说……”曼尼安轻声呼唤，拉住一度落入黑暗世界中的他。高大的身躯缓缓转身。“叫雪若下来，她能够帮你。”

王子迟疑了一会儿，像是想要找回记忆，然后憔悴的脸上出现一抹浅笑，整个身子似乎平静了下来。他记得她的软语呢哝，她的优雅举止，她的美丽精致，这些回忆唤起他心中的祥和平静，以及对其他人从未有过的深刻感情。如果他能够跟她相处一会儿……

“雪若……”他轻声呼唤她的名字，然后转身走向紧闭的地窖大门，一只手往前伸出。当他正要经过史坦明身边时，蹲伏在墙边的神秘学家突然发难，飞身扑向王子，抓住他的衣领。曼尼安马上一跃而起，要隔开两人。但还差几步，史坦明已经高高举起他藏在斗篷里的匕首。在那恐怖的一瞬间，巴力诺失声惊叫。然后武器落下。帕兰斯突然挺身站起，匕首完全刺入他宽阔的胸膛，他年轻的脸庞瞬间变得惨白。

“我把你兄弟还给你，蠢蛋！”抓狂的史坦明将人推下石梯。

受伤的王子重重摔落在曼尼安的怀里，让他撞上墙壁，一时间失去了平衡，也失去了逮到敌人的机会。史坦明转身就跑，死命拉开地窖的门。巴力诺一个箭步跳上楼梯，试图阻止神秘学家脱逃，精灵兄弟也马上跟上，大声呼叫守卫。正当那红色身影打算从打开的门缝中溜走时，站在楼梯下的韩戴尔奋力掷出手中的钉头锤，以碎骨的威力正中史坦明毫无防备的肩膀，痛苦的尖叫声在潮湿的墙壁间发出回音。不过这仍不足以完全阻止他，不一会儿，他就从门口消失。然后从走廊那边传来他凄厉的尖叫声，高喊着国王遭到犯人暗杀。

巴力诺停下了追逐的脚步，回望一动不动地躺在曼尼安怀里的弟弟，旋即追出地窖。两名黑衣侍卫突然从前方走廊过来，拔出剑准备迎战手无寸铁的边境人。他们还未看清自己的出现对巴力诺造成的影响，三两下就被他疾如闪电的攻势击倒。巴力诺捡起掉落的剑，消失在视线范围外，都林和戴耶也马上跟上。曼尼安独自跪在楼梯上看着他们，手里抱着受伤的帕兰斯，轻轻地摇着这个自立为卡拉洪国王的男人。韩戴尔默默地爬上阶梯站到他身边，难过地摇着头。王子还活着，他的呼吸粗浅，眼皮偶尔跳动。侏儒严肃地伸出手，缓缓抽出致命的匕首，憎恶地把武器丢到一边，然后弯下腰协助高地人扶起伤者。此时帕兰斯眼睛突然睁开了一下，他用几乎听不到的声音喃喃说了些话，便又昏了过去。

“他想见雪若……”曼尼安低语，看着怀里的他，泪水忍不住在眼眶里打转，“他还爱着她，他还爱着她。”

而在前方的走廊，巴力诺和精灵兄弟试图抓住逃跑的史坦明。皇宫里的侍卫、仆人、访客因不明情况而乱成了一锅粥。恐惧的叫声回荡在古老的围墙间，谴责着杀死国王的罪魁祸首，也警告着要杀死所有人的刺客的到来。巴力诺和精灵兄弟从惊恐的人群中挤出一条路，人们看到携带武器的他们变得更为歇斯底里。一些侍卫试图阻拦他们的去路，巴力诺不加停顿地挥开这些可怜人，始终追着前方跌跌撞撞的红色身影。三人一路追到中央走廊，还看得到史坦明，但是他已经突破人群，准备逃之夭夭。巴力诺怒发冲冠，肾上腺素急速分泌，不计一切后果将所有挡路的人推开，现在的他面目狰狞，满脸寒霜。

然后，皇宫大门突然震颤了起来，大批战士就在边境人和精灵面前破门而入，从门口涌进内厅，挥舞着手中的武器呼叫巴力诺的名字。一时间，王子还不能确定他们是谁，但接下来他就看到了他们戴着边境军团的云豹佩章。少数宫廷侍卫或逃或降，但无一例外全被绑了过来。边境士兵马上就认出了巴力诺，随即涌向他，将他高举过头，欢庆胜利。都林和戴耶从巴力诺身边被挤开来，欢声雷动的群众挡住了他们追击史坦明的路。巴力诺拼命大叫挣扎，想要逃开，但是突然涌现的人潮让他完全抵挡不住，不断地往地窖方向退。

精灵拼命挤出人群，朝着已经消失在另一条走廊的史坦明疾驰而去，健步如飞的精灵快速拉近双方距离，过个转角就再次看到他。史坦明面上闪过一抹惊恐，右手无力地垂着。都林在心中咒骂自己没把弓箭带在身边。前方那人突然停下来，试着打开走道的房门，试了好几次，终于让他打开其中一扇门，在千钧一发之际躲了进去，将精灵关在门外。两人花了很长的时间才好不容易用剑撬开反锁着的门，高举着武器进入房间时，那个神秘学家已经逃逸无踪。

在巴力诺与边境军团指挥官谈话时，曼尼安默默站在巴克哈纳家门前。雪若一脸忧虑，纤细的手臂挽着他。曼尼安垂首看了她一会儿，给了她一个安慰的笑容，将她拥紧。在外城墙外，已经有两个师的边境军团重新组建完成，等待指挥官下达命令，即可出发应战。现在在摩米顿河北岸的北方大军已经准备过河，如果边境军团能够守住南岸，就算只有几天，也足够精灵赶来驰援。时间，曼尼安苦涩地想着，只需要再给他们多一点时间就好，而这对现在的他们来说完全是一种奢侈。巴力诺重掌兵权，就下令在最短时间内重新集结边境军团，但此时，摩米顿河边的北方人已经开始了渡河行动。

巴力诺现在为卡拉洪国王，但现在不是高兴的时候。他弟弟仍昏迷不醒，生命岌岌可危。全国最好的医生诊断后，分析他的失常行为源自于长时间服用某种强效药物，瓦解了他的意志力，变成任人操纵的傀儡。最后，服用剂量超乎他身心所能负荷，因而迷失心性，疯癫无常，直至他真正疯掉。

巴力诺静静地听完他们的结论。一个小时前，他在皇宫北塔某个废弃的房间内发现了他的父亲，年迈的国王已经死亡多日，医生报告显示他是遭到毒杀。除了史坦明和精神错乱的帕兰斯之外，神秘学家不准任何人靠近那个房间，因此洛尔·巴克哈纳的死讯轻而易举地被掩盖下来。如果巴力诺也死了，要说服帕兰斯打开城门迎接黑魔君的军队，也就不是什么难事了，然后泰尔西斯也将宣告毁灭。他差点就成功了，而他还能再度尝试。罪魁祸首史坦明设法躲过了精灵兄弟的追捕，藏在城里某处。

现在南境的命运就掌握在新任卡拉洪国王的手中。泰尔西斯人民奉巴克拉纳家族为领袖，而边境军团更是唯巴力诺马首是瞻。现在他已经是巴克拉纳家最后的继承人，万一他出了什么意外，边境军团将失去最杰出的指挥官与精神领袖，而泰尔西斯也将失去最后的巴克哈纳氏。少数清楚情况的人意识到，泰尔西斯必须抵抗住进击的北方大军，否则南境将会失陷，侏儒和精灵大军也就无法集结。亚拉侬曾经警告过他们，如果这种情况发生，那么黑魔君必胜无疑。泰尔西斯是成败的关键，而巴力诺是泰尔西斯之魂。

亚努斯·山培在当天早上也完成了他的任务。与曼尼安分道扬镳之后，他找到了边境军团的指挥官范威克和金尼森，三人秘密运作，重新召回军团重要成员，快速夺回城门和营区控制权之后，便朝着皇宫前进。在几乎没有遭遇到任何反抗的情况下，他们迅速控制了皇宫以外的所有区域。正当他们守在皇门外，等着曼尼安发出信号时，突然听到暗杀的呼叫声，于是立刻冲进皇宫内，阴错阳差地让巴立诺跟史坦明失之交臂。还好这次兵不血刃，就成功夺回王位，帕兰斯的追随者不是被释放，就是重新回归边境军团原属单位。现在边境军团五个师已经有两个师重新组建完成，另外三个师在日落前也将完成备战，但是探子回报北方大军正蠢蠢欲动，巴力诺必须立刻采取行动。

韩戴尔和精灵兄弟不安地踱向皇宫右侧的阶梯，表情复杂。侏儒像以往一样镇定自若，看向巴力诺和他的指挥官时，饱经风霜的面庞始终板着。都林因为前路漫漫而愁眉不展。而戴耶的脸上尽管也带着同样的不确定，他却极力挤出一抹微笑。曼尼安将目光转向巴力诺和其他边境指挥官。金尼森体格魁梧，一身红色毛发。范威克上了年纪，头发与嘴上髭须皆已灰白。艾克顿身材中等，外貌平凡，但据说他的骑术无人能出其右。梅沙林高头大马，双肩宽阔，巴力诺跟大家说话时，他还一边抖脚，看起来颇为自负。接下来是亚努斯・山培，因为拯救肯恩的英勇表现以及在收复泰尔西斯时发挥了重要作用，最近才被提拔为最高指挥官。曼尼安仔细观察每一个人，似乎在裁定每个人的角色。然后，巴力诺走向他，示意侏儒和精灵也一起加入。

“我将即刻启程前往摩米顿，”他低声告诉大家，曼尼安想开口，但马上被巴力诺制止，“不，曼尼安，我知道你想要请求什么，而答案是，不！你们所有人都待在城里。我要将我的生命托付给你们。既然我的重要性次于泰尔西斯，我请求各位守护这座城市吧。如果我发生了什么事，你们最清楚这场战斗要怎么怎么继续下去。亚努斯会跟你们留在这里，指挥防御工事，我已经吩咐他所有事情都要跟你们讨论协商。”

“伊凡丁会赶来的。”戴耶快速说道，试着让自己的口气听起来很高兴。巴力诺微笑点头表示同意。

“亚拉侬从未食言，现在也不会让我们失望。”

“不必要的时候不要暴露自己，”韩戴尔警告道，“这座城市和这里的人民全都仰赖你，他们需要你活命。”

巴力诺紧紧握住侏儒的手。“再见，老朋友。所有人之中我最信任你。你比我更有经验，更具谋略。保重。”

他快速转身，示意其他指挥官一起登上候在门外的马车。亚努斯向曼尼安挥挥手，马车带着这支英勇的部队风驰电掣地驶向森狄克大桥，留下来的四人和雪若・雷文洛克看着他们消失在远方，直到完全听不到嗒嗒的马蹄声为止。然后韩戴尔念念有词，提到要再次搜索皇宫，寻找逃跑的史坦明，不待其他人回应，便径自折返巴克哈纳家。都林和戴耶也随后跟上，莫名觉得伤感。这是一行人从库海文聚集以来，第一次跟巴力诺分开这么久，让他独自前往摩米顿让他们感到极度不安。

他们的感觉曼尼安最能感同身受，因为他内心也不断鼓动他追随边境人，跟他并肩对抗黑魔君兵团，但已经有将近两天没阖眼的他实在累坏了。从雪若绑架事件，到逃出肯恩城，再到后来救出巴力诺的一连串事件，已经完全把他榨干了。他东倒西歪地带着雪若走到皇宫旁边的花园，重重地坐在石椅上。女孩静静地坐在他身边，看着他闭上眼睛强迫自己放松。

“我知道你在想什么，曼尼安……”她轻柔的声音穿过他疲惫的心灵，“你想要追随他而去。”

高地人微微一笑，缓缓点头，脑子却愈来愈模糊。

“但你得休息一会儿。”

他再次点头，然后突然想起谢伊。谢伊在哪里？那个小谷地人的寻剑之旅走到哪里了？他猛地直起身清醒过来，面向雪若，好像他以为她不在那里似的。他累坏了，但他想要谈谈——他必须谈谈，因为以后可能再也没有机会了。于是他用低沉的声音开始跟她说起关于他和谢伊的故事，巨细靡遗地将两人之间紧紧相系的友情全部向她倾诉，从他们在利亚高地上度过的时光，到帕瑞诺之行以及寻找沙娜拉之剑的过程中所发生的种种。有时他会深入地提及他们共同的感受以及不同的人生观。高地人滔滔不绝地说着，雪若开始明白，曼尼安想说的不是谢伊，而是他自己。她不假思索地伸出手放在他的唇上。

“他是你唯一交心的朋友，对吧？”她轻声问道，“他就像是兄弟，而你觉得你对他的遭遇负有责任？”

曼尼安悲伤地耸耸肩。“我只是做了我该做的事情。一开始就把他留在利亚也只是让必然发生的一切延后发生，但这样无助于解决问题。我还是觉得有种……罪恶感……”

“如果他也跟你有着同样深刻的感受，那么不管现在他在哪里，他一定打从心里明白你为他所做的一切，”她快速响应道，“没有人能够质疑你在过去五天所展现出的勇气，还有，我爱你，曼尼安·利亚。”

曼尼安愣愣地望着她。突然的告白让他措手不及，女孩笑他的痴傻，伸手拥他入怀，一头红发就像柔软的面纱般落在他的脸上。曼尼安紧紧抱住她，然后温柔地握着她的肩膀将她拉开，审视着她的脸庞与眼睛。她回视他的凝望。

“我想要大声说出来。我要你听见，曼尼安。如果我们即将死去……”

她突然哽住，把头撇向一旁。南方人看见泪珠缓缓从她脸颊滑落，他伸出手将它抹去，微笑着起身并将她拉近。

“我来自遥远的地方，”他轻声说道，“我本该死了上百次，但我活下来了。我曾亲眼见过存在于这个世界以及凡人无法企及的世界里的邪恶。没有什么东西伤得了我们。爱情能够给予我们战胜死亡的力量。但你需要一点信念。只要相信就好，雪若。相信我们。”

她不禁笑了起来。

“我相信你，曼尼安·利亚。现在请你记得相信你自己。”

疲倦的高地人回以微笑，紧握住她的手。她是他所见过最美丽的女子，他爱她如他自己的生命。他倾身热烈地吻她。

“没有事的，”他轻声向她保证，“一切都会迎刃而解。”

两人继续在花园里独处了一会儿，谈天说笑，漫无目的地沿着午后香气四溢的花圃小径散步。但是曼尼安愈来愈困，雪若马上要他把握还能睡觉的机会赶快养精蓄锐。他笑着回到自己的卧房，和衣就倒在柔软的床上，沉沉睡去。

在他睡去的时候，时间慢慢流逝，太阳渐渐西沉，最后落入地平线下。等他醒来时，夜幕早已低垂，虽然身体充分休息了，心里却异常混乱。他急忙找到雪若，然后一同前去寻觅韩戴尔和精灵兄弟。匆匆的脚步声在空荡的走廊间低回，他们经过雕像般的卫兵和黑暗的房间时，只稍稍停下脚步，探视仍旧昏迷不醒的帕兰斯。现在的他还在跟死神角力，情况没有改善，医生寸步不离地守在床边看顾他。两人离开时，泪水再度不受控制地涌进雪若的眼里。

他认为他的朋友们必定在城门等待卡拉洪王子归来，两人便策马由泰尔西斯大道往城门方向而去。这是一个凉爽无云的夜晚，柔和的星月洒下一片银光，城市的塔楼高耸入云，几与日月比肩。骑马踏上森狄克大桥时，曼尼安感受到凉爽的晚风轻拂脸颊。一向人声鼎沸的泰尔西斯大道，如今虽然家家户户灯火通明，却少了平常的欢乐笑语。两人在不安的寂静中奔驰，试图在美丽的星夜中找到一丝安慰。远方城墙的胸墙上点燃了数百支火炬，为泰尔西斯士兵照亮回家的路。他们已经去了很长时间，曼尼安暗自心想。但也许他们取得了谁都不敢想象的成功。也许他们成功守住了摩米顿，阻止了北方势力南侵……

两人在城门下马。边境军团营区仍在进行操演，积极地为即将到来的战争做准备。到处都挤满了士兵，曼尼安和雪若好不容易登上城墙上的防御土墙，随即受到亚努斯的热情问候。从巴力诺离开之后，年轻的指挥官就一直不眠不休地保持警戒，瘦削的脸庞满是疲倦和焦虑。没多久，都林和韩戴尔便从夜色中现身加入他们，戴耶也在稍晚跟上。一行人默默站立着，望向北方的黑暗里。远方传来金戈铁马浴血沙场的呐喊声，随着晚风灌进他们耳里。

亚努斯说他派出了六名侦察兵去查探前线战况，但是无人回来——这是个不祥的预兆。他数度打算亲自前往，但韩戴尔提醒他，现在的他负责守卫泰尔西斯，不要轻易涉险，他每次都不情愿地打消这个念头。都林则暗自决定，若巴力诺未能在午夜前回来，他就要去找他。精灵可以不被敌军发现单独行动。但现在，他也跟其他人一样心急如焚地等待着。雪若一度提到帕兰斯的状况，但是没有人有兴趣，她也放弃了转移他们注意力的想法。大伙儿等了一个小时，然后又是一个小时。声音变得愈来愈响亮，愈来愈危急，似乎愈来愈靠近泰尔西斯。

突然间，密集列阵的骑兵和步兵从黑暗中现身，歪歪扭扭的队列朝着他们而来，城墙上所有人都倒抽了一口气。亚努斯立刻冲向关闭城门的装置，担心着敌人是用何办法通过巴力诺的封锁线。但韩戴尔马上把他叫了回来。他已经知道是怎么一回事了。侏儒斜靠在墙的边缘，用他的语言往下大喊，马上就得到了响应。韩戴尔一脸严肃地向其他人点点头，指向队伍中高大的骑士。巴力诺沾满尘土的脸在柔和的月光下抬头凝望，他们认出了他。边境军团出师未捷，未能守住摩米顿。黑魔君已经挥军直指泰尔西斯。

从库海文组成的五人小组直至午夜时分才在巴克哈纳家食用晚餐。在这场持续了一个下午和一个晚上的对战中，虽然边境军团将勇兵骁，杀敌无数，但终因寡不敌众，在摩米顿河与北方大军的鏖战中败下阵来。尽管经验老到的边境军团有很大胜算狙击并不熟悉地形的北方大军，但敌军数量过多，即使数百人倒下了，依然有数千人成功横渡。艾克顿的骑兵疾速扫过军团侧翼，粉碎敌人越过壕沟突袭包抄的企图，如此一来，敌军只能正面冲锋突破，地精巨人死伤惨重。这是巴力诺所见过最可怕的一场屠杀，摩米顿河逐渐被鲜血染红。但尽管如此，他们仿佛毫无知觉、毫无意识、毫无恐惧般，还是拼了命往前冲。黑魔君奴役了大军的心智，让他们变成木石，不知死为何物。最后，一支凶猛的巨人部队冲破边境军团的右翼防线，虽然全数遭到歼灭，只剩一个活口，但分散战略奏效，迫使泰尔西斯军队缩减左翼，终究还是让北方大军过了河。

此时已近日暮，巴力诺知道就算是全世界最精良的士兵，也无法在夜里重新夺回南岸。边境军团在午后的激战中损伤轻微，因此他下令众将士撤回摩米顿河数百码后的一处小丘，重新调整阵型。巴力诺命骑兵在侧翼保持灵活，对敌军进行短距离突击，让他们疲于奔命，无法反攻，接下来便静候夜晚降临。等到夜幕低垂时，北方大军开始渡河，边境军团一脸惊惧地看着敌军从数百然后到成千、上万，源源不断地涌入。边境军团看到的是令人震惊的大军规模，他们占据了摩米顿河两岸，放眼望去竟未看到尽头。

不过敌军的规模也限制了它的灵活度，指挥调度看起来杂乱无章，也未全力驱逐从小丘攻过来的泰尔西斯士兵，相反地，过了河后大军就在南岸乱哄哄地推挤，像是在等着谁来告诉他们接下来要做什么。几支重装的巨人部队对边境军团展开一连串突击，但是没有压倒性的人数作支持，双方强弱悬殊，边境军团最终击退了巨人。等到完全入夜后，敌军开始将队伍重整为密集方阵，巴力诺知道，他们第一次突进就会彻底击溃边境军团。

卡拉洪王子不但是边境军团的灵魂人物，更是南境最强的战地指挥官，现在他要执行一项困难的战术。不待敌人出击，他决定先声夺人，将部队一分为二，利用地利优势摸黑佯攻北方大军左右两个纵队，引诱侧翼士兵往外拉出一个半圆的弧形。只要半圆弧一往里收紧，边境军团就散得更开些。左翼以巴力诺和范威克为首，右翼由艾克顿和梅沙林领军，一左一右缓攻急退，诱敌上钩。

被激怒的敌军开始疯狂进攻，但一则因为地形陌生，二则因为夜晚视线不明，北方大军跌跌撞撞，而边境军团又故意保持几步距离，让敌人恨得牙痒痒。巴力诺慢慢请君入瓮，等到敌方侧翼士兵都掉进他的陷阱里，步兵全部撤退后，在月色和其他地方嘈杂战斗的掩映下派出骑兵，最后一次佯击后便快速溜走。左右两翼的北方士兵狭路相逢，都认为对方就是躲了他们几个小时的敌人，毫不迟疑地见人就砍。

到底有多少个巨人和地精死于自己人手中，恐怕无从得知，在巴力诺和边境军团平安回到泰尔西斯时，北方人还在自相残杀。马蹄声与行军声都刻意减轻，以掩饰他们的撤退。而除了一队失散的骑兵被切断退路全数阵亡外，边境军团可以说是全身而退。但让敌人拔剑相向的计谋并未阻挡他们的进军计划，泰尔西斯的第一条防线摩米顿河已然沦陷。现在大军驻扎在泰尔西斯南方的草原，远远就能够看到敌方营火。听命于黑魔君的巨人和地精的联合部队将在拂晓出击，就算有坚如金钟的外城墙，恐也难敌大军来袭。

坐在巴力诺对面的韩戴尔想起稍早前跟亚努斯一起检查防御工事时，心头涌上的那股不祥感觉。外城墙毫无疑问是一道坚固的防线，但就是有些地方不对劲。他也无法确定到底是什么原因让他如此不安，就算现在在温暖的餐桌上有伙伴陪伴着，他还是无法挥去那个念头，不停地想着在备战敌军进攻的过程中，有什么重要的东西被他们忽略了。

他回溯保护城市的防线：泰尔西斯人已经在悬崖边缘竖立壁垒，不让敌人在高原上取得立足之地。如果在悬崖下方的草原也挡不住北方大军，边境军团将会退回城内，依靠外城墙来阻止敌军进犯。而从后方进入泰尔西斯的路，也被高耸入云的峭壁阻断。巴力诺向他保证，无人能爬上那些平滑、连个能立足的缝隙也没有的岩片。泰尔西斯应该固若金汤，坚不可破，但韩戴尔还是充满不安。

他的思绪回到了他的家乡——回到了库海文以及数周未见的家人身上。他极少与他们团聚，他的一生都奉献给了阿纳尔边防连年的征战。他想念那片森林，想念春风吹绿的树荫。他突然懊悔自己为何让这样的时光白白流逝，而未和家人一起度过。也许他永远也回不去了。这个念头闪过后又立即消失。他已经没有时间去悔恨了。

都林和戴耶则跟巴力诺轻声交谈着，他们正想着西境。戴耶也跟韩戴尔一样，正想着他的家。虽然害怕眼前即将爆发的大战，但他正视自己的恐惧，受到其他人的鼓舞后，他也决心要跟其他人一样奋勇抗敌。他想起了琳莉丝，她腼腆温暖的脸庞将永远烙印在他心里，他会为了她的安全而战。都林审视着弟弟的脸，注意到他突然一笑，无须开口提问，他就知道戴耶想起了即将成为他妻子的精灵女孩。对都林而言，戴耶的安全胜过一切，打从一开始他就决定亦步亦趋地跟着弟弟好保护他。在前往帕瑞诺途中，他们好几次都差点丢了性命，而明天将有更大的危险，都林会责无旁贷地看顾弟弟。然后他想到了伊凡丁和强大的精灵军队，不知道他们是否能够及时抵达，如果没有他们的支持，黑魔君的势力终将击溃泰尔西斯的防御。他端起酒杯一口饮尽，让酒温暖他的喉咙，锐利的目光观察着其他人，最后停在曼尼安焦虑的脸上。

将近一整天没有进食的曼尼安，狼吞虎咽地吃完晚餐，帮自己斟满一杯酒后，不断向巴力诺提出关于下午战况的问题。现在，在宁静的凌晨时分，酒足饭饱、眼皮开始松懈的他突然想起从库海文开始所发生过的一切，和接下来几天可能发生的一切，关键就是亚拉依。此时他脑海里所想的不是谢伊，不是沙娜拉之剑，甚至不是雪若，而是那个神秘的德鲁伊。亚拉依知道所有事情的真相。关于被称为沙娜拉之剑的法宝背后的秘密，仅有他一人独晓。只有他知道早已在五百年前丧生的亡灵布莱曼为何出现在穴地谷。不管在什么情况下，不管有多危险，他都知道形势会怎么样，也能想出应对的方法。但他本身就是个谜。

但亚拉依现在不在他们身边，如果弗利克还活着的话，只有弗利克能问他大家未来会如何。他们生存的关键就维系在亚拉依身上——但是他会怎么做？失去沙娜拉之剑后，他还有什么？杰利·沙娜拉的传人失踪甚或是殒命之后，还有什么？曼尼安紧咬下唇，驱走这个悲观的想法。谢伊一定得活着!

曼尼安咒骂造成今日这种局面的一切。他们被逼到了角落里。现在他们眼前只有一条路。在明天的大屠杀中，人类将会死去，极少数能活下来的人——如果有的话——将会知道原因。人们为了不知名的原因而死亡，这是战争中无法避免的一部分——数世纪以来都是如此。但这场仗乃是灵界与凡间之战，在完全不了解敌方的情况下，要如何摧毁像黑魔君那样的邪恶势力？看来只有亚拉侬了解它们。但是在他们最需要他的时候，他在哪里？

他们眼前的烛光渐渐黯淡，黑暗侵入屋里。在挂有织毯的木制墙壁上，火炬幽幽地燃烧着，五个人压低了声音交谈着，好像担心会惊醒浅眠的夜。泰尔西斯城的人们都已入睡，而在外面的草地上，北方大军也沉沉入眠。月华洒落一地，似乎所有的生物都已经休息了，而伴随着死伤的战争，就像一个埋藏多年的记忆般被人暂时遗忘。正在交谈的五人尽管谈的是美好的明天以及他们之间的情谊，但连一秒也不能忽视战争已经迫在眉睫的事实，黑魔君率领的北方大军正徐徐而来，将要无情地扼杀他们脆弱的生命。

30

搜寻奥尔·费恩的第三天早上，袭击北境的暴雨终于停了。太阳像是一个昏暗模糊的火球，发出苍白色的光线，将黑魔君黑墙经过的痕迹晒成了泥潭，将风暴侵袭过的岩石地表变成了火炉。这场风暴完全改变了这里的地貌，大雨几乎冲刷掉了所有具有辨识度的地标，只留下四座小山坡以及泥泞遍地的峡谷。

刚开始，太阳的现身还令人高兴，但是一个小时过后，气温持续攀高，地表再一次发生了变化。在一小时的时间内，气温已经飙升三十度，且还在无止境地增长。暴雨冲刷出来的峡谷溪流开始蒸发，热气弥漫，湿度飙升，让万物陷入另一种更不舒服的潮热当中。

灾难性的强降雨过后生长出了一些植物，在穿透迷雾的阳光暴晒下凋零枯萎。泥泞的土地受到阳光直射，很快变为不适合生命生长的龟裂陶土。河流水潭很快地蒸发，不久后便不见踪影。光秃秃的地表慢慢又变回暴雨前的模样，天空万里无云，大地干燥荒芜，了无生机，只有太阳固执地由东往西，日复一日年复一年地升起落下。

三人弯着腰从岩丘边的一处凹洞中走出来，慢慢挺直身躯。他们静静地看着了无生气的土地，巨石险峰成为误入这里的活物的坟墓。

周遭一片寂静，却在三人心中留下了挥之不去的死亡警钟。他们充满戒心地望着四周荒漠。

谢伊转向其他同伴。派那蒙正拱起背搓揉四肢，舒缓酸麻的肌肉。现在的他蓬头垢面，蓄了三天的胡子未刮，看起来一脸憔悴，但是迎上谢伊好奇的眼光时，双目变得炯炯有神。至于凯尔赛特，则默默地爬上山丘顶，观察北方地平线。

过去三天来，三人就缩在小小的岩洞里躲避暴风雨，对奥尔·费恩和沙娜拉之剑的追击也错失了三天，地精逃跑的足迹早就被冲得一干二净。他们躲在岩洞里，因为必须吃而吃，因为没事做而睡。聊天让谢伊和派那蒙更了解彼此，但凯尔赛特依旧是个谜。谢伊坚持要不顾风雨继续追下去，但派那蒙认为这是个馊主意。没有人能够在这样的天气中跋涉，奥尔·费恩势必得找地方遮风避雨，否则就得冒着被泥石流淹没或是被暴涨的河水冲走的风险。小偷沉着地推论，不管是那一种情况，地精都跑不了多远。凯尔赛特从山顶下来，用一只手比了个清除的手势。地平线那头很晴朗。

无需多做讨论。三人主意已定，拿起行囊便爬下了陡峭的堤岸，往北边移动。谢伊和派那蒙又再次取得共识。搜寻沙娜拉之剑已经不仅只是挽救受损的自尊心，或是找出神秘宝物的任务，而是一个危险且疯狂的追捕行动。但问题是，他们能不能在这片蛮荒之地存活下来。

黑魔君的堡垒就在他们前方高耸的黑暗山峰间，他们前面是构成黑魔君领土外沿的迷雾。为了离开这片土地，他们要么通过这里，要么另寻他路。最好的选择就是穿过黑雾打道回府，然而精灵石虽然能指引前往南境的方向，但同样会向灵界生物透露他们的行踪。亚拉侬在库海文曾这么对谢伊说过，而谢伊原样转述给了派那蒙。沙娜拉之剑是唯一能够保护他们免遭黑魔君毒手的武器，如果他们拿到了这把剑，至少还有奋力一搏的机会。基本的计划就是设法夺回沙娜拉之剑，然后尽快逃出黑魔君的领地。这虽称不上明智之举，但目前也别无他法。

现在行进就跟暴风雨之前一样困难。缺乏植被的土地地质坚硬，满布碎石瓦砾和松软表土，让他们很难找到稳固的立足点。三人连摔带爬，手脚并用，很快就浑身是伤。因为地势不平，他们无法保持方向，也无法计算到底有多少进展，再加上地标已不复存在，四面八方的景象看起来并无二致，随着时间过去，他们还是一无所获。空气中的湿度持续上升，三人早已汗流浃背，于是脱下斗篷绑在背上，等到夜晚降临可能还会变冷，到时需要再穿上。

“这里就是我们最后看到他身影的地方。”

派那蒙一动不动地站在他们刚刚爬上来的山顶，深深吸了一口气。谢伊也来到他身边，不可置信地环顾四周。所有的山丘看起来全都一样。他疑惑地看着地平线，甚至无法确定他们到底是从哪里过来的。

“凯尔赛特，你看到了什么？”另一人开口问道。

岩石巨人在山顶小心翼翼地踱步，扫瞄四周地上有没有地精的足迹，但暴风雨显然抹去了所有痕迹。他悄无声息地在附近走动了一会儿，然后转向他们，否定地摇摇头。灰头土脸的派那蒙心头火起，气得满脸涨红。

“他一定就在这里，我们再往前走一点。”

他们默默往前走，滑下山坡后又爬上另一座山丘。他们没有多加讨论，因为也没什么可说的。如果派那蒙错了，除了继续睁大眼睛看，其他人也没有更好的建议。他们费力地往北方前进，又一个小时过去后，依然未见地精踪影。谢伊开始明白，要搜寻眼前一百八十度无限延伸的土地，简直是不可能的任务。不管地精走哪一边，他们根本无从得知。说不定他在暴风雨中已经跟沙娜拉之剑一起埋进泥石流中了，他们可能永远也找不到他。

谢伊的肌肉因为持续不断的攀爬而疼痛，他打算出声喊停，重新评估该往哪个方向走。也许他们应该试着抄近路来追踪地精。但看到派那蒙的黑脸后，谢伊打消了这个想法。几天前，当他猎杀地精时，脸上带着同样的表情。他再次化身地精猎人。如果派那蒙找到了他，奥尔·费恩必死无疑。谢伊无意识地打了个寒战，看向了别的地方。

爬过几座山丘后，他们似乎发现了些什么，凯尔赛特从高处看到谷底有个东西一半被埋在土里。他向两人指明后，快速滑下满布岩石的山坡，冲向被丢弃的对象，将它拿出来给他们。那是一大条袖子，他们安静地盯着它猛瞧，然后谢伊看向凯尔赛特，确定这块布是否确实属于奥尔·费恩。巨人严肃地点头。派那蒙用尖矛刺穿那块布，露出冷酷的微笑。

“所以我们又找到他了，这次他逃不掉了！”

不过他们那天并未找到他，也没有发现他经过这里的其他迹象。看来在暴风雨中游荡的奥尔·费恩躲过了泥石流和被溺死的厄运。雨水洗掉了他的足迹，但却留下了被扯破的袖子。它可能从任何地方被冲过来，因此没有办法确定地精从哪儿来或往哪儿去。等到夜幕低垂，难以看透的黑暗迫使他们放弃搜寻。凯尔赛特先轮值守夜，精疲力尽的派那蒙和谢伊直接倒头就睡。尽管白天的湿气依旧，但夜凉如水，三人拿出早已被晒干的斗篷紧紧包覆着自己。

白昼再次降临时，虽然不比前一天潮湿，但太阳被如铅般沉重的雾给遮住了。诡异的寂静一直持续着，三人环顾四周，陡然生起被隔绝于生机勃勃的世界之外的孤寂感。一望无际的空旷开始对谢伊以及派那蒙造成无法忽视的影响。谢伊在过去数日里变得更加急躁慌张，而善谈的派那蒙几乎不开口说话。只有凯尔赛特神色如常，他仍然保持着他的冷漠和严肃。

食不知味地吃完早餐，三人再次展开搜寻。现在他们在百般不愿下继续追缉，只想赶快结束这一切。他们继续向前，一方面是出于自我保护，一方面也是因为他们现在根本无处可去。派那蒙和谢伊两人已经开始猜想，为何凯尔赛特要持续搜寻。这里是他的祖国，如果他决定走自己的路，他可以一个人活得好好的。三天暴雨期间，两人曾经试着厘清他之所以继续跟着他们的原因，但现在他们实在累到无法思考。他们打定主意，在这次的旅程结束前，一定要弄清楚他究竟是何方神圣。三人在满地尘土和漫天大雾中拖着沉重的脚步，一路走到中午。

派那蒙突然停了下来。

"脚印！"

高大的窃贼欣喜地大喊，冲向他们左边的一处洼地，凯尔赛特和谢伊惊讶地看着他。不一会儿过后，三人热切地跪在清楚地拓印在地上的脚印旁。脚印来自于谁已经无须言语，就连谢伊都认得出来，那是地精的靴子留下的足迹，脚后跟处有明显的磨损。一连串清晰可见的脚印大致朝着北方而去，但是迂回行进，仿佛他不确定目的地是在哪里。看了一会儿后，派那蒙催促大家赶快起身。这些足迹应是几个小时前才留下来的，照它们曲折的程度看来，他们应该可以轻易追上奥尔·费恩。漫长的追逐终于快要来到尽头，这让帕那蒙喜不自胜。三人没有多说一句话，只是坚定地往北方移动。就是今天了。他们马上就会抓到奥尔·费恩。

地精留下的足迹飘忽不定，他们时而发现自己朝正东边行走，时而完全往相反的方向去。沉闷的午后冗长乏味，虽然凯尔赛特表示留下脚印的时间愈来愈接近，但他们的速度似乎还是没有变快，如果入夜前没能赶上他，他们将再次失去抓到他的机会。之前两次他们就快要逮住他了，却由于种种不可抗力而放弃追捕计划。他们不想再重蹈覆辙了，谢伊暗自发誓，如果有需要，就算天全黑了，他也要追下去。

远方阴森的山峰处就是令人生畏的骷髅王国，黑色的顶端像剃刀般突出于地平线。谷地人心里有股挥之不去的恐惧感，随着三人深入北境愈来愈强烈。他所承受的一切已经远超他的想象，搜寻奥尔·费恩和沙娜拉之剑都只是众多事件中的一小部分。虽然他并未因此惊慌，但内心敦促着他赶快结束这场疯狂的追逐，早日回家的声音仍刺痛着他。

到了下午，起伏的丘陵地形渐渐过渡到平原，三人视野更为开阔。自打他们进入这里以后，这是第一次他们能够以轻松的姿态挺直走路。但放眼望去尽是荒凉空虚的黄土和灰石，往北延伸直达连接骷髅王国和黑魔君巢穴的高峰，漫无边际，赤裸空旷，绝无人烟，只有同样令人恐惧的死寂笼罩着，没有虫鸣鸟叫，就连风吹过的声音也没有。奥尔·费恩歪曲的足迹就消失在这片荒野里，就像被这块土地吞了似的。

三人驻足良久，一脸不情愿地踏入这块不友善的土地。但现在没有太多的时间让他们仔细盘算，只能硬着头皮往前走。在视野更好的平原上能够看到更远的足迹，三人截弯取直，省了不少时间。不到两个小时，凯尔赛特就表示距离他们的目标物不到一个小时了。太阳逐渐西沉，薄暮在挥之不去的灰雾下更显苍茫，大地呈现一片诡异的朦胧景象。

跟随着地精的脚步，他们进入一处有许多尖锐突起物和巨大岩石的深谷。落日的余晖几乎完全消失在山谷黑暗的阴影里，而一心想快点追上地精的派那蒙只能眯着眼屈身贴近地面搜寻足迹，但印记却到这里戛然而止。在派那蒙探寻情况的时候，三人的步子渐慢。最后谢伊和凯尔赛特停在了吃惊的派那蒙身旁，经过一番仔细观察，他们发现有人刻意清除了地精所留下的所有痕迹。

几乎在同一时间，巨大的黑色身影从暗处现身，笨重迟缓地向前行进。谢伊最先看到他们，但总觉得是他的眼睛花了。派那蒙立刻心里有数，随即抽出剑并举起他的尖矛想要突围。但凯尔赛特却作出惊人之举，他快速向前，将震惊的小偷拉了回来。派那蒙不可置信地瞪着无声的伙伴，勉强放下武器。他们周边至少包围了十二个人，谢伊知道他们被巨人发现了。

疲倦的精灵骑士勒住大汗淋漓的坐骑，俯视瑞恩谷地。空旷的山谷从他们面前往东延伸两英里，两旁山势险峻，灌木匍匐。这个传奇的隘口千年来就是史翠里汉平原进入西境森林的通道，也是精灵国度浑然天成的门户。就是在这个著名的隘口，精灵军团和杰利·沙娜拉击败了黑魔君大军。也是在这里，布莱曼和神秘的沙娜拉之剑重挫了布罗讷，他带着大军落荒逃回平原，却遇上侏儒士兵，掉入陷阱，遭到歼灭。瑞恩谷地见证了超级大战以来最大威胁的覆亡，各族人民都将此和平谷地视为古迹，也是人类历史的天然遗址。有些人还专程绕了大半个世界来此，隔着时空感受当时那场恐怖的战役。

穹·林·桑德命骑士下马，精灵骑士们满怀感激地谨遵命令。此时他关心的不是过去的历史，而是眼前的未来。他忧虑地看着从北境铺天盖地袭来的黑色屏障，一天比一天更接近西境边界和精灵的家园。他瞭望东方地平线，黑暗已经渗入帕瑞诺周边森林。他痛苦地摇摇头，咒骂那天他怎会允许自己离开国王——也是他老朋友——的身边。他和伊凡丁从小一起长大，伊凡丁登基后，他就成为他的私人顾问，更自封为忠实的监察者。他们一起拟定计划，为一度被认为已在第二次种族大战中被毁灭的黑魔君布罗讷的入侵作准备。神秘的浪人亚拉侬曾经警告过精灵，虽然某些人对此嗤之以鼻，但伊凡丁却知之甚详。亚拉侬从未失误，他预见未来的能力虽然怪异，却准得吓人。

精灵人民遵从伊凡丁的指示备战，但入侵并未如预期地发生，之后帕瑞诺就跟沙娜拉之剑一起沦陷了。亚拉侬再次前来，请求精灵巡逻帕瑞诺以北的史翠里汉平原，阻止地精攻占德鲁伊要塞和将剑北送到黑魔君城堡。而他们也毫无疑义地照办了。

但料想不到的事就发生在穹·林·桑德离开国王之后。被壕沟困在帕瑞诺的地精出人意表地决定突围，派出三支重装部队展开突击。伊凡丁和他分头并进拦截地精，若不是中途杀出地精和巨人联合部队，他们可以轻取敌军。穹·林指挥的精灵溃不成军，他苟延残喘地保住一条命，但却找不到伊凡丁。精灵国王和他的整支部队全都消失无踪，穹·林·桑德整整找了三天还是不知下落。

“我们会找到他的。他不是这么好对付的人。他会找到活下来的方法。”

精灵微微点头，瞥了一眼站在他身边的那张年轻脸庞。

“听起来很不可思议，但我知道他还活着，”另一人冷静地说道，“我不知道该怎么解释，但我就是感觉得到。”

布尔·艾力山铎是伊凡丁的弟弟；如果他哥哥崩逝，他将成为下一任精灵王。但他还没准备好继承大统，或者更诚实一点地说，他并不想登上王位。自从伊凡丁失踪后，他既未接掌日渐萎靡的精灵军队，也未理会惊慌的议会，而是立刻加入搜寻他哥哥的行列。结果，现在的精灵政府一团混乱，两个星期前还上下一心、全民共御外侮的国家，如今却因为群龙无首而陷入分裂局面。

精灵们并未惶惶终日不可自拔，他们是严谨克制的一群人，不能让局面演变到一发不可收拾的境地。但伊凡丁有着公认的王者风范，继位之后就获得人民爱戴。他虽然年轻，但魅力非凡，稳若泰山，总是有求必应，而人民也乐于接受他的建言。伊凡丁失踪的消息，对精灵造成了相当大的打击。

但是除了找到失踪的国王，布尔和穹·林没有时间担心其他事。九死一生的精灵幸存者一边躲着地精士兵和北方大军，一边寻找伊凡丁的下落。风尘仆仆的他们回到边界小村库什得到新的马匹和补给后，立刻又上路继续搜寻。

如果伊凡丁还活着的话，穹·林·桑德知道在哪里可以找到他。

将近一个星期前，北方大军已经挥军南下卡拉洪王国，除非边境军团被击溃了，否则他们走不了多远。几番推敲后，布尔和他都相信伊凡丁成为俘虏的可能性非常高。对布罗讷来说，精灵王是个相当具有价值的谈判筹码。连伊凡丁都被打败了，其他城市的领导者考虑投降的意愿可能更高。

不管如何，黑魔君确实意识到了伊凡丁对精灵人民的重要性。他是自杰利·沙娜拉以来最受尊崇的精灵领袖，他们会不计一切代价让他平安回来。他如果死了，对布罗讷不但一点好处也没有，可能还会激怒精灵，让他们重新团结起来打倒他。若留下活口，精灵肯定不敢轻举妄动，以免危及他们最爱的精灵之子。

“够了，上马！”

穹·林不耐烦的声音打破寂静，骑士们纷纷上马。他最后一次望向远方那片黑暗，然后迅速跳上他的坐骑，拉起缰绳，跟早已候在身边的布尔，领着一群人快步走下谷地。这是个灰暗的早晨，空气中昨晚雨后的浓烈气味仍在平原上徘徊不去。湿润的青草默默承接嗒嗒踏过的马蹄。在遥远的南方，可以看到湛蓝色的天空从云层后露出脸来，精灵们在适中的温度中舒适地骑乘。

他们很快就抵达谷地尽头，进入隘口东边通道后，便勒马放慢速度，再往前就进入北境了。骑士们因为在前方不远处的北方大军而彼此压低了声音交谈，一队骑士蛇形绕过通道处的一座座山脉，没多久便一个接着一个踏上史翠里汉平原。穹·林随意浏览着眼前的旷野，之后突然勒住缰绳。

“布尔——有骑士！”

对方立刻上前，一起注视遥远的骑马者朝着他们快速驰来。精灵们好奇地盯着，但在朦胧的光线中无法确切地辨认来者何人。有一瞬间，布尔认为那是他的哥哥回来了，但那人身材实在太矮小，让布尔的希望随之破灭。而且他肯定不是骑士，当他朝着他们过来时，他像逃命似的紧紧抓住缰绳和马鞍，一脸潮红，满身大汗。他不是精灵，而是南方人。他猛地在精灵面前刹住脚，说话前拼命喘气。他看着眼前一张张看好戏的脸，变得更加面红耳赤。

“我在几天前遇到一个人，”那陌生人开口说道。然后他停了一会儿，来确认大家是否注意听他说话。“他要我前来寻找精灵国王的得力助手。”

看好戏的表情瞬间消失，精灵骑士们倾身向前。

“我是穹·林·桑德。”指挥官低声应道。疲惫的骑士如释重负地叹了一口气，并点了点头。

“我是弗利克·欧姆斯福德，一路从卡拉洪过来寻找你，”他吃力地翻身下马，不断摩擦发疼的背部，“让我休息几分钟，我带你去找伊凡丁。”

谢伊安静地从两个巨人中间走过，被凯尔赛特背叛的感觉一直无法从他脑海中抹去。遇到埋伏的他们本来至少还有机会反击，但是凯尔赛特却要他们无条件投降。谢伊本来希望凯尔赛特会认识他们其中一人，或是至少看在同族的分上劝劝对方，让他们全身而退。但是他完全没有跟他们沟通，顺从地让他们绑住他的手。派那蒙和谢伊也被解除武装，双手被缚，三人一起被带往北边。小谷地人身上还揣着精灵石，但对巨人不起作用。

走在派那蒙后头的谢伊端详着前者的背，猜想那暴躁的小偷有什么想法。他对巨人马上投降的举动大为震惊，以至于到现在仍未开口说过一句话。显然无法相信自己错看了他的巨人朋友，他曾救过这个沉默的巨人的命，也极为珍视他们之间的友谊。凯尔赛特神秘的表现让两人同感错愕，但相较于谢伊只是觉得困惑，派那蒙内心却大为受伤。不管他们之间有过什么，凯尔赛特一直都是一个他认为他能够依赖的朋友。他的不信任很快就会变成敌意，谢伊知道派那蒙·奎尔在任何情况下都不是好惹的。

他们并不清楚自己将被带往哪里。北境的夜晚月黑无光，一行人在星散的岩块和松散的土石堆中迂回前进，谢伊只能专心注意自己的脚步。他听不懂半点巨人语言，而派那蒙始终沉默着，谢伊无法获得任何信息。如果巨人们开始怀疑他的身份，就会带他面见黑魔君。他们并没有夺去谷地人的精灵石，这意味着巨人只把三人当成了普通的入侵者，并不知道他们为何而来。这个猜想带来了一丝安慰。巨人们很快就会看穿他。他突然想知道奥尔·费恩的遭遇。他的脚印在他们被抓的地方就没了，那么他肯定也被俘虏了。那么他们把他带到哪儿去了？沙娜拉之剑又怎么样了？

他们在黑暗中走了数个小时。谢伊很快就失去了对时间的概念，不支倒地，接下来的路程中他就像一包谷物被某个巨人扛在肩膀上。当他们到了某个陌生的营地时，他曾经醒来一会儿，被放到地上后带进一处大帐里，确认他的双手双脚都绑好后，就只留下他一人在这里。派那蒙和凯尔赛特则被带往他处。

刚开始他还拼命挣扎，但手上脚上的绳索完全没有松脱的迹象，他最后干脆放弃。睡意开始慢慢向他疲倦的身躯袭来，长途跋涉的疲惫感在他酸痛的身体里流淌。他拼命抵抗，强迫自己想法子逃跑，但事与愿违。愈是不想睡，脑子愈沉重。结果不到五分钟，他就沉沉睡去。

他感觉才睡没多久，就被粗糙的手给摇醒了。有个巨人用他听不懂的话对他说话，然后又指向一盘食物，便离开帐篷进入外头的阳光当中。谢伊茫然地起身，眯眼看着黑暗的帐篷，这才注意到北境一贯昏暗的早晨已经来临，预示着新的一天又开始了。而绑住手脚的绳子被拿掉了，则是让他感到些许讶异，他搓揉手腕，转动关节，带血液恢复循环后，立刻吃起为他准备的餐点。

在他的帐篷外显然有什么事情发生，营地早晨的空气中弥漫着巨人的惊叫声。刚吃完早餐的谷地人正打算冒险偷瞄一眼时，帐篷入口的布幕突然被掀开，进来一位魁梧的巨人守卫，要谢伊随他过去。谢伊紧抓着外衣，确认精灵石在那里后，不情愿地跟着巨人出去了。

小小的南方人在巨人护送下穿越偌大的营地，营地里除了大大小小的帐篷之外，还沿着山脊搭建了石屋充当营房。大致看了一下周遭环境，谢伊可以断定他们所在之处比昨晚所走过的平原要高。但整个营区似乎已无人居住，刚刚的喧闹声也不复听见，照亮夜空的营火化为余烬，所有的帐篷都空空如也。一股寒意突然窜过他的全身，看来这次真的是死路一条了。他完全没有看到凯尔赛特和派那蒙的身影。亚拉侬、弗利克、曼尼安还有其他伙伴仍在南境，并不清楚谢伊的处境。害怕自己即将孤独死去的谢伊，甚至连逃跑的力气都没有，只能木然地跟着巨人穿越安静的营区。经过山脊边的营舍和帐篷之后，他们来到一块宽敞的空地。谢伊难以置信地盯着眼前的一切。

数十个巨人呈半圆形面对着山脊而坐，在他出现时，转过头看了他一眼。而山脊下则坐了三个体格各异——也许年龄也不一样——的巨人，手里握着上有三角旗帜的杆子。派那蒙·奎尔坐在圆形的另一侧，忧郁的表情在看到谢伊之后也没有改变。大家都注意看着一动不动地站在圆心的凯尔赛特，他双臂交叠着面对三名掌旗者，当谢伊被带进来坐在若有所思的派那蒙身边时，也没有转过头来。四周陷入长时间的安静，这是谢伊所见过的最诡异的场面。接下来，一名坐在前方的巨人郑重地起身，用旗杆轻轻点地，其他人也跟着起身面向东方，用他们的语言齐声说了一些短句，然后又默默地坐了下来。

“你能想象吗？他们在祈祷。”

这是派那蒙开口说的第一句话，谢伊吓了一跳。他看向那小偷，但对方只是专注地望着凯尔赛特。另一个掌旗的人起身对与会群众说了一些话，又对着派那蒙和谢伊指指点点了几次，小谷地人不解地看向他的同伴。

“这是一场审判，”他用一种冷默的声音表示，“但不是对你，也不是对我。我们会被带到刀锋山后的骷髅山脉，黑魔君的王国，被当成……随便以什么罪名抓起来。我想他们还不知道我们是谁。黑魔君有令，所有外来者一律交由他处置，我们没有受到差别待遇。因此，还有希望。”

“但审判……”谢伊怀疑地问道。

“是凯尔赛特。他有权要求由族人审理，而非交由布罗讷来判。这是一项古老的习俗，因此他们不能拒绝他的请求。他们那族与我们人族交战的时候，他正与我们在一起。任何跟人族为伍的巨人都会被认为是叛徒，他也不例外。”

谢伊不由自主地望向凯尔赛特。他坐在众人中间，主持审判的那个巨人滔滔不绝地说着。谷地人乐观地认为，他们弄错了，凯尔赛特完全没有出卖他们。但他明知道自己可能也将因此丧命，为什么束手就擒？

“如果他们裁定他是叛徒，会怎么对他？”他脱口问道。

派那蒙嘴角浮现一抹难以察觉的微笑。

“我知道你在想什么，”他语带讥讽，“他把一切都赌在了这场审判上。如果他们认为他有罪，马上就会从最近的悬崖把他丢下去。”他意味深长地止住话，第一次正眼看着谷地人，“我也同样不理解。”

发言者说完长篇大论之后回到位子坐好，众人再次陷入沉默。一会儿过后，有个巨人走到三名主持审判的巨人前，谢伊现在知道那人应该就是法官。简短地发表声明后，跟着他进来的几个人则针对法官提出的问题一一回答。谢伊完全不知道发生了什么事，猜想那些巨人应该是前一晚抓了他们的人。这样的审问看似没完没了，但凯尔赛特依旧不动如山。

谢伊审视沉默的巨人，还是无法理解他为何会让事情朝这个方向发展。谢伊和派那蒙都知道凯尔赛特并非因为不会言语而被族人驱逐的平庸之辈，也不是派那蒙曾简单定义的小偷与冒险者。他那双温柔的眼睛充满睿智，对沙娜拉之剑、黑魔君，甚至谢伊还不知道的事，似乎有某种程度的了解。有某种经历深藏在巨人的内心。他就跟亚拉侬一样，谢伊突然想到。两人似乎都握有沙娜拉之剑的关键秘密。这个奇怪的发现让谢伊疑惑地摇头，但他无暇多作思考。

证人陈词完毕，三名法官叫被告起身进行答辩。包括法官、列席旁听的巨人、派那蒙和谢伊全都期待地看着凯尔赛特，但他还是一动不动，就像进入恍惚状态似的。谢伊心里疯狂地涌现一股大吼大叫的冲动，想要打破令人无法忍受的沉默，但话到嗓子眼又被他咽了回去。时间一分一秒地过去。接下来，在毫无预警的情况下，凯尔赛特站起来了。

他不卑不亢地挺起身板，面对法庭时展现大将之风，目不斜视地看着三名法官，然后从腰间的皮带里拿出一个黑色金属吊饰，将其高举于法官面前。他们惊讶地倾身向前，细细观摩。谢伊看了一下那个中间有个十字的圆形吊饰，然后巨人慎重地将项链举过头，缓缓戴到脖子上。

“老天啊……我简直不敢相信！”派那蒙惊讶地倒抽一口气。

法官也惊讶地起身。当凯尔赛特缓缓转身面对其他感到疑惑的巨人时，他们也马上起立，爆发出兴奋的呼声，拼命指着站在他们中间的巨人。谢伊莫名其妙地看着其他人，完全搞不清楚状况。

“派那蒙，发生了什么事？”他大声问道。

但是众人欢声雷动，几乎淹没了他的声音，派那蒙也站起身，一只手猛拍谢伊的肩膀。

“我实在不敢相信，”那小偷喜形于色，嘴里不断重复这一句话，“这几个月来，我从未料想到。就是他藏起来的东西，小谷地人！那就是他为何要我们不战而降的原因，但是一定还有其他的……”

“你可以告诉我是怎么一回事吗？”谢伊激昂地质问。

“那个吊饰，圆圈中间有个十字！”他疯狂地大喊，“那是黑色伊利克斯，是巨人颁给他们族人的最高荣誉！你终其一生可能看不到三个。要赢得这面奖章，你必须成为巨人国尊崇的典范，成为众人效法的楷模，你必须成为最接近神的存在。凯尔赛特曾经获得这份殊荣，我们却从未料想到！”

“那他被发现跟我们在一起的事呢……？”谷地人还是一知半解。

“任何拥有伊利克斯的人绝对不会背叛他的族人，”派那蒙打断他的话，“这份荣誉代表牢不可破的信任，戴着它的人绝不会作出违反族人律法之事，他们推定背叛族人不在佩戴者的考量范围内。他们认为背弃这样的信任将会遭到天谴，面临永世的惩罚，没有人会笨到去这么做。”

谢伊回望凯尔赛特，欢呼声依旧久久不散。巨人再次面对法官，三人极力想平息众人的欢声雷动，花了好几分钟才好不容易恢复秩序。众人回座，焦急地等着凯尔赛特开口。又过了一会儿，沉默的被告身边出现一位口译员，然后凯尔赛特开始用手语进行沟通。翻译紧盯着凯尔赛特的大手，将其翻译成巨人语，其中有位法官问了一些话，但谢伊还是什么都不懂，还好派那蒙也开始他自己的翻译，低声解释给谷地人听。

“他说他来自诺本，一个位于查诺山脉的巨人大城。他的家族姓氏是马里寇斯，是个历史悠久且深具光荣传统的家族，但惨遭灭门，据称可能是意图洗劫的侏儒所为。左边那位法官问凯尔赛特如何逃过一劫，他们一直认为他也死于那场灭门血案。那次屠杀一定惨绝人寰，才会传到如此遥远的地方。不过接下来，你听着，谢伊！凯尔赛特说，对他抄家灭族的凶手是黑魔君密使！大约一年前，骷髅使者来到诺本，控制政府，要求巨人军队听命于它们。它们企图让大家相信布罗讷已经起死回生，不但活了数以千年，而且凡人将奈他莫何！身为诺本统治家族之一的马里寇斯拒绝屈服，呼吁大家挺身对抗黑魔君。因为他戴着黑色伊利克斯，凯尔赛特的话分量很重。除了凯尔赛特之外，黑魔君将整个马里寇斯家族都杀害了，然后将他带到位于刀锋山的巢穴。侏儒强盗的故事只是个幌子，好诱使同仇敌忾的巨人加入南侵阵营。”

“但是凯尔赛特在他们将他关起来之前逃了出来，一路往南游荡，直到我发现了他。黑魔君下令烧坏了他的嗓子，好让他无法跟任何活物交谈，但他学会了手语，等待重回北境的机会……”

其中一位法官突然打断，派那蒙的翻译也暂时停了下来。

“法官问他为什么现在回来。我们的大朋友说，他听说布罗讷害怕沙娜拉之剑的力量，以及精灵家族之子将再次举起神剑的传说……”

派那蒙突然打住，转向了凯尔赛特。这是第一次，那巨人面对着谢伊，他那双温柔的眼睛专注地望着小谷地人。一股寒意瞬间流遍谢伊的全身。

接下来，巨人向法官比了些手势。派那蒙犹豫了一下，然后轻声地向谢伊翻译。

“他说，他们必须跟他一起前往骷髅王国，一旦进去后，你，谢伊，将亲手毁灭黑魔君。”

31

帕兰斯·巴克哈纳在破晓时去世。当第一道阳光照进东方地平线时，死亡不期而至。他甚至没有重新恢复意识。当巴力诺被告知时，他仅点头表示知晓，然后就转过身去。他的朋友全陪着他，直到韩戴尔默默示意他们离开。他们聚在房间外的走廊，压低声音交谈。现在巴力诺是巴克哈纳家唯一的血脉，如果他在即将到来的战事中死去，他的姓氏将永远从大地上消失。也许只有历史会记住它。

同一时间，攻击泰尔西斯的行动也在长夜尽头毫无预警地展开。当曙光逐渐显现，站在墙头的边境军团士兵看见北方大军已经兵临城下，如棋盘格般列阵站好，放眼望去，从城下到摩米顿河都是黑压压的一片。他们一动不动，直到阳光穿透天空，照射着全副武装的鲜活面孔，地精擂动战鼓划破长空，攻城战正式开始。拂晓出击的百万雄师缓缓朝着泰尔西斯推进，武器铠甲随着整齐的步伐铿锵有声。

北方大军渐渐逼近，成千上万的士兵身影攒动，面庞被微曦的晨光与铠甲所遮盖。他们用金属制的轮子推着镶着铁边横杠的高架坡道，沿着大道吱呀吱呀地直驱峭壁。

大军进入距离边境军团一百码的范围内，战鼓声依旧不疾不徐，节奏平缓。直到太阳从东边山头升起，黑夜完全消失在西边地平线时，鼓声戛然而止，大军也蓦然停住。清晨冷冽的空气中弥漫着一股紧张的气氛，然后北方人发出惊天的喊声，一波接着一波涌向边境军团。

站在城门紧闭的外城墙上，巴力诺表情严峻地看着来袭的北方雄师，语气平稳简单地交代传令兵分别派人去找左翼的艾克顿、范威克，与右翼的梅沙林、金尼森前来，目光随即转向堡垒下方进击的兵团。在紧急搭建的防御工事后，弓箭手和长矛兵耐心等候他下达命令。巴力诺知道凭着他们得天独厚的地理位置优势，他们能够挡下这一波攻势，但是得先摧毁五座慢慢滚向峭壁底部的高架坡道。既然敌人想得到，他也早料到这样的装置会被用来攀登高原和较低的堡垒。现在北军前锋已经逼近五十码范围，新任卡拉洪国王仍在等待。

紧接着，敌军脚下的土地突然裂开，反应不及的攻击者失声尖叫，掉进敞开的大洞里。两座高架坡道无预警崩塌，不但轮子松了，横杆也断了，让敌方第一波攻势大受冲击。位于堡垒上方的弓箭手终于等到巴力诺的指令，攻击乱了阵脚的敌军。霎时间，城头箭如雨下，北方大军前锋部队非死即伤，纷纷掉落下方平原，被紧接而来的第二波进攻者们无情踏过。

另外三座高架坡道躲过陷阱，持续朝着城寨壁垒前进。边境军团立刻放出点了火的弓箭，射向木造的高架坡道，数十个小黄人马上跳上去将火扑灭。此时地精射手也已就位，对边境军团还以颜色。一时间双方箭雨来往不休，但是在高架坡道匍匐着的地精们毫无掩蔽，形同人肉箭靶，到处都能听到痛苦的惨叫声。受了伤的边境军团士兵能够躲在壁垒后，并接受治疗，但北方伤兵却只能无助地躺在旷野里，许多人还来不及被移到安全的地方，就惨遭杀害。

三座高架坡道仍持续滚向高原，其中一座已经被大火吞噬，滚滚浓烟遮蔽了方圆百码的视线，剩余两座进入壁垒二十码内后，巴力诺下令进行最后的防御。大锅大锅的油被倒到下方的草原，正好就在高架坡道行经的路线上。北方人根本来不及转向，紧接着又被丢下来的火把打个措手不及，整个区域瞬间成为炼狱，大量黑烟直冲天际。熊熊火墙阻断了敌军攻势，前排士兵被大火活活烧死，只有少数几人侥幸逃出火海。强风将浓烟横向吹往西边。有片刻时间，双方左翼与中部均被浓烟挡住视线，既看不见对方，也看不见被呛到窒息倒地的伤员。

巴力诺马上瞅准了机会。现在展开反攻或许能够击溃北方大军。他一跃而起，向负责城内卫戍的亚努斯示意，沉重的城门随即缓缓向外开启，配备短剑和长枪的骑兵立刻奔向艾克顿和范威克驻守的左翼防线。他们放下一座轻便的高架坡道，然后艾克顿率领边境骑兵以迅雷不及掩耳之势冲下峭壁，在左边大范围绕圈。

巴力诺计划绕过火墙，然后突袭敌人右翼。当北方人被迫迎战时，他将率领步兵攻击腹背受敌的前锋，将敌人逼回摩米顿河。如果反击计划失败，两翼仍可藉由烟幕的屏障沿坡道退回峭壁。这是个大胆的赌博。边境军团和北方大军兵力比例悬殊，至少是一比二十，如果泰尔西斯人的退路被切断，他们将全数遭到歼灭。

一小支边境步兵已经从左翼的行动坡道降到地面，以保护骑兵撤退的唯一途径。此时左翼的敌军仿佛全都消失了一样，全被着火的高架坡道燃起的黑烟所笼罩。

而烟霾在右翼则未造成太大影响。两军战火正炽，北方大军持续猛烈进攻。边境军团的弓箭手全数放倒了第一波攻击者，但是第二波敢死队立刻攻到峭壁下方，企图利用爬城梯翻上峭壁。地精弓箭手一字排开，朝着壁垒猛射，希望为攀爬的士兵争取时间来越过泰尔西斯防线。而边境射手以火箭还以颜色，其他人则用长矛击退进犯的敌军。

这是一场旷日持久、流血漂橹的战争。一支骁勇的巨人小队一度攻破边境军团防线，攻上峭壁，防守的指挥官金吉森怒发冲冠，重整士兵力抗巨人。在这一场血腥的肉搏战中，边境将士手刃敌军，守住了防线。

在外城墙制高点上，四名老友跟亚努斯哑然看着底下触目惊心的景象。韩戴尔、曼尼安、都林和戴耶全都留在城内，他们的任务是观察战况，帮助巴力诺协调边境军团行动。滚滚浓烟完全遮蔽了边境人的视线，让他无法掌握骑兵的行动，得靠位于高处的他们给他建议，才能在适当的时机从中线发动攻击。新手国王尤其仰赖韩戴尔的判断，沉默寡言的侏儒已经驰骋沙场三十年，悍守阿纳尔边境。

四人焦虑地看着两军缠斗。右翼战况尤其惨烈，北方人持续猛攻，企图攻上峭壁，边境军团奋不顾身拦击敌方的凌厉攻势。城门正下方的平原则因为燃烧油料和木造坡道，被铺天盖地的黑烟笼罩着，烟雾边缘的北方士兵仿若无头苍蝇，想要重新发动攻势未果。至于左翼的边境骑士，则已经杀出浓烟的重围，正与第一波反抗势力对抗。

北方大军在右翼部署了大批地精骑兵以防侧翼攻击，但是却被发动奇袭的对手打得溃不成军。边境军团对北方大军暴露的侧面缺口攻势渐猛，在北面铺开，放低了钩状长矛，组成三队纵列，冲向尚在震惊中的敌人。在艾克顿的率领下，边境士兵如入无人之境，直取敌军心脏地带。热血沸腾的四人站在墙头观战，此时敌军立刻调整战线，要从右边发动的新一波攻击。敌军一有动作，韩戴尔立刻向巴力诺发出信号。此时又从中线位置放下了第二座移动坡道，由梅沙林领军冲向下方草原，随着他们消失在黑雾中，后卫尽职留守保护他们的退路。巴力诺收紧防线，火速登上外墙城头，观察反攻的成果。

他们打了一场漂亮的侧翼战。北军转向右翼迎战，让中间防线洞开，梅沙林率领步兵从正面强袭。训练有素的边境军团一举攻进敌军中心，北方大军死伤无数，而艾克顿的骑兵仍持续从左翼压迫。敌军右翼防线彻底崩溃，刹那间，惊恐的尖叫声四起，右翼北方人的攻势甚至暂缓了片刻，他们扭头难以置信地看向西方，想知道发生了什么。站在墙头的曼尼安惊异地看着这一切。

“太让人难以相信了，边境军团真的把他们赶回去了，他们被打败了！”

“现在还言之过早，”韩戴尔轻吁，“接下来才是真正的考验。”

高地人的目光重新回到战场。在边境军团持续猛攻下，北方人节节败退，但是在战线后方，新一波行动也逐渐成形。黑魔君大军不会这么轻易就被打败，既然人员缺乏训练，他们就用数量来补足。大批地精骑兵重新集结，抵御边境军团的攻击。在弓箭手和投掷兵的支持下，他们快速逼近艾克顿的北方，而中后方的士兵也用盾牌组成了一个盒状阵势，朝向攻入中线的边境步兵移动。墙头上观战的人不解地看着，但随即就被从阵势中冲出来的武装战士吓了一跳，他们不分敌我，硬生生杀出一条血路。这是曼尼安所见过的最凶残的行动。

“岩石巨人！”巴力诺大喊，“他们会屠杀梅沙林和整支军队。亚努斯，放出撤退信号。”

新任指挥官立刻举起一面大型的红色三角旗。曼尼安困惑地看着沉默的边境人，不理解他为什么要放弃唾手可得的胜利而撤军。国王捕捉到他询问的眼神，对他未说出口的问题报以苦笑。

“岩石巨人一出生就接受战斗训练，那是他们生活的方式。在徒手对战中，他们不管是战技还是体能都比边境军团优越。继续攻击对我们没有任何好处。他们已受到重创，而我们也保住了据点。如果我们想要打败他们，就必须一点一点蚕食渐进，削弱他们的力量。”

曼尼安点头表示理解。然后巴力诺匆匆挥了挥手，返回下面的指挥位置。当下他主要考虑的是撤军安全，守住移动式坡道，以保卫士兵回家的唯一途径。高地人看着边境人离开视线，然后重回城头。眼下草原就是一个屠场，从高原峭壁放眼望向北军后防，伏尸百万，血流千里。没有人见过如此惨绝人寰的杀戮，他们无言地看着两军浴血奋战。

远处，梅沙林旗下的步兵已经开始撤退，但岩石巨人却将他们逼往前排团团围住的自己人阵中，准备来个瓮中捉鳖。正当步兵们不受阻拦地撤退时，艾克顿率领的骑兵则遭到地精骑兵反击。两股势力在巨人追兵的左侧激烈交战。艾克顿似乎不能也不愿抽身，而他麾下的骑兵们受到了北侧地精射手的猛烈攻击，他们前方有骑兵和弓箭手的双重火力，加上后防也受到地精和巨人组成的小队包夹，现在艾克顿正陷入三面被围的困境。

韩戴尔愤恨地喃喃自语，曼尼安也开始感到不安，就连亚努斯也紧张地来回踱步。他们最大的恐惧片刻后就被坐实。筋疲力竭的边境军团被精力充沛的巨人快速追上，无法赶抵安全之地，在距离移动坡道约一百码处，直接掉头迎战。底下的黑烟让守在城门前的巴力诺完全无法掌握事态发展，但是高处众人却对这突如其来的转变看得一清二楚。

“我必须要警告巴力诺！”韩戴尔大声叫嚷，随即从胸墙往下跳，“整支军队会被切成碎片！”

亚努斯马上跟进，曼尼安和精灵兄弟仍然无法把视线移开，眼睁睁地看着巨人逼近梅沙林的弟兄。边境士兵向中间靠拢，盾牌一致对外，并将矛柄抵在地上，将矛头伸出盾外防御。巨人也迅速组成一个横向的长形方阵，打算用绝对优势三面夹击南方人，攻破他们的防线。曼尼安着急地往下看，但巴力诺不为所动，似乎仍未察觉闻名遐迩的边境军团已经濒临覆灭边缘。就在他把目光移回战火正炽的草原上之际，恰好看见韩戴尔和亚努斯正疯狂地向边境人打手势示警。就要来不及了，曼尼安在内心大喊。他们恐怕太晚了。

但突然间，奇怪的事情发生了。被观战众人暂时遗忘的边境骑兵出其不意地突破地精攻击，重组成完美的弧形阵势，不但冲过阻挡的骑兵，更将弓箭手的招呼视为无物，全力朝着东边死咬边境步兵的巨人后方疾驰而去。他们放低长枪，以秋风扫落叶之姿一路往东攻击巨人方阵的下盘。因后防遭到突如其来的攻击，高大的战士接连绊倒。

但这些是世界上最精良的武士，缓过神后，他们随即恢复阵势，面对新的威胁。此时艾克顿的骑兵又往西边退，以极快的速度再次扫向巨人方阵的后卫，北方人立刻掷出长矛和钉头锤还击。超过二十四名骑兵因此坠马或死伤，执行完冲锋任务的边境军团又突然急转，向南返回泰尔西斯。

艾克顿已经达成他的目的，及时分散了巨人的注意力，让梅沙林的步兵趁机突围。这次堪称是超完美的战术执行，观战众人忘情地大声叫好。

怒火中烧的巨人依旧穷追不舍，但是边境步兵成功地躲进烟雾的保护伞下，然后在以巴力诺为首的营救部队驰援下，从坡道安然返回。边境军团在准备撤守时，和企图夺取移动坡道的敌军发生激烈对战。最后，他们干脆把它丢到下方的平原，移动坡道毫发无损的样子只保持了片刻，就被凌空丢下来的一把火给烧了，彻底毁坏。

而位于左翼的移动坡道在后卫的英勇守护下安全无虞，艾克顿率领骑兵返回时再次进入地精弓箭手的射程内，因此又造成更多死伤。逃过箭雨、冲破剑阵、不断遭到袭击的骑士们终于平安抵达，一刻不停地登上便道，走向敞开的城门，受到同袍和市民的热情欢迎。等到所有骑兵通通归来，后卫也随即撤守，并将移动坡道拖至安全处存放。

此时日正当中，太阳的热气像条潮湿的毛毯笼罩两军，北方大军不甘不愿地拖着死伤者撤离战场，重新部署。燃烧的滚油升起的烟雾持续笼罩着寂静的平原，晨风渐渐消散。悬崖前的空地上尸体横陈，北方大军的高架坡道在依旧未灭的火光中化为灰烬。尸体的恶臭弥漫，秃鹫盘旋而下大肆进食。两军透过战场相互对望，彼此都带着深深的仇恨，却已等不及兵戎相见。接下来好几个小时，一度青翠的绿地如今空空如也，被夏日艳阳炙烤着，让人不由得认为入侵行动已经结束，死亡的阴霾暂时散去，他们可以从杀戮中解脱，回到亲人与爱人身边。

但在午后时分，北方大军开始二度进攻。地精射手万箭齐发，攻击低处壁垒和后方高墙，另有一支集合地精和巨人持剑士兵的大型部队则是不断攻击南境的防御工事，企图找出弱点。然后是活动梯、小型爬墙梯、绑着绳结的爪钩，各式各样可能突破边境军团防线的工具都用上了，但是每一次尝试和每一次攻击都失败了。这是一场让泰尔西斯疲于奔命的耐力战。时至黄昏，双方还是打得难分难解。最后，这场仗以边境军团的悲剧告终。等到夜幕低垂，困顿的两军发动最后一波攻击，在几乎看不穿的薄暮中互相发射长矛和弓箭。正从左翼返回的骑兵指挥官艾克顿，被一支流矢射中咽喉，从他的坐骑上摔进随从怀里，没多久就死去了。

黑魔君的王国是已知世界中最荒芜最险恶的地方，那是个寸草不生、毫无生机的死亡陷阱。大自然吝啬地收回对这片不知感恩的土地的馈赠，荒野寂寥无声地铺展开来。它的东边和浩瀚的麦格沼泽接壤，那是一个从未有活物成功横渡的沼泽地，满布苔藓的浅水底下，早已变成腐泥和流沙，将所有经过的东西吞噬，而且据说深不见底。

从麦格沼泽往西，是叫作剃刀的一系列低矮山脉。山势南高北低，参差不齐，中间没有任何隘口可以穿越。经验老到的登山者也许能够找道穿越剃刀山的方法，曾经就有一两个人尝试过，要不是山里特有的毒蜘蛛，他们说不定就成功了。星散于岩石上的白骨，就是他们到过此地的无声证词。

不过致命的剃刀仍有钝口，位于王国西北角的山峰在这里逐渐降低为山麓丘陵，往南延伸五里都很容易通行，直通重重障碍包围起来的心脏地带。这里没有抵御入侵者的天然屏障，但在这个进入王国的通道——同时也是最明显的入口，黑魔君设置了陷阱，等着粗心的人自投罗网。众多只听令于他的耳目严格把守着这块狭窄的土地，有任何风吹草动就会立刻封山。而从山麓一路往南延伸五十里，是一个名叫奇耶洛克的荒漠，广阔无垠的沙地上空弥漫着看不见的有毒烟雾，源自于一条名为忘川的有毒溪流，从南边蜿蜒流进滚烫的戈壁，汇入大漠里一处小湖。就算是鸟，飞得太靠近毒雾，也会在瞬间死亡。死于沙漠熔炉和夺命气体的生物会在数小时内朽化为尘土，因此完全没有留下它们来过的痕迹。

但是其中最难以跨越的障碍，就是始于奇耶洛克沙漠东南，往东延伸到麦格沼泽的刀锋山。它就像是一支支被某个怪力巨人插入土里的超大型石矛，高耸千尺，直插云霄。它的外形也不像一般山脉，一系列可怕的山峰如痛苦伸直的手指般占据了地平线，而山脚下还有发源自麦格沼泽的蒸发到奇耶洛克沙漠的忘川毒流盘绕。只有疯子才会想攀登刀锋山。

只有一条通道可以穿越这道障碍。一条狭窄曲折的峡谷通往绵延数千码的山麓，直达环状边境内的一座孤山。由于风化严重，南面山壁破碎疏松，地貌尤其险恶，猛一看就像是一颗骇人的骷髅头，褪去了血肉，露出了狰狞的齿骨。这里就是冥界主人的家，黑魔君布罗讷的王国，到处都有象征死亡的骷髅印记。

已经到了中午，时间似乎凝滞了，偌大的要塞笼罩在一股诡异的气氛当中。虽然天空依旧灰涩，黄土一样寂寥，单调的褐色地表依然毫无生机，但今天的空气因为一行正要穿越刀锋山的凡人，散发出强烈的压迫感，仿佛迫不及待要发生些什么似的。

巨人小心穿越蜿蜒的峡谷，庞大的身躯在群山峻岭间就像岩石上的蚂蚁一样渺小。他们进入了死亡的王国，如同孩子进入黑暗的房间，既害怕又期待，等不及想瞧瞧前面有什么。虽然知道他们来了，但是他们却一路畅行无阻，黑魔君毫无加害他们的打算。他们脸上的平静掩饰了他们的真正目的，否则他们根本无法通过忘川河南岸。因为在他们中间的正是黑魔君所认为的已死之人，精灵沙娜拉家族最后的血脉。

谢伊走在魁梧的凯尔赛特后面，他的手看起来被绑在身后，在他之后的派那蒙手臂也被缚住，一双灰眼充满警戒地看着两边耸立的石墙。他们的欺敌策略奏效了。当三个假俘虏到达骷髅王国最南边的忘川时，巨人带着他们登上一艘由朽木和锈铁捆扎而成的大型木筏，摆渡者与其说是人更像是兽，他驼着背，充满霉味的黑色斗篷完全罩住他的脸，但是覆满鳞片、像钩子一样的手却在他撑篙越过毒河时清晰可见，让不安的乘客心生反感，直到终于抵达河的彼岸才松了一口气，而他与他的船随即消失在河面上缥缈的雾气之中。他们现在完全看不到地势较低的南境，空气干燥污浊，灰蒙蒙的一片阻挡了窥向河对岸的视线，只能隐约看见面前的刀锋山，漆黑如墨的峭壁像是把雾拨开似的。一行人无言地走进切开山脉的峡谷，深入黑魔君的领地。

黑魔君。自打从亚拉侬那里知道自己的身世后，谢伊就觉得这一天迟早会来，命运终将让他面对这个拼了命想置他于死地的怪物。记忆一闪而过，夹杂着交战、逃生、对峙种种。如今那一刻就要来了，但他最信任的朋友都不在身边，只有一群巨人、一个小偷，和一个意欲复仇的谜样巨人，实际上形同他将在这块世界上最荒凉的地方孤军奋战。凯尔赛特说服了法庭让他带少数几个巨人战士前往骷髅王国，并非因为他们相信那个不起眼的谷地人真有毁灭布罗讷不死之身的能力，而是因为他们的族人拥有黑色伊利克斯。

奥尔·费恩的命运也在这里裁定。原来，在他们三人被抓前一个小时，巨人先逮到了地精，随即将他押到主营，麦丘伦法庭很快就裁定他已经失去了理智。他一直喋喋不休地说着有关秘密和宝藏之类的事，干枯的黄脸狰狞可怖。有时候他还会对着空气喃喃自语，手脚不断挣扎，像是被什么东西抓着似的。唯一让他跟正常搭上关系的地方，就是那把古剑。他拼命抓着那把看起来一文不值的剑，无计可施的巨人干脆将他跟剑绑在一起。不到一个小时，他就被押往黑魔君的地牢。

峡谷通路曲折地穿过刀锋山高耸入云的顶峰，时不时地由宽阔大道骤然转为巨石间的狭缝。强壮的巨人健步如飞，少数几个来过这里的人带着大家快速穿越通路。现在速度至关重要，万一他们耽搁太久，黑魔君可能就会知道奥尔·费恩和他所拒绝交出的宝剑，已经安全关进自家地牢里。

这结果让谢伊浑身发颤。很有可能这已经成为事实——或许他们现在正走向自己的刑场。在库海文之旅开始前，黑魔君似乎就对他们的行踪了如指掌，每次他都等待着他们自投罗网。太疯狂了，这个风险实在太高！就算他们真的成功，就算谢伊真的拿到沙娜拉之剑……那然后呢？谢伊在心里苦笑。没有亚拉依在身边告诉他如何启动隐藏在神器中的力量，他能够对抗黑魔君吗？甚至不会有人知道他已拿到了宝剑。

谷地人不知道其他人的打算，但他决定如果奇迹发生，他拿到了传奇之剑，他就拼死逃出生天，其他人可以自行其便。他确信派那蒙会同意他的计划，尽管从他们进入黑魔君的领地后，他俩就几乎没有交谈过。谢伊觉得经历了这么多千钧一发的逃亡和毛骨悚然的冒险，这应该是派那蒙有生以来第一次感到害怕。但他还是跟凯尔赛特与谢伊来了，因为他们是他唯一的朋友，也因为自尊心不允许他辜负众望。他的本能就是不计任何代价存活下来，但绝不容许苟且偷生。

至于凯尔赛特，他踏上这段冒险之旅的原因并不分明。谢伊认为巨人之所以坚持夺回沙娜拉之剑的理由，除了复仇，肯定还有别的。凯尔赛特有某些特质让谢伊想到巴力诺——他有种沉静的自信，能够把力量带给其他人。当巨人表示要去找奥尔·费恩和沙娜拉之剑时，他就感受到了。那双温柔睿智的双眼仿佛对他深信不疑，虽然无法作出合理的解释，但谢伊知道他必须跟巨人朋友一起走。都已经花了两周寻找沙娜拉之剑，如果他现在掉头离去，他不但辜负了朋友，也辜负了自己。

两侧峭壁突然消失，峡谷通向一处山谷，看起来就像骷髅王国里的一个大型坑洞，外观荒芜干枯，地表也因为散布的岩丘和干涸的河床而显得不平整。他们无言地停下脚，每一双眼睛都不由自主地看着山谷中央的孤山。山的南面就是一个骷髅头，空洞的眼窝茫然地注视着他们，枯槁的面容永远期待着主人大驾光临。谢伊站在谷口，感觉颈后毛发倒竖，有股寒意窜过全身。

而岩石那边还有一些畸形的生物，黄褐色的庞大身躯就跟垂死的土地一样，脸上几乎看不出五官。他们可能曾经是人，但如今已不再是了。他们和人类一样也有双手和双脚，但这就是所有的相似之处了。他们的肤质是白垩的油灰，看起来就跟橡胶一样，移动时仿佛行尸走肉。就像噩梦中会出现的幽灵一样，这些奇怪的生物靠近巨人，茫然地看着他们如树皮般的脸，仿佛要确定来者是何方神圣。凯尔赛特微微转身，向派那蒙示意。

“巨人称呼他们为喑族人。”冒险家低声说道，“放轻松站好，记住你们现在是犯人，保持冷静。”

其中一个怪物用刺耳的音调跟领头的巨人说话，又比一比两个俘虏。短暂交谈后，有个巨人侧过头跟凯尔赛特说了些话，沉默的巨人随即示意谢伊跟派那蒙跟着他去。在另外两个族人的陪伴下，三人默默跟着一位喑族人，朝着左边更里面的峭壁踽踽前行。

谢伊回头望了一眼，看到巨人随意站在峡谷入口两边，像是在等他们的伙伴回来一样，其他喑族人则留在原地不动。将视线重新放在前方，小谷地人看到峭壁面上有一道长逾百尺的裂缝往上延伸，可以通到后面某个地方。一行人走进石墙，突如其来的黑暗让众人一时适应不过来，他们的向导从墙上拿了一个火炬，将它点燃后心不在焉地交给后面的巨人。而他本人显然完全适应这种伸手不见五指的黑暗，因为他还是继续在最前面引路。

接着他们来到一个潮湿发臭的洞穴，里面又分岔成好几条小路。谢伊隐隐约约听到远方传来令人胆战心寒的尖叫声，在石壁间不断回荡，萦绕不止。派那蒙在摇曳的火光中低声咒骂，他的阔脸冒出冷汗。心神恍惚的喑族人拖着脚走进其中一条通道，从裂缝透进来的微弱光线也全部被黑暗吞噬。

众人脚步的回音，是他们走在过道里所发出的唯一声音，而他们的目光则流连于通道两侧没有窗户的铁门上。远方虚无缥缈的尖叫声持续入耳，但现在似乎又更遥远了一些，他们所经过的牢房区没有一丝人声。最后，向导停在其中一扇门前，简短地比划一番，并用一样刺耳的声音跟巨人说话，然后便转身离开，继续往里面走。才踏出第一步，最前面的巨人就用铁锤狠狠往他的头上砸去，喑族人当场倒地死亡。同行的两个巨人站在囚房前把风，凯尔赛特立即将谢伊和派那蒙松绑，然后像猫一样走到铁门边，滑开门闩，拉开咯吱作响的铁门。

“现在我们该来瞧瞧了……”派那蒙低声说道。从凯尔赛特手中接过火炬，他小心翼翼地踏进小房间里，另外两人紧紧跟在他身后。

奥尔·费尔坐在墙边缩成一团，骨瘦如柴的双脚被固定在地上的脚镣铐住，衣服破烂到几乎认不出原样。显然他已经不是他们几天前在史翠里汉抓到的那个人了。他眼神空洞地看着三人，就像从未见过他们一样，蜡黄消瘦的脸露出狰狞的笑容，不断喃喃自语，一双眼睛在火光下诡异地放大。他说话时还不断环顾四周，仿佛这一方囚室里还有某些只有他看得到、其他人却看不到的生物在。

只一眼三人就明白了地精的状况，他们快速扫向他嶙峋的双手，果然那里还绑着他们一直苦苦追寻的谜样宝物。古老的剑柄在火光中若隐若现，他们隐约看到了上面雕刻着的高举火炬的双手。他们找到了。他们找到了沙娜拉之剑！

有那么一段时间，没有人挪动脚步，疯癫的地精又把剑抱得更紧，当他看到派那蒙缓缓举起手上的尖锥时，仿佛认出了什么似的，眼底闪过一抹光芒。小偷充满压迫感地向前，屈身靠近地精的脸。

“我找到你了，地精。”他厉声说道。

派那蒙的声音似乎让奥尔·费恩突然变了一个人，他从唇间迸出惊恐的尖叫声，拼命往后躲。

“把剑给我，你这狡诈的鼠辈！”小偷命令道。

不等地精回应，他一把抓住武器，试图把剑从惊骇莫名的地精手中抢过来。即使死到临头了，奥尔·费恩还是抵死不从，还放声尖叫。派那蒙震怒，用他有矛的那只手把地精连人带剑举起来。那小东西头下脚上，没有任何保护的头就这样遭到重摔。地精失去意识，倒在地上。

“过去几天我们一直追着这个卑鄙的东西！”派那蒙大吼，然后又突然停下来低声说道，“我以为我至少会很高兴看着他失去生命，但是……已经不值得了。”

他一脸厌恶，把手伸向剑柄，打算把它从地精手中抽出来，但凯尔赛特趋步向前，把手放在他肩膀上制止他。仍在气头上的派那蒙冷酷地回瞪他，巨人向无声的谢伊示意，然后两人双双退开。

沙娜拉之剑是谢伊与生俱来的权利，但是他犹豫了。一路跋山涉水，经历重重险阻，一切都是为了这一刻，但是当他看着那古老的武器时，内心却突然感到寒冷。有一瞬间，他认为有一部分的自己没有办法接受这些强加在他身上的沉重责任。他突然想起精灵石的惊人威力，那么沙娜拉之剑又有什么样的力量？他内心浮现弗利克、曼尼安和其他一路上舍身相挺的伙伴的面容。如果他现在转身离开，他就背叛了他们对他的信任。实际上，这等于告诉他们，他们为他所作出的牺牲奉献都是毫无意义的。另外，他还仿佛看到了亚拉侬责骂他这个愚蠢的念头，怪罪他不肯拯救苍生的脸。他将不得不回答他，亚拉侬肯定不会满意……

他僵硬地走向倒地不起的奥尔·费恩，弯下腰，手指紧握成拳，伸向冰冷的金属剑柄。他停顿了片刻。然后，他缓缓地抽出沙娜拉之剑。

32

泰尔西斯之战的第二天跟前一天一样惨烈。庞大的入侵势力在拂晓出击，在地精的战鼓声中以整齐划一的队形逼近高原，并在百码处停下来。然后，在震耳欲聋的嘶吼声中，一波波冲向对手阵营，企图攻上峭壁。他们全然不顾自己的性命，前赴后继地迎战边境军团的攻击。因为来不及重建，他们这次没有使用巨型高架坡道，而改用千千万万小型的爬城梯和爪钩。这是一场残酷又苦涩的竞赛，前几分钟就死了上百个北方人。

艾克顿殉职后，巴力诺没有冒险让骑兵再次正面反击北方大军，而是固守城池，尽可能守住阵线。他下令焚烧燃油并派出弓箭手迎战第一波攻势，但是这一次攻击者并未落荒而逃，反而前仆后继、接踵而至，最后总有人躲过弓箭和火焰到达高原底部，把梯子丢上峭壁。北方士兵蜂拥而上，最后变成徒手肉搏战。

双方酣战近八小时，英勇的泰尔西斯战士击退了规模是他们二十倍的敌人。北方大军试图翻越城墙所用的云梯与爪钩的残骸散落一地。他们只要一到达城墙上就会被击落，一破开边境军团的防御，缺口也会马上被堵上。边境军团英勇作战的事例数不胜数。他们毫不停歇、毫不放松地抵御数目远胜己方的敌军，他们知道敌军不会对他们手下留情。北军久攻不破，最后终于在左翼防线让他们冲出缺口，在胜利的欢呼声中，敌军大举冲上岩壁。

现在左翼由年长的范威克一人主事。眼见局势恶化，范威克身先士卒，率领边境军团奋勇杀敌，但北军紧咬不放，决意由此瓦解泰尔西斯的防御。双方鏖战许久，互有伤亡，英勇的范威克也战死沙场。

巴力诺立刻从中线率兵驰援，最后成功堵住缺口。但是没撑多久，左翼防线接二连三地被撕开缺口，溃不成军。卡拉洪国王知道他的部队已经守不住外围防线，于是传令其他指挥官撤回城内。重新集合已经分崩离析的左翼士兵，边境人将他最外围的防线往内收，将敌军留在外城墙外，迅速撤回城里。

对南方大军而言，这是个十分痛苦的时刻，他们只能冲向外城墙进行防御。不过北方大军并未继续进击，反而开始拆卸防御壁垒，全线推进，在边境弓箭手的射程外重新筑起自己的防御工事。人困马乏的边境军团从城墙上默默看着入侵者奔波忙碌，直到日薄西山，北军移进城外平原扎营，在夜幕低垂之际燃起营火。

趁着暮色还未完全消逝，敌人暴露了部分翻越泰尔西斯高墙的计划。连接平原和峭壁的高架坡道在有限时间内铺设，辅以散落在通道中的石头和横杠残骸作为支撑，然后还有三座高逾外墙的攻城塔，被放置在营区最后面，但刚好可以从城墙上望见。这显然是心理战的一部分，好让受困的边境军团丧失信心。

巴力诺与指挥官以及伙伴们一起站在城头上，面无表情地看着这一切。他突然冒出了对北方大军发动夜袭的想法，打算烧了他们的攻城塔，但随即打消了这个念头。对方肯定也预料到他会这么做，然后会彻夜严守城门。此外，就算用它们来攻击，边境军团也会像烧了高架坡道一样，轻而易举放把火就烧了它们。

巴力诺蹙额摇头。北方大军的进攻方式有些古怪，但是他又说不出个所以然。他们想必知道那些攻城塔无法让他们越雷池一步，肯定有其他如意算盘。他内心不下百次设想到底精灵军队能否及时赶到，他不敢相信伊凡丁会让大家失望。现在夜已深了，在嘱咐外城墙守卫多加留心后，他邀请大家共进晚餐。

就在泰尔西斯西方几码处一座小山上，有一小群骑兵躲在树丛里，看着底下血腥的大屠杀。他们在暗中观察，看着北军把攻城塔推到营区后方，准备明早发动袭击。

“我们应该给他们捎个消息，”穹·林·桑德低声说道，“巴力诺会想要知道我们的状况。”

弗利克满怀期待地看向缠着绷带的伊凡丁，他审视着围城的双眼像要烧起来似的。

“我相信军队已经在路上……”精灵王用几乎听不到的声音喃喃自语，“布尔已经去了三天，如果他明天还没回来，我会自己去。”

他的朋友把手放在他未受伤的肩膀上。

“你的状况不适合行动，伊凡丁。你弟弟必不负你所望。巴力诺是个经验丰富的战士，而且泰尔西斯自建城以来，就从未被入侵者攻陷过，边境军团可以撑住。”

接下来良久无语。弗利克把视线转回入夜的城市，想着他的朋友们是否还安好。曼尼安一定也在城里，他不会知道弗利克怎么了，也不会知道伊凡丁出了什么事，更不会知道变幻莫测的亚拉侬变得如何。在谷地人带着精灵搜救队回来后，亚拉侬又莫名消失了一会儿。虽然那个德鲁伊自从在穴地谷现身起，对很多事情都含糊其辞，但他从来不会不说一声就消失。也许他跟伊凡丁谈过了……

“整座城都被包围起来严密看守，”伊凡丁的声音突然从黑暗中响起，“要通过他们的防线传讯给巴力诺会非常困难。但你是正确的，穹·林，应该让他知道我们没有忘了他。”

“我们的兵力不够，别说是攻入泰尔西斯，可能连敌军的后防都打不过，”他的朋友若有所思地说道，“但是……”

他快速地看向停放在平原上的攻城塔。

“发一个小小的信号倒是无妨。”国王意味深长地接完话。

当巴力诺被紧急请到瞭望台时，还不到午夜。他跟韩戴尔、曼尼安、都林、戴耶一起站在城墙上，目瞪口呆地望着底下半数都已醒来的敌方阵营乱成一团。营区后方的三座攻城塔，中间那座已经成了一堆超级营火，照亮了方圆数里的平原。气急败坏的北方人急忙爬至毗邻的高塔横杆上，希望能够避免火势蔓延。入侵者显然没有预料到会有这么一招。巴力诺看着其他人，露出略带嘲讽的笑容，知道援军其实没那么远。

第三天破晓，卡拉洪境内南北双方的军队都笼罩在一片沉闷的寂静当中。没有地精震天的击鼓声，没有军士大步流星的橐橐声，也没有如雷贯耳的喊杀声。太阳从遥远的东方升起，日光如血般融入残夜，阴霾笼罩着满是露水的草地，没有动作，也没有声响。在泰尔西斯高墙上的士兵紧张地等着，茫然地在底下一片迷蒙之中寻找敌军的踪迹。

巴力诺在外城墙中间位置统筹指挥，金尼森在右，梅沙林居左，亚努斯继续负责城内卫戍和后备军人。曼尼安、韩戴尔跟精灵兄弟默默站在巴力诺身边，在冷冽的清晨里簌簌发抖。他们几乎没有休息，但却异常警觉，异常冷静。在过去的四十八小时里，他们坦然接受了当前的处境。他们目睹成千上万的人战死，他们的生命在这场大屠杀中微不足道，却又弥足珍贵。

血红色的晨曦渐放光明，北方大军再度现身，在从峭壁边缘到三座已经垮了两座的攻城塔间列队站好，不动也不说话，只是静静地等待着。韩戴尔马上看出他们的计谋，急忙告知巴力诺。边境指挥官立刻差人通知下属，警告他们会发生什么事，要他们让士兵坚守岗位，保持冷静。

正当曼尼安打算发问时，城门下突然有了动静。一名武装战士缓缓出列站到城墙前，将手上系着一面红色三角旌旗的旗杆郑重其事地插到地上后，又往后退，转身走回他的位置。然后，又是一片全然的寂静。突然，远方传来长缓低沉的号角声，响了一次、两次、三次，又停了下来。

“是格杀令！”韩戴尔低声示警，打破沉寂。“这表示他们不再手下留情，要将我们赶尽杀绝。”

震耳欲聋的地精战鼓轰然响起，所有人如潮水般向前涌进。霎时间，漫天箭雨飞越城头，还有长矛、长枪、钉头锤，从冲锋的北方大军手中袭来。而仅存的攻城塔也在数百名士兵的推拉下，移到新盖好的高架坡道上，迟缓地靠近外城墙。而城内的边境兵团弓箭手不断射下企图进逼的攻击者，城内还有士兵抱着防御用的石头，就等巴力诺一声令下。

等到攻城塔进入距城墙二十五码范围内，敌军已经迫不及待地用爪钩和爬城梯翻墙过来，悬崖上挂着一个个奋力攀爬的身影。突然间，一大锅一大锅的油从墙上被倒下来，下面的人和攻城器具还有峭壁表面溅满了油，然后被紧接而来的火炬点燃，北军前锋立刻陷入火海。前阵的攻城塔以及前锋眨眼间消失，化为直冲天际的黑烟，瞬间遮蔽了攻城塔和周遭的士兵。试图攀上城墙的攻击者也被困住了。少数几个想要登上壁垒的人很快就阵亡，大部分人要不没抓好，要不被浓烟呛到，发出凄厉的尖叫声，然后掉入火坑。

攻击行动在几分钟内就遭到瓦解，整支北方大军再度消失。墙上众人紧盯着黑色烟幕，徒劳地试图预知下一波攻击会怎么打。巴力诺看着他的伙伴们，不确定地摇着头。

“实在是以卵击石。他们一定知道下场，却还执意攻来。他们疯了不成？”

“也许是故弄玄虚……”韩戴尔喃喃说道，“要我们帮他们弄个烟幕出来。”

“死了这么多人只为了要弄出个烟幕？”曼尼安不可置信地大声嚷嚷。

“若是如此，他们肯定有什么志在必得的计谋，”巴力诺声称，“帮我从上面盯着，我要下到城门那儿去。”

他突然转身，几乎是飞跑下蜿蜒的石梯。其他人不发一语地看着他离开，随即又面对城墙。燃油和草原持续燃烧，烈焰和浓烟遮挡了他们的视线。但已经听不见垂死哀嚎的声音，取而代之的是一股诡异的平静。

“他们打算做什么？”曼尼安终于忍不住开口，但无人回答他。

“我真希望我们能抓住史坦明，”最后是都林忍不住低声嘀咕，“一想到那个疯子还在城内某处逍遥法外，即使我们在这些围墙后面，我还是没有安全感。”

“我们差一点就抓到他了，”戴耶接着说，“我们跟着他进入那间房间，然后他就凭空消失了。那里一定有秘密通道。”

都林点头表示同意，谈话再次告一段落。曼尼安盯着漫天黑烟，想起在皇宫里等着他的雪若，想起谢伊、弗利克、他的父亲和他的家乡，所有这些像潮水似的突然涌进他漂泊的心。这一切将要如何结束？

“这是个幌子！”韩戴尔猛地将他扯过来，让他吓了一大跳，“我真是个笨蛋，就近在眼前，我竟还浑然不觉。秘密通道！就在皇宫地底，酒窖下面，这几年都被封起来的地牢里，有一条通道可以穿越山脉到后面的平原。老国王多年前曾经跟我提过一次，史坦明一定知道这个秘密通道！”

“入城的通路！”曼尼安失声大叫，“他们打算攻其不备，从我们背后下手，”然后他猛地住口，“韩戴尔！雪若正在宫中！”

韩戴尔马上步下楼梯。“我们时间不多了。曼尼安，跟我来。戴耶，去找亚努斯，告诉他马上到皇宫协助我们。都林，去向巴力诺示警。赶快，祈祷一切都还来得及。”

他们立刻拔足狂奔，像着了魔似的四散开来。韩戴尔和曼尼安急速奔跑，在守卫城门的士兵中间挤出一条通往泰尔西斯大道的路。太慢了！曼尼安的内心尖叫着。他猛拉了一下差点撞上右侧马匹的韩戴尔，后者险些跌倒。他们一鼓作气地跳上离他们最近的两匹马，朝着城内奔驰而去。他们马不停蹄地穿过城门，经过警戒的卫兵，在空无一人的道路上极速飞驰。四周的景致与人群在他们身边一闪而过，珍贵的时间一点点流逝，横跨人民公园、通向巴克哈纳皇宫的森狄克大桥终于隐约可见。一堆行李车散在桥下，而两名骑手看都不看就策马扬鞭越过，穿过了石桥到达皇宫，冲进了花圃环绕的庭院。韩戴尔和曼尼安骤然下马。

万籁俱寂。一切看似正常。一名侍者走过来，从满身大汗的骑士手中接下缰绳，望着他们的眼睛带着一丝好奇。韩戴尔瞪了他一眼，随即将那人打发走，示意曼尼安跟他走到前门。还是什么都没有。也许他们来得及时。也许甚至是他们弄错了……

两人再次在门厅停下时，宅邸走廊还是空无一人，他们快速地扫视空荡的门廊、深嵌的壁龛、手绘的挂毯，还有拉上帘子的窗户。曼尼安想要寻找雪若，但他的同伴出声阻止。国王的红发女儿得留在这儿等待。侏儒轻手轻脚，带着焦急的高地人朝反方向往地窖而去。两人在走廊转弯处停了下来，平贴着光洁的木墙，小心翼翼地观察四周。

酒窖的门半开启着，在入口的地方有三个武装侍卫看守着空旷的大厅。他们全都戴着猎鹰佩章。曼尼安和韩戴尔默默往后退。利亚王子现在才发觉自己竟然手无寸铁，他把利亚之剑挂在马鞍上忘了取下。他马上扫视身后的大厅，看到远方有一对长矛交叉挂在墙上。虽不满意，但也别无选择，他悄悄拿了一支后马上回到韩戴尔身边。他们交换了一个意味深长的眼神。他们动作一定要快。如果地窖的门被反锁，他们就失去抓到史坦明的机会，也失去了秘道。但是他们只有两个人，下面还有多少敌人在等着他们？

他们并未多加考虑，一个箭步就从藏身处来到门前。三个守卫反应不及，最靠近门口的两人接连被曼尼安的长矛刺穿，第三人则挨了韩戴尔的钉头锤，悄无声息地倒下。曼尼安顺手抄了守卫的剑之后，两人立刻闪进地窖，冲下石阶，面对他们此生最惨烈的决斗。

每一面墙上都跳跃着火光，穿过沉沉的黑暗，使酒窖犹如白昼初至。在酒窖正中央的大厅里，通往废弃地牢的石门如今大敞着，从底下的通道里远远传来行军声。地窖马上挤满了武装士兵，从四面八方包围两名入侵者。

韩戴尔和曼尼安被蜂拥而上的敌军包围在中间，高地人从倒在台阶顶端的守卫身上捡起一把剑，与侏儒两人背靠背站立，开始斩杀敌人。他从眼角余光瞄到有个红色身影从地牢出来，一看到那令人憎恶的史坦明，利亚王子内心突然涌现一股愤怒。躁动的血液带来了超乎寻常的力量，他对守卫发动更猛烈的攻势，试图逼近那个叛徒。那个神秘学家脸上闪过一抹害怕的神情。

两人仿佛杀红了眼，靠近他们的人一个接着一个死去。他们身上也有多处伤口，但是却丝毫感觉不到痛。曼尼安两度倒地，韩戴尔每次都挺身击退攻击者，帮他争取时间站起来。现在只剩下五个未倒下的敌人，但韩戴尔和曼尼安却已气力难支，汗珠混着鲜血大滴大滴地落下，手脚也已麻木，机械化地拼斗。史坦明灵机一动，冲到地牢洞口呼救。曼尼安马上作出回应，他拼着一口气立刻冲向两名攻击者，将两人打趴在地。第三人企图上前阻挡，高地人将剑深深刺入他的身体，只剩下剑柄留在外面。放开剑，捡起地上的长矛，曼尼安突然扑向史坦明，一棍将他打昏，待他瘫软倒下后，抓住沉重的活板门，耗尽最后一丝力气，奋力把门拉起来。

那石门纹丝不动。地牢远方金属碰撞石头的铿锵声被靴子跑上石梯的砰砰声取而代之。只剩下几秒钟的时间了。等他们上来，曼尼安就死定了。他使出浑身解数，倾尽全力举起石门，这一次，门被抬起来了。高地人咬牙苦撑，直到门被拉到另一边并随即倒下，发出一声轰然巨响。曼尼安用他麻痹出汗的双手，将链条穿过铁环绑住，然后再用铁闩牢牢固定住。通道总算被封住了。如果北方大军想从这里进来，他们必须想办法凿穿好几尺厚的石头和铁。

“曼尼安！”

有个嘶哑的声音喊着他的名字。高地人已经不支，四肢跪地，一只手在地上摸到一把剑，抬起满是伤痕的脸。目光越过满地已死或将死之人，利亚王子发现了他的朋友。侏儒背对着墙，站在地窖楼梯底端，一只手还紧握着他的钉头锤，而周围全躺着被他解决掉的对手，没有人侥幸逃过。他坚定的眼神跟曼尼安交会，仿佛他们第一次在黑橡林之外的低地相遇时那样。他还是那个老韩戴尔，沉默寡言，一脸严肃，勇猛过人。然后，钉头锤缓缓从他手中滑落，他的两眼渐渐呆滞，接着长叹一声，身子也慢慢倒地，直到死神夺去他的生命。

韩戴尔！曼尼安脑子轰然一响，挣扎着起身，摇摇晃晃地站在忽明忽暗的火光里，泪水瞬间决堤，在脏污的脸上倾泻而下。他抬起千斤重的脚，从满地伏尸中前进，因为气愤和无助不住抽噎着。他只模模糊糊意识到在他身后某处的史坦明已经慢慢恢复意识。他走到侏儒身边跪了下来，温柔地摇着他瘫软的身体。韩戴尔救过他几次？他救了大家几次，自己却……？他的脑子停不下来，只能不断哭泣。所有的不幸似乎在同一时间降临在他身上。

史坦明慢慢起身，单膝跪着，茫然地看着遍地横尸。他的人全死了，石板门也被关上锁住了，而……恐惧瞬间涌现。还有一个闯入者活着，是那个高地人！他恨死了那个人，巴不得能杀了他泄愤。但是没多久他马上被恐惧征服，萌生了逃跑的念头。逃了才能活！这里只有一条路能出去，只要从跪着的那人身边经过，就能上楼离开地窖。脑子这么想时，他已经起身，无声地穿过屠宰场，半走半逃地往无人守卫的楼梯过去。

抱着侏儒尸体的高地人还背对着他。史坦明满头大汗，现在是恐惧驱策着他前进。只要再走几步路，他就会重获自由了。这座城市难逃劫数，他们都会死，他所有的敌人都会死去。只有他能幸存。他必须极力抑制自己大笑的冲动。史坦明一只手碰到石阶，接着脚也跟上，只有数尺之遥的高地人还没察觉，地窖的门半开着，而且无人看守！自由！只要再几步……

曼尼安突然转过来。当对方一看到利亚王子恐怖的脸，随即惊骇地失声尖叫，然后疯狂地往门口爬去，却不断被长红袍绊住。

只爬到一半，他就落入曼尼安手中。

而在泰尔西斯的外围，不可能的事情正在发生。从外城墙的胸墙下来，巴力诺疾步走向城市大门。驻扎在城门的边境守卫看到他后立正敬礼。一切看起来都没有异样。由门楼负责操控的门闩，一根根挡住城门进出口，还加上了粗重的铁闩作双重保险。巴力诺紧盯着城墙，却一直有种说不出的疑虑。他可以感觉到，有事情要发生了。城门是固若金汤的石墙唯一的弱点，也是泰尔西斯的要害。攻城塔、爪钩、爬城梯，这些器具在用于翻越城墙上都失败了，黑魔君也对此心知肚明。城门才是关键。

他的眼睛扫向上方的塔楼。那个石头盖的封闭型建筑里头有着控制门闩开关的机关，两名边境士兵严守在唯一的一道门前。巴力诺更亲自挑选了一支小队，以上尉席隆为首，负责保护这个关键装置。而门楼两边的城垛也安排了重兵戍守，看起来北方人不太可能攻占这个地方。但……

边境人走上通往门楼的狭窄楼梯石阶，但从城墙另一边突然传来声音，让他分神停下脚步。此时弓弦震动传出的嗡嗡声响划破长空，紧接着箭如雨下，成千上万的弓箭朝着外城墙而来。巴力诺三步并作两步冲上城垛，从峭壁边缘俯视，看到城墙下尸体堆积如山，间或有仍在燃烧着的小火苗。北方人已经暂时放弃直接攻击，而是布置了五排弓箭手，从侧方向边境军团发动火箭攻击。

他马上就知道对方采取新战术的原因了。在峭壁边缘，有一支武装巨人小队推着一根巨型攻城槌过来，攻城槌的上面和侧边都被铁罩包覆着。趁着边境军团被敌方弓箭手的强大火力拖住，巨人可以推着攻城槌来到城门前，准备破门而入。

这个计划乍看之下会觉得既可笑又不切实际。如果门楼落入敌人手中，他们可以轻易开启重重门闩，剩下长条型的铁闩根本抵挡不住这么大型的攻城槌。巴力诺跑向门楼，匆匆瞥向立正站好的守卫，紧张地把手伸向门把。他没有看到席隆。门向内打开，他踏入房里，没有看到任何人。

边境人靠着直觉，横跨一步躲过身后守卫的突袭，抓住差点刺伤他的长矛，将它从刺客手中拧下来。他背靠着墙，只有片刻时间来透过微光匆匆检视房内的情况。席隆和其他人全都被杀了，僵硬的尸体躺在一边，身上的衣服和武器全被扒光。房间后方阴暗处马上冲出一群攻击者，高举匕首试图将他灭口。巴力诺把长矛射向他们，准备夺门而出，但还在外面把风的第二名守卫一看到他要出来，便立刻把门拉上。他没有时间破门，也没有时间拔剑，就被一拥而上的刺客扑倒在地，还好身上的锁子甲替他挡下了匕首的连番攻击。紧接着他猛地一甩，挣开众人束缚，重新直起身子站好。透过从活动遮板透进来的光，他只能看到攻击者晃动的影子，但是他的眼睛已经逐渐适应黑暗。当他们再次扑向他时，他立刻拔剑相向。两人失声尖叫，便倒地毙命，但其他同伙已经躲过他挥出的剑，再次靠近国王。

巴力诺二度被撂倒，又再次摆脱钳制。小屋内激战正酣，但全被外头两军交锋的声音盖过。边境人知道，除非能够让这道门打开，否则没有人会来帮他。他再次背对着墙，敌人持续强袭猛攻，他的阔剑奋力一挥，又有三人倒下，数人受伤。但其他人依旧前仆后继地冲上来，消耗着他的体力，他逐渐感到吃力。他必须赶快逃脱才行。紧接着，传出齿轮咬合和操纵杆连动嘎嘎作响的声音，巴力诺寒毛直竖地意识到，有人已经打开了城门门闩。他突然冲向门锁装置，但攻击者挡住他的去路，让他无法靠近。不一会儿，就听到刺耳的金属碰撞声音，然后是一连串捶击的声音，他们要卡住控制杆！勃然大怒的巴力诺顾不得自身安危，扑向敌人。

门突然打开，叛变守卫的尸体被扔了进来。伴随日光进入暗室的是精瘦的都林，两人联手击退了几个攻击者，迫使他们远离被卡住的机器，远离敞开的房门，截断他们的逃生之路，将他们全逼到房间角落。然后是拳拳到肉招招见血的徒手搏击，敌人被全数歼灭。浑身是血的国王没有看他们第二眼，就冲向受损的设备，看着严重扭曲变形的操纵杆和齿轮。巴力诺一脸震怒，愤而撞上主要开启装置，但它还是不动。都林明白发生了什么事之后，脸色倏地发白。

“我们没有时间了！”巴力诺气炸了，拼命扳动卡住的操纵杆。

突然间传出轰隆巨响，整个门楼为之震动，也撼动了两人。

“城门！”都林惊惶地大叫。

第二声接踵而至，然后是第三声。外面城墙传来急促的脚步声，过了一会儿，梅沙林就出现在门口。他正要开始讲话时，巴力诺已经开始下达指令，并朝着城垛方向移动。

“清理一下这个房间，要工兵想办法松开这些齿轮。城门门锁不但被打开，还被卡住了！”梅沙林的表情看起来就像是遭到了致命一击似的，“用横梁加固城门的结构，派出最优秀的军团以密集方阵守在城门两边五十步的地方，不要让北方人突破封锁。在内城墙设置两排弓箭手瞄准城门入口。后备军人和戍守指挥部会负责防御内城墙，其他人就继续留守外城墙。我们能撑多久是多久。如果城门失守了，边境军团将撤回第二道防线继续防守。若是内城墙也沦陷了，我们会在森迪克大桥重新集结，那里将是我们的最后一道防线。还有其他要补充的吗？”

都林马上将韩戴尔的去处告诉他，巴力诺忧虑地摇着头。

“我们现在是四面楚歌。韩戴尔必须在无人支援的情况下自己想办法。如果皇宫陷落，让他们从后方闯进来，我们还是死定了。梅沙林，你守在方阵的右翼，金尼森守左翼，我在中线，绝不让敌人突破！祈祷伊凡丁在我们气力放尽之前赶到。”

梅沙林立刻飞奔离去。攻城槌持续撼动着城墙，小屋里只剩下巴力诺和都林四目相望。外面的日光愈来愈灰暗，黑魔君的影子持续逼近命数已尽的泰尔西斯。边境人缓缓地伸出手并握住了他的精灵朋友。

“再见，我的朋友。这就是我们的结局。时间已经快要用完了。”

“伊凡丁不会辜负我们的……”精灵认真地说道。

“我知道，我知道……”巴力诺响应他，“亚拉侬也不会。他没有找到沙娜拉之剑或是沙娜拉之子，他的时间也用完了。”

城墙上的喊叫声和城墙下的破门声打破两人之间的沉默。巴力诺抹去眼睛上方伤口上的血。

“去找你弟弟，都林。但是在你离开外城墙之前，最后再倒一锅油淋在攻城槌上，然后放把火烧了它。就算我们不能挡下他们，至少也不能让他们过得太轻松。”

巴力诺朝着他一笑，便离开了门楼。都林怅惘地望着他，心想到底是何种乖张的命运让他们面临如此不公平的结局。巴力诺是他所见过最杰出的人，但他却失去了所有，包括他的家人、他的家园、他的祖国，现在就连他的生命也要被剥夺。到底是什么样的世界让好人不长命，祸害却可以遗留千年？他曾经很笃定地认为他们不会失败，相信他们总会找到消灭黑魔君的方法，拯救四境。但如今美梦将尽。

都林茫然地抬头，数名魁梧的边境工兵进入房间，开始修理被卡住的门闩开启装置。他也马上离开前去壁垒，该去找戴耶了。

守住外城墙的任务异常艰巨。无惧于地精如蝗虫过境般的箭阵攻击，众将士奋力抵御企图破门的巨人，将一锅锅的油直接浇灌在敌人和他们的武器身上，然后丢下火炬，底下瞬间陷入火海，卷起阵阵黑烟。前几分钟炙人的高温持续闷烧，烧熔了金属，巨人的盔甲变成熔炉，让他们无法逃脱，被活活烧死。但是其他士兵立刻接替他们，攻城槌持续冲撞城门，撞击声震天价响。没多久，铁闩和横梁就弯曲了，接下来更是逐渐出现裂痕。

灰色的天空瞬间被浓烟染黑，城墙外焦黑的巨人尸体堆积如山，人肉被炙烤的呛鼻焦味让边境士兵差点窒息。两军战况胶着，一度让人以为会持续对峙到太阳下山。但最后，横闩应声断成两半，加固的梁木也裂成碎片，攻城槌穿破了泰尔西斯城门。部分北方大军涌进广场，马上被埋伏在内城墙的弓箭手放倒，城门内还有边境军团三面包夹，方阵兵手持长矛巨盾，严阵以待。攻城槌持续推进，城门被撞得更开，前锋部队通过狭缝持续挤进城门，却是直直地撞在边境军团的长矛上。边境军团摇晃了一下便立刻守住，将进击者逼退，而侵略者还在疑惑时就遭到内外城墙上的弓箭手射杀。须臾，广场上已是遍地哀鸿，北方大军死的死，伤的伤，城门破口遭到严密封锁，以至于入侵势力无法越雷池一步。

都林仍在外城墙的门楼边，他从这里可以看到北方大军的攻击被边境方阵一一瓦解。在他发现弟弟已经跟亚努斯前往皇宫后，便决定尽可能留在巴力诺这里。现在敌军打算重整旗鼓，在下方的平原，麦丘伦家族下令巨人军队向城门进军，北方大军召来主力部队，打算一鼓作气而且一劳永逸地击垮南方人。现在外城墙再度受到来自四面八方的攻击，地精和部分巨人用梯子、绳索、爪钩等各种攀墙工具企图登城。城垛上的边境士兵竭力封堵攻势，但人数愈来愈少，敌军却像无穷尽似的接踵而至。这场战争转变为边境军团最无胜算的消耗战。

接着，在北边渐渐没入黑暗的天空中，有两个怪物盘旋升空，都林感到浑身血液瞬间凝结。是骷髅使者！难道它们如此确信胜券在握，所以敢在白天现身吗？精灵整颗心往下沉。他在这里已经无能为力，该是去找他弟弟的时候了。不管等着他们的是何种命运，至少他们要一起面对。

他敏捷地伏低身子跑下城墙，绕到边境方阵的左翼后方。有一条堤道通往距离边境后防约数百尺的营区。突然间，围墙边的参战人员发出震耳的怒吼。都林靠近斜坡时，看见高大的巨人武士冲破外城墙的缺口。他不由自主地停下脚步，接下来几分钟肯定又是一场恶战。

巨人军团直逼巴力诺的中央防线，方阵随之收紧阵势。在两军相距约十尺时，巨人突然全员向左转，攻击边境军团侧翼。霎时间剑劈、斧斫、刀砍、矛刺，武器和盾牌交击，发出慑人的声响。刚开始，边境军团还能严守防线，砍杀巨人前锋部队，令其纷纷倒地。但是凭借着过人的体力和天生的体格优势，北方人逐渐占据上风，到最后，方阵的右端开始四分五裂。

负责指挥的金尼森快速移向缺口，一头红发在战斗中随风飘扬。巨人被右边的巴力诺和后方的梅沙林包夹，节节后退。这是都林所见过的最为残酷的对决，他充满敬畏地看着这场血腥冲突。巨人逐渐挡住边境士兵的攻势，转眼间战局逆转，巨人开始推进，方阵再度出现缺口。金尼森被一队高大的攻击者压倒，从眼前消失，巨人军团直奔营区和内城墙而去。

都林正好就在他们前进的路径上。他还有机会躲开，但是他已经单膝跪下，举弓拉弦。第一个巨人在五十步的地方倒下，第二个倒在四十步的地方，第三个倒在二十五步的地方。城墙上的士兵火速冲下来驰援，驻守在内城墙低处的弓箭手也试图阻挡逼近的巨人。现在精灵面前一团混乱，巨人和边境军团近身肉搏。其他北方人还是继续朝他而来，于是，都林朝他们中间射出了最后一支箭。

他抛下弓，这是他第一次萌生逃跑的念头。但是为时已晚，在敌人冲过来前，他随手在地上抓起了一把剑，踉踉跄跄地退到营区墙边。一个巨人武士直奔他而来，硕大的钉头锤重重一挥，他的左肩感到一阵剧痛，然后整个发麻。他试着保持清醒，但痛楚开始蔓延，他的身体再也无法支撑，脸部朝下倒地不起。他感觉到战局已经往前移，有股力量重重地压在他身上。他想要看清楚，但他连睁开眼睛的力气都没有，就这样失去了意识。

曼尼安把脸贴近韩戴尔，谨慎地抱起那已无生气的身体，机械地跨出脚步，越过被他们击倒的敌人，走到楼梯，一步一步小心翼翼地往上爬，连看也不看，就跨过那一具躺在楼梯中央的无头红袍尸体。高地人茫然走出地窖，紧紧抱着侏儒，往皇宫大厅方向前去。他茫然地走着，双眼空洞无神，脸上带着可怕的错愕，仿佛在无声地叫嚣着让他释放痛苦的情绪。他来到门厅时，东边走廊传来的脚步声在空荡的皇宫中回响。他停了下来，温柔地把手中的负重放在光洁的地板上，静静地站着，红发女孩缓缓地出现在他面前，眼泪瞬间从她美丽的脸庞滑落。

“噢，曼尼安，”她低语道，“他们做了什么？”

他目光闪烁，动着嘴巴，却说不出话。雪若马上靠向他，纤细的手臂紧紧抱着他驼着的身躯，和他脸贴脸。过了一会儿，她感觉到他强壮的臂膀圈住她的肩膀，压抑在他内心深处的痛苦无声地溃堤，在她的沉静和温暖中不复存在。

在内城墙的城垛上，巴力诺完成了对边境军防的最后一次检查，他忧心忡忡地停驻在重重封锁的城门上。北方人已经开始聚集，准备展开最后一次进攻。不久前，坚不可摧的外城墙已经被攻破了，边境士兵被迫退回到第二道防线。巴力诺瞪着群聚的敌人，紧握剑柄，直到指节泛白。他的斗篷和外衣都在守卫外城墙的激烈拼搏中严重破损。他守住了中间的方阵，但是两翼都垮了。金尼森阵亡，梅沙林重伤，数百名弟兄死守着外城墙。直到希望彻底破灭。就连都林也在战斗中失踪了。现在只剩下卡拉洪国王独自一人。

他挥手向城门底下环抱横梁的人示意，身上的锁子甲随着他抬手的动作微微发出闪光，上头有许多在战斗中留下的切口裂痕。他暂时允许自己放下勇气，向绝望屈服。他们全都抛弃他了——所有人。伊凡丁跟精灵军队。亚拉依。还有整个南境。泰尔西斯和卡拉洪王国已经濒临毁灭边缘，还是没有人伸出援手。只靠边境军团孤军奋战，守住南境最后一道防线，来拯救所有人。这一切是为了什么？他马上打住，不让自己胡思乱想。现在没有耽溺的时间。需要拯救的人太多，而他是他们唯一的依靠。

北方大军集结在外城墙下，熟悉的爬城梯、绳索和爪钩也准备就绪。刚刚在广场前的厮杀中，已经有部分巨人爬上内城墙，闯入城内。不知道韩戴尔和曼尼安怎么样了，巴力诺心想他们定是守住了皇宫，避免敌人从后面攻击，否则这座城市早就沦陷了。现在他们应该是在跟闯入内城墙、企图攻占皇宫的敌人交战。

滚滚黑烟掉落的煤灰熏得他眼睛痛，他不断揉搓眼睛，直到眼泪将它冲干净。他扫过城墙防御工事，它们似乎全部都笼罩在浓重的烟雾里。现在守军情势非常不利，敌军人多势众，折损数以百名将士对他们而言算不上重大损失。他想起韩戴尔在他父亲和弟弟过世时所说的话。巴克哈纳家最后的传人。这个姓氏将如同泰尔西斯与她的子民一样，跟着他一起死去。如雷的战吼声再度响起，北方大军不计后果地冲向城墙。边境人脸颊上的疤痕由红变紫，面带愠色地拿起他的阔剑。

几乎在同一时间，第一批突破内城墙的巨人已经前进到森迪克桥下，然后他们的脚步迟疑了。视死如归的边境士兵守在石头拱桥中间，挡住进入巴克哈纳家的所有去路。亚努斯站在最前面，一边是挺直身板的曼尼安，包着绷带的他用双手拿着利亚之剑，而另一边则是戴耶，他年轻的脸庞虽然紧张，却十分坚定。巨人后方不断有浓烟蹿出，城内的房子相继失火，惊恐的呼叫声甚至盖过了内城墙的战事。在远处，慌张的人民在泰尔西斯大道上横冲直撞，寻找避难所。两军对垒，巨人阵容因为援兵加入不断壮大，他们自负地审视着南方人，信心满满地认为自己是世界上训练最精良的战斗部队。而桥上的守军还不到五十人。

突然间，白昼如夜，一股不安的沉静降临在两军之间。在燃烧的城市中某个地方，曼尼安听到孩子微弱但却清晰的尖叫声。而在他左边几尺处的戴耶，则感觉到北风伴着飒飒声响渐渐消去。他们面前的巨人已经列好队，接下来，便整齐划一地向前进攻。位于桥上的最后一道防线准备好迎接北方人的袭击。

在城市的西边，弗利克和精灵骑兵一筹莫展地看着泰尔西斯步向灭亡。站在伊凡丁和穹·林·桑德间的谷地人看到北方大军的巨人如潮水般涌向城门缺口，感觉最后一丝希望也消失了。泰尔西斯城内愁云惨淡，光荣的边境军团被迫从城门撤退。北方大军突破外城墙后长驱直入，边境军团节节败退，这个城市的防御已经土崩瓦解。他惊恐地看着骷髅使者在进击的敌军上空盘旋。亚拉侬所预言的最糟的情况就要发生了。黑魔君赢了。

此时谷地人的左边有位骑士突然大叫，伊凡丁脸色瞬间发亮，立刻策马向前。在辽阔的草原那边，还在西方好几里远的地方，有一条黑色的线冲破地平线。远方传来隆隆的马蹄声，和战场上的吼叫喧闹声交缠在一起。

随着距离愈来愈近，那黑色的线规模瞬间放大，变成骑兵，成千上万英勇雄壮的骑兵，和色彩斑斓的旗帜、金光闪闪的长矛。清晰刺耳的号角声响起，宣告他们的到来。山边的精灵欢声四起，声势浩大的精灵骑兵铺天盖地地涌进平原，直指泰尔西斯。得到预警的北军后卫已经封锁后防，回头面对后方援兵。精灵军队终于还是来了——为了泰尔西斯的守军，为了三境陷入困境的国家，更为了历代人类努力保存下来的一切。他们终于来了，但也许为时已晚！

33

小小的囚室内悄然无声，谢伊从老旧的剑鞘中抽出古老的剑。剑身在微弱的火光下散发出深蓝色的光辉，金属表面完美无瑕，仿佛从未上过战场一样。而且它超乎想象地轻，剑身纤细对称，铸剑工艺卓越，剑柄上则刻着一只举起火炬的手——现在他们都已经相当熟悉的纹饰。谢伊谨慎地举起剑，快速看了一眼派那蒙和凯尔赛特，寻求他们的肯定，担心会有事情突然发生。不过他的伙伴们还是面无表情，一动不动。黑暗的牢房让他浑身血液都快冻结。他用双手紧紧握着剑，东晃西晃，才让剑身向上。他的手掌布满汗渍，他感觉在囚室的黑暗中，自己的身体也渐渐冰凉。一旁的奥尔·费恩动了动，口中发出一丝呻吟。须臾过后，谢伊愈加清晰地感觉到压在手心的剑柄纹饰，但还是安然无事。

……在骷髅山顶昏暗无人的房间内，石盆里的水沉静无波，黑魔君的力量仍在休眠中……

突然间，谢伊手中的剑开始发热，有股奇妙的悸动从黑暗的金属流向谷地人的掌心，随即又消失了。他吓了一大跳，往后退了一步，并把剑放低。那股热力感瞬间被一股从武器发散出来的刺痛感所取代，虽然不会痛，但是这突如其来的感觉却让他反射性地退缩，然后他感觉到肌肉变得紧实。凭直觉，他想放开这把剑。但让他惊讶的是，他发现自己已经无法松手，内心深处有某种东西不允许他这么做。他的手就这样紧紧抓着剑柄。

那种刺痛感源源不断地涌进他的身体，现在他感觉到有股能量在牵引着他的生命力，将它带往冰冷的金属，直到剑变成他的一部分。剑柄圆球上的金漆在谷地人手上开始剥离，剑柄变成亮银色，还有看似在燃烧的淡红色条纹，像活物一样缠绕在发亮的金属上。谢伊感觉有一部分的自己醒来了，虽然很陌生很细微，但却很坚定地拉着他，让他更深入自己的内心。

派那蒙和凯尔赛特就在几步远的地方看着，小谷地人看似就要昏睡，他的眼皮愈来愈重，呼吸愈来愈慢，他的身躯在微弱的火光下看起来像雕像似的。他用双手抓着沙娜拉之剑，剑身向上指着天空，银色把手闪闪发亮。有那么一瞬间，派那蒙想拿走谷地人的剑，然后把他摇醒，但他抑制住了自己的冲动。在暗处的奥尔·费恩不死心地爬向他的宝剑，派那蒙顿了一下，粗鲁地用靴子把他推开。

谢伊觉得自己一直被往里面拉，就像陷入逆流的浮木。他的周遭逐渐模糊。囚房的墙壁、天花板和地板开始不见，然后是蜷缩着呜咽的地精，最后连派那蒙和凯尔赛特也慢慢消失。这股奇异的潮流看似就要完全淹没他，但他却无法抵抗。渐渐地，他被拉进内心最深处，直到陷入一片黑暗。

……瞬间的颤动在平静的水盆激起了涟漪，服侍主人的那些东西惊惶逃窜，寻找容身之所。黑魔君从被打断的睡眠中醒来……

在情感和自我的漩涡中，沙娜拉之剑的持有人终于和自己面对面。刚开始是一片混沌，但这股潮水似乎开始逆流，带着他往完全不同的方向走。接下来隐约出现一些画面，不经意间，他的眼前出现一个世界，那是他的出生地，从小到大的景象现在全部展示在他面前，赤裸裸地褪去他所营造的幻觉，他看见了存在的现实。没有绮丽的梦想装点人生观，没有一厢情愿的幻想粉饰太平，没有矫情的自许美化生涩。他看到自己的人生竟是如此卑微，无足轻重。

惊讶于他所看到的景象，谢伊的头脑几欲爆炸，他拼命想要抓住一直以来支撑着他的自我幻影，不愿承认心灵的贫乏和弱点。那股潮水渐渐消退，谢伊强迫自己睁开眼睛，逃避内在的影像。他面前是直立着的沙娜拉之剑，从刀锋到刀柄都闪耀着夺目的光芒。在更远处的派那蒙和凯尔赛特正一动不动地盯着他。然后，巨人的眼神缓缓移向那把剑，谢伊的目光也跟着巨人重新回到沙娜拉之剑。它的光似乎悸动得更加厉害，有种不安分的感觉，仿佛拼命想要从剑身进入他的身体，却不知为何受到阻挠。

谷地人一度想要抗拒，之后他再度闭上眼睛，内在的影像也回来了。第一个揭露的真相现在正发生在他身上，他努力去厘清头绪。把注意力集中在谢伊·欧姆斯福德的形象上，让自己完全沉浸于塑造出他这种人格特质的既陌生又熟悉的种种面向。

恐惧驱散了幻想，但他突然看到另一面的自己，那是他从未认识——或根本拒绝接受的自己。他的记忆像图画书般不断在他脑海中翻页，清算他对别人造成的伤害、他的嫉妒、他的偏见、他的不坦率、他的自我怜悯、他的恐惧——所有藏在他内心的黑暗面。这个谢伊，是个逃出穴地谷，抛弃了家园朋友，只担心自己的生命，为自己的惊慌不断找理由的人。这个谢伊，自私地让弗利克分担他的噩梦，好减轻自己的痛苦。这个谢伊，嘲笑并轻视派那蒙·奎尔的道德标准，却还让那小偷冒着生命危险去救他。这个……

这些画面永无止尽，不断浮现。谢伊被自己所见到的一切吓得往后退。他无法接受！他永远不能接受！

汲取来自内在的力量，他的心灵逐渐能够接受这些弱点，说服他甚至强迫他承认这些呈现在他眼前的真相。他无法否认另一面的自己，只看到自己以为的自己，这只是谢伊·欧姆斯福德的一小部分——虽然只是一小部分，却是很难接受的一部分。

但是他必须接受。因为那是事实。

……满溢着狂热的愤怒，黑魔君完全醒了……

事实？谢伊再次睁开眼睛，看着通身闪耀着白光的沙娜拉之剑。有一股温暖的悸动窜过他全身，但不再有新的自我影像，只有深层的内在觉醒。

突然间，他知道了剑的秘密。沙娜拉之剑拥有揭开真相的力量，让持有它甚至是接触它的人认清自己。有一瞬间，他有些难以置信，也对自己的分析感到怀疑，想要继续探究这个意外的发现，去挖掘更多的谜底。但这就是全部，这就是沙娜拉之剑所谓的神力。除此之外，它与它外表所表现的一样，不过就是个精心打造的上古武器。

知道了这所代表的意义让谢伊大为震惊。难怪亚拉侬从不公开剑的秘密。这到底是个什么样的武器，能拿来对付黑魔君的无边法力？它有什么能耐，可以抵抗不费吹灰之力就取人性命的东西？谢伊感到寒心，确信他被骗了。剑的传奇力量根本是个谎言！他发现自己开始恐慌，于是紧紧闭上双眼抗拒这股寒意。周遭的黑暗开始剧烈搅动，让他跟着头晕目眩，眼看着就要失去意识。

……在他冷冽、萧瑟的避难所中，黑魔君静静地看着，默默地聆听着。他的怒气慢慢沉淀下来，满意地点点头。他以为已经被毁灭了的谷地人还活着。不管怎样，他已经找到了剑。可是那人实在弱得可怜，缺乏理解宝物的必要知识。他已经被恐惧压垮了，毫无招架之力。悄无声息的，主人迅速地离开洞窟般的房间……

亚拉侬迟疑地迎风停在贫瘠的山边，浓眉下深邃的双眼审视着北方地平线处耸立的山脉。它们看起来也像在回望他似的。它们饱经风雨，周身俱是风洞，伤痕累累的外表折射出孵化它们的土地之魂。死一般的沉寂盘旋在整片广袤的土地上，即便呼啸的风声也归于沉寂。这里是北境，德鲁伊拉紧他的黑斗篷，大口地呼吸着。不会错的，他处心积虑所要实现的目的终于要达成了。在刀锋山深处，谢伊·欧姆斯福德已经举起了沙娜拉之剑！

但全部都错了！即使谷地人能够抵挡并接受有关自己的真相，也许还知道了剑的秘密，但是没有神秘学家在他身边，他还没准备好，并不懂得如何正确使用它来对抗黑魔君。现在他孤立无援，缺乏只有亚拉侬才能赋予他的知识。没有时间让他培养必要的信心，他会充满自我怀疑，被恐惧折磨，很容易就落入布罗讷的魔掌。即使是现在，德鲁伊都能感觉到醒来的敌人。黑魔王已经离开他的巢穴，而且确信沙娜拉之剑的传人无法发挥传奇之剑的全部力量。只剩下几分钟的时间，他们就会正面交锋，而谢伊会在一无所知的情况下被毁灭。

亚拉侬知道他无法及时抵达，提供帮助。当他最后终于知道谢伊和沙娜拉之剑都在北方时，立刻离开卡拉洪赶去协助谷地人。不过事情发展得太快了。现在只剩下一个办法可以帮助谢伊——如果这方法能够奏效的话——但是他还是离得太远。德鲁伊抓紧他的斗篷，表情坚定，飞也似的下山，扬起一阵飞尘。

派那蒙冲上前要扶住已经单膝跪地的谢伊，但凯尔赛特动作更快地阻止了他。巨人旋即转过来，面对洞穴入口，竖耳倾听。派那蒙什么也没听到，但他内心突然出现一股恐惧感，让他停止往谷地人的方向移动。凯尔赛特的眼睛转动着，仿佛跟着某人沿着走廊往牢房过来，派那蒙的恐惧逐渐加深。

紧接着，有个阴影降临。照亮囚房的火光瞬间变暗。门口站着一个罩着黑色长袍的高大身影，派那蒙本能地认为那就是黑魔君。被风帽盖住、原本应该是脸的位置，什么都没有，只有黑暗和弥漫在两盏火星间的深绿色迷雾。那双火眼先转向派那蒙和凯尔赛特，他们感受到前所未有的恐惧，僵硬的身躯一动不动地站在那里。派那蒙试图警告小谷地人，但是他却说不出话来，无可奈何看着蒙面怪物慢慢移向谢伊。

谷地人重新恢复意识。所有的一切对他来说是那么的陌生和遥远，虽然内心深处有个模糊的声音在警告着他，但是他反应不过来。有一瞬间，囚室里只剩发霉污浊的空气以及摇曳的火光。迷蒙之间，他看到一动不动的派那蒙和凯尔赛特就在距离他不到五尺的地方，僵硬的表情满是惊恐。而奥尔·费恩像个小黄球般蜷缩在囚房后方，颠三倒四地呜咽自语。在他面前的，则是熠熠生辉的沙娜拉之剑。

他突然想起剑的秘密，也想起他所面临的困境。他猛地抬起头，目光牢牢锁住前方，恐惧和绝望像冰河般冲过他的全身，让他感觉自己就快要溺死了。他开始冒冷汗，双手也抖个不停，脑子里有个念头在呐喊：快逃！趁他发现他们入侵了他的领土并杀了他之前，赶快逃！他搭上了一切想要达成的目标也不再重要。他只有一个念头，那就是逃跑。

他摇摇晃晃地站立，身上每一根神经都对他呐喊，叫他赶快冲向门口，抛下沙娜拉之剑，快跑。但是他做不到，内心深处有个东西拒绝放手。他拼命控制自己的恐惧，手紧抓着剑柄，直到关节都发疼泛白。这就是他的所有，在自己和全然惊慌中他只有它。他绝望地握着无用的宝剑。

渺小的东西，我在这里！

他的话在深沉的寂静中回荡，让人不寒而栗。谢伊的眼睛看向门口，起初他只发现影子，接下来影子慢慢收紧，凝聚成覆着斗篷的形体，充满威吓性地停留在门口。在斗篷深处，那一团绿色迷雾不断盘绕着，两盏火焰正是它的眼睛。

渺小的东西，我在这里！在我面前屈膝！

谢伊脸色刷白。他在彻底恐慌的危险边缘努力保持平衡。他的眼前似乎打开了一条深不可测的裂缝。只要轻轻一推……他强迫自己把注意力集中在沙娜拉之剑以及求生欲上。他的脑海里浮现出一片猩红的雾霭，无数生灵绝望地呼求怜悯。有东西缠上了他的四肢，拉扯着他，想让他跌落深渊。他的勇气尽失，四肢发软。他是如此渺小，如此脆弱。他要如何反抗强大如黑魔君这样的存在？

在囚房的另一边，派那蒙看着黑色斗篷不断靠近谢伊。黑魔君似乎没有实体，风帽下没有脸，袍子里空空如也。但他显然让谢伊无力招架，不管有没有剑都一样。派那蒙向凯尔赛特点头示警，压抑内心的恐惧，举起左手上的矛就要攻击。但那黑袍几乎是很随意地转向他，而且看起来不再虚无，反倒充满了威力。他轻轻挥了挥手，派那蒙便感觉到有个钢铁般的东西锁住他的喉咙，猛地将他向墙壁扔去。他拼命挣扎，但是完全无法摆脱钳制，而凯尔赛特也跟他一样。两人只能眼睁睁地看着黑魔君转向谷地人。

谢伊的垂死挣扎似乎已经无用。他还是保护性地将剑举在面前，但是他的抵制却在黑魔君发动攻击前瓦解了。他再也无法理性思考，也无力对抗撕裂他的种种感情。黑魔君在兜帽里向他发出可怕的指令。

渺小的东西，把剑放下！

谢伊拼命抵抗内心想要屈服的想法。一切事物都变得模糊，呼吸也变得艰难。在内心深处，似乎有个熟悉的声音在呼唤他的名字。他想要响应，在心里高喊救命。然而黑魔君的声音再度撕扯着他。

把剑放下！

剑微微地放低了。谢伊觉得他的脑子开始麻木，黑暗愈来愈靠近他。剑对于他已经无用了，何不扔了它？他对这个可怕的存在来说什么都不是。他只是一个脆弱的无足轻重的凡人。

剑又放得更低了。奥尔·费恩突然惊声尖叫，跌在地板上哭泣。派那蒙脸色变得苍白如纸。凯尔赛特看似被压进墙壁里了。剑尖缓缓晃动，距离地板只剩下几寸。

谢伊内心深处的声音再度呼唤他。从某个地方传来的声音，听起来就像耳语般缥缈，几乎让人分辨不出来。

“谢伊！鼓起勇气！要信任宝剑！”

是亚拉侬！

德鲁伊的声音突破纠缠着谷地人的恐惧与疑惑。但是它好远，好远……

“信任剑，谢伊。一切都是幻影……”

亚拉侬的声音在黑魔君震怒的尖叫声中消散无踪。但是布罗讷警觉得太晚。亚拉侬抛出了生命线，让谢伊给抓住了，将自己从被打败的边缘拉回来。恐惧跟疑惑缩了回去。剑稍稍提了起来。

黑魔君似乎往后退了一步，微微转向奥尔·费恩。呜咽的地精立刻挺身，像个木偶般不断抽搐。他的身体不再受自己掌控，黑魔王的卒子冲向前，蜡黄枯槁的手拼命抓住沙娜拉之剑，手指紧紧握着剑身，徒然扭动。但接下来他突然尖叫，仿佛极其痛苦，猛地甩开他手中的宝物。他摔到地上，整个人扭曲在一起，双手遮着眼睛，像是要挡住某些恐怖的画面。

黑魔君再次下令。簌簌发抖的地精起身，绝望地尖叫，再次冲向闪闪发亮的沙娜拉之剑。但他又再次痛苦地尖叫跪地，二度松开宝剑，泪如雨下。

谢伊看着他倒地。他知道发生了什么事。奥尔·费恩看到了关于他自己的真相，就跟谢伊初次碰到它一样。但是对地精而言，真相是难以承受之重。不过这一切似乎有些蹊跷。为什么不是布罗讷自己来拿剑？这应该只是小事一桩；但恰恰相反，黑魔君一开始试图用幻影强迫谢伊松手，然后又利用已经疯癫了的地精代劳。法力无边的布罗讷似乎无法把剑拿走？答案已经愈来愈接近了，他开始有了一点了解。

奥尔·费恩又站了起来，还是无能为力，只能听命于黑魔君，干枯的手指拼命在空中挥舞着。谷地人试着避开，但地精已经失去理智，他的思想和灵魂都不再属于自己。他发出一声混合着恐惧和挫败的尖叫，接着便扑向宝剑。当地精紧紧抱着这世上他唯一在意的东西时，他的身体剧烈抽搐。它终于是他的了。但片刻过后他就死了。

谢伊大受震惊地后退，将剑抽出已无生命的身体。黑魔君马上又对谷地人的内心发动攻势，企图全面击垮他的反抗。这次不搞迂回前进的小把戏，只有全面性的、具有毁灭性的纯粹恐惧。黑魔君用上千种恐怖的方式描绘出各种导向灭绝的景象，瞬间涌入谢伊的内心。他觉得自己愈来愈卑微，成为地球上最渺小最不重要的生物，看起来就要被黑魔君碾成尘土了。

但谢伊的勇气挺住了。他一度差点就要屈服于疯狂了，这一次他必须坚持，必须相信自己也相信亚拉侬。他双手紧握着剑，强迫自己往前踏出一小步，踏进前方紧缩的烟雾，以及那面攻击他的恐惧之墙。他试着让自己相信这些不过是幻影，他所感觉到的恐惧都不是他的。那面墙往后退了一点，他更努力地与之对抗。他记起奥尔·费恩的死，构想出因为他现在的退缩而导致其他人横死的画面。他想起亚拉侬的话，将注意力集中在黑魔君拒绝去拿剑的疑点上——那可能就是他的弱点。谢伊让自己去相信宝剑的真实秘密就是一个很简单的法则，即便是强大如布罗讷也无法不受影响。

眼前的浓雾突然变稀，恐惧之墙也裂成碎片。谢伊再次面对黑魔君，红色的火眼在绿色迷雾中疯狂闪跃。罩袍下的手快速举起，像是要挡住某个迫近的危险，黑暗的身躯在他面前逐渐退缩。房间那一头的派那蒙和凯尔赛特终于挣脱束缚，冲到前方，拿起武器。谢伊感觉到黑魔君的抵抗在他的主动进击下开始破碎和消散。然后，沙娜拉之剑猛然落下。

剧烈颤动的斗篷发出一个令人毛骨悚然的无声尖叫，只剩枯骨的手臂不住地往上痉挛，谷地人把闪亮的剑身用力刺进痛苦扭动的身体，迫使它往后退到墙边。这里已经无处可逃，他低声断言，这里将是这个邪灵的终点。黑魔君如爪子般的手指痛苦地抓着潮湿的空气，黑色斗篷更是不断地震动摇晃。他开始崩溃，激愤地呐喊出他对毁了他的沙娜拉之剑的恨。而在他的尖叫声后，还迸发出了成千上万长久以来不断被压抑着要复仇的声音。

谢伊感觉到黑魔君的惊恐透过剑传到他心里。但是其他声音给了他力量，他没有心软。剑与他的接触，带来了黑魔君的所有幻象和骗术都无法加以否认的真相。那是一个他不能承认、不能接受、不能容忍的真相，也是一个他完全没有抵抗力的真相。对黑魔君而言，那个真相就是死亡。

布罗讷的存在只是幻影。许久以前，他尝试过各种延年益寿的方式，都未让他如愿，他的身体已经死了。然而，想要求生的执念让一部分的他一直活着，并用极端巫术来维持自己的存在，结果导致自己走向疯狂。他否认自己已死，紧抓住已经没有生命的身体来完成不朽。一个存在于两个世界的生物，他的力量看似惊人，但是沙娜拉之剑强迫他看见自己其实只是一具腐朽的、没有生命的躯壳，只靠着自己谬误的信念来维系，事实上他只是靠意志力创造出来的一个骗局，一个空想。他只是一个存在于凡人的恐惧和疑惑中的谎言，一个他试图掩盖真相的谎言。但现在这个谎言被戳破了。

谢伊已经能够接受弱点和缺陷也是他人性本质的一部分，因为那也是所有人共有的一部分。但是黑魔君无法接受沙娜拉之剑所揭示的真相，那个真相就是他所认为的自己早在一千年前就已经不复存在。现存的布罗讷只是个谎言，如今，也被剑的力量一并夺走了。

他最后一次大声喊叫，抗议的呜咽声在牢房里哀戚地回荡着，混杂着来自其他幽灵所发出的胜利的呐喊。紧接着，所有的声音倏地停止。袍子下的身体分崩离析，他那只伸出来的手臂开始干枯，化为沙尘落地，两盏闪烁不定的火光也在渐渐驱散的绿色迷雾中熄灭。空荡荡的斗篷终于垮下，一切灰飞烟灭，只剩下摊在地上的一堆衣物。

不一会儿，谢伊也摇摇晃晃，站不住脚。他的神经在一时之间承受了太多情感、太多压力，现在他的身体已经无法支撑。最后他也缓缓地倒下，陷入昏迷。

泰尔西斯的人类和灵界生物交战正酣，却突然发生巨变。地球从地心深处开始震动，波及到满目疮痍的地表。位于泰尔西斯东边山丘的精灵骑士努力控制受到惊吓的坐骑，憔悴的弗利克困惑地看着脚下的土地不正常地摇晃。内城墙上的巴力诺击退一波又一波的攻击，战况激烈到连天摇地动也浑然不觉。森迪克大桥边的巨人则是停下来，不安地环顾四周。震动开始加剧，曼尼安看到古老的石头出现长长的裂缝，桥上的守军在摇晃中依旧坚守岗位。来自地底深层的震动变得愈来愈快，释放出强大的威力，造成土石坍落。横扫大陆的狂风将驰援泰尔西斯的精灵军团吹得东倒西歪。从阿纳尔的库海文到西境，都能感受到狂风的怒吼，四境处处蹶石伐木，梢杀林莽。天空变成黑压压的一片，没有云，没有太阳，什么都没有。巨大的红色闪电划破黑暗，连接地平线的两端。这就是世界末日。这就是所有生命的终点。大屠杀终于如预期地来临了。

但片刻过后一切便消失于无形，呈现全然的寂静，直到黑色迷雾外头突然传来凄厉的哭号，随即转变为痛苦的尖叫。在泰尔西斯，战争暂时被遗忘了。北方人和南方人惊恐地看着骷髅使者像幽灵般在空中飘荡，痛苦扭曲地惊声尖叫。尽管极度震惊，底下的人还是无法将目光移开。而下一秒中，还在盘旋的骷髅使者突然开始分解，黑色的身体慢慢分裂，化为尘土，凋零坠地。几秒钟过后，便只剩下一片虚无和孤寂的黑暗。接着笼罩天空的黑幕先是向南，然后向东西两个方向打开，湛蓝的青天再次出现，耀眼的日光遍洒整个大地。底下的人们敬畏地看着黑幕缩成一小朵乌云，飘向遥远的北方，然后沉入地平线，永远地消失。

时间一分一秒地过去，谢伊还是不省人事。

“我不认为他办到了。”

远方有个声音传到他心里，他滚烫的手和脸突然感觉到有股凉意从平滑的石头传来。

“等一下，他眼皮动了。我想他快醒了！”

是派那蒙·奎尔。谢伊睁开眼，发现自己躺在囚房地上，黄色的火光在黑暗中兀自闪烁。现在他又成为他自己了。虽然一只手仍紧握着沙娜拉之剑，但是宝剑的力量已经远离，将他们紧紧结合在一起的那股束缚也消失了。他笨拙地手脚并用爬了起来，但是有个低沉的隆隆声响震动着山洞，他向前摔倒。一双强壮的手马上抓住了他。

“放松点，慢一点……”派那蒙粗犷的声音听起来就像在他耳边低语一样，“让我看看你。这里，看着我。”他把小谷地人拉近自己，两人目光交会。小偷眼底闪过一丝恐惧，然后绽放出笑容。“他很好，凯尔赛特。现在让我们出去吧。”

他帮谢伊站起身，朝门口方向走。凯尔赛特走在前面，谢伊不确定地走了几步，然后便停了下来。有什么东西挡住了他的脚步。

“我很好。”他的声音小到几乎听不到。

突然间，他回想起了一切，沙娜拉之剑的力量在他身体里流窜，将他们所有人都联结在一起，还有关于自己的内在影像，跟黑魔君之间的决斗，以及奥尔·费恩的死……他摇摇晃晃地放声大叫。

派那蒙快速走向他，用完好的那一只手紧紧抱住他。

“放轻松，放轻松，都结束了，谢伊。你办到了，你赢了。黑魔君已经灭亡，但是整座山摇到快解体了，我们必须在它整个崩塌之前离开这里！”

低沉的隆隆声愈来愈响，天花板和墙上的石头开始崩塌，灰尘和碎石纷纷落下，岩石也已出现裂痕。谢伊看着派那蒙然后点点头。

“你会好起来的。”红衣小偷快速起身，“我要带你离开这里。这是一个承诺。”

三人快速从牢房移向黑暗的通道。崎岖的隧道横贯刀锋山的中心，随着地震愈来愈剧烈，墙壁龟裂的速度也愈来愈快，而且开始整面塌方，摇晃到仿佛大地就要裂开，将山脉吞噬的样子。他们穿越了无数个小型通道以及相连的大厅，还是找不到安全的出口。有好几次他们遇上了土石劈头盖脸的倾泻，但都设法成功脱逃，还有巨石崩落挡住他们的去路，幸好有凯尔赛特把这些路障搬走，让他们得以继续前进。谢伊开始失去知觉，一股莫名的疲倦感涌入他的身体，无情地压榨着他仅存的精力。当他感觉再也无法继续时，派那蒙就在他身边扶住他，在走过碎石堆时用强壮的手臂将他或举起或放下。

他们正好走到一处特别狭窄的地方，通道呈九十度直角向右转，此时一阵剧烈的震动摇撼着垂死的山脉，整个天花板开始崩裂掉落。派那蒙疯狂大喊，并把谢伊往下拉，试图用他的身体来保护小谷地人。凯尔赛特随即冲过来，用他厚实的肩膀扛住几吨重的石块。掉落的尘土瞬间遮蔽了一切。然后派那蒙马上将谷地人拉起来，催促他赶快通过吃力撑着的巨人。谢伊爬出去时，抬头看着巨人温柔的眼睛，与他四目交会。天花板又往下掉了几寸，岩石巨人使出全身的力气挺住。谢伊犹豫了，但是派那蒙用强有力的手抓着他的肩膀，将他往前拉，把他从隧道转角推到前面比较宽的地方。接着又是一阵土石塌方，他们只来得及看了凯尔赛特一眼，他魁梧的身躯依然支撑着崩落的巨石。派那蒙想要冲回通道，但是一声轰隆巨响撕裂了山脉核心，数吨重的石块倾泻而下，他们后方的隧道彻底崩塌，回头的路也完全消失。谢伊失声尖叫，冲上石墙，但是派那蒙粗鲁地将他拉回来，用尖锐的矛指着他的脸。

“他已经死了！我们现在回去也没用。”

谷地人震惊地回头看向他。

“继续移动，离开这里！”派那蒙勃然大怒，“你要让他白白牺牲吗？快走！”

他猛地把谢伊拉起来，推到前面还能通行的通道。山体持续发出轰隆隆的声音，一连串强震摇得两人差点站不住脚。现在谢伊只是盲目地往前跑，他的眼睛充满了尘土和泪水，愈来愈难看清楚，他用力眨眼，试图让视线清晰起来。派那蒙沉重的呼吸声就在耳边，而且他还能感觉到他装着短矛的那只手在背后推他，催促他跑快点。从通道和天花板落下的石头砸在他身上，划出了一道道伤口，经过土石的洗礼，他的衣服早就破烂不堪地挂在他满是汗水的身上。他的手上还握着那把发光的宝剑，它除了能证明他所经历的一切不是一场幻梦，现在对他毫无用处。

突然，隧道消失在北方灰暗的天空下，他们摆脱了山的威胁。他们面前只有巨人和喑族人支离破碎的身体。他们保持原速，跑向刀锋山的隘口。大地震得愈发厉害，骷髅山底开始出现裂缝，一路朝着包围着这块禁忌之地的天险延伸。突然间，一个超乎以往的刺耳巨响让掉过头来的两人当即瞠目结舌，怀着敬畏之心看着骷髅的面部下陷崩坍。一切的一切似乎同时毁坏，骷髅山不复存在，瞬间倾圮的黄土冲上天际，形成一朵厚厚的蕈状云，地表深处传来的轰隆声响在北方旷野回荡不已。狂风扫过其他残山剩水，此时地下的隆隆声再次响起，谢伊惊恐地看着刀锋山在这一次的灾变中也开始风云变色。整个王国正在崩解！

此时派那蒙已经拉着茫然的谢伊断断续续地往隘口方向跑。但是这次谷地人不需催促，他使尽最后气力向前冲，飞也似的穿过堆积成山的尸体。派那蒙惊讶地发现，自己竟然需要小跑着才能追上他。等他们抵达隘口出口时，刀锋山也开始坍塌，地震山崩不断，大地为之撼动。进了峡谷之后，巨岩碎石如滚滚洪流持续崩落，两个南方人没命似的闪躲，幸好还有从后面灌进来的强风，无形中加快了他们的速度。经过弯弯曲曲的岩壁后，他们知道距离峡谷出口已经不远。突然间，谢伊注意到他的视线变得模糊，他生气地揉眼，以期能恢复视力。

峡谷西墙倏地塌在两人身上，将他们埋在土石堆中。谢伊的头被某个尖锐的东西打到，让他暂时失去了意识。黑暗之中，被半埋住的他一直试着叫自己醒来。然而还是派那蒙从乱石中将他挖出来，恍惚之间，他看到高个子身上有血。谢伊费力地撑着沙娜拉之剑，缓缓站起身来。

派那蒙还是跪着，用手上的矛指向后方的隘口。谢伊连忙朝他所指的方向望去，惊骇莫名地看见有个畸形的生物从沙尘堆中缓缓扑向他们。是个喑族人！无形的脸转向他们，怪物拖着脚步稳步向前。派那蒙看着谢伊，露出了一抹冷酷的微笑。

“他从那边就一路跟着我们过来。我以为我们可以在落石中甩掉他，但是他还是穷追不舍。”

他缓缓起身，抽出阔剑。

“继续往前，谢伊。我随后就来。”

谷地人目瞪口呆地摇着头。他一定是弄错了。

“我们可以跑得比他快，”谢伊终于脱口而出，“反正我们已经快出隘口了，我们可以到那边再一起对付他！”

派那蒙摇了摇头，凄然一笑。

“这一次恐怕不行。我的脚已经无法再跑了……”谢伊正要开口时，他再度摇头，“我不要听，谢伊！趁现在快跑！别回头！”

谷地人瞪着他，潸然泪下。

“我不能这么做！”

此时又是一阵地动天摇，派那蒙和谢伊重心不稳，双双跪地。巨石不断从山边滚落，仍然无法阻止暗族人。派那蒙摇摇晃晃地起身，并将谢伊也拉起来。

“整个隘口正在崩塌，”他平静地陈述，“我们没有时间争辩。我可以照顾自己，就像遇见你或凯尔赛特之前那样。现在我要你快跑，跑出这个隘口！”

他把手搭在谷地人肩上，轻轻地将他推开。谢伊退了好几步，踌躇不前，威胁性地举起沙娜拉之剑。派那蒙脸上闪过一丝惊讶的表情，然后那抹玩世不恭的笑容又出现了，他的眼睛充满光彩。

“我们还会再见的，谢伊·欧姆斯福德。你等着我。”

他再次挥手道别，转身面对来犯的暗族人。谢伊盯着他看了一会儿，他逐渐消失的视力一定是在糊弄他。有一瞬间，那个红衣人似乎没有跛脚。群山再次颤动，谷地人拔腿冲向山麓丘陵，躲开刀锋山滑落的石头，一个人跑出逐渐被落石淹没的峡谷。

34

下午即将过去。太阳斜射，穿透了云朵，温暖了荒芜贫瘠的北境，照在荒原的点点绿意上。这是这片焦土数年以来唯一能够蓬勃生长的生命，而终有一天将会覆盖整片北境。远方的刀锋山不再锋利，山崩地裂扬起的巨大土幕仍悬在残存的骷髅山上空久久不散。

谢伊逃了出来，漫无目的地在刀锋山下纠结的山川谷壑间游走。现在的他，视力半盲，精疲力竭，衣衫褴褛的样子让人几乎认不出来。他双手紧握着剑走向亚拉侬时，完全没有看到前方有人。看到他的那一瞬间，德鲁伊张口结舌地瞪着眼前这副景象，然后才如释重负地惊呼出声，立刻冲向形容枯槁的谢伊·欧姆斯福德面前，将他紧紧抱住。

谷地人沉睡了许久，当他醒来时已经入夜。他躺在一处向前突出的岩石居所里，有个小火堆噼里啪啦地烧着，让紧紧裹着斗篷的他暖上加暖。他的视力逐渐恢复，睁开眼睛，看到群星点缀的明亮夜空悬在头顶。他挤出一抹笑容。一会儿过后，亚拉侬的身影出现在微弱的火光中。

“感觉好点了吗？”德鲁伊招呼着，并坐了下来。亚拉侬有点奇怪，他变得更有人情味了，没那么让人害怕，声音里带着不寻常的温暖。

谢伊点点头。“你是怎么找到我的？”

“是你找到我的。你不记得了吗？”

“不，什么也不记得，那时之后就……”谢伊迟疑着，“有没有其他人……你有没有看到其他人？”

亚拉侬审视着他焦急的表情，像是在推敲答案似的，过了一会儿才摇摇头。

“只有你一个人。”

谢伊觉得有个东西堵住他的喉咙，他躺回温暖的毛毯里，艰难地吞咽。所以，派那蒙也离开了。他没有料到会有这样的结局。

“你还好吗？”黑暗中传来德鲁伊的声音，“你现在想吃些东西吗？我想如果你吃些东西的话，会对你有帮助。”

“嗯……”谢伊强迫自己坐起来，仍然紧紧裹着斗篷。坐在火边的亚拉侬把汤倒入一个小碗，香味直飘进他的鼻子里。他突然想起沙娜拉之剑，于是在黑暗中开始寻找。他几乎马上就看到剑就躺在他身边，剑身闪闪发亮。接下来是他外衣口袋里的精灵石。但是它们却不在那里。他慌了手脚，全身上下里里外外都找遍了，还是找不到那个小皮囊。它不见了。他的心往下沉，虚弱地躺了回去。也许是亚拉侬……

“亚拉侬，我找不到精灵石，”他马上问道，“是不是你……”

德鲁伊走向他，将冒着烟的汤碗和一个木汤匙端给他，一脸高深莫测的样子。

“不，谢伊，一定是你在逃出刀锋山时弄丢了。”他伸出手拍拍他的肩膀，安慰沮丧的他。“现在已经不需要在意那些石头了，它们已经达成了自己的使命。我要你吃些东西，然后回去睡觉——你需要休息。”

谢伊机械地喝着汤，无法轻易忘怀精灵石丢了的事。打从一开始，他就随身带着这些石头，它们一路上保护着他，甚至还救了他。他怎能这么不小心？他试着回想在哪里弄丢了这些石头，但再怎么想都是枉然。那可能发生在任何时候。

“关于精灵石，我很抱歉……”他轻声认错，觉得应该再说些什么。

亚拉侬耸耸肩，并微微一笑。他坐到谷地人身边后，看起来好像很劳累，而且似乎变老了。

“说不定它们稍后又出现了。”

谢伊默默喝完汤，亚拉侬自然地再次替他续上一碗。温暖的热汤抚慰了谷地人疲惫的身心，一股睡意悄悄袭来，他开始打起盹来。但是他心里被太多问题困扰着，他现在就想从能解开这些疑问的人口中得到答案。在经历了这么多之后，他绝对有这个资格。

他挣扎着坐好，意识到亚拉侬正看着他。夜鸟的鸣叫声划破寂静的夜，让他愣了一下。经过了这么久，北境再现生机。他把碗放到地上，然后转向亚拉侬。

“我们能够谈谈吗？”

德鲁伊默默点头。

“你为什么没有告诉我关于沙娜拉之剑的事？”谷地人轻声问道，“为什么没有？”

“你需要知道的一切我都告诉你了，”亚拉侬面无表情，“其余的，剑自会让你知道。”

谢伊不可置信地看着他。

“你必须自己去发掘沙娜拉之剑的秘密，”德鲁伊温柔地继续发言，“那不是我能够向你解释的东西，你必须自己去体验。你必须先接受真实的自己，剑才能为你所用，然后拿来对抗黑魔君。这是我没法直接干涉的一个过程。”

“好吧，那你总能告诉我为什么剑会毁灭布罗讷吧？”谢伊追问。

“那对你有什么帮助吗，谢伊？”

谷地人皱眉道：“我不明白。”

“如果我把一切都告诉你，实际上能帮到你吗？你能够继续搜寻剑吗？知道了剑不过是揭示自我之后，你还能够对布罗讷拔剑相向吗？而你没有亲自经历过，若我说这样一个简单的东西能够摧毁黑魔君那样的怪物，你会相信我吗？”

在微弱的篝火中，他弓着背靠向谢伊。

“或者你会当场就放弃对自我的追求？你能够承担得起多少真相？”

“我不知道……”谢伊含糊地回答。

“接下来，我要告诉你之前不能告诉你的事。杰利·沙娜拉，在五百年前，他知道所有一切，但他失败了。”

“但我以为……”。

“以为他很成功？”亚拉侬替他把话说完。“如果他成功了，黑魔君怎么还没被消灭？不，谢伊。杰利·沙娜拉并未成功。布莱曼将沙娜拉之剑的秘密对精灵王坦诚相告，因为他也认为事先知道神剑如何使用，会有助于对抗布罗讷。但事实并非如此。尽管他已经被事先告诫过他会暴露在自我的真相中，杰利·沙娜拉对他所发现的真相还是毫无心理准备。事实上，可能也没有办法事先做好准备。我们在构想的自我与真实的自我间筑起了太多道围墙。而且，我不认为他真的完全相信布莱曼的警告，直到他终于拿起剑才恍然大悟。杰利·沙娜拉是个战士，因为天性使然，他本能地认为沙娜拉之剑是一个会造成实质伤害的物理性武器，就算已经跟他说过不是那样也无法改变他的想法。当他遇到黑魔君后，宝剑就如布莱曼所预警的一样，开始在他身上发挥作用时，他却慌了。他的过人体力，他的英勇无畏，他的作战经验——所有这些全派不上用场。一切对他来说都是难以承受之重。因此，黑魔君才得以逃开。”

谢伊看起来并不服气。

“我或许会不一样。”

但德鲁伊似乎没有听到。

“你找到沙娜拉之剑时，我应该跟你在一起的，等宝剑自己把秘密告诉你之后，我再向你解释它如何用来对付黑魔君。但是你却在龙牙山脉失踪，我到后来才知道你已经找到了沙娜拉之剑，而且独自往北边去了。我立刻去找你，差点就为时太晚。在你发现沙娜拉之剑的秘密时，我能够感觉到你的惊慌，我知道黑魔君也能感觉到。但我距离太远，无法及时赶到。因此我试着呼唤你，把我的声音投射到你心里。由于黑魔君的阻止，我没有足够的时间告诉你该怎么做。几个字便足矣。”

他停了下来，看起来几乎就像是睡着了似的，目光停留在他们之间的空气上。

“但是你自己找到了答案，谢伊，而且你活下来了。”

谢伊撇过头，忽然意识到，虽然他还活着，但一路陪着他进入骷髅王国的人全都不在人世了。

“本来可能会不一样。”他木然地重复。

亚拉侬不发一语。当夜幕完全笼罩他们之时，他脚边的火慢慢变成红色的余烬。谢伊拿起未喝完的汤碗快速喝完，感觉睡意再次袭来。当亚拉侬移到他身边时，他正在打瞌睡。

“你觉得我没有将沙娜拉之剑的秘密告诉你是错的？”他喃喃自语。这句话听起来像是在陈述事实，而非问题。“也许你是对的。如果我在一开始就跟大家说清楚，也许这样对所有人更好。”

谢伊抬头看着他。他消瘦的脸上棱角分明，像是掩盖了无数秘密。

“不，你是对的。”谷地人缓缓响应，“我不确定我能否面对真相。”

亚拉依的头微微歪向一边，像是在思考这个可能性。

“我应该对你更有信心，谢伊。但是我很害怕……”他稍作停顿，谷地人脸上出现一丝疑惑。“你不相信我，这是事实。对你是，对其他人亦然，我的存在超乎人类。这是必要的，否则你不会坦然接受我给你安排的角色。但德鲁伊也是人类。你忘了一些事。布罗讷成为黑魔君之前也是德鲁伊，因此就某种程度上来说，德鲁伊必须自己承担后果。我们允许他成为黑魔君，我们的知识给了他机会，接下来的与世隔离让他逐步强大。所有的人类可能会被奴役或是被消灭，那个罪孽是我们造成的。德鲁伊有两次机会毁灭他，但是两次都失手了。我是最后的德鲁伊，如果我也失败了，将无人能够保护各族免于邪恶势力的威胁。因此，我很害怕。即使只是一个小小的失误，我可能就会让布罗讷永远逍遥法外。”

德鲁伊的声音渐渐变小，低头看着他，沉默了一会儿。

“还有一件事你应该知道。布莱曼对我来说不只是我的祖先，他是我的父亲。”

谢伊整个人清醒过来。“你的父亲！但那是不可……”

他说不下去了。亚拉依微微一笑。

“你一定不只一次猜想我可能比任何人类都要老吧。在第一次种族大战之后，德鲁伊发现了长生不老的秘密。但那是要付出代价的——一个布罗讷拒绝偿付的代价。当中有非常多的要求和原则必须遵守，谢伊，这不是从天上掉下来的大礼。以我们醒着的时间作为交换，我们欠下了某种债务，必须透过一种特殊形式的睡眠来偿还，以逆转我们的老化。要经过许多步骤才能真正达到长生不老，其中有一些并不轻松，也没有一个是简单的。布罗讷一直在寻找不同于其他德鲁伊的方法，让他可以免于承担相同的代价，免于作出同样的牺牲。到最后，他找到的只有幻影。”

德鲁伊似乎躲进了自己的世界，许久过后才又继续开口。

“布莱曼是我的父亲。他原本有机会能够终结布罗讷的威胁，但是他失误太多，让布罗讷逃了。这是我父亲的失职——如果让黑魔君得逞了，我父亲便是罪魁祸首。我一直怀着这样的恐惧活着，发誓绝不重蹈覆辙。我很害怕，谢伊，我并未对你抱有太大的信心。我担心你太软弱，无法做到该做的事，我为了自己的目的对你隐藏了真相。从许多方面来说，这对你并不公平。但你是我最后的机会，让我得以解救我的父亲，涤清我为此摆脱不掉的罪恶感，并永远消除掉德鲁伊创造出布罗讷的责任。”

他迟疑了一会儿后直视着谢伊的眼睛。“我错了，谷地人，你比我认为得更优秀。”

谢伊笑着摇头。

“不，亚拉侬。你总是在事后才告诉我。留意你自己说的话，历史学家。”

德鲁伊报以微笑。

“我希望……我希望我们能有更多时间认识彼此，但我有个债必须要偿还……时间过得太快了。”

他的声音几近哀伤，逐渐变小，低头不语。困惑的谷地人心想他还会继续，但他什么都没说。

“那就等早上再说吧。”谢伊疲倦地伸伸懒腰，钻进斗篷里，身子被汤和火烘得暖暖的，“回南境的路还远着呢。”

亚拉侬并未马上回答。

“现在你的朋友很靠近了，他们在找你。”他终于有了回应，“当他们找到你时，你会将我跟你说的一切都告诉他们吗？”

谢伊几乎没有听到他在说话，思绪已经飘回穴地谷和再次回家的希望。

“你说的故事比我说的好听多了……”他困倦地喃喃自语。

接下来又是一阵安静。最后他听到亚拉侬走进黑暗里，当他再次开口时，声音听起来非常遥远。

“我可能办不到了，谢伊。我好累，我的体力已经耗尽。现在，我必须要……睡觉。”亚拉侬的声音越来越小。

“明天……晚安。”谢伊咕哝着。

德鲁伊的声音已经低到接近耳语。

“再见，我年少的朋友。再见，谢伊。”

但谷地人已经进入了梦乡。

谢伊突然惊醒，早晨的阳光洒在他身上。嘚嘚的马蹄声和笃笃的脚步声让他猛地睁开双眼，发现自己被一群身着森林绿服装的人给包围了。他凭直觉把手放在沙娜拉之剑上，挣扎着坐起来，用力眯起眼睛，想要看清他们的脸。他们是精灵。其中一个精灵走向他，向他垂首致意，深邃、穿透力十足的绿色眼眸锁住他的视线，然后伸出他结实的手放在谷地人的肩上。

“你现在跟朋友在一起，谢伊·欧姆斯福德。我们是伊凡丁的人。”

谢伊缓缓起身，还是防卫性地抓着剑。

“亚拉侬……？”他询问着，环顾四周寻找德鲁伊。

精灵迟疑了一会儿，然后摇摇头。

“这里没有其他人，只有你。”

谢伊大吃一惊，推开他穿过其他骑士，眼睛快速扫视宽阔的深谷。但是只有灰色的岩石和尘土，还有迤逦消失在视野的小径回望着他。除了精灵骑士和他，这里没有其他人。此时他想起德鲁伊跟他说的话，现在他知道，亚拉侬真的离开了。

“睡觉……”他听到自己的低语。

他木然地走向等待着他的精灵，踌躇间，眼泪不听使唤地流了下来。不过他生气地告诉自己，亚拉依会一如既往，在需要他的时候回来。他擦去泪水，眺望亮蓝色的天空。有一瞬间，他似乎听到德鲁伊从遥远的地方呼唤着他。他的嘴唇漾起一抹微笑。

“再见了，亚拉依。”他温柔地回应。

35

十天之后，当初从库海文展开这段冒险旅程的人，也该是说再见的时候了。那是一个阳光普照、充满夏日清新气息的清晨。清风徐来，摩米顿河的咆哮声打破了寂静。他们并肩站在泰尔西斯连接城外的道路边，那是都林和戴耶。都林左手上了夹板，被戴耶从一堆伤兵中找到的他，现在正在快速复原当中。穿着锁子甲和皇家蓝色骑马斗篷的巴力诺·巴克哈纳，依旧苍白的谢伊·欧姆斯福德，赤胆忠心的弗利克，还有曼尼安·利亚。他们平静地交谈，勇敢地微笑，努力试着要表现出亲切放松的样子，但却失败了，只能时不时地望向后方整装待发的马儿。到了最后，只剩下无言的沉默，然后彼此握手，互相承诺来日再见。这是一个痛苦的道别，藏在笑容和握手之后的，是浓浓的哀伤。

接下来，他们便分道扬镳，各自回家。都林和戴耶往西回贝里欧，戴耶总算能够跟他的挚爱琳莉丝重聚。欧姆斯福德兄弟将南返穴地谷，就如同弗利克不断向他弟弟重复说的话一样，他们要好好休息一下。在弗利克看来，他们的旅程已经结束了。而曼尼安也决定一同前往谷地，好确定谢伊一路平安，然后再从那里回高地，他的父亲现在可能在想他了。不过他知道他很快就会回到边境，回到等着他的红发女孩身边。

巴力诺默默站在路边，目送朋友们离开，直到他们的身影在绿草地上远去，缩成一个个小圆点，再也看不见时，才缓缓上马返回泰尔西斯。

沙娜拉之剑留在卡拉洪。谢伊坚持要将宝剑留给边境人。为了四境的自由，没有人付出得比他更多。没有比他更值得信赖的人选值得托付宝剑。因此，传说中的宝剑便被插在一块红色的大理石上，放在泰尔西斯人民公园花园中央的墓园，上面则有森迪克大桥为其遮风蔽雨。面对墓园的那面石头上刻着铭文：

国家忠魂长眠于此
他们追求自由
他们渴望和平
他们勇于追求真相
沙娜拉之剑长眠于此

数周之后，谢伊疲倦地坐在旅馆厨房的一张木凳上，茫然地看着眼前的食物。而身边的弗利克已经狼吞虎咽地吃起第二盘了。现在是傍晚，欧姆斯福德兄弟一整天都在修理阳台屋顶。夏天的太阳很毒辣，修缮工作又乏味，但是又累又不开心的谢伊还是没有胃口。当他父亲喃喃自语地从门口出现时，他还在盘子上东挑西捡。柯萨·欧姆斯福德不发一语地走过来拍拍谢伊的肩膀。

“这样的胡闹还要持续多久？”他问道。

谢伊讶异地抬头。

“我不明白你的意思。”谢伊如实回答，同时望向弗利克，后者茫然地耸耸肩。

“还是吃得不多？”父亲仔细察看他的晚餐，“如果你不好好吃，要怎么恢复力气？”

柯萨停了一会儿，然后才想起来自己要说什么。

“陌生人，我要说的就是这个。现在我认为你又要离开了。”

谢伊瞪大眼睛看着他。

“我哪里也不去。你到底在说什么？”

柯萨·欧姆斯福德拿了个板凳重重地坐下来，仔细地看着他的养子。他想着如果他不给出提示，谢伊是不会如实相告的。

“谢伊，我们从未欺骗过彼此，对吗？当你跟利亚王子一起回来后，我没强迫你说在那边发生了什么事，即便是你在半夜不告而别，即便是你回来后像个行尸走肉，而且刻意不让我知道你怎么会变成这样。现在回答我！”谢伊想要反驳，但他继续说道：“我从未要求你告诉我任何事，有吗？”

谢伊默默摇头。他父亲满意地点点头。

“因为我刚好相信男人要有担当。但是我忘不了上次你在有人来找你后就离开了穴地谷。现在又有陌生人来找你。”

“又一个陌生人！”兄弟俩同时惊呼。

所有回忆瞬间回到他们的脑海里。亚拉侬的神秘现身，巴力诺的警告，骷髅使者，然后逃跑，恐惧……谢伊从板凳上滑了下来。

“有人来这里……找我？”

他父亲点点头，在他的儿子一脸忧虑，鬼鬼祟祟地瞄向门口时，脸色也沉了下来。

“跟之前一样，陌生人。几分钟前到的，要来找你。他就在大厅那里等你。但是我不认为……”

“谢伊，我们该怎么办？”弗利克匆匆忙忙打断，“我们甚至没有精灵石来保护我们。”

“我……我不知道，”他弟弟含糊地说着，试着厘清思绪，“我们可以从后门溜走。”

“现在给我等一下！”柯萨·欧姆斯福德已经听够了，紧紧抓着他们的肩膀，将他们转过来面对着他，不可置信地看着他们。

“我可没有教我儿子碰到麻烦就逃之夭夭，”他看向他们愁容满布的脸，然后摇了摇头，“你们必须学会面对自己的问题，而不是一味逃避。为什么呢，现在你们在自己家里，有家人朋友支持你们，但你们却说要逃跑。”

他放开他们，往后退了一步。

“现在我们一起去面对这个男人。他看起来有点严酷，但是我们谈话时还蛮友善的。更何况，我不认为一个只有一只手的人比得过我们三个——即使他装个矛。”

谢伊猛地打住。

“一只手……？”

“他看起来走了很远的路才到这里。”老欧姆斯福德似乎没有听到他在说话，“他带着一个小皮囊，他说那是你的东西。我说我帮你拿，但是他不给我。他说除了你之外，他不能交给任何人。”

谢伊似乎明白了。

“一定是很重要的东西。”他父亲这么认为，“他说你在回家的路上弄丢了。这是怎么一回事？”

柯萨·欧姆斯福德必须等一下才能知道答案了。因为他的儿子们已经迫不及待地冲出厨房，兴高采烈地奔向了旅馆大厅。

GRIFFIN NOVEL

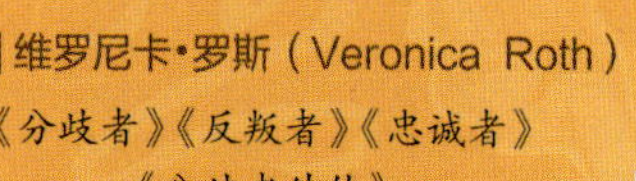

[美] 维罗尼卡·罗斯（Veronica Roth）

《分歧者》《反叛者》《忠诚者》

《分歧者外传》

《分歧者》三部曲

《分歧者》系列（全四册）

[韩] 金银淑

《继承者们》（上下）

[美] 绮拉·凯斯（Kiera Cass）

《决战王妃》《决战王妃 2：背叛之吻》《决战王妃 3：真命天女》

《决战王妃》三部曲

[美] 卡斯·摩根（Kass Morgan）

《地球百子 1：重返地球》《地球百子 2：异类惊现》《地球百子 3: 星际归来》

《地球百子》三部曲

[德] 赛巴斯蒂安·菲茨克

《解剖》《梦游者》

[美] 约翰·格林（John Green）

《纸镇》

[美] 特里·布鲁克斯（Terry Brooks）

《沙娜拉之剑 I：传奇之剑》

《沙娜拉之剑 II：精灵之石》

《沙娜拉之剑 III：希望之歌》

[美] 李·芭度葛（Leigh Bardugo）

《格里莎三部曲 I：太阳召唤》

《格里莎三部曲 II: 暗黑再临》

《格里莎三部曲 III: 毁灭新生》

[美] 杰夫·范德米尔（Jeff VanderMeer）

《遗落的南境 1：湮灭》《遗落的南境 2：当权者》《遗落的南境 3：接纳》

《遗落的南境》三部曲

[美] 兰萨姆 里格斯（Ransom Riggs）

《怪屋女孩》《怪屋女孩 2：空城》《怪屋女孩 3：灵魂博物馆》

……

狮鹫是西方神话中著名的奇幻生物，

因生有狮身鹫面而得名，

兼具智慧和勇气。

狮鹫文学是新华文轩 · 华夏盛轩自 2013 年始创建的文学品牌，

范围涉及 YA 小说、科幻奇幻、悬疑等领域，

主要引进欧美畅销而有影响力的虚构作品。